HEYNE <

Das Buch

Die ferne Zukunft: In der von den unsterblichen »Erlauchten« regierten interstellaren Gesellschaft kann sich nicht jeder den Aufstieg zum ewigen Leben durch Meriten verdienen. Wer in den »Gemischten Gebieten« geboren wird, ist von vornherein zur Sterblichkeit verdammt. Doch in der Schattenwelt sind etliche Profiteure und Quacksalber bereit, gegen entsprechende Entlohnung den angeblichen Makel aus der Genstruktur zu entfernen – allerdings nicht immer mit Erfolg.

Esebian hat den radikalen Weg zu den »Hohen Welten« gewählt und als Auftragskiller in unterschiedlichen Identitäten Meriten für den Aufstieg gesammelt. Dann entschließt er sich, das Töten zu beenden und als Wissenschaftler zu arbeiten. Als er jedoch erpresst wird, El'Kalentar, den Direktoriatsvorsitzenden der »Erlauchten« zu ermorden, hofft er, durch einen letzten Akt der Gewalt die Pforte zur Unsterblichkeit aufstoßen zu können.

Aber wer kann ein Interesse am Tod El'Kalentars haben? Ein Konkurrent, der El'Kalentars Position einnehmen will? Das Untergrund-Netzwerk Aurora, das gegen die Diskriminierung der »Gemischten Gebiete« kämpft? Oder gar die Magister, Maschinenwesen mit einer gigantischen Datenverarbeitungskapazität, die über die Einhaltung der Gesetze auf den »Hohen Welten« wachen? Trotz aller Bedenken führt Esebian den Auftrag aus. Doch der Lohn ist nicht Unsterblichkeit, ganz im Gegenteil …

Der Autor

Andreas Brandhorst, 1956 im norddeutschen Sielhorst geboren, schrieb bereits in jungen Jahren Erzählungen für deutsche Verlage. Es folgten zahlreiche fantastische Romane. Brandhorst lebt als freier Autor und Übersetzer in Norditalien. Im Wilhelm Heyne Verlag sind bislang erschienen: *Diamant, Der Metamorph, Feuervögel, Äon, Kinder der Ewigkeit, Die Stadt.*

ANDREAS BRANDHORST

KINDER DER EWIGKEIT

Roman

Originalausgabe

WILHELM HEYNE VERLAG
MÜNCHEN

MIX
Papier aus verantwortungsvollen Quellen
FSC® C014496
FSC
www.fsc.org

Verlagsgruppe Random House FSC-DEU-0100
Das für dieses Buch verwendete
FSC®-zertifizierte Papier *Super Snowbright*
liefert Hellefoss AS, Hokksund, Norwegen.

3. Auflage
Originalausgabe 04/2010
Redaktion: Rainer Michael Rahn

Printed in Germany 2011
Umschlaggestaltung: Nele Schütz Design, München
Satz: Leingärtner, Nabburg
Druck und Bindung: GGP Media GmbH, Pößneck

ISBN: 978-3-453-52610-5

www.heyne-magische-bestseller.de

Wenn Sie im Haus des Lebens stünden,
welche Tür würden Sie öffnen,
aus welchem Fenster schauen?

Verzehren und vernichtigen
Des Feuers Wut ihm Haus und Hof;
Und stirbt er, tritt der Ruh'lose
Ins Dasein in der Höllenwelt.

DAS ENDE DER RUHE

1

Als Esebian in sein Haus über den Experimentalseen von Angar zurückkehrte, wusste er sofort, dass etwas nicht stimmte.

Während fünfhundert Meter weiter unten zweihundertsiebenunddreißig feuchtigkeitsorientierte Spezies in einem Beschleunigten Ökologischen Experiment grunzend, quiekend und manchmal in stummer Verzweiflung um ihr Überleben kämpften, herrschte hier oben Stille. Aber es war eine Stille, die weniger friedlich geworden war; irgendwo darin verbarg sich Gefahr.

Reiner Instinkt ließ Esebian im Eingang innehalten, ein alter Instinkt, so tief in ihm verankert, dass er selbst in seinem derzeitigen mentalen Modus, dem des gelassenen Wissenschaftlers, Alarm schlug.

»Kommen Sie herein«, erklang die Stimme eines Fremden.

Es war völlig unmöglich, dass sich jemand ohne Autorisierung Zugang verschafft hatte. Das Haus war mit den besten

Sicherheitssystemen ausgestattet, die man für Meriten bekommen konnte. Esebian musste es wissen, denn er hatte einen großen Teil seines Lebens damit verbracht, solche Systeme zu überlisten.

Er trat einen Schritt vor und damit über die erste Sicherheitsschwelle, die ihm durch subliminale Signale mitteilte, dass sein Haus über volles Verteidigungspotenzial verfügte. Seine Erweiterungen meldeten Bereitschaft.

»Ich verstehe Ihre Überraschung«, fuhr die Stimme aus dem Innern des Hauses fort. »Ich versichere Ihnen, dass Sie nichts zu befürchten haben. Zumindest nicht hier.«

Esebian ging weiter und brachte auch die anderen Sicherheitsschwellen hinter sich, woraufhin das Innere des Hauses vom Stand-by- in den Standardmodus wechselte. Mehrere Zimmer entstanden, mit Möbeln aus dunklem Holz, wie er es mochte. Neben dem Tisch im Salon stand eine humanoide Gestalt vor dem hellen Hintergrund des breiten Panoramafensters, das sich zum Himmel von Angar öffnete und in der Ferne einige der fliegenden Forschungsstationen zeigte.

»Wer sind Sie?«, fragte er und meinte eigentlich: *Was* sind Sie?

»Nennen Sie mich … Tirrhel.«

»Sie verletzen meine Privatsphäre, Tirrhel.« Esebian ging zum Tisch im Salon und stellte seine Tasche darauf ab, in der sich auch einige externe Erweiterungen befanden.

»Niemand kann uns hören, niemand kann uns sehen«, sagte Tirrhel ungerührt. »Für den Rest der Welten findet dieses Gespräch nicht statt. Und wenn Sie gestatten: Ihre Privatsphäre spielt in diesem Zusammenhang eine untergeordnete Rolle.«

Esebian begann zu ahnen, was es mit dem ungebetenen

Gast auf sich hatte. Eine der Möglichkeiten, und derzeit die unangenehmste, bestand darin, dass es sich um einen Schatten seiner Vergangenheit handelte. Manche Brücken ließen sich nie ganz abbrechen. Aber dass sie ihn ausgerechnet hier gefunden hatten, wer auch immer »sie« waren …

»Dieses Haus steht mit dem Magister beim Filigran über dem ersten Planeten dieses Sonnensystems in Verbindung«, sagte er.

»Nicht mehr«, erwiderte der Fremde gelassen. »Ich finde es erstaunlich, dass Sie es noch nicht bemerkt haben. Sind Sie nachlässig geworden?«

Esebian wandte den Blick nicht von dem Fremden ab, als er mit einem Wink das Gesteninterface aktivierte und unmittelbar darauf den Grund für die Stille erfuhr, die ihm zuvor aufgefallen war: Aus dem angeregten Dialog des Hauses mit den verschiedenen Teilen des fast dreihundert Millionen Kilometer entfernten Magisters war ein gelegentliches Flüstern geworden.

»Haben Sie die Verbindung unterbrochen?«, fragte Esebian erstaunt.

»Ja.«

Das war Anlass genug für Esebian, den Besucher auf seiner persönlichen Gefährlichkeitsskala drei Stufen höher einzuordnen. Er hatte nicht nur die Sicherheitsschwellen des Hauses überwunden, unter ihnen einige sehr kreative, sondern auch den Kontakt zum Magister unterbrochen. So etwas erforderte erhebliche Ressourcen. Zum zweiten Mal innerhalb einer Minute fragte sich Esebian, wie er reagieren sollte. Er konnte seine eigenen Waffen verwenden, oder die des Hauses. Nichts deutete auf ein Neutralisierungsfeld hin, und die Verletzung der Privatsphäre galt nicht nur auf den Hohen Welten als schweres Verbrechen, sondern auch hier im Haredion-System, das zu den Tausend Tiefen gehörte. Vermutlich hätte niemand ernsthafte Vorwürfe gegen ihn erhoben.

Erledige ihn, flüsterte Caleb in ihm. Er hatte, wie alle anderen, dem Wissenschaftler weichen müssen, aber seine Persönlichkeit war in Esebians komplexem Selbst fest verwurzelt.

»Sie überlegen, ob Sie Waffengewalt gegen mich einsetzen sollen«, sagte Tirrhel ruhig. »Ich rate Ihnen davon ab. Außerdem würden Sie dann gar nicht erfahren, warum ich hier bin.«

Weil du dann tot wärst und es mir nicht mehr sagen könntest?, dachte Esebian. Oder weil ich tot wäre und die Antwort nicht mehr hören könnte?

»Weder noch«, sagte Tirrhel und nahm auf seiner Seite des Tisches Platz. »Und nein, ich lese Ihre Gedanken nicht. Die kleinen Gedankenspielchen in Ihrer Großhirnrinde erfüllen durchaus ihren Zweck. Aber ich errate, was Ihnen durch den Kopf geht.«

Jemand mit viel Erfahrung, schloss Esebian sofort. Jemand, der lange genug gelebt und viel Zeit gehabt hat, Menschen kennenzulernen und die vielen kleinen Hinweise in Mimik und Körpersprache zu deuten. Ein Aufgestiegener. Ein Kandidat wie ich.

»Bitte setzen Sie sich«, sagte Tirrhel. »Lassen Sie uns ein kleines Gespräch führen. Später können Sie immer noch versuchen, mich umzubringen.« Ein flüchtiges Lächeln huschte über die Lippen des Mannes. »Womit wir eigentlich schon beim Thema wären. Wie viele Menschen haben Sie ermordet? Und nicht nur Menschen, wie ich hörte. Wie viele sind es insgesamt? Fünfzig? Sechzig? Haben wir korrekt mitgezählt?«

Wir, dachte Esebian, und etwas in ihm erstarrte zu Eis, während ein anderer Teil in einen emotionslosen Analysemodus schaltete. Der Besucher war etwa fünfzig Scheinjahre alt, hatte kurzes dunkles Haar mit einigen Lücken für kleine Tätowierungen, die vielleicht Nanosensoren enthielten, und eine recht große Nase über einem schmallippigen Mund. Die Augen waren auffallend groß, die Pupillen unterschiedlich gefärbt. Implantate, vermutete Esebian, oder das Resultat von aufwendigerem gesteuertem Wachstum. Die unauffällige Kleidung bestand aus halb biologischen Polymeren, die ihre Farbe der jeweiligen Umgebung anpassten, möglicherweise eine semipermanente, multifunktionelle Zweite Haut.

»Wer sind Sie?«, fragte Esebian noch einmal und sank langsam auf einen Stuhl, die internen Waffensysteme bereit.

»Zuerst möchte ich Ihnen sagen, wer ich nicht bin«, antwortete Tirrhel nonchalant. Er legte die Hände auf den Tisch und faltete sie, schien mit dieser Geste darauf hinweisen zu wollen, dass er nichts Böses im Schilde führte. »Ich bin kein Ethikwächter, und ich gehöre auch nicht zu den hiesigen Observanten. Ich bin ein … Privatmann.«

»Eben haben Sie von ›wir‹ gesprochen.«

»Andere Privatleute schicken mich zu Ihnen. Wir haben einen Auftrag für Sie.«

Esebian seufzte innerlich. »Derzeit nehme ich keine Forschungsaufträge an«, sagte er, obwohl er wusste, dass es sinnlos war. »Ich bin mit eigenen Projekten beschäftigt.« Er deutete nach draußen, in Richtung der über den Experimentalseen schwebenden Forschungsstationen.

Im rechten Auge des Fremden blitzte es kurz, und Esebian fragte sich, ob es ein Lichtreflex vom Fenster war. Die Nanosensoren in seinen Wangen registrierten weder Sondierungssignale noch den Versuch, mit versteckter Stimulation seiner Sinne Einfluss auf Wahrnehmung und Bewusstsein zu nehmen.

»Sie beschäftigen sich seit inzwischen zwanzig Echtjahren mit dem FEK-Syndrom«, sagte Tirrhel. »Glauben Sie, damit mehr Meriten verdienen zu können als mit der Tätigkeit, die Sie vorher ausgeübt haben?«

Esebian schwieg und wartete.

Der Fremde auf der anderen Seite des Tisches ließ einige Sekunden verstreichen. »Sie sind zweihundertdreiundfünfzig Jahre alt und seit fast dreißig Jahren Konsul. Ihnen bleiben nur noch wenige Jahre für den Aufstieg in die Achte. Denken Sie, in dieser Zeit genug Meriten sammeln zu können? Und selbst wenn Sie es schaffen ... Wie soll es für Sie als Resident weitergehen? Die letzte Stufe ist die schwierigste, das wissen Sie. Sie müssten bei Ihren Untersuchungen des Finalen Evolutionskollaps entscheidende Durchbrüche erzielen, um den Sprung ganz nach oben zu schaffen. Auch wenn Sie derzeit glauben, auf dem richtigen Weg zu sein ... Es können sich immer neue Probleme ergeben.«

Esebian hörte die kaum verhohlene Drohung und unternahm einen letzten Versuch. »Ich verstehe nicht, was Sie meinen. Vielleicht verwechseln Sie mich mit jemanden. Wenn Sie mich jetzt bitte entschuldigen würden ... Ich möchte mir die neuesten Daten ansehen.« Er stand auf.

Nur Tirrhels Augen bewegten sich; der Rest von ihm blieb so reglos wie in einem Fesselfeld. »Setzen Sie sich wieder, Esebian. So nennen Sie sich hier, nicht wahr? Früher hießen Sie Winford. Damit begann es, nicht wahr? Dann wurden Sie

Caleb, Kyrill, Gunder, Dorotheri und Yrthmo, um nur einige Namen zu nennen. Zu Beginn Ihrer ›Karriere‹ sind Sie für kurze Zeit ein gewisser Evan Ten-Ten gewesen, aber dieser Name ließ sich zu den Gemischten Gebieten zurückverfolgen, und deshalb haben Sie ihn nicht lange benutzt. Solche Fehler sind Ihnen seit damals nicht mehr unterlaufen. Über viele Jahre hinweg haben Sie die Unterstützung des Netzwerks genossen, das sich Aurora nennt. Da fällt mir ein … Wie geht es Ihrem Freund Lukas? Hat er noch immer seinen Laden auf Gevedon?«

Esebian setzte sich wieder und legte wie Tirrhel die Hände auf den Tisch. Zu Anfang seiner Karriere, wenn man sie so nennen durfte, hatte er mehrere Fehler gemacht und mit Lukas' Hilfe aus ihnen gelernt. Aber irgendwann in jüngerer Vergangenheit musste ihm ein anderer Fehler unterlaufen sein, denn sonst wäre dieser Mann kaum in der Lage gewesen, ihn zu finden. Und so viel über ihn zu wissen.

»Ich schlage vor, wir reden ganz offen miteinander«, sagte der Fremde. »Von den zweihundertdreiundfünfzig Echtjahren Ihres Lebens haben Sie mehr als hundertfünfzig als Auftragskiller verbracht. Das ist, gelinde gesagt, erstaunlich, wenn man bedenkt, dass den Magistern nicht einmal kleine Verstöße gegen die Regeln entgehen, von Kapitalverbrechen dieser Art ganz zu schweigen. Darum bin ich hier. Wir brauchen jemanden wie Sie. Einen Spezialisten, der sein Handwerk versteht.«

»Tut mir leid. Ich bin Forscher und untersuche das FEK-Syndrom. Der Mann, den Sie suchen, existiert nicht mehr.«

»Ich bin sicher, Sie haben sein Persönlichkeitsprofil irgendwo gespeichert. Reaktivieren Sie es.«

»Ich bedauere, aber …«

»Es soll Ihr Schaden nicht sein, Esebian. Sie helfen uns, und wir helfen Ihnen. Wir sorgen dafür, dass Sie die nötigen Meriten bekommen. Wir ermöglichen Ihnen nicht nur, die achte Stufe zu erreichen und Resident zu werden. Wir öffnen Ihnen die letzte Tür. Unsterblichkeit, Esebian.«

Ewiges Leben, dachte er.

»Sie könnten das Ziel schon bald erreichen«, sagte Tirrhel. »El'Esebian. Wie gefällt Ihnen der Klang dieses Namens? Esebian, der Erlauchte …«

»Nein«, erwiderte Esebian, während etwas in ihm *Ja!* schreien und die Chance nutzen wollte. »Aufträge dieser Art übernehme ich nicht mehr. Natürlich habe ich unser Gespräch aufgezeichnet.« Er deutete kurz auf Augen und Ohren und meinte die Mikrorecorder darin. »Wenn Sie mit dem Gedanken spielen, sich an die Magister zu wenden …«

»Sie haben immer noch nicht ganz verstanden. Wir wissen alles über Sie, Esebian. *Alles.* Wir wissen nicht nur, wen Sie wann für welchen Auftraggeber umgebracht haben – wir kennen auch Ihre Herkunft. Sie kommen aus den Gemischten Gebieten. Früher trugen Sie den Makel in sich. Wenn Sie uns nicht helfen, mein lieber Esebian …«, sagte der Fremde fast im Plauderton. »Dann sorgen wir nicht nur dafür, dass Ihre FEK-Forschungen ohne ein Ergebnis bleiben, das Aufstiegsmeriten rechtfertigen würde. Wir lassen außerdem zu den Magistern durchsickern, wer Sie wirklich sind und woher sie kommen. Und glauben Sie mir: Die Aufzeichnung dieses Gesprächs nützt ihnen herzlich wenig.« Ein kurzes Schulterzucken unterstrich die letzten Worte.

Damit erreichte der Fremde auf Esebians Gefährlichkeitsskala einen Platz direkt hinter Erlauchten und Magistern.

»Auf wen haben Sie es abgesehen?«, fragte er aus reiner Neugier und noch immer als kühler Analytiker.

»Auf einen Bewohner von Taschka.«

Esebian wölbte die Brauen, als er begriff, was Tirrhel und seine Hintermänner von ihm verlangten: Er sollte einen Erlauchten töten, einen Unsterblichen.

2

»In See neun hat die kritische Phase begonnen«, sagte Donaton Rell, der neben dem Situationstisch stand und physisch präsent zu sein schien. »Die Lyonen haben gestern die letzte evolutionäre Konkurrenz eliminiert und heute Morgen das Stadium absoluter Dominanz erreicht. Damit einher ging eine signifikante Lebensverlängerung von dreizehn Komma sieben Prozent über zehn Generationen hinweg. Vor wenigen Minuten hat die elfte Generation Reife erlangt, und es sind erste Anzeichen von Degeneration erkennbar.«

Esebian ging langsam um den Situationstisch herum, dessen einzelne Darstellungsschichten ihm den aktuellen Entwicklungsstand aller Spezies in den insgesamt fast hundert Experimentalseen zeigte. Nach dem Gespräch mit dem Fremden war er so sehr in Gedanken versunken, dass er kaum auf seine Umgebung achtete und gegen den Forschungsleiter prallte. Ein kurzes Prickeln und Flackern zeigte ihm, dass Donaton Rell nicht wirklich hier war, im Situationsraum seines Hauses, sondern noch immer in einer der fliegenden Forschungsstationen, vermutlich in der über Nummer neun.

Er trat ein wenig zurück und musterte den Mann, der hier zu ihm sprach und gleichzeitig Dutzende von Experimenten überwachte. Der kleine, drahtige Rell war ein »mechanischer Zwitter«, wie man solche Leute in den Tausend Tiefen nannte. Vor etwa fünfzig Jahren hatte er mit seinen Forschungen über das mitochondriale Gedächtnis Kandidatenstatus erreicht und war in die erste Kategorie aufgestiegen. Spätestens dreißig Jahre später hätte er vom Provisor zum Nuntius arrivieren sollen, aber Donaton Rell hatten die dafür notwendigen Meriten gefehlt, und deshalb war ihm der Aufstieg zur zweiten Kategorie nicht möglich gewesen. Eine Residenz auf den Hohen Welten blieb ihm damit für immer verwehrt, aber auf ein langes Leben wollte er nicht verzichten, und deshalb hatte er begonnen, einzelne Körperteile und Organe nach und nach durch biomechanische Prothesen und Erweiterungen zu ersetzen. In den letzten Jahren hatte sich der Zellverfall beschleunigt – das typische Ergebnis eines Therapieabbruchs –, und das zwang Rell, immer mehr von seinem Körper zu ersetzen. Esebian vermutete, dass ihm in einigen Jahrzehnten nichts anderes übrig blieb als ein Identitätstransfer, entweder in eine Bioschale, da sich sein eigenes Körpergewebe nicht für Neuzüchtungen eignete, oder in ein intelligentes Terminal unter der Obhut eines Magisters. Wenn es ihm bei diesem Projekt gelang, ausreichend Meriten zu sammeln, konnte er auch Teil eines Schiffes oder einer Sonde werden und sich für eine Erkundungsmission in die Weiten zur Verfügung stellen – für so etwas suchten Erlauchte und Magister immer Freiwillige.

All diese Gedanken gingen Esebian in wenigen Sekunden durch den Kopf – er befand sich noch immer im analytischen mentalen Modus –, und dann dachte er an etwas anderes und sagte: »So ein Unsinn.«

Donaton Rell wandte sich ihm zu. »Wie bitte?«

Der Forschungsleiter hatte Esebian mit seiner Scheinpräsenz an den Fremden erinnert, der wie aus dem Nichts erschienen und anschließend spurlos verschwunden war, und dadurch kehrten seine Gedanken zu dem rätselhaften Besucher zurück und zu dem Gespräch mit ihm.

So ein Unsinn, wiederholte er lautlos. *Warum ich?*, hatte er gefragt. Und der Mann, der angeblich Tirrhel hieß, hatte geantwortet: *Weil Sie der Beste sind.*

Selbst wenn es der Wahrheit entsprochen hätte: Der beste Killer in den Tausend Tiefen zu sein – war das etwas, auf das man stolz sein konnte?

Caleb, dachte Esebian, wäre vielleicht stolz darauf gewesen. Aber Caleb gehörte zu seiner Vergangenheit; er hatte vor zwanzig Jahren ein neues Leben begonnen.

Die anderen, die er gewesen war … Er begriff, dass er ihre Hilfe brauchte, denn seit zwei Stunden drehten sich seine Gedanken im Kreis. Erneut sah er Donaton Rell an, und plötzlich erschien ihm der mechanische Zwitter wie ein Hinweis auf die eigene mögliche Zukunft.

»Haben Sie mir zugehört, Konsul?«, fragte der Forschungsleiter. Neben ihm summten leise die Datenströme der verschiedenen Darstellungsschichten des Situationstischs. »Die kritische Phase im neunten See …«

»Wir müssen dies verschieben, Rell.« Esebian ging bereits zur Tür.

»Darf ich Sie daran erinnern, dass wir zwei Jahre auf diesen Moment hingearbeitet haben? Die Degeneration bei der elften Lyonen-Generation …«

»Versuchen Sie es mit Variationen der bisherigen Behandlungsmethoden. Zellauffrischung, Restrukturierung von DNS und RNS sowie Reprogrammierung des mitochondrialen Gedächtnisses – das ist Ihr Spezialgebiet.«

Donaton Rell ließ die Hände sinken. Ein von der Kuppe des

linken Zeigefingers ausgehendes Indikatorlicht schnitt durch die Datenströme des Situationstischs und erlosch. »Wir könnten kurz vor einem Durchbruch stehen. Wenn es uns diesmal gelingt, die Degeneration aufzuhalten und die nächste Generation ohne Zerfallserscheinungen heranwachsen zu lassen … Es wäre ein wichtiger Schritt auf dem Weg zur Verhinderung des FEK. Wir könnten einer Lösung des Problems so nahe sein.« Er hielt Daumen und Zeigefinger dicht beisammen.

Esebian zögerte an der Tür.

Rell verstand ihn falsch. »Die Magister haben tausend Meriten dafür in Aussicht gestellt.«

Doch es war keine Unschlüssigkeit, die Esebian zögern ließ, sondern ein weiterer, quälender Gedanke. *Auch wenn Sie derzeit glauben, auf dem richtigen Weg zu sein … Es können sich immer neue Probleme ergeben.* Sabotage. Die Drohung war klar genug.

»Kümmern Sie sich um alles, Rell.« Esebian winkte für das Gesteninterface, und das Haus unterbrach die Kommunikationsverbindung.

Esebian ging mit langen Schritten durch halbdunkle Korridore, die auf seine Stimmung reagierten und sie zu verbessern suchten, indem sie heller wurden und ihm beruhigende pastellfarbene Töne präsentierten. Leise Musik erklang, den Violinmelodien der Kirgu aus dem Magenta-Cluster nachempfunden, aber Esebian sah weder die Farben, noch nahm er die zarten Töne wahr. Zwei Stunden der zwanzigstündigen Frist, die Tirrhel ihm gesetzt hatte, waren verstrichen, und er fühlte schon jetzt, wie die Zeit knapp wurde – sie zerrann wie Sand zwischen seinen Fingern.

Esebian betrat seinen privaten Raum, schloss die Tür hinter sich und überprüfte die Siegel. Alles in Ordnung. Dieser

Ort gehörte ganz allein ihm und war selbst für Herax – beziehungsweise Herax-al-Kalmera-Kellian-tan-Halbatt-effan-Xanteriall; so lautete der volle Name des Magisters beim Filigran über dem ersten Planeten – unerreichbar. Hier konnte er sich selbst Gesellschaft leisten, im wahrsten Sinne des Wortes, ohne Datenschnüffler irgendeiner Art befürchten zu müssen. Herax' Augen und Ohren endeten an der Tür.

Bevor er sich seinen früheren Leben zuwandte – Esebian hatte beschlossen, sich selbst um Rat zu fragen –, wollte er noch einmal zu dem Gespräch mit Tirrhel zurückkehren. Er trat in die Mitte des Raums, wo sofort ein Sessel aus dem Boden wuchs. Als Esebian darin Platz nahm, wurde der Rest des Bodens transparent wie Glas, und See Nummer vierzehn, direkt unter dem Haus, schien zum Greifen nahe. Smaragdgrünes und rosafarbenes Wasser glitzerte im Licht der Sonne Haredion.

Eine kleine, schmale Konsole schob sich vor ihm nach oben, zierlich und fragil wie die zarten Stränge eines neuen Filigrans, und er legte die Hände in die Interface-Mulde. Ein leichtes Prickeln wies darauf hin, dass die Systeme des privaten Raums eine Verbindung mit seinem Nervensystem herstellten; dadurch konnte ganz auf verräterische externe Signalübertragung verzichtet werden.

Esebians Blick war auf die vordere Fensterwand gerichtet, und durch sie auf eine etwa zwei Kilometer entfernte Forschungsstation, aber die visuellen Informationen erreichten sein Bewusstsein nicht mehr. Direkte neuronale Stimulation gab ihm die Perspektive eines imaginären Beobachters, der während des Gesprächs mit Tirrhel über ihm selbst und dem Fremden geschwebt hatte. Er erlebte die Begegnung noch einmal, sah die Maske der eigenen Gelassenheit und die unnahbare Kühle des Besuchers. Eine seiner Erweiterungen – ein kleines Implantat vier Zentimeter hinter der Stirn – ermöglichte ihm die Steuerung der auf ihn abgestimmten privaten Systeme. Er veränderte den Blickwinkel, holte den Fremden so nahe heran, dass die Poren in seinen Wangen wie kleine Krater wirkten. Er spähte in die unterschiedlich gefärbten Augen, rief zusätzliche Informationen ab und gelangte zu dem Ergebnis, dass sie tatsächlich das Resultat von aufwendigem gesteuertem Wachstum waren. Ihr Leistungsspektrum blieb Spekulationen überlassen. Die dünnen Linien der Tätowierungen wurden im Wahrnehmungszoom zu breiten Schichten aus Dutzenden von miteinander verknüpften Leiterbahnen. Schaltkreise?

»Er ist kein Mensch.«

Esebians stellte fest, dass Calebs Gesicht an der Wand erschienen war. Neben ihm hatte sich ein weiteres Wandsegment getrübt, und darin bildeten sich die ersten Konturen von Gunder, der im Lauf der Jahrzehnte fast ebenso stark wie Caleb geworden war. Die anderen Persönlichkeiten regten sich ebenfalls, geweckt von der neuronalen Stimulation und bisher noch zurückgehalten von unterschwelligen Barrieren.

Esebian rief den Crawler zurück, den er vor zwei Stunden, unmittelbar nach der Begegnung mit dem Fremden, in die Datennetze des Direktoriats geschickt hatte. Die Tausend Tiefen waren ihm ohne Einschränkungen zugänglich, und über Brücken konnte er auch die Netze der Enha-Entalen, Kirgu und des Kongresses erreichen, obwohl es dort manchmal zu seltsamen Kompatibilitätsproblemen kam. Einige Male, vor vielen Jahren, war es ihm gelungen, mit einem speziell programmierten Crawler die Schranken des Poseidons und der Klerikalen zu passieren und ihre Informationssubsysteme zu kontaktieren, doch so etwas erforderte erheblichen Aufwand.

»Ich glaube, hier *ist* mehr Aufwand nötig«, sagte Caleb. »Mit einem gewöhnlichen Crawler kommen wir nicht weiter.«

Esebian hörte ihn, als er die Meldung des Crawlers empfing. Sie lautete schlicht und einfach: keine Daten. Tirrhels Weg ließ sich nicht zurückverfolgen.

»Kein Mensch«, wiederholte Caleb. »Ich spüre es.«

»Ein Polymorpher aus dem Kongress?«, murmelte Esebian. »Aber warum sollten sich Kongressler den Tod eines Erlauchten wünschen? Was hätten sie davon?«

Tirrhel hatte keine DNS-Spuren im Haus hinterlassen, und allein das war erstaunlich genug. Das eine oder andere Haar, Hautpartikel, Schweiß- und Atemluftmoleküle – jeder Besucher, ob belebt oder unbelebt, ließ *etwas* zurück. Nicht so Tirrhel.

»Sehen wir uns noch einmal an, wie er verschwunden ist«, sagte Caleb, der natürlich über die gleichen Erinnerungen verfügte wie Esebian. »Und dann weck die anderen. Sie haben lange genug gewartet. Weck uns alle.«

»Du weißt, was dich dann erwartet, nicht wahr?«, fragte Gunder mit seiner sanften, oft ein wenig melancholisch klingenden Stimme.

»Ja.« Esebians Aufmerksamkeit kehrte zu den Aufzeichnungen zurück, und er sah und hörte:

»In spätestens zwanzig Stunden erwarte ich Ihre Entscheidung.« Der Fremde legte eine kleine Scheibe auf den Tisch, stand auf und ging zur Tür. Die dortigen Sicherheitsbarrieren waren noch immer aktiv, aber auch richtungsorientiert – sie reagierten auf niemanden, der das Haus verließ. Tirrhel passierte sie, als existierten sie gar nicht. Esebian zögerte zwei oder drei Sekunden, noch immer schockiert, drehte sich dann um und eilte ebenfalls nach draußen. Am Anlegesteg vor dem Haus wartete nur der kleine Transporter, der ihn von den Forschungsstationen zurückgebracht hatte.

Und Tirrhel war nicht mehr da. Esebian beobachtete, wie er sich verwundert umsah, und er hörte, wie er das Haus befragte.

»Kein Flugverkehr in der Nähe des Hauses«, erklang erneut Calebs Stimme. »Und keine Orbitalspringer weiter oben am Himmel.«

»Ein Transferitor«, spekulierte jemand anders. »Vielleicht hat Tirrhel einen getarnten Noder vor dem Haus zurückgelassen und ihn aktiviert, kaum dass er draußen war.«

Esebian blinzelte, und sein Blick kehrte in den privaten Raum zurück. An der Wand hatte sich ein drittes Gesicht gebildet, noch ebenso vage wie das von Gunder: Yrthmo, Technikspezialist.

»Es erklärt nicht, wie er ins Haus gelangen konnte, ohne einen Alarm auszulösen«, sagte Caleb. »Und es beantwortet nicht die Frage, wieso er überhaupt keine Spuren zurückgelassen hat. Ich glaube, es gibt nur eine Erklärung. Du ahnst es bereits, nicht wahr, Esebian?«

»Ein Avatar«, erwiderte er langsam und nachdenklich.

Caleb nickte ernst. »Und kein gewöhnlicher. Hol uns jetzt zurück. Diese Sache ist wichtig. Es geht um unser Leben.«

3

Ein Avatar, dachte Esebian, und auf diesen Gedanken konzentrierte er sich, als er die inneren Türen öffnete und das Haus des Lebens, das er die letzten zwanzig Jahre allein bewohnt hatte, mit den anderen Persönlichkeiten teilte. Er war sie, und sie waren er: die Leben, die er geführt hatte, seine Identitäten; bestimmte Eigenschaften waren in den Vordergrund geschoben, andere in den Hintergrund gerückt worden. Ein Mahlstrom aus Erinnerungen erfasste ihn, als alles zurückkehrte, die Reminiszenzen einer zweieinhalb Jahrhunderte langen Existenz. Das war einer der Gründe für die Trennung von Identitätsphasen: Es wurde zu viel. All die Sinneseindrücke im Lauf der Jahre, Gespräche, Erlebnisse, Erfahrungen, Emotionen ... Das automatische Aussortieren von Banalem und Unwichtigem geriet durcheinander, wenn sich die Archive des Gedächtnisses immer mehr füllten. Individuelle Wünsche und Hoffnungen verschoben die Perspektiven, und manchmal gewannen Möglichkeiten den Status von Erlebtem, und Geträumtes transformierte sich zu scheinbarer Realität. Esebian hatte sich oft gefragt, wie die Erlauchten damit fertigwurden. Manche von ihnen sollten fast siebentausend Jahre alt sein, und wenn Esebian die eigenen Erinnerungen für einen Berg hielt, unter dessen Gewicht sein Gedächtnis stöhnte, so musste für die Unsterblichen daraus eine kontinentschwere Last werden. Wie hielten sie ihr Bewusstsein stabil? Welche Geheimnisse gab es auf den Einundzwanzig

Hohen Welten, abgesehen von denen eines Lebens ohne Ende?

Esebian fragte sich – auch das nicht zum ersten Mal –, ob sie Furcht kannten wie er, ob sie manchmal mit sich selbst haderten. Oder hatten sie das alles zusammen mit dem Tod besiegt?

Er begriff, dass diese Gedanken die Rückkehr in den emotionalen Sumpf ankündigten, in dem er manchmal zu versinken drohte, wenn er nicht genau darauf achtete, wohin er den Fuß setzte. Es war ein gefährliches Terrain, oft voller Zweifel und quälender Fragen. Ihnen zu entkommen … Das war *sein* Hauptgrund dafür, die verschiedenen Leben voneinander zu trennen. Erinnerungen überlappten sich, und die damit zusammenhängenden Gefühle warfen Schatten in andere Lebensphasen, aber damit kam er gut zurecht. Die Trennung ermöglichte es ihm, den sicheren Weg um den Sumpf zu beschreiten.

Jetzt zwangen ihn die Umstände zurück in die Zeit vor den letzten zwanzig Jahren. Esebian, seit mehr als zweihundert Jahren auf der Flucht vor dem Tod, starrte auf die in der Interface-Mulde liegenden Hände und wusste genau, wie oft und auf welche Weise sie getötet hatten.

»Es tut mir leid«, sagte Gunder sanft.

Esebian hob den Blick. Mehr als ein Dutzend Gesichter blickten von den Wänden des privaten Raums, einige von ihnen nicht mehr als die vagen Schlieren halb ausgeprägter Persönlichkeiten, andere plastisch und voller Einzelheiten. Am deutlichsten waren jene mit den Eigenschaften, die in den fünfundzwanzig Jahrzehnten seines Lebens besonders viel Raum in ihm gewonnen hatten: der einfühlsame Philosoph Gunder, immer auf der Suche nach dem Sinn; der technisch versierte Yrthmo, der seinen Einfallsreichtum bei einigen der schwierigsten Aufträge gezeigt hatte; der kalte, berechnende Caleb, der sich nicht mit irgendwelchen Bedenken belastete und für Gunder oft nur Spott übrig hatte; der neugierige, fragende und forschende Dorotheri, auf dem Esebians gelassene Grundhaltung basierte; der misstrauische, argwöhnische Kyrill, der ständig nach Feinden Ausschau hielt und sich selbst an seiner Fähigkeit maß, Probleme zu lösen; der nachdenkliche, in sich gekehrte Evan Ten-Ten, der manchmal mit Gunder verschmolz, diesmal aber eine deutlich eigenständige Ausprägung gewonnen hatte, vielleicht deshalb, weil sich Esebian nach Ruhe sehnte, nach einem Ort, an dem er Platz nehmen, sich zurücklehnen und den vorbeiziehenden Strom der Zeit beobachten konnte, ohne von ihm betroffen zu sein. Nur zwei Therapien und die Stufe Resident trennten ihn von der Unsterblichkeit auf den Hohen Welten.

»Genau darum geht es«, sagte Caleb mit einer Schärfe, die Esebian überraschte. »Um unser Ziel. Und das ist jetzt sehr nahe. Wir sollten in Tirrhels Angebot eine Chance sehen. Wir alle haben gehört, was er versprochen hat.«

Esebians Blick strich auch über die anderen Gesichter, manche nicht mehr als grauweiße Schlieren in den Wandsegmenten, richtete sich dann auf Caleb den Mörder. »Wir haben entschieden, nicht mehr zu töten, erinnerst du dich? Vor zwanzig Jahren.«

»Ich war dagegen«, erwiderte Caleb mit einer Kälte, die Esebian frösteln ließ. Er sah in die grauen Augen, die ihm so fremd erschienen und doch seine eigenen Augen waren; tief in ihnen glaubte er so etwas wie grimmige Zufriedenheit zu erkennen. Freute sich Caleb auf eine Rückkehr zum alten Leben?

»Wir müssen tun, was getan werden muss«, sagte Caleb. »Uns bleibt keine Wahl.«

»Vielleicht ist es eine Falle«, gab der argwöhnische Kyrill zu bedenken.

»Tirrhel kennt uns bereits«, entgegnete Esebian. »Er weiß alles über uns.«

»Und wenn nicht wirklich alles, so doch genug«, sagte Dorotheri. Die aus den Wandsegmenten blickenden Personen sahen aus wie Esebian: fast hohlwangig, die Nase lang und gerade, die Augen bleifarben, in den Wangen die kaum erkennbaren dünnen Linien von Nanosensoren; die Stirn hoch, von dünnen Falten durchzogen, das Haar kurz und so grau wie die Augen. Und doch gab es zahlreiche Unterschiede: die Lippen hier ein wenig verzogen, dort ein Blitzen in den Augen, Gesichtsmuskeln, die den Zügen verschiedene Strukturen gaben. Das Alter variierte. Gunder war mit seinen etwa siebzig Scheinjahren der Älteste, Evan Ten-Ten mit seinen dreißig der Jüngste. Der Caleb an der Wand wirkte etwas jünger als der in Esebians Erinnerung, vielleicht ein Hinweis auf die wachsende Kraft seiner Persönlichkeit.

Die einzige Ausnahme bildete das Gesicht ganz auf der linken Seite, auf Höhe der Interface-Konsole. Normalerweise blieb es bei solchen Begegnungen ein Schemen oder erschien gar nicht, aber diesmal zeigte es fast die gleiche Deutlichkeit wie Caleb und Gunder. Es war nicht das Gesicht eines Mannes, sondern das einer Frau: Talanna. Damals, kurz vor dem Aufstieg zum Provisor, hatte er das erste und einzige Mal in seinem Leben das Geschlecht gewechselt, um einen besonderen Auftrag zu erledigen. Nur einige wenige Jahre hatte er als Frau verbracht und dabei einige für seine männlichen Persönlichkeiten sehr eigenartige Erfahrungen gesammelt. Es wunderte Esebian, dass Talanna hier zu den dominanten Identitäten zählte. Sie erwiderte seinen Blick, und ihre Lippen deuteten ein Lächeln an.

»Warum sollte sich dieser Tirrhel die Mühe machen, uns eine Falle zu stellen, wenn er uns schon jetzt bei den Magistern und Erlauchten denunzieren kann?«, wandte sich Dorotheri an Kyrill.

»Was weiß ich«, lautete dessen brummige Antwort. »Ich rate zu Vorsicht. Wir dürfen keine Möglichkeit außer Acht lassen. Bist du ganz sicher, dass uns Herax hier nicht belauschen kann, Esebian?«

»Ja.«

»Ein Avatar«, sagte Yrthmo. »Caleb, Esebian ... Ihr hattet Recht. Tatsächlich ein Avatar. Ein sehr außergewöhnlicher.«

Alle Blicke richteten sich auf ihn.

»Ich habe mir die Aufzeichnungen noch einmal angesehen«, fuhr Yrthmo fort. Vor der Konsole, damit es alle sehen konnten, entstand ein Bild, das den Anlegesteg zeigte, kurz bevor Esebian dem Fremden nach draußen gefolgt war. Eine menschliche Gestalt verließ das große Gebäude einige hundert Meter über See Nummer Vierzehn, etwa fünfzig Scheinjahre alt. Seine Kleidung schien zu flackern, als sich die halb biologischen Polymere der veränderten Umgebung anpassten.

»Unsichtbarkeit?«, murmelte Dorotheri.

»Tarnung?«, entfuhr es Kyrill. »Ist Tirrhel vielleicht noch hier?«

... und dann verschwand der Mann einfach.

»Aber ...«, begann Esebian.

»Warte«, sagte Yrthmo. Datenkolonnen erschienen rechts und links von der Stelle, an der der Fremde eben noch gestanden hatte. Ein anderer Esebian, in der Tür erstarrt, bewegte sich langsam rückwärts und hielt dann erneut inne.

»Seht genau hin«, sagte Yrthmo. »Beobachtet nicht die Gestalt, sondern den Bereich unmittelbar vor ihr, soweit er sichtbar ist.« Er schien aus seinem Wandsegment herauszuwachsen und deutete mit einem Indikatorlicht auf etwas, das wie der Hauch eines Flecks vor Tirrhel aussah. Ein dünnes, fadenartiges Gebilde verband ihn mit dem Gesicht des Fremden.

»Eine Transferanomalie, im sichtbaren Spektrum nicht zu erkennen«, erklärte Yrthmo und klang zufrieden. »Man muss wissen, wonach es zu suchen gilt.«

»Und du hast es gewusst«, sagte Esebian. Gemeinsame Erinnerungen stiegen auf.

»El'Laurin«, sagte Talanna.

Esebian nickte ihr zu. »Der Erlauchte, dem wir auf Magrabia begegnet sind. Er hätte unsere Mission damals fast vereitelt.«

Caleb und die anderen wirkten plötzlich sehr nachdenklich. Yrthmo nickte. »Genau. Bei ihm habe ich damals Signale gemessen, mit denen ich zunächst nichts anfangen konnte. In einer späteren Analyse stellte sich heraus, dass sie von einem Transferitor stammten, der ohne externen Noder auskommt.« Er gab den anderen einige Sekunden Zeit, über seine Worte nachzudenken, und fügte dann hinzu: »Tirrhel hat deshalb keine DNS-Spuren zurückgelassen, weil nicht eine einzige lebende Zelle von ihm in deinem Haus weilte, Esebian. Er kam und ging als energetischer Avatar. Ein Teil von ihm kondensierte zu Pseudomaterie, und als sie das Gebäude verließ, bildete die Restenergie ein Transferfeld. Derartige Technik ist allein auf den Hohen Welten verfügbar.«

»Nicht genug, dass wir einen Unsterblichen umbringen sollen …«, brummte der junge Evan Ten-Ten. »Du hast Besuch von einem Erlauchten erhalten, Esebian.«

»Könnte El'Laurin dahinterstecken?«, fragte Kyrill. »Vielleicht hat er uns damals auf Magrabia durchschaut.«

»Das liegt mehr als hundertfünfzig Jahre zurück«, sagte Dorotheri.

»Was sind hundertfünfzig Jahre für einen Unsterblichen?«, kommentierte Talanna. »Nicht mehr als ein Tropfen im Ozean der Zeit.«

»Ich habe zunächst angenommen, dass der Auftrag von einem Aufsteiger stammt, vielleicht von einem hohen Kandidaten«, sagte Esebian. »Aber wenn er auf einen Erlauchten oder mehrere von ihnen zurückgeht … immerhin hat Tirrhel von ›wir‹ gesprochen. Warum sollten sich Unsterbliche gegenseitig umbringen wollen?«

»Was du ›Auftrag‹ nennst, Esebian, ist Erpressung«, warf Gunder sanft ein. »Später haben wir noch Zeit genug, uns über die Hintergründe und Zusammenhänge Gedanken zu machen. Derzeit lautet die Frage, ob wir uns von Tirrhel erpressen lassen.«

»Wie sähe die Alternative aus?«, fragte der neugierige Dorotheri.

»Wir könnten versuchen, dem Mistkerl eine Falle zu stellen«, schlug Kyrill vor, und seine Miene verfinsterte sich ein wenig. »Wir gehen zum Schein auf ihn ein, warten eine günstige Gelegenheit ab und erledigen ihn.«

»Einen Erlauchten, dem überlegene Technik zur Verfügung

steht?«, erwiderte Evan Ten-Ten. »Und der eine solche Möglichkeit vermutlich in Erwägung gezogen und sich abgesichert hat?«

»Wir nehmen den Auftrag an«, sagte Caleb. Es klang nicht nach einer Meinung, sondern nach einer getroffenen Entscheidung.

»Sollen wir uns einfach so zu einem Werkzeug machen lassen?«, fragte Kyrill entgeistert.

»Wir benutzen diesen Tirrhel als *unser* Werkzeug«, sagte Caleb mit Nachdruck. »Ich habe bereits darauf hingewiesen: Dies ist eine Chance. Esebian, bei allem Respekt: Mir scheint, du hast bei deinen Forschungen in Hinsicht auf den Finalen Evolutionskollaps keine sonderlich großen Fortschritte erzielt. Ohne einen Durchbruch wäre sogar der Aufstieg zum Residenten infrage gestellt, und wir wissen alle, dass bis dahin nicht mehr viel Zeit bleibt. Tirrhel hat versprochen, uns als Gegenleistung zur Unsterblichkeit zu verhelfen. Und für den Fall, dass er es sich anders überlegen sollte: Wir sammeln Beweismaterial, wo wir können, und wir deponieren Kopien an sicheren Orten. Selbst Erlauchte müssen sich an die Regeln halten, und wenn wir beweisen können, dass Tirrhel gegen sie verstoßen hat, schreiten die Magister gegen ihn ein.«

»Magister gegen einen Unsterblichen? Mir ist kein solcher Fall bekannt«, sagte Dorotheri und wechselte einen Blick mit Esebian.

»Uns bleibt keine Wahl«, betonte Caleb noch einmal, und erneut sah Esebian grimmige Zufriedenheit in seinen grauen Augen. Er selbst teilte sie nicht. Gunder und er, sie litten am meisten unter dem, was ihre Hände getan hatten. »Wir müssen uns dem Unvermeidlichen fügen und versuchen, es zu unserem Vorteil zu nutzen.«

»Dieser Auftrag ist anders als alle anderen«, sagte Esebian. »Es ging nie zuvor um einen Unsterblichen.«

»Wir schaffen es«, sagte Caleb.

»Eine Herausforderung ...«, murmelte Dorotheri.

»Die Hohen Welten rücken in greifbare Nähe«, betonte Caleb. »Der letzte Auftrag, anschließend gehört uns die Ewigkeit.«

»Ich fürchte, wir wissen nicht, worauf wir uns einlassen«, erwiderte Esebian. Er fühlte, dass die Entscheidung tatsächlich getroffen war. Zuvor hatte er es in Calebs Worten gehört, und jetzt fühlte er es in seinem Innern: Die anderen Teile von ihm glaubten, dass Caleb Recht hatte, dass ihnen wirklich keine Wahl blieb.

Auch wenn Unsterblichkeit am Ende des Weges wartete – das Leben des Wissenschaftlers Esebian ging hier und jetzt zu Ende, und damit eine Hoffnung. Der Mörder kehrte zurück. Wir töten, um zu leben, ewig zu leben, dachte Esebian, begegnete Gunders Blick und begriff, dass es seine Worte hätten sein können.

Die Gesichter der starken Persönlichkeiten in den Wandsegmenten verloren ihre Konturen – die der schwachen fehlten bereits. Esebian zog die Hände vom Interface, schloss die Augen und wartete darauf, dass Caleb übernahm.

Als Esebian die Lider wieder hob, war er noch immer er selbst. Stille umgab ihn, die leeren Wände eines Raums, der Ausblick bot auf eine Welt, die ihm nach zwanzig Jahren plötzlich fremd erschien. Angar, die Experimentalseen, mit denen er so große Hoffnungen verknüpft hatte … Aus irgendeinem Grund maßen die Magister Forschungen in Hinsicht auf das FEK-Syndrom große Bedeutung bei, und er hatte vor zwanzig Jahren geglaubt, mit den in Aussicht gestellten Meriten den Sprung zum Residenten und damit zur letzten Kandidatenstufe schaffen zu können.

Vor dem linken Auge blinkte ein Indikatorlicht in dringlichem Gelb. Esebian schob die Frage beiseite, warum er, ein zwanzig Jahre junges Leben, die Kontrolle über all die älteren Persönlichkeiten hatte, und aktivierte mit einem Wink das Gesteninterface. Die Stimme des Hauses erklang.

»Forschungsleiter Rell hat eine wichtige Mitteilung für dich, Esebian.«

»Ich höre.«

Vor ihm erschien das Gesicht des Forschungsleiters. »Die Lyonen …«, stieß Donaton Rell hervor. »Sie sind tot, alle tot!« Und als Esebian nicht sofort reagierte: »Haben Sie verstanden, Konsul?«

Tot. Eine beschleunigte Evolution, im Lauf von wenigen Jahren über Tausende von Generationen hinweg. Alle tot. Eine weitere Sackgasse.

Dies ist nicht mehr meine Welt, dachte Esebian, und es war ein Gedanke, der in Caleb und all den anderen wurzelte.

»Konsul?«

»Beenden Sie die Experimente«, sagte Esebian.

»Was?«

»Ich verlasse Angar.« Esebian winkte und unterbrach damit die Verbindung. Donaton Rells verdutzte Miene verschwand.

Er vergewisserte sich, dass der Raum nach dem kurzen Außenkontakt wieder sicher war, holte dann die kleine Scheibe hervor, die der Fremde ihm gegeben hatte, und drehte sie einige Male hin und her. Sie schien aus Messing zu bestehen, war aber erstaunlich schwer, schwerer als Blei oder Gold. Stabile Pseudomaterie, über eine Quantenverschränkung mit dem Mann verbunden, der sie ihm gegeben hatte. Er nahm sie zwischen Daumen und Zeigefinger, drückte sie und spürte eine kurze Vibration, als die Scheibe seine DNS überprüfte. Wieder erschien das Gesicht eines etwas fünfzig Scheinjahre alten Mannes mit Tätowierungslücken im schwarzen Haar vor ihm.

»Die zwanzig Stunden sind noch nicht um«, stellte Tirrhel fest.

»Ich übernehme den Auftrag«, sagte Esebian. »Als Honorar erhalte ich von Ihnen genug Meriten für die beiden letzten Aufstiege, erst zum Residenten und dann zum Erlauchten.«

»Wie ich es Ihnen versprochen habe.« Der Mann nickte kurz.

»Wie heißt das Ziel?«

»Sein Name lautet El'Kalentar. Sie werden alle notwendigen Informationen erhalten und haben ein Echtjahr Zeit, den Auftrag zu erfüllen. Ich setze mich mit Ihnen in Verbindung.«

Die kleine Scheibe in Esebians Hand löste sich auf, und er war wieder allein am Tisch.

Allein mit seiner Überraschung, seinem Schock. El'Kalentar war nicht irgendein Erlauchter, sondern der Vorsitzende des Direktoriats, Mächtigster unter den Unsterblichen und Regent der Hohen Welten und Tausend Tiefen.

Lang ist die Nacht dem Wachenden,
Lang ist der Weg dem müden Leib,
Lang ist der unverständigen
Wahrheitverkenner Wandelsein.

EIN FLÜGELSCHLAG UND EIN STEIN

4

Das Fernschiff schwebte dunkel und tot vor den bunten Fäden des Filigrans: eine mehr als zwei Kilometer lange Walze der Meronna; die einst hell erleuchteten Kuppeln am Rumpf wirkten jetzt wie schwarze Warzen am Leichnam eines Riesen.

Resident Akir Tahlon, Präfekt der Hohen Welten und Erster Hochkommissar des Direktoriats, sah aus dem großen Fenster der Observationskapsel, die langsam an dem toten Schiff entlangglitt. »Sind das … Kratzer und Schrammen in der Außenhülle?«, fragte er und holte die entsprechenden Stellen mit dem Zoom heran.

»Korrosion«, sagte sein Assistent Ranidi. Er hatte einen Schwarm Sensoren losgeschickt, die eine wahre Datenflut übermittelten. Der Magister beim Filigranport verarbeitete sie in Echtzeit und schickte der Kapsel die wichtigsten Analyseergebnisse. Sie erschienen in den Displayfeldern vor dem Assistenten. »Die *Kolakona* muss starker Strahlung ausgesetzt gewesen sein. Über einen längeren Zeitraum hinweg.«

»Wie lange?«, fragte Tahlon nachdenklich.

»Etwa hundert Jahre.«

»Nachdem sie nicht mehr genug Energie für die Schirmfelder hatte. Wie lange hat die energetische Autonomie eines solchen Schiffes Bestand?«

»Mindestens dreihundert Jahre.«

»Womit wir schon bei vier Jahrhunderten wären.« Die Kapsel verharrte an einer der Kuppeln, und Licht ging von ihr aus, durchdrang die getrübte Schalenstruktur und erhellte das Innere. Tahlon glaubte, mehrere mumifizierte Leichen zu erkennen. »Vierhundert Jahre … Es dürfte wohl kaum Überlebende an Bord geben.«

»Nein«, bestätigte sein Assistent, der erste Daten aus dem Innern der Walze empfing. »Nach so langer Zeit ist natürlich niemand rekonvertierbar.«

Eine Crew von vierzig Personen und fast dreitausend Passagiere. Tot. Ausgelöscht. Durch einen … Unfall? Tahlon fragte sich, ob diese Bezeichnung angemessen war. Mit einem »Unfall« verband er Vorstellungen von Chaos und Zerstörung. Aber er wusste bereits, dass sie an Bord der *Kolakona* alles intakt vorfinden würden.

Er hatte dies alles schon einmal gesehen, nicht hier beim Filigran von Hajok, sondern bei einem anderen, das fast zehntausend Lichtjahre entfernt war und durch das inzwischen niemand mehr reiste.

»Wann ist die *Kolakona* in den Transit gegangen?«, fragte er.

»Vor zehn Stunden.«

»Ein halber Tag«, sagte Tahlon. »Und für das Schiff sind

mindestens vierhundert Jahre vergangen, während es sich dort drin befand.« Er deutete zum Filigran und dem spinnenartigen Weber, der über Port und Magister an einem der Hauptstränge entlangkroch.

»Es könnten sogar doppelt so viele Jahre sein, Präfekt.« Ranidis am Hals zusammengefaltete Kiemen zitterten, als er auf die Displayfelder deutete. »Darauf deuten die ersten Ergebnisse der Untersuchungen an Bord hin.«

Akir hob die Hand zu einer vagen Geste. »Ich habe hier genug gesehen, Ranidi. Bringen Sie mich zum Port zurück. Ich möchte mit dem Magister sprechen.«

»Ja, Präfekt.«

Dies war das Herz des Magisters Jae von Hajok, dessen voller Name Jae-al-Escoe-Hoivinio-tan-Mauleon-Caliquire-tan-Nesluzan lautete: der Distributor, der all die Quantenkerne in den Hunderte Kilometer langen Denksegmenten mit Energie versorgte. Ihr Summen lag wie eine Melodie in der Luft, ein Lied noch älter als die ältesten Erlauchten auf den Hohen Welten, wusste Akir Tahlon, als er sich dem leuchtenden, leise singenden Ellipsoid näherte. Jae war vor zehntausend Jahren vom Seeder zur Emergenz geworden, und einige hundert Jahre später zum Magister, Teil einer Gemeinschaft, die sich durch die ganze Milchstraße und darüber hinaus erstreckte. Und hier stand er, Akir Tahlon, Resident, dreihundertzwanzig Jahre alt und nur noch fünftausend Meriten von der Unsterblichkeit entfernt, einer der mächtigsten Männer des Direktoriats, gleich nach den Erlauchten, und kam sich klein und unbedeutend vor. Alle Gefühle, die er jemals empfunden, alle Gedanken, die er jemals gedacht hatte, alle seine Erlebnisse und Erfahrungen von Geburt an bis zu diesem Moment – Jae hätte sie innerhalb weniger Nanosekunden verarbeiten und auswerten können.

»Sie hätten nicht selbst hierherkommen müssen, Resident«, ertönte eine Stimme. Tahlon stellte sich vor, dass sie ihren Ursprung in dem wie Perlmutt schimmernden Ellipsoid vor ihm hatte. Kristallene Stränge gingen davon aus, wie die Energiebahnen des Filigrans, und verschwanden in den Wänden.

»Ich halte es für meine Pflicht, Sie persönlich zu informieren, Magister«, erwiderte Akir Tahlon. »Das Filigran muss für den Verkehr geschlossen werden. Genaue Untersuchungen sind nötig. Ich fürchte sogar, dass eine völlige Schließung nötig wird. Das könnte Ihre Kommunikation mit den anderen Magistern beeinträchtigen.«

Das Summen veränderte sich ein wenig, und Tahlon glaubte, im Hintergrund ein wortloses Wispern und Raunen zu hören.

»Meine Berechnungen zeigen diese Möglichkeit«, erwiderte Jae. »Und viele andere. Dies ist eine Zeit des Wandels, Resident Tahlon. Veränderungen innerhalb von Veränderungen. Alles gerät in Bewegung. Was erstarrt ist, kehrt in einen sich verzweigenden Ereignisstrom zurück.«

Die Stimme verklang, und für einige Sekunden war nur das Summen der Energie zu hören, die Myriaden Gedanken schuf. Tahlon wartete respektvoll. Dieses Gespräch war erst dann zu Ende, wenn der Magister darauf hinwies.

Das Schweigen dauerte nur kurz, aber es gab Jae Gelegenheit, mehr Überlegungen anzustellen als ein Erlauchter in tausend Jahren.

»Wenn eine Schließung erforderlich wird, schicke ich meine einzelnen Module vor dem Kollaps der Wurmlöcher durchs Filigran«, sagte Jae. »Oder ich lasse mich von einem interstellaren Schiff zum nächsten Filigran bringen. Resident Tahlon ...«

»Ja?«

»Sind Sie mit dem Chaos vertraut, Resident?«

»Das Leben ist organisiertes Chaos«, erwiderte Tahlon nach kurzem, verwundertem Zögern.

»So lautet eine Theorie. Ich bin kein biologisches Wesen, und doch entstamme auch ich einem nichtlinearen dynamischen System. Wie können aus Chaos geordnete Strukturen entstehen?«

»Durch zufällige Anordnung bestimmter Schlüsselelemente und die ihnen innewohnende Tendenz zur Selbstorganisation?«

»Damit beziehen Sie sich wieder auf eine allgemein anerkannte Theorie, die der Evolution.«

Tahlons Verwunderung wuchs. Wollte Jae wirklich eine philosophische Diskussion mit ihm führen?

»Was halten Sie vom Zufall, Resident?«

»Es gibt keinen Zufall«, sagte Tahlon sofort.

»Sind Sie sicher?«

»Zufall ist die Bezeichnung für einen Faktor, der in den kausalen Mustern von Ursache und Wirkung eine wichtige Rolle spielen kann, sich aber unserer Beobachtung entzieht.«

»Mit anderen Worten: Der Zufall ist etwas, das Wirkung erzeugt, ohne eine erkennbare Ursache zu haben.«

»Ja.«

»Der ›Zufall‹ spielt im Chaos eine wichtige Rolle«, sagte Jae, während es im Hintergrund summte und flüsterte. »Er lenkt Entwicklungen in neue Richtungen. So wie in diesem Fall.«

»Ich verstehe nicht ganz, Magister …«

»Ein Tropfen, der ins Meer fällt, bewegt den ganzen Ozean, auch wenn das menschliche Auge es nicht wahrnimmt«, sagte Jae.

»Ein Schmetterling kann mit seinem Flügelschlag …«

»… auf der anderen Seite des Planeten einen Sturm auslösen. Es ist eine oft benutzte Metapher, die Menschen hilft, einen Eindruck von der Komplexität nichtlinearer Systeme zu gewinnen. Was wir hier beobachten, Resident, ist das Ergebnis einer Kette von noch nicht bestimmbaren kausalen Beziehungen, die Folgen von großer Tragweite haben können. Ich rate Ihnen, den Vorsitzenden des Direktoriats zu verständigen. Bitte übermitteln Sie El'Kalentar meine Grüße.«

»Aber … es ist das zweite Filigran«, sagte Akir Tahlon, der sehr wohl wusste, dass die Worte des Magisters mehr waren als ein Rat. »Zwei von mehr als zwanzigtausend.«

»Es sind zweiundzwanzigtausendvierhunderteinunddreißig. Und dies ist nicht das zweite betroffene Filigran, sondern das fünfte. Es existieren bereits vier Falsche Filigrane, und das von Hajok zeigt die ersten Symptome.«

Akir Tahlon betrachtete das Herz des Magisters, das nicht Blut pumpte, sondern Energie, durch einen Körper, der an der breitesten Stelle fast siebenhundert Kilometer maß. »Dies ist kein Zufall«, sagte er, als Jaes Worte plötzlich mehr Sinn ergaben als vorher. »Es gibt Korrelationen. Zusammenhänge.«

»Sie haben selbst darauf hingewiesen, dass es keine Zufälle gibt, Resident. Sprechen Sie mit El'Kalentar. Dies ist wichtig. Ich wünsche Ihnen ein langes Leben.«

Damit war das Gespräch beendet. Tahlon ging.

5

El'Kalentars Domizil erstreckte sich über mehr als zehntausend Hektar: felsiges, eisverkrustetes Land am Nordpol von Taschka, in der langen polaren Nacht oft von Schneestürmen heimgesucht. Er hatte es weitgehend in seinem ursprünglichen Zustand belassen, nur hier und dort einige der wilden Landschaft angepasste Gebäude hinzugefügt, die ihm vollen Zugang auf die datentechnische Infrastruktur des Direktoriats und den industriellen Leib von Taschka gewährten, der in einer Tiefe von etwa zwei Kilometern begann und bis zum glutflüssigen Kern des Planeten reichte. Der allgemeine Eindruck täuschte ebenso wie viele, sorgfältig gestaltete Details: Taschka, siebte der Einundzwanzig Hohen Welten, war eine gewaltige Maschine, von den Erlauchten benutzt, von den Magistern gepflegt, verwaltet und gesteuert.

Als der Orbitalspringer den Leitsignalen folgte und sich den Hauptgebäuden des Domizils näherte, überlegte Akir Tahlon erneut, warum El'Kalentar ausgerechnet diesen Ort gewählt hatte, am Nordpol des Planeten. Seine eigene Residenz – noch kein Domizil, solange er nicht zu den Erlauchten zählte – befand sich in Agreda, der größten Stadt auf Taschka, unweit der Kobaltblauen Seen. El'Kalentar gehörte zu den ältesten Unsterblichen und schien ein Mann zu sein, der die Einsamkeit liebte, die ungestörte Gesellschaft seiner eigenen Gedanken.

Der Orbitalspringer flog an der Abbruchkante eines Gletschers entlang, und Tahlon beobachtete, wie sich ein großer

Brocken löste, Tausende von Tonnen schwer, und mit trügerischer Gemächlichkeit ins Meer stürzte. Der neben ihm sitzende Ranidi bemerkte nichts davon und blieb auf die Anzeigen seiner Datentafel konzentriert. Gelegentlich vibrierten seine zusammengefalteten Kiemen.

Nach einer Weile näherte sich der Springer einer großen Villa, weiß wie der Schnee, der sie auf allen Seiten umgab. Das ausgedehnte Anwesen aus mehreren Haupt- und vielen Nebengebäuden gehorchte von seiner Struktur her klaren architektonischen Linien und vermittelte einen Eindruck von Ordnung, der Tahlons ästhetischem Empfinden schmeichelte und ihm ein Gefühl von Geborgenheit gab. Dies war ein Bollwerk gegen das Chaos, eine feste Burg, die Sicherheit vor unkontrollierten Veränderungen versprach. Der Orbitalspringer sank der Villa entgegen und landete in einem Atrium. Kannelierte Säulen ragten am Rand des mit Marmorplatten ausgelegten Innenhofs fast zehn Meter weit auf und trugen flache Dächer. Die darin eingelassenen Kristalle bildeten Muster, die Motiven aus der römischen und griechischen Klassik nachempfunden waren – ganz sicher war Tahlon nicht, denn seine Kenntnisse über jene historischen Epochen der Alten Erde hatte er in ein externes Gedächtnis ausgelagert, das ihm derzeit nicht zur Verfügung stand.

Tahlon stieg zusammen mit seinem Assistenten Ranidi aus, der noch kleiner und fragiler wirkte als sonst. Vielleicht war es der Ort, der ihn schrumpfen ließ. Er war gerade erst Kandidat geworden, und ihm stand noch ein langer Weg bevor.

Ein funkelndes Indikatorlicht wies ihnen den Weg durch die Villa. Bei Tahlons letztem Besuch hatte das zentrale Gebäude von El'Kalentars Domizil aus einem weißen Turm bestanden, der wie ein Eiszapfen geformt gewesen war und bis in die Stratosphäre gereicht hatte. Den Strukturen im Formspeicher waren vermutlich keine Grenzen gesetzt – ein Wunsch des Erlauchten genügte, um die Gebäude zu verändern. Gestern ein Turm, heute eine Villa im klassischen Stil und morgen vielleicht eins der verschachtelten Baumhäuser, die Tahlon in den Wäldern der südlichen Hemisphäre gesehen hatte, in diesem Fall an die arktischen Verhältnisse angepasst. Fantasie und Kreativität gaben den Ausschlag, nicht der Aufwand.

El'Kalentar erwartete sie in einem offenen Bereich, nicht in eine Toga gekleidet, wie Tahlon halb erwartet hatte, sondern in eine türkisblaue Kombination aus Hose und Jacke, die zuerst den Eindruck erweckte, aus metallisch glänzendem Stoff zu bestehen. Tahlons geschulter Blick erkannte jedoch, dass es sich um einen speziellen Symbionten handelte, der wie das Haus verschiedene Gestalten annehmen konnte. El'Kalentars Haar war pechschwarz und schulterlang, die dunklen Augen groß in einem glatten Gesicht, das nur hier und dort die Andeutungen dünner Falten zeigte. Hochgewachsen und schlank stand der unsterbliche Vorsitzende des Direktoriats in seinem Steingarten, umgeben von einem komplexen Durcheinander aus Säulen, Streben, Brücken und Bögen, die alle aus höchstens fünf Zentimeter großen, glatten schwarzen Steinen bestanden. Weiße Linien durchzogen sie, und wenn das durch die transparente Decke kommende Licht in einem bestimmten Winkel auf sie fiel, pulsierten diese Linien wie die Adern eines lebenden Geschöpfs.

El'Kalentar richtete einen kurzen Blick auf den kleinen Ranidi, der mit gesenktem Kopf stehen geblieben war. »Wenn

Sie gestatten, Provisor … Ich möchte mit dem Präfekten allein sein.«

»Natürlich, Exzellenz«, sagte Ranidi sofort und wollte seine Datentafel auf einen nahen Tisch legen.

»Nehmen Sie die Tafel ruhig mit. Ich habe mit Jae gesprochen und von ihm die neuesten Informationen erhalten.«

»Wie Sie wünschen, Exzellenz.« Ranidi verbeugte sich und eilte so schnell hinaus, dass sich seine Kiemen aufblähten.

»Erlauchter …« Akir Tahlon senkte ebenfalls den Kopf, aber nur kurz. »Der Magister hat mich gebeten, mit Ihnen zu sprechen.«

»Ich weiß. Kommen Sie, Tahlon, kommen sie.«

El'Kalentar schien gewisse Veränderungen an seinem Körper vorgenommen zu haben, denn seine Stimme klang anders, voller, und als Tahlon zu ihm trat, bemerkte er blasse blaue Punkte auf Wangen und Kinn. Die Stirn zeigte ein kleines eidechsenartiges Geschöpf aus kupferrotem, halb organischem Metall. Die Kreatur bewegte sich, als sie Tahlons Blick spürte. Ein Implantat? Oder ein Symbiont wie die Kleidung des Erlauchten? Welche Wunder erwarten mich, wenn ich selbst unsterblich geworden bin?, dachte Tahlon.

Der Vorsitzende des Direktoriats machte eine Geste, die dem ganzen Steingarten galt. »Wie viele Steine sind es, was meinen Sie?«

Tahlons Blick strich durch den großen Raum. Millionen, wollte er zunächst sagen, aber vermutlich waren es noch mehr. Die Stege und Brücken reichten hundert Meter weit bis zur gegenüberliegenden Seite des offenen Bereichs, und überall ragten Türme und Säulen auf, bestehend aus Tausenden von einzelnen Steinen.

»Ich weiß es nicht, Exzellenz. Es sind ... viele.«

»Ich habe lange daran gearbeitet, Präfekt«, sagte El'Kalentar. »Fast zwanzig Jahre. Die Steine ruhen aufeinander und stützen sich gegenseitig. Sie befinden sich in einem perfekten Gleichgewicht. Selbst bei den hohen Stegen und Brücken gibt es keine Gravitationsanker.«

Tahlon, der El'Kalentar kannte, glaubte zu verstehen. »Harmonie, Exzellenz?«

»In gewisser Weise.« Der Erlauchte hob die rechte Hand. »Hier, nehmen sie.«

Tahlon nahm einen schwarzen Stein mit zwei dünnen weißen Linien entgegen, etwa drei Zentimeter lang und zwei breit.

»Es ist der letzte«, sagte El'Kalentar. »Sie haben die Ehre, dieses Kunstwerk zu vollenden.«

Tahlon starrte überrascht auf den Stein, rund und glatt wie ein Kiesel, und blickte dann durch den Steingarten. Er wusste nicht, was er davon halten sollte. »Exzellenz ...«

»Nur zu.« El'Kalentar lächelte, wodurch die blauen Punkte in seinem Gesicht in Bewegung gerieten. Von der kleinen roten Eidechse kam ein leises Zischen. »Es ist nur ein Stein.«

»Aber ich weiß nicht, welche Stelle Sie dafür vorgesehen haben, Exzellenz.«

»Oh, suchen Sie sich eine aus.« El'Kalentar winkte einladend.

Akir Tahlon sah sich um. Die Stege und Brücken kamen nicht infrage, nicht einmal die niedrigen von ihnen, denn ihr Gleichgewicht erschien ihm zu prekär. Eine der Säulen?

»So schwer kann es doch nicht sein.« El'Kalentars Stimme gewann einen spöttischen Klang. »Nur ein Stein.«

Tahlon ging zu einer der kleineren Säulen – sie reichte ihm bis zur Brust und bot oben Platz genug für einen weiteren Stein. Vorsichtig legte er den Stein, den er vom Erlauchten erhalten hatte, auf die anderen, trat dann zurück und wollte sich erleichtert zu El'Kalentar umdrehen, als er plötzlich ein dumpfes Knirschen hörte. Die Steine der Säule erzitterten, wie von unsichtbaren Fingern angestoßen, und die Vibrationen breiteten sich schnell aus, erfassten den fast bis zur Decke aufragenden Turm daneben, dann die nächsten Stege. Aus dem Knirschen wurde ein Knistern und Knacken, das schnell zu einem Donnern anschwoll. Steine fielen, zu Hunderten und Tausenden; der ganze Steingarten, in zwanzig Jahren von den Händen eines Unsterblichen geschaffen, stürzte in sich zusammen.

Tahlon hob schützend die Hände über den Kopf und kniff die Augen zu. Als das Getöse schließlich nachließ, wagte er, die Lider wieder zu heben.

»Exzellenz! Es … es tut mir leid. Ich wollte nicht … ich wusste nicht …«

El'Kalentar stand da und lächelte erneut. Das Eidechsenimplantat in seiner Stirn schien zu grinsen.

»Ein Stein«, sagte er. »Ein Stein, an der falschen Stelle, und alles bricht zusammen.«

»Es tut mir leid …«

»Schon gut. Ich denke, der Garten hat seinen Zweck erfüllt. Und außerdem ist er im Formspeicher abgelegt.« El'Kalentar berührte die kleine Eidechse in seiner Stirn, und die vielen schwarzen Steine mit den weißen Linien darin erschimmerten und verschwanden, von einem Transferfeld fortgetragen oder in die energetische Matrix zurückverwandelt, die sie geschaffen hatte. Die transparente Decke trübte sich, und wo eben noch die brusthohe Säule gewesen war, auf die er den letzten Stein gelegt hatte, erschienen zwei Sessel vor einem ovalen Tisch. El'Kalentar nahm im rechten Platz und deutete auf den linken. »Setzen Sie sich, Präfekt.«

Akir Tahlon kam, noch immer benommen und bestürzt, der Aufforderung nach.

»Wie viele Meriten fehlen Ihnen noch, Präfekt?«, fragte der Erlauchte.

»Fünftausend«, brachte Tahlon hervor.

»Und wie viel Zeit bleibt Ihnen?«

»Noch zwei Jahre bis zur letzten Therapie, Exzellenz.«

El'Kalentar nickte kurz. »Also wird, wenn alles gut geht, aus Ihrer Residenz auf Taschka bald ein Domizil.«

Wenn alles gut geht, dachte Tahlon. »Ja, Exzellenz.«

»Was derzeit geschicht …«, sagte El'Kalentar, und es lag eine gewisse Schwere in seiner Stimme. »Es gibt Ihnen Gelegenheit, fünfzigtausend oder sogar fünfhunderttausend Meriten zu verdienen, wie mir Jae versichert hat. In dieser Hinsicht brauchen Sie sich keine Sorgen zu machen. In anderer schon. Wir alle.«

Er winkte, und das Gesteninterface seines Domizils reagierte sofort. Es wurde dunkel, und die letzten Eindrücke von Schnee und Eis außerhalb der Villa verschwanden, obwohl Wände und Decke ihre Substanz zu verlieren schienen. Schematische Darstellungen nahmen ihren Platz ein, komplexer als die größten, ältesten Filigrane, begleitet von Informationskolonnen, die auf den visuellen Fokus des Betrachters reagierten und die betreffenden Stellen in den Vordergrund rückten. Sonnen, Planeten und Habitate dehnten sich aus, mit Datenfenstern, die über ihre Besonderheiten Auskunft gaben, und sie schrumpften wieder und wurden zu Punkten in den miteinander verflochtenen Gespinsten aus bunten Fäden und Linien, wenn Tahlons Blick weiterwanderte. Die Darstellungen beschränkten sich nicht allein auf die Milchstraße. Die Wurmlöcher einiger Filigrane führten in andere Galaxien, unter ihnen die beiden Magellan'schen Wolken, Sagittarius, Sculptor, Canis Major, Fornax und Hercules, alles Mitglieder der Lokalen Gruppe, und Andromeda, auf Kollisionskurs mit der Milchstraße. Siebenhundert Millionen Lichtjahre waren es bis zur weitest entfernten erreichbaren Galaxie – zwei Filigrane im Zentrum des Direktoriats boten entsprechende Verbindungen. Kongress und Poseidon waren angeblich in Weiten bis über eine Milliarde Lichtjahre vorgestoßen.

»Ich habe eine Aufgabe für Sie, Tahlon.«

»Exzellenz?«

»Helfen Sie mir dabei, das Direktoriat zu retten.«

6

Die Worte des Erlauchten kündigten etwas an, das Tahlons schlimmste Befürchtungen übertraf. Plötzlich fiel ihm das Atmen schwer. »Es sind nur fünf«, sagte er mühsam, wie um sich selbst Mut zu machen. »Nur fünf von mehr als zweiundzwanzigtausend in der ganzen Milchstraße.«

Neben ihm hob El'Kalentar die Hand, und einige der Linien lösten sich aus den Gespinsten. »Es kam zu einigen sehr unglücklichen Zwischenfällen. Einen davon, den mit der *Kolakona,* haben Sie selbst untersucht. Ich habe inzwischen die Anweisung erteilt, dass die betroffenen Verbindungen geschlossen werden, nicht nur für Raumschiffe, sondern auch für den Individualverkehr. Lokal führt das zu erheblichen Problemen, aber für das Direktoriat als Ganzes ergeben sich dadurch keine nennenswerten Einschränkungen. Bei den anderen Nationen sieht es ähnlich aus, selbst im Poseidon, nehme ich an.«

»Ist das Problem dort bekannt?«

El'Kalentar nickte kurz, wodurch die rote Eidechse in seiner Stirn in Bewegung geriet. »Das Direktoriat hat sich mit den Verantwortlichen in Verbindung gesetzt.«

»Wenn es bei den fünf Filigranen bleibt ...«, sagte Tahlon hoffnungsvoll.

»Denken Sie an den Stein, Präfekt. Sie haben ihn auf die Säule gelegt, und dadurch ist alles in Bewegung geraten.«

»Ein Tropfen, der ins Meer fällt, bewegt den ganzen Ozean, auch wenn das menschliche Auge es nicht wahrnimmt«, sagte Tahlon nachdenklich. Er bemerkte den fragenden Blick des Erlauchten und fügte hinzu: »Diese Worte stammen von Jae.«

»Er kennt den Ernst der Lage. Das Direktoriat beobachtet die Entwicklung seit dem zweiten Falschen Filigran und arbeitet eng mit den Magistern zusammen. Ist Ihnen klar, was passieren könnte, Präfekt?«

»Destabilisierung«, antwortete Akir Tahlon, der in den vergangenen Stunden kaum an etwas anderes gedacht hatte. »Isolation. Chaos.« Er schauderte. *Chaos.* Nichts verabscheute er mehr.

El'Kalentar richtete einen langen, nachdenklichen Blick auf ihn. »Wenn *dieser* Steingarten in sich zusammenfällt, Präfekt ... Es könnte das Ende unserer Zivilisation sein. Es wäre sogar möglich, dass der besiegte Tod zurückkehrt und uns erneut herausfordert.«

Tahlon erbleichte. »Die Unsterblichkeit könnte in Gefahr geraten?«

»Die größte Errungenschaft unserer Gesellschaft, Präfekt. Ewiges Leben.« El'Kalentar winkte erneut, und weitere Linien krochen wie dünne Schlangen aus den Gespinsten. Sie pulsierten mehrmals und verschwanden dann. Die bunten Knäuel verloren an Farbe und Dichte, und schließlich blieben nur noch Punkte übrig, mit Datenetiketten, die Namen und Entfernung nannten.

Aufruhr herrschte in Tahlon und wurde kaum geringer, als er in den kühlsten, rationalsten mentalen Modus wechselte. Mehr als dreihundert Jahre hatte er, wie die meisten Menschen, mit nur einem Ziel gelebt: das Gespenst des Todes zu besiegen und unsterblich zu werden. Ein letzter Aufstieg trennte ihn von dem Ziel, und die Vorstellung, dass ihn widrige Umstände daran hindern könnten, die Früchte all der Anstrengungen zu ernten, war ungeheuerlich.

El'Kalentar musterte ihn. »Sie denken an Ihre eigene Zukunft, nicht wahr? Der Mann, der sich all die Jahre ganz dem Direktoriat gewidmet hat und die Ordnung über alles liebt, der über die Einhaltung der Regeln wacht und zu einem Synonym für Tüchtigkeit und Effizienz geworden ist ... Dieser Mann entwickelt plötzlich egoistische Tendenzen. Er denkt vor allem an sich, an seine eigenen Hoffnungen und Wünsche, und erst dann an die Konsequenzen, die sich für unsere interstellare Gesellschaft ergeben würden.«

»Ich bitte um Entschuldigung, Exzellenz ...«

»Schon gut. Ich verstehe Sie, Tahlon.« El'Kalentar deutete auf die vielen einzelnen Punkte. »Das sind die Projektionen einer möglichen Zukunft. Wenn die Filigrane ausfallen, sind wir auf unsere Fernraumschiffe angewiesen. Reisen damit benötigen viel Zeit, wie Sie wissen, und sind weitaus umständlicher als Filigranpassagen. Das größte Problem ist nicht der mangelnde Komfort, sondern der Faktor Zeit. Die uns zur Verfügung stehenden Triebwerke beschleunigen Raumschiffe auf maximal hundertfache Lichtgeschwindigkeit, was einen enormen Energieaufwand erfordert – realistischer ist ein Maximum von fünfzig- bis sechzigfacher LG.«

Akir Tahlon nickte und versuchte, seine Gedanken und Gefühle unter Kontrolle zu bringen. Ohne die Erweiterungen war das alles andere als leicht.

»Ähnliches gilt für die Schiffe der Enha-Entalen, Kirgu, Meronna, Isquri, Benink, Malangatar und der anderen Völker, die mit Direktoriat oder Kongress und Poseidon assoziiert sind. Sechzigmal so schnell wie das Licht, mit vertretbarem Energieaufwand.« El'Kalentar zögerte kurz. »Präfekt?«

»Ich höre Sie«, sagte Akir Tahlon und dachte: Fünftausend Meriten. Zwei Jahre. Fast da, fast da … Und jetzt dies.

»Es bedeutet, dass fünfzig bis sechzig Lichtjahre entfernte Welten – und ihre Ressourcen – in einem Jahr erreicht werden können. Fünf- oder sechshundert Lichtjahre erfordern einen Flug von zehn Jahren, und es werden hundert Jahre, wenn die Entfernung auf fünf- bis sechstausend Lichtjahre wächst. *Tausend* Jahre wären nötig, um die halbe Milchstraße zu durchqueren – solche Reisen kämen nicht einmal für Kandidaten infrage, nur für Erlauchte. Und um ganz ehrlich zu sein: Ich möchte nicht tausend Jahre an Bord eines Fernraumschiffs verbringen, nur um einen anderen Planeten auf der anderen Seite der Galaxis zu erreichen. Zehn Jahrhunderte sind *viel* Zeit, glauben Sie mir.«

Bei den letzten Worten bekam El'Kalentars Stimme einen seltsamen Klang. Der Aufruhr in Tahlon ebbte allmählich ab, und er hörte mit größerer Konzentration zu.

»Achtzig oder neunzig Prozent der Welten des Direktoriats wären für alternde Menschen praktisch unerreichbar. Die Gemischten Gebiete wären fast ganz abgeschnitten, ebenso Kongress, Poseidon und die Klerikalen. Lange interstellare Reisen, Präfekt, blieben praktisch nur noch Magistern und Erlauchten vorbehalten. Was uns Unsterbliche betrifft: Wir fühlen uns auf unseren Einundzwanzig Hohen Welten recht wohl und verlassen sie nur ungern, zumindest die meisten von uns.«

El'Kalentar lehnte sich zurück, hob die Hand zur Eidechse in seiner Stirn und berührte sie mit dem Zeigefinger. Tahlon hörte ein leises Zirpen, und die zahlreichen Punkte an Wänden und Decke begannen einen Tanz. Datenfenster zeigten Informationen in rasendem Tempo, zu schnell für Tahlon. Nur mit seinen Erweiterungen wäre er in der Lage gewesen, sie zu verarbeiten. Er vermutete, dass es sich um verschiedene Szenarien handelte, um Was-wäre-wenn-Spekulationen, die von verschiedenen Prämissen ausgingen.

»Unsere Gesellschaft«, fuhr El'Kalentar fort, »basiert auf dem praktisch unbegrenzten Austausch von Ressourcen, Tahlon. Wir leben gut – und damit meine ich nicht nur uns Erlauchte, zu denen Sie bald gehören werden –, weil die *Voraussetzungen* für ein gutes Leben existieren. Unser industrielles Potenzial ist groß genug, um die Grundbedürfnisse aller Menschen zu befriedigen. Niemand muss arbeiten. Die Arbeit, Präfekt, ist von einer unangenehmen Notwendigkeit zu einem Privileg geworden, zu etwas Erstrebenswertem. Verdienste an der Gesellschaft als Mittel, schließlich die Unsterblichkeit zu erreichen, sind die wichtigste Triebkraft in unserer Gesellschaft. Aber Quantität und Qualität der industriellen Produktion im Direktoriat sind nicht überall gleich. Um alle Menschen zu versorgen, müssen Ressourcen und Güter verlagert und transportiert werden. Und wenn dieser Transport plötzlich sehr viel mehr Zeit in Anspruch nimmt als vorher, wenn es zu Engpässen und Versorgungskrisen kommt …«

Die Hohen Welten sind sicher, dachte Akir Tahlon und wagte es nicht, den Blick auf El'Kalentar zu richten, aus Furcht davor, dass er damit seine Gedanken preisgab. Die Maschinen im Innern dieser Planeten produzieren alles, was man sich wünschen kann, und vielleicht noch mehr.

Aber wie sicher können die Hohen Welten sein, wenn sich die Ordnung um sie herum auflöst und dem Chaos weicht, wenn Milliarden Menschen – und nicht nur Menschen – in Not geraten und neidische Blicke auf Taschka und die anderen Welten der Unsterblichen richten?

Die vielen Punkte an Wänden und Decke formierten sich neu, und farbige Ringe gaben über Entfernungen Auskunft.

»Fast neuntausend Filigrane befinden sich im Direktoriat«, fuhr El'Kalentar fort. »Wenn sie nicht mehr für den Transport zur Verfügung stehen, sind die Welten mit längeren Transportwegen eher von der Krise betroffen als andere.«

Neue Linien bildeten sich, silbern und golden, formten noch komplexere Gespinste als jene, die sie zuvor gesehen hatten. »Ein überaus kompliziertes logistisches Problem bei wie vielen Planeten, Präfekt?«

»Vierzehntausendneunhundertzehn, Exzellenz«, sagte Tahlon und hatte das schreckliche Gefühl, dass sich in ihm eine große Leere auftat, die seine Gedanken so gierig ansaugte wie eine Singularität Materie und Licht. Das Blut wich ihm aus dem plötzlich kalt und feucht gewordenen Gesicht. Instinktiv versuchte er, seine Erweiterungen zu aktivieren, aber im Neutralisierungsfeld des Domizils reagierten sie natürlich nicht.

Er erahnte das wahre Ausmaß des Problems und kam sich vor wie jemand, der dicht vor einem gewaltigen Abgrund stand, einer enormen bodenlosen Tiefe, die er bisher lediglich für ein Tal gehalten hatte.

»Sie haben es erkannt, nicht wahr, Tahlon? Unser größtes Problem. Nicht die Schwierigkeiten bei der Ressourcenverteilung, nicht die Versorgungsengpässe auf vielen Planeten. Das größte Problem ist: Wenn die Filigrane ausfallen, können die Magister nicht mehr miteinander kommunizieren. Was wäre unsere Welt ohne die Magister?«, fragte El'Kalentar und unterstrich diese Worte mit einer Geste, die nicht nur Taschka galt, sondern allen fast fünfzehntausend Planeten des Direktoriats. Vielleicht meinte er auch die übrigen Völker und Zivilisationen in der Milchstraße, denn dort gab es ebenfalls Magister, obwohl man sie anders nannte. Jae und die anderen sprachen auch mit ihnen, wie es hieß. Ihre Regeln waren es, die den Menschen seit vielen Jahrhunderten Ordnung schenkten. Die interstellaren Gesellschaftsstrukturen, nicht nur im Direktoriat, entwickelten sich nach ihren Richtlinien. Es war ihr kluger Weitblick, der Probleme voraussah und sie löste, bevor sie zu Krisen führen konnten. Es war die leitende, schützende Hand der Magister, die es der Menschheit ermöglicht hatte, seit den verheerenden Filigran-Kriegen vor fünftausend Jahren in Frieden zu leben.

Vielleicht, flüsterte ein von Ehrfurcht begleiteter Gedanke in Tahlon, war El'Kalentar alt genug, jene Kriege selbst erlebt zu haben.

»Ohne die Magister würde unsere Welt nicht existieren«, beantwortete der Erlauchte seine Frage selbst. »Industrie, Forschung und Wissenschaft, die Logistik der Distribution, unsere soziale Infrastruktur – wir verwalten alles mithilfe der Magister. Doch eigentlich ist das ein Euphemismus, Präfekt. Denn ohne die Hilfe der Magister könnten wir überhaupt nichts verwalten. Unsere Welt ist einfach zu kompliziert. Das gilt auch für den Kampf gegen den Tod.«

Tahlon hatte auf die Wand gestarrt, ohne die vielen leuchtenden Punkte und die Farbringe mit den Entfernungsvektoren zu sehen. Die letzten Worte des Erlauchten veranlassten ihn, den Kopf zu drehen und El'Kalentar anzusehen. Neuer

Schrecken erfasste ihn, diesmal auf einer noch direkteren, persönlichen Ebene.

»Es ist kein leichter Kampf«, sagte der Vorsitzende des Direktoriats. »Obwohl wir den Sieg über den Tod schon vor langer Zeit errungen haben, noch vor den Filigran-Kriegen, müssen wir ständig auf der Hut sein, denn der Tod liegt immerzu auf der Lauer und würde jede Gelegenheit zu einer Revanche nutzen.«

El'Kalentar hob die Hand, schmal und lang, drehte sie langsam und betrachtete sie dabei. »Dies sind keine auf Selbsterneuerung programmierten Polymere. Es ist auch nicht die Pseudomaterie eines quasilebendigen Avatars. Was wir hier sehen, sind lebendige Zellen, geschaffen vom Bauplan der DNS, aber mit der Fähigkeit, sich unendlich oft zu teilen. Unsere Wissenschaft hat den Tod aus ihnen herausgeschnitten. Aber …«

Tahlon spürte erneut den durchdringenden Blick des Unsterblichen und wollte den Kopf senken, war aber nicht dazu imstande.

»Aber, Exzellenz?«, fragte er, als die Stille andauerte.

»Diese Zellen, die nicht mehr sterben … Sie sind launisch und kapriziös, Tahlon. Noch launischer und kapriziöser als die Zellen eines Kandidaten zwischen den Therapien. Manchmal scheint es, als hätten sie einen eigenen Willen, den sie unbedingt durchsetzen wollen.«

»Krankheiten«, sagte Akir Tahlon leise. »Ich habe davon gehört.«

El'Kalentar ließ die Hand sinken, und von der roten Eidechse in seiner Stirn kam erneut ein leises Zischen. »*Er* versteckt sich hinter dieser Launenhaftigkeit. Thanatos. Der Tod. Doch unsere Wissenschaft, die ihn besiegt hat, besiegt auch die Krankeiten.«

Akir Tahlon, der sich nichts sehnlicher wünschte als einen dauerhaften Platz auf den Hohen Welten, verstand erneut. »Aber wenn das Chaos einer kollabierenden Gesellschaft die Grundlagen jener Wissenschaft bedroht …«

El'Kalentar nickte. »Ja, Präfekt. Manchmal genügt ein Stein, um alles zusammenbrechen zu lassen. Nun … Sie haben das erste Falsche Filigran untersucht. Hat sich dabei irgendetwas ergeben, ein Ansatzpunkt, der uns dabei helfen könnte, andere Filigrane zu schützen?«

»Ich fürchte nein, Exzellenz.« Im Analysemodus rief Tahlon die Informationen aus seinem Gedächtnis und war froh, dass er sie nicht in einem externen Speicher abgelegt hatte. »Das Problem scheint auf den Weber zurückzugehen, der neue Fäden des Filigrans falsch verknüpft, und dadurch werden offenbar auch die alten Verbindungen destabilisiert. Unsere Sonden haben beim ersten Falschen Filigran energetische Fluktuationen erst in den Haupttunneln und dann in den lateralen Wurmlöchern festgestellt. Messungen deuten darauf hin, dass sich dieses Phänomen beim Hajok-Filigran wiederholt.«

»In den Legenden der Enha-Entalen heißt es, dass Filigrane und Weber von den Incera gesät wurden«, sagte El'Kalentar nachdenklich.

Diese Bemerkung überraschte Tahlon, wies sie doch darauf hin, dass der Erlauchte in Gedanken ganz woanders war und ihm vielleicht gar nicht richtig zugehört hatte. Oder brachte er Dinge miteinander in Zusammenhang, von denen er noch nichts wusste?

Plötzlich verschwanden die Abertausend Planetenlichter von

Wänden und Decke, und ein sanftes, bläuliches Glühen – in der gleichen Farbe wie die Punkte in El'Kalentars Gesicht – erhellte einen Raum, der sich erneut verändert hatte. Die schwarzen Steine mit den weißen Linien in ihnen bildeten wieder den großen Garten, den Tahlon zuvor mit einem falsch platzierten Stein zum Einsturz gebracht hatte. Auf der anderen Seite bemerkte der Präfekt einen Torbogen in der Wand, und ein Summen kam aus jener Öffnung.

»Die Nachricht, auf die ich gewartet habe, ist eingetroffen.« El'Kalentar stand auf. »Kommen Sie, Tahlon. Ihr Assistent befindet sich bereits an Bord meines Schiffes.«

»Es warten gewisse Verpflichtungen auf mich, Exzellenz, nicht zuletzt die Untersuchungen des Hajok-Filigrans ...«

»*Diese* Verpflichtung hat Priorität, mein lieber Tahlon. Eine Zusammenkunft der Direktoren findet statt, und anschließend beginnen wir mit einer Reise, die uns zu den wichtigsten Filigranen führen wird. Ich habe vor, die nächsten zehn Jahre allein dieser Angelegenheit zu widmen, wenn es nötig ist.«

Unter einem sehr fragil wirkenden Steinbogen blieb El'Kalentar stehen. »Kopf hoch, Tahlon. Als Resident brechen Sie auf, und als Erlauchter kehren Sie zurück. Wenn alles gut geht.«

Er lächelte, hielt einen Stein in der rechten Hand, schwarz, mit zwei dünnen Linien – der Stein, den er Tahlon gegeben hatte –, und drückte ihn vorsichtig in eine kleine Öffnung zwischen zwei anderen Steinen an der linken Basis des Bogens.

Akir Tahlon hielt unwillkürlich den Atem an.

Es knirschte leise, doch der Steinbogen blieb stabil.

»Das Gleichgewicht, Präfekt«, sagte El'Kalentar. »Wir müssen dafür sorgen, dass die Dinge im Gleichgewicht bleiben.«

Als sie durch das Tor schritten, warf Tahlon einen Blick zurück. Dick und massiv ragten die Säulen und Türme des Steingartens auf, vermittelten den falschen Eindruck, dass nichts sie zum Einsturz bringen konnte. Und doch genügte ein Stein an der falschen Stelle …

Aus der Tiefe geboren,
Für die Höhe erkoren,
Ohne Wurzeln
Verloren.

TODESPLÄNE

7

Ist es nicht wunderschön?«, sagte die Frau.

Esebian trug diesmal keine Konsulabzeichen am Kragen; andernfalls hätte ihn die recht jung wirkende Frau wohl kaum angesprochen. Die meisten Leute – Menschen und andere – wahrten respektvollen Abstand zu einem so hohen Kandidaten. Er rang sich ein Lächeln ab, trotz der schweren Gedanken, die ihn beschäftigten.

»Fast immer erinnern mich die Filigrane an Orchideen«, fügte die Frau hinzu. »Kennen Sie Orchideen? Aber in diesem Fall denke ich mehr an eine Rose. Was meinen Sie?«

Sie befanden sich im Wartebereich des Filigranports, in einem von mehr als zwanzig großen, mehrfach unterteilten Räumen, die allen ambientalen Erfordernissen entsprechen konnten. Große Fenster gewährten Ausblick aufs sonnennahe All, und automatische Filter, den individuellen Bedürfnissen der Reisenden angepasst, dämpften das grelle Gleißen der nur fünfzig Millionen Kilometer entfernten Sonne Haredion. Das ganze Ausmaß des Ports war vom gewölbten Fenster auf der linken Seite aus erkennbar, hinter der von einem Kongressler geschaffenen Skulptur, die auf Stimmungen der Reisenden reagierte, indem sie Farbe und Form veränderte. Die Station am Filigran bestand aus mehreren wie ineinander verkeilt wirkenden Habitatmodulen, einige rund und glatt, andere voller Ecken und Kanten. Nur drei Raumschiffe lagen mit Gravitationsankern beim Dockdorn. Zwei von ihnen – stumpfe Kegel, denen es an Eleganz mangelte – stammten aus den Tausend Tiefen, und das dritte war ein Pfeilschiff der Enha-Entalen, überraschend groß und voller facettenartiger Kollektorzellen, die das Sonnenlicht hungrig aufsaugten. Fast fünfzigtausend Kilometer entfernt drehte sich Covaruvia, der erste Planet des Haredion-Systems, und knapp tausend Kilometer über der von Kratern bedeckten und tiefen Schluchten durchzogenen heißen Oberfläche hatte Herax sein stacheliges Lager aufgeschlagen. Es war ein recht kleiner Magister, nicht größer als einige wenige Kilometer im Durchmesser, kleiner noch als der Port und das erst einige zehntausend Jahre alte Filigran. Als Esebian vor gut zwanzig Jahren im Haredion-System eingetroffen war, hatte er Herax zunächst für einen Seeder gehalten, bestenfalls für eine Emergenz. Aber er war ein vollwertiger Magister und stand durch das Filigran mit den anderen Magistern überall im Direktoriat in Verbindung. Die ganze Zeit über sprachen sie miteinander, billiardenfach schneller als selbst das Haus, in dem Esebian die letzten beiden Jahrzehnte gewohnt hatte. Manchmal fragte er sich, worüber sie sprachen, welche Pläne sie schmiedeten, aber er befürchtete: Selbst wenn es Antworten auf diese Fragen gab, er hätte sie wahrscheinlich nicht verstanden.

Die junge Frau bemerkte, wohin sein Blick ging. »All die Stacheln … Man könnte meinen, er wollte sich mit ihnen schützen.« Sie rieb sich kurz die Arme, als sei ihr kalt. »Ein junger Magister, jung wie dieses Filigran.«

»Und doch viel, viel älter als wir«, sagte Esebian. »Zumindest das Filigran. *Sie* sind jung.«

Die Frau lachte und streckte die Hand aus. »Leandra Covitz.«

Er nahm die Hand, drückte sie kurz und ließ wieder los. »Esebian.«

»Nur Esebian?«

»Ja.«

Die junge Frau musterte ihn mit neuem Interesse, wich aber nicht zurück. »Sind Sie Kandidat? Ich sehe kein Abzeichen an Ihrer Kleidung.«

»Ich trage keins.«

»Wie alt sind Sie? Welche Stufe haben Sie erreicht?« Nur eine Sekunde später fügte Leandra hinzu: »Oh, bitte entschuldigen Sie. Manchmal ist mein Mund ein bisschen zu schnell. Ich bin ja so aufgeregt. Für mich ist dies alles neu.« Sie breitete die Arme aus, drehte sich im Kreis und lächelte.

Die Frische der Jugend, dachte Esebian, und etwas in ihm fühlte sich angenehm berührt.

»Wie alt oder wie jung sind Sie?«, fragte er. Die schweren Gedanken rückten ein wenig beiseite.

»Sechsundzwanzig Echtjahre. Ich komme von Mway und bin auf dem Weg nach Halechko. Kennen Sie Halechko?«

Sie redete und redete, reihte ein Wort nach dem anderen zu schnellen Sätzen aneinander, vielleicht um die Stille zu vertreiben, die eigene Stimme zu hören und sich … sicher zu fühlen?

Esebian, und insbesondere seine Subpersönlichkeit Evan Ten-Ten, kannte Mway – jene Welt war nur einige Dutzend Lichtjahre von den Gemischten Gebieten entfernt. Man brauchte nicht einmal ein Filigran, um sie von dort zu erreichen; ein gewöhnliches interstellares Schiff genügte. »Halechko im Dorosan-System? Am Rand der Großen Leere? Ziemlich abgelegen, nicht wahr?«

»Ja. Dort gibt es eine Niederlassung der Fragensteller.«

»Oh.« Esebian musterte die junge Frau mit neuem Interesse. Sie war einen Kopf kleiner als er, schmaler und zierlicher gebaut, und ihre Haut hatte die natürliche Glätte der Jugend. Silberblondes Haar fiel glatt auf die Schultern und umrahmte ein Gesicht mit großen grünen Augen, einer recht kleinen Nase und einem Mund mit glänzenden Lippen. Der Glanz stammte von Mikrokristallen, die das Licht einfingen, es brachen und Tausende von winzigen Regenbogen schufen.

»Möchten Sie Fragen stellen oder suchen Sie Antworten?«

»Ich glaube, man sollte zuerst lernen, die richtigen Fragen zu formulieren, nicht wahr?«, erwiderte Leandra. »Anschließend kann man mit der Suche nach Antworten beginnen.«

»Die Fragensteller gehören zu den Klerikalen«, sagte Esebian.

»Ja, ich weiß.« Leandra richtete einen forschenden Blick auf ihn. »Haben Sie etwas gegen die Klerikalen?«

Esebian zuckte die Schultern.

»Ich habe beschlossen, mir alles anzusehen, bevor ich eine Entscheidung treffe«, fuhr Leandra fort. »Die Tausend Tiefen mit all ihrer Vielfalt, die Seelenlandschaften der Klerikalen, sogar die Gemischten Gebiete – auf die bin ich besonders neugierig. Stimmt es, dass Bewohner der Gemischten Gebiete keine Kandidaten werden können?«

Zum ersten Mal seit dem Beginn des Gesprächs regte sich Argwohn in Esebian. Wieder musterte er die junge Frau, diesmal mit Kyrills Augen. Täuschte der äußere Eindruck? Trug Leandra Covitz – wenn das ihr wirklicher Name war – eine Maske, hinter der sich jemand anders verbarg? Er sondierte sie mit den Erweiterungen, die er hier im Wartebereich des Filigranports einsetzen durfte, und das Ergebnis bestätigte sein bisheriges Bild von ihr: eine sehr junge, unerfahrene Person, die erst noch lernen musste, durch den eigenen inneren Kosmos zu navigieren, durch die Stürme wirrer Emotionen, trügerischer Hoffnungen, unerfüllter Träume und bitterer Enttäuschungen. Leandra hatte die ersten Schritte in die große weite Welt des Universums getan, und trotz ihrer Überschwänglichkeit, ihrer demonstrativ zur Schau gestellten Fröhlichkeit und Zuversicht … fürchtete sie sich. Esebian spürte es plötzlich so deutlich wie etwas, das er mit den Fingern berühren konnte, wenn er die Hand ausstreckte. Furcht nicht vor der Unendlichkeit des Universums, sondern vor der eigenen Winzigkeit, vor einer Bedeutungslosigkeit, die einem den Hals zuschnüren und die Luft zum Atmen nehmen konnte. Man brauchte Zeit, um das Universum zu sehen und zu erfahren und seinen Platz darin zu finden, all die Wunder zu bestaunen und wenigstens ein paar zu verstehen. Und während man sich nach und nach zu dieser Erkenntnis durchrang, tickte unbarmherzig die Uhr des Lebens und ließ einem *immer weniger* Zeit. Es sei denn, man wurde Kandidat und schaffte schließlich den Aufstieg zu den Hohen Welten der Erlauchten. Nur dann hatte man Zeit genug, für die beiden Universen: das eine außerhalb, unermesslich groß und sich mit jeder verstreichenden Sekunde ausdehnend, und das andere innerhalb, im eigenen Kopf, kaum kleiner.

»Ist alles in Ordnung?«, fragte Leandra. Ein Hauch von Sorge erklang in ihrer Stimme.

Esebian atmete tief durch. »Sie haben Recht. Viele Bewohner der Gemischten Gebiete können keine Kandidaten werden. Die meisten.«

»Warum nicht?«

Es war die Frage eines Kinds, fand Esebian: offen, direkt, unverblümt, ohne Rücksicht auf Konventionen und Traditionen. Andererseits: Sechsundzwanzig Echtjahre hätten eigentlich Zeit genug sein sollen, die grundlegenden Umgangsformen zu erlernen und bestimmte Tabus zu erkennen.

»Weil sie einen ... Makel haben«, sagte Esebian.

»Auf Mway dachte ich immer, dass die Meriten den Ausschlag geben, die Verdienste, die man in den interstellaren Gesellschaften erwirbt. Aber dann hörte ich von den Gemischten Gebieten und dem Makel. Es stimmt also.«

»Ja.«

»Aber wie können sich manche Menschen für die Unsterblichkeit eignen und andere nicht?«, fragte Leandra sofort. »Es kann also passieren, dass man genug Meriten hat, Verdienste an der Gesellschaft, und trotzdem nicht unsterblich wird. Ich finde das ...«

Esebian wartete einige Sekunden. »Ungerecht?« *Vorsicht*, sagte eine Stimme in ihm, so laut, dass er für einen verrückten Moment glaubte, Kyrill hätte Gestalt angenommen und stünde neben ihm. *Vielleicht will sie dich aus der Reserve locken.* Der Gedanke war da, von Kyrill, den anderen und auch von ihm selbst formuliert, von ihnen allen. Wollte ihn die so unschuldig wirkende Leandra veranlassen, einen Teil seines Wissens preiszugeben? Er wusste mehr über den Makel als viele andere Menschen.

»Nicht unbedingt *ungerecht*«, erwiderte Leandra. Wieder rieb sie sich die Arme und schien kurz zu frösteln. »Ich meine, ich weiß nicht genug über die Hintergründe. Aber ich finde es ... seltsam. Ich meine, man bemüht sich sein ganzes Leben lang, und dann ...« Sie zuckte mit den Schultern und lächelte. »Vielleicht haben Sie Recht. Vielleicht ist es wirklich ungerecht.«

»Ich habe nicht behauptet, dass es ungerecht ist.« Esebian wandte sich wieder dem Fenster zu und winkte. Das Gesteninterface reagierte, und das ins Fenster integrierte Zoom holte Covaruvia und den Magister darüber noch etwas näher. »Sie wachsen die ganze Zeit über. Die Stacheln, sie werden länger und dicker, gefüllt mit Quantenkernen, die sich selbst erweitern. Sie wachsen und denken, sie denken pausenlos. An was?« Er hob und senkte die Schultern. »All die Fragen, die den Fragenstellern auf Halechko bisher eingefallen sind und in den nächsten tausend Jahren einfallen werden ... Ich vermute, sie würden selbst diesen jungen Magister nur für einige wenige Sekunden beschäftigen. Er und all die anderen ... Sie denken über Dinge nach, die sich weit jenseits unseres geistigen Horizonts befinden. Sie kommunizieren über die Filigrane, mit Tausenden von Milliarden Worten in jeder einzelnen Sekunde. Sie sehen komplexe Netze aus Verbindungen dort, wo für uns nur dunkles, inhaltloses Nichts existiert. Welchen Sinn hätte es, in einem solchen Zusammenhang von gerecht oder ungerecht zu sprechen?«

Aus dem Augenwinkel hatte Esebian die junge Frau beobachtet und nach Reaktionen Ausschau gehalten. Sie sah ihn nur groß ein, und nichts deutete darauf hin, dass sie irgendwelche wichtigen Enthüllungen von ihm erwartete. Konnte Leandra Covitz von Mway – ausgerechnet von Mway – jemand sein, den Tirrhel auf ihn angesetzt hatte? Jemand, der ihn beobachtete und herausfinden sollte, ob er wirklich bereit war, den Auftrag auszuführen? Der misstrauische Kyrill hielt das für möglich.

»Ihre Rundreise«, sagte Esebian und wechselte damit das Thema. »Sie wollen sich alles ansehen, bevor Sie worüber entscheiden?«

»Oh.« Leandra blinzelte. »Oh«, sagte sie noch einmal und schien ihre Gedanken zu sortieren. »Wenn ich alles gesehen habe, oder *genug* ... Dann entscheide ich, ob ich selbst eine Kandidatin werden möchte.«

Diese Worte erstaunten Esebian. Wie konnte in dieser Hinsicht eine Entscheidung nötig sein?

»Ist es nicht der Wunsch eines jeden lebenden Wesens, für immer zu leben?«

Leandras glitzernde Lippen formten ein weiteres Lächeln. »Ich bin noch jung genug für das Privileg, nicht genau zu wissen, was ich mir wünsche.« Etwas ernster fügte sie hinzu: »Es gibt auch andere Methoden, das Leben zu verlängern.«

Ein Signal erklang, wie das Läuten einer Glocke. Die anderen Reisenden, nur fünf in diesem Teil des Wartebereichs, schritten zum Ausgang.

»Es ist so weit«, sagte Esebian. »Das Filigran öffnet sich für uns.«

Sie folgten den anderen Reisenden, und als sie den Wartebereich des Ports verließen und durch den Transitschlauch gingen, wuchs die Gruppe auf fast fünfzig Individuen an. Die meisten von ihnen waren Menschen und stammten vermutlich in der Mehrzahl von Covaruvia, Angar und den anderen Planeten des Haredion-Systems. Hinzu kamen ein zierlicher, sehr fragil wirkender Enha-Entalen – eine Mutter, die eine versponnene Larve bei sich trug, immer wieder den Stabkopf reckte und die Flügel in die Nähe des Ungeborenen hielt, um es vor Stößen zu schützen – und ein birnenförmiger Kirgu, der auf zwei Stummelbeinen dahinwankte, dauernd schnaufte und nichts von der Eleganz kirguischer Violinenklänge hatte. Esebian bemerkte, dass Leandra nicht die Fremden beobachtete, obwohl sich nur selten Nichtmenschen nach Mway verirrten. Ihr Blick ging durch die transparenten Wände des Transitschlauchs zum Filigran.

»Was meinen Sie?«, fragte sie im gleichen unbekümmerten Tonfall, in dem sie ihn angesprochen hatte. »Orchidee oder Rose?«

Es kommt immer auf die Perspektive an, dachte Esebian, als er nach draußen sah und die wogenden, sich langsam wie Schlangen oder Würmer – ja, Würmer – windenden Energiebahnen im All betrachtete, manche von ihnen hunderttausend Kilometer lang. Diese junge Seele sieht hübsche Blumen dort, wo andere schaudernd den Blick abwenden, weil sie ein Netz sehen, mit einer dicken fetten Spinne in der Mitte. Und was sehe ich? Ein Netz, ja, aus bunten Energiefäden. Aber es ist mehr als nur ein Netz, es ist eine Wucherung, wie ein Geschwür in Raum und Zeit, und die Fäden, vom Weber gesponnen, bohren sich durch die Dimensionen. Sie zapfen die Basis des Universums an, was auch immer das sein mag, den ätherischen Mutterboden, aus dem Dunkle Materie und Dunkle Energie wachsen, und all die anderen Dinge, die das Universum zu einem sehr exotischen Ort machen. Und ein Nebenprodukt der Suche nach diesem ganz besonderen Quell des Lebens sind Durchgänge, kleine Wurmlöcher, die über Jahrhunderte und Jahrtausende hinweg stabil bleiben. Gut für uns. Ein glücklicher Zufall, der uns den Kosmos erschließt.

»Manche Gelehrte vergleichen Filigrane mit Schleimpilzen«, sagte er. »Myxomyzeten. In dieser Vorstellung bestehen die Fäden aus amöboiden Energiezellen, die ein kollektives Plasmodium bilden. Der Weber, das spinnenartige Geschöpf dort …« Esebian deutete auf den dunklen Klumpen an der Basis des Filigrans. »… gibt dem Plasmodium Struktur und fördert die Sporenbildung, wodurch das ganze Gebilde wächst.«

»Ein Pilz?«, fragte Leandra enttäuscht.

»Es ist eine Theorie von vielen. Um Ihre Frage zu beantworten: Mich erinnert das Filigran an einen Korallenstock.«

Daraufhin lächelte die junge Frau wieder, vielleicht weil sie die letzten Worte für romantisch hielt.

Am Ende des Zugangstunnels standen die Kapseln für die Passage bereit. Bevor Esebian sich ihnen zuwandte, sah er noch einmal zum Filigran und bemerkte mehr als ein Dutzend Fernraumschiffe, hintereinander aufgereiht wie Perlen an einer Kette. Sie warteten auf die Passage durch das größte Wurmloch in einem besonders dicken Energiefaden, erkennbar als ein Schatten im violetten Flirren. Esebian fragte sich, warum sie warten mussten, und dann sah er einen zweiten Schatten, der aus dem ersten kam, wie der Wurm aus dem Wurmloch: ein dunkler Zylinder, vier oder fünf Kilometer dick und mindestens fünfzig oder sechzig lang. Ein Großtransporter der Enha-Entalen, begleitet von einer Eskorte aus kleinen Pfeilschiffen und Administratoren des Direktoriats. Was machte ein so großer Transporter im eher unwichtigen Haredion-System?

»Man hat uns die gleiche Kapsel zugewiesen, Esebian«, freute sich Leandra. Sie schien sich der Unhöflichkeit nicht bewusst zu sein – einen Kandidaten sprach man nicht einfach mit dem Namen an, sondern mit seinem Titel. Allerdings hatte Esebian ihr seinen Titel nicht genannt; er trug nicht einmal ein Abzeichen. Als Konsul hätte er seine Kandidatenprivilegien nutzen und mit besonderem Komfort reisen können, in einer Kapsel ganz für sich allein oder sogar an Bord eines Administratorenschiffes, wenn eins zur Verfügung stand, aber er wollte das Haredion-System verlassen, ohne Aufsehen zu erregen.

Zwei Reisende hatten bereits in Liegesesseln Platz genommen; neben ihnen stand ein Grauer und schien sich nicht entscheiden zu können, welchen freien Sessel er wählen sollte – Esebian hatte ihn zuvor nicht unter den anderen Passagieren bemerkt. Als Leandra ihn sah, erschien unübersehbares Unbehagen auf ihrem Gesicht. Wie unschlüssig zögerte sie an einem der Sessel. »Reist … *er* mit uns?«, fragte sie und schien sich hinsichtlich des Geschlechts nicht ganz sicher zu sein.

Wir können so enden wie er, flüsterten gleich mehrere Stimmen in Esebian, der vom unerwarteten Anblick des Grauen überrascht war. *Seht ihn euch an! So ist es, wenn man die Farbe des Lebens verliert. Übrig bleibt Grau, die Farblosigkeit zwischen Leben und Tod.*

Leandra hatte einen freien Liegesessel gewählt und sagte hastig: »Nein, nein«, als der Graue direkt neben ihr Platz nehmen wollte. »Der ist für meinen Begleiter.«

Der Graue – ob Mann oder Frau ließ sich wirklich kaum feststellen – richtete einen leeren Blick erst auf Leandra und dann auf Esebian, wandte sich wortlos um und nahm den letzten freien Liegesessel auf der gegenüberliegenden Seite.

Die beiden anderen Reisenden hatten bereits die Augen geschlossen und achteten nicht darauf, was um sie herum geschah. Esebian vermutete, dass sie sich konzentrierten und einen Traum für den Transit wählten.

Er trat zu Leandra.

Sie nahm Platz, lehnte sich aber nicht zurück, sondern beugte sich zur Seite. »Ist er wirklich … ich meine, *tot?*«

Auf Mway gab es keine Grauen, erinnerte sich Esebian. Zumindest hatte er damals keine gesehen. »Er ist weder tot noch lebendig. Graue sind lebende Tote.«

Leandra sah kurz zu dem Grauen auf der anderen Seite der Kapsel, die sich leise summend in Bewegung setzte und durch einen Energiefaden des Filigrans glitt. »Ein ehemaliger Kandidat, nicht wahr? Ich meine, jemand, bei dem es nicht geklappt hat.«

»Ja.« Esebian sprach ebenso leise wie die junge Frau. »Vielleicht hat er nicht genug Verdienste erworben, um den nächsten Aufstieg zu schaffen. Als die fällige Therapie ausblieb, wurde ein Grauer aus ihm.« *Das passiert auch mit uns, wenn wir nicht genug Meriten bekommen!* In Esebians Innenwelt herrschte noch immer Aufruhr. Die Stimmen früherer Leben flüsterten, und Caleb wartete eine Pause ab, um unmissverständlich kundzutun: *Noch dieses eine Mal. Dann haben wir alle Hürden überwunden.* Kyrill erwiderte: *Wenn Tirrhel Wort hält.* Und Caleb sagte: *Oh, wir werden dafür sorgen, dass er Wort hält.*

»Legen Sie sich hin, Leandra. Und denken Sie nicht mehr

an Graue; oder wollen Sie davon träumen? Denken Sie an etwas Angenehmes.«

Sie nickte, lehnte sich zurück und schloss die Augen.

Esebian wollte seinen eigenen Rat beherzigen, aber ohne den koordinierenden Einfluss der Erweiterungen entwickelten seine Gedanken ein gewisses Eigenleben und kehrten kurz nach Mway zurück. Das war ein Fehler, denn genau in diesem Augenblick erfolgte der Transit.

8

Die Sonne hing blass an einem graubraunen Himmel, der nie richtig hell wurde. Mway war eine düstere Welt, einst Bastion eines düsteren Volkes mit schwarzer Seele. Vor fünfhunderttausend Jahren waren die Incera von der Großen Magellan'schen Wolke in die Milchstraße gekommen und hatten Mway zu einer Bastion ausgebaut, um von hier aus mehrere kleine Vorstöße in die Spiralarme der Galaxis und einen großen in Richtung Kern zu unternehmen. Dass sie dabei mit dem Schlimmsten gerechnet hatten (oder vielleicht selbst das Schlimmste gewesen waren, für andere Völker), bewies das Wrack eines Kampschiffes, das vor knapp hundert Jahren im Kuiper-Gürtel des Laurole-Systems, zu dem Mway gehörte, gefunden worden war. Ein echter Glücksfall für die Wissenschaft des Direktoriats, denn bei den Untersuchungen des Wracks ergaben sich Hinweise auf Basiswelten und Stützpunkte der Incera, und dadurch kamen die xenoarchäologischen Forschungen ein ganzes Stück voran. Erhofften sich Direktoren und Magister technische Artefakte oder gar funktionsfähige Waffen, nach all der Zeit? Oder war ihr Interesse allein historischer Natur? Was auch immer der Fall sein mochte: Sie förderten die Forschungen mit vielen Meriten, insbesondere die Ausgrabungen auf Mway; der Planet schien vor fünfhundert Jahrtausenden eine zentrale Rolle für die aggressiven Incera gespielt zu haben, vielleicht eine ebenso wichtige wie Lahor mit dem Labyrinth. Seit mehr als sechzig Echtjahren waren Wissenschaftler aus allen Teilen des Direktoriats damit beschäftigt, eine Stadt der Incera auszugraben, und in ihrer Mitte hatten sie inzwischen die oberen Teile einer Zitadelle freigelegt, düster wie die Welt, die zu ihrem Grab geworden war.

An diesem Abend war Evan Ten-Ten zur Zitadelle unterwegs, um zu töten.

Ein halbes Jahr lang hatte er alles bis ins kleinste Detail vorbereitet und nichts dem Zufall überlassen. Sein Ziel war die Ausgrabungsleiterin Sheela: vierzig Scheinjahre alt, Kandidatin der dritten Stufe, Doyen, sehr ehrgeizig, sehr gründlich, sehr erfolgreich. Seit mehr als zehn Jahren arbeitete sie hier in dieser Incera-Stadt, und offenbar strich sie dabei mehr Meriten ein, als Evans Auftraggeber recht war.

Wie banal, deshalb jemand anders den Tod zu wünschen: Neid. Missgunst. Solches Denken verriet einen beschränkten geistigen Horizont, fand Evan Ten-Ten, der gerade erst begonnen hatte, die Abgründe der menschlichen Psyche zu verstehen. Aber was auch immer er von den Hintergründen und Motiven hielt: Er hatte den Auftrag übernommen und musste ihn zu Ende führen. Die ersten Meriten hatte die Treuhand bereits erhalten; die anderen würden später folgen. Für Evan ein Schritt weiter in die Zukunft, in Richtung Unsterblichkeit. Für Sheela ... das Ende aller Träume.

Lampen leuchteten zwischen und über den Ruinen der alten Incera-Stadt, über den Kegeltürmen der Zitadelle sogar eine kleine künstliche Sonne, aber es gab trotzdem genug Schatten, und sie schienen dichter und dunkler zu werden, als er sich dem gewaltigen Bauwerk im Zentrum der Stadt näherte. Es wies ebenfalls Zeichen des Verfalls auf – die einst glatten

Außenflächen, schwarz wie Obsidian, waren rissig und rau –, befand sich aber in einem viel besseren Zustand als der Rest der Stadt. Kalter Wind wehte und trug Evan die Stimmen der Männer und Frauen entgegen, die noch immer in den Bohrlöchern herumkletterten, Proben nahmen, Gebäude vermaßen, Skizzen anfertigten und die Maschinen überwachten, die sich durch Sondierungstunnel gruben, auf der Suche nach verborgenen archäologischen Schätzen. Niemand von ihnen brauchte zu arbeiten, um seinen Lebensunterhalt zu verdienen. Mway gehörte nicht zu den höher entwickelten Welten der Tausend Tiefen, vielleicht aufgrund der Nähe zu den Gemischten Gebieten, und Vergleiche mit dem Lebensstandard der Hohen Welten wären erst recht absurd gewesen. Aber die Städte erfüllten elementare Bedürfnisse, boten Unterkünfte, Lebensmittel, Bildung, medizinische Überwachung und Hilfe, bis hin zu einfachen Erweiterungen. Wer sich damit zufriedengab, konnte hundert Jahre und mehr in Komfort leben.

Doch die hier tätigen Menschen gaben sich nicht damit zufrieden. Wie Evan Ten-Ten waren sie fest entschlossen, irgendwann die Hohen Welten zu erreichen und zu Kindern der Ewigkeit zu werden, zu Unsterblichen, denen sich das wahre Leben erschloss, ohne Grenzen.

Seit Evan Ten-Ten vor fünf Monaten zum ersten Mal den Fuß auf Mway gesetzt hatte, verbarg er seine wahre Identität hinter einer Maske, die falsche DNS-Spuren zurückließ. Seit einem halben Echtjahr war er nicht Evan Ten-Ten, sondern Wyron Wironer von Akal, auf dem besten Weg zum Kandidaten. Es gab eine lückenlose Biografie, die er mithilfe eines von ihm weiterentwickelten Crawlers in die Datennetze von Mway eingeschleust hatte. Er führte ein Leben, das Wironers

Profil entsprach, und er setzte weitere kleine autonome Programme ein, die ein gefaktes Netz aus sozialen Interaktionen schufen. Das alles diente dazu, bei eventuellen Überprüfungen und Nachforschungen keinen Verdacht zu erregen. Außerdem hatte er fast an jedem der vergangenen zweihundert Tage Nanomaschinen und molekülgroße Sensoren in der Incera-Stadt verteilt, wieder eingesammelt und erneut in den Ruinen versteckt – sie sollten verborgene Kontrolleinrichtungen identifizieren und infiltrieren, damit am entscheidenden Tag erst dann Alarm ausgelöst wurde, wenn es zu spät war.

Evans Vorbereitungen hätten kaum gründlicher sein können. Und sie waren vollkommen nutzlos, denn bei den Ausgrabungen auf Mway gab es nicht die geringsten Kontrollen. Die Menschen vertrauten einander. Sie verzichteten ganz und gar auf Sicherheitskontrollen und Schutzmaßnahmen.

Neben einem der schwarzen Kegeltürme blieb Evan Ten-Ten stehen, als müsste er verschnaufen. Aufmerksam und unauffällig sah er sich um. Dunkle Wolken krochen über den Himmel, schluckten das letzte Licht des Tages und den Glanz der ersten Sterne. Die alte Zitadelle der Incera schien sich ihnen entgegenzurecken, als wollte sie Mway verlassen und dorthin zurückkehren, woher ihre Erbauer vor einer halben Million Jahre gekommen waren.

Er ging am Kegelturm vorbei und betrat das aus Synthomasse bestehende kleine Gebäude, das über dem Eingang zu mehreren Bohrtunneln errichtet worden war. Im Innern erwartete ihn weiches Licht, wie es Sheela mochte. Sie stammte von Kellupkia, einer der Dunklen Welten am Rande des Vorhangs, hinter dem sich die Alte Erde um ihre Sonne drehte – der äußerste Rand der Tausend Tiefen. Das mochte einer der

Gründe dafür sein, warum sie sich auf Mway so wohlfühlte: Vertraute Düsternis war immer nur eine Handbreit entfernt, zum Anfassen nah. Evan aktivierte seine visuelle Erweiterung, die das Innere des Gebäudes taghell für ihn machte.

Sheela saß nicht an ihrem Schreibtisch.

Evan blieb stehen und runzelte die Stirn. Normalerweise erstellte sie um diese Zeit immer ihren Tagesbericht, mithilfe einer einfachen Datentafel. Er ließ den Blick umherstreichen und vergewisserte sich, dass alles an seinem Platz war.

Geräusche kamen aus dem Schachtzugang, und Sheela kletterte daraus hervor; Staub lag auf dem Overall und ihrem blassen, puppenhaften Gesicht. Aufregung leuchtete in ihren großen, farblosen Augen. »Oh, du bist schon da.« Sie sah kurz aufs Chrono. »Bin spät dran. Ich habe noch eins gefunden, Wyron, sieh nur!«

Voller Stolz zeigte sie ihm einen keilförmigen Gegenstand, nicht größer als ihre schmale Hand. Er war grauschwarz und bestand offenbar aus dem gleichen äußerst widerstandsfähigen Verbundstoff wie die Außenflächen der Zitadelle. »Weißt du was? Ich glaube, dass es sich um eine Art Schlüssel handelt. Mit ein bisschen Glück finden wir auch noch die passende Tür, und dann spazieren wir einfach in die Zitadelle hinein.«

Lächelnd trat sie auf ihn zu und stellte sich kurz auf die Zehenspitzen, um ihm einen Kuss zu geben, ging dann zu ihrem Schreibtisch. »Nur einige Minuten für den Bericht, Wyron.« Sie warf ihm den keilförmigen Gegenstand zu. »Damit kannst du dir die Zeit vertreiben.«

Sie setzte sich und zog die Datentafel heran.

Evan Ten-Ten drehte das fünfhunderttausend Jahre alte Artefakt einige Male hin und her, legte es dann beiseite und näherte sich Sheela so leise, dass sie selbst dann nichts gehört hätte, wenn sie wachsam gewesen wäre. Eine dünne Klinge kam unter dem rechten Unterarm hervor, etwa fünfundzwanzig Zentimeter lang und an der Spitze nur wenige Nanometer dick. Sheela summte leise vor sich hin und ahnte nichts, als er sich ein wenig vorbeugte und die Klinge dicht über dem Nacken in ihren Hinterkopf stieß, von unten nach oben. Im Innern des Schädels entwickelte sie eine Temperatur von zehntausend Grad und ließ die zentralen Teile des Gehirns verdampfen. Das machte eine Rückkehr ins Leben unmöglich, selbst wenn man die Leiche rechtzeitig gefunden und vor Ablauf der siebenstündigen Frist eine Rekonversion durchgeführt hätte. Sheela war tot, für immer.

Evan Ten-Ten zog die Hand zurück. Der größte Teil der Klinge war in Sheelas Kopf verglüht; nur ein kleiner Stummel verblieb an seinem Unterarm.

Langsam trat er um die Leiche herum und blickte in die offenen Augen, in denen das Licht des Lebens erloschen war. Hatte sie ihn geliebt?, fragte er sich. Hatten die vergangenen Monate genügt, um in ihr ein so starkes Gefühl zu schaffen?

Als sich fast so etwas wie Bedauern in ihm regte, schaltete er in einen anderen mentalen Modus mit beschränkter emotionaler Bandbreite um. Mit seinen Erweiterungen schaute er in den Körper und vergewisserte sich, dass für eine Rekonversion tatsächlich nicht genug übrig geblieben war. Dann hob er die Leiche hoch – die kleine, zarte Sheela wog nicht viel –, trug sie zur nahen Öffnung im Boden und ließ sie in den Schacht fallen. Mit einigen raschen Schritten kehrte er zum Schreibtisch zurück, nahm die Datentafel und steckte sie ein, nachdem er überprüft hatte, dass es die richtige war – sie enthielt alle bisherigen Forschungsberichte und auch die Dateien mit den Bildern und detaillierten Untersuchungsergebnissen. Damit hatte er die beiden wichtigsten Forderungen seines Auftraggebers erfüllt: Er sollte sich persönlich um Sheelas Ableben kümmern und ihren Tod keinen ferngesteuerten Waffen oder Fallen überlassen; und er sollte die Ergebnisse ihrer Arbeit an sich bringen und am vereinbarten Ort hinterlegen.

Bevor Evan das Gebäude verließ, nahm er Sheelas Codeschlüssel aus dem Schreibtisch. Ihre Biosignatur besaß er schon seit Monaten, aus Haaren und Schweiß gewonnen und sorgfältig zu der Art von genetischem Kondensat verarbeitet, wie es auf vielen Welten der Tausend Tiefen zur Identifizierung verwendet wurde. Zusammen mit dem Schlüssel konnte er die beiden Back-ups löschen, die Sheela von ihrer Existenz erstellt hatte. Es gab nur zwei, das jüngste vor anderthalb Echtjahren und das andere vor zehn. Vollständige Auslöschung. Nicht einmal extern gespeicherte Erinnerungen sollten zurückbleiben; so wollte es der Auftraggeber.

Evan Ten-Ten trat nach draußen und wusste, dass man Sheelas Leiche während der nächsten beiden Stunden nicht finden würde. Diese Zeit am Abend gehörte ihnen; das respektierten die anderen Archäologen und ihre Assistenten.

Nur eine Stunde später blieb Mway unter ihm zurück. Als Wyron Wironer, dem man bald einen Mord zur Last legen würde, hatte er die Ausgrabungsstätte verlassen, und als Evan Ten-Ten flog er zum Filigran des Laurole-Systems. Er hatte zum siebten Mal getötet, um sich selbst dem ewigen Leben näher zu bringen.

9

Oxnam, Perle unter den Welten, ein glitzerndes Kleinod, das auf dem schwarzen Samt des Alls ruhte wie im Schaukasten eines kosmischen Juweliers. Eine Welt der Ozeane und Archipele, der Inseln und weißen Strände, der lauen Winde und prachtvollen Sonnenuntergänge. Eine Welt, die der Seele Gelegenheit gab, jeden Ballast abzulegen und einfach nur zu *sein.* Oxnam *war* eine Welt der Seelen, denn wegen des nahen Filigranknotenpunkts gab es hier eins der größten Archive der Tausend Tiefen, nicht nur für Informationen aller Art, sondern auch für gespeicherte Leben und Lebensabschnitte. Das mochte auch der Grund dafür sein, warum Oxnam noch zu den Tausend Tiefen gehörte und nicht zu einer der Hohen Welten geworden war, zur zweiundzwanzigsten, obwohl sich einige Erlauchte Domizile auf dem Planeten eingerichtet hatten: Es gab zu viel Verkehr. Millionen reisten durch das Filigran, das direkten Zugang zu den meisten Welten der Tausend Tiefen erlaubte und sogar eine Verbindung nach Taschka bot. Hunderttausende nutzten die Gelegenheit, eine Welt zu besuchen, die einer der menschlichen Vorstellungen vom Paradies sehr nahe kam, unterbrachen dort ihr Streben nach Meriten und machten Pause, um über das Erreichte nachzudenken und Pläne für die nächsten Etappen auf dem Weg zur Unsterblichkeit zu schmieden. Die meisten von ihnen konkretisierten die Zwischenbilanz ihres Lebens mit einem Back-up. Sie suchten die Interface-Zimmer der Filialen auf, schlossen sich dort ans Archiv an und ließen ihre Erinnerungen aufzeichnen, die bewussten ebenso wie die unbewussten. Wer nicht den Kandidatenstatus erlangt oder sich gegen den Aufstieg entschieden hatte, erhoffte sich von Aufzeichnung und Archivierung eine andere Art von Unsterblichkeit, denn die gespeicherten Erinnerungen, Erfahrungen, Gedanken und Gefühle konnten auf bionische Gehirne übertragen werden. Auch Bewohner der Gemischten Gebiete kamen hierher, um ihr bisheriges Leben im Archiv abzulegen. Manche von ihnen verdienten sich Meriten, indem sie die Sicherungskopie ihrer Erinnerungen allen Interessierten zur Verfügung stellten und damit Einblick selbst in die intimsten Dinge ihres Lebens gewährten. Darum ging es allen, die nach Oxnam kamen: um Leben in der einen oder anderen Form.

Esebian bildete eine Ausnahme. Er kam nach Oxnam, um einen Mord zu planen.

Als Kandidat der siebten Stufe unterhielt er eine kleine Residenz auf Oxnam, im neunundneunzigsten Stock eines Turms, der wie ein weißer Finger von einem großen Atoll aufragte. Seit fünfundzwanzig Jahren hatte er das Apartment nicht mehr betreten, aber es meldete volle Bereitschaft, als es sein Fragesignal empfing, was in diesem besonderen Fall so viel bedeutete wie: Alle Systeme funktionierten, auch die versteckten, und niemand hatte versucht, in die Wohnung einzudringen. Esebian nahm den kurzen Bericht mithilfe seiner Kommunikationserweiterungen entgegen, während er in der Kandidatensektion eines Panoramashuttles saß – diesmal trug er die Zeichen des Konsuls am Kragen – und zur nächsten Archivfiliale flog. Sie glitzerte wie das Meer, dessen Wellen an ihren Sockel aus Syntho schlugen, ein Juwel inmitten eines

Juwels: rund und facettiert wie ein geschliffener Edelstein, blau wie Türkis und groß genug, um mehr als hunderttausend Personen aufzunehmen. Der größte Teil der Filiale erstreckte sich unter dem Sockel, war in den Leib eines erloschenen Vulkans gegraben, dessen Gipfel bis dicht unter die Wasseroberfläche reichte. Noch tiefer unten, viele Kilometer unter den längst erkalteten alten Magmakammern, schlug das glutflüssige Herz des Planeten, und dort steckten die von den Maschinen der Magister installierten Zapfer. Ihre Sonden führten fast bis in den Kern hinab und gewannen aus Hitze und Druck Energie nicht nur für die Maschinen, Städte und Archive von Oxnam, sondern auch für zwei Seeder, die der Magister dieses Sonnensystems auf einer Insel im Norden konstruierte.

Genug Energie, um die Erinnerungen von vielen Millionen Besuchern für mindestens hunderttausend Jahre zu speichern. Das garantierten die Magister, und Esebian hatte keinen Grund, daran zu zweifeln.

Der Shuttle landete bei einer kleinen Flotte von unterschiedlich großen Orbitalspringern, und Esebian stieg zusammen mit den anderen Passagieren aus. Zwei birnenförmige Kirgu schnauften und wankten zwischen den Menschen, die zu den Eingängen der Filiale strebten, und weiter vorn schimmerten rot und golden die langen Flügel eines libellenartigen Isquri. Von Leandra war weit und breit nichts zu sehen.

Als Esebian zum nächsten Eingang schritt, fragte er sich, warum er nach ihr Ausschau gehalten hatte. Vermutlich war sie weiter auf dem Weg nach Halechko, um bei den Fragestellern die richtigen Fragen für ihr Leben zu finden. Welchen Traum hatte sie während des Transits durch das Haredion-Filigran geträumt? In seiner Erinnerung sah er, wie sich Leandra die Arme rieb, als sei ihr kalt. Eine junge Frau, nur wenig mehr als zwanzig Echtjahre alt – sie stand noch in der Tür des Lebens, vor ihr ein weiter Weg mit vielen Abzweigungen, die Entscheidungen von ihr verlangen würden. Diese kleine Geste, wie sie sich die Arme rieb, der dabei in die Ferne reichende Blick … Etwas in Esebian hatte sich davon berührt gefühlt.

Konzentrier dich auf deine Aufgabe, erklang eine mahnende Stimme in seinem Innern. *Lass dich von nichts ablenken.* Es war die gemeinsame Stimme all seiner Persönlichkeiten, ohne individuelle Merkmale, aber Esebian stellte sich Calebs strenge Miene vor, ein nachsichtiges Lächeln bei Gunder und einen neugierigen Blick von Talanna. Es erstaunte ihn noch immer, dass er Esebian geblieben war, obwohl die anderen in ihm, die Mörder, nicht mehr schliefen. Natürlich waren ihre Erinnerungen auch die seinen, untrennbar mit ihm selbst verbunden – er stellte das Ergebnis der Erfahrungen dar, die sie in zweieinhalb Jahrhunderten gesammelt hatten. Und doch fühlte er sich ein wenig von ihnen getrennt, vielleicht als Reifster der vielen, die er gewesen war.

Fang nicht schon wieder damit an, Esebian, sagte Caleb scharf. *Diese Gedanken führen zu nichts. Lass uns lieber feststellen, was die Crawler herausgefunden haben. Machen wir uns an die Arbeit.*

Mehrere Ethikwächter und Observanten, die im Auftrag der Magister über die Einhaltung der Regeln wachten, standen bei den Eingängen und begrüßten die Besucher. Als Esebian durch den für Kandidaten reservierten Zugang trat, nickte ihm ein junger Mann mit schulterlangem rabenschwarzem Haar zu und sagte: »Langes Leben, Konsul.«

»Langes Leben«, erwiderte er automatisch, und einige weitere Schritte brachten ihn ins Foyer des Archivs. Ohne zu zögern ging er an den Gruppen vorbei, die sich vor den Display- und Akustikfeldern der Auskunftsstellen bildeten. Ein persönliches Indikatorlicht zeigte ihm den Weg, vorbei an den Treppen und Gravsäulen, in denen Besucher nach unten oder nach oben schwebten, durch den Kandidatenflur und zu einem Archivzimmer, das die Filiale schon bei seiner Ankunft für ihn reserviert hatte. Es war ein kleiner Raum, nicht größer als zehn Quadratmeter, mit schwarzen Sensorwänden und vorn einer Fensterwand, durch die man ins Zentrum der Filiale sehen konnte, einen etwa hundert Meter durchmessenden zylinderförmigen Hohlraum, der fast drei Kilometer weit in die Tiefe reichte. An den Wänden reihten sich zahllose Archivzimmer aneinander, und aus denen, die gerade benutzt wurden, fiel Licht auf den Obelisken, der genau in der Mitte des Hohlraums von ganz unten aufragte: ein dreitausend Meter hoher Gigant, der Millionen gespeicherter Leben enthielt.

Und der Zugang zu den interstellaren Datennetzen gewährte – darauf kam es Esebian an. Er nahm im Sessel bei der Konsole Platz, legte die Hände in die Interface-Mulden und schloss die Augen.

»Langes Leben, Konsul Esebian«, ertönte eine Stimme. Sie gehörte Chai-Millkven-al-Lekan, einem Seeder, der im Obelisken wohnte und über die Myriaden der dort abgelegten Erinnerungen wachte. »Haben Sie einen besonderen Wunsch? Möchten Sie vor Ihrer nächsten Therapie Teile Ihres Lebens aufzeichnen oder ein vollständiges Back-up erstellen?«

»Nein«, erwiderte Esebian, während seine Erweiterungen die Verbindung herstellten. »Ich bin auf der Suche nach Informationen und möchte eine Datenreise unternehmen.«

Vertrautes Prickeln ging von den Fingerspitzen aus; die notwendigen Verbindungen waren hergestellt.

»Begleitet oder allein?«

»Allein«, sagte Esebian.

»Gute Reise, Konsul.«

Esebian öffnete die Augen, sah aber nicht das Archivzimmer, sondern eine andere Art von Filigran, bunt und millionenfach komplexer als die größten von den Webern gesponnenen Filigrane im All, bestehend aus Billionen und Billiarden von dünnen Fäden und dicken Strängen. In jedem Faden und in jedem Strang flüsterten Billionen und Billiarden von Stimmen, und jede dieser Stimmen war ein Datenstrom. Zwischen den Fäden und Strängen bewegten sich vage Schemen, grauschwarze Schatten in einer Welt der Farben. Es waren andere Besucher, Datenreisende in den interstellaren Netzen, fast so zahlreich wie die Verbindungen, und manche von ihnen kamen Esebian so nahe, dass er die Konturen von Körpern und Gliedmaßen erkennen konnte. Die Gesichter blieben verschwommen, geschützt durch Anonymität.

Die gleiche Anonymität, von den Regeln garantiert, verhinderte Esebians Identifizierung durch andere Besucher. Allerdings wusste er nicht, wie weit der Einfluss der Seeder ging, die in den Archiven die Datenströme kontrollierten, und die Neugier der Magister, deren Augen und Ohren sich an vielen Orten in den Datenströmen befanden. Deshalb schirmte er sich mit einer speziellen kryptographischen Erweiterung ab und verwendete außerdem einen Spurentilger, der dafür sorgte, dass bei den von ihm berührten Daten keine individuellen Signaturen zurückblieben – er hinterließ keine Fingerabdrücke.

Wenn er weit genug aufgestiegen wäre, hätte er nicht nur die Datennetze des Direktoriats sehen können, sondern auch die der anderen Nationen in der Milchstraße: wenn nicht ebenfalls in Form von Fäden und Strängen, die direkten Zugriff erlaubten, so doch als purpurrot und violett glühende Konglomerate aus Linien, Punkten und Knoten. Die Verbindungen der Klerikalen, über die sie ihre geheimen religiösen und esoterischen Wahrheiten austauschten, waren ein orangeroter Haufen neben den Netzen des Direktoriats, und das Poseidon bildete ein verschlungenes Möbiusband, in dem Dutzende von gelben Herzen zu schlagen schienen: Knotenpunkte und Verteiler, jeder einzelne von einem Kustoden gehütet. Der Kongress sah aus wie eine lange, zerfranste Decke, mit ultramarinen, silberweißen und karmesinroten Mustern. Weiter entfernt, wie Wolken über Berggipfeln, erstreckten sich die Datenäther der Enha-Entalen, Meronna, Kirgu, Isquri, Benink, Malangatar, Chisnall, Noia sowie der Völker auf der anderen Seite der Milchstraße und in den sie begleitenden Zwerggalaxien.

Doch anstatt aufzusteigen, ließ sich Esebian tiefer in die Netze des Direktoriats sinken, folgte dabei dem Verlauf eines dicken, rostroten Strangs, an dem braune, warzenartige Gebilde auf die Präsenz weiterer Archive hinwiesen. Er vermied es ganz bewusst, nach Magistern Ausschau zu halten, die in der Lage gewesen wären, ihn trotz seines derzeitigen Tarnmodus zu bemerken, wenn er Suchsignale ausgeschickt hätte – es galt, Aufmerksamkeit zu vermeiden. Lichter tanzten um ihn herum wie Schneeflocken in einem Wintersturm, und selbst ein Magister hätte ein oder zwei Sekunden gebraucht, um sie alle zu zählen. Es waren Such- und Datenanfragen, von Archiven oder anderen Anschlüssen in die interstellaren Netze eingegeben. Er fügte ihnen ein eigenes Signal hinzu, das jedoch keine Fragen stellte und auch nicht versuchte, irgendwo Daten abzurufen. Stattdessen rief es in einem individuellen Code: *Hier bin ich und warte auf euch.*

Esebian musste sich nicht lange gedulden. Der erste Crawler erschien fast sofort neben ihm, ein käferartiges Wesen mit Dutzenden von Beinen und zwei langen Fühlern, die zur Witterung relevanter Datenpakete dienten. Das Geschöpf steckte halb in dem rostroten Strang, hob den Kopf und sprach mit einer Stimme, die Esebians Ohren als ein quietschendes Zirpen wahrnahmen, während die Kommunikationserweiterungen komprimierte Daten empfingen. Die erste Botschaft lautete: *El'Kalentar hat vor seinem Aufstieg zum Erlauchten nicht existiert.*

Während Esebian noch damit beschäftigt war, diesen Hinweis zu verarbeiten – der Crawler übertrug erläuternde Informationen –, näherten sich weitere künstliche Geschöpfe, die er vor einigen Tagen auf die Datenreise geschickt hatte. Manche kamen gesprungen, muskulöse kleine Wesen, die nur aus Beinen zu bestehen schienen; andere krochen und glitten wie Würmer aus den Strängen hervor.

El'Kalentar hat vor seinem Leben als Unsterblicher nicht existiert.

Esebian erfuhr, welche Archive der erste Crawler besucht und in welchen Teilen der Datennetze er herumgeschnüffelt hatte. Er empfing Bilder, sah die leeren Stellen in statischen Datenbanken und Dateisystemen, die über Personen Auskunft gaben.

Das ist interessant, sagte Caleb nach einer Weile. *El'Kalentar hat alle Spuren seines Lebens als Sterblicher beseitigt. Und dabei ist er sehr gründlich gewesen. Es gibt keine Aufzeichnungen mehr darüber, wer und was er vor seinem Aufstieg zum Erlauchten war.*

Ist so was möglich?, fragte Kyrill argwöhnisch. *Kann jemand* alle *seine Spuren auslöschen? Was ist mit seinen Therapien? Wo und wie hat er Meriten erworben? Wo hat er gewohnt?*

Nichts, antwortete der erste Crawler und fügte diesem einen Wort mehrere Terabyte erklärender Daten hinzu. Es gab keine Aufzeichnungen, darauf lief es hinaus. Es war allgemein bekannt, dass die Erlauchten über weitaus mehr Möglichkeiten verfügten als Kandidaten oder gar gewöhnliche Sterbliche, und El'Kalentar schien sie genutzt zu haben, um einen endgültigen Schlussstrich unter seine Vergangenheit zu ziehen. Irgendwann hatte Kalentar genug Meriten erworben, um das letzte Hindernis zu überwinden, und dann war El'Kalentar geboren, ein Mann, der aus dem Nichts kam und von dem man nicht wusste, wie alt er beim Aufstieg zum Erlauchten gewesen war.

Das alles lag sechstausendvierhundert Jahre zurück.

El'Kalentar, Vorsitzender des Direktoriats, Regent der Tausend Tiefen und Hohen Welten, zählte zu den ältesten bekannten Unsterblichen. *Er ist mindestens fünfundzwanzigmal so alt wie ich,* dachte Esebian und versuchte sich vorzustellen, was das bedeutete. Zumindest Gunder und Dorotheri reagierten mit Ehrfurcht, und Talanna sagte fast traurig: *Wir müssen ihn töten.*

Aber wie?, fragte Caleb, und alle spürten seine Entschlossenheit.

Im Lichtertanz von Myriaden Datenanfragen krochen die Crawler näher, umringten Esebian und übermittelten ihre Informationen. Die ersten Jahrhunderte seines Lebens als Unsterblicher hatte El'Kalentar, wie viele Erlauchte vor ihm, damit verbracht, sich über seinen Platz im Großen Ganzen klar zu werden, sich sowohl an die eigene Unsterblichkeit als auch an das Leben auf den Hohen Welten zu gewöhnen, auch und insbesondere an ihr technisches Potenzial. In dieser Hinsicht konnten die Crawler kaum Einzelheiten nennen, denn entsprechende Informationen wurden durch eine Datenbarriere geschützt, die die Erlauchten von den Sterblichen trennte, aber es kursierten Gerüchte über die Technik der Hohen Welten – sie sollte noch viel leistungsfähiger sein als jene, auf die man mit Kandidatenprivilegien Zugriff erhielt. Als junger Unsterblicher im Alter von drei- bis vierhundert Jahren war El'Kalentar viel gereist, und nicht nur in den Gebieten, die schließlich zum Direktoriat zusammengewachsen waren. So hatte er viele Sonnensysteme in den stellaren Regionen des späteren Kongresses besucht. Fast fünfzig Echtjahre war er bei den polymorphen Spezies des Kongresses geblieben und anschließend für weitere hundert Jahre hinter dem Vorhang verschwunden. Diese Zeit hat er angeblich zum größten Teil auf der Alten Erde verbracht, die damals, vor den Filigran-Kriegen, noch Teil der Sieben Mächte gewesen war.

Das alles nützt uns nichts, sagte Caleb ungeduldig. *Wir brauchen Hinweise, die uns Einblick in sein aktuelles Leben geben. Wo bietet sich ein Ansatzpunkt? Wo können wir uns nähern, ohne auf unüberwindbare Sicherheitsschranken zu stoßen? Wie sind seine Angewohnheiten? Wo ist eine schwache Stelle, die es uns erlaubt, ihn zu töten und zu entkommen?*

»Geduld«, sagte Esebian im Tanz der Lichter. »Hab Geduld.«

Ein anderer Crawler, der für ihn die Datennetze durchsucht hatte, berichtete von El'Kalentars Leben als Politiker. Nach der Rückkehr von den Polymorphen begann sein Aufstieg bei den Erlauchten. Innerhalb von einigen Jahrhunderten gewann er großen Einfluss auf Taschka und leistete einen maßgeblichen Beitrag für den Zusammenschluss der Hohen Welten, damals erst elf. Bei den Filigran-Kriegen gegen die Abtrünnigen von der Erde und die Genetische Armada der Taihan von Andromeda, deren erstes Opfer die Sieben Mächte waren, hatte El'Kalentar als General große Erfolge errungen, woraus er nach den Kriegen politisches Kapital schlug. Er half dabei, den Grundstein für das Direktoriat zu legen, und wurde einer der damals fünfundzwanzig Direktoren. Über Jahrzehnte und Jahrhunderte hinweg setzte er sich für gute Beziehungen zu den anderen Mächten ein, und nicht zuletzt ihm war es zu verdanken, dass sich der Kongress und die Klerikalen weitgehend unabhängig entwickeln konnten.

Esebian hob den Blick von den Crawlern und beobachtete den Reigen der Lichter und die endlos vielen Fäden und Stränge, die schwebenden und umherhuschenden Schemen der Datenreisenden. Eine seltsame Unruhe erfasste ihn, und sie kam nicht aus seinem Innern, von seinen Subpersönlichkeiten, sondern irgendwo aus der Datensphäre. Die Sensoren seiner Erweiterungen stellten fest, dass es sich um speziell codierte Datenströme handelte, die erst nur einige wenige Magister betrafen, dann aber immer mehr. Bei aktivierter synästhetischer Wahrnehmung hatten sie einen sonderbar scharfen Geruch, ein deutlicher Hinweis auf etwas Außergewöhnliches. Während er sich noch fragte, was es damit auf sich haben mochte, kam der Geruch auch aus anderen Richtungen, von den Hohen Welten, insbesondere von Taschka. Esebian spielte mit dem Gedanken, all seine Erweiterungen zu aktivieren, um mehr herauszufinden, aber Yrthmo warnte ihn sofort: *Eine Tiefensondierung würde die Magister auf uns aufmerksam machen.*

Plötzlich packte ihn eine Hand aus dem Nichts.

So fühlte es sich an. Die Synästhesie explodierte regelrecht und bescherte ihm ein wildes Durcheinander aus Reizen, die Augen, Ohren, Nase und Tastsinn betrafen. Die Hand aus dem Nichts schloss sich so fest um Esebian, als wollte sie ihn zerquetschen, und sie stank und war eiskalt und heulte wie ein Orkan durch offene Fenster.

Das synästhetische Chaos hörte so abrupt auf, wie es entstanden war, als ein Wechsel des mentalen Modus Esebians Wahrnehmungen normalisierte. Die »Hand« erwies sich als Verbindungsfaden, der sich aus dem rostroten Strang mit den Archivwarzen gelöst und sich um ihn geschlungen hatte. Jemand versuchte, einen direkten Kontakt herzustellen, und dabei duldete er keinen Widerstand. Das Zerren wurde schmerzhaft stark, und es blieb Esebian gar keine andere Wahl, als ihm nachzugeben. Der Faden zog ihn in die Membran des Datenstrangs, und auf halbem Weg hindurch blieb er stecken, gefangen in einer weichen, klebrigen Masse. Etwas kitzelte ihn hinter den Augen, und einen Moment später befand er sich an einem anderen Ort.

10

Wind wehte, und sein Zischen wurde übertönt vom Donnern der Wellen, die an den breiten Fuß der nachtschwarzen Felsnadel schlugen, auf der Esebian stand. Das Meer, grau und braun, erstreckte sich auf allen Seiten bis zum Horizont, und nirgends waren Schiffe oder schwimmende Städte zu sehen. Dunkle Wolken zogen über den Himmel.

Esebian versuchte, sich mit seinen Erweiterungen zu orientieren, doch dort, wo er sonst immer ihre Präsenz spürte, war alles taub. Ein Neutralisierungsfeld, und kein gewöhnliches. Befand er sich auf einer toten Insel? Er hatte von solchen Orten in den Datennetzen gehört. Lukas, von dem ein Teil seiner Ausrüstung stammte, hatte ihm einmal davon erzählt: separierte Orte in den Netzen, von den Magistern für die Isolierung von Schadprogrammen und anderen negativen Einflüssen benutzt. Einige schreckliche Sekunden lang befürchtete Esebian, dass es einem der Magister irgendwie gelungen war, seine wahre Identität herauszufinden und ihn hier festzusetzen, in einer Welt, die allein als kontrollierte Stimulation seiner gewöhnlichen Sinne existierte.

»Zwei Monate«, erklang eine Stimme. »Mehr Zeit können wir Ihnen nicht geben.«

Esebian drehte sich um und erkannte den Mann, der ihm vor einer Woche in seinem Haus über den Experimentalseen von Angar einen ungebetenen Besuch abgestattet hatte. Zwei auffallend große Augen mit unterschiedlich gefärbten Pupillen sahen ihn an, und im schwarzen Haar zeigten sich Tätowierungslücken. Tirrhel streckte die Hand aus und reichte ihm eine kleine Scheibe, die Esebian an den quantenverschränkten Kommunikationschip erinnerte, den er in seinem Haus erhalten hatte.

»Ich habe Ihnen doch gesagt, dass Sie alle notwendigen Informationen erhalten werden – Sie hätten sich die Crawler sparen können.«

Esebian nahm die kleine Scheibe entgegen. Sie war gelb wie Messing oder Gold, aber schwerer. Stabile Pseudomaterie.

»El'Kalentar muss in spätestens zwei Monaten tot sein«, sagte Tirrhel.

Die dunklen Wolken zogen schneller über den Himmel, und Regentropfen fielen, aber nicht auf die Felsnadel. Schaumkronen bildeten sich auf den Wellen, und das Donnern der Brandung wurde lauter. Dennoch konnte Esebian den Mann ihm gegenüber mühelos verstehen.

Was denkt er sich?, zischte Caleb.

»Das ist völlig unmöglich«, sagte Esebian. »Ich muss alles genau vorbereiten und jedes Detail planen. Um nur ein Problem von vielen zu nennen: Wie komme ich nach Taschka? Ich bin Konsul, kein Resident, und …«

»Sie benötigen keine Aufenthaltserlaubnis für Taschka«, unterbrach ihn Tirrhel. »El'Kalentar hat sein Domizil verlassen und reist durch das Direktoriat. Das bedeutet eingeschränkte Sicherheit, was Ihnen eine gute Chance gibt. Zwei Monate, Esebian.«

»Erst ein Jahr, und jetzt nur noch zwei Monate. Warum haben Sie es so eilig?« *Wie hat er uns in den Datennetzen gefunden?*, flüsterte Yrthmo, der Techniker. *Und wie hat er uns hierher ge-*

bracht, zu einer toten Insel? »Wie haben Sie uns gefunden?«, fügte Esebian hinzu.

In Tirrhels Augen blitzte es, und er kam einen Schritt näher. »Meine Gründe spielen keine Rolle für Sie, Esebian. Führen Sie den Auftrag durch. Nehmen Sie den Umstand, dass Sie sich hier befinden und mit mir sprechen, als Hinweis darauf, welche Möglichkeiten uns zur Verfügung stehen.«

Esebian sah auf die kleine gelbe Scheibe hinab, die er in der Hand hielt, und als er den Blick wieder hob, war Tirrhel verschwunden. Wind heulte, die Brandung am Fuß der Felsnadel donnerte, und ein dicker, kalter Regentropfen klatschte ihm mitten ins Gesicht. Er hob die Hand, um die Nässe fortzuwischen …

Und berührte eine trockene Wange. Er ruhte in einem Sessel, der sich nach hinten geneigt hatte und fast zu einer Liege geworden war, und neben ihm summte eine Konsole. Durch das breite Fenster direkt vor ihm sah er den Obelisken, das Gehirn des Archivs.

»Der Kontakt wurde unterbrochen«, ertönte die Stimme des Seeders. »Soll ich ihn wiederherstellen?«

»Nein.« Als Esebian auch die andere Hand aus der Interface-Mulde löste, hörte er ein leises Klacken und drehte den Kopf. Eine kleine goldfarbene Scheibe lag dort.

Für einen Moment wagte er nicht zu atmen. Dann fragte er langsam: »Woher stammt dieses Objekt?«

»Es enthält die Aufzeichnung eines privilegierten Datentransfers«, antwortete Chai-Millkven-al-Lekan sofort.

»Können Sie feststellen, wer den Transfer veranlasst hat?«

Eine kurze Pause, und dann: »Der Transfercode wurde gelöscht.« Der Seeder klang fast erstaunt. »Das ist sehr ungewöhnlich. Wenn Sie Ihre Privatsphäre für verletzt halten, Konsul, so bin ich gern bereit, Ermittlungen einzuleiten. Gestatten Sie mir, den Inhalt des Speichermoduls zu untersuchen und …«

»Nein.« Esebians Hand schloss sich um die gelbe Scheibe, und er dachte an die Geräte in seiner Wohnung. »Nein, meine Privatsphäre ist nicht verletzt. Es liegt kein Verstoß gegen die Regeln vor.« Er stand auf und ging zur Tür. »Haben Sie vielen Dank, Chai-Millkven-al-Lekan.«

»Ich bin gern zu Diensten gewesen, Konsul. Langes Leben.«

Die Fenster des Apartments im neunundneunzigsten Stock ließen das Licht der Sonne herein, aber keine fremden elektromagnetischen Impulse. Niemand konnte in die Wohnung sehen, auch nicht mithilfe von Sondierungssignalen. Hinzu kam ein diskretes Neutralisierungsfeld, das die Residenz vorübergehend aus Oxnams Kommunikationsverbund gelöst hatte.

Esebian saß in einem bequemen Sessel und trank einen aromatisierten Nährsaft, der nicht nur den Durst stillte, sondern auch Vitamine für den Körper und einige Zusatzstoffe für bestimmte biomechanische Erweiterungen enthielt.

»Es ist sehr ungewöhnlich, dass sich ein Erlauchter, noch dazu der Vorsitzende des Direktoriats, auf eine so lange Reise außerhalb der Hohen Welten begibt«, sagte er nachdenklich, den Blick noch immer auf die Daten des großen Displayfelds gerichtet.

Ich glaube, wir können etwas mit den Daten anfangen, sagte Yrthmo, und selbst von Gunder und Dorotheri kam Zustimmung. *Er ist mit dem Präfekten unterwegs, und wir kennen mindestens eine Station, an der er während der nächsten beiden Monate halt-*

machen wird: Hadadd. Talanna ist dort gewesen, vor … hundertfünfzig Jahren?

»Ja«, sagte Esebian. »Ich erinnere mich.«

Hadadd, flüsterte Talanna mit einem Hauch Wehmut. *Ich frage mich, was aus ihm geworden ist.*

»Benston?«, fragte Esebian.

So hieß er, ja. Ein junger Mann. Fast so jung wie Leandra. Und so leidenschaftlich …

»Er hätte dich um ein Haar an der Ausführung deines Auftrags gehindert«, sagte Esebian und sprach wie zu einer anderen Person.

»Bitte entschuldigen Sie, wenn ich mich einmische«, sagte die intelligente Wohnung. »Aber offenbar sprechen Sie mit Personen, deren Präsenz ich nicht wahrnehmen kann. Fühlen Sie sich wohl, Konsul? Brauchen Sie Hilfe?«

Esebian schickte das Apartment mit einer knappen Geste in den Stand-by-Modus.

Hadadd ist der Ort, sagte Caleb, als sei die Entscheidung bereits gefallen. *Und ich glaube, ich habe eine Idee, wie wir uns El'Kalentar nähern können, ohne dass er Verdacht schöpft. Der Präfekt Akir Tahlon hat jederzeit Zugang zu ihm. Das können wir ausnutzen.* Er nannte Einzelheiten.

Esebian nickte. »Nicht schlecht. Es könnte klappen. Es fehlen noch einige Details, aber …«

Die Einzelheiten finden wir auf Hadadd heraus, sagte Talanna. *Oder während der Reise dorthin. Mach von den Kandidatenprivilegien Gebrauch, Esebian. Mit diskreten Anfragen bei der Regierung von Hadadd dürfte sich klären lassen, wann sich El'Kalentar wo aufhalten wird.*

Ich tippe auf einen Machtkampf, sagte Evan Ten-Ten, der die ganze Zeit über die Hintergründe nachgedacht hatte. *Ein*

Machtkampf unter den Direktoren des Direktoriats, fuhr er fort, als er die Verwunderung der anderen bemerkte. *Jemand will El'Kalentar aus dem Weg räumen, um seinen Platz einzunehmen. Wer würde am meisten von seinem Tod profitieren? Wenn wir diese Frage beantworten können, haben wir den Auftraggeber identifiziert.*

Auch ich würde gern wissen, wer sich hinter Tirrhel verbirgt, sagte Caleb erstaunlich sanft. *Aber es muss uns vor allem darum gehen, diesen Auftrag durchzuführen. Habt ihr vergessen, wie es zu Anfang war?*

»Wie könnte ich das vergessen?«, murmelte Esebian und war sicher, dass er sich auch noch in fünftausend Jahren daran erinnern würde.

Ich bin dagegen gewesen, fuhr Caleb fort. *Vor zwanzig Jahren, als wir vor allem auf Gunders Drängen hin beschlossen haben, keine Aufträge mehr zu übernehmen. Zwei Jahrzehnte lang habe ich beobachtet, wie sich Esebian mit dem FEK-Syndrom beschäftigte. Was haben ihm seine Forschungen auf Angar eingebracht? Nichts.*

»Das Projekt gehörte zu den Ausschreibungen der Magister«, sagte Esebian. »Sie interessieren sich für den Finalen Evolutionskollaps. Sie halten ihn für wichtig. Wir hätten die notwendigen Meriten verdienen können.«

Dein Projekt war nur eins von vielen, erwiderte Caleb und sprach noch immer ruhig und geduldig. Er wusste, dass er gewonnen hatte, aber er triumphierte nicht, fühlte sich nur bestätigt. *Selbst hier auf Oxnam gibt es eins, in der Nähe dieses Atolls. Jemand wäre dir zuvorgekommen und hätte den FEK enträtselt. Du hättest keine Meriten erhalten, oder nicht genug. Du wärst gezwungen gewesen, dich nach etwas anderem umzusehen, und vielleicht hättest du es nicht einmal bis zur nächsten Therapie geschafft. Dann wärst du zu einem Grauen geworden.*

Die Worte ließen Esebian schaudern.

Ich fürchte, dass wir hier in etwas verwickelt werden könnten, das zu groß für uns ist, sagte Talanna. *Wenn es sich tatsächlich um einen Machtkampf unter den Erlauchten handelt, wie Evan vermutet, und wenn wir zwischen die Fronten geraten …*

Was sind das, dunkle Vorahnungen? Noch immer erklang Spott in Calebs Stimme.

Vielleicht ist es … weibliche Intuition.

»Die Entscheidung ist längst gefallen«, sagte Esebian, winkte und deaktivierte das Displayfeld.

Danke, Esebian, sagte Caleb. *Ich hoffe, dass endgültig alle Bedenken und Einwände ausgeräumt sind. Es ist ermüdend, sich dauernd damit auseinandersetzen zu müssen.*

Was ist der Mensch ohne die Stimme des Gewissens?, fragte der Philosoph Gunder. *Kaum mehr als ein Tier, Caleb. Es ist keine Schwäche, Dinge infrage zu stellen.*

Esebian stand auf und schritt, von plötzlicher Unruhe erfasst, zum Fenster. Die Sonne ging unter, und der ferne Horizont schien in Flammen zu stehen. Tief unten erschienen erste Lichter in der Stadt auf dem Atoll. Displayfelder schwebten bei den Straßen und Plätzen, und der Wechsel ihrer Bilder war wie das Blinzeln von Augenlidern.

Es kann sehr wohl eine Schwäche sein, sich dauernd zu hinterfragen, wenn man einen Mord begehen will. Die alte Schärfe kehrte in Calebs Stimme zurück.

»Schluss damit«, sagte Esebian. »Wir kennen den Ort. Hadadd. Zu bestimmen sind noch Zeit und Umstände. Einen Ansatzpunkt haben wir bereits, und er heißt Akir Tahlon. Yrthmo?«

Ich arbeite daran. Wir müssen nach Gevedon und Lukas einen Besuch abstatten.

»Dachte ich mir«, sagte Esebian, der spürte, wie sich seine Gedanken und Gefühle in neuen Bahnen bewegten, obwohl er noch immer er selbst war. »So wie Caleb vorgehen möchte … brauchen wir gewisse Dinge.« Er wandte sich vom Fenster ab. »Die Zeit ist knapp. Machen wir uns auf den Weg.«

11

Unten am Apartmentturm nahm sich Esebian eine der offenen Kapseln, die allen zur Verfügung standen, und nannte dem Autopiloten das Ziel: die Transitstation mit den Orbitalspringern auf der anderen Seite des Atolls. Der Abend war mild, und sanfter Wind trug den Duft des Meeres heran. Lampen leuchteten zwischen pastellfarbenen Gebäuden und über den Straßen. Ihr Licht tanzte in den großen Springbrunnen der Plätze und schimmerte über den Lokalen, die den vielen Besuchern kulinarische Besonderheiten und jede Menge Unterhaltung anboten. Esebian beobachtete das bunte Treiben mit vagem Interesse und fühlte sich an die Lyonen erinnert: Individuen zwar, die sich aber in großer Zahl wie ein Schwarm verhielten, dessen einzelne Mitglieder anonym blieben, bis …

Ein Gesicht schien ihm aus der Menge entgegenzuspringen, und Esebian sagte: »Anhalten.« Die Kapsel sank ein wenig tiefer, um den anderen, die zu Strandpartys flogen, nicht im Weg zu sein, und sie verharrte im Schatten neben einem erleuchteten Wasserfall. Das Gesicht gehörte nicht einem der vielen Passanten, sondern war in einem Displayfeld am Rand des kleinen Platzes zu sehen: dominiert von großen grünen Augen, umrahmt von silberblondem Haar.

»Leandra«, sagte Esebian leise.

»Ich bitte um Entschuldigung«, sagte die Kapsel. »Aber diese Anweisung verstehe ich nicht.«

Das Gesicht der jungen Frau wich anderen Bildern. »Datenanfrage«, sagte Esebian. »Ich habe in dem Displayfeld dort drüben eine Frau gesehen, die ich kenne. Name: Leandra Covitz. Einzelheiten.«

Direkt vor Esebian entstand ein kleines Feld, und Leandra erschien, dreidimensional und so real, als hätte sie Substanz. Sie drehte sich langsam, damit der Betrachter sie von allen Seiten sehen konnte. »Leandra Covitz, Bestätigung«, sagte die Kapsel. »Verfahren Nummer eins eins drei sieben drei neun vier Komma sieben sechs. Die Verhandlung findet jetzt statt.«

»Ein Verfahren?«, fragte Esebian erstaunt. »Hier auf Oxnam?«

»Bestätigung.«

»Ich nehme an, das Verfahren ist öffentlich.«

»Auf Oxnam sind alle Verfahren öffentlich.«

Wieder fühlte sich Esebian von Unruhe erfasst, wie zuvor am Fenster seiner Residenz. »Bring mich zum Verhandlungsort.«

»Sofort, Konsul.«

Was soll das?, fragte Caleb. *Wir verlieren wertvolle Zeit! Nimm den nächsten Orbitalspringer und flieg durchs Filigran.*

Esebian betrat das Auditorium und nahm in einer der erhöhten Sitzreihen Platz. Unten im Verhandlungsoval stand Leandra Covitz vor dem Gerichtstresen, hinter dem drei Kandidaten saßen, zwei Frauen und ein Mann. Die Abzeichen an ihren Kragen wiesen darauf hin, dass sie die vierte Stufe erreicht hatten und Legaten waren. Links von ihnen saß eine zierliche Protokollführerin, etwa vierzig Scheinjahre alt, und auf der rechten Seite sah Esebian einen mechanischen Zwitter, semipermanent an ein Interface angeschlossen, das ihn mit dem Magister über Oxnam verband. Am linken Rand des Ovals, direkt unter einer der schwebenden Lampen, warteten ein Observant und ein Ethikwächter.

Es befanden sich nur einige wenige Zuschauer im Saal, und sie saßen in der ersten Reihe, direkt am Oval und nur wenige Meter hinter Leandra. Eine der beiden Richterinnen sah kurz auf, und Erstaunen huschte über ihr Gesicht, als sie den Neuankömmling als Konsul erkannte. Dann konzentrierte sie sich wieder auf Leandra Covitz.

»Es wird festgestellt: Sie haben bei der Einreise bestätigt, von allen auf Oxnam herrschenden Regeln so bald wie möglich Kenntnis zu nehmen«, sagte die zweite Richterin. »Es wird festgestellt: Sie haben heute Nachmittag das Mirai-Atoll verlassen und sind in einem abgesperrten Gebiet schwimmen gegangen. In diesem Gebiet findet seit vier Jahren ein FEK-Experiment statt. Es wird festgestellt …«

»Aber davon wusste ich nichts.« Leandra klang sehr besorgt. »Ich bin dort geschwommen, weil ich die Blüte erleben wollte. In meiner Heimat habe ich davon gelesen. Was für ein Glück, dachte ich, als ich auf Oxnam eintraf. Heute findet die Medusenblüte statt, zu der es nur einmal in vier Jahren kommt, und ich …«

»Die Medusen sind Teil des FEK-Experiments, und die Blüte ist eine kollektive Befruchtung. Ihre Präsenz hat die Medusen gestört, und nach unseren Berechnungen erreichte die Befruchtung nicht den vorgesehenen Wirkungsgrad von fünfundachtzig Prozent, sondern nur einen von neunundsechzig. Darüber hinaus bildete Ihre Anwesenheit einen Stressfaktor, der nicht ohne Einfluss auf die neuen genetischen Strukturen bleiben wird.«

»Aber ich …«

»Der Magister stellt fest: Es wurde gegen die Regeln verstoßen«, sagte der mechanische Zwitter, dessen Rumpf mit dem Interface verbunden war. Die Augen des kleinen Mannes waren trüb und blinzelten in unregelmäßigen Abständen.

»Es handelt sich eindeutig um einen schweren Fall«, verkündete die Richterin, die zu Esebian aufgesehen hatte. »Ein vierjähriges ökologisches Experiment wurde ruiniert. Die Bemühungen von einunddreißig Personen, darunter vier Kandidaten, sind zunichtegemacht.«

»Es wird festgestellt: Die Angeklagte ist schuldig.«

Die wenigen Zuschauer in der ersten Sitzreihe des Auditoriums steckten die Köpfe zusammen und murmelten.

»Strafe«, sagte das männliche Mitglied des Richter-Trios.

»Die Strafe wird festgelegt auf fünftausend Meriten«, entschied die andere Legatin.

»Und ein Imprint«, sagte ihr Richterkollege ernst.

»Und ein Imprint«, bestätigte die andere Frau. Sie nickte der Protokollführerin zu. »Wenn die Angeklagte innerhalb der nächsten fünf Jahre nicht genug Verdienste sammelt oder erneut mit einem Vergehen der mittleren Kategorie oder höher gegen die Regeln verstößt, wird das Imprint zur Inhibition.«

»So ist es beschlossen«, sagten alle drei Richter zusammen.

Observant und Ethikwächter setzten sich in Bewegung und traten auf Leandra zu.

»Einen Augenblick.« Esebian stand auf und ging die Treppe hinunter, an den Sitzreihen vorbei. *Bist du verrückt geworden?*, rief Caleb in ihm. *Was machst du da?* Er achtete nicht darauf, und unten im Oval angekommen sagte er: »Es ist eine harte

Strafe für jemanden, der erst am Anfang seines langen Weges steht. Diese Frau ist jung und unerfahren, und ich bin sicher, dass sich keine bösen Absichten hinter ihrem Regelverstoß verbergen. Bitte sehen Sie ihr die Unbesonnenheit der Jugend nach.«

Leandra sah ihn an, überrascht und voller Hoffnung. Die drei Richter musterten ihn ernst, und die erste Frau nickte ihm einen Gruß zu: »Konsul … Möchten Sie Ihre Kandidatenprivilegien nutzen und das Urteil anfechten?«

Ein oder zwei Sekunden lang herrschte aufmerksame, fast gespannte Stille. Esebian wählte seine Worte mit besonderem Bedacht. »Es wäre dumm, die Weisheit und den guten Willen von Richtern infrage zu stellen, die in Hinsicht auf solche Angelegenheiten viel mehr Erfahrung und Sachkenntnis haben als ich. Aber ich möchte Sie als Fürsprecher um Milde bitten.« Er zögerte kurz, und etwas veranlasste ihn hinzuzufügen: »Ich bin bereit, für die Angeklagte zu bürgen.«

Hast du total den Verstand verloren?, schrie Caleb, aber es war ein Schrei, der nur durch Esebians Innenwelt hallte und an der Innenseite seines Schädels endete.

Die drei Richter berieten sich kurz. Als Konsul stand Esebian drei Stufen über ihnen, und dieser Umstand *musste* eine Rolle spielen.

»Ihre Bürgschaft ist akzeptabel«, sagte die erste Legatin. »Auf das Imprint wird verzichtet. Die fünftausend Meriten …«

»Übernehme ich.« Die beiden Worte sprangen von ganz allein aus Esebians Mund. Leandra sah ihn aus ihren großen grünen Augen an und lächelte dankbar.

Fünftausend Meriten!, ereiferte sich Caleb. *Begreifst du nicht, wie weit uns das zurückwirft? Wir …*

Wenn wir Tirrhels Auftrag erledigt haben, brauchen wir keine zusätzlichen Meriten mehr, formulierte Esebian in Gedanken und richtete Calebs Argumente gegen ihn selbst.

Die erste Richterin wechselte einen Blick mit ihren Kollegen. »So ist es beschlossen. Angeklagte Leandra Covitz, Sie können gehen. Konsul … Langes Leben.«

Von beiden Enden gähnt nur Tod entgegen,
Und nachher gilt wie vorher sterblich stets:
O seid gerüstet, rettet euch empor,
Beharrlich jeden Augenblick!

BOTEN DES CHAOS

12

Das Hauptfiligran des Granville-Systems, zweihundert Millionen Kilometer über der Ekliptik, war kein bunt leuchtendes vitales Gespinst mehr, sondern eine graue Wunde im All, wenn nicht ganz abgestorben, so doch vom Tod gezeichnet. Als sich das große Sondierungsschiff mit El'Kalentar und Akir Tahlon an Bord näherte, zeigten die Panoramaschirme den spinnenartigen Weber an einem der verblassten Fäden: Seine fast einen Kilometer langen Beine bewegten sich nicht mehr, und der spitz zulaufende Kopf hatte sich in einen Hauptstrang des Filigrans gebohrt. Silberne Drohnen umschwirrten ihn wie Aasfliegen einen Kadaver, gelenkt von den beiden Magistern, die das Granville-System vor tausend Jahren als Emergente erreicht hatten. Einer befand sich über dem vierten Planeten Hadadd; der andere war ein ganzes Stück näher bei der Sonne, im Orbit des heißen Gasriesen Dawwro. Mehrere wissenschaftliche Plattformen, jede von ihnen vier Kilometer lang, schwebten bei den drei Filigranports; von ihnen ausgeschickte Sonden verschwanden in den Transitöffnungen der Wurmlöcher oder glitten daraus hervor. Hinzu kamen fast hundert Kampfschiffe: Walzen der Meronna, Pfeilschiffe der Enha-Entalen, Kreuzer und Schwere Schlachtschiffe des Direktoriats sowie zwei Schnelle Verbände der aus Grauen und mechanischen Zwittern bestehenden Ehernen Garde, die in den Diensten der Hohen Welten und der Magister stand. Es war eine beeindruckende Streitmacht, wie sie das Granville-System vielleicht nur während der Filigran-Kriege gesehen hatte, und sie bot einen deutlichen Hinweis auf den Ernst der Lage.

Akir Tahlon hatte seine Kommunikationserweiterungen mit den Systemen des Sondierungsschiffes verbunden, das mit Erlauchten- und Magisterprivilegien ausgestattet durch die äußere Verteidigungsphalanx flog und sich dem größten Filigranport näherte. Er sah nicht nur die Bilder der Panoramaschirme, sondern empfing auch die übrigen von den Sonden übertragenen visuellen Daten: Filigranstränge, die ihren Glanz verloren hatten, brandig und zerfressen wirkten; die Borsten des Webers an den Spitzen grau und spröde; die Ränder der Transitöffnungen nicht mehr glatt und klar abgegrenzt, sondern schwammig und zerfranst. Tausend Einzelheiten wetteiferten um Tahlons Aufmerksamkeit, aber was ihn am meisten beeindruckte, waren die Wracks bei den instabil gewordenen Wurmlöchern, manche bereits von Gravschleppern beiseite gezogen. Geborstene Raumschiffe, von den Annihilatoren und entropischen Kanonen der Wachschiffe so sehr zerrissen und zertrümmert, dass ihre ursprüngliche Form nicht einmal zu erraten war.

»Legen Sie beim größten Port an, Lethender«, sagte El'Kalentar, der ganz hinten in der Zentrale des Sondierungsschiffes saß.

Der Kommandant – ein zwergenhafter, aber recht breiter Mann, der ganz offensichtlich von einer Hochschwerkraftwelt stammte und die Zeichen eines Dekans und damit der fünften Kandidatenstufe am Uniformkragen trug – gab die Anweisung sofort an den Navigator weiter. Das von den Magistern zur Verfügung gestellte Sondierungsschiff änderte den Kurs, näherte sich dem Filigranport und setzte seine Gravanker. Mit den Kommunikationserweiterungen hörte Tahlon, wie der Sondierer kurz mit einem Pfeilschiff der Enha-Entalen sprach, das daraufhin seine Position veränderte und über den Blasen und Kuppeln des Ports in Stellung ging, die Zielerfassung der Waffensysteme auf die nächste Tunnelöffnung gerichtet.

»Wie viele sind es?«, fragte El'Kalentar.

»Exzellenz?« Der kleine Lethender eilte diensteifrig herbei.

»Wie viele Wracks sind es?«

»Fünfundzwanzig, Exzellenz. Bisher. Die Sonden registrieren noch immer Aktivität in den Wurmlöchern. Es könnten weitere Transite stattfinden.«

»Von wo kommen sie, und von wann?«

Akir Tahlon fragte sich, ob El'Kalentar ohne Verbindung mit den Bordsystemen des Sondierers geblieben war. Verzichtete er darauf, den Datenstrom direkt aufzunehmen? Warum?

»Soweit sich das bisher feststellen ließ, betragen die geringsten Entfernungen einige hundert Lichtjahre und die größten bis zu zweihundert Millionen«, antwortete Lethender, der ein Kom-Modul an seinem Halsinterface trug. »Die temporalen Schwankungen in den Wurmlöchern sind ähnlich stark, Exzellenz. Plus/minus hunderttausend Jahre.«

»Wir werden also aus Vergangenheit und Zukunft angegriffen«, sagte El'Kalentar.

»Handelt es sich um organisierte, koordinierte Aktionen gegen uns?«, fragte Akir Tahlon.

»Würde Ihnen das Chaos besser gefallen, wenn es das Ergebnis von guter Organisation wäre?«, erwiderte El'Kalentar, und es klang fast spöttisch. Die kupferrote Eidechse in seiner Stirn neigte den Kopf zur Seite und richtete einen abschätzigen Blick auf den Präfekten.

»Absicht würde bedeuten, dass wir unverzüglich Verteidigungspläne entwickeln und in die Tat umsetzen müssen«, sagte Tahlon, dessen Gedanken und Gefühle sich seit der Begegnung mit El'Kalentar auf Taschka im permanenten Analysemodus bewegten.

Der Vorsitzende des Direktoriats stand auf. »Was aus den instabilen Wurmlöchern kommt, wird eliminiert. So wollen es die Magister, und so wird es geschehen, mein lieber Tahlon. Aber ich möchte mit eigenen Augen sehen, *was genau* auf unserer Seite dieses Filigrans erscheint.«

Akir Tahlon hatte sich ebenfalls erhoben und schaute El'Kalentar ebenso ungläubig an wie Lethender. »Exzellenz? Wollen Sie das Schiff verlassen? Es könnte gefährlich werden! Wenn wieder ein Angriff stattfindet …« Ein Unsterblicher, der mit seinem Leben spielte? Das fand Tahlon unerhört.

»Oh, ich habe nicht vor, mein Leben aufs Spiel zu setzen«, sagte El'Kalentar, und wieder hatte Tahlon das Gefühl, dass der Unsterbliche seine Gedanken las. »Kommen Sie, Präfekt. Verschaffen wir uns einen direkten Eindruck.«

»Die Angriffe können nicht koordiniert sein, mein lieber Tahlon«, sagte El'Kalentar, als sie zum Kapselraum des Filigranports gingen. »Die Wurmlöcher sind auf der anderen Seite ebenso instabil geworden wie auf dieser. Stellen Sie sich einen unter Druck stehenden Schlauch vor, dessen Ende hin und her zuckt. Das geschieht mit dem anderen Ende der Wurmlöcher: Sie zucken hin und her, durch Raum und Zeit.«

Eine Magisterdrohne begleitete El'Kalentar und Tahlon in den Kapselraum: ein anderthalb Meter langer und vierzig Zentimeter dicker Konus, der auf unsichtbaren Gravpolstern ruhte. Mit einem starken kinetischen Feld räumte die Drohne Trümmer beiseite, und Tahlons Nanosensoren wiesen ihn auf hohe Bereitschaftsenergie hin. Die intelligente Maschine machte ihnen nicht nur den Weg frei; die Magister hatten sie auch beauftragt, die beiden Menschen zu schützen.

»Alles Zufall, Exzellenz?«, fragte Tahlon skeptisch. »Fünfundzwanzigmal?«

»Fünfundzwanzigmal bei wie vielen Transitkontakten, Präfekt? Ich habe mit den Magistern gesprochen. Sie schätzen, dass sich in jeder Sekunde auf der anderen Seite etwa fünfzigtausend Transitmöglichkeiten ergeben, und das Sterben dieses Filigrans hat vor einer Woche begonnen, mit dem Tod des Webers.«

Eine Woche, dachte Tahlon. Zehn volle Tage. Und in jeder einzelnen Sekunde fünfzigtausend mögliche Transite. Voller Unbehagen sah er sich um. Der Kapselraum war von einem Geschoss getroffen worden, dessen kinetische Energie großen Schaden angerichtet hatte. Die Sicherheitsautomatik war sofort aktiv geworden und hatte alle Löcher und Risse mit Siegelschaum gefüllt. Trotzdem trugen El'Kalentar und Akir

Tahlon eine Schutzmembran, die ihr Überleben einen ganzen Tag garantierte, zwanzig Stunden.

»Sieben Passagiere sind hier gestorben«, sagte El'Kalentar und deutete auf die dunklen Flecken am Boden und an den Wänden. »Sie waren so schwer verletzt, dass sich keine Rekonversion durchführen ließ.« Er trat zu einem geborstenen Schott, neben dem Siegelschaum eine braune Kruste bildete, wie Schorf auf einer Wunde.

»Warum nur hier?«, fragte Tahlon, und wieder teilte ihm seine Intuition mit, dass der Erlauchte etwas vor ihm verbarg, dass er mehr wusste, als er zugab. »Warum kommt es nur bei diesem Falschen Filigran zu Angriffen? Bei dem von Hajok geschah nichts dergleichen, und bei den anderen ebenso wenig.«

El'Kalentar machte eine vage Geste. »Vielleicht liegt es an seiner besonderen Struktur. Jedes Filigran ist individuell. Unsere Reise hat gerade erst begonnen, mein lieber Tahlon. Ich werde die wissenschaftlichen Untersuchungen selbst koordinieren, und die Magister haben mir ihre Hilfe zugesichert.«

»Bei allem Respekt, Exzellenz ...« Tahlon wusste nicht, woher er den Mut nahm. Vielleicht lag es an dem Gefühl, von immer mehr Chaos umgeben zu sein und nach und nach die Kontrolle zu verlieren. »Ich kann meinen Aufgaben als Präfekt und Erster Hochkommissar des Direktoriats nur dann gerecht werden, wenn mir alle Informationen zur Verfügung stehen. Verzeihen Sie meine Offenheit: Ich habe das Gefühl, dass Sie mir etwas verheimlichen.«

Der sechstausendvierhundert Jahre alte El'Kalentar wölbte eine Braue, die ebenso dunkel war wie sein schulterlanges Haar. In den Mundwinkeln zuckte es kurz – ein Lächeln? »Ich weiß, was sich hinter dieser Schleuse befindet, und Sie wissen es noch nicht. Kommen Sie, mein lieber Tahlon.«

Die Drohne richtete einen kinetischen Strahl auf das geborstene Schott, und die dünne Luft übertrug ein dumpfes Knirschen, als das Stahlkomposit in Bewegung geriet. Eine Lücke entstand, groß genug, damit die beiden Männer die Schleusenkammer betreten konnten. Als sie darin standen, legte die Drohne ein Kraftfeld über den offenen Zugang und sandte ein Warnsignal, das Tahlons Schutzmembran ebenso wie die des Unsterblichen veranlasste, sich über den Kopf zu stülpen. Pumpen saugten die Luft aus der Schleusenkammer, und dann öffnete sich, gespeist von Restenergie, das Außenschott.

Nur hundert Meter entfernt, im Herzen des fast toten Filigrans, waberte schwarz der Rachen des zentralen Wurmlochs. Das Gerüst des Filigranports reichte mit der Katapultbahn für die Kapseln noch weiter nach vorn, und an einer der Kompositschienen hing aufgespießt ein fremdes Geschöpf.

Tahlons Unbehagen wuchs, trotz des analytischen mentalen Modus. Er wusste um das defensive und offensive Potenzial der Magisterdrohne, was ihn aber nicht davor bewahrte, sich schutzlos zu fühlen. Dass sich ein Erlauchter wie El'Kalentar einer solchen Situation aussetzte, erschien ihm vollkommen absurd. Der Schlund des Wurmlochs vor ihnen konnte jederzeit neue Gefahren ausspucken.

Allem Anschein nach war das Wesen tot. Als großer dunkelbrauner Klumpen hing es dort im Nichts, von der Beschleunigungsschiene des Katapults durchbohrt – wie ein Köder vor dem Rachen des Wurmlochs, fand der Präfekt. Es schien in eine Art Panzerung gehüllt zu sein, deren Segmente im Licht der noch funktionierenden Positionslampen des Filigranports metallisch glänzten.

El'Kalentar hatte sich bereits in Bewegung gesetzt und trat über den Wartungssteg hinweg zu dem Wesen, die Drohne blieb dicht über ihm. »Kommen Sie, Präfekt«, sagte er, und seine Stimme kam aus dem Innern von Tahlons Membran. »Sehen wir uns den Besucher aus der Nähe an.«

Die Drohne – und durch sie die beiden Magister des Granville-Systems – wachte über El'Kalentar und ihn, aber trotzdem nahm Tahlons Unruhe immer mehr zu. Für ein oder zwei Sekunden zog er in Erwägung, seine Emotionen ganz abzuschalten, aber er wusste aus Erfahrung, dass völlige Gefühlsneutralität seine Wahrnehmung beeinträchtigte. Auf halbem Weg zu dem Geschöpf sah er nach oben und wollte nach den Kampfschiffen Ausschau halten, die am Filigran wachten, doch sofort zog der Weber seinen Blick auf sich: ein jetzt riesig wirkendes Spinnenwesen, zwischen den Fäden und Strängen des Filigrans, ein totes Monstrum, einst von den Incera gesät, wie es in den Legenden der Enha-Entalen hieß. Im Leben, noch vor einer Woche, hatte es sich in die Struktur von Raum und Zeit gefressen, und durch die dabei entstandenen Löcher waren Raumschiffe über Hunderte und Tausende von Lichtjahren hinweggesprungen. Inzwischen lief der gesamte interstellare Verkehr über das Nebenfiligran beim heißen Gasriesen Dawwro.

Tahlon senkte den Blick wieder, starrte ins dunkle Maul des Wurmlochs und fragte sich, was geschehen würde, wenn er sich vom Wartungssteg abstieß und in den dunklen Tunnel sprang. Wo und wann würde er auf der anderen Seite erscheinen? Vielleicht mitten in einer Schlacht? Eine seltsame Anziehungskraft schien von dem dunklen Rachen auszugehen und an ihm zu zerren, und für einen Moment befürchtete Tahlon, dass etwas anderes, was auch immer, die Kontrolle über ihn an sich reißen und ihn veranlassen konnte, wider alle Vernunft zu springen.

Nur zwei Meter von dem Geschöpf entfernt blieb El'Kalentar stehen und holte etwas aus einer Tasche seiner türkisblauen Kombination. Er hob die Hand, und glitzernder Staub löste sich von ihr, tanzte über die gepanzerte Kreatur hinweg. Tahlon vermutete, dass es sich um Wolken aus Nanosensoren handelte.

Das Wesen war mehr als vier Meter lang und schien der Fantasie eines kranken Bioingenieurs entsprungen zu sein, der Larven, Würmer, Hornissen und verschiedene Echsenarten zu einem vier Meter langen und zwei Meter dicken Ungetüm kombiniert hatte. Mehrere unterschiedlich lange Beine und einige überraschend dünne, zerbrechlich wirkende Arme ragten aus dem Leib, dessen Haut hornig und borkig aussah, wo die Platten der Panzerung ihn nicht ganz bedeckten. Wie bei einem fraktalen Muster bestanden diese Segmente ihrerseits aus kleineren Segmenten, und auf diese Weise setzte sich die Struktur bis in den mikroskopischen Bereich fort, wie Akir Tahlon mit seinen visuellen Erweiterungen feststellte. An einigen Stellen saßen die Platten locker; an anderen waren sie fest mit dem Körper verwachsen. Verschiedene Gegenstände, deren Zweck Spekulationen überlassen blieb, wiesen ebenfalls direkt Verbindungen mit dem Leib auf und erinnerten Tahlon an die Werkzeugorgane, die sich manche mechanischen Zwitter wachsen ließen. Der Kopf saß fast übergangslos auf breiten, runden Schultern, mit drei spitzen Dornen in der Stirn, einem wulstartigen Augenband darunter und einer Mundöffnung mit scharfkantigen Zähnen. An einer Brustplatte direkt neben der Schiene bemerkte Tahlon einige Gegenstände, festgehalten von einem Gürtel mit Taschen, in denen kleine Objekte steckten.

Die glitzernden Wolken der Nanosensoren huschten über das Geschöpf, und El'Kalentar sagte: »Es sind mehrere Wesen, vermutlich während des Transits zu einem verschmolzen. Das Geschöpf kam mit hoher Geschwindigkeit aus dem Wurmloch und flog direkt auf die Schiene zu. Vermutlich war es bereits tot, als es durchbohrt wurde.«

Tahlons Blick kehrte zur dunklen Öffnung des Wurmlochs zurück, und für einen Sekundenbruchteil sah er darin ein Flackern, das einen Teil der Dunkelheit verjagte und ihm die Konturen eines Raumschiffs zeigte, bestehend aus Dutzenden von keilförmigen Elementen, zwischen denen sich goldene Bögen spannten. Glühende Punkte lösten sich von ihren Spitzen, kamen näher, schwollen an …

Erneut flackerte es, und das fremde Schiff verschwand in der Dunkelheit.

Die Drohne schwebte direkt neben El'Kalentar, als er sich den Kopf des Wesens ansah. »Kennen Sie die Geschichte von Rom?«

»Exzellenz?«

»Ich bin auf der Alten Erde gewesen, vor langer Zeit, noch vor den Filigran-Kriegen, Präfekt«, sagte El'Kalentar. »Einen Teil meiner Zeit habe ich dort genutzt, um mich mit der Kultur der alten Griechen und Römer zu befassen. Dabei handelt es sich gewissermaßen um die ersten wahren Hochkulturen der Menschen.«

El'Kalentar nahm ein Werkzeug von der Hüftschlaufe und schaltete es ein. Ein blasser kinetischer Strahl berührte die Gegenstände an der Brustplatte des Wesens. Sie lösten sich und schwebten nach oben, der Drohne entgegen, die sie in ihren konusförmigen Leib aufnahm. »Vielleicht handelt es sich um Waffen«, sagte er wie zu sich selbst. »Eine Untersuchung könnte sich lohnen.«

»Wie Sie wünschen, El'Kalentar«, erwiderte die Magisterdrohne, und auch Akir Tahlon empfing ihre Stimme.

In der nahen Öffnung des Wurmlochs brodelte es. Tahlon öffnete den Mund, um den Erlauchten darauf hinzuweisen, doch El'Kalentar fuhr fort:

»Das Römische Reich blühte über viele Jahrhunderte hinweg«, sagte der Unsterbliche, richtete den kinetischen Strahl auf den Mund des Geschöpfs und öffnete ihn. Die scharfen Zähne waren deutlicher zu sehen, und Tahlon betrachtete sie mit einer gewissen morbiden Faszination. »Aber dann fiel es, wenn man so will, einem eigenen Finalen Evolutionskollaps zum Opfer. Dekadenz machte sich breit, und Barbaren eroberten das Reich, Völker, die in zivilisatorischer Hinsicht weniger weit entwickelt waren. Für die Erde begann danach ein dunkles Zeitalter.«

»Exzellenz, das Wurmloch ...«, begann Tahlon.

»Das Direktoriat, mein lieber Tahlon, ist die höchste Stufe der Zivilisation, die die Menschheit jemals erreicht hat.« El'Kalentar deaktivierte das kleine Gerät in seiner Hand; nicht mehr vom kinetischen Strahl gehalten klappte der Mund des Wesens zu. »Aber es könnte uns ebenso ergehen wie damals vor vielen Jahrtausenden dem Römischen Reich auf der Alten Erde. Die Hohen Welten, Tausend Tiefen und die Gemischten Gebiete, auch die anderen Mächte, der Kongress, das Poseidon, die Klerikalen, die sich Gott oder den Göttern so nahe glauben … Wir alle könnten hinweggefegt werden von neuen Barbarenhorden, die aus den Falschen Filigranen kommen. Fügen Sie das den Gefahren hinzu, die ich Ihnen in meinem Domizil auf Taschka genannt habe. Fünfzigtausend Transitfluktuationen in einer Sekunde bei diesem Wurmloch, und fünfundzwanzig Angriffe in einer Woche. Wenn die anderen Filigrane ebenfalls instabil werden, Präfekt, und wenn auch nur zehn Prozent von ihnen ähnliche Verbindungen schaffen wie dieses hier … Wir haben nicht genug Schiffe, um sie alle zu bewachen.«

El'Kalentar wandte sich von dem Wesen ab, stand mit dem Rücken zum Wurmloch auf dem Wartungssteg und sah Tahlon an. Hinter dem dünnen Film der Schutzmembran schien die rote Eidechse in seiner Stirn plötzlich wie aus Blut geschaffen, und die hellblauen Punkte auf den Wangen und am Kinn waren dunkler geworden, wirkten wie ein pockennarbiges Muster im schmalen Gesicht des Unsterblichen.

»Haben Sie sich jemals nach dem Grund für das große Interesse der Magister am Finalen Evolutionskollaps gefragt, Präfekt? Sie selbst waren es, die uns auf dieses Phänomen aufmerksam gemacht haben, vor nur vierhundert Jahren. Vielleicht wussten sie, was mit den Filigranen geschehen würde.« Ein Lächeln erschien kurz auf seinen Lippen und verschwand sofort wieder. »Haben Sie es gewusst?«, fragte er und hob den Blick zur Drohne.

Etwas kam aus den Tiefen des Wurmlochs, ein Ungeheuer aus Metall und organischem Gewebe, in einer permanenten Umarmung vereint. Die Drohne sendete ein schrilles Alarmsignal, und nur einen Sekundenbruchteil später begriff Akir Tahlon, warum sich El'Kalentar so unbekümmert und sorglos für den Abstecher an diesen Ort entschieden hatte. *Oh, ich habe nicht vor, mein Leben aufs Spiel zu setzen,* hatte er gesagt, in dem Wissen, dass ihn die Drohne jederzeit mit einem Transferitor in Sicherheit bringen konnte.

Plötzlich stand Akir Tahlon allein auf dem Wartungssteg des Filigranports, einem toten Wesen gegenüber und den Blick auf ein viel größeres heranrasendes Ungetüm gerichtet, von dem er nicht wusste, ob es ein Raumschiff war oder eine Verbindung aus Schiff und lebendem Geschöpf. Nur hundert Meter trennten ihn von der Öffnung des zentralen Wurmlochs, und eine Energieranke, die ihre Wurzeln in dem monströsen Gebilde hatte, das tief im Schlund durch die Dunkelheit pflügte, wuchs ihm entgegen.

Es blitzte, und von einem Augenblick zum anderen war die Magisterdrohne wieder da. Sie fokussierte das Kraftfeld des Transferitors auf Tahlon.

Zu spät.

Das aus dem Wurmloch kommende Flackern traf die Beschleunigungsschiene mit dem toten Wesen, das auseinanderplatzte wie eine überreife Frucht. Tahlon sah es wie in Zeitlupe, denn seine aktiven Erweiterungen hatten automatisch in den Notfallmodus umgeschaltet, der ihm besonders schnelle Reaktionen ermöglichte. Aber was auch immer er in dieser Situation getan hätte, es wäre nicht schnell genug gewesen. Der ganze Filigranport erbebte, und eine gewaltige Explosion gleißte gespenstisch lautlos im Vakuum. Ihre energetische Druckwelle fegte die Magisterdrohne fort, und der Transferitorfokus erfasste nicht etwa den Präfekten und Hochkommissar des Direktoriats, sondern ein davongewirbeltes Trümmerstück.

Etwas brannte durch Tahlons Leib, und mit entsetzter Ungläubigkeit sah er sich der Erkenntnis gegenüber, dass ihn nur einen Schritt von der Unsterblichkeit entfernt der Tod ereilte.

13

Ein grauer Himmel hing schwer über einer öden, staubigen Welt. Kalter Wind wehte mit verhöhnend klingendem Flüstern. Farben fehlten, stellte Akir Tahlon fest, als er sich umsah. Grau beherrschte diese Welt; es regierte monochrome Düsternis.

»Dies soll deine Aufgabe sein«, sagte eine Gestalt, die vor ihm aus einem Staubwirbel trat. Tahlon blinzelte und versuchte, Einzelheiten zu erkennen, aber wenn er den Blick auf die Gestalt richtete, verschwammen ihre Umrisse. Der Fremde war groß, fast zwei Meter, und trug einen pechschwarzen Mantel. Die Kapuze schien nur Schatten zu enthalten.

Tahlon starrte auf seine Hände hinab. Sie sahen normal aus; Fleisch und Haut bedeckten die Knochen. Und doch …

»Bist du der Tod?«, fragte er und fürchtete die Antwort.

Doch die Gestalt antwortete nicht. Stattdessen sagte sie: »Schaff hier Ordnung.« Der Fremde deutete zu einer etwa hundert Quadratmeter großen Fläche, auf der Abertausende von kleinen weißen Stäben lagen. Tahlon erkannte sofort, dass sie ein Muster bilden sollten – seine Vorstellungskraft zeigte es ihm in aller Deutlichkeit –, aber etwas, vielleicht der Wind, hatte alles durcheinandergebracht. Sein Blick kehrte zu der dunklen Gestalt zurück, und er versuchte, die visuellen Erweiterungen zu aktivieren. Doch wo sie sich vorher befunden hatten, war nun alles leer. Allein mit den gewöhnlichen Sinnen fühlte er sich wie amputiert.

»Ist dies … das Jenseits?«, fragte er.

Die Gestalt trat einen Schritt näher, und unter der Kapuze blieb alles dunkel. »Suchst du das, was viele vor dir die Hölle nannten?« Der Fremde streckte den Arm aus. »Die wahre Hölle befindet sich dort.«

Tahlon drehte sich um. Wo vorher nichts weiter als ödes Land gewesen war, eine graue Wüste bis zum Horizont, ragte jetzt ein Vulkanberg auf, an dessen Hängen fleißige Hände Terrassenfelder angelegt hatte. Menschen arbeiteten dort, mehr als er zählen konnte.

»Die wahre Hölle?«, fragte er.

»Immerzu schuften sie, tagein, tagaus«, sagte die dunkle Gestalt. »Und die Früchte ihrer Schufterei reichen gerade aus, um sie zu ernähren. Schließlich werden sie alt und krank und sterben, aber damit sind sie nicht erlöst, denn sie werden wiedergeboren, und dann beginnt alles von vorn. Das ist die wahre Hölle: immer wieder arbeiten und sterben zu müssen, ohne eine Wahl zu haben.«

Der Fremde verschwand, und er nahm das spöttische Flüstern mit – plötzlich war es windstill.

Akir Tahlon, der seit seiner Kindheit nichts mehr verabscheute als Unordnung und Chaos, machte sich daran, Ordnung ins Durcheinander der weißen Stäbchen zu bringen. Er hatte weder Hunger noch Durst, als er arbeitete, und er hielt nicht inne, als es dunkel wurde. Die ganze Nacht arbeitete er und ordnete die Stäbchen nach den Mustern, die er so deutlich vor dem inneren Auge sah. Drei graue Tage und drei dunkle Nächte nahm er ein Stäbchen nach dem anderen und rückte es an den richtigen Platz, wie die Steine in El'Kalentars Garten. Als das Zwielicht des vierten Tages begann, vervollständigte er die letzten Muster, wich stolz zurück und fühlte die Müdigkeit schwer auf Körper und Geist. Doch als er sich in den Staub legen und die Augen schließen wollte, kam Wind auf, fegte über die vielen weißen Stäbchen hinweg und brachte sie erneut durcheinander – nicht eines blieb an seinem Platz liegen.

Da sprang Tahlon auf, von Wut gepackt, und rief: »Habe ich denn drei Tage und drei Nächte völlig umsonst gearbeitet?«

Ihm antwortete nur die spöttische Stimme des Winds.

Im Grau des neuen Tages, auf einer grauen Welt, machte er sich erneut an die Arbeit und formte aus den Stäbchen die Muster, von denen er wusste, dass sie richtig waren. Wieder arbeitete er drei Tage und drei Nächte und empfing als Belohnung einen Moment der Zufriedenheit, als das letzte Stäbchen die Muster vervollständigte und er den Sieg über die Unordnung errang. Dann kam erneut der Wind und zerstörte, was er geschaffen hatte.

Von der schweren Last der Erschöpfung gebeugt stand er da und begriff, dass dies seine ganz persönliche Hölle war: Er musste immer wieder erleben, wie die von ihm mühsam geschaffene Ordnung neuem Chaos wich …

Dies war nicht die graue Welt, begriff Akir Tahlon, als er die Augen öffnete und ein Gesicht sah, das mehr war als ein vager, kaum zu erkennender Umriss in der Finsternis unter einer Kapuze. Ein Teil der Leere dort, wo sich seine Erweiterungen befanden, hatte sich wieder gefüllt, doch er blieb auf seine gewöhnlichen Sinne beschränkt. Das Gesicht war glatt und jung, eingefasst von goldenen Locken. Ein Engel?, dachte er.

»Hören Sie mich, Präfekt?« Irgendwo summte und zirpte es, und der Engel stellte fest: »Die Instrumente sagen, dass Sie mich hören. Wir haben eine Rekonversion durchgeführt. Verstehen Sie?«

Eine Rekonversion?, dachte er, und vielleicht sprach er diese Worte aus, denn der Engel nickte.

»Ja. Sie sind tot gewesen, Präfekt. Aber jetzt leben Sie wieder, und wir sind sicher, dass wir den größten Teil Ihrer Erinnerungen retten konnten. Wann haben Sie Ihr letztes Back-up angelegt?«

Ich bin tot gewesen, dachte er. Und: Was ist ein Back-up?

Seine Müdigkeit war immens – immerhin hatte er viele Tage und Nächte einen letztendlich aussichtslosen Kampf gegen die Unordnung geführt –, und hier in dieser anderen Welt konnte er ihr endlich nachgeben. Tahlon schloss die Augen und schlief.

Er träumte, und in seinem Traum war er wieder in der grauen Welt und beobachtete all die Menschen an den Hängen des Vulkanbergs, die ihr ganzes erbärmliches Leben lang schufteten, um zu überleben. Auch ihr Kampf war letzten Endes aussichtslos, denn während sie sich Tag für Tag abplagten, wurden sie älter und älter, und schließlich starben sie. Doch damit waren sie nicht erlöst, denn sie wurden wiedergeboren, und dann begann alles von vorn.

Und in seinem Traum dachte er: Ich bin ebenfalls wiedergeboren.

Als er erneut erwachte, sah er zwar nicht das von blonden Locken umrahmte Gesicht, wusste aber, dass jene Frau kein Engel gewesen war. Er lag in einem Rekonvaleszenztank, und sein Körper – zumindest das, was er von ihm spürte – fühlte sich irgendwie falsch an. Vermutlich wuchsen ihm neue Gliedmaßen und Organe. Eine Rekonversion, erinnerte er sich. Die Explosion beim Filigranport musste ihn sehr übel zugerichtet haben.

Wieder erschien ein Gesicht über ihm, diesmal das Gesicht eines Mannes: fast hohlwangig, die Nase lang und gerade, die Augen in der Farbe von unbehandeltem Stahl, in den Wangen die kaum erkennbaren dünnen Linien von Nanosensoren; die Stirn war hoch und von dünnen Falten durchzogen, das Haar kurz und so grau wie die Augen. Kein Arzt, dachte Tahlon und fragte sich, woher er dieses Wissen nahm.

Der Mann beugte sich zu ihm herab, und für ein oder zwei Sekunden fühlte sich Tahlon von seinem Blick durchbohrt. Vielleicht geschah das tatsächlich, denn er fühlte einen kurzen, stechenden Schmerz. Dann richtete sich der Mann wieder auf, das Gesicht so ausdruckslos wie vorher. Etwas in den grauen Augen – grau wie die andere Welt mit der sinnlosen Schufterei – sagte ihm, dass es sich um einen Kandidaten handelte.

Wer sind Sie?, wollte er fragen, hörte aber nur ein leises Krächzen und war nicht einmal sicher, ob es von ihm stammte.

Der Mann verschwand.

Aus der Vergangenheit,
Fern und alt,
Eine laute Stimme schallt:
Leben!

WEM DIE STUNDE SCHLÄGT

14

Zwei Sonnen standen am Himmel, die eine grün und klein, dicht über den Zackenbergen am Horizont, die andere ein großer roter Ball am Himmel über der ausgedehnten Wabenstadt der Enha-Entalen. Mit der Farbenpracht prismatischer Kristalle umfasste die Metropole dreizehn Tafelberge, auf deren Plateaus sich die pastellfarbenen Oktaeder der Prinzipalinnen erhoben. An mehreren Stellen ragten rosafarbene Türme aus den Schachtelbauten der Stadt, bestehend aus Rosenquarz, Kalk und Stahlkomposit: Ports für den Außenweltverkehr. Auf einem davon stand der gedrungene, tropfenförmige Orbitalspringer, mit dem Esebian und Leandra hierher nach Gevedon gekommen waren, einer Welt der Enha-Entalen.

Angenehme Kühle empfing Esebian, als er den »Laden« betrat, wie Lukas seine kleine Residenz in dem Bereich der Stadt nannte, in dem sich Außenweltler niedergelassen hatten. Was aussah wie ein Geschäft, das Touristen Kunstgegenstände der

Enha-Entalen anbot, war ein Dienstleistungsbetrieb, eine Mischung aus Werkstatt und Arsenal. Esebian ging langsam an leeren Regalen und Ausstellungsvitrinen vorbei, in denen kleine Punktlampen auf seine Präsenz reagierten und Objekte beleuchteten, die ebenso bunt waren wie die Komponenten der Wabenstadt. Mithilfe seiner Kommunikationserweiterungen sendete er einen Identifizierungsimpuls, dessen Codierung Lukas darauf hinwies, dass er mit bestimmten Wünschen kam.

Fast eine Minute verging, und dann raschelte es im rückwärtigen Teil des Ladens, und eine Gestalt trat vor, halb Mensch und halb Maschine. Vier anderthalb Meter lange, mehrgelenkige Beine aus bläulich glänzendem Metall und weißer Synthomasse summten leise, als sie einen geschrumpften, verknorpelten menschlichen Rumpf in den Hauptraum des Ladens trugen. Zwei dünne, knorrige Arme ragten dicht unter den verwachsenen Schultergelenken aus diesem Rumpf und führten zu einem kleinen Steuergerät, das sich dort befand, wo es vor vielen Jahren einmal Genitalien gegeben hatte. Die eine Hälfte des Kopfes bestand aus Stahlkomposit und enthielt, wie Esebian wusste, halb intelligente Prozessoren mit Bewusstseinsschranken; die andere Hälfte beherbergte supereffizientes neuronales Gewebe, von unabhängigen Bioingenieuren geschaffen. Eine semiorganische Zellmembran mit integriertem Formspeicher bildete das Gesicht, und diesmal hatte Lukas aus irgendeinem Grund die Züge eines greisenhaften Mannes gewählt, wie man sie sonst nur sehr selten sah.

»Wir kennen uns«, sagte Lukas. Seine Stimme kam aus einem Artikulator an der Seite des Kopfes, war voll und sonor.

»Ja.«

»Ich nehme an, Sie legen Wert auf Privatsphäre.«

»Unbedingt.« Esebian wartete geduldig, als Lukas einmal mit summenden Beinen um ihn herumging. Seine passiven Erweiterungen registrierten verschiedene Sondierungssignale, und er versuchte nicht, sich abzuschirmen. Lukas war ein Freund, auch wenn er es derzeit noch nicht wusste; seine Erinnerungen schliefen, aus Sicherheitsgründen.

Der mechanische Zwitter verharrte vor Esebian, und eine kleine, verhutzelte Hand berührte Schaltelemente auf der Kontrolleinheit. Im elektromagnetischen Spektrum wurde es plötzlich vollkommen still.

»Jetzt sind wir ungestört. Wenn ich Sie bitten darf ...« Er streckte den dünnen Arm aus und öffnete die Hand.

Esebian holte eine kleine Scheibe hervor, rosafarben wie die Türme der Stadt und mit einer aktiven Codierung versehen – auf unbefugten Zugriff hätte sie erst mit einer Veränderung der Schutzalgorithmen und dann mit einer Tiefenlöschung des Dateninhalts reagiert.

Lukas nahm die Scheibe entgegen und schob sie in ein Interface, das fest mit seinem Rumpf verbunden war. Einige Sekunden stand er reglos da, und das ihn begleitende leise Summen reduzierte sich auf ein elektrisches Flüstern, das Esebian nur noch mit seinen akustischen Erweiterungen hörte. In dem greisenhaften Gesicht kam es zu Veränderungen. Der Blick der wässrigen grauen Augen wirkte plötzlich nicht mehr kühl und abschätzend, sondern warm und erfreut, und die Wachsamkeit verschwand. Die rissigen Lippen verzogen sich zu einem Lächeln, und erneut streckte Lukas die Hand aus.

»Caleb!«, sagte er. »Freut mich, dich wiederzusehen.«

Esebian ergriff die Hand, schüttelte sie kurz und drückte

dabei nicht zu fest zu. »Ich bin jetzt Esebian«, sagte er, und das stimmte: Selbst hier, bei jemandem, der in Calebs Leben – und erst recht in Talannas – eine wichtige Rolle gespielt hatte, blieb er vor allem Esebian.

»Ich verstehe«, sagte Lukas, und Esebian zweifelte nicht daran, dass er wirklich verstand, was das bedeutete. »Und du bist nicht allein gekommen, wie ich sehe.«

Er hob eine kleine Hand, und ein Displayfeld zeigte Leandra in Begleitung eines zierlichen Enha-Entalen mit krummem Stabkopf. Im blutigen Schein des roten Riesen am Himmel gingen sie an den Schachtelbauten vorbei. Leandra blieb immer wieder stehen und sah sich staunend um, während der skorpionartige Enha-Entalen mit seinen vorderen Gliedmaßen winkte und ihr geduldig die Besonderheiten der Stadt erklärte.

»Deine Sensoren sind überall«, sagte Esebian und lächelte.

»In einem Umkreis von fünf Kilometern, ja. Dahinter ist mein Sicherheitsschirm etwas löchriger. Sie sieht nicht nur jung aus, sie ist es auch. *Sehr* jung, Caleb. Ich meine … Esebian. Je älter die Männer, desto jünger ihre Frauen.«

Esebian sah ihm sein meckerndes Lachen nach. Lukas' Humor konnte recht skurrile Züge gewinnen, und Caleb hatte vor langer Zeit gelernt, ihn hinzunehmen.

»Sie ist nicht meine Frau«, sagte er. »Ich habe dafür gesorgt, dass sie sich die Stadt ansehen kann, während wir …«

»Ja, während wir miteinander ins Geschäft kommen.« Lukas klatschte in die Hände. »Wie in alten Zeiten!«

Er drehte sich um, und seine summenden und leise klickenden Metallbeine trugen ihn an den Regalen und Vitrinen vorbei zum rückwärtigen Teil des Ladens. Lukas war inzwischen fünfhundert Jahre alt, und vermutlich blieben ihm noch einmal fünfhundert, bis das, was von seinem einstigen Körper übrig war, endgültig zu einem Grauen wurde. Vor fast zweihundert Jahren war er an der letzten Hürde gescheitert und hatte es als Resident nicht geschafft, genug Meriten für den Sprung zum Erlauchten zusammenzubringen. Nach acht Therapien hätte er bei einem Identitätstransfer erhebliche Bewusstseinsschäden riskiert, und deshalb hatte er beschlossen, einen speziellen Symbionten aufzunehmen. Der Wurm gab ihm zusätzliches Leben, bis zu sieben- oder achthundert Jahre, aber er zerfraß ihn langsam, und schließlich würde nur das Gehirn übrig bleiben, das er in seinem Rumpf trug, das Gehirn eines Grauen. Esebian wusste: Ein Kunde hatte ihn damals betrogen und ihm nicht die versprochenen Meriten überschrieben, was Lukas die Unsterblichkeit gekostet hatte – und den Kunden einige Jahre später sein Leben.

An der Rückwand des Ladens, von zwei Punktlampen erhellt, erstreckte sich ein großes Kunstwerk der Enha-Entalen, das an eine Blume mit fein ziselierten Blütenblättern erinnerte. Silbrig und messinggelb glänzendes Metall bildete den Stängel, und die Blüten bestanden aus Tausenden von bunten Glasfragmenten, jedes von ihnen zu einem Prisma geschliffen. So massiv die Wand auch wirkte – ein langer Schritt brachte Lukas hindurch. Esebian folgte ihm und spürte nicht mehr Widerstand als bei leerer Luft – ein Formspeicher wahrte zwar den äußeren Schein, nicht aber die innere Struktur. Die Wand mit der großen Blume bildete eine sichtbare Barriere; hinzu kamen drei weitere, die erheblich subtilerer Natur waren und mit diversen Sicherheitssystemen in Verbindung standen – Esebian nahm sie mit einer Erweiterung wahr, die von Lukas stammte.

Vor ihm führte ein dämmriger Korridor unmöglich weit an Dutzenden von Türen vorbei.

»Der Flur ist noch länger als beim letzten Mal«, sagte Esebian, als Calebs Erinnerungen in ihm wach wurden. »Und es sind mehr Zimmer. Deine Geschäfte gehen gut.«

»Ich kann nicht klagen«, erwiderte Lukas. »Es gibt immer Konflikte, große und kleine, offene und versteckte. Und das Netzwerk wächst. Aurora gewinnt an vielen Orten neue Freunde.«

Aurora, dachte Esebian. Wie lange hatte er diesen Namen nicht mehr gehört? Aurora hatte Ayanne, die Zwillinge und ihn damals nach Dannacker geschickt ...

»Kannst du mir auch diesmal helfen?«

»Ich denke schon. Die Angaben, die du mir übermittelt hast ... Sie waren recht vage. Bist du in der Lage, mir jetzt Einzelheiten zu nennen?«

Esebian folgte Lukas durch den Flur, der eigentlich gar nicht existieren durfte. Hier, einige Meter hinter der Rückwand des Ladens, hätte sich das nächste und vielleicht schon das übernächste Gebäude der Stadt befinden müssen. Der Korridor und die angrenzenden Zimmer befanden sich in einem phasenverschobenen Teil der lokalen Raum-Zeit, in einem »Loch in der Realität«, wie es Lukas einmal genannt hatte. Es handelte sich um Erlauchten-Technik, und wie Lukas in ihren Besitz gelangt war, blieb sein Geheimnis. Calebs Frage danach hatte er vor fast hundert Jahren mit einem vorwurfsvollen Blick beantwortet, und das aus gutem Grund: Man gab keine wichtigen Geschäftsgeheimnisse preis, nicht einmal einem Freund gegenüber.

»Wie weit bist du?«, fragte Lukas, als sie ein Zimmer betraten.

Esebian wusste, was er meinte. »Noch dieses eine Mal.«

»Dann hast du genug Meriten für den letzten Aufstieg?«

»Ja.«

Lukas verharrte nachdenklich. »Ich bin damals betrogen worden.«

»Ich weiß, alter Freund. Mir wird das nicht passieren.«

»Das hoffe ich für dich. Hast du nicht aufhören wollen?«

»Ja.« Esebian hörte die Stimmen der anderen in seinem Innern, leise und wortlos. Sie flüsterten miteinander. »Die Umstände haben mich gezwungen, noch einen Auftrag anzunehmen.«

Die Augen in dem Formspeichergesicht musterten Esebian neugierig, aber Lukas stellte keine Frage. »Ein wichtiges Ziel, nehme ich an.«

»Ja.«

»Schwer zu erreichen.«

»Sehr schwer.«

Auch in diesem Raum gab es Regale und Vitrinen, aber sie enthielten keine Kunst der Enha-Entalen, sondern Mordwerkzeuge. Einige von ihnen waren so seltsam geformt, dass Esebian ihren Zweck nicht einmal erraten konnte. Andere erkannte er, obwohl er sie nie benutzt hatte. Zeremoniendolche, wie sie bei den Kirgu verwendet wurden. Schmuckgegenstände, die ein passives Gift enthielten, das sich erst beim Kontakt mit der Haut und der DNS des Opfers in ein aktives Toxikum verwandelte. Sprengfallen aller Art, in zahlreichen unterschiedlichen Tarnungen. Vari-Waffen, für organische und anorganische Projektile ebenso wie für elektromagnetische Strahlung. Eine Vitrine enthielt, nach den Hinweisen in den kleinen Datenfenstern zu urteilen, fünfhundert verschiedene Arten von

Viren, Bakterien, Pilzen und Prionen. Weiter hinten gab es einen Schaukasten mit mehreren unscheinbaren Schatullen und schematische Darstellungen frei programmierbarer Nanomaschinen. Ihre Wirkungsweise konnte besonders perfide sein: Im Innern eines Körpers veränderten sie nach und nach die Nukleinsäuren oder wanderten durch die Blut-Hirn-Schranke und nahmen Einfluss auf Erinnerungen, Gefühle und Denkstrukturen. Es gab viele Möglichkeiten zu sterben, und manche waren schrecklicher als andere.

»Ich nehme an, Mikroben kommen für dich ebenso wenig infrage wie Nanowaffen«, sagte Lukas, als sie sich einem Tresen an der Rückwand des Raums näherten.

»Das Ziel ist besser geschützt als jedes andere, mit dem ich es jemals zu tun hatte.«

»Darauf hast du hingewiesen.« Das Formspeichergesicht veränderte sich, wurde jünger, die Augen wachsamer. Eine stumme Frage lag in ihnen, und nach kurzem Zögern beantwortete Esebian sie mit einem wortlosen Nicken.

»Ich verstehe«, sagte Lukas leise. »Ich dachte es mir. Die versteckten Hinweise in deiner Nachricht ...«

Auf dem Tresen lag ein kleiner Biomorph in Gestalt einer dunkelbraunen Tasche, wie sie von vielen Menschen für die Aufbewahrung persönlicher Gegenstände benutzt wurde.

»Ich habe ihn bereits auf dich programmiert«, sagte Lukas. »Nur zu.«

Esebian berührte die Tasche, und sie klappte sofort auf. In ihrem Innern lagen drei Gegenstände nebeneinander, der Größe nach geordnet und von einer schützenden Membran umhüllt, die beim dritten Objekt etwas dicker war als bei den ersten beiden.

Lukas deutete auf den ersten Gegenstand, der aussah wie eine harmlose Fingernagelfacette, wie man sie überall in den Tausend Tiefen als Schmuck verwendete. Diese schimmerte kobaltblau, war einen Zentimeter breit und nur etwas länger.

»Für deinen Zeigefinger bestimmt«, sagte Lukas.

Esebian nahm die Facette und legte sie auf den Fingernagel des rechten Zeigefingers, dem sie sich sofort anpasste.

»Eine kurze Berührung genügt«, erklärte Lukas. »Eine halbe Sekunde, mehr nicht. Dann hast du eine vollständige DNS-Matrix für eine leere Kopie. Verlängere den Kontakt auf drei oder vier Sekunden, und du bekommst latente Erinnerungen.«

»Hierfür, nehme ich an«, sagte Esebian und deutete auf den dritten Gegenstand, einen graubraunen Gewebekuchen so groß wie eine Hand und so dick wie ein Finger.

»Ja«, bestätigte Lukas. »Das ist erstklassige Basismasse. Leg die Facette anschließend einfach hinein. Dann brauchst du nur noch genug Nährstoffe für das Wachstum, am besten einen neutralen Proteinbrei. Und natürlich einen Projektor. Aber den trägst du bereits in dir, nicht wahr? Er gehört zu dem Erweiterungspaket, das du … wann von mir bekommen hast?« Ein Surren kam aus dem Artikulator an der Seite des Kopfes. »Ich muss meine Erinnerungen auffrischen. In letzter Zeit verblassen sie recht schnell; der Symbiont frisst nicht nur meinen Leib, sondern auch einen Teil meiner Seele.« Er ließ den Worten ein meckerndes Lachen folgen, und Esebian lächelte höflich, deutete dann auf den zweiten Gegenstand: eine silbrige Kapsel, etwa fünf Zentimeter lang und fünf Millimeter dick.

»Und das?«, fragte er.

»Ein Deteriorator«, bestätigte Lukas. »Unsichtbar für alle mir bekannten Sicherheitsschranken, und ich kenne viele. Trag ihn unter der Haut.« Mit einem leisen Summen drehte sich der Kopf. »Du wirst sterben, Esebian.«

»Die Kopie wird sterben«, sagte Esebian und sah noch immer auf die drei Gegenstände hinab. »Ich ziehe mich rechtzeitig zurück.«

»Dir bleiben fünf oder sechs Sekunden. Unterbrich den Kontakt sofort. Andernfalls könnte es zu ... psychischen Beeinträchtigungen kommen. Ich rate dir ...«

Lukas unterbrach sich, und für einen Moment stand er wie erstarrt, ohne dass ein Geräusch von ihm kam. Dann sagte er: »Die junge Frau, die dich begleitet hat ...«

»Leandra. Was ist mit ihr?«

»Sie hat den Laden betreten und sieht sich dort um. Und weißt du was? Meine Sensoren haben sie erst jetzt bemerkt.« Lukas klappte den Biomorph zu und reichte ihn Esebian. »Du weißt sicher, wie man damit umgeht.«

»Ja.« Esebian nahm das kleine Geschöpf entgegen und schob es sich unters Hemd. Sofort wurde es dünner und länger, schmiegte sich an seinen Leib und bohrte ihm Nanowurzeln durch die Haut, um Nährstoffe aus seinem Blutkreislauf zu beziehen.

»Bei bestimmten Überprüfungen könnte sich eine Veränderung deiner ID-Signatur ergeben, aber das Ergebnis selbst einer genauen Sondierung würde lauten: eine externe biologische Erweiterung, die dir dabei hilft, die Zeit bis zur nächsten Therapie zu überbrücken.«

Sie verließen das Zimmer und eilten durch den Gang zurück zur Trennwand, die von dieser Seite halb durchsichtig war. Ein Schemen bewegte sich auf der anderen Seite. Die Punktlampen der Vitrinen reagierten wie bei jedem Kunden und beleuchteten die Ausstellungsstücke.

»Wie macht sie das?«, fragte Lukas.

»Was?«

»Wie ist sie der Aufmerksamkeit meiner Sensoren entgangen?«

Unruhe erfasste Esebian, und Caleb rief: *Mit ihr stimmt was nicht! Trenn dich von ihr, so schnell wie möglich.*

Sie warteten, um zu vermeiden, direkt vor Leandra Covitz aus einer massiv wirkenden Wand zu kommen. Schließlich traten sie durch die Barriere, neben einer Tür, die Lukas leise öffnete und laut schloss.

»Leandra«, sagte Esebian und ließ es überrascht klingen. Er näherte sich ihr. »Ich dachte, Sie wollten sich die Stadt ansehen.«

»Es ist heiß draußen, und so hell. Ich ...«

Esebian sah, wie sich ihre Lippen bewegten, aber plötzlich hörte er ihre Stimme nicht mehr, und einige seiner Erweiterungen spielten verrückt. Bilder strömten auf ihn ein, so klar, deutlich und real, dass sie Teil der Wirklichkeit zu sein schienen. Außer ihnen befand sich noch jemand anders im Laden, eine hochgewachsene Gestalt, die er nur von hinten sah. Lukas stand vor ihr und verneigte sich respektvoll. Es wurden Worte gesprochen, die Esebian trotz seiner erweiterten Ohren nur als Brummen wahrnahm, und plötzlich hielt der Fremde eine Waffe in der Hand. Die Gelassenheit in Lukas' Formspeichergesicht passte nicht zu der Situation. Er erkannte die Gefahr und versuchte zu springen, aber die Waffe spuckte mehrere Projektilnadeln, die sich sowohl in den organischen Rumpf als auch in den Kopf bohrten und explodierten.

Lukas starb zusammen mit dem Symbionten.

Die Explosionen waren so heftig, dass sie nicht nur Lukas zerfetzten, sondern auch einen großen Teil des Ladens zerstörten. Trümmerstücke wirbelten umher, prallten von einem flackernden Schirmfeld ab, das den Fremden schützte, durchdrangen Esebian und zerschmetterten die Vitrinen hinter ihm.

Leandra sprach noch immer. Und ein anderer Lukas stand da, in seinem geschrumpften Rumpf ein Symbiont, der ihn langsam zerfraß und gleichzeitig am Leben erhielt.

Esebian blinzelte, und der Fremde verschwand. Die Regale und Vitrinen, die Sitzecken und Datenports, durch die man zusätzliche Informationen über die Ausstellungsstücke abrufen konnte … Alles war wieder so beschaffen wie vorher, unbeschädigt, ohne einen Kratzer.

Esebians Erweiterungen meldeten normale Funktion, doch Caleb und die anderen in ihm flüsterten besorgt miteinander. Halluzinationen waren nach zweihundertdreiundfünfzig Jahren Leben eine völlig neue Erfahrung. Yrthmo begann sofort mit einer genauen Analyse aller installierten Erweiterungskomponenten.

»Warum sehen Sie mich so seltsam an, Esebian?«, fragte Leandra und lächelte ein wenig unsicher. »Und Sie sind blass geworden. Was ist mit Ihnen?«

Mit den Erweiterungen ist alles in Ordnung, meldete Yrthmo. *Ich habe keine Funktionsstörungen festgestellt.*

»Schon gut«, sagte Esebian. »Wenn Sie gestatten …« Er wartete, und Leandra verstand erst, nachdem sie ihn einige Sekunden lang verwirrt angesehen hatte.

»Oh. Natürlich. Ich schaue mir die Vitrinen dort drüben an.«

Esebian schaute ihr hinterher und wandte sich dann an Lukas. »Alter Freund … Ich danke dir, für alles. Ich werde dafür sorgen, dass deine Treuhand die vereinbarten tausend Meriten in den nächsten Tagen bekommt. Wenn du möchtest, hinterlasse ich eine Verpflichtungserklärung und …«

Lukas trat mit seinen Metallbeinen näher und legte ihm die Hand auf den Arm. »Das ist nicht nötig. Ich vertraue dir.«

»Und noch etwas«, fügte Esebian hinzu und senkte die Stimme. Insbesondere Evan Ten-Ten und Talanna sprachen aus ihm, als er sagte: »Wenn ich dies hinter mir und den letzten Aufstieg geschafft habe, wenn der Weg zu den Hohen Welten frei ist … Ich werde an dich denken und mein altes Versprechen einlösen. Ich habe nicht vergessen, was du damals für mich getan hast. Bald bekomme ich Zugang zur Technik der Erlauchten, und vielleicht kann ich dir damit helfen.«

Lukas ließ erneut sein meckerndes Lachen erklingen. »Oh, lass dir ruhig Zeit. Mir bleiben noch einige Jahrhunderte, und inzwischen habe ich mich an diesen Körper gewöhnt.« Dann beugte er sich vor und hauchte: »Sei auf der Hut. Mit ihr stimmt etwas nicht.«

Einige Minuten später, als sie draußen einem der verschlungenen Wege durch die farbenfrohe Wabenstadt der Enha-Entalen folgten, sagte Leandra: »Ich bitte um Entschuldigung, Esebian. Es tut mir leid. Wirklich. Es war dumm von mir, zurückzukehren und Sie … zu stören.«

»Warum sind Sie zurückgekehrt? Ein Einheimischer wollte Sie durch die Stadt führen.«

»Ja, aber …« Leandra blieb stehen, und da war sie wieder, die seltsame Geste: Sie rieb sich die Arme, als sei ihr kalt. »Ich wollte mir die Stadt nicht ohne Sie ansehen.«

Esebian musterte sie und suchte in ihrem Gesicht nach Hinweisen hinter der jugendlichen, unerfahrenen Unschuld, die vielleicht nur eine Maske war. Wie hatte Leandra es geschafft, der geduldigen, unermüdlichen Aufmerksamkeit von Lukas' Sensoren zu entgehen? Und was war im Laden geschehen? Was hatte es mit jenen Bildern auf sich?

Dies ist eine gute Gelegenheit, sagte Caleb. *Es war dumm genug von dir, auf Oxnam für sie zu bürgen und fünftausend Meriten zu vergeuden. Trenn dich von ihr. Lass sie hier stehen. Soll sie ihren Weg allein fortsetzen. Du bist nicht für sie verantwortlich.*

»Ich muss mich auf den Weg machen«, sagte er.

Leandra sah ihn fast erschrocken an. »Jetzt sofort?«

»Ja.«

»Aber ich dachte ...«

»Mir bleibt keine Wahl. Es geht um eine sehr wichtige Angelegenheit.« Es fiel ihm erstaunlich schwer, die nächsten Worte auszusprechen. »Unsere Wege trennen sich hier.«

»Aber ...«

Dreh dich um und geh!, rief Caleb, aber Esebian blieb stehen und wartete, ohne zu wissen worauf.

»Sie wollten nach Halechko im Dorosan-System«, sagte er.

»Dorthin wollte ich, bevor ich dich kennengelernt habe.«

Sie duzt dich!, zischte Caleb. *Ein junges Ding aus der tiefsten Provinz, ohne irgendwelche Verdienste, und es erlaubt sich, einen Konsul zu duzen!*

Esebian sah ihr in die grünen Augen und zog seine Hand nicht zurück, als Leandra danach griff. »Bitte lass mich mitkommen. Ich verspreche, dir nicht zur Last zu fallen. Ich kann ... von dir lernen. Ich ...«

Es geschah erneut: Leandras Lippen bewegten sich, doch

Esebian hörte ihre Stimme nicht mehr, und alle anderen Geräusche wichen zurück, bis es den Anschein hatte, die Welt hielte den Atem an. Diesmal dauerte es nur ein oder zwei Sekunden.

Lasst ihn, flüsterte Talanna den anderen in seinem Innern zu. *Lasst ihn in Ruhe.*

Esebian wandte sich nicht ab, wie von Caleb verlangt. Stattdessen ging er Hand in Hand mit Leandra über den Pfad, zurück zu dem Turm mit den Orbitalspringern.

Eine Stunde später, im Kapselraum des Filigranports, fragte Leandra: »Wohin geht die Reise?«

»Nach Hadadd.«

»Ich wünsche dir einen angenehmen Traum, Esebian«, sagte sie, legte sich hin und schloss die Augen.

15

Dies ist der Garten zwischen den Dimensionen, und darin sprießen Erinnerungen, manche wie schöne Blumen und andere wie lästiges Unkraut, sie wachsen zusammen und bilden Träume, die die Reisenden begleiten …

Die Kapseln fielen durchs Wurmloch, wie vom Weber oder vom Filigran geweinte Tränen. Sie waren unterschiedlich groß, kamen nicht nur aus dem Port, sondern auch aus den Hangars großer interplanetarer Transporter. Auf den Ruheliegen hatten sich Passagiere ausgestreckt, Menschen und Angehörige anderer Völker, in manchen nur sechs oder acht, in anderen vierzig oder fünfzig. Die Kapseln *krochen* durch einen der von Filigran und Weber geschaffenen Tunnel, mit einer Eigengeschwindigkeit von nur wenigen Kilometern pro Sekunde, und doch legten sie mit jedem Atemzug der schlafenden Passagiere viele Lichtjahre zurück. Das Wurmloch war eine Abkürzung durch den Kosmos, eine Verbindung zwischen weit entfernten Orten, über die Grenzen von Raum und Zeit hinweg.

Esebian träumte von Lukas, so wie er damals gewesen war, vor dem Betrug des Kunden, der ihn die Unsterblichkeit gekostet hatte: ein hochgewachsener Mann, etwa vierzig Scheinjahre und fast dreihundert Echtjahre alt, geboren auf Croncost, dem zweiten Planeten des Tagore-Systems. Es war auch die Geburtswelt von Esebian. Später, als sie zu Geschäftspartnern geworden waren, und zu Verbündeten auf dem gerade für sie sehr hindernisreichen Weg zur Unsterblichkeit, schuf dieser Umstand eine ganz besondere Beziehung zwischen ihnen: Croncost befand sich jenseits der Tausend Tiefen und gehörte zu den Gemischten Gebieten; Menschen wie sie bekamen normalerweise keinen Zugang zu den Hohen Welten.

In seinem Traum verließ Esebian als Evan Ten-Ten eine Welt namens Mway, auf der er nach fünf Monaten völlig unnützer Vorbereitungen, wie er zunächst glaubte, seinen siebten Mord begangen hatte. Doch er musste irgendwo einen Fehler gemacht haben, denn mehrere Ethikwächter folgten Evan Ten-Ten durchs Filigran zum Laurole-System. Von Entlarvung und sogar Festnahme bedroht, verwendete er die Hälfte der erworbenen Meriten, um mithilfe eines von Lukas vermittelten unabhängigen Bioingenieurs vom Mann zur Frau zu werden, was ihn bei den Vorbereitungen auf die nächste Therapie um viele Jahre zurückwarf. Evan Ten-Ten verschwand, und Talanna reiste nach Gevedon, um sich dort von Lukas mit neuen Erweiterungen ausstatten zu lassen. Sie hatte auch Sex mit ihm gehabt, aus Dankbarkeit ebenso wie aus Neugier, wodurch die Freundschaft mit ihm um eine Nuance reicher geworden war. Ein Jahr später hatte sie sich auf den Weg nach Hadadd gemacht, wo sie einem Mann namens Benston begegnet war …

Fehler konnten auch da geschehen, wo man glaubte, an alles gedacht zu haben. Wie sorgfältig man auch plante, wie gewissenhaft man den Plan auch ausführte … Es gab immer Lücken und Ritzen, durch die der Zufall kriechen und alles ruinieren konnte.

Etwas störte den Traum, und während Esebian noch schlief, fragte er sich, ob er es bedauern oder dafür dankbar sein sollte.

Die Traumbilder fingen Feuer, und es wurde so heiß, dass Esebian die Augen öffnete.

Flammen leckten durch den vorderen Teil der Kapsel.

Die beiden dortigen Liegen waren zerschmettert, und inmitten der Trümmer lagen zwei Passagiere in ihrem Blut und den zerfetzten Resten ihrer Gliedmaßen. Esebian stellte mit einem Blick fest, dass die Köpfe der Toten nur einige verbrannte Stellen aufwiesen – wenn rechtzeitig Retter kamen, war vermutlich eine Rekonversion möglich.

Er stand auf und aktivierte seine Biofilter, die Augen und Lunge vor giftigen Substanzen im durch die Kapsel wogenden Rauch schützten. Ganz in der Nähe hämmerte es, dort, wo sich das Schott befand, und durch das Fenster daneben erkannte Esebian mit seinen Seherweiterungen in Schutzanzüge gekleidete Gestalten.

Er wankte zur nächsten Liege, zog die reglose Leandra herunter und trug sie in die hintere Ecke der Kapsel, möglichst weit weg von Feuer und Rauch.

Dort hockte er und hielt Leandra wie eine zerbrechliche Puppe in den Armen, als eine Minute später Rettungskräfte das Schott aufbrachen und die havarierte Kapsel betraten.

»Als Arzt rate ich Ihnen, sich vorsorglich untersuchen zu lassen, Konsul.«

»Nein«, sagte Esebian. Er trug den Biomorph unter dem angesengten Hemd, und die drei Gegenstände darin hätten sich bei einer genauen medizinischen Untersuchung kaum verbergen und nur schwer erklären lassen. »Ich bin nicht verletzt.« Das stimmte nicht ganz, aber die ständig in seinem Blutkreislauf zirkulierenden medizinischen Nanomaschinen hatten bereits mit der Reparatur von Zellen begonnen, die an Bord der brennenden Kapsel beschädigt worden waren.

»Was ist passiert?«, fragte Esebian, setzte sich auf und schwang die Beine über den Rand der Diagnoseliege. »Und wo ist die Frau, die mich begleitet hat?«

»Es kam zu einem Unfall beim Filigrantransit.« Der Arzt, in einen moosgrünen Kittel gekleidet, sah sich den Inhalt mehrerer Datenfelder neben der Liege an und deaktivierte sie mit einer knappen Geste. »Der Weber ist gestorben, das Filigran selbst fast tot, und es kommen … Angreifer aus den instabilen Tunneln. Angeblich stammen sie aus anderen Epochen.« Der Mann, etwa sechzig Scheinjahre alt und vermutlich nicht mehr als ein Provisor, atmete tief durch. »Das habe ich jedenfalls gehört. Es wurde eine Nachrichtensperre verhängt«, fügte er vorwurfsvoll hinzu.

Ich bin um Haaresbreite dem Tod entronnen, dachte Esebian. Es erstaunte ihn, wie kalt ihn diese Erkenntnis ließ. Der Zufall, spöttischer Protagonist auf der kosmischen Bühne, hätte ihm fast einen bitterbösen Streich gespielt, wie damals Evan Ten-Ten, der sich zu sicher gefühlt hatte.

»Wo sind wir hier?«

»Auf Hadadd, dem vierten Planeten des Granville-Systems, Konsul. Ihr Ziel, wie aus dem Transitlog der Kapsel hervorging. Sie befinden sich im medizinischen Zentrum Lapinta des Vierten Autarken Bezirks. Diese Abteilung ist für hochrangige Kandidaten reserviert.«

Frag nach dem Datum, drängte Caleb.

Instabile Tunnel, Angreifer aus anderen Epochen …

Von Unruhe erfasst fragte Esebian nach dem Datum, und der Arzt nannte es ihm.

Wir haben fast zwei Wochen verloren!, sagte Caleb, und die anderen waren so erschrocken, dass sie schwiegen. *Der Transit durch das instabile Filigran hat nicht einen Tag gedauert, sondern fast zwanzig!*

Esebian stand auf und verbarg seine Sorge. Vermutlich wartete längst eine Nachricht von Tirrhel auf ihn, mit weiteren Informationen. Und der geplante Aufenthalt des Ziels auf Hadadd …

»Auf Hadadd sollte eine Tagung des Direktoriats stattfinden«, sagte er. »Ich bin gekommen, um darüber zu berichten. Einige Erlauchte wollen persönlich daran teilnehmen.«

Ein Signal kam vom Flur, und der Arzt eilte zur Tür. »Bitte entschuldigen Sie, Konsul. Andere Patienten brauchen meine Hilfe. Die Sache mit dem Filigran hat uns mehr Arbeit beschert, als uns allen lieb ist. Was das Direktoriat betrifft … Die Beratungen beginnen morgen.« Er seufzte schwer und theatralisch. »Nicht auszudenken, wenn die Erlauchten in die Unfälle beim Filigran verwickelt worden wären …«

Er ging und schloss die Tür hinter sich.

Esebian fühlte keine Benommenheit, aber eine gewisse Distanz zu den Geschehnissen um ihn herum und vielleicht auch zu sich selbst. Seine mentalen Modi schienen etwas durcheinandergeraten zu sein, woraus er den Schluss zog, dass er einen Schock erlitten hatte, dessen Nachwirkungen die emotionalen Balancer noch nicht ganz neutralisiert hatten. Er vergewisserte sich, dass er noch immer den Biomorph trug, mit den drei Objekten darin, trat dann zu den Kommunikationsanschlüssen des Behandlungszimmers und verband seine Kom-Erweiterungen mit den Systemen des Medo-Komplexes. Mehrere mit beschränkter Eigenintelligenz ausgestattete

Barrieren schützten vor unbefugtem Zugriff auf die Daten, aber der Prioritätscode eines Konsuls verschaffte ihm sofort freien Zugang.

Ein Displayfeld entstand vor ihm, obwohl er eigentlich gar keins brauchte.

»Wo ist Leandra Covitz untergebracht?«, fragte er.

Seine Kommunikationserweiterungen empfingen die Antwort, noch bevor sie in dem Displayfeld erschien, zusammen mit Angaben über Verletzungen, den derzeitigen Zustand und die voraussichtliche Rekonvaleszenz. Ein Druck wich von ihm, als er sah, dass sie sich schnell erholen würde. Es waren nur einige Zellverpflanzungen nötig gewesen, um beschädigtes Gewebe zu ersetzen.

Was ist los mit dir? Caleb klang nicht zornig, sondern ungläubig, fast fassungslos. *Wieso denkst du zuerst an sie und dann an alles andere? Dir muss doch klar sein, dass das nicht normal ist! Und überhaupt, selbst Lukas hat dich vor ihr gewarnt.*

Über die Verbindung mit den halb intelligenten Systemen von Lapinta kamen weitere Daten, die eine gewisse Relevanz mit den zuerst angeforderten Informationen aufwiesen: Namen anderer Patienten, die ebenfalls von Unfällen beim Filigran betroffen waren, unter ihnen einer, der sofort Esebians Aufmerksamkeit weckte. Akir Tahlon, Erster Hochkommissar und Präfekt des Direktoriats. Er befand sich hier, im medizinischen Zentrum des Vierten Autarken Bezirks, in dieser für Kandidaten reservierten Abteilung.

Wir haben Glück, sagte Caleb. *Wir haben endlich einmal Glück.*

Der Zufall, nie ein Freund und kaum jemals ein Verbündeter, kam Esebian zu Hilfe. Zunächst hatte er geplant, sich auf andere Weise eine Biosignatur vom Präfekten zu beschaffen;

dies machte es leichter. Er blickte kurz auf die Facette am Fingernagel des rechten Zeigefingers, wandte sich von den Kommunikationsanschlüssen ab und verließ das Zimmer.

Das Geschöpf im Rekonvaleszenztank wurde wieder zu einem Mann. Neue Geschlechtsteile wuchsen dort, wo etwas den Leib aufgerissen hatte, und an der rechten Seite gab es bereits einen neuen Arm, noch dünn und schwach, an mehreren Stellen halb durchsichtig. Milchiges Nährplasma umgab den ganzen Körper, nur das Gesicht ragte daraus hervor, nicht mehr als einen Zentimeter. Rote Flecken zeigten sich darin, vielleicht die Reste von Verbrennungen, und unter den geschlossenen, wimpernlosen Lidern bewegten sich die Augen im REM-Schlaf. Esebian fragte sich, wovon der aus dem Tod ins Leben zurückgekehrte Mann träumte.

»Was machen Sie hier?«, erklang eine Stimme hinter ihm. »Nur medizinisches Personal hat hier Zutritt.«

Esebian drehte sich um. Eine Ärztin war aus dem Nebenzimmer gekommen, sehr jung, kaum älter als Leandra, das Gesicht von blonden Locken umrahmt.

»Bitte entschuldigen Sie«, erwiderte er höflich. »Ich hätte Ihre Erlaubnis einholen sollen. Ich bin Konsul Esebian, Impressionar von Onyeanus.« Lapintas Gedächtnis enthielt entsprechende Daten, von ihm selbst übermittelt. »Ich bin ebenfalls von einem Unfall beim Filigran betroffen und ins Granville-System gekommen, um für Onyeanus meine Eindrücke von den Beratungen des Direktoriats festzuhalten.«

Die gerunzelte Stirn der jungen Ärztin glättete sich wieder – offenbar fühlte sie sich von der freundlichen und zuvorkommenden Art eines Konsuls geschmeichelt. »Keine audiovisuellen Aufzeichnungen«, sagte sie. »Hier gelten besondere Regeln für den Schutz der Privatsphäre, Konsul.«

»Natürlich.« Esebian deutete eine Verbeugung an.

Die Frau nickte zufrieden und kehrte ins Nebenzimmer zurück.

Wann hatte auf diesem Planeten – oder in diesem Teil des Direktoriats – jemals ein Kandidat einem anderen Schaden zugefügt, noch dazu ein Konsul einem Residenten? Warum auf dem Weg zur Unsterblichkeit Rückstufungen oder Schlimmeres riskieren? Für die Ärztin gab es nicht mehr zu befürchten als eine Verletzung der Privatsphäre ihres Patienten, und der Besucher – ein Konsul! – hatte ihr ausdrücklich versprochen, die Regeln zu achten.

Esebian wandte sich wieder dem Rekonvaleszenztank zu und beugte sich vor. Genau in diesem Augenblick hob Akir Tahlon die Lider, und Esebian blickte in die Augen eines Mannes, der tot gewesen war. Was hatten diese Augen erblickt auf der anderen Seite der dünnen Linie, die das Leben vom Tod trennte?

Eine halbe Sekunde genügte …

Esebian streckte die rechte Hand aus und berührte den Genesenden an der Wange, unter einem der roten Flecken. Die Lippen des rekonvertierten Akir Tahlon bewegten sich, und er schien etwas sagen zu wollen, aber es wurde nur ein Krächzen daraus. Eine halbe Sekunde. Oder drei oder vier für latente Erinnerungen, hatte Lukas gesagt.

Die Facette des rechten Fingernagels blieb ein wenig länger an der Haut. Dann zog Esebian die Hand zurück, drehte sich um und ging.

16

Dies ist für einige Tage das Zentrum der Macht des Direktoriats«, sagte Esebian und deutete zur Gläsernen Stadt: Appaia, glitzernde Pracht im Licht einer gelben Sonne, umgeben von den ockerfarbenen Wüsten des großen weiten Trockenlands, in dem, aus einer niedrigen Umlaufbahn gesehen, Oasen kleine grüne Flecken bildeten. »Fünfzig Direktoren treffen sich hier, und einige von ihnen erscheinen sogar persönlich.«

»Aber liegt die eigentliche Macht nicht bei den Magistern?«, fragte Leandra.

Die Worte überraschten Esebian so sehr, dass er stehen blieb, mitten im Strom der vielen Besucher, die zu den Eingängen eines Gebäudes unterwegs waren, das wie aus Dutzenden von kristallenen Kugeln zusammengesetzt wirkte.

»Sie bestimmen die Regeln«, fügte Leandra hinzu. »Sie sind die Intelligenz hinter den Maschinen, die alles produzieren und konstruieren. Die Direktoren können entscheiden, was sie wollen, doch ohne die Magister geht gar nichts.«

Menschen und Angehörige anderer Völker, Sterbliche und Kandidaten, gingen an ihnen vorbei zu den Eingängen, mit der Absicht, die fünfzig Direktoren des Direktoriats bei ihrer Versammlung zu sehen. Niemand hatte Leandras Worte gehört.

»Warum siehst du mich so an?«, fragte Leandra verwirrt.

»Eine einfache junge Frau von Mway, auf dem Weg nach

Halechko, um dort zu lernen, die richtigen Fragen zu stellen …« Das Misstrauen senkte sich schwer auf Esebian, und Caleb, tief in seinem Innern, schnaufte zufrieden. »Woher kommen die Worte, die du gerade an mich gerichtet hast, wenn du wirklich so unerfahren bist, wie du behauptest?«

Etwas huschte durch Leandras Gesicht, etwas, das nicht zu der jungen, unschuldigen Frau passte, und es war nur so kurz wahrnehmbar – nur für wenige Nanosekunden; ohne seine visuellen Erweiterungen, die hier, vor dem Gebäude noch funktionierten, wäre ihm sicher nichts aufgefallen –, dass Esebian sich fragte, ob es nur eine Projektion, das Ergebnis seines Argwohns gewesen war?

»Wir haben darüber gesprochen«, sagte Leandra. »Erinnerst du dich? Du hast mir alles erklärt, das mit den Magistern und ihrem überlegenen Denken, ihrer superschnellen und hyperkomplexen Kommunikation über viele Lichtjahre hinweg. Du hast mir erklärt, dass sie es sind, die …«

»Nein.« Esebian schüttelte langsam den Kopf, und wieder nahm er für den Bruchteil eines Moments etwas Sonderbares wahr: Die vielen Besucher um sie herum, Hunderte, vielleicht Tausende, verharrten plötzlich, sie alle, und lauschten, als erwarteten sie von ihm eine wichtige Mitteilung, eine Offenbarung, die ihre Welt erschüttern mochte. Der Moment verflog und hinterließ das mentale Äquivalent eines schalen Geschmacks. »Nein, darüber haben wir nie gesprochen. Ich …«

Ein klirrendes Geräusch erklang, wie das Läuten einer gläsernen Glocke, und Leandra ergriff Esebians Hand und zog. »Komm. Die Direktoren versammeln sich, und die Eingänge des Gebäudes werden gleich geschlossen.«

Er ließ sich mitziehen, vorbei an den anderen Besuchern,

die das Abzeichen des Konsuls sahen und respektvoll Platz machten. Esebian hatte etwas sagen wollen, aber es war plötzlich nicht mehr wichtig.

Sie saßen in einer für Konsuln reservierten Emporiumsloge und schauten hinab auf die von roten Lebensfäden durchzogene kristallene Konferenzmulde, die aussah wie eine offene Hand aus Glas. Leandra staunte mit großen Augen und offenem Mund, als die Stimmen der Unsterblichen und Mächtigen durch die Räume und Emporen des Versammlungszentrums hallten. Fünfzig Männer und Frauen saßen dort unten und waren zusammen fast zweihundertfünfzigtausend Jahre alt. Dreizehn Direktoren hatten mobile Avatare geschickt, einige von ihnen aus stabiler Pseudomaterie, die anderen fleischliche Kopien mit projiziertem Bewusstsein. Neunundzwanzig ließen sich von Lokalavataren vertreten, quantenverschränkt mit ihren Inhabern verbunden und deshalb mit voller Entscheidungsbefugnis ausgestattet. Acht Direktoren waren tatsächlich physisch zugegen, unter ihnen der Vorsitzende des Direktoriats, Seine Exzellenz El'Kalentar, mindestens sechstausendvierhundert Jahre alt.

Esebian beobachtete den Mann, den er töten sollte. Hoch aufgerichtet stand er am runden Tisch, an dem die Direktoren Platz genommen hatten, und sprach über die jüngsten Entwicklungen beim Hauptfiligran des Granville-Systems. Esebian hörte die Worte, aber sie rauschten an ihm vorbei, während er alle seine Sinne dem Ziel und dessen Aura widmete: ein eindrucksvoller Mann, groß und schlank, im Gesicht trotz des hohen Alters nur einige wenige dünne Falten, das Haar pechschwarz und schulterlang, die Stimme voller Selbstvertrauen – so sprach ein Mann, der sicher war, alle Probleme lösen zu können. In seiner Stirn bemerkte Esebian etwas, das ihm Sorge bereitete, weil er nicht wusste, worum es sich handelte: ein eidechsenartiges Objekt aus kupferrotem, halb organischem Metall. Eine Sondierung war natürlich nicht möglich, denn die Neutralisierungsfelder im Innern des Versammlungszentrums reduzierten das Wirkungspotenzial aller nichtvitalen Erweiterungen praktisch auf null.

Sein Kommunikationsimplantat wurde aktiv, als sich Esebian noch fragte, was es mit der roten Eidechse auf sich haben mochte. Es empfing keine Nachricht, sondern ein einziges kurzes Signal.

Die Kopie war fertig und wartete auf ihn.

Esebian stand auf. »Ich habe noch einige Dinge zu erledigen. Ich übertrage mein Konsulprivileg auf dich; du kannst ohne mich bleiben.«

»Und die Versammlung des Direktoriats?«, fragte Leandra erstaunt. »Wolltest du nicht für Onyeanus darüber berichten?«

Esebian schenkte ihr ein falsches Lächeln. »Sammle du Eindrücke für mich. Wir sehen uns später.«

Er verließ die Emporiumsloge, bevor Leandra weitere Einwände erheben konnte.

Als Konsul war Esebian auf Hadadd eine der Felsvillen zugewiesen worden, die nur den höchsten Kandidaten zur Verfügung standen und mit allem Komfort ausgestattet waren. Der Villenkomplex dieses Lebensfelsens, von dem einige der roten Fäden stammten, die im Versammlungszentrum die Kondensationskristalle durchzogen, war sogar mit einem lokalen Transferitor ausgestattet.

Beim Betreten des Apartments vergewisserte er sich, dass keine fremden Augen und Ohren aktiv waren – die von ihm installierten Wächter meldeten keine Verletzung der Privatsphäre. Ein Zimmer hatte er zusätzlich abgeschirmt, und dort wartete jetzt jemand auf ihn.

Aus einem der drei Gegenstände, die Esebian von Lukas bekommen hatte, war in Verbindung mit ausreichend Proteinbrei ein Mensch geworden. Oder etwas, das aussah wie ein Mensch. Die Kopie basierte auf der DNS-Matrix, die er mithilfe der Facette gewonnen hatte, und in dem trockenen Nährtank lag ein Geschöpf, das aussah wie Akir Tahlon vor seinem Filigran-Unglück: durchschnittlich groß, das Haar dicht und graubraun, gut fünfzig Scheinjahre alt, das Gesicht schmal, mit hoher Stirn, die Augen ... Die Augen waren leer, denn es steckten keine Gedanken und Gefühle hinter ihnen, aber Esebian hatte sich Bilder vom Hochkommissar und Präfekten angesehen, und deshalb wusste er von seiner Intelligenz und dem ausgeprägten Ordnungssinn, der an Besessenheit grenzte.

Damit öffnen wir alle Türen, sagte Caleb zufrieden.

El'Kalentar weiß, dass sich der Präfekt in Lapinta befindet, erwiderte Gunder. *Wird er nicht Verdacht schöpfen?*

»Nicht sofort«, sagte Esebian laut. Passende Kleidung für die nackte Kopie lag bereit, vom Synthetisierer des Apartments geschaffen. Esebian warf noch einmal einen Blick auf das Wesen im Nährtank, nahm dann in einem bequemen Sessel Platz und aktivierte den Bewusstseinsprojektor. »Wenn er Verdacht schöpft, ist es bereits zu spät für ihn.«

Dies ist alles viel zu unausgegoren, sagte Talanna. *Das ist euch doch klar, oder? Wir haben keinen richtigen Plan, und die Vorbereitungen lassen sehr zu wünschen übrig. Wie sollen wir fliehen, wenn etwas schiefgeht?*

»Es darf nichts schiefgehen«, sagte Esebian, der ebenso wie die anderen begriff, dass Talanna Recht hatte. Unter normalen Umständen wäre er der Erste gewesen, der auf wesentlich sorgfältigeren Vorbereitungen bestanden hätte, aber von Normalität konnte hier ohnehin keine Rede sein. »Dies ist vielleicht unsere einzige Gelegenheit. Wir müssen sie nutzen.«

Esebian schloss die Augen, und bevor er sich auf den Projektor konzentrierte, griff er mit seinen Kommunikationserweiterungen durch die Abschirmung des Zimmers noch einmal auf das lokale Datennetz zu und suchte nach einem ganz bestimmten Code. Auf dem Weg vom Verhandlungszentrum zum Lebensfelsen hatte er eine Anfrage ins Netz eingegeben, verschlüsselt mit dem Code von Tirrhels kleiner gelber Scheibe und eigentlich nur aus zwei Worten bestehend: *Hier. Jetzt.* Es wartete keine Antwort auf ihn, und Esebian fragte sich kurz, ob Tirrhel die Nachricht bekommen hatte. Für ein oder zwei Sekunden, länger nicht, war er unschlüssig, und dann schob er die Zweifel mit der Überzeugungskraft der eigenen Worte beiseite. Vielleicht war dies tatsächlich die einzige Chance, die sie bekamen.

Esebian projizierte sein Selbst, und das im trockenen Nährtank liegende Geschöpf öffnete die Augen.

Na bitte, klappt doch wunderbar, sagte Caleb.

Esebian, zu Akir Tahlon geworden, richtete sich auf und versuchte, ein Gefühl für den Körper zu bekommen. Zuerst steckte Schwäche in seinen Gliedern, und Übelkeit lag auf der Lauer, aber die Phase der Desorientierung ging schnell vorbei, als er den von seinen Erweiterungen stammenden Informationsstrom einschränkte und die Wahrnehmungen des neuen Körpers in den Mittelpunkt seiner Aufmerksamkeit rückte. Bilder stiegen in ihm auf, und Esebian hielt sie fest, ohne sie zu nahe herankommen zu lassen. Die Kopie war nicht ganz leer, was seinen Erwartungen entsprach. Er hatte den rekonvaleszenten Akir Tahlon mehrere Sekunden lang mit der Fingernagelfacette berührt und deshalb nicht nur eine DNS-Matrix erhalten, sondern auch latente Erinnerungen – vielleicht enthielten sie Informationen, die er gebrauchen konnte, um sich El'Kalentar zu nähern.

Esebian/Tahlon griff nach der Kleidung, zog sich an und überprüfte sein Erscheinungsbild. Einige Minuten später verließ er das Apartment mit der Absicht, einen Unsterblichen zu töten.

17

Gab es einen besseren Ort als einen Friedhof, um die eigene Unsterblichkeit zu zelebrieren?

Er befand sich draußen in der Wüste, in der es dunkel wurde, als der Tag zu Ende ging: ein rechteckiger Bereich, etwa dreißig Quadratkilometer groß und von einer hüfthohen weißen Mauer umfasst. Darin glänzten in goldenen Schriftzeichen die Namen der mehr als hunderttausend Beigesetzten. Nicht nur Menschen lagen hier – gewöhnliche Menschen, die aus irgendeinem Grund nie zu Kandidaten geworden waren und beschlossen hatten, auf Hadadd zu sterben –, sondern auch einige Ureinwohner, obgleich die meisten von ihnen in den unterirdischen Urnenhallen ihre letzte Ruhe gefunden hatten. Während ihrer Zeit auf diesem Planeten hatte Talanna von Benston erfahren, dass jeder Erlauchte, der nach Hadadd kam, den Friedhof besuchte und an der »Zeremonie der aufsteigenden Seelen« teilnahm.

Es war der richtige Ort für Esebian, denn beim Friedhof brauchte Akir Tahlon keine Identer oder dergleichen, um Codeschranken zu passieren. Alle hatten freien Zugang.

Tausende von Besuchern hatten sich eingefunden, als Esebian im Körper der Präfektenkopie den Friedhof erreichte. Sie standen auf Gravplattformen und Podien oder wanderten auf den Wegen, die durch das Friedhofsareal führten. Auf dem größten, mit bunten Kristallen geschmückten Podium saßen die acht physisch präsenten Erhabenen des Direktoriats, unter ihnen El'Kalentar.

Esebian trat über die Rampe des Transporters, der ihn zusammen mit hundert anderen Passagieren aus Appaia in die Wüste gebracht hatte. Die Gläserne Stadt funkelte und glitzerte am Horizont, unter einem Himmel, an dem immer mehr Sterne erschienen, und die Lebenstürme in ihrer Nähe ragten, in buntes Scheinwerferlicht getaucht, wie steinerne Finger auf.

Zusammen mit den anderen Besuchern näherte sich Esebian dem Haupteingang des Friedhofs, aber sein Ziel waren nicht die Gräber jenseits der weißen Mauer, sondern das Ehrenpodium. Der Körper, in dem er unterwegs war, fühlte sich an wie ein dicker Mantel. Oder besser noch: wie ein Schutzanzug, der den gewohnten Bewegungsspielraum einschränkte. Normalerweise hätte er einige Stunden damit verbracht, die motorische Kontrolle der Kopie zu perfektionieren, aber so viel Zeit blieb ihm nicht.

Er trug den Tod in sich, und gleich doppelt: in Form einer fünf Zentimeter langen und einen halben Zentimeter dicken Kapsel im Biomorph an der Hüfte – und in Akir Tahlons latenten Erinnerungen. Der Mann, in dessen Kopie Esebian steckte, war gestorben, hatte den Tod – wenn auch nicht den endgültigen – direkt erfahren. Die Bilder warteten, düster und kalt, kälter als der Abendwind, der aus der Wüste kam und die Hitze des Tages forttrug, und sie schienen Esebian zuzuflüstern: Du, der du unsterblich zu werden hoffst … Willst du nicht wissen, wovor du fliehst? Willst du nicht wissen, wie es aussieht, das Ende?

Stimmen hallten über den Friedhof und schienen mit dem

Flüstern zu verschmelzen – für Esebian klangen sie plötzlich wie ein Raunen aus den Tausenden von Gräbern. Erste Lichter stiegen von devoten Händen auf: kleine Flammen in Blasen, jede einzelne begleitet von Gebeten und Botschaften für Verstorbene. Erst waren es nur einige Dutzend, wie Sterne, die vom Himmel herabgesunken waren und nun wieder aufstiegen. Fast jeder Besucher hatte eine oder mehrere Flammen mitgebracht, und aus Dutzenden wurden Hunderte und Tausende.

Esebian erreichte das Erlauchten-Podium und setzte den Fuß auf die erste Stufe. Hier. Jetzt. An diesem Ort. Die letzten Sekunden eines über sechstausend Jahre langen Lebens verstrichen.

Ein Observant trat ihm entgegen. »Zugang ist nur den Exzellenzen und ihren Assistenten gestattet«, sagte der Mann, der eine Sensormaske trug.

»Ich bin Akir Tahlon, Erster Hochkommissar und Präfekt des Direktoriats. Ich habe eine wichtige Nachricht für den Vorsitzenden.«

Die Kopie war leider nicht mit Erweiterungen ausgestattet, und so fühlte Esebian nichts, als ihn der Observant sondierte. Was auch immer er analysierte – DNS-Struktur, Iris, Hirnwellen –, das Ergebnis musste lauten: Dies war tatsächlich Akir Tahlon.

Der Mann mit der Sensormaske deutete eine Verbeugung an und zeigte nach oben.

Die nächsten Stufen … Hinter und unter Esebian begannen die Menschen und anderen Besucher zu singen. Der Himmel hatte sich in ein Lichtermeer verwandelt, und alle blickten nach oben, auch die Erlauchten auf dem Podium. Dort saß er, der fast sechseinhalb Jahrtausende alte Vorsitzende des Direktoriats, El'Kalentar von Taschka. Selbst die rote Eidechse in seiner Stirn schien die vielen aufsteigenden Lichter zu beobachten.

Die letzte Stufe.

Die letzten Sekunden …

Mit neuer Deutlichkeit spürte Esebian die Kapsel des Deteriorators im linken Arm. Sie wog nur wenige Gramm, aber plötzlich schien sie ein ganzes Kilo schwer zu sein und unter seiner Haut anzuschwellen.

Ein Schirmfeld setzte seinen Bewegungen Widerstand entgegen. Natürlich. Kein Erlauchter würde es wagen, sich schutzlos in der Öffentlichkeit zu präsentieren. Zu viel konnte passieren. Esebian blieb stehen und wartete, bis El'Kalentar den Kopf wieder senkte und ihn sah. Überrascht hob der Unsterbliche die Brauen …

Der entscheidende Moment … El'Kalentar wusste, dass der Präfekt nach seinem Unfall im medizinischen Zentrum Lapinta aus dem Tod ins Leben zurückgeholt worden war. Niemand hatte den Unfall inszeniert, und für El'Kalentar gab es keinen Grund zu glauben, dass jemand eine Kopie des Präfekten gegen ihn einsetzte. Dennoch … Wenn sein natürlicher Argwohn so groß war, dass er auf die Anweisung verzichtete, für Akir Tahlon eine Strukturlücke in dem Schirmfeld zu öffnen, dann scheiterte Esebian hier, an diesem Ort.

El'Kalentar winkte, und zwei Observanten näherten sich. Einer von ihnen hob ein kleines Gerät, und direkt vor Esebian flimmerte es. Ein Schritt nach vorn, und er befand sich auf der anderen Seite der Barriere.

El'Kalentar stand sogar auf und kam ihm entgegen. Die anderen sieben Erlauchten, unter ihnen eine Frau von nur etwa dreißig Scheinjahren, beobachteten ihn neugierig.

»Mein lieber Tahlon! Es freut mich, Sie wieder gesund und munter zu sehen.« Er streckte die Hand aus. »Ich habe den zuständigen Arzt von Lapinta gebeten, mich in Hinsicht auf Ihren Zustand auf dem Laufenden zu halten, aber aus irgendeinem Grund hat er es versäumt, mir Bescheid zu geben.«

Esebian ergriff die dargebotene Hand.

Die rote Eidechse in El'Kalentars Stirn zischte.

Die Pupillen des Unsterblichen wurden größer.

Jetzt.

Esebian beugte den linken Arm. Die Kapsel unter der Haut brach, und schon einen Sekundenbruchteil später wogte die Hitze eines irreversiblen Zellbrands durch seinen Körper. El'Kalentar schien im letzten Moment zu begreifen, was geschah – vielleicht warnten ihn die Eidechse oder seine Sensoren –, doch als er die Hand zurückziehen wollte, war es schon zu spät.

Das Glühen, das den Leib des vermeintlichen Präfekten erfasst hatte, sprang auf ihn über. Auf Taschka oder einer der anderen Hohen Welten wäre El'Kalentar vielleicht imstande gewesen, sich selbst in diesen wenigen Sekunden mit der Technik der Erlauchten zu retten. Aber dies war Hadadd, ein Planet in den Tausend Tiefen. El'Kalentars Körper, sein *echter*, wahrer Körper, löste sich auf.

Dir bleiben fünf oder sechs Sekunden, hatte Lukas gesagt.

Esebian fühlte das Zerren des Todes, kalt trotz der Hitze des Zellbrands, und als er sein Selbst aus der sterbenden Kopie von Akir Tahlon zurückziehen wollte, erlebte er eine ebenso unerwartete wie erschreckende Überraschung – etwas hielt ihn fest. Die Bilder des Todes, die dunkel zwischen den anderen gewartet hatten, als Teil der latenten Erinnerungen, sprangen ihm entgegen, packten sein Bewusstsein und trugen es …

… in eine graue Welt unter einem grauen Himmel. Wind blies Staub über ein trockenes, ödes Land. In mittlerer Entfernung ragte ein Vulkanberg empor, und auf den Terrassenfeldern an seinen Hängen arbeiteten zahllose Menschen, nicht größer als Ameisen.

»Sind Sie gekommen, um mir zu helfen?«

Esebian drehte sich um und sah Akir Tahlon, gebeugt von Alter und Mühsal, das Gesicht eine Faltenlandschaft, fast so grau wie Land und Himmel.

»Helfen?«, brachte Esebian hervor. Seine Stimme war heiser und rau, als hätte er stundenlang geschrien. Vielleicht hatte er das. Er versuchte, sich zu erinnern …

»Wir sind tot, wissen Sie«, sagte Akir Tahlon, und Esebian lauschte seiner Stimme: So klang ein Mann, der jede Hoffnung verloren hatte, der nicht einmal mehr wusste, was Hoffnung war. »Ich weiß nicht, ob dies die Hölle ist, aber im Paradies sind wir sicher nicht gelandet. Die wahre Hölle befindet sich angeblich dort drüben.« Er deutete zum Vulkanberg.

»Das hat *er* gesagt«, fuhr Tahlon fort. Mit krummen Schultern und nach vorn gebeugt stand er da, als trüge er die ganze Zeit über eine schwere Last auf dem Rücken.

»Er?«, wiederholte Esebian.

»Der Tod«, antwortete Tahlon. »Ich glaube, dass *er* die Personifizierung des Todes ist. Oder meine Fantasie, die Substanz und Gestalt gewonnen hat. Er hat mir aufgetragen, hier Ordnung zu schaffen, und ich frage Sie noch einmal: Sind Sie gekommen, um mir zu helfen?«

Wenn Esebian es nicht besser gewusst hätte, wäre er bereit gewesen, diesen Akir Tahlon für einen Grauen zu halten. Kein Mensch konnte müder und erschöpfter sein, ohne Müdigkeit und Erschöpfung zu erliegen. Ein grauer Mann – wenn auch kein Grauer – in einer farblosen Welt.

»Helfen?«, brachte Esebian hervor, und etwas in ihm schrie, aber aus weiter Ferne: *Kostbare Zeit vergeht! Dir bleiben nur einige wenige Sekunden. Du musst dich aus der Projektion zurückziehen!*

Tahlon deutete auf Abertausende kleine weiße Stäbchen, die im Staub lagen, ohne dass sie erkennbare Muster bildeten. »Ich muss sie ordnen«, sagte er. »Und wenn ich sie geordnet habe, wenn das Chaos besiegt ist, kommt Wind auf und bringt wieder alles durcheinander. Dann muss ich von vorn beginnen.

»Das ist doch sinnlos!«, entfuhr es Esebian, und die noch immer ferne Stimme in ihm heulte: *Dies sind fremde Erinnerungen! Kehr in deinen Körper zurück, bevor es zu spät ist!* Er spürte eine sonderbare Hitze, obwohl er wusste, dass es an diesem Ort kalt war. Zellbrand, dachte er. Es ist die Hitze des Zellbrands.

Akir Tahlon begann damit, die Stäbchen neu auszulegen. »Was hat überhaupt einen Sinn?«, murmelte er.

»Ich habe auch eine Aufgabe für dich«, erklang eine Stimme. Esebian drehte sich um und sah eine schwarze Gestalt im verblassenden grauen Licht des Tages. »Geh in die Wüste«, sagte der Tod. »Wandere durch die Ödnis, ein Schritt für jeden Tag deines Lebens. Und wenn du den letzten Schritt getan hast, so wandere durch die nächste Wüste und mach einen Schritt für jeden Tag, den du leben wolltest.«

Du stirbst!, kreischte die innere Stimme, während Esebian wie in einem starken Wind schwankte. *Du stirbst zusammen mit El'Kalentar und der Tahlon-Kopie!*

»Caleb?«, flüsterte Esebian.

Er ging los, vorbei an der schwarzen Gestalt und Akir Tahlon. Seine Beine bewegten sich von ganz allein und trugen ihn in die dunkle Wüste.

Dir bleiben fünf oder sechs Sekunden. Es war nicht die heulende innere Stimme, die plötzlich ganz ruhig zu ihm sprach, sondern ein Flüstern aus dem Gedächtnis. Fünf oder sechs Sekunden für sein projiziertes Bewusstsein, in den eigenen Körper zurückzukehren. Wenn er zögerte, wenn er zu lange wartete …

Dann blieb er hier, an diesem grauen, düsteren Ort, zu einer endlosen Wanderung durch Wüsten verurteilt.

Zurück.

Wie viel Zeit war bereits vergangen? Zählten die subjektiven Sekunden in dieser Welt? In dem Fall war es längst zu spät.

Esebian zwang sich dazu, stehen zu bleiben und die Augen zu schließen. Ich bin nicht wirklich hier, dachte er. Dies sind fremde Erinnerungen, von einem Mann, der für einige Stunden tatsächlich tot war, bis ihn eine Rekonversion ins Leben zurückholte. In Wirklichkeit befinde ich mich in einer Felsvilla, in einem sicheren Zimmer und angeschlossen an einen Bewusstseinsprojektor …

Das Gefühl der Hitze ließ nach, doch es wich einem Empfinden von Druck und Enge, das er zunächst nicht zu deuten wusste, bis er erneut die innere Stimme hörte – mehrere innere Stimmen, Caleb war die lauteste von ihnen. *Wir stecken in einem verdammten Fesselfeld! Was ist passiert? Mach die Augen auf, Esebian!*

Esebian öffnete die Augen.

»Danke dafür, dass Sie den Auftrag erfüllt haben«, sagte Tirrhel. »Hier ist Ihr Lohn.«

Er richtete eine Vari-Waffe auf Esebian und drückte ab.

In blinder Nacht liegt diese Welt,
Klar sehen hier nur wenige;
Dem netzbefreiten Vogel gleich
Steigt selten einer himmelwärts.

IN BLINDER NACHT

18

Nach dem Bewusstseinstransfer war Esebian benommen, und die Schatten der düsteren Todeswelt hielten noch immer einige seiner Gedanken gefangen. Außerdem rechnete er an diesem Ort – im sicheren, abgeschirmten Zimmer der Felsvilla – nicht mit Gefahren. Ein Mensch mit gewöhnlichen Erweiterungen hätte an seiner Stelle nicht die geringste Chance gehabt und wäre im Feuer der Vari-Waffe verdampft. Aber Esebian, der mehr als hundertfünfzig Jahre seines Lebens als Auftragsmörder verbracht hatte, verfügte über inkorporierte autonome Notprogramme, die selbständig auf bestimmte Situationen reagieren konnten, auch ohne bewusste Steuerung. Diese Programme gehörten zu seinen permanenten Erinnerungen, die er nie auslagerte. Sie wurden jetzt aktiv und versetzten Esebian in die Lage, sich mit der vollen Kapazität seiner defensiven und offensiven Erweiterungen zur Wehr zu setzen.

Innerhalb des Fesselfelds bildete sich ein Reflektor, gespeist von der Energie der zwölf Konverterzellen in seinen Eingeweiden – sie nutzten die biochemische Energie seines eigenen Körpers und konnten auch die energetischen Emissionen im Umkreis von maximal fünf Metern anzapfen. Der Reflektor lenkte den fingerdicken violetten Strahl aus der Vari-Waffe ebenso ab wie den ihn begleitenden Schwarm aus Tausenden von Nanoprojektilen, jedes einzelne von ihnen eine Zellbombe, die tödliche Gewebeschäden verursachen konnte – Tirrhel wollte offenbar auf Nummer sicher gehen.

Während Esebian sich noch fragte, was geschah, kochte der abgelenkte Energiestrahl über den Nährtank, in dem Akir Tahlons Kopie herangewachsen war und der noch einen Rest Proteinbrei enthielt. Er traf die Konsole daneben, deren Summen kurz zu einem wie erschrocken klingenden Fauchen wurde, bevor ihre Anzeigen erloschen. Funken schwirrten wie feurige Insekten umher, und ein Element des lokalen Formspeichers schien in Mitleidenschaft gezogen zu werden, denn die Einrichtung des Zimmers veränderte sich; Stühle und Tische verformten sich wie von unsichtbaren Händen geknetet.

Eine Sekunde war vergangen, und Zorn verdrängte Esebians Verwirrung, als aus dem Reflektor ein energetischer Parasit wurde, der Energie aus dem Fesselfeld saugte, sich hindurchbohrte und seine Struktur schwächte.

Esebian konnte die Finger bewegen, und das genügte zunächst. Die Fingernägel verloren ihre Konsistenz, und aus einem von ihnen zuckte ein weißer Blitz durch die von den Augen anvisierte Lücke im Fesselfeld – Esebians Blick wurde zu einer Art Fadenkreuz, das sich auf die Stirn des Mannes vor ihm richtete.

Es gab auch kaum ein anderes Ziel, denn von Tirrhel waren nur der Kopf und ein Arm präsent, und nicht einmal in Fleisch und Blut, sondern in Form von Pseudomaterie; der Rest machte keinen Hehl daraus, ein energetischer Avatar zu sein.

Erlauchten-Technik, dachte Esebian. Er ist direkt mit dem Transferitor dieses Villenkomplexes verbunden. Auf diese Weise gelangte er ins sichere Zimmer.

Er schnellte hoch und warf sich nach vorn, durch die breiter werdende Lücke in den flimmernden und flackernden Resten des Fesselfelds. In der rechten Schulter bildete sich eine Öffnung, und ein von den defensiven Erweiterungen programmierter Individualzerstörer sprang Tirrhel entgegen. Der auf einer kleinen roten Flamme reitende IZ schlug ins linke Auge des Kopfes und explodierte.

Esebian lief bereits zur Tür, machte mit der linken Hand die Öffnen-Geste, streckte die rechte nach hinten und schickte einige weitere weiße Blitze nach dem Mann, der ihn töten wollte.

Die Tür schwang auf, und die Villa sagte: »Ich stelle große Schäden fest, verursacht durch die Anwendung von Gewalt. Die Observanten von Appaia sind verständigt. Bitte warten Sie bis zu ihrem Eintreffen.«

Etwas packte Esebian von hinten, und zwar genau in dem Augenblick, als er die Frau sah. Sie stand nur wenige Meter vor der jetzt offenen Tür des sicheren Zimmers: einen Kopf kleiner als er, schmal und zierlich, die Haut glatt, das Haar silberblond, die großen grünen Augen weit aufgerissen. Leandra. Sie hatte den Mund geöffnet und schrie, aber seltsamerweise hörte Esebian den Schrei nicht. Vielleicht lag es an dem

Krachen hinter ihm, als Variform-Möbel platzten und eine ganze Wand auseinanderbrach.

Er konnte nur einen kurzen Blick auf Leandra werfen, gerade genug, um ihren lautlosen Schrei zu sehen, denn das Etwas, das ihn von hinten gepackt hatte, riss ihn herum. Tirrhels Kopf, eben vom Individualzerstörer zerrissen, hatte sich aus der Energie des Avatars rekonstruiert.

»Sie haben Ihren Lohn noch nicht in Empfang genommen«, sagte er spöttisch, als wären die jüngsten Ereignisse nichts weiter als ein kleines, unbedeutendes Intermezzo.

»Sie haben mir Unsterblichkeit versprochen«, zischte Esebian. Tirrhel hielt ihn mit einem Gravanker fest, und dagegen konnte er nichts ausrichten. Der Energieaufwand musste enorm sein.

»Unsterblichkeit für einen gemeinen Mörder?«, erwiderte der Avatar voller Verachtung und schwebte näher. »Haben Sie das wirklich geglaubt?«

Esebians erweitertes Gehör nahm ein seltsames Geräusch wahr, das aus der Ferne zu kommen schien: ein leises, gedämpftes, wie in die Länge gezogenes Heulen.

»Wer sind Sie?«, fragte Esebian und wartete darauf, dass sich die Konverterzellen wieder aufluden.

»Haben Sie das noch nicht herausgefunden? Sie enttäuschen mich, Esebian.« Tirrhel hob erneut die Vari-Waffe. »Jetzt schicke ich Sie dorthin, wo Leute wie Sie hingehören.«

Esebian gab alles, was er hatte, und das war unglücklicherweise nicht mehr sehr viel. Die Konverterzellen waren für einen kurzen Einsatz vorgesehen, nicht für einen längeren Kampf, und schon gar nicht für die Konfrontation mit einem Gegner, der überlegene Erlauchten-Technik einsetzte und über ein weitaus größeres energetisches Potenzial verfügte. Er feuerte mit den Fingernägelstrahlern, setzte die beiden anderen Individualzerstörer aus seinem Schultermagazin ein und opferte den kleinen Finger der linken Hand – die darin enthaltene Bombe explodierte direkt vor Tirrhel, doch ihre zerstörerische Kraft erreichte ihn überhaupt nicht. Ein dunkler Strudel, der sich dicht neben ihm im »Körper« des energetischen Avatars gebildet hatte, saugte sie auf, zusammen mit den beiden IZs und den weißen Blitzen aus den Fingernägeln. Tirrhels Absorber schluckte alles.

Müdigkeit erfasste Esebian – ohne den Gravanker hätte er sich vielleicht gar nicht mehr auf den Beinen halten können. Seine Erweiterungen fuhren automatisch herunter, da kaum mehr Energie zur Verfügung stand. Die leeren Konverterzellen zapften erneut die biochemischen Prozesse in Esebians Körper an, um sich aufzuladen, aber auch dort gab es nicht mehr viel zu holen. Erschöpfung breitete sich in ihm aus.

Er sah in die Mündung der Vari-Waffe.

Aber Tirrhel schoss nicht. Verwunderung zeigte sich in dem Gesicht aus Pseudomaterie, und die Hand mit der Waffe zitterte. Mit einer Deutlichkeit, die nicht von den Erweiterungen geschaffen wurde, sondern von der Nähe zum Tod, sah Esebian, wie der Zeigefinger den Auslöser zu betätigen versuchte. Er krümmte sich und drückte, doch etwas hinderte ihn am entscheidenden Kontakt.

Das seltsame Geräusch in der Ferne … Das dumpfe, in die Länge gezogene Heulen schwoll zu einem lauten, fast schrillen Kreischen an, und Esebian begriff, dass er Leandras Schrei hörte.

Der dunkle Schlund des Absorbers flackerte wie zuvor das

Fesselfeld, und die unteren Teile des Avatars zerfaserten, wuchsen in die Länge und verschwanden in der finsteren Spirale. Tirrhel, die Waffe noch immer auf Esebian gerichtet, starrte überrascht an sich hinab.

Die unsichtbare Faust des Gravankers ließ Esebian los, und die Beine gaben unter ihm nach. Er versuchte, wieder auf die Beine zu kommen, aber sein schwacher Leib weigerte sich. Mühsam drehte er den Kopf und beobachtete, wie die Vari-Waffe aus der Pseudomaterie-Hand rutschte, einen halben Meter fiel und dann im dunklen Strudel des Absorbers verschwand. Tirrhel verzog das Gesicht, richtete einen letzten, kalten Blick auf Esebian und griff mit der Hand an die Brust des Avatars. Es blitzte kurz – *ein Noder,* dachte Esebians Subpersönlichkeit Yrthmo –, und Tirrhel verschwand.

Für zwei oder drei Sekunden schwebte Esebians Selbst in herrlicher, unwirklicher Ruhe, und dann schrie Caleb: *Auf die Beine, Mann! Die Observanten sind gleich da! Du hast einen Unsterblichen getötet. Willst du dich dafür zur Verantwortung ziehen lassen?*

Leandras Gesicht erschien über ihm.

»Esebian! Was ist hier los? Wer war der Mann, der Avatar? Warum wollte er …«

Bei den letzten Worten wurde ihre Stimme immer leiser. Das Zimmer um sie herum, der Rest der Welt … Alles schien zu verblassen und ebenso unwirklich zu werden wie das Gefühl der Ruhe, dem Esebian sich eben hingegeben hatte. Und dann konnte er ein an den Rändern leicht verschwommenes, aber trotzdem klar erkennbares Bild wahrnehmen: Mehrere große Gestalten in uniformartiger Kleidung, ausgerüstet mit intelligenten externen Erweiterungen und begleitet von gleich zwei summenden Magisterdrohnen, betraten das Zimmer.

Die Männer und Frauen schritten umher, untersuchten die Trümmer mit ihren Sensoren, dokumentierten Spuren und fertigten Aufzeichnungen an. Die größte Gefahr stellten die Magisterdrohnen dar, wusste Esebian, denn ihnen entging nichts, und sie ließen sich auch nicht von Erwartungshaltungen und individuellen Perspektiven beeinflussen. Sie bemerkten jeden noch so kleinen Hinweis und würden daraus ihre Schlüsse ziehen.

Während Esebian am Boden lag, schwach und kraftlos, während sich die Lippen der über ihn gebeugten Leandra bewegten, ohne dass er ihre Worte hörte, folgte sein erweiterter Blick den Observanten und Drohnen ins zerstörte sichere Zimmer, das alles andere als sicher gewesen war. Er beobachtete, wie eine Drohne Proben von den nicht beseitigten Resten des Proteinbreis nahm und die andere zwischen den dampfenden, glühenden Trümmern Fragmente des Bewusstseinsprojektors fand.

Die Oberservanten sprachen miteinander, aber ihre Worte spielten keine Rolle, bis einer von ihnen sagte: »Die Person ist identifiziert.«

Und die beiden Drohnen summten: »Wir wissen, wer El'Kalentar getötet hat. Wir kennen den Mörder.«

Wir kennen den Mörder.

»Esebian, so sag doch was«, jammerte Leandra, die völlig aufgelöst wirkte und offenbar nicht wusste, was sie tun sollte.

Sie kennen den Mörder, dachte Esebian, und Caleb und die anderen riefen: *Bring uns weg von hier! Schnell, bevor die Observanten eintreffen!*

Esebian versuchte, auf die Beine zu kommen, und Leandra half ihm dabei, griff nach seinen Armen und zog ihn hoch.

Schwankend stand er da, in den Rauchschwaden, die aus dem zerstörten Zimmer kamen. Er stützte sich auf Leandra und ließ sich von ihr zum Ausgang führen. Auch in den anderen Zimmern veränderten Variform-Möbel ihre Struktur; offenbar war der Formspeicher des ganzen Gebäudes beschädigt.

Die kalte Finsternis der Wüstennacht erwartete sie draußen.

Die anderen Villen des Lebensfelsens blieben in Dunkelheit gehüllt – ihre Bewohner befanden sich vermutlich noch beim Friedhof außerhalb von Appaia und beobachteten dort die vielen Lichter der »aufsteigenden Seelen«. Esebian sah sich um. Es stand kein Fahrzeug in der Nähe, weder ein Orbitalspringer noch einer der kleinen Transporter, die für den Individualverkehr auf Hadadd verwendet wurden.

»Wie bist du hierhergekommen?«, fragte er Leandra mit rauer Stimme. »Und was hast du mit Tirrhel gemacht?« *Hör auf, dumme Fragen zu stellen!,* sagte Caleb scharf. *Dafür hast du später noch Zeit genug. Zuerst musst du dafür sorgen, dass es ein Später gibt.*

»Der Transferitor«, brachte Esebian hervor und deutete zum großen Pavillon in der Mitte des Villenkomplexes.

Ein Teil der Schwäche wich aus ihm, und nach einigen mühevollen Schritten konnte er allein gehen und musste sich nicht mehr auf Leandra stützen. Sein erweitertes Gehör hatte noch nicht seine alte Leistungsfähigkeit zurückgewonnen, aber er nahm ein vertrautes Surren in der Ferne wahr. Es stammte von Gravitationsmotoren – die Observanten näherten sich dem Lebensfelsen, und Esebian zweifelte nicht daran, dass sich zwei Magisterdrohnen in ihrer Begleitung befanden.

Als sie den weißen Säulenpavillon erreichten, kam Licht von der gewölbten Decke, und eine Stimme sagte: »Es tut mir leid, aber die Funktionalität dieses Transferitors ist eingeschränkt.«

Ein Teil der Konsole sah aus wie geschmolzen, und darüber leuchtete in warnendem Rot der Hinweis, dass sich kein kontrollierter Transfer durchführen ließ.

Das Surren wurde lauter, und als Esebian einen Blick über die Schulter warf, sah er die blinkenden Positionslampen von vier schnellen Atmosphärenspringern.

Wir wissen, wer El'Kalentar getötet hat.

Das Schlimmste, was hatte passieren können, war tatsächlich geschehen: Er war entlarvt. *Das stimmt nicht ganz,* sagte Talanna. *Das Schlimmste wäre gewesen, wenn Tirrhel uns getötet hätte.* Sie *hat ihn daran gehindert, irgendwie.*

Sie stand da, jung und unschuldig, verängstigt und bestürzt, die großen grünen Augen voller unbeantworteter Fragen.

»Tirrhel – der energetische Avatar – hat einen eigenen Noder benutzt, um sich durch diesen Transferitor abzusetzen, aber dabei ist etwas schiefgegangen. Er hat das verdammte Ding beschädigt.« Esebian bediente bereits die Kontrollen, die sich noch bedienen ließen, während die warnende Stimme immer wieder auf eingeschränkte Funktionalität hinwies. Eine Anzeige machte ihm mehr Sorgen als die anderen: Die Energiekanäle des Transferitors hatten ihren Fokus verloren; das Wiederaufladen dauerte zu lange.

Esebian beschloss, nach dem kleinen Finger der linken Hand den ganzen Arm zu opfern. Er schaltete die Schmerzrezeptoren aus, rammte die Hand in einen mehrere Zentimeter breiten Riss in der Konsole und begann, den Arm mit den Fingernägel-Emittern der rechten Hand abzutrennen. Gleichzeitig bündelte er seine Sensoren, schuf mit ihnen eine energetische Brücke im Transferitor und leitete die chemisch-nukleare Umwandlung des linken Arms ein, als sich ein dünner weißer Strahl durch den Knochen fraß. Esebian verzog das Gesicht – einige Nerven wollten nichts von Abschaltung wissen und schickten dem Gehirn Schmerzsignale.

Scheinwerferlicht tastete über den Villenkomplex auf dem Lebensfelsen.

»Was machst du da, was machst du?«, rief Leandra entsetzt.

»Der Arm liefert zusätzliche Energie«, stieß Esebian hervor. Der Knochen gab nach, und dadurch hatte er die rechte Hand frei. Seine Finger huschten über Schaltelemente, die nur für den Notfall gedacht waren; normalerweise bediente man den Transferitor über das Gesteninterface. »Aufs Transferfeld!«

Leandra starrte ihn an, und Esebian zerrte sie mit sich zu den Kacheln in der Mitte des Pavillons. Jähes Feuer verschlang den abgetrennten Arm, und über den Kacheln flimmerte es. Esebian gab der jungen Frau einen Stoß, verlor das Gleichgewicht und fiel, als der Transferitor aktiv wurde und seinen Körper in ein Datenpaket verwandelte. Nur einen Moment später strich ein von Observanten gelenkter Scheinwerferstrahl über den leeren Pavillon.

19

Ein Schritt für jeden Tag deines Lebens, hatte die schwarze Gestalt gesagt. Wie viele Schritte liegen bereits hinter mir?, fragte sich Esebian, als er durch die dunkle, kalte Wüste wanderte. Es war eine dumme Frage, fand er. Ich sollte besser fragen: Wie viele Schritte liegen noch vor mir? Und was geschieht, wenn ich den letzten Schritt getan habe?

Hier an diesem Ort, wo auch immer, hörte er nicht die Stimmen seiner früheren Leben, und es gab auch keine Erweiterungen, die ihm dabei halfen, mit all der Mühsal fertig zu werden. Es gab nur die endlose Wüste, die Sterne am Himmel und seine kreisenden Gedanken. Manchmal hörte er ein Heulen in der Finsternis, aber er war nicht ganz sicher, ob es von dort kam und nicht vielleicht irgendwo aus seinem Innern.

Während der grauen Tage, die oft Wind brachten, dämmerte er im Schutz von Felsen dahin, und wenn die Dunkelheit zurückkehrte, brach er wieder auf, ohne zu essen oder zu trinken, ohne ein einziges Mal zu schlafen. Echte Ruhe gab es nicht an diesem Ort, keine Verschnaufpausen, und die eigenen Gedanken wurden zum schwersten Ballast, den Körper und Geist tragen mussten.

Nach hundert Tagen, oder vielleicht nach hundert Jahren, als Esebian während eines weiteren grauen Tages an einen Felsen gelehnt saß, fiel sein Blick auf einen faustgroßen Stein, der ihm zuzuflüstern schien: *Nimm mich.* Er nahm ihn, wog ihn in der Hand und beneidete den Stein, der nicht denken und nicht endlos durch die Wüste wandern musste.

Dann legte er die linke Hand auf den Felsen – aus irgendeinem Grund erstaunte es ihn, dass sie noch da war –, hob den Stein und schlug mit aller Kraft zu.

Haut riss, Fingerknochen brachen, und Schmerz vertrieb die müde Lethargie. Esebian kniff die Augen zusammen, und als er sie wieder öffnete, befand er sich in einer anderen düsteren Welt.

20

Jemand hatte ihm die kauterisierte linke Schulter verbunden, und als Esebian an sich herabsah, im kalten Schein chemischer Lampen, merkte er, dass er Gewicht verloren hatte, mindestens zwanzig Kilo. Er war nicht mehr schlank, sondern dürr und ausgemergelt. Fettgewebe und Zellmaterial als Brennstoff für die Konverterzellen, die seine Erweiterungen mit Energie versorgten. Der Kampf gegen Tirrhel war im wahrsten Sinne des Wortes an die Substanz gegangen.

»Bist du wach?«, fragte Leandra. »Ich meine, richtig wach?«

Ihr Gesicht schien in der Dunkelheit zu schweben, und für einen Moment dachte er, dass sie beim Transfer irgendwie den Körper verloren hatte und mit einem Null-Avatar verbunden war, oder einer Maschine, die in der Finsternis verborgen blieb. Aber dann kam sie näher, gekleidet in einen fleckigen, zu großen Overall, an den er sich nicht erinnerte. Aus der Finsternis hinter ihr flüsterte insektenhaftes Zirpen, und schemenhafte Gestalten bewegten sich dort. Esebian versuchte, sie genauer zu erkennen, aber das war ihm nicht möglich. Die Erweiterungen seiner Augen funktionierten nicht mehr, und mit den anderen stand es kaum besser. An den Konverterzellen schien es nicht zu liegen, obwohl sie nur wenig Energie enthielten.

»Ich bin fast blind und taub«, brachte er mit rauer Stimme hervor, setzte sich auf und stellte fest, dass er auf einer dünnen Decke gelegen hatte, die aus nichtsynthetischem, haarartigem

Material bestand. »Meine Erweiterungen«, fügte er hinzu, als er Leandras Sorge bemerkte. »Sie funktionieren nicht.«

»Erweiterungen?«, wiederholte Leandra. »Oh, ich verstehe. Ich habe davon gehört.«

Esebian hatte einen Unsterblichen ermordet, und der Auftraggeber hatte seinerseits versucht, ihn zu töten. Aber in diesem seltsamen Moment galt seine ganze Aufmerksamkeit der jungen Frau, die angeblich von Mway stammte und von Erweiterungen *gehört* hatte. Gab es tatsächlich Menschen, die keine in sich trugen und mit begrenzter Wahrnehmung durchs Leben schritten? Alles an dieser jungen Frau erschien ihm plötzlich absurd und verdächtig, auch sein Verhalten ihr gegenüber. Zorn stieg in ihm auf, ohne dass er Einfluss auf seinen mentalen Modus nehmen konnte. Er war schwach, aber stärker als die zierlich gebaute Leandra, obwohl ihm ein Arm fehlte. Mit der rechten Hand packte er die junge Frau und zog sie näher, ganz in den Schein der chemischen Lampe.

»Schluss damit!«, stieß er hervor. »Hör auf mit diesem Theater! Ich will wissen, wer du bist und was du in der Villa gemacht hast!«

Sie versuchte nicht, sich zu befreien. Sie verzichtete ganz auf Gegenwehr und fragte mit einer Stimme, die anders klang als sonst: »Und was hast *du* in der Villa gemacht? Wieso wollte dich der Avatar-Mann töten?« Und dann, nur eine halbe Sekunde später, sagte sie: »Du hast den Erlauchten umgebracht, nicht wahr? Du warst es.«

Esebian antwortete nicht. Ihre grünen Augen … Er fühlte sich auf sonderbare Weise von ihrem Blick berührt, an einer Stelle mitten in seinem Kopf, und ohne die Erweiterungen konnte er sich nicht davor schützen.

»Ich habe es gesehen, im Versammlungszentrum«, sagte Leandra. »Und ich sehe es auch jetzt, in deinen Erinnerungen. Du hast El'Kalentar getötet.«

»Verschwinde aus meinen Gedanken!«

»Warum schreist du mich so an?« Leandras Stimme veränderte sich, klang fast wie die eines Kinds. »Warum bist du so böse? Ich meine, ich habe dir das Leben gerettet!«

»Was?«

»Der beschädigte Transferitor ... Er hat uns mitten in die Wüste gebracht, und dir ging es sehr schlecht. Du warst verletzt und hast geblutet ... Wir hatten nichts zu essen und zu trinken, und ich habe dich in den Schatten eines Felsens gezogen, und dann bin ich losgegangen, um Wasser zu suchen. Manchmal finde ich Dinge, weißt du. Wenn ich will. Wenn es wichtig ist. Ich habe Wasser gefunden, und diese Leute hier, die Xiri. Ich konnte ihr Zirpen nicht verstehen, aber einer von ihnen kennt zum Glück einige Worte unserer Sprache, und ich konnte mich ihm verständlich machen und die Xiri zu dir führen, und sie haben dich hierher gebracht ...«

Sie sprach zum Schluss immer schneller und brach plötzlich ab, saß stumm da und rieb sich die Arme. Esebian starrte sie an und erinnerte sich gar nicht daran, sie losgelassen zu haben.

»Ich kann mir denken, wie du dich ihm verständlich gemacht hast«, sagte er. »Du hast ihm eingeflüstert, was du von ihm wolltest, hast seine Gedanken manipuliert. So hast du es auch bei mir gemacht, stimmt's? Und du warst verdammt geschickt dabei; normalerweise hätten meine Erweiterungen solche Manipulationsversuche bemerkt. Bei unserer ersten Begegnung hast du damit begonnen, im Wartebereich des Filigranports im Haredion-System. Vielleicht hast du sogar den Transittraum dazu genutzt; wer weiß, wozu Leute wie du fähig sind?«

Esebian suchte in seinen Erinnerungen, fand aber nur Allgemeines. Einzelheiten enthielten vermutlich seine im Archiv von Oxnam hinterlegten Aufzeichnungen sowie einige der externen Gedächtnis-Back-ups, die er hier und dort an sicheren Orten aufbewahrte.

Leandra hatte den Kopf gesenkt.

»Du bist eine Mentalistin, nicht wahr? Und woher kommst du wirklich? Nicht von Mway, oder?«

Sie streckte die Hand nach ihm aus, und der Wunsch entstand in ihm, sie nicht weiter mit Fragen zu bedrängen.

»Hör auf damit!«, zischte er. »Ich will die Wahrheit wissen!«

Leandra sank zurück, und für einige Sekunden blickte sie in die Dunkelheit der Höhle, in der sie sich befanden, als erhoffte sie sich Hilfe von den Schatten und Schemen, die sich jenseits des Lichts der chemischen Lampe bewegten.

»Ich komme ... aus den Gemischten Gebieten«, sagte sie leise. »Wie du. Ich habe es in deinen Gedanken gesehen. Vielleicht sollten wir uns gegenseitig die Wahrheit sagen.«

Etwas in Esebian erstarrte, und er überraschte sich dabei, wie er nach den Stimmen Calebs und der anderen lauschte, als wünschte er sich Rat. Aber sie schwiegen hier an diesem Ort, ebenso wie in der Wüste seines Alptraums. Wie viel hatte Leandra in seinen Gedanken und Erinnerungen gesehen? Er trug einen Mentalblocker in der Großhirnrinde, der ihn vor Telepathen und den quasitelepathischen Sondierungen intelligenter Maschinen schützte, und selbst wenn er jetzt nicht mehr so funktionierte wie vorgesehen: Er musste im Filigranport bei ihrer ersten Begegnung ebenso aktiv gewesen sein wie bei Lukas auf Gevedon, und trotzdem hatte sich Leandra in sein sicheres geistiges Haus geschlichen.

Wie viel hatte sie dort gesehen?

Ein Flüstern kam aus seinen Tiefen, die derzeit ebenso finster waren wie die entlegenen Winkel der Höhle. *Du musst sie töten.*

Nein, dachte Esebian und fragte sich im gleichen Moment, ob es sein eigener Gedanke war. Leandra saß still da, die Schultern gebeugt, der Kopf gesenkt, ein Häufchen Elend. So sah es aus. Aber stimmte es? Oder war das, was er sah, ebenso falsch wie alles andere?

Sie ist die einzige lebende Person – abgesehen von Lukas –, die weiß, wer du bist, raunte Caleb. *Und sie ist eine Zeugin. Wenn sie von Observanten oder gar einer Magisterdrohne vernommen wird …*

Esebian erinnerte sich an die … Vision? War es eine Vision gewesen, ein Blick in die Zukunft? Und woher waren die Bilder gekommen? Von keiner seiner Erweiterungen, so viel stand fest.

Er beobachtete Leandra mit neuem Interesse, und gleichzeitig beobachtete er sich selbst mit wachsendem Argwohn. Wie weit konnte er noch seinen Wahrnehmungen und Überlegungen trauen? Wo begann die mentale Manipulation, wo hörte sie auf?

Die Observanten wissen Bescheid, erwiderte Esebian und staunte ein wenig darüber, dass er Caleb diese Antwort geben musste. Wusste er es nicht? Wir sind entlarvt. Leandras Aussage würde überhaupt keine Rolle spielen.

Du musst sie töten, beharrte Caleb. *Sie ist eine Gefahr für uns. Sie könnte uns beeinflussen, ohne dass wir es merken.*

In Tirrhels Diensten stand sie nicht, das dürfte inzwischen klar sein, entgegnete Esebian.

»Starr mich nicht so an«, sagte Leandra, die inzwischen den Kopf gehoben hatte. »Du machst mir Angst.«

Hier gibt es keine Observanten, drängte Caleb. *Hier gibt es niemanden, der dich daran hindern könnte. Die dunkle Höhle ist ein geeigneter Ort. Töte sie.*

Die Worte waren dumm, fand Esebian. Sie waren nicht allein. Xiri befanden sich in der Nähe – er versuchte sich daran zu erinnern, wer oder was Xiri waren –, und die Höhle war kein guter Ort, denn sie schränkte die Fluchtmöglichkeiten ein. Und doch beharrte Caleb: *Töte sie.*

Sei still, sagte Esebian. Lass mich nachdenken.

Und dies war eine weitere Überraschung: Caleb schwieg tatsächlich.

»In der Villa …«, sagte er langsam. »Ich hatte dir gesagt, dass du im Versammlungszentrum auf mich warten sollst.«

»Ich … habe mich allein gefühlt.«

»Der Transferitor im Pavillon war blockiert. Tirrhel hat sich mit seinem externen Noder einen Transferpfad offen gehalten. Und es standen keine Fahrzeuge in der Nähe. Du hast den Transferitor nicht benutzt, oder?«

»Nein, ich …« Leandra sprach nicht weiter.

»Was hast du mit Tirrhel gemacht?«

»Ich weiß nicht, was du meinst. Bitte, Esebian …«

»Was hast du mit ihm gemacht?«, wiederholte er schärfer. Die chemische Lampe schien auf seine Stimme zu reagieren; ihr Licht flackerte kurz. »Als die Tür aufging, als du geschrien hast, ohne dass ich etwas gehört habe … Tirrhel hat seine Waffe auf mich gerichtet, aber etwas hinderte ihn daran, den

Auslöser zu betätigen. Ich habe es gesehen. Ich habe gesehen, wie sich sein Finger darum krümmte.«

»Ich wollte nicht, dass er dich tötet!«, platzte es aus Leandra. »Ich meine, dann wäre ich wieder allein gewesen!«

Sie hat mir zweimal das Leben gerettet, dachte Esebian. Ohne sie hätte Tirrhel mich erledigt.

»Er war gar nicht persönlich präsent«, sagte Esebian. Er sah Leandra an, während er sprach, aber seine Worte galten ihm selbst. Sie halfen ihm dabei zu verstehen. »Du hast einen Avatar daran gehindert, auf mich zu schießen. Der Wille, der hinter dem Finger am Abzug steckte, war wer weiß wo, auf jeden Fall weit entfernt, und es ist dir trotzdem gelungen, Einfluss auf ihn zu nehmen. Oder du hast die energetischen Strukturen des Avatars verändert.«

»Wovon redest du da, Esebian? Ich wollte nur nicht, dass er dich tötet …«

»Das Verfahren auf Oxnam … Es war kein Zufall, dass du ebenfalls auf jenem Planeten warst. Du bist mir gefolgt. Und der Prozess, vielleicht wolltest du damit nur meine Aufmerksamkeit wecken.«

Der Transferitor, dachte er. Sie hat die Felsvilla erreicht, ohne den Transferitor oder ein Fahrzeug zu benutzen. Wie weit gehen ihre Fähigkeiten?

Er durchbohrte Leandra mit seinem Blick, auf der Suche nach Wahrheit. »Du kommst aus den Gemischten Gebieten?«

»Wie du«, sagte sie fast trotzig.

Esebian erinnerte sich daran, dass sie bei ihrer ersten Begegnung kurz über die Gemischten Gebiete gesprochen hatten, und darüber, dass ihren Bewohnern die Unsterblichkeit verwehrt blieb – die Magister wollten es so. Leandra hatte sich darüber gewundert und so getan, als wüsste sie nichts davon.

»Du bist einer von uns«, fügte Leandra hinzu. »Und doch auf dem Weg zur Unsterblichkeit.«

»Geht es dir darum?«, fragte er leise. »Suchst du nach einem Weg zu den Hohen Welten?«

»Ich suche nach einem Weg aus der Einsamkeit, Esebian. Ich möchte nicht mehr allein sein.«

Es klang ehrlich, fand er. Aber sie hatte immer ehrlich geklungen.

Aus dem Augenwinkel sah er, wie einer der leise zirpenden Schemen näher kam. *Jetzt ist es zu spät,* flüsterte Caleb in ihm. *Du hättest sie töten sollen, als du Gelegenheit dazu hattest.*

Sie kann uns helfen, erwiderten Gunder und Talanna gleichzeitig. *Mit ihren besonderen Fähigkeiten. Wir müssen uns regenerieren und brauchen einen sicheren Unterschlupf.*

Ein seltsames Geschöpf erschien im Schein der chemischen Lampe. Ein Dutzend mehrgelenkige und fingerartig gekrümmte Knochenbeine gingen von einem zentralen Körper aus, der wie ein in der Mitte leicht zugeschnürtes Ei wirkte und auf der einen Seite nach oben geneigt war. An der höchsten Stelle zeigte sich eine braunschwarze schnabelartige Erweiterung, und darüber bildeten vier Augen einen glitzernden, türkisfarbenen Bogen, gesäumt von orangeroten Sinneslamellen. Unter dem Schnabel gab es eine Reihe von kleinen Öffnungen, aus denen die zirpenden Laute kamen. Mit ausgestreckten Beinen wäre das Wesen etwa zweieinhalb Meter breit gewesen, und ganz aufgerichtet hätte es Esebian bis zur Brust gereicht.

»Das ist der Xiri, der ein bisschen von unserer Sprache versteht«, sagte Leandra. »Er heißt Malgralk, wenn ich den Namen richtig verstanden habe.«

Das Geschöpf trippelte auf seinen zwölf Beinen heran, und etwas, das Esebian bisher für ein um die zweite Hälfte des eiförmigen Zentralleibs geschlungenes Seil gehalten hatte, entrollte sich und wurde zu einem Tentakelarm. Er streckte sich ihm entgegen, und das Ende vollführte kreisende Bewegungen dicht vor seinem Gesicht.

»Du erholt?«, zirpte Malgralk. Die Eihälfte mit dem »Gesicht« kam etwas weiter nach oben, und der Tentakelarm deutete auf den Verband an der linken Schulter. »Steifer Arm … noch immer fehlt. Nicht wachsen nach?«

Esebian musste genau hinhören, um in dem Pfeifen und Zirpen Worte zu erkennen. Er warf einen Blick auf den Verband, sah dann an sich herab. Die Kleidung war zerrissen und an mehreren Stellen versengt. Kandidatenabzeichen fehlten, und das war gut so.

»Nein, ich habe mich nicht gut erholt«, brummte Esebian. »Und mein Arm wächst leider nicht von allein nach. Dazu brauche ich die Hilfe von Bioingenieuren. Leandra … Mach ihm klar, dass ich die Hilfe eines Bioingenieurs benötige, auch für meine Erweiterungen. Und anschließend müssen wir von Hadadd verschwinden.« *Wir?*, fragte Caleb. Esebian achtete nicht auf ihn. »Aber nicht durchs Filigran. Dort würden uns die Observanten erwischen. Wir brauchen ein interstellares Schiff.«

Während Leandra sich an Malgralk wandte und Esebians Anliegen mit einfachen Worten wiederholte – wobei es, wie er vermutete, gar nicht auf die Worte ankam, sondern auf die Bilder oder was auch immer, das ihre mentalistischen Gedanken in das Bewusstsein des Xiri übertrugen –, rief er sich in Erinnerung, was es mit diesen Geschöpfen auf sich hatte und was sie von ihnen erwarten konnten. Was wissen wir über die Xiri?, fragte er, und eine Stimme ohne Namen erwiderte: *Es sind die Ureinwohner von Hadadd.*

Die Xiri galten als Nachfahren jener Geschöpfe, die vor Jahrtausenden Tunnel entlang der roten Lebensfäden der langsam und träge, mit der Geschwindigkeit von Kontinentalverschiebungen denkenden Geo-Intelligenz dieses Planeten gegraben hatten. Noch vor dreitausend Jahren – für die alten Erlauchten vor einem halben Leben – hatte es auf Hadadd eine blühende Xiri-Kultur gegeben, in deren Mittelpunkt die Lebensfäden und Felstürme gestanden hatten. Zwischen den beiden so unterschiedlichen Lebensformen war offenbar eine Art Symbiose entstanden – ob rein psychischer oder auch physischer Natur, darüber stritten die Xenobiologen noch –, doch irgendwann musste es zu einer Zäsur gekommen sein, die den Niedergang der Xiri eingeleitet hatte. Heute galten sie als primitive Lebensform, die aber, wenn sich Esebian recht entsann, unter besonderem Schutz stand. Die Frage lautete: Genossen sie den Status eines Protektorats?

»Leandra … Frag ihn, ob Fremde in die Tunnel und Höhlen kommen. Leute wie wir. Observanten.«

Sie wiederholte die Worte in einfacher Form, und Malgralk zirpte: »Nicht Besucher keine. Wenig. Himmel weit … weg. Dunkle Welt … unsrige. Wir weg hier. Hilfe kenne. Bald Transsssport.«

Die zwölf mehrgelenkigen Beine krümmten sich wie Finger, und Malgralk huschte fort.

»Er kommt gleich zurück«, sagte Leandra. Sie rieb sich kurz

die Arme, griff nach der chemischen Lampe und zog sie näher. »Seltsame Geschöpfe … Auf Melstrom gibt es nichts dergleichen.«

»Melstrom?«, wiederholte Esebian. Neue Müdigkeit breitete sich in ihm aus und machte seine Gedanken langsamer. »Heißt so die Welt in den Gemischten Gebieten, von der du kommst?«

»Ja. Und deine Heimat? Wie lautet ihr Name?« Als Esebian nicht antwortete, fügte sie hinzu: »Es ist kalt dort, immer kalt. An die Kälte habe ich mich nie gewöhnt, obwohl ich dort aufgewachsen bin.«

Vielleicht, dachte Esebian und wusste dabei, dass dieser Gedanke auf Gunder zurückging, meinte sie eine andere Art von Kälte, denn sie hatte sich selbst auf Oxnam die Arme gerieben, und im Filigranport des Haredion-Systems, wo es warm genug gewesen war. Vielleicht war es die besondere Kälte der Einsamkeit, an der manche Menschen mehr litten als andere.

Oder es ist alles nur Mache, Sand-in-die-Augen-Streuerei, zischte Caleb. *Sie wickelt dich ein, und du lässt es mit dir geschehen, Dummkopf.*

Und Talanna flüsterte: *Lass ihn.*

»Sie gehören zur vierten Gruppe der Sieben Großen Spezies«, sagte Esebian.

»Was?«

»Die Xiri. Kennst du dich mit den SGS aus?«

Leandra sah ihn groß an.

»Die Sieben Großen Spezies, oder SGS. So lautet die Einteilung der Xenobiologen, und angeblich geht sie auf eine Kategorisierung der Magister zurück. Alle Lebensformen der Milchstraße und der anderen Galaxien werden in sieben

Gruppen eingeteilt, jeweils nach ihren gemeinsamen Merkmalen. Die Xiri gehören zur vierten Gruppe, den Insektomorphen. Das sind die am meisten verbreiteten mobilen Lebensformen.«

»Und die ersten drei?«

»An erster Stelle stehen die Autotrophen, zu denen viele der uns bekannten Pflanzen gehören«, sagte Esebian. »Der zweite Platz gebührt den heterotrophen Pflanzen, die organische Nahrung aufnehmen. An dritter Stelle kommen die Mycophyta, die Pilze, wobei Schleimpilze eine besondere Untergruppe bilden – die Filigrane werden manchmal mit ihnen verglichen, das habe ich dir schon gesagt.«

»Und wir?«

»Wir sind Nummer sieben«, sagte Esebian. »Mammalia, in zwei Geschlechter unterteilt. Lebend gebärende Säuger.«

»Wir sind die letzte Gruppe der am meisten verbreiteten Lebensformen?«, fragte Leandra erstaunt. »Und die beiden Gruppen vor uns?«

»Nummer fünf, die Aquae, zu denen die Fische zählen, und Nummer sechs, die Reptilia, unter ihnen die Avianen.«

»Vögel«, sagte Leandra.

»Ja.«

»Und wir sind die Letzten?«

»Es gibt noch zahlreiche Nebenkategorien, aber von den Sieben Großen Spezies sind wir die letzte und kleinste, ja. Unsere anthropomorphe Perspektive gaukelt uns etwas anderes vor.« Er bemerkte Leandras Blick und sagte: »Wir sind Menschen, und deshalb halten wir uns für den Maßstab aller Dinge.«

Leandra lächelte, beugte sich vor und legte ihm die Hand

auf die Wange. »Du weißt so viel. Ich bin froh, dass ich bei dir bin.«

Die Berührung überraschte Esebian so sehr, dass er Leandra wortlos ansah. Und während er starrte, stiegen unerwünschte Erinnerungen in ihm auf, düster und von einer Trauer, die das auf ihm lastende Gewicht der Müdigkeit zu verdoppeln, wenn nicht zu verdreifachen schien. Wie lange war es her? Zweihundert Jahre? Zweihundertzwanzig? Eine andere Frau, mit dunklem Haar, eine Begleiterin auf dem Weg zum Kandidatenstatus und zur Unsterblichkeit. Der Traum – naiv, dumm und realitätsfern, ja, aber angenehm, sehr angenehm –, die Ewigkeit gemeinsam zu erleben. Und dann … der Tod. Nicht nur sie war gestorben, sondern auch ihre Kinder, die Zwillinge mit der manipulierten, sauberen DNS – niemand in den Tausend Tiefen sollte feststellen können, dass ihre Eltern aus den Gemischten Gebieten stammten. Sie waren gestorben, bevor sie Gelegenheit erhalten hatten, das Leben in allen seinen Facetten kennenzulernen. Und es war seine Schuld.

Für einige Sekunden schien Esebians Herz still zu stehen. Er hatte diese Erinnerungen ausgelagert, wie alle anderen, die nur eine Belastung darstellten. Dies waren die schlimmsten von allen, und offenbar wurzelten sie so tief in ihm, dass sie sich nicht ganz herausreißen ließen.

Dann schlug sein Herz wieder, und Leandra, die Hand noch immer an seiner Wange, sagte: »Ich kann mehr für dich sein, Esebian.«

Er zog den Kopf zurück und wich der Hand aus. »Unsinn. Du bist ja fast noch ein Kind.«

21

Das von Malgralk angekündigte Transportmittel waren chilopodenartige Insektoiden mit Dutzenden von Beinpaaren und langen Stielaugen, die ständig wie Fühler hin und her schwangen. Esebian war so erschöpft und schwach, dass er kaum allein aufstehen konnte. Leandra half ihm hoch und in eine Art Sattel, und anschließend begann eine Reise durch Tunnel und Höhlen, die Stunden zu dauern schien. Irgendwann legte sich die Müdigkeit wie eine warme Decke um seine Gedanken, und er schlief ein. Als er wieder erwachte, im Sattel zusammengesackt und von einigen Riemen festgehalten, die Leandra ihm angelegt hatte, trugen die Chilopoden sie durch etwas, das offenbar eine Stadt war, bestehend aus Felsnadeln und dickeren Türmen, in denen rote Lebensfäden glühten; unterschiedlich große Kugeln, die aus organischen Absonderungen zu bestehen schienen, hingen an armdicken Strängen von der hohen Decke und wiesen runde Öffnungen auf. Mit Flügeln ausgestattete Xiri schwirrten zwischen ihnen umher. Ihre flugunfähigen Artgenossen, unter ihnen Malgralk, begnügten sich mit Wohnnestern auf dem Boden und an den Wänden der Höhle. Im Licht der chemischen Lampen sah Esebian hier und dort geradlinige Syntho-Bauten, die ganz offensichtlich nicht von den Xiri stammten. Die auf dem Chilopoden neben ihm reitende Leandra bemerkte seinen besorgten Blick und beugte sich zu ihm.

»Ich habe mit Malgralk gesprochen, und er hat mir bestätigt, dass keine Observanten hier sind«, sagte sie.

»Es genügt ein inoffizieller Beobachter«, erwiderte Esebian. »Wenn er mich erkennt, wird es nicht lange dauern, bis Observanten oder Ethikwächter hier eintreffen, ob es sich um ein Protektorat handelt oder nicht.« Die Suche nach dem Mörder eines Unsterblichen schrieb gewisse Regeln neu.

»Malgralk bringt uns zu einem Körperbauer, wie er es nennt. Vielleicht kannst du dich mit seiner Hilfe … tarnen.«

»Zu einem Körperbauer? Ist damit ein Bioingenieur gemeint?«

»Ja, ich denke schon.«

Esebian blieb zusammengesackt sitzen, hielt den Kopf gesenkt und war dankbar für die allgemeine Düsternis, auch wenn sie kaum half und ihm ein falsches Gefühl von Sicherheit vermittelte. Nur weil seine eigenen visuellen Erweiterungen nicht funktionierten, bedeutete das noch lange nicht, dass andere Menschen in diesem Halbdunkel ebenso schlecht sahen wie er. Keine Besucher von oben, hatte Malgralk gesagt. Oder nur wenige. Wer waren diese wenigen? Vermutlich Leute, die sich mit Kultur und Geschichte der Xiri befassten und damit Meriten verdienten. Oder vielleicht einfach nur Neugierige, die eine ganz andere Spezies aus nächster Nähe kennenlernen wollten.

Die Chilopoden kletterten hintereinander über einen Felssteg, der an zwei besonders hell leuchtenden Chemolampen vorbeiführte – Esebian duckte sich tiefer und hoffte, dass niemand auf sie achtete –, und trippelten dann durch eine breite Öffnung in einen Nestbau, der aus mehreren miteinander verbundenen lehmbraunen Kugeln bestand. Die erste von ihnen enthielt nur einige leere Ruhegerüste und einen offenen, runden Schrank mit Artefakten, deren Zweck Esebian verborgen blieb. Die Chilopoden hielten davor an. Malgralk krabbelte von seinem Transporttier herunter und richtete einige zirpende Worte an Leandra, die klangen wie: »Da ssssind. Kprbauer. Helfen vielleicht euch.«

Esebian streifte die Riemen ab, kletterte aus dem Sattel und beobachtete, wie Leandra zu dem Xiri trat, kurz die Hand auf den nach oben geneigten Teil des Zentralleibs legte und etwas murmelte. Malgralks Antwort bestand aus glucksenden und zirpenden Lauten, und dann pfiff er, was die Chilopoden veranlasste, sich umzudrehen und mit trippelnden Bewegungen nach draußen zu gleiten.

Leandra deutete zum Zugang der zweiten Kugel, aus der gelbliches Licht fiel. »Dort.« Sie kam näher. »Soll ich dich stützen?«

»Nein«, sagte Esebian, obwohl er sich noch immer sehr schwach fühlte. Was war mit seinen Konverterzellen los? Wieso luden sie sich nicht auf? An Leandras Seite wankte er dem warmen Licht entgegen und sagte leise: »Wenn der Bioingenieur Verdacht schöpft, wenn er die Observanten verständigen will …«

»Keine Sorge. Das werde ich verhindern.« Sie schenkte ihm ein beruhigendes Lächeln, und er fragte sich, warum sie sich so bereitwillig zu seiner Komplizin machte. Sie war jung, so jung, und dem Mörder eines Unsterblichen zu helfen … Damit verbaute sie sich die Zukunft. Andererseits: Sie kam aus den Gemischten Gebieten, und deshalb standen ihr ohnehin nicht viele Wege offen.

Die nächste Kugel enthielt ein Laboratorium, das eine Mischung aus Modernem und Archaischem präsentierte. Direktoriatsgeräte summten und surrten neben gläsernen Behältern mit bunten, fluoreszierenden Flüssigkeiten. An mindestens zwei Stellen brannten kleine, offene Feuer unter Keramikgefäßen, in denen es laut blubberte, und ganz auf der linken Seite, in einem offenbar mit Schirmfeldprojektoren ausgestatteten Alkoven, glühten die kontrollierten Reaktionen eines nuklearen Ofens – mit einem geeigneten Interface hätte Esebian seine Konverterzellen dort innerhalb weniger Sekunden vollständig aufladen können.

»Willkommen, willkommen«, trillerte eine Stimme, und es näherte sich ein Chisnall, beziehungsweise ein Geschöpf, das einmal ein Chisnall gewesen war. An den ursprünglichen Avianen erinnerten nur noch das Vogelgesicht mit dem krummen Schnabel und die auf dem Rücken über der Instrumentenjacke zusammengefalteten ledrigen Flügel. Der Rest des Körpers bestand aus Komponenten verschiedener Spezies, vereint in einer Kombination, die dem Bioingenieur ästhetisches Vergnügen bereitete oder vielleicht individuellen praktischen Zwecken diente. In der rechten Hälfte des Rumpfes ersetzte eine durchsichtige Kristallschicht die Federhaut, und darunter zeichneten sich Muskelgewebe, Eingeweide, Blutgefäße und Sehnenstränge ab, zwischen denen Esebian die wurmartigen Kolonien von Nanomaschinen bemerkte. In der linken Hälfte bestand die Haut aus roten und dunkelgrauen Schuppen, vermutlich Merkmale verschiedener Reptilienspezies. Das Geschöpf ging auf zwei mechanisch verstärkten, nach vorn sich abwinkelnden Stelzbeinen, die bei jedem Schritt leise knirschten. Zu beiden Seiten des Halses wuchsen dünne Arme aus den Schulteransätzen, die ebenso ledrig wirkten wie die Flügel, aber bestimmt aus einer anderen biologischen Konfiguration stammten. Die langen, dünnen Finger eigneten sich vermutlich gut für präzise feinmechanische Arbeiten.

Wieder trillerte der Chisnall, und mit einer Verzögerung von nur einem Sekundenbruchteil ertönten Interlingua-Worte aus dem Artikulator am Kragen der Instrumentenjacke. »Malgralk hat Sie mir angekündigt. Ich bin Cambero, Erbauer von Körpern. Was wünschen Sie? Wie kann ich zu Diensten sein?«

»Ich möchte mein Erscheinungsbild verändern«, sagte Esebian, der sich kaum mehr auf den Beinen halten konnte. Die Schwäche beunruhigte ihn immer mehr; er musste schwerer verletzt gewesen sein, als er bisher angenommen hatte. »Außerdem brauche ich einen neuen linken Arm. Und meine Erweiterungen ... Sie funktionieren nicht mehr.«

Die Knopfaugen des Chisnall musterten ihn.

»Ich hatte einen Unfall«, sagte Esebian.

»Ein Unfall, ja, ein Unfall«, zwitscherte der Bioingenieur, ohne Esebians Erklärung infrage zu stellen. »So was kann passieren. Kommen Sie, kommen Sie.« Er stakste durch den Mittelgang zur anderen Seite des Laboratoriums, und Esebian und Leandra folgten ihm. Sie kamen an zischenden und brummenden Gerätschaften vorbei und an einem großen gläsernen Schrank. Er enthielt Dutzende von Gewebekulturen, und Esebian begann zu ahnen, was es mit Cambero auf sich hatte. Er war ein Sammler. Deshalb befand er sich hier unten bei den Xiri und nicht oben in Appaia, wo die Regeln der Magister galten. Bei den Ureinwohnern von Hadadd und den Geschöpfen, die sie nutzten, sammelte er genetisches Material für neue Kreationen, ohne sich von ethisch-moralischen Kodizes behindern zu lassen. Ob dies nach den Maßstäben des Direktoriats legal war oder nicht – dadurch veränderte sich Esebians Situation. Er brauchte sich weniger Sorgen darüber zu machen, dass Cambero ihn verriet. Und er konnte ihn bezahlen, nicht mit Meriten, sondern …

»Ich stelle Ihnen meine DNS zur Verfügung«, sagte Esebian, als er im Sessel des Variform-Scanners Platz nahm. »Für Ihre Dienste.«

»Oh, das ist sehr freundlich von Ihnen, sehr freundlich«, zwitscherte der Chisnall, und sein Artikulator übersetzte sofort. »Interessante DNS kann ich immer gebrauchen, und Ihre …«

»Ich bin Kandidat«, sagte Esebian, als der Scanner zu summen begann und der Sessel mit ihm in den Zylinder glitt, der das Sensornetz enthielt. Mit solchen Apparaturen war er vertraut; sie erinnerten ihn an die Geräte, die bei den Therapien Verwendung fanden. »Konsul.« Ein Geheimnis verriet er damit nicht. Der Scan hätte dem Bioingenieur die Veränderungen in seinen Zellstrukturen deutlich gezeigt.

»Ein Kandidat sind Sie?« Cambero klapperte mit dem Schnabel. »Oh, dann sind solche Behandlungen sehr schwierig und aufwändig.«

»Haben Sie jemals DNS-Proben von einem Konsul bekommen? Ich schätze, sie sind viel wert.«

»Ich helfe gern, helfe gern«, schnatterte der Chisnall. »Bitte entspannen sie sich. Die Sondierung beginnt.«

Ein mattes Glühen umhüllte Esebian, giftgrün wie das Vitalisierungsfeld einer Therapie. Der Sessel kippte langsam nach hinten, und die Müdigkeit verwandelte sich in zähen mentalen Brei, in dem die Gedanken feststeckten wie Stiefel in

Schlamm. Camberos Stimme war plötzlich weit, weit entfernt.

»Wie möchten Sie aussehen?«, fragte der Bioingenieur. »Wie soll Ihr neuer linker Arm beschaffen sein?« Und: »Brauchen Sie beide Hoden?«

Er öffnete den Mund, um zu antworten, aber eine andere Stimme antwortete für ihn, weich und melodisch, wie ein leiser, sanfter Gesang, der direkt das Gehirn erreichte und dort mit den Wurzeln des Bewusstseins spielte.

»Jung«, sang Leandra. »Er möchte jung sein. Und sein Körper …« Der Rest verlor sich in einem Säuseln, das nach Wind klang, der über die endlosen Weiten einer Wüste strich. Nein, dachte Esebian. Keine Wüsten. Bitte keine Wüsten.

Er schlief, aber nicht vollständig. Ein Teil des Selbst blieb mit der Welt außerhalb seines Schädels verbunden und spürte, dass er sich bewegte oder bewegt wurde. Wie viel Zeit verging, ließ sich nicht feststellen. Esebian dämmerte vor ich hin und versuchte, nicht die Bilder zu betrachten, die aus den Tiefen seiner Innenwelt aufstiegen, und zum Glück blieben sie vage. Ohne die Möglichkeit, seinen mentalen Modus zu bestimmen, wollte er sich nicht mit Dingen aus den früheren Leben auseinandersetzen. Die unangenehmsten Erinnerungen hatte er zwar ausgelagert, was ihn aber nicht vor Überraschungen schützte, wie die Reminiszenz an Ayanne und die Zwillinge bewies. Er brauchte Ruhe, um sich zu erholen, um zu planen, um zu verstehen und um Vergeltung zu üben.

Da war ein reizvoller Gedanke, und stark genug, um durch den Brei der Müdigkeit zu kriechen wie eine Schlange, die sich von nichts aufhalten lassen wollte. Tirrhel hatte ihn erpresst, belogen, betrogen und fast getötet. Wer auch immer er und seine Hintermänner waren … Sie würden dafür bezahlen.

Irgendwann wurde es heller über ihm – er war so sehr mit seinen süßen Rachegedanken beschäftigt gewesen, dass er die Dunkelheit gar nicht bemerkt hatte –, und Leandras Gesicht erschien über ihm, das blonde Haar wie zwei Wolken zu beiden Seiten ihres Gesichts. »Esebian? Zwei Observanten sind hierher unterwegs. Ich versuche, sie abzulenken. Sprich nicht im Schlaf, hörst du? Sprich nicht im Schlaf. Cambero kann dich nicht betäuben; das hätte negative Auswirkungen auf den Umbau der Zellen, hat er gesagt.«

Hatte er im Schlaf gesprochen? Er verstand. Kein Wort. Nicht ein einziges. Niemand durfte von seinen Racheplänen erfahren, die eigentlich noch gar keine richtigen Pläne waren. Etwas brannte in ihm, und an anderen Stellen wurde es kalt, als sich seine Zellen neu gruppierten. Er kannte Empfindungen dieser Art. Hitze und Kälte, Feuer und Eis, das Wechselbad der Veränderung. Besonders intensiv war es damals gewesen, als er zu Talanna geworden war, vom Mann zur Frau. Das Leben neu erfahren, die Welt aus einer anderen Perspektive sehen … Das Brennen eines neuen Lebens, mit eruptiver, heißer Kraft, wie ein Lavastrom aus Hormonen, Enzymen, Zellsäften und veränderten Gedanken und Gefühlen.

Ein neuer Arm wuchs ihm, und gleichzeitig veränderten die linke Schulter und auch der Rest des Körpers ihre Struktur. In seinem Dämmern glaubte Esebian zu spüren, wie mehr Muskelgewebe entstand und die Knochen dicker wurden. An der chemischen Grundkonfiguration änderte sich kaum etwas. Er blieb ein Mann, und er blieb er selbst, noch immer Esebian, nicht Caleb, Gunder, Evan Ten-Ten oder einer der anderen, sondern Esebian, der Mann, der beschlossen hatte, nicht mehr zu töten, um die Unsterblichkeit zu erreichen.

Gesichter erschienen über ihm, während er an den Tod dachte wie an ein wildes Tier, das in der Dunkelheit lauerte, das sich gerade außerhalb seiner Sichtweite duckte wie zum Sprung und manchmal leise knurrte. Einmal sah er erneut Leandras Gesicht, und ihre Lippen bewegten sich, ohne dass er etwas hörte, aber die Bewegungen berührten ihn in seinem Innern, was Caleb mit Misstrauen zur Kenntnis nahm. Es folgten die Gesichter von Menschen, die er nicht kannte, und er fragte sich, ob er sie wirklich sah oder ob es Erinnerungen waren. Dann erschienen ein Schnabel und Knopfaugen über ihm, und eine zwitschernde Stimme sprach von biochemischen und biomechanischen Inkongruenzen, von gefährlichen Strukturveränderungen und metabolischen Instabilitäten. Esebian hörte die Worte, aber sie berührten ihn nicht wie Leandras lautlose Stimme. Worüber auch immer der Aviane sprach, es betraf nicht seine Seele, und der Rest spielte keine Rolle. Aus dem Brennen war angenehme Wärme geworden, und Esebian gab sich ihr hin, ließ sich von ihr durchdringen und genoss den Luxus, sich zu entspannen.

Nach einer Weile spürte er neue Bewegungen, die seinen ganzen Körper betrafen, aber er weigerte sich, die Zone der Ruhe zu verlassen, die ihm das Gefühl eines nahezu perfekten Friedens vermittelte.

Irgendwann hörte er Leandras Stimme.

»Sie haben dich gesehen«, sagte sie. »Die Observanten haben dich gesehen. Aber ich habe dich aus ihren Gedanken gelöscht.«

Esebian versuchte zu verstehen, was sie damit meinte. »Waren sie … allein?«, fragte er und stellte fest, dass seine Stimme tiefer und voller klang. »Oder war eine Magisterdrohne bei ihnen?« Externe Wahrnehmungen kehrten zurück, mit einer Intensität, die ihn überraschte. Seine Erweiterungen funktionierten wieder, aber nicht alle, und manche Empfindungen stammten nicht von ihnen, sondern …

Er lag auf dem Rücken, auf einem breiten, festen, muskulösen Rücken, unter dem er eine weiche Decke spürte. Das Zimmer war dunkel, doch seine visuellen Sensoren vermittelten ihm ein klares Bild von einer kleinen Wohnhöhle.

»Nein, es war keine Magisterdrohne bei ihnen«, sagte Leandra. »Und sie sind gegangen, ohne dich zu identifizieren. Weil ich nicht wollte, dass sie dich erkennen.«

Das dritte Mal, dachte Esebian mit neuer geistiger Frische. Sie hat mir zum dritten Mal das Leben gerettet.

Und dann dachte er: Warum sitzt sie auf mir? Warum *reitet* sie auf mir?

Er war steif und hart an einer Stelle, an der er lange nichts mehr gespürt hatte, und Leandra hatte ihn in sich aufgenommen. Nackt saß sie auf ihm, auf seinem nackten, rekonfigurierten Körper, der ihr zu gefallen schien, und ihre Brüste schaukelten, als sie ihn ritt, auf und ab, vor und zurück.

Sie beugte sich zu ihm herab, und ihr Becken blieb in Bewegung, als sie flüsterte: »Hältst du mich immer noch für ein Kind, Esebian?«

Ein Flüstern in der Nacht,
Gewählt mit Bedacht,
Ein Licht in der Not
Hält fern den Tod.

VOM TOD ZURÜCK

22

Es befanden sich keine Besucher mehr im Verwaltungszentrum von Appaia, dafür aber hundert Angehörige der Ehernen Garde und noch einmal so viele Männer und Frauen aus den Observantenkorps von Hadadd, alle bis an die Zähne bewaffnet und mit externen Erweiterungen ausgestattet. Autonome Sensoren flogen durch die Korridore, Zimmer und Säle, hielten Ausschau nach Attentätern, Bomben, Fallen und allem, das ein Sicherheitsrisiko darstellen konnte. DNS-Schnüffler krochen über Böden, Wände und Decken. Crawler waren in den Energie- und Datenkanälen unterwegs, auf der Suche nach Verdächtigem. Schirm- und Neutralisierungsfelder bildeten gestaffelte Sicherheitszonen. Das große Gebäude, das aussah wie aus Dutzenden von Kristallkugeln zusammengesetzt, verwandelte sich in eine Festung. Neunundvierzig Direktoren saßen oder standen am runden Tisch in der von roten Lebensfäden durchzogenen Konferenzmulde. Einer fehlte. Einer war tot. Ein Unsterblicher war ermordet worden.

Der Vorfall war so ungeheuerlich, dass es Akir Tahlon noch immer schwerfiel, ihn für real zu halten. Mehr als einmal ertappte er sich bei der Hoffnung, von einem schrecklichen Traum in einen anderen geraten zu sein, denn dies hätte bedeutet, dass die Welt, die er kannte und schätzte, nicht plötzlich verrückt spielte.

»Akir Tahlon«, erklang eine Stimme, so kräftig und laut, dass sie vielleicht auch in anderen Räumen des Verwaltungszentrums zu hören war, »Präfekt der Hohen Welten und Erster Hochkommissar – es steht fest, dass Sie Seine Exzellenz El'Kalentar ermordet haben, den Vorsitzenden dieses Direktoriats.«

»Ich bin … unschuldig«, brachte Tahlon hervor und fühlte sich plötzlich wieder schwach. Die Anklage war ein Schlag ins Gesicht.

»Natürlich sind Sie unschuldig«, sagte eine hochgewachsene, hagere Direktorin, die nur halb so alt war wie der ermordete El'Kalentar, gut dreitausend Jahre. Ihr Haar leuchtete rot und orange und bildete einen Turm auf dem Kopf. El'Farah, ebenfalls von Taschka. Eine politische Freundin des Toten, wusste Tahlon, der alle Mitglieder des Direktoriats kannte. Über hundert Jahre lang hatte er Gelegenheit gehabt, sie kennenzulernen, ihre Positionen auf den Hohen Welten und im Direktoriat einzuschätzen. Er hatte sogar diskrete Recherchen durchgeführt, wie sie nur einem Präfekten und Hochkommissar möglich waren, in Vorbereitung auf die eigene Unsterblichkeit. Aber jetzt fiel es ihm plötzlich schwer, sich an Einzelheiten zu erinnern, und die meisten Gesichter wirkten verschwommen, ohne individuelle Züge. War sein Gedächtnis beschädigt? Oder lag es am Schock, so kurz nach der Rückkehr vom Tod?

»Die Tat hat eine Kopie von Ihnen begangen, gesteuert von

einem projizierten Bewusstsein«, fuhr El'Farah fort. »Ihre DNS wurde zum Instrument des Mörders, Präfekt.«

Tahlon sah auf. Mehrere große Displayfelder schwebten dicht über dem großen runden Tisch. Einer zeigte aufgezeichnete Bilder vom Geschehen beim Friedhof außerhalb der Gläsernen Stadt, während der Zeremonie der aufsteigenden Seelen. Tahlon sah sich selbst, wie er El'Kalentar die Hand reichte und einen irreversiblen Zellbrand auslöste. Die anderen Felder präsentierten Bilder, die eine Observantengruppe bei und in einem Villenkomplex auf einem Lebensfelsen gemacht hatte. Tahlon hatte sie schon mehrmals gesehen: Gerätschaften in einem abgesicherten Zimmer, Reste von Proteinbrei, zwei Fliehende und ein kurzes Flackern, das von einem defekten Transferitor stammte.

»Ich habe ihn gesehen«, sagte er leise. Das Akustikfeld vor seinen Lippen verstärkte die Stimme und ließ sie fast so laut klingen wie die des Erlauchten, der ihn des Mordes bezichtigt hatte.

»Wen haben Sie gesehen, Präfekt?«, fragte El'Farah.

»Den Mörder. Ich habe ihn gesehen, als ich nach dem ... Unfall in Lapinta behandelt wurde. Während ich dort im Rekonvaleszenztank lag ... Einmal erwachte ich und sah den Mann, wie er sich über mich beugte. Offenbar hat er bei jener Gelegenheit meine DNS gestohlen, um eine Kopie zu züchten.«

Das war eine weitere wichtige Information, dachte er. Der Mann – der Mörder – musste als Patient im medizinischen Zentrum von Lapinta gewesen sein; einen nicht identifizierten Besucher von außerhalb hätte man nicht zu ihm gelassen. Ein Patient mit Kandidatenprivileg.

»Wir wissen, wer El'Kalentar umgebracht hat«, sagte ein anderer der sieben physisch präsenten Direktoren. »Wir haben ihn identifiziert. Es ist der Konsul namens Esebian, der bis vor kurzer Zeit FEK-Forschungen auf Angar im Haredion-System betrieb.«

»Ihm gelang die Flucht.«

»Er verschwand durch einen defekten Transferitor, zusammen mit einer Frau, die ebenfalls identifiziert werden konnte. Sie heißt Leandra und stammt aus den Gemischten Gebieten.«

»Was macht ein Konsul in der Gesellschaft einer Person aus den Gemischten Gebieten?«

»In Hinsicht auf die persönlichen Beziehungen liegen noch keine Informationen vor. Ermittlungen finden statt. Zweifellos wird es bald gelingen, den Mörder namens Esebian zu fassen und zur Rechenschaft zu ziehen.«

Die Stimmen schienen miteinander zu verschmelzen, und es fiel Tahlon nicht leicht, die einzelnen Sprecher voneinander zu unterscheiden. Ermittlungen, dachte er.

»Antworten«, sagte er laut.

Die Direktoren – dreizehn mobile Avatare, einige aus Pseudomaterie und der Rest fleischliche Kopien mit projiziertem Bewusstsein, neunundzwanzig quantenverschränkte Lokalavatare und sieben Realkörper – sahen ihn an. Tahlons Erweiterungen, die neuen wie die reparierten, funktionierten in den Neutralisierungsfeldern nicht; er blieb auf seine gewöhnlichen Sinne angewiesen, um Gesten zu interpretieren, Blicke zu deuten und im Mienenspiel subtile Hinweise darauf zu erkennen, was die Unsterblichen dachten und fühlten. Dabei stieß er auf das gleiche Problem, dem er auch und gerade bei El'Kalentar begegnet war: Körpersprache und Mimik der Unsterblichen unterschieden sich von denen anderer Menschen.

Im Lauf der Jahrhunderte und Jahrtausende schienen sie einen eigenen Gestencode entwickelt zu haben – eine leichte Handbewegung konnte mehr bedeuten als Dutzende von Worten bei Sterblichen. Tahlon hoffte, diesen Code nach seinem letzten Aufstieg schnell zu lernen.

»Präfekt?«, fragte El'Farah.

»Wir brauchen Antworten«, sagte Akir Tahlon. »Deshalb müssen wir Esebian lebend ergreifen. Für das, was er getan hat, verdient er zweifellos die härteste aller Strafen, aber bevor er zur Rechenschaft gezogen wird, möchte ich ihm einige Fragen stellen.«

»Zum Beispiel?«

Es war die laute, volltönende Stimme, die Tahlon zu Anfang vernommen hatte, und sie gehörte El'Coradi, einem viereinhalbtausend Jahre alten Erlauchten, der ein weites violettes Gewand trug und dessen große Augen in der gleichen Farbe leuchteten. Er wirkte sehr ernst, kühl und distanziert, selbst für einen Unsterblichen, und das lange grauweiße Haar trug er diesmal zu einem Zopf geflochten. Im Gegensatz zu den anderen Direktoren hatte El'Coradi, aus welchen Gründen auch immer, das Erscheinungsbild reifen Alters gewählt. Die achtzig oder neunzig Scheinjahre gaben ihm, zumindest für die Augen von Sterblichen, eine Aura der Weisheit. Tahlon erinnerte sich daran, dass es häufig Differenzen zwischen ihm und El'Kalentar gegeben hatte.

»Ich würde diesen Esebian gern fragen, was ihn zu seiner Tat getrieben hat«, sagte Tahlon. »Ich möchte von ihm wissen, ob er ganz allein dafür verantwortlich ist.«

»Zweifeln Sie daran?«, wandte sich El'Farah verwundert an ihn.

Erst jetzt bemerkte Akir Tahlon das silberne Glitzern hinter ihr. Es stammte von einer Drohne, und er fragte sich, welchen der beiden Magister im Granville-System sie repräsentierte. Sie schwebte völlig lautlos, von einem Gravanker mehrere Meter über dem Boden gehalten.

»Vielleicht steckt nicht er allein hinter der Tat«, sagte Tahlon. »Vielleicht gibt es Hintermänner.«

»Hintermänner?«, donnerte El'Coradi, und es klang wie ein persönlicher Vorwurf.

»Warum hat Esebian El'Kalentar getötet, einen Unsterblichen und den Vorsitzenden des Direktoriats?«, erwiderte Tahlon und beobachtete die Magisterdrohne. Hatte sich ihr Glanz ein wenig verändert? »Versprach er sich persönliche Vorteile davon? Welche? Und wenn er zu einer Gruppe gehört, die hinter diesem Mord steckt ... Wie sehen die Pläne dieser Gruppe aus?« Tahlon sprach erst zögernd und dann schneller. Seine Gedanken gingen in eine bestimmte Richtung, und je weiter sie vordrangen, desto mehr Fragen fanden sie. Er machte einen geistigen Sprung über mehrere Vermutungen und Hypothesen hinweg und sagte: »Ist El'Kalentars Ermordung vielleicht Teil eines größeren Plans, der sich gegen das Direktoriat und die Erlauchten richtet? Steckt eine militante Gruppe des Netzwerks dahinter? Ging es nicht nur um die Person, sondern auch um ihr Amt?«

Von der Magisterdrohne kam ein kurzes Flackern, diesmal war er sicher.

»Eine Verschwörung?«, fragte El'Coradi, und wieder war seine Stimme laut genug, um durchs ganze Versammlungszentrum zu hallen. »Und wer sagt uns, dass Sie nicht Teil dieser Verschwörung sind, Präfekt? Vielleicht sind *Sie* der Drahtzieher, die Graue Eminenz im Hintergrund. Vielleicht haben *Sie* eine Kopie Ihrer selbst geschickt, um von Ihrer tatsächlichen Schuld abzulenken.«

Es bereitete Tahlon fast körperlichen Schmerz, dass jemand so etwas für möglich hielt. »Ich versichere Ihnen …«, begann er.

»Die Lage ist ernst, in jeder Hinsicht«, ließ sich El'Farah vernehmen. Sie stand auf und ging langsam am runden Tisch entlang. Das Licht einer mobilen Lampe folgte ihr, und in ihrem Schein wirkte der rote und orangefarbene Haarturm auf ihrem Kopf wie eine erstarrte Flamme. »Sie ist so ernst, dass wir auf rhetorische Effekthaschereien verzichten sollten. Ich glaube, wir sind uns einig, dass den Präfekten und Hochkommissar keine Schuld trifft.«

Zustimmendes Gemurmel kam von den anderen Direktoren.

»Ich schlage vor, dass wir Akir Tahlon hiermit zum Chefermittler ernennen«, fuhr El'Farah fort. »Seine Kompetenz hat er oft genug unter Beweis gestellt, und ich bin sicher, dass es ihm gelingen wird, den Mörder zu finden und die Hintergründe dieses abscheulichen Verbrechens zu erhellen. Habe ich Ihre Zustimmung, El'Coradi?«

Der Mann mit dem faltigen Gesicht und dem grauweißen Zopf stand ebenfalls auf und neigte kurz den Kopf. »Ich verweigere sie Ihnen nicht, El'Farah.«

»Habe ich auch die Zustimmung der übrigen Direktoren?«, fragte El'Farah, ohne stehen zu bleiben. Mit langsamen Schritten, die ihrer Bewegung etwas Gleitendes gaben, ging sie um den Tisch.

Tahlon glaubte, ein subtiles Machtspiel zu beobachten, dessen Regeln er nicht ganz verstand. El'Farah und El'Coradi schienen zu neuen Antagonisten im Direktoriat geworden zu sein, und er beschloss, mehr darüber herauszufinden, sobald sich ihm Gelegenheit bot.

Die Drohne schwebte auf der anderen Seite des Tisches, ein in die Länge gezogener silberner Tropfen, der vermutlich mit beiden Magistern im Granville-System in Verbindung stand.

Die Direktoren erhoben sich, gaben ihre Zustimmung und nahmen wieder Platz. Als sich der letzte von ihnen setzte, nachdem er der Erlauchten beigepflichtet hatte, erreichte El'Farah Tahlon, blieb stehen und legte ihm die Hand auf die Schulter. Alles schien perfekt inszeniert zu sein.

»Das Direktoriat ernennt Sie hiermit zum Chefermittler und beauftragt Sie, den Mord an unserem geschätzten Freund und Kollegen El'Kalentar aufzuklären. Stellen Sie alle Fragen, die Sie für nötig halten, Akir Tahlon, und finden Sie die richtigen Antworten darauf. Wir stellen Ihnen für diese Aufgabe alle Ressourcen zur Verfügung, die Sie brauchen. Sagen Sie uns, was Sie benötigen – Sie bekommen es.«

Die Hand löste sich von seiner Schulter, und die gut dreitausend Jahre alte El'Farah ging einige Schritte weiter. Dann blieb sie erneut stehen, neben einem quantenverschränkten Lokalavatar, und sah ihn noch einmal an. »Wie viele Meriten fehlen Ihnen, Präfekt?«

Tahlon brauchte nicht zu überlegen. »Fünftausend.«

El'Farah lächelte. »Wenn Sie erfolgreich sind und alles aufklären, so bekommen Sie von diesem Direktoriat fünftausend Meriten, Präfekt. Damit ist Ihnen der letzte Aufstieg möglich.«

Unsterblichkeit, dachte Tahlon.

»Die Lage ist ernst, Sie haben recht, El'Farah«, sagte El'Coradi, der noch immer stand. »Und damit meine ich nicht nur die Ungeheuerlichkeit der Ermordung eines Unsterblichen. Sie alle kennen die letzten Berichte: Die Probleme mit den Filigranen könnten zu einer gefährlichen Destabilisierung der Infrastruktur des Direktoriats führen.«

Nicht nur der Infrastruktur, dachte Akir Tahlon und erinnerte sich an das Gespräch mit El'Kalentar auf Taschka. Vor dem inneren Auge sah er noch einmal den Steingarten, glaubte den kleinen schwarzen Stein mit den beiden weißen Linien in seiner Hand zu spüren.

Dann verdrängte ein Gedanke, heiß und intensiv, alles andere. *Ewiges Leben!*

»Die Tausend Tiefen und Einundzwanzig Hohen Welten brauchen mehr als jemals zuvor ein handlungsfähiges Direktoriat, das alle notwendigen Entscheidungen trifft und schnell die erforderlichen Maßnahmen ergreift. Das dürfte auch im Interesse der Magister sein«, sagte El'Coradi und wandte sich kurz der Drohne zu, von der ein dumpfes Brummen kam. Es erklangen keine Worte, aber in den Displayfeldern erschien ein Symbol der Zustimmung. »Wir brauchen einen neuen Vorsitzenden.«

Tahlon hörte die Worte, sah die Gesichter und dachte: Wer von diesen Unsterblichen profitiert am meisten von El'Kalentars Tod?

Es war ein unangenehmer, gefährlicher Gedanke, und Tahlon versuchte, ihn zu vertreiben, doch er krallte sich in einem Winkel seines Bewusstseins fest.

»Wir brauchen einen neuen Vorsitzenden«, wiederholten murmelnde Stimmen, und Tahlon bemerkte das Flirren individueller Akustikfelder, als sich einzelne Direktoren miteinander berieten.

»Ich schlage Sie vor, El'Coradi«, sagte ein Lokalavatar.

El'Farahs Schritte um den Tisch, die sie genau zum richtigen Zeitpunkt zum Präfekten gebracht hatten, waren das Ergebnis von perfektem Timing gewesen, aber was Akir jetzt beobachtete, war nicht weniger perfekt in Szene gesetzt. Weitere Direktoren, physisch präsente und andere, unterstützten den Vorschlag. El'Coradi blieb ernst und kühl, aber der Glanz seiner violetten Augen veränderte sich auf subtile Weise.

»Es ist eine große Verantwortung«, sagte er.

El'Farah kehrte langsam zu ihrem Platz zurück, und die Blicke der Direktoren folgten ihr. »Es ist eine so große Verantwortung, dass die endgültige Entscheidung nicht sofort fallen sollte. Wir alle brauchen Zeit, um uns von dem Schock zu erholen und gründlich nachzudenken. Ich schlage vor, wir ernennen Seine Exzellenz El'Coradi zum neuen Vorsitzenden des Direktoriats *pro tempore*, wie es in einer der alten Sprachen heißt. Auf Zeit. Vorläufig.«

Sie lächelte.

El'Coradi lächelte nicht und sah sie mit Eis in den Augen an. »Wie die Exzellenzen wünschen«, sagte er und nickte kurz.

Alle Direktoren standen auf und deuteten eine Verbeugung an. »Wir grüßen den neuen Vorsitzenden«, sagten sie wie aus einem Mund.

El'Farah lächelte erneut. »Pro tempore«, fügte sie hinzu. »So ist es beschlossen.«

23

»Ich möchte, dass wir all unsere q-verschränkten Kommunikationsverbindungen nutzen«, sagte Akir Tahlon während seiner unruhigen Wanderung durch das provisorische Büro in Appaia. »Wie viele Sonnensysteme können wir direkt erreichen?«

»Äh …« Der Mann neben der Tür blätterte in seinen Unterlagen, und eine Datenstimme flüsterte ihm zu: »Dreiundzwanzig.«

»Dreiundzwanzig«, wiederholte Tahlon, dessen Gedanken im beschleunigten mentalen Modus liefen. »Das Hauptfiligran dieses Sonnensystems ist noch immer blockiert, nicht wahr?«

»Ja«, sagte der Mann, der ihm als Sekretär zugewiesen worden war.

»Wie viele Welten lassen sich durch das Nebenfiligran über Dawwro erreichen?«

»Äh … ich glaube …« Der Sekretär blätterte erneut. »Mehr als vierhundert.«

Akir Tahlon blieb stehen und sah den Mann an: klein und schmächtig, die Stirn trotz der relativ niedrigen Temperatur feucht, am Kragen der schlichten Kleidung die Abzeichen eines Provisors. Er sah keinen kompetenten Sekretär, an den er wichtige Aufgaben delegieren konnte, sondern jemanden, der überfordert war von einer absolut außergewöhnlichen Situation. Er wünschte sich Ranidi nach Hadadd, aber bis zu seinem Eintreffen wäre der Mörder entweder gefasst oder hätte das Granville-System längst verlassen. Die ersten schnellen Maßnahmen mussten ohne ihn getroffen werden.

»Geben Sie Fahndungsbefehle über die quantenverschränkten Verbindungen.« Tahlon setzte sich wieder in Bewegung. »Fügen Sie ihnen Esebians Individualdatei hinzu.«

»Äh …« Der Sekretär hob die Hand, aber Tahlon wollte sich in seinem Redefluss nicht unterbrechen lassen. »Weisen Sie die erreichbaren Observanten und Ethikwächter an, lokale Ermittlungen durchzuführen. Ich möchte alles über den Mörder wissen. Wo wurde er geboren? Wo verbrachte er Kindheit und Jugend? Wann und wo entschied er sich, Kandidat zu werden? Womit erwarb er seine Meriten? Wo befindet sich seine Treuhand? Lassen Sie sie blockieren, wenn eine Identifizierung möglich ist. Benachrichtigen Sie die Therapiezentren. Wenn Esebian in einem von ihnen erscheint, um die nächste Behandlung vornehmen zu lassen, so sollen die Therapeuten die Gelegenheit nutzen, ihn festzuhalten. Wer sind seine Bekannten und Freunde? Vielleicht bietet sich dort ein Anhaltspunkt.«

»Präfekt …«

Tahlon ging zum Fenster des Büros, blickte über die Gläserne Stadt hinweg und drehte sich dann um. »Lassen Sie jedes Schiff kontrollieren, das dieses Sonnensystem verlässt.«

Der Mann neben der Tür räusperte sich. »Die Souveränitätsrechte insbesondere der Enha-Entalen, Meronna und Isquri …«

»Wir sind hier im Direktoriat«, sagte Tahlon mit fester Stimme. »Hier gelten unsere Regeln.« Etwas sanfter fügte er hinzu: »Weisen Sie darauf hin, dass es sich um einen Notfall handelt.«

»Ja, Präfekt.« Es klang resigniert.

»Solange Esebian noch im Granville-System ist, haben wir eine Chance, ihn zu fassen.« Tahlon setzte seine unruhige Wanderung fort, die Hände auf den Rücken gelegt. »Wenn ihm ein interstellarer Transit gelingt … Dann wäre es wie … wie eine Suche nach der Nadel im Heuhaufen.«

»Wie bitte, Präfekt?«

»Eine Redensart von der Alten Erde, die sprichwörtliche Bezeichnung für eine sehr schwierige, fast aussichtslose Suche.« In einer plötzlichen emotionalen Aufwallung, die ihn selbst erstaunte, ballte er die Fäuste. »Wir müssen ihn finden, verdammt! Er ist der Mörder eines Unsterblichen!«

»Ja, Präfekt. Äh …«

»An die Arbeit, los! Verlieren wir keine Zeit.«

»Präfekt …« Der Mann wirkte verlegen und unsicher.

Tahlon stellte fest, dass er noch immer seine Unterlagen in den Händen hielt. »Haben Sie meine Anweisungen aufgezeichnet?«

»Ähm …«

Ranidi, dachte Tahlon und seufzte. Ich brauche ihn und die anderen meines Stabs.

»Wie heißen Sie?«

»Ikeard, Präfekt.«

»Hören Sie, Ikeard …«, sagte Tahlon mit erzwungener Geduld, während seine Gedanken weiterhin im beschleunigten mentalen Modus arbeiteten. »Lassen Sie sich eine Kopie der Anweisungen geben. Büro?«

»Ja, Präfekt«, erklang die Stimme des Büroterminals.

»Ist alles aufgezeichnet?«

»Selbstverständlich, Präfekt.«

»Gut. Sorg dafür, dass mein Sekretär eine Kopie bekommt. Sie können gehen, Ikeard.« Tahlon schritt zum Schreibtisch.

»Präfekt ... Ein gewisser Cambero von den Chisnall möchte mit Ihnen reden. Er ist ein unabhängiger Bioingenieur und hat Esebian behandelt.«

Tahlon wirbelte herum. »*Was?*«

»Ein gewisser Cambero ...«, begann Ikeard erneut.

»Warum haben Sie das nicht gleich gesagt?«

»Ich habe es versucht, Präfekt.«

Akir Tahlon hatte sein Bewusstsein in einen kühlen, kontrollierten mentalen Modus geschaltet, der seine Gedanken zwar etwas langsamer werden ließ, ihn dafür aber zu einem guten Beobachter machte. Er musterte den Chisnall, der in einem Befragungszimmer des Observantenhauses saß, in dem sich auch sein Büro befand. Zur bequemen Einrichtung gehörte sogar ein Nestgerüst – jemand, vielleicht Ikeard, hatte die avianische Programmierung des Formspeichers aktiviert. Doch Cambero machte von den ihm zugedachten Annehmlichkeiten keinen Gebrauch und stand in der Ecke, die ledrigen Flügel um den dürren Leib geschlungen.

»Sind Sie hier gut untergebracht?«, fragte Tahlon freundlich, nachdem er sich vorgestellt hatte. »Benötigen Sie etwas?«

Der Chisnall zwitscherte. »Ich brauche meine Freiheit«, übersetzte der Artikulator am Kragen der Instrumentenjacke, deren Taschen leer waren. »Ich bin hierhergekommen, um eine wichtige Aussage zu machen, und was geschieht? Man hält mich fest!«

Tahlon saß auf der anderen Seite des Raums am Tisch, und seine visuellen Erweiterungen hatten bereits alle von den Displayfeldern gezeigten Daten aufgenommen. »Sie arbeiten im Protektorat der Xiri?«

»Mit ihrer ausdrücklichen Zustimmung! Ich helfe ihnen bei der Behandlung genetischer Unvollkommenheiten.« Cambero unterstrich seine Worte mit lautem Schnabelklappern.

»Sie denken in erster Linie an sich selbst«, sagte Tahlon in einem neutralen Tonfall. »Sie sammeln DNS.«

»Ich helfe den Xiri! Sie sind meine Freunde!«

»Die Xiri sind eine geschützte Spezies, und Sie hätten die Genehmigung des Direktoriats einholen müssen, bevor Sie sich bei ihnen niederließen. Das haben Sie nicht getan, was ein Verstoß gegen die Regeln ist.«

»Bin *ich* hier der Verbrecher?«, zwitscherte Cambero, breitete kurz die ledrigen Flügel aus und legte sie dann wieder um seinen stark modifizierten Rumpf. »Habe *ich* die Exzellenz ermordet? Bin *ich* auf der Flucht?«

»Erzählen Sie mir von Esebian«, sagte Tahlon und faltete die Hände.

»Verletzt kam er zu mir. Schwach war er, und seine Erweiterungen funktionierten nicht mehr. Ich sollte sie für ihn in Ordnung bringen und ihm ein anderes Erscheinungsbild geben. Er bot mir dafür seine DNS an, die genetische Signatur eines Konsuls.«

Tahlon machte sich zwei gedankliche Notizen, und eine von ihnen betraf die DNS, obwohl Esebians genetische Struktur sicher kein Geheimnis war. Bestimmt gab es entsprechende Aufzeichnungen in den von ihm besuchten Therapiezentren.

»Sie haben ihn behandelt.«

»Ja, das habe ich«, trillerte der Chisnall, und sein Schnabel klapperte ein Stakkato. »Und deshalb bin ich hier. Um meine Aussage zu machen. Zum zweiten Mal.«

»Wie sieht Esebian jetzt aus?«

Cambero hob einen der beiden dünnen Arme, die aus seinen Schulteransätzen ragten, und winkte für das Gesteninterface. Das Befragungszimmer empfing den Datenstrom seiner Erweiterungen und projizierte ein Bild, das aus dem Gedächtnis des Chisnall stammte. Es zeigte einen hochgewachsenen, breitschultrigen Mann, dessen Alter Tahlon auf etwa dreißig Scheinjahre schätzte. Die Augen waren dunkel, das Haar kurz und schwarz. Faltenlose braune Haut spannte sich über den Wangenknochen. Die Nase war lang, der Mund schmallippig.

Esebian, dachte Akir Tahlon und beugte sich ein wenig vor. Er musterte den Mann und prägte sich jede Einzelheit des Gesichts ein – die kleinen Schatten in Mund- und Augenwinkeln, die sanften Mulden in den Schläfen, der Glanz der Augen, die Wölbungen der Stirn –, obwohl dies vermutlich nur ein provisorisches Gesicht war. Aber selbst wenn es sich schon bald wieder veränderte: Es war durchdrungen von Esebians Persönlichkeit, von seiner individuellen Aura, und Tahlon hatte vor langer Zeit ein Gefühl für so etwas entwickelt.

»Der Mann ist Konsul«, sagte Tahlon nachdenklich. »Die siebte Stufe, zwei Therapien von der Unsterblichkeit entfernt. In jenem Stadium sind so starke Veränderungen der körperlichen Struktur problematisch.«

»Dazu seine Schwäche«, zwitscherte Cambero. »Und die Verletzungen. Es war eine schwierige Behandlung. Es kam zu Komplikationen.«

»Komplikationen?«

»Biochemische und biomechanische Inkongruenzen. Ganz zu schweigen von gefährlichen Zellmutationen und metabolischen Instabilitäten.«

»Ich nehme an, zu jenem Zeitpunkt haben Sie noch nicht gewusst, dass Esebian den Vorsitzenden des Direktoriats ermordet hat.«

»Oh, natürlich nicht!«

»Er war ein Konsul für Sie, und Sie waren bereit, ihn einer so gefährlichen Behandlung zu unterziehen?«

»Ich glaube, sie hat mich … gezwungen.«

»Sie?«, fragte Tahlon.

»Die Frau. Ich habe ihre Stimme gehört, nicht nur mit den Ohren. Vielleicht hat sie … telepathische Erweiterungen verwendet.«

Das ist interessant, dachte der Präfekt. Die von den Displayfeldern aufgenommenen Daten enthielten auch die Aussagen von zwei Observanten, die mit diesem Chisnall gesprochen, aber bei ihm nichts Verdächtiges bemerkt hatten. Telepathische Erweiterungen, die zur Bewusstseinsmanipulation eingesetzt werden konnten?

»Die Inkongruenzen, von denen ich eben gesprochen habe …«, fügte Cambero hinzu. »Esebians Gestalt wird nicht lange stabil bleiben. Und er muss bald seine nächste Therapie durchführen lassen, wenn er kein Grauer werden will.«

Tahlon lächelte. Das war eine gute Nachricht. »Wie bald?«

»In zwei oder drei Wochen.«

Zwanzig oder dreißig Tage, dachte der Präfekt. Nicht viel Zeit. Und wenn es gelang, Esebians Treuhand zu blockieren, fehlten ihm die notwendigen Meriten.

Tahlon kehrte zu seiner ersten gedanklichen Notiz zurück. »Können Sie uns eine Liste der Erweiterungen geben, mit denen Esebian ausgestattet ist?«

»Ja.«

»Funktionieren sie alle?«

Cambero zögerte kurz und zwitscherte dann: »Ja, alle. Ich habe sie reaktiviert und die Konverterzellen aufgeladen.«

»Sie sind ihm eine große Hilfe gewesen«, sagte Tahlon kühl.

»Die Frau hat mich gezwungen. Je länger ich darüber nachdenke, desto mehr bin ich davon überzeugt. Sonst hätte ich auch nicht so lange damit gewartet, zu Ihnen zu kommen. Sie muss mir irgendetwas … in den Kopf gesetzt haben.«

»Sechs Stunden.« Tahlon deutete auf die Informationen in den Displayfeldern. Diese Angabe hatte Cambero bei seinem Empfang im Observantenhaus gemacht. »Wo ist Esebian jetzt?«

»Ich weiß es nicht.«

»Wohin ist er nach der Behandlung gegangen?«

»Die Frau hat ihn weggebracht. Sie wollten Hadadd verlassen.«

Vor sechs Stunden, dachte Tahlon. Zweihundertvierzig Minuten waren Zeit genug, um an Bord eines Schiffes zu gehen, und die Fahndungsscanner hatten natürlich nicht auf ihn reagiert – er war ein anderer geworden.

»Ich habe meine Pflicht getan«, zwitscherte Cambero. »Ich habe meine Aussage gemacht. Werde ich belohnt?«, fügte er hoffnungsvoll hinzu.

Tahlon zögerte. »Wenn Sie sich mit einer mentalen Sondierung einverstanden erklären, verzichte ich darauf, Anklage wegen Verletzung der Xiri-Protektion gegen Sie zu erheben.

Und Sie dürfen Ihre DNS-Proben behalten«, köderte er den Bioingenieur.

»Keine Belohnung?«, fragte der Chisnall und klapperte erneut mit dem Schnabel. »Nicht einmal eine kleine? Für wichtige Informationen?«

»Sie dürfen sogar in die Wüste zurückkehren«, sagte Tahlon.

Cambero zögerte zwei oder drei Sekunden. »Na schön. Ich bin bereit.«

Der Präfekt schickte ein Signal, und als ein Observant Cambero für die Sondierung abholte, stand er auf und kehrte nach oben in sein Büro zurück, das nicht sein Büro bleiben würde. Er hielt es inzwischen für unwahrscheinlich, dass sich Esebian noch auf Hadadd befand, und damit gab es keinen Grund mehr für ihn, noch länger in Appaia zu bleiben. Während er am Schreibtisch saß, dachte er über das Gespräch mit Cambero und seine Motive nach. Hatte ihn die Frau namens Leandra tatsächlich manipuliert? Und warum die freiwillige Aussage? Weil er sich absichern wollte? Als ihm klar geworden war, wem er geholfen hatte, wenn auch gegen seinen Willen, musste er befürchtet haben, eventuell als Komplize eines Mörders dazustehen. Tahlon hielt ihn für einen skrupellosen Halunken, der vor allem an seinen eigenen Vorteil dachte. Vermutlich hätte er Esebian selbst dann geholfen, wenn ihm klar gewesen wäre, um wen es sich handelte – vorausgesetzt das Risiko blieb begrenzt und es sprang genug für ihn heraus. Konzepte wie gesellschaftliche Solidarität oder soziale Verantwortung spielten in Camberos persönlicher Welt keine Rolle. Die eigenen Ziele waren der Maßstab, woraus auch immer sie bestanden, und alles andere wurde ihnen untergeordnet. Für Tahlon personifizierten solche Leute einen Teil des Chaos, das er so sehr verabscheute, und wenn es allein nach ihm gegangen wäre, nach seinen Wünschen und Idealen, hätte er derartigen Individuen den Aufenthalt im Direktoriat verboten. Aber nicht er bestimmte die Regeln, sondern die Magister, und wie immer vertraute er auf die hintergründige Weisheit all ihrer Entscheidungen.

Tahlon starrte ins Leere und rieb sich in Gedanken versunken die Schläfen, als Ikeard hereinkam.

»Provisor?«

»Ich habe alle von Ihnen genannten Maßnahmen eingeleitet. Es ist sicher nur noch eine Frage der Zeit, bis wir Esebian fassen.« Der Sekretär wirkte sehr zuversichtlich.

»Mein lieber Ikeard ...« Tahlon stand auf, ging um den Schreibtisch herum, näherte sich dem Provisor und legte ihm kurz die Hand die Schulter. »Ich vermute, dass sich Esebian gar nicht mehr auf dem Planeten befindet. Er hat sein Erscheinungsbild verändert und genießt die Unterstützung einer Frau, die Gedanken manipulieren kann. Ich nehme an, sie sind an Bord eines interstellaren Schiffes und bereits im Transit.«

Für einen Moment kehrte die Unruhe zurück und drängte Tahlon, Dutzende von Anweisungen zu geben und jeden einzelnen Punkt zu nennen, auf den es ankam. Er zwang sich, still zu bleiben. Dies war erst der Anfang, der Beginn einer langen Jagd, bei der es sicher nicht an Überraschungen mangeln würde. Alles musste sorgfältig geplant werden; er durfte keinen Fehler machen. Fünftausend Meriten und ein Platz auf den Hohen Welten waren es wert, gründlicher zu sein als jemals zuvor. Und dazu brauchte er Ranidi und die anderen Leute seines Stabs.

»Zwei Tage«, sagte er. »Lassen Sie zwei Tage lang in diesem

Sonnensystem nach Esebian fahnden, mit allen Mitteln, die Ihnen zur Verfügung stehen. Und ich meine wirklich *alle.* Befragen Sie die Xiri, soweit das möglich ist. Veröffentlichen Sie Esebians Bild in allen Medien. Vielleicht hat ihn jemand gesehen, nachdem er bei dem Bioingenieur gewesen ist. Hat er einen Transferitor benutzt, um an Bord eines Schiffes zu gelangen? Fiel er jemandem in einem Orbitalspringer auf?« Tahlon seufzte leise. Bei Ranidi hätten einige wenige Worte genügt, um alles in Bewegung zu setzen, doch dieser Mann und seine Mitarbeiter waren nicht an derart umfangreiche Ermittlungen gewöhnt. Bei den schlimmsten Verbrechen, zu denen es in den letzten Jahren und Jahrzehnten auf Hadadd gekommen war, handelte es sich um Verstöße gegen die Privatsphäre. »Wenn wir ihn in zwei Tagen nicht gefunden haben, gehe ich davon aus, dass er Hadadd und das Granville-System verlassen hat. Dann kehre ich nach Hajok zurück, und Sie können wieder den Aufgaben nachgehen, denen Sie sich bisher gewidmet haben.«

Erleichterung huschte über das Gesicht des überforderten Sekretärs und verschwand sofort wieder. »Wie Sie wünschen, Präfekt.«

»Bringen Sie mir die Ergebnisse von Camberos mentaler Sondierung, sobald sie vorliegen.« Tahlon kehrte zum Schreibtisch zurück. »Und noch etwas. Reservieren Sie zwei unserer q-verschränkten interstellaren Verbindungen für mich, beide nach Hajok. Ich möchte mit einem gewissen Ranidi sprechen. Und mit dem Magister Jae-al-Escoe-Hoivinio-tan-Mauleon-Caliquire-tan-Nesluzan.«

Ikeard ging. Akir Tahlon setzte sich hinter den Schreibtisch und nahm eine der Datenfolien zur Hand. Die dort gespeicherten Daten passierten das Kontaktinterface in den Fingerkuppen, und sofort erwachte sein Interesse. Es hatten eingehende Untersuchungen auf dem Lebensfelsen stattgefunden, nicht nur in Esebians Villa, sondern auch bei den anderen Gebäuden, unter ihnen der Pavillon mit dem Transferitor. Die Ergebnisse der Analysen wiesen auf Folgendes hin: Kurz vor der Flucht des Mörders und der Frau namens Leandra hatte sich eine andere Person transferiert, in aller Eile und offenbar mit inkompatiblen aktiven Erweiterungen, die zu einer Beschädigung des Transferitors geführt hatten – eine Beschädigung, durch die Esebian beim Retransfer in der Wüste verletzt worden war.

Neue Fragen ergaben sich, aber eine von ihnen rückte alle anderen in den Hintergrund. Wer war die Person, die sich unmittelbar vor Esebian und Leandra transferiert hatte?

Ich habe es in die Hügel gegraben
Und meine Rache in den Staub des Felsens geschrieben.

KINDER DER EWIGKEIT

24

»Der verdammte Kerl hat mir die Hälfte meiner Erweiterungen gestohlen!« Esebian starrte wütend auf die Anzeigen des Diagnosers; jetzt wusste er, warum es ihm so schwerfiel, Gedanken und Gefühle unter Kontrolle zu halten. Cambero hatte ihm zwar ein anderes Erscheinungsbild und einen neuen linken Arm gegeben, ihm dafür aber die wichtigsten und teuersten Erweiterungen genommen.

Eine goldene Nachrichtenkugel schwebte an der Nische vorbei, die er mit Leandra teilte, und eine Stimme verkündete auf Interlingua: »Die geehrten Passagiere werden gebeten, sich auf den Transit vorzubereiten. Wir verlassen das Granville-System in fünf Minuten.« Die Kugel verharrte vor der Nische, und zwei Sensorfühler neigten sich Esebian entgegen. »Wir registrieren einen hohen Stressfaktor. Benötigen Sie Hilfe?«

»Es geht mir gut«, log Esebian.

Die Kugel summte und schwebte weiter, an den Alkoven der anderen Passagiere vorbei. »In zweihundert Sekunden beginnt der Transit. Bitte treffen Sie alle notwendigen Vorbereitungen …«

Leandra sank in einen Formsessel und aktivierte das Dämpfungsfeld. »Du solltest besser Platz nehmen. Es könnte sehr unangenehm werden, wenn dich die Distortion trifft, während du dort stehst.«

»Bist du schon einmal mit einem interstellaren Schiff unterwegs gewesen?«

»Nein.«

»Woher weißt du dann darüber Bescheid?«

Sie zuckte mit den Schultern. »Ich hab's irgendwo aufgeschnappt. Komm und setz dich.«

Esebian stand im offenen Zugang des Alkovens und blickte ins zylindrische Passagierabteil, das fast einen Kilometer lang war und hundert Meter breit. In der Mitte führte ein säulenartiger Tunnel, den dünne Zugangsspeichen mit den Wänden des Zylinders verbanden, durch die ganze Länge des Abteils und zu anderen Sektionen des Enha-Entalen-Transporters. Mobile Lampen schwebten umher und schufen ein Wechselspiel aus Licht und Schatten, das auf das Flüstern und Seufzen der Sprunggeneratoren zu reagieren schien. Ein großes, sich langsam drehendes Displayfeld zeigte eine Außenaufnahme des Transportes: Es gab noch andere Abteile, und zwischen ihnen mehrere Verbindungselemente aus Kugeln und Oktaedern. Vier wesentlich kleinere Pfeilschiffe begleiteten den Riesen, als er über die Ekliptik kletterte und auf Sprunggeschwindigkeit beschleunigte.

Esebians Blick strich über die vielen Alkoven. Nicht einer von ihnen stand leer. Überall sah er Passagiere – sie alle hatten beschlossen, ein Schiff zu nehmen, anstatt sich auf der Warteliste für das Nebenfiligran beim heißen Gasriesen Dawwro einzutragen. Später, nach dem Sprung in die Phase, würden sich viele Passagiere in die aktive oder passive Starre zurückziehen, bis das Schiff einen Monat später das sechs Lichtjahre entfernte Belidor-System erreichte. Von dort aus konnten die individuellen Reisen durch ein Filigran fortgeführt werden, das es gestattete, weitaus größere Entfernungen in viel kürzerer Zeit zurückzulegen. Dass er sich an Bord befand, verdankte Esebian, von seinem veränderten Erscheinungsbild abgesehen, Leandras Mentalistik und dem Umstand, dass es nach dem Ausfall des Hauptfiligrans und seiner Blockade Tausende und Abertausende von Reisenden gab, die das Granville-System verlassen wollten.

Zwar befanden sie sich nicht mehr auf Hadadd, aber Esebian fühlte sich alles andere als sicher. Es gab zu viele Augen und Ohren in diesem Abteil, nicht nur biologische, und außerdem stand das Schiff mit Granvilles Kommunikationsstationen und Außenbasen in Verbindung, solange es nicht in den Transit gegangen war. Jederzeit konnte eine Fahndungsmeldung eintreffen, die den Mörder Seiner Exzellenz El'Kalentar betraf, vielleicht sogar mit einem Bild, das ihn in seiner neuen Gestalt zeigte. Es hing davon ab, wie schnell die Observanten Cambero fanden – oder wann der Chisnall beschloss, von sich aus alle Informationen preiszugeben. Vermutlich traf er eine solche Entscheidung, wenn der Einfluss dessen nachließ, was Leandra ihm in seine Gedanken gepflanzt hatte. Esebian wusste, dass seine Situation prekär bleiben würde, bis es ihm schließlich gelang, einen der sicheren Orte aufzusuchen, die er für einen solchen Fall vorbereitet hatte. Aber vorher musste er nach Gevedon und Lukas warnen. Die seltsame Vision, die er noch in der Villa auf dem Lebensfelsen erlebt hatte … Sie war kurze Zeit später Wirklichkeit geworden. Eine ähnliche Vision hatte er in Lukas' Laden gehabt. Ganz deutlich erinnerte er sich an die hochgewachsene Gestalt, die er nur von hinten gesehen und vor der sich Lukas respektvoll verbeugt hatte. Eine Gestalt, die plötzlich eine Waffe in der Hand hielt, deren Projektilnadeln Lukas und seinen Symbionten töteten. Esebian sah das Gleißen der Explosionen, die einen großen Teil des Ladens zerstörten, dem Fremden aber nichts anhaben konnten – ein Schirmfeld schützte ihn.

»Komm und setz dich«, wiederholte Leandra. »Hier ist es gemütlich.«

Sie fühlte sich wohl, trotz allem. Man sah es ihr an. Sie war nicht mehr allein, und das genügte ihr; alles andere schien für sie Nebensache zu sein. Sie hatte sich zur Komplizin des Mörders eines Unsterblichen gemacht und ging mit einem Achselzucken darüber hinweg.

Esebian sank in den Formsessel neben ihr, hielt noch immer den Diagnoser in der Hand und fühlte leere Stellen dort, wo zuvor seine wichtigsten Erweiterungen gewesen waren. Das Umschalten zwischen verschiedenen mentalen Modi klappte noch immer nicht, obwohl er ein Multifunktionsimplantat im Nacken angewiesen hatte, sich mit seinem Bewusstsein zu synchronisieren und die Aufgaben eines mentalen Statusmodifikators zu übernehmen. Es war eine einfache Erweiterung. Vielleicht war sie noch damit beschäftigt, sich zu reprogrammieren. Oder hatte sich Cambero bei der Behandlung nicht damit zufrieden gegeben, ihm teure Erweiterungen zu stehlen? Hatte er die anderen irgendwie verändert? Und aus welchem Grund?

Ihm wurde plötzlich eiskalt. Vielleicht hatte sich der hinterlistige Bursche absichern wollen und ihn manipuliert, um ihn bei der ersten Gelegenheit an die Observanten zu verkaufen. Es hätte bedeutet, dass Leandras mentalistische Fähigkeiten nicht so gut waren, wie Esebian bisher angenommen hatte, aber was wusste er schon von ihnen? Alles war möglich.

Möglich ist immer *alles*, sagte Talanna in ihm.

Die Worte halfen Esebian nicht viel.

Er legte den Diagnoser beiseite, als ein rhythmisches Pfeifen durch den Passagierzylinder hallte. Leandra sah ihn seltsam an, eine Frage auf den Lippen. Aber sie kam nicht mehr dazu, sie zu stellen, denn in diesem Augenblick trübte sich ihr Dämpfungsfeld. Esebian schaltete das seines eigenen Sessels ein und spürte fast im gleichen Augenblick ein vages Prickeln, das bei den Haarwurzeln begann, sich von dort durch den Kopf und den ganzen Körper ausbreitete, bis es in den Zehenspitzen zu einem fast schmerzhaften Stechen wurde. Vor fast achtzig Jahren war er zum letzten Mal mit einem interstellaren Schiff geflogen, und damals hatte er nichts dergleichen gespürt. Die Distortion markierte den Übergang des Schiffes in die Phase, den Sprung über die Hürde der Relativität und auf die andere Seite der Barriere namens Lichtgeschwindigkeit. Absorber und Dämpfungsfelder schützten Körper und Geist von Besatzung und Passagieren vor den physischen und psychischen Schockwellen. Doch während Leandra als vage Gestalt in ihrem grauweißen Absorptionskokon ruhte, reglos im Nullmoment, verstrich für Esebian eine subjektive Sekunde nach der anderen, und das Stechen in den Zehenspitzen verwandelte sich in ein Brennen. Für einen vollkommen absurden Augenblick befürchtete er einen Zellbrand wie den, der El'Kalentar getötet hatte. Er gab dem Drang nach, sich zu bewegen, stand auf – das Dämpfungsfeld ließ ihn passieren –

und wankte durch den Alkoven zum offenen Eingang. Dort blieb er stehen, blickte durch den jetzt gespenstisch stillen Passagierzylinder und fragte sich, ob dies ein Traum war, hervorgerufen von einer mangelhaft absorbierten Distortion. Aber die eigenen Gedanken erschienen ihm klar, und er sah sogar die Transitgeister, von denen interstellare Reisende manchmal erzählten: diffuse Erscheinungen, die am Säulentunnel in der Mitte des Zylinders entlangglitten; Phantome mit Armen und Beinen, mit Gesichtern, in denen Augen glühten. Lichter blitzten hier und dort auf, tanzten über die Wände. Eins verharrte kurz vor Esebians Gesicht und leuchtete so hell, dass er die Augen zukniff. Als er sie wieder öffnete, stand Ayanne vor ihm, sah ihn traurig an und sagte: »Es ist deine Schuld.«

Esebian wich einen Schritt zurück, aber er konnte seiner Vergangenheit nicht entkommen. Sie holte aus und schlug ihm mitten ins Gesicht.

25

Dies ist das Haus, in dem Frieden und Glück wohnen sollten, aber stattdessen haben sich dort Kummer und Leid niedergelassen. Dies ist der Abend, an dem der Schnee sanft und leise fällt und auf alles eine weiße Decke legt, nicht nur auf die Gipfel der nahen Berge und die Koniferen an den Hängen und im Tal, nicht nur auf die Häuser aus Variform-Teilen oder echtem Holz, sondern auch auf die Herzen und Seelen der hier lebenden Menschen. Von hier aus ist es nicht weit bis zu den Dunklen Welten am Rand des Vorhangs, den man manchmal am Himmel sehen kann, als ein langes Band in blassem Rosa und wildem Violett, hinter dem sich die Alte Erde um ihre Sonne dreht. Aber an diesem Abend ziehen Wolken über den Himmel, schneebeladen, und sie schlucken das Licht der Sterne und des Vorhangs, trennen Dannacker vom Rest des Universums.

Dies ist der Abend, der Esebians Leben für immer verändern wird. Er ist noch jung, gerade mal dreißig Echtjahre, und er heißt Winford …

Der Arzt wollte warten, bis sich der vom Atmosphärenspringer aufgewirbelte Schnee wieder legte, aber Winford war auf seiner Seite bereits hinausgesprungen, lief um die kleine Maschine herum, riss die Tür auf und zerrte den Mann in die kalte Nacht. »Kommen Sie! Jede Sekunde ist kostbar!«

Sie liefen zum Haus, das auf einer kleinen Anhöhe stand, gesäumt von Koniferen und von hellem Lampenschein der Dunkelheit entrissen. Ayanne hatte die Tür bereits geöffnet, und ein Teil der Sorge in ihrem Gesicht wich Hoffnung, als sie den Arzt sah. Winford stürmte an ihr vorbei und zog den

Mann hinter sich her. Vorbei am Kamin, in dem ein echtes Feuer brannte, die schmale Treppe hoch, dann das erste Zimmer auf der linken Seite. Ein großes Zimmer in fröhlichen Farben, mit buntem Variform-Spielzeug und veränderlichen Bildern an Wänden und Decke.

»Dort sind sie«, stieß Winford hervor und deutete auf die beiden Betten. »Bitte helfen Sie ihnen.«

Der Arzt zog die Jacke aus, öffnete seine Instrumententasche und machte sich an die Arbeit. Er verzichtete auf die Frage, warum Winford und Ayanne nicht den Notdienst des medizinischen Zentrums Bussani verständigt hatten, das nur zweihundert Kilometer entfernt und mit professionellen Geräten ausgestattet war – er kannte die Antwort. Wie viele andere, die mit Auroras Hilfe hierher nach Dannacker gekommen waren, konnten Ayanne und Winford kein Medizentrum aufsuchen, weil man bei den dortigen Untersuchungen sofort den genetischen Korrekturen auf die Spur gekommen wäre. Mit dem Ergebnis einer untilgbaren Chromosomenmarkierung und einer Meldung an die Magister, was jede Chance auf Kandidatenstatus und Unsterblichkeit zunichte machte.

Dies sind eineiige Zwillinge, vier Echtjahre alt, Darrell und Tanya. Sie sind in den Gemischten Gebieten geboren, wie ihre Eltern, aber sie tragen nicht mehr den Makel in sich. Ein Korrektor hat ihn aus ihren Genen entfernt, ebenso aus denen von Ayanne und Winford. Deshalb kommen viele nach Dannacker. Um jemand anders zu werden. Um einen neuen Weg zu beginnen, von dem sie hoffen, dass er sie eines Tages zu den Hohen Welten bringt. Hier gibt es Leute, die vor den Regeln die Augen verschließen, und nicht alle von ihnen denken dabei an das Wohl derer, die sich voller Hoffnung an sie wenden …

Winford stand hinter dem Arzt – dem man vertrauen durfte, wie er von anderen gehört hatte –, als er die Zwillinge untersuchte. Nervös und voller Sorge blickte er ihm über die Schulter, bis sich der Mann zu ihm umdrehte und sagte: »Bitte warten Sie unten. Sie können hier ohnehin nichts tun.«

Winford nickte, warf einen letzten Blick auf seinen Sohn und seine Tochter – wie blass sie waren, wie eingefallen ihre Gesichter und trüb die Augen – und verließ das Zimmer. Ayanne unterbrach ihre unruhige Wanderung durchs Wohnzimmer, als er die Treppe herunterkam. Ihr dunkles Haar glänzte im flackernden Licht des Feuers.

»Was ist?«, fragte sie mit rauer Stimme. »Was hat er gesagt?«

»Er untersucht sie noch.«

Winford trat näher und wollte Ayanne umarmen, aber sie wandte sich von ihm ab, und das schmerzte fast ebenso wie der Anblick der kleinen eingefallenen Gesichter.

»Es wird alles gut«, sagte er und dachte daran, dass seine Frau und er die gleiche Behandlung hinter sich hatten.

»Das hast du auch gestern gesagt. Und heute Morgen, als das Fieber begann. Aber es geht ihnen nicht besser, sondern schlechter.«

Ayanne setzte ihre unruhige Wanderung fort, während Winford am Feuer stand, das Knistern der Flammen hörte und nach Worten suchte, um ihr zu sagen, wie leid es ihm tat, alles. Aber Worte erschienen ihm mehr denn je unzureichend, und er wagte es nicht, die neuen, vor kurzer Zeit implantierten Kommunikationserweiterungen zu benutzen, mit denen sich mehr vermitteln ließ als mit Worten. Dies war kein geeigneter Moment dafür.

Nach einigen Minuten kam ein Geräusch von oben, vielleicht ein Knarren von einer Variform-Komponente, vielleicht ein leichtes Schluchzen, und Ayanne sauste die Treppe hoch. Als sie nach einer gefühlten Stunde – in Wirklichkeit nur achtzig oder hundert Sekunden – wieder erschien, in Begleitung des Arztes, wirkte sie wie geschrumpft.

»Wer war der Korrektor?«, fragte der Arzt.

Winford zögerte.

»Ich weiß Bescheid«, sagte der Arzt. »Und nein, ich fühle mich nicht den Magistern verpflichtet.« Etwas leiser fügte er hinzu: »Ich komme selbst aus den Gemischten Gebieten.«

»Mandap Justian«, antwortete Winford. »Er wurde mir empfohlen. Wir sind noch nicht lange hier, erst einen Monat.«

»Justian.« Der Arzt atmete tief durch. »Wie viele Meriten hat er von Ihnen bekommen?«

Winford zögerte erneut.

»Es waren zu viele«, sagte der Arzt, ohne dass Winford eine Zahl genannt hatte. »Er hat gepfuscht. Der Makel ist weg, ja, aber in der erweiterten DNS sind Gene aktiv geworden, die bisher geruht haben, und als Resultat davon spielt das Immunsystem verrückt. Ich habe beiden einen Schwarm Nanomaschinen injiziert, die jedoch nur über eine allgemeine Programmierung verfügen. Ich weiß nicht, ob sie genügen, um den Schaden zu beheben.«

»Wie lautet Ihre Prognose?«

Der Mann zuckte die Schultern in der dicken Jacke. »Ich kann Ihnen keine geben, dafür aber eine Empfehlung. Bringen Sie Ihre Kinder nach Bussani. Dort gibt es Fachleute und geeignete Geräte, und ich bin sicher, dass sie Ihren Kindern helfen können.« Er ging zur Tür, öffnete sie und winkte ab, als Winford ihm folgen wollte. »Ich fliege allein und schicke den Springer zurück. Er kennt den Weg.«

Er trat nach draußen in den fallenden Schnee und schloss die Tür hinter sich. Kurz darauf hörten sie das Summen des Atmosphärenspringers, und wenige Sekunden später herrschte wieder Stille, bis auf das leise Knistern des Feuers im Kamin.

»Ich ziehe die Kinder an und packe eine Tasche mit allen nötigen Dingen«, sagte Ayanne.

»Nein.« Winford ging zum Kamin und streckte die Hände dem Feuer entgegen, aber die Kälte wollte nicht aus ihm weichen. »Sie bekämen eine Chromosomenmarkierung.«

»Willst du sie sterben lassen?«, fragte Ayanne mit einer Ruhe, hinter der tiefe Trauer lag. Sie stand an der Treppe, wartete dort darauf, dass er den Kopf schüttelte oder schlicht Nein sagte.

»Das ist es ja gerade«, erwiderte Winford, sah ins Feuer und beobachtete die züngelnden Flammen. »Ich will, dass sie leben, als Kinder der Ewigkeit. Wenn wir sie nach Bussani bringen, Ayanne ... Damit verurteilen wir sie zum Tod. Sie bekämen die Markierung und könnten nie Kandidaten werden.«

»Und wenn sie noch heute Nacht sterben?«

Winford drehte den Kopf und sah sie an. Er wäre gern zu ihr gegangen, um sie zu umarmen und zu trösten, aber er wusste, dass sie sich erneut von ihm abgewandt hätte. »Die Nanomaschinen helfen ihnen bestimmt, du wirst sehen.«

Ayanne ging ohne ein weiteres Wort die Treppe hoch, und Winford sank, kalt bis in die Knochen, vor dem Feuer in einen Sessel. Eine Zeit lang beobachtete er das Spiel der Flammen, und schließlich nickte er ein, von Erschöpfung übermannt. Spät in der Nacht erwachte er einmal, als draußen Wind heulte, und während er noch überlegte, ob er nach oben ins Schlafzimmer gehen sollte, klappten die Augen wieder zu.

Stille weckte ihn. Vom Feuer im Kamin war nur noch Asche übrig. Das erste Licht des neuen Tages kam durch die Fenster, und als Winford aufstand und nach draußen sah, stellte er fest, dass der Atmosphärenspringer zurückgekehrt war, ohne dass er etwas gehört hatte.

Langsam ging er die Treppe hoch, durch eine Stille, die Substanz und Gewicht zu bekommen, seinen Schritten Widerstand entgegenzusetzen schien. Die Tür des Kinderzimmers auf der linken Seite stand einen Spaltbreit offen, und er drückte sie weiter auf, ganz vorsichtig, als fürchtete er sich davor, selbst ein Geräusch zu verursachen. Mit dem Rücken zu ihm saß Ayanne auf einem Stuhl zwischen den beiden Betten, völlig unbewegt und lautlos.

Etwas schnürte Winford die Kehle zu, als er näher trat. »Ayanne?«, fragte er leise, und seine Stimme erschien ihm doch schrecklich laut.

Sie gab keine Antwort und saß noch immer reglos.

Er streckte die Hand aus, legte sie ihr auf die Schulter – und erschrak, als Ayanne plötzlich aufstand und sich mit einem Ruck umdrehte. Sie war blass, und Ringe lagen unter ihren Augen.

»Es ist deine Schuld«, sagte sie tonlos, ging an ihm vorbei und verließ das Zimmer.

Winford sah auf die beiden toten Zwillinge hinab.

Er wusste nicht, wie lange er dastand und starrte, zehn Minuten vielleicht, oder Stunden. Darrell und Tanya, so klein und zart, ihre hohlwangigen Gesichter im Tod erschlafft. Sie mussten wach gewesen sein, als es geschehen war, und Ayanne hatte ihnen nicht die Augen geschlossen. Warum habe ich nichts gehört?, dachte Winford, aber es war ein leiser Gedanke. Andere schrien und fluchten in seinem Kopf, während die Lippen bebten und die Augen feucht wurden. *Lass uns warten,* rief eine Stimme aus der Vergangenheit. Ayanne hatte warten und die Korrektur erst später vornehmen wollen, wenn die Kinder größer waren. *Was spielt es für eine Rolle, wenn sie mit dem Makel aufwachsen?*

Dies ist eine gute Gelegenheit, hatte er erwidert. Hier gibt es Fachleute, die etwas davon verstehen. Wir können uns ebenfalls behandeln lassen.

Lass uns warten, hatte sie noch einmal gesagt, als sie mit Darrell und Tanya bei Mandap Justian im Vorzimmer gesessen hatten. Aber er hatte beruhigend gelächelt, ihre Hand genommen und gesagt: Bringen wir es hinter uns …

Und jetzt waren die Zwillinge tot. Endgültig tot, denn eine Rekonversion kam nicht infrage. Nicht so kurz nach einer genetischen Veränderung. Winford starrte auf den Tod in Gestalt von zwei kleinen Körpern hinab und konnte es einfach nicht fassen.

Und dann dachte er, mit einem Gedanken, der lauter und kälter war als alle anderen: Dafür wird er bezahlen.

Er, das war Mandap Justian. Und der Preis: sein Leben.

An diesem Gedanken hielt Winford fest, als er Darrell und Tanya behutsam die Augen schloss und sie zudeckte, als könnte er sie damit vor der Kälte des Todes schützen. Es war ein Gedanke, der seine eigene Kälte besaß, die des Todes, der für jemand anders bestimmt war. Sie half ihm, nicht den Verstand zu verlieren, als er das Zimmer verließ und nach unten ging. Die Tür stand offen, und kalter Wind trug Schneeflocken herein, aber Winford achtete nicht darauf, ging in die Küche und stellte sich vor, wie er Mandap Justian, den Pfuscher, den Mörder seiner Kinder, töten würde. Er zog Schubladen auf, betrachtete Variform-Messer und hielt sie prüfend in der Hand, bis eine scharfe Klinge sang: *Ich! Ich bin die Richtige. Überlass es mir.*

Er steckte das Messer ein, streifte mechanisch eine Jacke über und ging nach draußen, ohne die Tür hinter sich zu schließen. Fußspuren zeigten sich im Schnee und verschwanden etwas weiter unten am Hang zwischen den Bäumen, aber Winford schenkte ihnen keine Beachtung, kletterte in den Atmosphärenspringer und startete. Das Haus und die anderen Gebäude im Tal blieben unter ihm zurück, und wenige Sekunden später nahmen ihn niedrig hängende Wolken auf. Das Messer in seiner Tasche sang noch immer, voller Vorfreude, und hinter der Stirn flüsterten kalte Gedanken, vertrieben die Hitze des Zorns und ließen Platz allein für ruhige, feste Entschlossenheit.

Kaum eine halbe Stunde später landete der Springer in einer der sieben Bereitschaftszonen in Detorres. Es war eine kleine Stadt mit nicht mehr als zehntausend Einwohnern, und an ihrem Rand ragten die Kuppelbauten des medizinischen Zentrums Bussani auf. Die Sonne kletterte gerade erst über den Horizont, und es war kaum jemand unterwegs. Die meisten schliefen noch, hinter grauen und ockerfarbenen Variform-Wänden, und nur in wenigen Fenstern brannte Licht. Von all dem bemerkte Winford kaum etwas, und er achtete erst auf seine Umgebung, als er das Haus des Korrektors erreichte, nicht weit entfernt von dem einstöckigen, langgestreckten Gebäude mit den Syntho-Maschinen, die alle registrierten Bürger der Stadt mit Lebensmitteln, Kleidung und anderen notwendigen Dingen versorgten. Der eine Teil des Hauses diente Mandap Justian als Wohnung, der andere als

Praxis und Laboratorium. In jenem zweiten Teil gab es einen Ausstellungsraum, der über DNS- und RNS-Strukturen, Gendefekte und das mitochondriale Gedächtnis informierte, und dieser Raum war immer geöffnet. Offiziell korrigierte Mandap Justian genetische Defekte und körperliche Missbildungen, bereitete Klone vor und entwickelte individuelle Erweiterungen. Viele Leute, die ihn besuchten, nahmen allein diese Dienste in Anspruch. Andere kamen mit besonderen Wünschen, und diese Kunden führte Justian in ein besonderes Zimmer.

Winford wartete im Ausstellungsraum, umgeben von flüsternden Displayfeldern und stummen Modellen, die sich zu drehen begannen, wenn ihn seine unruhige Wanderung an ihnen vorbeiführte. Zeit verstrich. Zwei weitere Personen kamen herein, ein junges Paar, das die Daten der Displayfelder mit einem externen Kommunikationsinterface aufnahm und sich dann in eine Ecke setzte. Winford blieb mit dem Rücken zu ihnen vor der Tür stehen, die zum Büro führte. Als er schließlich ein leises Klicken hörte und vor ihm das Bereitschaftssymbol aufleuchtete, öffnete er die Tür und trat in den Flur. Fünf, sechs lange Schritte bis zur nächsten Tür, der des Büros, und dabei fragte sich Winford kurz, über welche Erweiterungen der Korrektor verfügte. Wenn eine telepathische darunter war, wusste er vielleicht schon, was ihm drohte. Während Winford im Ausstellungsraum gewartet hatte, wäre ihm Zeit genug geblieben, sich aus dem Staub zu machen. Oder sich zu bewaffnen. Oder die Observanten in ihrer tausend Kilometer entfernten Niederlassung zu verständigen. Gab es hier einen Transferitor? Wie schnell konnten die Observanten zur Stelle sein und eingreifen?

Winford öffnete die Tür des Büros.

Mandap Justian saß an seinem Schreibtisch: etwa fünfzig Scheinjahre alt, dichtes, dunkelbraunes Haar, geschwungene Brauen über dunklen Augen, die Wangen glatt, das Kinn ein wenig zu spitz. Ein freundlich und verständnisvoll wirkender Mann, aber etwas in den Augen verriet ihn. Winford sah es jetzt ganz deutlich: ein Glitzern, dahinter Durchtriebenheit, Schläue und Gleichgültigkeit allem gegenüber, das nicht direkt ihn betraf. Am Kragen seines weißen Hemds steckte ein Doyenabzeichen. Dritte Stufe. Aber sein Weg zur Unsterblichkeit würde hier enden.

Justian sah auf. »Oh, Sie sind's. So früh? Was …«

Weiter kam er nicht. Winford trat um den Schreibtisch herum, packte den Korrektor mit der einen Hand und zerrte ihn hoch. Mit der anderen zog er das Messer aus der Jackentasche und hielt es ihm an die Kehle. Die Spitze ritzte die Haut, ein kleiner roter Blutstropfen bildete sich und rann am Hals herab, auf das Doyenabzeichen zu.

»Sie sind tot«, flüsterte Winford. »Meine Kinder. Sie sind in dieser Nacht gestorben.«

»Es tut mir leid«, krächzte der Korrektor. Aber in seinen Augen lag kein Mitleid, keine Bestürzung, nur Furcht und … Berechnung. Die rechte Hand bewegte sich. Gab er einem Gesteninterface Zeichen?

»Du hast sie auf dem Gewissen«, sagte Winford.

Er ist kalt in seinem Innern, noch kälter als zuvor, und er hört, wie das Messer singt. Stoß mit mir zu, singt es, und sieh ihm dabei in die Augen. Sieh, wie er stirbt.

Dies ist der Moment. Hier teilt sich der Weg. Der eine führt zurück zu den Regeln der Magister und vielleicht zum Kandidatenstatus, ohne den Makel. Du kannst mit Ayanne durch die Tausend Tiefen reisen, dir die Ausschreibungen der Magister ansehen und entscheiden, wo und wie ihr genug Meriten für die erste Therapie erwerben könnt. Der andere führt endgültig in die Illegalität, und der Pfad verschwindet im Dunkeln; es ist nicht abzusehen, wo er enden wird.

Es gibt noch andere Möglichkeiten, ihn zu bestrafen, wendet die leise Stimme der Vernunft ein. Melde ihn den Observanten. Hinterlass einen anonymen Hinweis, wenn du nicht riskieren willst, dass die Magister von der Korrektur erfahren. Ruiniere ihn.

Und das Herz sagt, viel lauter: Er ist Doyen. Siehst du das Abzeichen? Er hat es schon bis zur dritten Stufe gebracht. Seine Geschäfte müssen recht einträglich sein.

Und die Seele schreit: Sie sind tot! Darrell und Tanya … sind tot! Für immer. Du wolltest ihnen den Weg zur Unsterblichkeit öffnen, aber dieser Pfuscher, der nur an seinen eigenen Vorteil denkt, hat ihnen das ewige Nichts beschert.

Die Kälte wich aus einem Teil von Winford – er spürte Wärme an den Händen. Warmes Blut aus der Kehle des Korrektors. Das Messer steckte so tief im Hals, dass die Spitze auf der anderen Seite wieder zum Vorschein kam. Er ließ das Heft des Messers los, öffnete dann auch die andere Hand, die den Mann festgehalten hatte, und Mandap Justian fiel zu Boden, in seinem weißen Hemd, das vorn rot geworden war. Er röchelte und zuckte noch einige Sekunden, aber dann blieb er reglos liegen.

Irgendwann später saß Winford im Atmosphärenspringer, starrte auf seine blutbesudelten Hände und versuchte sich zu erinnern. Er sah Justian am Boden liegen, tot, aber plötzlich fragte er sich, wie lange er tot bleiben würde. Er hätte seine Leiche verbrennen, die Asche nehmen und irgendwo verstreuen sollen, um eine Rekonversion zu verhindern. Und was war mit Back-ups? Vielleicht hatte Mandap Justian seine Erinnerungen in irgendeinem Archiv abgelegt, wo sie nur darauf warteten, ins rekonvertierte Bewusstsein übertragen zu werden.

Und dann begriff Winford, was er getan hatte.

Er hatte ein Leben ausgelöscht. Seine Hand war schneller gewesen als seine Gedanken und hatte ihn zu einem Mörder gemacht.

Als der Atmosphärenspringer abhob und weit über die Dächer der Stadt aufstieg, erschien das junge Paar vor Winfords innerem Auge. Die beiden hatten ihn gesehen, das Blut an seinen Händen und an der Kleidung, die Leere in seinem Gesicht, als er nach draußen gewankt war.

»Flugziel?«, fragte der Springer.

»Zurück.« Es war ein unverständliches Krächzen. Winford räusperte sich. »Bring mich zurück, dorthin, woher wir gekommen sind.«

Der Atmosphärenspringer kletterte noch weiter am Himmel hoch, beschleunigte und flog nach Norden.

Winford versuchte, seine Gedanken zu ordnen. Die beiden jungen Leute würden den Toten finden, und ihrer Erinnerung ließ sich ein Bild von ihm entnehmen. Wie viel Zeit blieb ihm? Wie lange dauerte es, bis die Observanten benachrichtigt wurden? Wann würden sie in Detorres eintreffen, ihn identifizieren und dann ins kleine verschneite Tal zweihundert Kilometer weiter im Norden kommen?

Wie wurde Mord auf Dannacker bestraft? Wie lauteten die lokalen Regeln?

Winford starrte auf seine roten Hände, die Flecken an den

Kontrollen und am Sitz hinterlassen hatten. Er wischte sie an der Hose ab.

»Schneller«, sagte er. »Ich habe es eilig.«

Das Summen des Triebwerks wurde etwas lauter, und unten glitt die Landschaft dahin, braun und grün die tiefer gelegenen Gebiete, weiß die Hänge und Gipfel von Hügeln und Bergen.

Eine neue Identität, dachte Winford. Er musste untertauchen, seine Spuren verwischen, eine neue Identität annehmen ...

Ayanne, fuhr es ihm durch den Sinn. Er musste Ayanne holen.

Die Zeit verging nicht langsam, sondern schnell. Die einzelnen Sekunden rasten wie seine Gedanken, und jede von ihnen gab bestimmten Informationen Gelegenheit, sich in den lokalen Datennetzen weiter auszubreiten. *Winford Gattwick hat den Korrektor Mandap Justian umgebracht.* Er stellte sich vor, wie diese Worte erst nur ein Flüstern waren, in den Datenkanälen aber immer mehr zu einem Schrei anschwollen, den niemand überhören konnte.

Der Atmosphärenspringer setzte zur Landung an, und Winford stieß die Tür auf, noch bevor die Maschine ganz zur Ruhe gekommen war. Er sprang hinaus in den aufgewirbelten Schnee, wie in der Nacht zuvor, lief zum Haus und stellte fest, dass die Tür offen war. Er selbst hatte sie offen gelassen, erinnerte er sich.

»Ayanne?«, rief er in der Diele.

Das Wohnzimmer war leer, die Küche ebenfalls. Winford sah oben nach und fand die beiden Kinder tot in ihren Betten, wie er sie zurückgelassen hatte, die Decken bis zum Kinn hochgezogen. Die Zeit schien hier stillzustehen, wie in der

Kälte erstarrt, die unten durch die offene Tür hereingekommen und durchs ganze Haus gekrochen war. Er kehrte in den Flur zurück, lief die Treppe hinunter …

Die Spuren im Schnee.

Er stürmte hinaus, und dort waren sie: Abdrücke im Schnee, die über den Hang führten und zwischen den Bäumen verschwanden. Winford folgte ihnen, vorbei an dem Atmosphärenspringer. »Ayanne?«

Niemand antwortete ihm. Es war still im Wald der Koniferen, die Schnee trugen, auf jedem Ast und jedem Zweig, auf jeder einzelnen Nadel. Die Fußspuren folgten dem Verlauf des Weges, der zum kleinen zugefrorenen See führte. An seinem Ufer hatten Darrell und Tanya ein »Schloss aus Schnee« errichtet, für eine imaginäre Eiskönigin, und als Winford näher kam, sah er, dass der Wind in der vergangenen Nacht nicht viel davon übrig gelassen hatte. Etwas Dunkles lag neben den Resten des Schneeschlosses, und als er näher kam, erkannte Winford Kleidungsstücke.

Dahinter, auf dem Eis des Sees, saß Ayanne mit angezogenen Beinen, die Arme um die Knie geschlungen. Eine dünne Schicht aus Raureif auf ihrer nackten Haut machte sie blass. Ihre Augen waren geöffnet – und gefroren, wie der See, dessen Eis vor ihr Kratzer aufwies, von einem kleinen Stein geschaffen. Dort saß sie, die Eiskönigin, für die Darrell und Tanya das Schloss aus Schnee gebaut hatten.

Alles weicht zurück, hinter den Ereignishorizont von Winfords Wahrnehmung. Seine Welt schrumpft, bis nur noch Platz ist für Ayanne, die den Kältetod gewählt hat, und ihn selbst, den letzten Überlebenden in seinem persönlichen Kosmos. Tief in ihm, so tief, dass es im Dunkel des Unbewussten bleibt, zerbricht etwas, zerreißt wie die Saite eines empfindlichen Instruments. Es geschieht lautlos, ohne ein Knirschen oder Klirren, aber Wellen der Veränderung gehen davon aus. Winford weiß, dass sein altes Leben hier endet, an diesem gefrorenen See auf einer Welt, die ihm, seiner Frau und ihren Kindern den Weg zur Unsterblichkeit öffnen sollte. Stattdessen sind drei Menschen tot, und der vierte ist zu einem Mörder geworden.

Er sieht auf die erfrorene Ayanne hinab und fragt sich, ob eine Rekonversion möglich ist. Wie viel Zeit ist seit ihrem Tod vergangen? Stunden. Und sie hat ebenfalls die Korrektur hinter sich. Selbst unter günstigsten Umständen hätte die Behandlung unabsehbare Konsequenzen nach sich ziehen können, und günstig sind die Umstände gewiss nicht.

Winford möchte schreien, aber der Schrei bleibt in ihm, als er sich umdreht und den Hang hinaufstapft, langsam erst, und dann immer schneller, wie auf der Flucht. Und es ist *eine Flucht, nicht nur vor den Observanten, sondern auch aus seinem früheren Leben.*

Zehn Stunden später, als es in dieser Hemisphäre von Dannacker wieder Nacht wird, ist er nicht mehr Winford Gattwick, sondern Evan Ten-Ten, ein Reisender, der in den Tausend Tiefen unterwegs ist und dessen Spuren, wenn man sie genau verfolgt, bis in die Gemischten Gebiete zurückreichen. Bis zum nächsten Morgen hat er den Inhalt eines fremden externen Gedächtnisses aufgenommen und ist damit auch innerlich zu einer neuen Person geworden. Er hat Hilfe bekommen, von Personen, die wie er außerhalb der Regeln stehen, und bezahlt hat er dafür mit Meriten. Mit allen Meriten, die ihm nach der Korrektur des Makels noch geblieben sind. Hinter der hellen Welt, die von den Regeln der Magister und des Direktoriats bestimmt wird, gibt es noch eine Welt, vielleicht nicht ganz finster, aber doch grau und düster, und dort gelten andere Regeln. Es ist die Welt der vielen Verzweifelten und wenigen Profiteure, und sie alle suchen nach einem eigenen Weg zu den Hohen Welten. Hier gibt es keine Ausschreibungen der Magister, mit denen man gesellschaftliche Verdienste erwerben kann. Die Meriten müssen in der anderen, hellen Welt verdient werden, und hier in der Schattenwelt bezahlt man damit für Unterschlupf, Schutz vor den Observanten, neue Identitäten, anonymen Transport und oft auch für Dinge, die im Licht der Regeln umsonst zu haben sind, wie Unterkunft, Nahrung, medizinische Behandlung, einfache Erweiterungen und die Teilnahme an der lokalen und interstellaren Kommunikation.

Winford hat alle seine Meriten anderen überschrieben, um zu Evan Ten-Ten zu werden, doch er befindet sich noch immer auf Dannacker. Für den Transfer vom Planeten und durch das Filigran braucht er erneut Hilfe, und es bleibt ihm nichts anderes übrig, als mit dem Versprechen zu bezahlen, einen Auftrag für den Helfer zu erledigen.

Eine Rückkehr in die andere, hellere Welt, um dort Meriten für die Kandidatentherapien zu verdienen, ist nur nach langen, sorgfältigen Vorbereitungen möglich, und dafür sind Meriten erforderlich, die er auf andere, dunkle Art verdienen muss. Die von moralischen Schranken und Schuldgefühlen weitgehend unbelastete Persönlichkeit des Evan Ten-Ten und das Erlernen neuer Fertigkeiten mithilfe von Erinnerungsabsorption und prionencodiertem Wissen machen es ihm leichter.

Fortan begleitet ihn der Gesang des Messers …

26

Erzähl mir mehr davon«, sagte Leandra, als sie ihn erneut ritt, auf der nackten Haut der Glanz von Schweiß. Ihre Hüften bewegten sich, und die Brüste schaukelten vor seinen Augen. »Erzähl mir mehr davon.«

Und Esebian, in ihr hart und voller Verlangen, obgleich er sich schwach fühlte, erzählte von seinen ersten beiden Morden als Evan Ten-Ten, den schwersten von allen. Mund und Zunge bewegten sich von ganz allein, wie seine Lenden, und er hörte fast ebenso erstaunt zu wie Leandra. Sie bestand auf Einzelheiten, und er nannte sie ihr, all die kleinen Details, die Evan Ten-Ten damals gesehen hatte. Leandras Hüften wurden schneller, der Tanz ihrer Brüste noch leidenschaftlicher, das Stöhnen zwischen ihren Fragen lauter – der Tod, von dem Esebian erzählte, schien das Leben in ihr zu einem Fieber aufzuheizen, wild und heiß.

Später lag er in einem Zustand zwischen Wachen und Schlafen, am Rand von Träumen, die Erinnerungen aus seinen früheren Leben mit Fantasiebildern mischten. Manchmal stapfte er durch eine endlose Wüste, jeder Schritt schwerer als der vorherige, und doch musste er immer wieder einen Fuß vor den anderen setzen. Bei anderen Gelegenheiten saß er neben Ayanne am zugefrorenen See und wusste, dass die Kinder nicht im Haus oben auf der Hügelkuppe lagen, sondern in ihrem Schloss aus Schnee. Es war kalt, und er trug keine Kleidung, aber die Kälte erreichte ihn nicht ganz, hielt sich gerade weit genug zurück, dass er am Leben blieb.

Noch etwas später, nach ein oder zwei Tagen, gab er Leandras Drängen nach, und sie unternahmen lange Streifzüge durch das große Schiff der Enha-Entalen. Sie wanderten an den anderen Alkoven vorbei; bei den meisten von ihnen waren die Zugänge jetzt geschlossen. Die Passagiere dahinter lagen in der Starre und würden in gut drei Wochen daraus erwachen, wenn der Transporter das Zielsystem erreichte. Esebian erklärte der immer neugierigen Leandra, dass viele die Gelegenheit nutzten, um in aktiver Starre Wissenslücken zu schließen oder Neues zu lernen, um sich anschließend Aufgaben zu widmen, die ihnen Meriten einbrachten. Es gehörte zu den Angeboten, mit denen die Enha-Entalen den Aufenthalt an Bord ihrer Schiffe für Passagiere reizvoll machten.

»Warum?«, fragte Leandra. Es schien eins ihrer Lieblingsworte zu sein. »Ich meine, was haben die Enha-Entalen davon, wenn sich Passagiere an Bord ihrer Schiffe befinden? Die Reisenden sollten für den Flug bezahlen und nicht umgekehrt, oder?«

Sie hatten den Zylinder des Passagierabteils verlassen und schritten durch einen Korridor, der an den Ruhezonen der Enha-Entalen vorbeiführte. Rechts und links rotierten kleinere Zylinder mit Hunderten von weißen und silbrigen Kokons, Aggregationen, in denen sich skorpionartige Geschöpfe für die Dauer des Phasenflugs eingesponnen hatten. Hier und dort bewegten sich Fühler und Gliedmaßen im Schlaf, während um sie herum das Schiff seufzte und flüsterte.

»Dies ist ihr Lohn«, sagte Esebian leise, um die Ruhenden

nicht zu stören. »Sie träumen fremde Träume. Weißt du, was ›Enha-Entalen‹ bedeutet?«

»Es ist ein Name, nicht wahr?«

»Es ist mehr als nur ein Name. Der Begriff bedeutet so viel wie ›Geschichten sind Leben‹. Die Distortion hat auf das Bewusstsein eine ähnliche Wirkung wie der Transit durch ein Filigran.«

»Träume?«, fragte Leandra. »Aber ich habe nicht geträumt, als die Distortion kam.«

»Du erinnerst dich nur nicht daran. Träume sind klein und groß, schwach und stark, und jeder Traum erzählt eine Geschichte. Die Enha-Entalen empfangen sie.«

»Sind sie … Telepathen?« Dieser Gedanke schien Leandra zu erschrecken, und sie rieb sich kurz die Arme. Ein Teil von Esebian beobachtete ihre Reaktion aufmerksam.

»Nein, ich glaube nicht, dass man von Telepathie sprechen kann. Sie empfangen Bilder, die ihnen Geschichten über uns erzählen.«

»Sie sehen, was wir gesehen und erlebt haben?«

»In gewisser Weise.«

Leandras Blick strich über die Kokons. »Ich weiß nicht, ob mir das gefällt.«

»Was auch immer die Enha-Entalen sehen: Sie urteilen nicht«, sagte Esebian. »Sie sind Beobachter, keine Richter. Die Bilder bereichern ihr Leben. Geschichten *sind* ihr Leben.«

Während der nächsten Minuten schien Leandra darüber nachzudenken, und in einem Zwischenmodul des Transporters, in dem die Stimme des Schiffes zu einem fast melodischen Klimpern und Klirren wurde, sagte sie: »Wenn die Enha-Entalen für Geschichten leben, wenn Geschichten ihr

Leben sind … Was ist dann Unsterblichkeit für sie? Gibt es Unsterbliche bei den Enha-Entalen, so wie bei uns Menschen?«

Die Frage erstaunte Esebian fast ebenso sehr wie die Tatsache, dass Leandra nicht auf die Morde zu sprechen gekommen war. Ihre Neugier betraf praktisch alles, und dass sie ausgerechnet über etwas kein Wort verlor, das sie als schrecklich empfunden haben musste, erschien ihm seltsam. War alles ein Traum gewesen, hervorgerufen von der Distortion? Es hätte die sonderbare Bereitschaft erklärt, mit der er Leandra von Dannacker und seinen ersten beiden Morden als Evan Ten-Ten erzählt hatte.

»Ich weiß es nicht«, sagte er, als sie durch einen schmalen Gang wanderten, der zu einem der Sprunggeneratoren führte. Er wies violette Markierungen auf, was bedeutete, dass auch dieser Teil des Schiffes den Passagieren offen stand. »Vielleicht habe ich entsprechende Kenntnisse in einem externen Gedächtnis abgelegt, aber es wäre auch möglich, dass ich mir darüber noch nie Gedanken gemacht habe. Ich weiß nur, dass die Therapien viel zu sehr auf uns Menschen zugeschnitten sind, als dass sie auch bei Enha-Entalen oder den Angehörigen anderer Völker wirken könnten.«

Leandra blieb stehen. »Hörst du das?«

»Ja. Es wird gleich noch stärker. Und ich nehme an, dass wir beim Generator Gesellschaft haben werden.« Das Klimpern und Klirren wurde immer mehr zu einer Melodie, die durch Ohren und akustische Erweiterungen kroch, das Gehirn erreichte und sich dort mit subtilem Nachdruck durch die verschiedenen Schichten des Bewusstseins bohrte. Das Ergebnis waren … Offenbarungen, wie manche Leute meinten. Esebian vermutete, dass es sich eher um Phasenübergänge in der Psyche handelte.

Der Sprunggenerator, einer von sieben, ragte wie ein gewaltiges graues Ei in einem mindestens fünfhundert Meter hohen Maschinensaal auf. Daten- und Energiestege aus flexiblen Suprawerkstoffen verbanden ihn mit einem Wald aus Aggregaten, von denen ein pulsierendes Brummen ausging, als ob sie für die Musik des aktiven Generators den Takt vorgeben würden.

Leandra lächelte verzückt. Sie erlebte dies ganz offensichtlich zum ersten Mal, stellte der wachsame Teil von Esebian fest.

Als sie den Weg über eine von mehreren nach oben führenden Rampen fortsetzten, zeigte sich, dass sie an diesem Ort tatsächlich nicht allein waren. Weit oben krochen Enha-Entalen durch transparente Tunnel, Techniker und Operatoren, die die Funktionsweise des Generators überwachten. Vielleicht befand sich unter ihnen auch ein Geschichtensammler, der die »Offenbarungen« der Passagiere aufnahm, die in der Nähe des Generators saßen. Esebian schätzte ihre Anzahl auf zwei oder drei Dutzend, aber es konnten auch viel mehr sein, denn weite Bereiche des Maschinensaals lagen in einem Halbdunkel, das Konturen verschleierte und Einzelheiten verbarg. Die visuellen Erweiterungen halfen Esebian hier nicht weiter. Seit einigen Stunden war ihre Funktion auch im Passagierbereich des Schiffes eingeschränkt, und hier, so nahe an einem der Ausgangspunkte für die Phasenverschiebung, erhielt er von ihnen nur noch wirre Bilder, mit denen er nichts anfangen konnte. Eins von ihnen zeigte ihm, wie sich seine Hände in Brei verwandelten und langsam auseinanderflossen. Esebian schaltete die entsprechenden Erweiterungen aus, und seltsamerweise ging ein vages Schwächegefühl damit einher.

»Es kitzelt«, sagte Leandra. Sie lächelte noch immer, hob die Hände und berührte die Schläfen mit den Fingerspitzen. »Im Kopf.«

Esebian fragte sich, wie sich die Nähe der Phase auf eine Mentalistin auswirken mochte. Vielleicht war es falsch, Leandra an diesen Ort geführt zu haben. Er wollte gerade warnende Worte an sie richten, als sie sich wieder in Bewegung setzte und über die Rampe eilte. Sie schien sich in dem Halbdunkel besser orientieren zu können und bereits eine Stelle ausgesucht zu haben: eine kleine Plattform, etwa fünfzig Meter weiter oben am Rand der Rampe, wenige Meter vom Sprunggenerator entfernt.

»Sind die anderen hier, um der Musik zu lauschen?«, fragte Leandra auf dem Weg nach oben.

»Die Musik ist nur das Mittel«, erwiderte Esebian. »Die Leute sind hierhergekommen, um zu meditieren. Sie lassen sich von der Musik des Generators in einen anderen Bewusstseinszustand versetzen, in der Hoffnung, den Herzschlag des Universums zu vernehmen.«

»Ist das gefährlich?«, fragte Leandra mit einer Mischung aus Sorge und freudiger Aufregung.

Für eine Mentalistin könnte es vielleicht gefährlich sein, wollte Esebian antworten, doch er sagte: »Nein.«

Sie nahmen auf der Plattform Platz, nur wenige Meter vom gewaltigen Sprunggenerator entfernt, der als grauer Berg vor ihnen aufragte und zusammen mit den anderen Generatoren ein Lied sang, das den Transporter der Enha-Entalen mit vielfacher Überlichtgeschwindigkeit durch den interstellaren

Raum trug. Es war kein Berg mit glatten Hängen. In unregelmäßigen Abständen gab es Auswüchse mit geringfügig anderen Grauschattierungen: nadelartige und warzenförmige Gebilde, Gruppen aus unterschiedlich langen Stäben und Zacken, Bögen aus kleinen Kugeln und Quadern, zwischen denen sich Membranen wie Segel spannten. Angeblich entstanden zwischen all diesen Elementen Muster, hatten Meditierende behauptet, aber wenn tatsächlich Muster existierten, blieben sie Esebian verborgen.

»Was muss ich tun?«, fragte Leandra. »Wie meditiert man?«

Sie flüsterte nicht, aber ihre Stimme erschien Esebian leise, obwohl Leandra direkt neben ihm saß, und das Klirren des Generators wurde lauter. »Hör dir die Geräusche an. Konzentrier dich darauf, bis sie eine Melodie ergeben.«

»Und dann höre ich den Herzschlag des Universums?«, fragte sie wie ein Kind.

»Vielleicht.«

Leandra schloss die Augen und lauschte. Esebian richtete den Blick nach vorn, sah an dem riesigen Sprunggenerator hoch und fragte sich, welche Kraftfelder von ihm ausgingen und ob es für Körper und Geist schädlich sein konnte, ihm so nahe zu sein. Mit den Erweiterungen, die Cambero ihm gestohlen hatte, wäre er imstande gewesen, die energetischen Emissionen des Generators zu sehen.

»Ich höre es«, hauchte Leandra neben ihm. »Es klingt wundervoll.«

Esebian wollte antworten, doch in seiner Wahrnehmung wurde die Stimme des Sprunggenerators plötzlich zu einem Donnern. Seine Hände flogen zu den Ohren, aber damit konnte er den jähen akustischen Orkan nicht von sich fernhalten. Ein Heulen und Kreischen umtoste ihn, doch offenbar nur ihn, denn als er den Kopf drehte, saß Leandra noch immer mit einem verzückten Lächeln da, und ihre Lippen bewegten sich, ohne dass er ein Wort von ihr empfing.

Etwas kam aus dem Kern des Generators, neue Töne in einem Chaos aus Tönen, und er stellte sich die unsichtbare Hand eines Dirigenten darüber vor. Jedes einzelne Geräusch in dem Durcheinander gehorchte diesem Kapellmeister, nahm seinen Platz ein und formte zusammen mit den anderen eine komplizierte Melodie, die das Chaos besiegte und den Weg frei machte für einen dumpfen fernen Doppelton: Bumm-bumm, Bumm-bumm …

Sei bloß nicht so naiv zu glauben, dass du den Herzschlag des Universums hörst, sagte Caleb. *Es ist dein eigenes Herz, das dir in den Ohren klingt.*

Ich habe dich und die anderen seit einer ganzen Weile nicht mehr gehört, erwiderte Esebian überrascht. Die Melodie erklang noch immer, wich aber zurück, fortgelockt von der Hand des unsichtbaren Dirigenten. Es wurde leiser, leise genug, dass er auch die anderen Stimmen hören konnte.

Wir haben uns beraten, sagte Talanna. Sie zögerte und schien nach Worten zu suchen. *Wir haben über alles gesprochen …*

Sie meint, wir haben eine gründliche Situationsanalyse vorgenommen, sagte Yrthmo. *Die Lage ist verdammt ernst, Esebian.*

Ernst?, schnaufte Caleb. *Dies ist der größte Schlamassel, in dem wir jemals gesteckt haben. Wir können froh sein, wenn wir mit heiler Haut davonkommen. Die Hohen Welten sind weiter entfernt als jemals zuvor!*

Caleb und die anderen sind der Ansicht, dass du leider keine große Hilfe bist, sagte Gunder ruhig. Nein, es war nicht allein Gunders Stimme. Dorotheri sprach die gleichen Worte, so synchron mit Gunder, dass ihre Stimmen verschmolzen.

Du hast dir unsere besten Erweiterungen stehlen lassen, sagte Kyrill. *Und jetzt bist du auf der Flucht, ohne ein Ziel, ohne einen Plan.*

Anstatt zu überlegen, sitzt du mit dem Kind da und hörst dir die Musik eines verdammten Sprunggenerators an!, ereiferte sich Caleb. Er war richtig wütend. *Was ist los mit dir, Mann? Begreifst du denn nicht, dass* alles *auf dem Spiel steht?*

Sie beeinflusst dich, Esebian, sagte der argwöhnische Kyrill.

Die Mentalistin pfuscht in deinen Gedanken und Gefühlen herum!, rief Caleb.

Es sind meine Gedanken und meine Gefühle, erwiderte Esebian. Es war eine trotzige Antwort, das gestand er sich ein, aber er spürte auch, dass die Worte eine besondere Wahrheit enthielten.

Esebian … Talanna zögerte erneut. *Wir möchten dich bitten, uns die Kontrolle zu übergeben.*

Euch?

Übergib sie Caleb, sagte Talanna. *Wir sind bei ihm. Wir alle.*

Und Esebian hörte sie alle. Manche Stimmen waren klar und deutlich, wie die von Talanna, Caleb, Kyrill, Yrthmo und Gunder, aber er vernahm auch die der anderen Personen, die er gewesen war, für Jahre oder auch nur wenige Wochen: Evan Ten-Ten war da, ebenso Winford, der erste Mörder, der sie alle auf diesen Weg gebracht hatte. Und Kossen, der aus reiner Verzweiflung versucht hatte, als Bioingenieur eine neue, bisher verschlossene Tür zur Unsterblichkeit zu öffnen. Und Belken, Orizabal, Gacusan, Conelly und die anderen, kaum mehr als Namen, weil den meisten von ihnen nicht genug Zeit geblieben war, eine wirkliche eigene Persönlichkeit zu entwickeln. All diese Stimmen aus der Vergangenheit kamen mit dem Lied des Generators, als Teil *seiner* Offenbarung.

Du bist wie Gunder, sagte Caleb scharf. *Du bist zu weich geworden. Wie willst du Tirrhel und seine Hintermänner entlarven? Wie willst du herausfinden, was sie dazu bewogen hat, uns zu erpressen und zu zwingen, El'Kalentar zu ermorden? Wie willst du Vergeltung üben? Und am allerwichtigsten: Wie willst du verhindern, dass man uns irgendwann findet, vor ein Magistergericht stellt und für den Mord verurteilt? An der Strafe dürfte kein Zweifel bestehen. Wenn man uns fasst, erwartet uns der endgültige Tod.*

Ich muss ihm zustimmen, Esebian, flüsterte Gunders ruhige Stimme im Lied des Sprunggenerators, das sich seiner Kadenz anzupassen schien. *Zwar bin ich nicht der Meinung, dass es Schwäche bedeutet, »weich« zu sein, wie er es nennt, aber ich glaube sehr wohl, dass es zu handeln gilt. Du vergeudest kostbare Zeit mit …*

Mit Romantik, sagte Talanna, und leiser Kummer lag in ihrer Stimme. *Vielleicht auch mit Selbstzweifeln und unnötigem Schwelgen in Erinnerungen.*

Was sitzt du da vor dem Generator?, zischte Caleb. *Warum machst du dich nicht auf die Suche nach einem Biotechniker an Bord? Biete den Enha-Entalen Geschichten in Form von selektierten Erinnerungen an. Vielleicht können sie dir helfen.*

Helfen? Wobei?, fragte Esebian benommen. Das Schwächegefühl war deutlicher geworden; etwas saugte ihm ganz langsam die Kraft aus Fleisch und Knochen. Seine Hände … Als er sie betrachtete, schienen sie erneut ihre Form zu verändern und schmaler zu werden, die Finger länger.

Was ist mit den Erweiterungen los, die Cambero dir nicht gestohlen hat?, fuhr Caleb im gleichen scharfen Ton fort. *Sie funktionieren nicht mehr richtig. Und du wirst schwächer. Der neue Körper, den dir der*

Chisnall gegeben hat … Irgendwas stimmt nicht damit. Wie willst du den Observanten entgehen und Tirrhel und seine Hintermänner finden, wenn du dich nicht einmal um dich selbst kümmerst? Übergib mir die Kontrolle. Jetzt sofort. Ich weiß, was es zu unternehmen gilt.

Esebian schaute zur Seite und begegnete Leandras Blick. Sie starrte ihn verblüfft an, diese Frau mit der glatten, völlig faltenlosen Haut und dem silberblonden Haar, das einen fast metallischen Glanz hatte, auf den Lippen das Glitzern von Mikrokristallen. Nein, ein Kind war sie gewiss nicht, aber jung, so herrlich jung, und frisch wie morgendlicher Tau auf Blütenblättern. Plötzlich fürchtete er um sie und dachte daran, was Caleb ihr antun könnte, wenn der seinen Platz einnahm.

Und dann dachte er: Warum bitten sie mich überhaupt, ihnen die Kontrolle zu überlassen?

Ich habe es gewusst, brummte Caleb. *Wir hätten nicht fragen, sondern versuchen sollen, ihn zu überrumpeln.*

Ihr könnt mich nicht einfach zur Seite schieben, sagte Esebian.

Ich habe es ihnen zu erklären versucht, sagte Gunder. *Wir haben damals auf mein Drängen hin beschlossen, nicht mehr zu töten, erinnerst du dich?*

Natürlich erinnert er sich, warf Caleb ein. *Er ist wir.*

Nein, nicht ganz, widersprach Gunder. *Das ist es ja gerade. Wir sind er, ja, das heißt, wir sind einzelne Teile seines Lebens, aber er ist mehr als jeder Einzelne von uns. Er ist das Ergebnis von dem, was wir alle gewesen sind, und hinzu kommt sein eigenes, reifes Leben als Esebian. Er ist das, was vielleicht aus mir geworden wäre, wenn wir nicht beschlossen hätten, als Wissenschaftler den Finalen Evolutionskollaps zu erforschen.*

Ein Schwächling, schnaufte Caleb verächtlich.

Jemand, der über den Sinn *nachdenkt,* sagte Gunder mit unerschütterlicher Ruhe. *Jemand, der nicht mehr den Weg des Blutes gehen will. Erinnert ihr euch an unsere Diskussionen, bevor wir zu Esebian wurden? Über das Relative und Absolute von Moral und Ethik? Darüber, was* richtig *ist und was* falsch?

Willst du noch einmal alles breittreten? Den ganzen verdammten Kram? Tirrhel hat uns gezwungen, einen weiteren Mord zu begehen, und anschließend wollte uns der Mistkerl umbringen! Soll er dafür büßen, oder lassen wir ihm von Esebian mitteilen, dass Töten moralisch und ethisch verwerflich ist, noch dazu, wenn es eigenen Zwecken dient? Wie würde Tirrhel wohl darauf reagieren? Indem er Reue zeigt?

Das Lied des Sprunggenerators veränderte sich, bekam melancholische Untertöne und gleichzeitig etwas Drängendes. Esebian spürte noch immer Leandras verblüfften Blick. Ihre Lippen bewegten sich, ohne dass er ihre Stimme hörte, aber diesmal blieb eine Vision aus. Stattdessen hörte er die anderen Stimmen, laut und deutlich, so deutlich wie seit Tagen nicht mehr.

Auf einem Steg einige Dutzend Meter weiter oben war ein zierlicher Enha-Entalen stehen geblieben und neigte Stabkopf und Fühler nach unten. Blau schimmernde Flügel ragten unter dem dunklen Rückenschild hervor.

»Nein«, sagte Esebian. Aus irgendeinem Grund tat es gut, die eigene Stimme zu hören, wie als Bestätigung dafür, dass Stimmapparat und der Rest des Körpers noch immer ihm gehörten.

Sei vernünftig, Esebian, sagte Talanna. *Du weißt, dass ich nicht viel von Caleb halte, aber diesmal hat er Recht.*

»Ihr könnt mich nicht vertreiben«, sagte Esebian, überrascht und auch zufrieden. »Ich habe die ganze Zeit gedacht, dass ihr mich duldet, aber die Wahrheit ist: Ich bin stärker als ihr.«

Leandra wich ein wenig zurück, und ihre Augen wurden noch größer, als sie ihn anstarrte.

Oben auf dem Steg zitterten die Fühler des Enha-Entalen.

Von Caleb kam ein Fluch.

Nicht stärker, sagte Gunder. *Reifer.*

Esebian …, begann Talanna erneut.

»Nein«, sagte er. »Nein, ich bleibe ich.«

Du würdest auch du bleiben, wenn du Caleb die Kontrolle überlässt.

»Ich wäre weniger als jetzt, und ich will nicht weniger sein.« Das Lied des Sprunggenerators rückte immer mehr in den Hintergrund und löste sich dabei auf, zerfiel zu dem Klimpern und Klirren, mit dem es begonnen hatte. »Tirrhel hat versucht, *mich* zu töten. *Ich* werde es ihm heimzahlen!«

Wie denn?, fragte Caleb. Er klang jetzt resigniert. *Du bist immer nur Wissenschaftler gewesen, kein Killer. El'Kalentar war dein erstes Opfer, und du hast ihn getötet, weil Tirrhel dich erpresst und dazu gezwungen hat. Es war kein Auftrag, den du freiwillig übernommen hast.*

»Ich weiß ebenso viel wie du und die anderen«, sagte Esebian. Er sprach die Worte aus, weil er das Gefühl hatte, dass sie dadurch mehr Gewicht bekamen.

Ach ja? Dann sag mir: Wie willst du dieses Schiff verlassen, wenn es das Belidor-System erreicht? Es ist nur sechs Lichtjahre vom Granville-System mit Hadadd entfernt. Eine einfach quantenverschränkte Verbindung genügt, um die Nachricht von El'Kalentars Ermordung zu übermitteln und ihr eine Beschreibung des Mörders sowie seine Personendaten hinzuzufügen – von der Kommunikation der Magister ganz zu schweigen. Glaubst du vielleicht, du kannst einfach so von Bord spazieren? Und glaub nur nicht, dass dir der veränderte Körper, mit dem übrigens etwas nicht in Ordnung ist, irgendeine Hilfe sein kann.

Esebian blickte auf seine Hände, von denen Haut abblätterte. Unter dem Hemd hatten sich Beulen gebildet. Die Anzeichen waren eindeutig, und er konnte sich nicht länger der Wahrheit verschließen: Die von Cambero durchgeführte physische Restrukturierung wurde instabil.

Wir warten auf eine Antwort, sagte Caleb. *Wie willst du das Schiff im Belidor-System verlassen und in den Filigrantransit gehen, ohne dass dich die Observanten schnappen? Und lass mich dies hinzufügen: Wenn sie dich erwischen, haben sie uns alle am Wickel!*

Etwas versuchte, durch Esebians Kopf zu kriechen, und dann weiter durchs Rückgrat und an den Nervensträngen entlang in den Körper. Halt, dachte er, und dieser eine Gedanke genügte. Er musste sich nicht einmal konzentrieren. Er war Herr seines Körpers und dieses Lebens.

Die Barken, sagte Yrthmo.

Esebian verstand sofort, stand auf und wandte sich vom Sprunggenerator ab. Leandras Blick folgte ihm, und oben zitterten noch immer die Fühler des Enha-Entalen. »Im Zielsystem verlassen wir das Schiff mit einem Beiboot. Wir schleusen uns mit einer Barke aus und fliegen direkt durchs Filigran.«

27

Teile des neuen Körpers fielen von ihm ab; andere wurden vom alten aufgenommen, der darunter zum Vorschein kam. Der Vorgang war nicht besonders schmerzhaft, aber er kostete Kraft, und Esebian verbrachte die meiste Zeit im Alkoven, hinter der grauen Wand eines Privatsphärenschirms. Er aß viel, ohne den Masseverlust seines Körpers damit ausgleichen zu können. Die kleine Syntho-Maschine versorgte ihn und Leandra mit allem, was sie brauchten, war aber nicht imstande, medizinische Hilfe zu leisten. Im Verlauf von zwei Wochen verwandelte sich Esebian äußerlich in den Mann, der er vor Camberos Behandlung gewesen war. Der linke Arm schrumpfte ein wenig und wurde dünner, bildete sich aber nicht ganz zurück. Die Erweiterungen, die der Chisnall ihm nicht gestohlen hatte, funktionierten kaum mehr, und gegen Ende der dritten Woche an Bord stellten die zwölf Konverterzellen in seinen Eingeweiden den Dienst ein, was Esebian erneut auf sein einfaches, biologisches Selbst reduzierte. Und damit noch nicht genug. Er spürte eine seltsame Kälte, die sich in ihm auszubreiten begann, ausgehend von den Fingerspitzen und Haarwurzeln, und auch dann nicht aus ihm verschwand, als er seine alte Gestalt zurückgewonnen hatte.

Die Veränderungen erschreckten Leandra nicht, ganz im Gegenteil – sie sah mit großem Interesse zu, mit der Neugier eines Kinds, das die Häutung eines Reptils beobachtete, oder die Verpuppung eines Insekts. Dafür erschreckte sie etwas anderes, und darauf kam sie einige Tage nach dem Ausflug zum Sprunggenerator zu sprechen.

»Die Stimmen in deinem Kopf …«, sagte sie. »Ich mag sie nicht. Sie machen mir Angst.«

Hatte sie Calebs Feindseligkeit gespürt?

»Es sind meine früheren Leben«, erwiderte Esebian, der im Ruhesessel saß und spürte, wie sich die Haut von ihm löste. Er erklärte Leandra, was es damit auf sich hatte.

»Sind es alles Mörder wie du?«

Es war seltsam, dieses Wort aus ihrem Mund zu hören, nicht als Anklage, sondern wie eine neutrale Frage.

»Ja.«

»So bist du zum Kandidaten geworden?«

»Ich wollte damit aufhören«, sagte Esebian, als müsste er sich rechtfertigen. »Ich *habe* damit aufgehört, vor zwanzig Echtjahren. Aber dann kam er.«

»Der Mann, der dich gezwungen hat, den Erlauchten zu töten?«

»Und der versucht hat, anschließend *mich* umzubringen.«

»Dafür soll er büßen«, sagte Leandra mit erstaunlich viel Nachdruck.

»Ja, ich hoffe, dass ich Gelegenheit bekomme, es ihm heimzuzahlen.«

»Ich helfe dir. Zusammen schaffen wir es. Ich werde nicht zulassen, dass dir etwas geschieht.«

Ihre Hände waren plötzlich an ihm, obwohl er in seinem gegenwärtigen Zustand bestimmt keinen angenehmen Anblick bot. Erst ihre Hände und dann auch der Rest von ihr. »Nein, ich lasse nicht zu, dass dir etwas passiert«, flüsterte

Leandra, während sie sich liebten, oder während sie ihn liebte, und noch leiser fügte sie hinzu: »Du … gehörst … mir.«

Einen Tag später sagte sie: »Eine von ihnen hasst mich.«

Esebian war ganz auf den Versuch konzentriert gewesen, die Erweiterungen zu reaktivieren, die ihm noch geblieben waren, um mit ihrer Hilfe der sonderbaren Kälte auf den Grund zu gehen, die sich in ihm ausbreitete. »Einer von ihnen?«

»Die Stimmen … Sie wollen die Kontrolle übernehmen, und eine von ihnen hasst mich.« Sie stand auf, machte einige Schritte durch den Alkoven und rieb sich die Arme.

»Er wird dir nichts tun«, sagte Esebian.

»Er ist der Schlimmste von ihnen, nicht wahr?

Der Schlimmste?, dachte Esebian. Bist du der Schlimmste, Caleb? Bin ich genug gewachsen und gereift, um mich von dir zu unterscheiden?

Ganz tief in ihm raunte es: *Was nützt dir deine Reife ohne Unsterblichkeit?*

Die nächsten Tage verbrachte Esebian damit, Pläne zu schmieden. Er schickte Leandra durch das Passagierabteil und die anderen Sektionen des Schiffes, mit dem Auftrag, sich aufmerksam umzusehen und Informationen zu sammeln. Er aß so viel er konnte, ohne seinen Magen-Darm-Trakt zu überfordern, wohl wissend, dass er damit den Masseverlust seines Körpers nicht ausgleichen konnte. Mit einem Beiboot des Transporter ins Filigran des Belidor-Systems, Transit nach Gevedon, Lukas warnen. Das war der erste Punkt auf seiner Liste. Wenn sie rechtzeitig kamen und verhinderten, dass die Vision, die er dort gehabt hatte, Wirklichkeit wurde, konnte er noch einmal Lukas' Hilfe in Anspruch nehmen. Außerdem gab es auf Gevedon einen sicheren Ort mit Ausrüstung. Und dann?, fragte sich Esebian, als er im Ruhesessel lag und an die Decke starrte, während Leandra das Schiff durchstreifte. Er musste Crawler in die Datennetze schicken und versuchen, an Informationen über die Erlauchten und das Direktoriat zu gelangen. Wenn er es schaffte, irgendwie die Kommunikation der Magister anzuzapfen … Esebian bezweifelte, dass es ihm selbst mit Erlauchten-Technik möglich gewesen wäre, einen Blick in die Wissenssphäre der Magister zu werfen, ohne dass sie etwas davon bemerkten, den Lauscher lokalisierten und identifizierten. Aber es gab noch eine andere Möglichkeit: Auroras Brainer, Erebos. Er hatte ohnehin in Erwägung gezogen, seine alten Kontakte aufzufrischen, was einen Abstecher in die Gemischten Gebiete unumgänglich machte. Außerdem war es dort leichter, seine Spuren zu verwischen. Die Frage, wie er die Inanspruchnahme gewisser Dienste bezahlen sollte, führte ihn zu einem weiteren Problem: Inzwischen war bestimmt seine Treuhand blockiert.

Dieser Gedanke bescherte ihm ein Unbehagen, das über die gegenwärtige Situation hinausging. Eine Blockierung oder gar Annullierung der Treuhand bedeutete, dass ihm überhaupt keine Meriten mehr zur Verfügung standen, und ein Kandidat ohne Meriten war auf dem besten Weg, ein Grauer zu werden. Natürlich war er nicht so dumm gewesen, seine gesamten Meriten der Obhut nur einer Treuhand zu übergeben. Es gab mehrere Reserve-Identitäten, die auf eigene Verdienste zurückgreifen konnten, aber die entsprechenden Meriten reichten in keinem Fall für die nächste Therapie, die bald fällig wurde.

Vage Erinnerungen regten sich bei diesen Überlegungen in Esebian. Er entsann sich, bei der Behandlung die Stimme des

Chisnall gehört zu haben, Worte, die ihm zu jenem Zeitpunkt nichts bedeutet hatten. Cambero hatte von biochemischen und biomechanischen Inkongruenzen gesprochen, von gefährlichen Strukturveränderungen und metabolischen Instabilitäten, und damit war nicht nur das neue äußere Erscheinungsbild gemeint gewesen. Esebian dachte an die seltsame Kälte, und plötzlich wurde ihm klar, was sie bedeutete. Die Inkongruenzen betrafen Veränderungen aufgrund der bisherigen Therapien, strukturelle Umgestaltungen der DNS und insbesondere der Fähigkeit seiner Zellen, sich selbst zu erneuern. Die Stimulation der Aktivität von Enzymen wie der Telomerase spielte dabei eine wichtige Rolle. Er kannte nicht alle Einzelheiten der Therapien – vielleicht wussten nicht einmal die Erlauchten bis ins letzte Detail darüber Bescheid, nur die Magister –, aber er wusste, dass sie Retroviren verwendeten, beziehungsweise reverse Transkriptasen wie die Telomerase, welche die RNS als Matrize verwendete und die Endstücke der Chromosomen, die Telomere, wiederherstellte. Bei jeder Zellteilung gingen etwa hundert Nukleotide der Telomere verloren, und dieser Verlust führte letztendlich zur Alterung. Die von den Magistern entwickelten Therapien, denen die Erlauchten ihre Unsterblichkeit verdankten und die mit Meriten bezahlt werden mussten, verwendeten retrovirale Transkriptasen, die verhinderten, dass die Chromosomen bei jeder Zellteilung kürzer wurden. Diese Transkriptasen sorgten dafür, dass die beim Menschen übliche Telomerenlänge von etwa zehn Kilobasen erhalten blieb, und zwar *ungeachtet der Anzahl der Zellteilungen.* Die Zellen aktivierten nach fünfzig bis hundert Teilungen kein Apoptose-Selbstmordprogramm, sondern teilten und erneuten sich endlos. Andere Enzyme, die ebenfalls Teil der Therapie waren, fungierten als biologische Aufpasser, die dafür sorgten, dass die behandelten Zellen nicht entarteten, was Krebs und ähnliche Krankheiten zur Folge gehabt hätte.

Doch die auf unendlicher Zellteilung basierende Unsterblichkeit balancierte die ganze Zeit über – bis in alle Ewigkeit, wenn es gut ging – am Rande eines Abgrunds, in dem Krankheit und Tod lauerten. Ständig musste ein ganzes Heer aus biochemischen und biomechanischen Kontrolleuren dafür sorgen, dass die Fähigkeit zur unendlichen Zellteilung nicht zu unendlicher Zellwucherung führte. Die Therapien schufen nach und nach ein inneres Gleichgewicht, und bei Esebian, den nur noch zwei Aufstiege von der Unsterblichkeit trennten, war dieses Gleichgewicht durch Camberos Behandlung empfindlich gestört worden.

»Bedeutet das, dass du nicht mehr unsterblich werden kannst?«, fragte Leandra.

Es wunderte Esebian nicht mehr, dass sie seine Gedanken nicht *las*, sondern *berührte*, wie sie es nannte. »Es bedeutet, dass ich dem Tod niemals so nahe gewesen bin wie jetzt«, erwiderte er leise. »Und das gleich in mehrfacher Hinsicht.« Er blickte auf seine Hände hinab, an denen jetzt keine kleinen Hautfetzen mehr hingen, und stellte sich vor, wie sie grau wurden.

»Dein Freund Lukas kann dir bestimmt helfen«, sagte Leandra.

Und Esebian sagte mit neuem grimmigem Ernst: »Tirrhel schuldet mir Unsterblichkeit. Ich werde ihn zwingen, sie mir zu geben.«

Aber ihm blieb nicht viel Zeit, und die nächsten Tage des Wartens stellten eine besondere Belastung für ihn dar. Schließlich berichtete Leandra, dass die ersten Passagiere aus der Starre erwachten – sicherer Hinweis darauf, dass der Phasenflug des Schiffes zu Ende ging. Sie verließen ihren Alkoven und den Zylinder des Passagierabteils, bevor auch die anderen Reisenden erwachten, wanderten durch die Maschinensektionen des Transporters und folgten dem Verlauf des Weges, den Leandra ausgekundschaftet hatte. Sie begegneten mehreren Enha-Entalen, doch keiner von ihnen versuchte, sie aufzuhalten. Zwei Sektionen von dem Sprunggenerator entfernt, bei dem Esebian mit seinen früheren Leben konfrontiert worden war, erreichten sie einen runden Raum mit Dutzenden von Gravitationskatapulten. In jedem davon ruhte ein Beiboot, etwa sieben Meter groß und tropfenförmig wie der Orbitalspringer, der Leandra und Esebian zur Enha-Entalen-Welt Gevedon gebracht hatte. Die Luken waren geschlossen, aber als Esebian bei der ersten Barke die Hand auf das Sensorfeld des Zugangs legte, öffnete er sich mit einem leisen Summen.

Drinnen erwartete sie ein Gerüst aus Stangen, zwischen ihnen Sicherheitsnetze und Schlaufen für Larven und Kokons. Geräteblöcke und Steuerungsinstrumente waren in Blasen und transparenten Röhren untergebracht. Yrthmo hatte sich einmal mit den technischen Strukturen von Schiffen der Enha-Entalen befasst, und Esebian griff auf seine Erinnerungen zurück, als er durch einen Tunnel kroch, der ganz offensichtlich nicht für Menschen bestimmt war und zur Pilotenkammer des Beiboots führte, einem kleinen Raum in der Mitte des Beiboots, zwischen den beiden Komponenten des Sprunggenerators in Bug und Heck.

Es klickte mehrmals schnell hintereinander, und ein Artikulator übersetzte: »Es liegt kein erkennbarer Notfall vor.«

»Es handelt sich nicht um einen allgemeinen, sondern um einen individuellen Notfall.« Esebian überlegte, während er in das Riemengeflecht eines Sicherheitsnetzes kroch und Leandra mit einem Wink aufforderte, seinem Beispiel zu folgen. »Ich bin Kandidat und leide an einer besonderen Krankheit, die nur von wenigen Spezialisten behandelt werden kann. Ich brauche sofortige Hilfe, sobald der Phasenflug zu Ende geht.«

Er fühlte Yrthmos Zustimmung. So wenig wie möglich lügen. Wenn sich Detektoren an Bord befanden, die biometrische und emotionale Signale empfingen und interpretierten, so würden sie die Wahrheit in seinen Worten erkennen.

Ein Summen antwortete ihm, und Anzeigen leuchteten auf den geneigten Flächen. Symbole drehten sich, veränderten dabei ihre Farbe.

Wieder klickte es, und der Artikulator fragte: »Welches Interface wünschen Sie?«

»Direktoriatsstandard.«

»Positiv.« Die Symbole veränderten sich, und über ihnen erschienen Displayfelder mit virtuellen Kontrollen. »Ich habe die hiesige Aggregation von Ihrem individuellen Notfall unterrichtet, Kandidat. Die Prinzipalin Brelje Genualdi Izaquine befindet sich an Bord und bietet Ihnen ihre Hilfe an.«

»Negativ«, sagte Esebian und deutete nacheinander auf die virtuellen Kontrollen. »Negativ. Ich übernehme manuelle Kontrolle.«

»Die Barke *Gramza*, in der Sie sich befinden, ist Eigentum der hiesigen Aggregation. Die Prinzipalin weist darauf hin, dass …«

»Dies ist ein Notfall«, sagte Esebian. »Ich wiederhole, dies ist ein Notfall. Und ich bin Kandidat der siebten Stufe.« Damit verriet er kein Geheimnis. Wenn es Biosensoren an Bord gab, und davon ging er aus, hatten sie seinen besonderen Status sicher längst festgestellt.

Daten huschten durch die Displayfelder, doch ohne eine funktionsfähige Kommunikationserweiterung blieb ihm ihre Bedeutung größtenteils verborgen.

»Manuelle Kontrolle ist gefährlich, wenn Sie krank sind. Die Prinzipalin bietet Ihnen einen programmierten automatischen Transit an. Bitte nennen Sie Ihr Ziel und hinterlassen Sie Ihre persönlichen Daten. Die Aggregation wird Ihnen …«

Esebian ächzte und stöhnte so überzeugend, dass Leandra ihm einen besorgten Blick zuwarf. Das Ziel wollte er erst nennen, wenn das Beiboot keine Verbindung mehr zum Mutterschiff hatte. »Es geht mir schlechter. Übernehme manuelle Kontrolle *jetzt.«* Sein Zeigefinger durchbohrte einen Initiator, der groß und violett über einem Displayfeld schwebte. »Ich muss … so schnell wie möglich … in den Filigrantransit.«

»Wir nähern uns dem Belidor-System und werden langsamer«, sagte der Artikulator. »Geplantes Ende der Phase: eine Stunde. Die Prinzipalin schickt Ihnen einen Biomechaniker und lässt fragen, ob sich unter den menschlichen Passagieren jemand mit den nötigen medizinischen Kenntnissen befindet.«

»Negativ«, sagte Esebian und dachte: vierzig Minuten. Genug Zeit für die Enha-Entalen, einzugreifen und den Start des Beiboots zu verhindern. »Mein Filigrantransit muss so schnell wie möglich erfolgen. Der Zeitfaktor ist wesentlich. Beginne mit dem Ausschleusen.« Er dachte an die drohende Apoptose in seinem Innern, an den Selbstmord seiner aus dem Gleichgewicht geratenen Zellen, provozierte auf diese Weise emotionale Reaktionen, die sich messen ließen. Mit einem gesteuerten mentalen Modus wäre alles viel einfacher gewesen.

Wieder stachen seine Finger in leuchtende Symbole, und das Summen der Barke wurde lauter.

»Biometrische Daten sind empfangen und registriert«, ertönte es aus dem Artikulator. »Ausschleusen positiv. Die Prinzipalin ändert den Kurs und bringt das Schiff direkt zum Filigran. Bitte nennen Sie das Transitziel, Kandidat.«

»Mein Transitziel ist ...« Esebian ächzte erneut und streckte gleichzeitig die Hand nach den Startkontrollen aus. Über der Barke schoben sich Deckensegmente auseinander, und in der Öffnung lag ein vager türkisfarbener Schleier: ein energetischer Schild, für massive Objekte mit einer gewissen kinetischen Energie durchlässig, nicht aber für die Atmosphäre.

Im Heck des Beiboots surrte es, und plötzlich befand sich die Barke außerhalb des Transporters, der noch immer mit Überlichtgeschwindigkeit flog. Eine Nabelschnur aus goldgelb schimmernder Energie verband sie mit dem Gravitationskatapult im Hangar und verhinderte, dass sie durchs Phasenfeld trieb und ohne Übergangsabsorption auf Unterlichtgeschwindigkeit fiel – die Konsequenzen für das Beiboot und alles in seinem Innern wären verheerend gewesen.

Es klickte, und der Artikulator übersetzte, aber Esebian achtete nicht auf die an ihn gerichteten Worte. Während er immer wieder schmerzerfüllt stöhnte und versuchte, für die Sensoren und Detektoren die Rolle des Kranken möglichst glaubhaft zu spielen, beobachtete er die Darstellungen der verschiedenen Displayfelder und behielt auch die virtuellen Kontrollen im Auge – sie blieben aktiv.

Die Energiefäden des Belidor-Filigrans, zum größten Teil

blutrot und smaragdgrün, leuchteten über den ockerfarbenen Wolkenbändern eines kalten Gasriesen, den mehr als siebenhundert Millionen Kilometer vom gelben Zentralgestirn des Systems trennten. Im Schatten des Planeten leuchteten sie wie helle Straßen zwischen den Monden und Ringen, und dort, wo das Licht der Sonne sie erreichte, pulsierten sie langsam, blähten sich auf und entwickelten dünne Erweiterungen, die wie Fraktale die Muster des großen Ganzen nachbildeten.

»Da ist es«, sagte Leandra leise, die neben Esebian in ihrem Sicherheitsnetz saß und sich bisher kaum gerührt hatte. »Wie ein Spinnennetz zwischen den Monden.«

»Ende des Phasenflugs in einer Minute«, verkündete die Artikulatorstimme. »Bitte nennen Sie das Transitziel …«

»Richten Sie der Prinzipalin aus, dass ich ihre Hilfe sehr zu schätzen weiß«, sagte Esebian und sprach so, als bereitete ihm jedes einzelne Wort große Mühe. »Die Aggregation erhält diese Barke zurück, sobald ich das Behandlungszentrum erreiche. Ich …« Er ächzte erneut und fragte sich, wie viele Sekunden noch blieben.

»Phasenflug endet … *jetzt.*«

Kaum eine halbe Sekunde später traf Esebians Zeigefinger das Beschleunigungssymbol. Das Summen der beiden Generatorkomponenten über und unter der Pilotenkammer wurde lauter, und das Beiboot sprang fort vom großen Transporter der Enha-Entalen.

»Pilot an Barke«, sagte er und betätigte weitere Kontrollen.

»Barke hört.«

»Kommunikationsaktivität. Begrenzen auf Hinweis: Medizinischer Notfall an Bord. Transitpriorität.«

»Bestätigung.«

»Kurs: Filigran. Transit vorbereiten.«

»Bestätigung.«

Esebian seufzte leise und warf Leandra einen kurzen Blick zu. »Jetzt kann uns die Prinzipalin nicht mehr aufhalten.«

Leandra antwortete nicht, aber ihre wachen Augen nahmen alles auf.

Mit tausend Kilometern pro Sekunde fiel das Beiboot an den äußeren Monden des Gasriesen vorbei, wich anderen, langsameren Schiffen aus, die sich ebenfalls im Anflug auf das Filigran befanden, und passierte eine kleine Kontrollstation der lokalen Observanten. Vor ihnen wuchs das Netz aus roten und grünen Energiefäden, und ein Displayfeld zeigte den spinnenartigen Weber: fast einen Kilometer lang, die einzelnen Segmente des Zentralleibs grauschwarz und die erstaunlich dünnen Beine in Bewegung – er war offenbar damit beschäftigt, einige neue Fäden zu verknüpfen.

Der Filigranport verfügte über sieben lange Dockdorne, an denen Dutzende von mittelgroßen Schiffen mit Gravitationsankern festgemacht hatten. Dahinter und darüber zeigte sich die dunkle Öffnung eines Transittunnels von insgesamt vier. Zwei mehrere hundert Meter lange Walzen der Meronna hatten an der einen Seite Warteposition bezogen – der Weg war frei.

Das Beiboot eines Enha-Entalen-Schiffes, das einen Notfall meldete, der einen kranken Kandidaten betraf, und um Transitpriorität ersuchte – wer sollte ihm den Flug in den Transittunnel des Filigrans verweigern?

Esebians Hände bewegten sich, als wollten sie die virtuellen Kontrollen beiseiteschieben. Die Barke verringerte zwar ihre Geschwindigkeit, aber sie blieb sehr schnell, als sie an den

Meronna-Walzen vorbeijagte und dem Schlund des vom Weber und seinen Filigranfäden geschaffenen Wurmlochs entgegenstürzte.

Doch bevor die *Gramza* in den Transit gehen konnte, wurde es plötzlich dunkel und still an Bord. Gravitationsarme hielten das Beiboot fest.

Nie den schwachen Blick zu heben
In das Weben und das Beben,
Senke das bewimpert Lid,
Dass es kein Geheimnis sieht.

GEDANKENTIEFEN

28

»Jemand hat versucht, Esebian in seiner Villa auf dem Lebensfelsen umzubringen«, sagte Ranidi. »Und dieser Jemand war ein Erlauchter.«

Akir Tahlon nahm die Worte seines Assistenten mit einer gewissen Befriedigung entgegen, denn sie bestätigten eine seiner Vermutungen, die auf den jüngsten Ermittlungsdaten basierte. Er stand vor einer transparenten Stahlkompositwand und sah hinaus ins All. Zehntausend Kilometer entfernt leuchteten die silbrigen Fäden des Hajok-Filigrans im All, und davor zeigte der Zoomeffekt als Silhouette sowohl die Kuppeln des Filigranports als auch die Hunderte Kilometer langen Denksegmente des Magisters Jae-al-Escoe-Hoivinio-tan-Mauleon-Caliquire-tan-Nesluzan. Er war viel zu groß für einen Transit durchs Wurmloch. Tahlon fragte sich, wie viel Zeit Jae brauchte, um sich selbst – wie von ihm angekündigt – in seine Einzelteile zu zerlegen, in seine Quantenkern-Module, und sie durch das instabil werdende Filigran zu schicken. Vermutlich einige Stunden. Warum wartete Jae, trotz der Gefahr zunehmender Instabilität? Und warum lässt er mich warten, inzwischen mehr als drei Wochen?, dachte Tahlon.

»Präfekt?«

Er drehte sich um. Die Wand auf der anderen Seite des Konferenzraums an Bord des Direktoriatsschiffes *Concordia* war ebenfalls transparent, und dahinter, dreimal so weit entfernt wie das Filigran, drehte sich der rote Wüstenplanet Hajok. Das Filigran trug seinen Namen und zählte damit zu den wenigen Ausnahmen im Direktoriat; normalerweise wurden sie nach den Zentralgestirnen der jeweiligen Sonnensysteme benannt.

Tahlon deutete auf eins der großen Displayfelder über dem runden Tisch in der Mitte des Zimmers. »Ich habe eben einen Bericht von Angar im Haredion-System erhalten. Die Aufzeichnungen des Hauses, in dem Esebian vorübergehend wohnte, sind von unseren Spezialisten genau untersucht worden, und bei den dortigen Ermittlungen hat auch eine Magisterdrohne geholfen. Kurz bevor Esebian den Planeten verließ, erhielt er Besuch von einem energetischen Avatar. Ein Teil dieses Avatars kondensierte zu Pseudomaterie, und beim Verlassen des Hauses diente die Restenergie dazu, mithilfe eines getarnten Noders ein Transferfeld zu schaffen. Das ist Technik der Hohen Welten, Ranidi.«

»Ein Erlauchter, der Esebian auf Angar besuchte«, sagte Ranidi. »Und ein Erlauchter, der ihm auf Hadadd nach dem Leben trachtete, im Anschluss an El'Kalentars Ermordung. Auch dort kamen ein energetischer Avatar und Pseudomaterie zum Einsatz. Und ein Noder, der nicht exakt mit dem Transferitor auf dem Lebensfelsen synchronisiert war, wodurch es zu einem Defekt kam.«

»Was schließen Sie daraus, Ranidi?«

Der kleine, fragil wirkende Mann, der einen monodirektionalen Nässefilm unter seiner Kleidung trug und dessen Kiemen am Hals zusammengefaltet waren, überlegte zwei oder drei Sekunden.

»Derzeit wären Schlussfolgerungen noch rein spekulativer Natur, Präfekt.«

Tahlon lächelte dünn. »Nur zu, Ranidi. Wir sind unter uns. Was sagt Ihnen Ihr Instinkt?«

Ranidi zögerte erneut, und seine Kiemen – sie empfingen das Licht des Wüstenplaneten und wirkten blutrot – erzitterten kurz. In den wässrigen Augen des Hybriden lag ein neuer Glanz, als er schließlich antwortete: »Man *könnte* daraus schließen, dass Esebian von einem Erlauchten beauftragt wurde, Seine Exzellenz El'Kalentar zu töten, und dass dieser Erlauchte nach der Tat versuchte, ihn zu beseitigen.«

»Genau mein Gedanke, Ranidi«, sagte Tahlon und kehrte zum Tisch zurück. Seit fast fünfzig Jahren arbeitete er mit dem Hybriden von Easker zusammen und wusste, dass er sich absolut auf ihn verlassen konnte. Er war tüchtig und effizient, verlor ein Ziel nicht aus den Augen und verstand es, die Fäden eines weit verzweigten interstellaren Informationsnetzes fest in den Händen zu halten. Darüber hinaus verfügte er über einen Instinkt, der an Hellseherei grenzte, und über genug Eigeninitiative, Tahlons Anweisungen so auszuführen, dass sie die gewünschte Wirkung erzielten. Ranidi gehörte zu den wenigen Personen aus den Gemischten Gebieten, die jemals eine der Hohen Welten betreten hatten. Seit zwei Jahrzehnten gehörte er zum Personal der Präfektur auf Taschka, was ein großes Privileg für ihn bedeutete. Tahlon wusste, dass er fast hundertzwanzig Echtjahre alt war und nie eine Therapie erhalten hatte. Der Kandidatenweg zur Unsterblichkeit blieb ihm verwehrt, denn seine DNS enthielt auch Teile des genetischen Codes der Jorrisch, einer sehr langlebigen aquatischen Spezies. Er war ein wandelndes genetisches Experiment und wusste selbst nicht, welche natürlichen Grenzen seiner Lebenserwartung gesetzt waren.

Das Summen der Displayfelder übertrug Informationen, die von Tahlons Kommunikationserweiterungen aufgenommen wurden; Hunderte von leisen Datenstimmen erstatteten Bericht über die Suche nach Esebian. »Was wissen wir über die gegenwärtige Situation bei den Erlauchten und im Direktoriat?«

»El'Kalentar gehörte zu den Traditionalisten, und es heißt, dass er den Vorsitz des Direktoriats mit strenger Hand führte«, sagte Ranidi. Seine schmalen Hände mit den dünnen Membranen zwischen den Fingern bewegten sich, und das Gesteninterface des Konferenzzimmers ließ ein weiteres Displayfeld direkt vor ihm entstehen. Das Glitzern eines Datenstrahls traf sein linkes Auge. »Er sprach sich für eine noch stärkere Isolation der Gemischten Gebiete aus und soll sogar mit dem Gedanken gespielt haben, sie ganz aus dem Direktoriat zu lösen.«

Tahlon nickte. »Davon habe ich gehört.«

»Weitere Pläne sahen vor, die Kandidatenprüfungen strenger zu gestalten. Es sollten weniger Kandidaten zugelassen werden und weniger von ihnen alle Stufen durchlaufen.«

»Obwohl es auf den Hohen Welten mehr als genug Platz gibt …«

»Bei den Versammlungen des Direktoriats betonte er immer wieder, wie wichtig die genetische Reinheit sei, und wie gefährlich eine mögliche Kontamination der Tausend Tiefen durch den Makel – von den Hohen Welten ganz zu schweigen.«

»Er wurde ermordet, bevor er seine Pläne verwirklichen konnte.«

»Pläne, die auch eine größere Autonomie von den Magistern vorsahen.«

»Das ist mir ebenfalls zu Ohren gekommen«, sagte Tahlon nachdenklich. »Der neue Vorsitzende El'Coradi gehört wie El'Kalentar zu den Traditionalisten. An der Machtkonstellation bei den Erlauchten und im Direktoriat hat sich kaum etwas verändert. Es gibt keine Hinweise darauf, dass hinter den Kulissen ein Machtkampf stattfindet. Abgesehen davon, dass ein Erlauchter in die Ermordung von El'Kalentar verwickelt zu sein scheint.«

»Um Macht wird immer gerungen, wenn sie nicht gleichmäßig verteilt ist, Präfekt. Und die Unsterblichen sind sehr … zurückhaltend, wenn es um ihre eigenen Angelegenheiten geht. Ich nehme an, in dieser Hinsicht werden Sie bald ganz neue Einblicke gewinnen. Es dauert nicht mehr lange, bis Sie zu den Erlauchten gehören.«

Unsterblichkeit, dachte Tahlon. Sich nie wieder Gedanken über die verstreichende Zeit machen müssen, alle Projekte verwirklichen, jeder Idee nachgehen können … Sieg über die schwarze Gestalt, die ihm während seines mehrstündigen Todes eine unsinnige, mühselige Aufgabe übertragen hatte. Er schauderte, als ihm die Erinnerungen unangenehm deutliche Bilder von der öden grauen Welt mit dem verhöhnend flüsternden kalten Wind zeigten.

»Fühlen Sie sich nicht wohl, Präfekt?«

»Schon gut, Ranidi. Was ist mit El'Farah? Bei der Versammlung hatte ich den Eindruck, dass sie auf eine Chance wartet, selbst den Vorsitz zu übernehmen. Sie betonte, dass El'Coradi nur Vorsitzender *pro tempore* ist. Sie gehört zu den sogenannten Neudenkern unter den Erlauchten. Könnte sie beziehungsweise ihre Gruppe ein Interesse daran gehabt haben, El'Kalentar aus dem Weg zu räumen?«

»Soweit wir wissen …«, begann Ranidi.

»Nein«, unterbrach Tahlon seinen Assistenten. »Lassen wir die Fakten einmal beiseite. Ich möchte erneut hören, was Ihnen Ihr Instinkt sagt.«

Ranidi überlegte, und die Kiemen an seinem Hals blähten sich kurz auf. »Die Stimme meines Instinkts ist sehr undeutlich, weil es uns an Informationen mangelt. Wie dem auch sei … Ich glaube, hinter El'Kalentars Ermordung steckt etwas, das wir bisher noch nicht einmal ansatzweise erfasst haben. Vielleicht ist es Teil eines Plans, von dem wir nichts wissen. Die Erlauchten haben jede Menge Zeit dafür, Pläne bis ins letzte Detail auszuarbeiten. Jahrhunderte, Jahrtausende stehen ihnen dafür zur Verfügung. Und es gibt jemanden, der noch mehr Zeit hat, der noch genauer und noch weiter vorausplanen kann. Ich möchte Ihnen etwas zeigen, Präfekt.«

Ranidi winkte, und das Displayfeld vor ihm glitt nach oben und neigte sich ein wenig zur Seite. Es zeigte eine einfache, zweidimensionale grafische Darstellung mit zwei Achsen. Eine zeigte die Zeit an, und die andere …

»Dies ist eine vereinfachte Darstellung der Kommunikationsaktivität der Magister während der vergangenen beiden Monate«, sagte Ranidi. »Sie hat das übliche Niveau, mit den im Rahmen statistischer Toleranzen liegenden Abweichungen nach unten und oben.«

Tahlon streckte den Finger aus, und ein Indikator erschien in der Grafik, deutete auf zwei steil nach oben weisende Zacken. Die erste stellte einen separaten starken Ausschlag dar, der zweiten folgten kleinere Zacken mit geringen Abständen. »Und das hier?«

»Zweimal im genannten Zeitraum hat die Kommunikationsaktivität der Magister stark zugenommen.« Ranidi winkte erneut, und an der horizontalen Darstellungsachse wurden zusätzliche Daten eingeblendet. »Das erste Mal kurz nachdem Esebian in seinem Haus über den Experimentalseen von Angar Besuch von einem energetischen Avatar erhielt, der vermutlich auf einen Erlauchten zurückging. Und das zweite Mal …«

»Kurz vor El'Kalentars Tod«, sagte Tahlon und trat näher. »Nicht danach, was angesichts der Ermordung des Direktoriatsvorsitzenden durchaus verständlich gewesen wäre, sondern *vorher.*«

»Ein Zufall?«, fragte Ranidi.

»›Der Zufall spielt im Chaos eine wichtige Rolle. Er lenkt Entwicklungen in neue Richtungen.‹«

»Ich bitte um Verzeihung, Präfekt …«

»Diese Worte hat Jae an mich gerichtet, bei meinem letzten Treffen mit ihm, bevor er mich ausgerechnet zu El'Kalentar schickte. Ob *das* ein Zufall gewesen ist?«

Ranidi schwieg, die Kiemen noch immer blutrot vom Licht der roten Wüstenwelt Hajok.

Tahlon hob beide Hände, übermittelte dem Gesteninterface eine Anweisung und sagte: »Sichern.«

»Das Zimmer ist sicher, Präfekt«, antwortete die Stimme des Schiffes.

»Setzen Sie unsere Brainer darauf an, Ranidi«, sagte Tahlon sofort. »Alle.«

»Zwei überwachen die Datennetze und halten nach Spuren Ausschau, die uns zu Esebian führen könnten.«

»Ab sofort sollen *sie alle* die Kommunikation der Magister analysieren. Ich möchte wissen, was es mit diesem ›Zufall‹ auf sich hat.« Tahlon deutete zum Displayfeld.

Ranidi zögerte. »Die Magister könnten das für einen unfreundlichen Akt halten, Präfekt.«

»Falls sie davon erfahren. Und das gilt es zu vermeiden.«

Goldenes Licht kam von der Decke des Konferenzzimmers, breitete sich aus und nahm Ranidis Kiemen den blutroten Ton. Tahlon wiederholte die komplexe Geste mit beiden Händen, und nur wenige Sekunden später erklang eine Stimme.

»Ich bin jetzt bereit, Sie zu empfangen, Präfekt«, sagte der Magister Jae-al-Escoe-Hoivinio-tan-Mauleon-Caliquire-tan-Nesluzan.

Akir Tahlon machte sich auf den Weg.

29

Das Summen des Distributors klang diesmal anders, und Tahlon bemerkte weitere Veränderungen. Wo sich bei seinem letzten Aufenthalt im Zentrum des Magisters glatte graue Wände erstreckt hatten, gab es jetzt Öffnungen, durch die er in die Hunderte Kilometer langen Denksegmente sehen konnte. Sein Blick folgte dem Verlauf der kristallenen Stränge, die zahllose Quantenkerne mit Energie versorgten; die Kerne waren Jaes Gehirne, und Millionen von ihnen bildeten ein Superhirn.

»Der Schmetterling hat mit den Flügeln geschlagen, Resident«, sagte Jae, und wieder gewann Tahlon den Eindruck, dass die Stimme aus dem wie Perlmutt schimmernden Ellipsoid vor ihm kam. »Erinnern Sie sich?«

»Ja. Der Schmetterling hat mit den Flügeln geschlagen, und der Tropfen ist ins Meer gefallen. Aber es waren die Flügel eines *anderen* Schmetterlings, und es war ein *anderer* Tropfen.«

»Der vom Flügelschlag ausgelöste Sturm betrifft den gleichen Planeten, und es ist das gleiche Meer, das den Tropfen aufnimmt. Es gibt … Korrelationen.«

Tahlon bemerkte das kurze Zögern. »Sehen Sie eine Verbindung zwischen der Ermordung Seiner Exzellenz El'Kalentar und der sich bei den Filigranen ausbreitenden Instabilität?«, fragte er erstaunt.

»*Alles* ist miteinander verbunden, Resident. Nichts steht ganz für sich allein da. An manchen Stellen sind die Verbindungen schwach, an anderen stark.« Erneut ein kurzes Zögern, und dann: »Mehr als drei Wochen sind vergangen. Bitte entschuldigen Sie, dass Sie warten mussten. Ich habe … nachgedacht.«

Nachgedacht?, wiederholte Tahlon in Gedanken. Drei Wochen? Ein *Magister*, der unvergleichlich schneller denkt als der intelligenteste Mensch?

»Ich nehme an, Ihre Gedanken galten einem gravierenden Problem«, sagte Tahlon, anstatt direkt zu fragen: Worüber haben Sie nachgedacht? Dicht hinter ihm geriet das graue Material des Bodens in Bewegung, und ein Stuhl entstand. Er nahm darauf Platz.

»Unsere Gedanken gelten der Erkenntnis in allen ihren Erscheinungsformen«, sagte Jae. »Das ist unsere Aufgabe: zu denken. Dafür wurden wir geschaffen. Wozu wurden Sie geschaffen, Resident?«

»Um zu leben?«

»Das ist eine Antwort, die einem gewissen philosophischen Blickwinkel entspricht, aber ich höre das Fragezeichen dahinter. Sind Sie nicht sicher?«

Ärger regte sich in Tahlon. Er hatte drei Wochen auf ein Gespräch mit dem Magister gewartet, und er wollte nicht noch mehr Zeit mit irgendwelchen philosophischen Erörterungen verlieren. »Ich verstehe nicht ganz die Relevanz dieser Frage in Bezug auf die gegenwärtige Situation.«

»Jetzt höre ich auch noch Ungeduld, Resident«, sagte Jae, und für einen Moment kam ein Knistern von den Quantenkernen in den Denksegmenten. Tahlon fragte sich, was es bedeutete. »Ungeduld ist oft ein Zeichen von Unreife. Viele Dinge erfordern Reife, damit man sie erkennen kann. Reife und Zeit. Wenn Sie das noch nicht verstanden haben, so werden Sie es verstehen, nachdem Sie unsterblich geworden sind.«

»Ein Mord ist geschehen«, sagte Tahlon.

»Im Universum geschehen viele Dinge, Resident, und meistens entscheidet die Perspektive des Beobachters darüber, welche Ereignisse wichtig sind und welche nicht. Aber das Universum ist supersymmetrisch, und das bedeutet: Alle Ereignisse sind gleich wichtig, die geringfügige Bewegung eines Sandkorns ebenso wie die Explosion eines Sterns.«

Tahlon fragte sich, ob ihn der Magister ablenken wollte. Wovon? »Was steckt hinter El'Kalentars Tod?«, fragte er geradeheraus. »Wie wirkt er sich auf die gegenwärtigen Entwicklungen im Direktoriat aus?«

»Es gibt Berechnungen«, sagte Jae und schwieg, als seien diese drei Worte Antwort genug.

»Wie sehen diese Berechnungen aus?«, fragte Tahlon.

»Wie sieht der Quantenschaum unterhalb einer Länge von 10^{-35} Metern aus? Niemand hat ihn je gesehen, nicht einmal wir Magister, aber er existiert. In diesem Schaum an der Basis alles Existierenden entstehen Blasen, die vielleicht ganze Mini-Universen sind und sich durch eine Inflationsära zu großskaligen Makro-Universen aufblähen – wenn sie nicht vorher platzen.«

»Magister …«

»Glauben Sie, ich vergeude Ihre Zeit, Resident? Die Dinge sind komplex, selbst die einfachsten, wenn Sie mir dieses Wortspiel gestatten. Was ich sagen will: Wenn selbst die Entstehung von neuen Universen im ›blubbernden Vakuum‹, wie es jemand nannte, dem Zufall überlassen bleibt, beziehungsweise der Wellenfunktion, die nicht von Absolutem spricht, sondern von Wahrscheinlichkeit … Wie sollen wir dann feststellen, welche Auswirkungen das Ende eines Lebens auf diesen Teil des Kosmos haben könnte?«

»Alles ist miteinander verbunden«, sagte Tahlon. »Sie werden nicht müde, immer wieder darauf hinzuweisen. Sie und die anderen Magister sehen diese Verbindungen und sind sehr wohl imstande, Aussagen über Wahrscheinlichkeiten zu treffen. Was sehen Sie?«

»Wollten Sie deshalb mit mir sprechen? Um mich dies zu fragen?«

Tahlon seufzte innerlich. »Wir haben festgestellt, dass zumindest ein Erlauchter mit dem Tod des Direktoriatsvorsitzenden zu tun hat. Der Mord ist mehr als das Verbrechen eines verrückten Einzeltäters.«

»An das Sie nie geglaubt haben, Resident.«

»Nein. Da die Erlauchten in diese Angelegenheit verwickelt zu sein scheinen … Ich möchte Sie bitten, meinen Mitarbeitern und mir uneingeschränkten Zugriff auf alle Datennetze der Hohen Welten zu gewähren.«

Wieder knisterte es in den offenen Datensegmenten, die im All als lange stachelartige Erweiterungen aus den Zentralmodulen des Magisters ragten. »Das verstieße gegen die Regeln, Resident. Die Unsterblichen genießen eine besondere Privatsphäre, wie Sie sehr wohl wissen.«

»Die Regeln stammen von Ihnen.«

»Und deshalb können wir sie einfach ändern, meinen Sie? Wenn ›die Umstände‹ es verlangen?«

»Sollte man nicht flexibel sein?«, fragte Tahlon.

»Und wer bestimmt, wo Flexibilität angebracht ist und wo nicht? Flexible Regeln sind keine Regeln, sondern Richtlinien.«

»Manchmal kommt es vor allem auf das Ergebnis an.«

»Der Zweck heiligt nicht die Mittel, Resident. Die Regeln müssen beachtet werden.«

Das Knistern wurde lauter, und das grauweiße Licht in einem Denksegment gewann rote und blaue Töne. Tahlon ließ sich vom sprechenden Distributor ablenken, blickte in den mehrere hundert Kilometer langen Tunnel und stellte überrascht fest, dass Bewegung in die Quantenkerne geriet. Sie gaben ihre bisherigen Strukturen auf.

»Ein Seeder löst sich von mir, Resident«, sagte Jae, und Tahlon glaubte, in der Stimme einen Hauch von Stolz zu hören. Oder ging dieser Eindruck auf eine Anthropomorphisierung zurück?

»Sie werden … Vater?«, fragte Tahlon. »Oder Mutter?«

»Das ist grob vereinfacht, aber man könnte es so sehen. Es gab viel zu bedenken, Resident. Deshalb die ungewöhnlich lange Wartezeit.«

Farben huschten durch das schimmernde Ellipsoid des Distributors, und Tahlon gewann erneut den Eindruck, dass seine Gedanken in eine andere Richtung gelenkt werden sollten. War er zunächst verärgert gewesen, so wuchsen in ihm jetzt Neugier und Argwohn.

»Um den Mordfall zu lösen, brauche ich mehr Informationen über die Erlauchten, Magister. Ich hatte mir erhofft, mit Ihrer Hilfe unbeschränkten Zugang auf die Datennetze der Hohen Welten zu erhalten, doch wenn das nicht möglich ist …«

»El'Farah hat Sie im Namen des Direktoriats zum Chefermittler ernannt und Ihnen alle Ressourcen zugesichert, die Sie brauchen. Dazu gehören sicher auch Informationen.«

Dieser Hinweis, fand Tahlon, war töricht und eines Magisters nicht würdig. Jae musste wissen, dass es den Erlauchten nicht an Möglichkeiten mangelte, sich seinen Ermittlungen zu entziehen und ihm wichtige Informationen vorzuenthalten. Wenn jemand unter den Unsterblichen an der Ermordung El'Kalentars beteiligt war, so richtete er den Finger der Anklage bestimmt nicht freiwillig auf sich selbst.

Tahlon atmete tief durch und behielt das schimmernde Ellipsoid des Distributors im Auge, trotz der Bewegungen in den Denksegmenten.

»Sie sind nicht besonders hilfreich, Magister.«

Ein leises Knistern, und dann: »Sie scheinen diesmal sehr emotional zu reagieren, Resident. Haben Sie Ihren mentalen Modus nicht unter Kontrolle?«

Er provoziert mich, dachte Tahlon und fragte sich erstaunt, warum er so lange gebraucht hatte, um zu dieser Erkenntnis zu gelangen. Er will mich aus der Reserve locken. Aber warum?

»Würde es Ihren Ermittlungen helfen, den Mörder zu finden?«

Tahlon wusste nicht, was er von der Frage halten sollte. Sie war absurd. »Ich bitte um Entschuldigung, Magister. Sie fragen mich, ob es meinen Ermittlungen in Hinsicht auf einen *Mord*fall helfen würden, den *Mörder* zu finden?«

»Ich kann Ihnen sagen, wo sich Esebian aufhält, Resident. Würde Ihnen das weiterhelfen?«

Für zwei oder drei Sekunden verschlug es Akir Tahlon die Sprache. »Wo ist er?«, stieß er hervor.

»Er verließ das Granville-System an Bord eines Transporters der Enha-Entalen und erreichte das Belidor-System«, sagte Jae. »Dort angekommen brachte er eine Barke des Transporters unter seine Kontrolle und versuchte einen Filigrantransit. Wir haben ihn daran gehindert.«

Tahlon wusste, dass Jae mit »wir« sich selbst und die anderen Magister meinte.

»Inzwischen dürfte er sich in der Obhut der Belidor-Observanten befinden, Resident.«

Akir Tahlon hatte sich bereits umgedreht und lief durch den Korridor, der vom Distributor zum Andockdorn seines Schiffes führte.

Stille herrschte, als das Geräusch seiner Schritte verklungen war. Eine ganze Minute verstrich, vierzig Sekunden, und dann sagte Jae-al-Escoe-Hoivinio-tan-Mauleon-Caliquire-tan-Nesluzan: »Gern geschehen, Resident.«

Durch diese Hand,
Schwach und alt,
Fließt Zeit wie Sand,
Ohne Halt.

EIN ALTER FREUND

30

Einige Sekunden lang herrschte völlige Finsternis an Bord des Enha-Entalen-Beiboots, und dann vertrieb das schwache Glühen von Notlichtern einen Teil der Dunkelheit. Die beiden Komponenten des Sprunggenerators summten nicht mehr, und die virtuellen Kontrollen und Displayfelder waren verschwunden.

»Was ist passiert?«, flüsterte Leandra.

»Pilot an Barke«, sagte Esebian.

»Kommandoannullierung«, antwortete das Beiboot. »Wartestatus.«

Esebian überlegte fieberhaft. »Der Notfall besteht nach wie vor. Ich bin Kandidat der siebten Stufe. Ohne einen sofortigen Transit droht mir der Tod.«

Nach einigen Momenten der Stille sagte die Barke: »Wartestatus.«

Esebian fluchte – und fühlte einen Augenblick später, wie ein Ruck durch das Beiboot ging. »Ein Gravitationsanker«, sagte er. »Er hält uns vor dem Filigran fest, damit wir nicht ins Wurmloch fallen.«

»Ein Gravitationsanker? Aber …«

»Dies ist eine Falle«, sagte Esebian und dachte plötzlich an den Enha-Entalen, der sie vom Steg beim großen Sprunggenerator des Transporters beobachtet hatte. Ein Empath oder gar Telepath? Hatte ihm die »Aura« des Sprunggenerators, wie die Enha-Entalen sie manchmal nannten, die Möglichkeit gegeben, einen Blick in Esebians Bewusstsein zu werfen? Leandra hatte die Stimmen seiner früheren Leben gehört, aber sie war eine Mentalistin …

Wir müssen handeln, sofort, sagte Yrthmo klar und deutlich. *Esebian, es genügt nicht, wenn du auf meine Erinnerungen zurückgreifst. Du musst mir die Kontrolle geben.*

»Was hast du vor?«, fragte Esebian inmitten der Stille. Leandra sah ihn groß an, öffnete den Mund und schloss ihn wieder.

Du weißt, dass ich mich mit den technischen Systemen der Enha-Entalen auskenne, sagte Yrthmo. *Wir müssen sofort handeln und die Barke in den Transit bringen, bevor die Observanten hier eintreffen – sie sind bestimmt schon unterwegs.*

»Erklär mir alles, und ich …«

Bilder entstanden vor seinem inneren Auge und erklärten mehr als tausend Worte.

Leandra erblasste und wich zurück.

»Du hast es gesehen, nicht wahr?«, fragte Esebian, ohne auf das Wie einzugehen.

Sie nickte kurz und hob die Fäuste zum Kinn.

Wir können den Wartestatus überbrücken und die Notfallpriorität wiederherstellen, sagte Yrthmo. *Aber dazu brauche ich einige deiner Erweiterungen und mindestens zwei Konverterzellen. Du kannst dich nicht selbst operieren; das muss Leandra erledigen. Und anschließend brauche ich deine Hände. Direkte Kontrolle. Nicht über den Umweg von erklärenden Worten. Schnell, Esebian! Jede Sekunde zählt!*

Esebian griff in die Taschen seiner Kleidung und suchte nach einem geeigneten Gegenstand, während Leandra aus ihrem Sicherheitsnetz kroch. Die künstliche Schwerkraft an Bord der Barke funktionierte nach wie vor; andernfalls wäre alles noch komplizierter gewesen.

Schließlich fand Esebian einen Datenstift mit integriertem Formspeicher und ging die vorinstallierten Einstellungen durch. Eine verpasste dem Stift eine zwei Zentimeter lange scharfe Klinge; das musste genügen.

»Leandra …«

»Nein!« Sie schüttelte heftig den Kopf.

»Du hast die Bilder gesehen. Hör mir zu. Ich kann die Erweiterungen nicht selbst aus mir herausholen, weil ich mich darauf konzentrieren muss, den Schmerz zu unterdrücken und die Zellregeneration zu steuern.«

»Ich kann dich nicht aufschneiden …«

»Die Stimme, die du eben gehört hast … Sie wird dir sagen, wo und wie du schneiden sollst. Du musst nur die Erweiterungen herausholen; alles andere erledigt jemand anders.«

»Nein, ich …!

»Verdammt, Leandra, begreifst du denn nicht, was auf dem Spiel steht? Es geht um unser Leben! Wenn uns die Observanten erwischen, ist es aus!«

Eine zitternde Hand nahm den Datenstift entgegen, der sich teilweise in ein Skalpell verwandelt hatte. Esebian kletterte aus seinem Sicherheitsnetz und legte sich vor den Konsolenbogen, den gleich seine Subpersönlichkeit Yrthmo öffnen wollte – nachdem er selbst geöffnet worden war. Er zog das Hemd aus und lag mit bloßem Oberkörper da.

»Was ist mit … Keimen und Verunreinigungen?«, fragte Leandra unsicher, als sie sich über ihn beugte.

»Damit wird mein verstärktes Immunsystem fertig, keine Sorge.«

»Du bist geschwächt.«

»Wenn du die Erweiterungen nicht aus mir herausholst, bin ich bald tot, und du vielleicht auch.« Esebian ließ den Kopf auf den harten Boden sinken. »Ich bin so weit, Yrthmo.«

Gut. Ich übernehme.

Sein Körper schien von ihm zurückzuweichen. Er spürte, wie sich Lippen und Zunge bewegten, und hörte seine Stimme, die Yrthmos Stimme geworden war – sie gab Leandra Anweisungen. Links vom Nabel berührte ihn etwas, und von der Berührung ging Wärme aus, verwandelte sich schnell in unangenehme Hitze.

Esebian konzentrierte sich und versuchte, den Schmerz aus seiner Wahrnehmung zu verbannen. Unter normalen Umständen, mit funktionstüchtigen Erweiterungen, wäre das nicht weiter schwer gewesen – bestimmte Implantate hatten ihm die Möglichkeit gegeben, nicht nur die Funktion der einzelnen Organe zu steuern, sondern direkten Einfluss auf die Aktivität der Zellen zu nehmen. Diesmal war er weitgehend auf Willenskraft angewiesen. Die wenigen Erweiterungen, die nicht ganz ausgefallen waren, dienten zur Überwachung und Stimulation von Basisfunktionen und konnten ihm kaum helfen.

Er ruhte in sich selbst, wie in einer weichen Mulde, suggerierte sich Wohlbefinden und fühlte die Bewegungen seiner

Hände. Etwas lief ihm warm über den Unterleib, und als er den Kopf ein wenig hob und die Augen öffnete, sah er sein eigenes Blut, das aus einem langen Schnitt im Bauch quoll. Leandras Finger tasteten in die Wunde, zogen kleine Geräte heraus und überließen sie den von Yrthmo gesteuerten Händen. Ihr Gesicht war weiß, und die Lippen bewegten sich, ohne dass Esebian etwas hörte.

Nicht jetzt, dachte er in seinem isolierten inneren Kosmos. *Nicht ausgerechnet jetzt.*

Taubheit erfasste Esebian, und er hätte sie willkommen geheißen, wenn es nur um den Schmerz gegangen wäre. Er hörte, wie Yrthmo Leandra aufforderte, die Ränder der Wunde zusammenzudrücken, und erneut konzentrierte er sich, obwohl zunehmende Benommenheit seine Gedanken träge machte. Lag es an Leandra, oder war es die eigene Schwäche? Zehn Konverterzellen waren ihm geblieben, und er nutzte die in ihnen enthaltene Restenergie, um die Zellen im Bereich der Wunde zu erhöhter Aktivität anzuregen. Unterdessen blieben seine Hände in Bewegung – Yrthmo öffnete mit ihnen die Verkleidung eines Teils des Konsolenbogens, hantierte mit den blutverschmierten Erweiterungen und setzte einzelne Komponenten zwischen die fremden Schaltmodule.

Beschleunigte Zelladhäsion verklebte die Ränder der Wunde. Esebian hätte gern einen Blick darauf geworfen, aber Yrthmo sah noch immer in den Konsolenbogen, und derzeit gehörten die Augen ihm. Die Hände bewegten sich so schnell, dass Esebian kaum Einzelheiten sah, lösten hier einen kleinen Gegenstand und befestigten dort einen anderen. Ich bin gleich fertig, dachte Yrthmo. Esebian fragte sich, wie viel Zeit inzwischen vergangen war. Es kam ihm sehr lange vor.

Etwas … oder jemand … wollte sich an ihm vorbeischieben und dorthin kriechen, wo Yrthmo an den Hebeln der motorischen Kontrolle saß. *Lass mich übernehmen!,* rief Caleb.

Es summte, und der schwache Schein der Notbeleuchtung wich normalem Licht. Displayfelder bildeten sich, und neben ihnen glühten virtuelle Kontrollen.

»Bereitschaft«, verkündete der Artikulator des Beiboots.

Esebian drehte den Kopf, blinzelte mehrmals und bemühte sich, die Gedanken aus dem zähen Brei der Benommenheit zu befreien. Leandras Lippen bewegten sich noch immer, ohne dass ihn ein einziger Laut erreichte.

»Hör auf damit!«, stieß er hervor. »Verdammt, hör auf damit!«

Leandra presste die Lippen zusammen, und Esebians Benommenheit verflüchtigte sich. Heißer Schmerz brannte plötzlich in seinem Bauch, aber er achtete nicht darauf, gab Caleb einen mentalen Stoß, der ihn zu Evan Ten-Ten, Talanna und den anderen zurückschickte; auch Yrthmo war wieder unter ihnen. Dann sagte er:

»Pilot an Barke.«

»Barke hört.«

»Medizinischer Notfall. Das Leben eines Kandidaten ist bedroht. Sofortiger Transit erforderlich.«

Ein oder zwei lange, quälende Sekunden verstrichen.

»Bitte nennen Sie das Ziel.«

»Gevedon im Akery-System«, sagte Esebian sofort.

Das Summen wurde lauter, als der Sprunggenerator Energie aufnahm. Mit einem kurzen, kaum wahrnehmbaren Ruck löste sich die Barke vom Gravitationsanker. Esebian lag noch immer auf dem Boden und hätte den Kopf heben und drehen müssen, um die Darstellungen der Displayfelder zu sehen. Doch dazu fühlte er sich zu schwach. Ein Teil von ihm versuchte, den Schmerz auf Distanz zu halten, und der andere stellte sich vor, wie das Beiboot ins Wurmloch des Filigrans fiel.

»Bestätigung«, klang es aus dem Artikulator. »Ziel erkannt und programmiert. Transit erfolgt *jetzt.*«

Danke, Yrthmo, dachte Esebian, schloss die Augen und rang mit dem Schmerz.

31

Ich fühle mich blind und taub«, klagte Esebian. »Wie kann man nur ohne Erweiterungen zurechtkommen?« Er verharrte neben einem Steg, der zu einem der breiten Wege führte, die sich in langen Kurven durch die Wabenstadt wanden. Sterne glitzerten am dunklen Himmel über der Metropole, die in dieser Nacht nicht schlief – irgendwo dort oben umkreiste die *Gramza* den Planeten Gevedon, Teil eines Schwarms, der aus Tausenden von Barken, Orbitalspringern und kleinen autonomen Schiffen bestand. Zum Glück war dies eine Welt der Enha-Entalen; hier fiel das Beiboot des interstellaren Transporters niemandem auf. Es war Esebian und Leandra nicht weiter schwergefallen, sich dem Personenverkehr zwischen den großen Orbitalstationen, die als Sprungbrett zum Filigran dienten, und Gevedon hinzuzugesellen und auf diese Weise den Planeten zu erreichen. Die nächsten Welten des Direktoriats waren Dutzende von Lichtjahren entfernt – und mit ihnen die Observanten, die nach dem Mörder eines Unsterblichen Ausschau hielten.

Auf den von der Wabenstadt umschlungenen dreizehn Tafelbergen brannten Nachtfeuer bei den Oktaedern der Prinzipalinnen. Zahlreiche Einheimische und Besucher von Außenwelt waren unterwegs, viele in Gruppen, die den Vorträgen von Enha-Entalen lauschten und sich die Sehenswürdigkeiten der Stadt zeigen ließen. Hinzu kamen mobile Kunstwerke, die auf Gravpolstern durch Lücken zwischen den Wabenbauten schwebten, mit Artikulatorstimmen auf sich aufmerksam machten oder das helle Licht der Lampen fast ganz für sich allein beanspruchten. An den großen und kleinen Erlebnisbrunnen, aus denen Dutzende oder gar Hunderte von Stimmen gleichzeitig flüsterten, hatten sich zahlreiche Enha-Entalen eingefunden und lauschten alten und neuen Geschichten. In den Flugkorridoren über der Stadt wimmelte es geradezu von Panoramaplattformen und Atmosphärenspringern, und bunte Lichter tanzten zwischen ihnen. Wildes, fröhliches und erwartungsvolles Chaos herrschte in der Stadt: In nur einer Stunde würden die dreizehn Prinzipalinnen die Tafelberge verlassen und mit ihrem Hochzeitsflug beginnen.

Esebian lehnte sich müde an die Wand eines Gebäudes. Das laute Durcheinander war ihm unangenehm, doch gleichzeitig wusste er es zu schätzen, denn es ermöglichte Anonymität.

»Wir sollten den sicheren Ort aufsuchen, von dem du gesprochen hast«, sagte Leandra. »Dort kannst du neue Kraft schöpfen.«

»Zuerst warnen wir Lukas. Es ist nicht mehr weit.« Esebian stieß sich von der Wand ab, und die Menge nahm sie wieder auf, trug sie über den Steg zum breiten Weg und vorbei an einem der vielen Türme aus Rosenquarz, Kalk und Stahlkomposit, über dessen Port besonders dichter Flugverkehr herrschte. Sie erreichten das Viertel der Stadt, in dem viele Außenweltler wohnten, und es dauerte nicht lange, bis Esebian am Rand eines kleinen Platzes Lukas »Laden« sah. Licht brannte darin, wie in allen anderen Geschäften, Lokalen und öffentlichen Räumen. Als sie sich am Rand des Platzes aus dem Hauptstrom der Besucher lösten, verfluchte Esebian einmal mehr den Umstand, dass die Erweiterungen, die ihm geblieben waren, nicht mehr funktionierten. Hinter der transparenten Front des vermeintlichen Ladens zeichnete sich zwischen den Vitrinen eine humanoide Gestalt ab, bei der es sich nicht um Lukas handeln konnte. Esebian sah keine Einzelheiten, aber plötzlich regte sich Unbehagen in ihm.

Er ging schneller und nutzte die größer werdenden Abstände zwischen den Passanten für längere Schritte. Manchmal war Leandra gezwungen, von seiner Seite zu weichen, wenn ihr plötzlich jemand den Weg versperrte, aber sie schloss sofort wieder zu ihm auf.

Die Tür stand einen Spaltbreit offen, und als Esebian eintrat, erging es ihm wie bei seinem fliegenden Haus über den Experimentalseen von Angar – er wusste sofort, dass etwas nicht stimmte, auch ohne seine Erweiterungen. Mit einer knappen Geste bedeutete er Leandra, beim Eingang zu bleiben, schlich dann an den Regalen vorbei dorthin, wo er zuvor die humanoide Gestalt gesehen hatte. Ein Dämpfungsfeld schien aktiv zu sein, denn der Lärm des Hochzeitsfestes in der Stadt war diesseits der Tür nur als ein leises Brummen wahrzunehmen.

Zwei oder drei Sekunden verstrichen, bevor Esebian begriff, dass das Brummen nicht aus der Wabenstadt kam, sondern aus dem rückwärtigen Teil des Ladens. Auf leisen Sohlen ging er weiter, und nach einigen Schritten bemerkte er einen seltsamen Geruch. Instinktiv wartete er auf einen Hinweis seiner olfaktorischen Sensoren, der sich jedoch nicht einstellte. Er blieb kurz stehen, schnupperte … Es roch verbrannt.

»Ist dein Freund nicht da?«, flüsterte Leandra neben ihm.

Esebian warf ihr einen scharfen Blick zu und deutete zurück zur Tür, aber sie schüttelte den Kopf. Als sie weitergehen wollte, lautlos wie ein Schatten, hielt er sie mit ausgestreckter

Hand zurück und setzte sich wieder in Bewegung. Die Düsternis jenseits des Lichts der Punktlampen nahm ihn auf, und der verbrannte Geruch wurde stärker. Er kam von einem Loch in der Rückwand, die ein Kunstwerk der Enha-Entalen gezeigt hatte, eine Blume mit Blütenblättern aus Tausenden von bunten, zu Prismen geschliffenen Glasstücken. Dünne Rauchfäden kräuselten sich zur Decke hoch, an der sich ein Hitzefleck gebildet hatte.

Eine Thermobombe, dachte Esebian, bemerkte Leandras fragenden Blick und schüttelte nur den Kopf. Hinter dem Loch erstreckte sich der Korridor durch den phasenverschobenen Teil der lokalen Raum-Zeit, und diesmal waren die Türen rechts und links nicht geschlossen, sondern standen alle offen. Mattes Licht drang aus einigen Zimmern; in anderen war es dunkel.

In der Düsternis kratzte etwas, und dem Kratzen folgte ein Stöhnen.

Esebian trat durchs Loch und setzte ganz vorsichtig einen Fuß vor den anderen, um zu vermeiden, dass die Glassplitter unter seinen Schritten knirschten. Im ersten Zimmer auf der linken Seite lag ein etwa anderthalb Meter langes mehrgelenkiges Bein aus bläulichem Metall und weißer Synthomasse, das er sofort wiedererkannte. »Lukas?«, hauchte er.

Leandra erschien erneut an seiner Seite, so lautlos wie zuvor, und ihre Lippen zitterten. Bilder dessen, was hier geschehen war, erschienen vor seinen Augen, und für zwei oder drei Sekunden verlor er fast die Orientierung. Die dunkle humanoide Gestalt … Er sah sie von hinten, wie sie etwas zündete, das mehr war als eine gewöhnliche Thermobombe, denn sie riss nicht nur den getarnten Zugang auf, sondern neutralisierte auch alle Sicherheitsbarrieren. Und im Korridor … Lukas hatte gerade in den ersten Raum fliehen wollen, als ihn ein superkonzentrierter kinetischer Strahl wie der Faustschlag eines Titanen traf und seinen Körper zerfetzte. Ein Bein blieb dicht hinter der Tür liegen. Der Rest …

Es war anders geschehen als in der Vision, die Esebian von Lukas' Ende gehabt hatte. Er hielt sich nicht damit auf, über die Gründe dafür nachzudenken – die Tatsache, dass er nach Gevedon gekommen war, um Lukas zu warnen, mochte die Wahrscheinlichkeiten für das Eintreten bestimmter Ereignisketten verschoben haben –, betrat das Zimmer und fand Lukas weiter hinten, zwischen zwei zerschmetterten Vitrinen, in denen unterschiedlich bestückte Vari-Waffen gelegen hatten. Der menschliche Rumpf hatte seine Gliedmaßen verloren und war an der einen Seite so weit aufgerissen, dass ein Teil des grauweißen Symbionten zu sehen war, der ihn bisher am Leben erhalten hatte. Der ebenfalls verletzte Wurm, dessen Erweiterungen bis ins Gehirn reichten, zitterte und pulsierte, fügte dem synthetischen schwarzen Blut des Sterbenden rosafarbenen Schleim hinzu. Die aus Stahlkomposit bestehende Hälfte des Kopfes wies tiefe Dellen auf, und in der anderen steckte ein mehr als zehn Zentimeter langer Metallsplitter. Die semiorganische Zellmembran des Gesichts war zerrissen, ein Auge geplatzt. Es grenzte an ein Wunder, dass überhaupt noch Leben in Lukas steckte.

Das leise Kratzen, das Esebian zuvor gehört hatte, wiederholte sich. Es kam aus dem Artikulator an der Seite des Kopfes. Esebian berührte das kleine Gerät und stellte fest, dass es sich aus der Einfassung gelöst hatte. Vorsichtig drückte er es an die Kontaktstellen.

»Alter Freund …«, hauchte Lukas. »Er ist noch hier, Caleb. Schnapp dir den Mistkerl.«

Esebian ergriff die nächste Vari-Waffe, huschte zur Tür und spähte in den Gang. Die Finger seiner rechten Hand bewegten sich wie von allein, aktivierten die Waffe, betätigten den Regler und justierten den Variator auf gewöhnliche Nadelprojektile mit geringer Sprengkraft. Dies war ein phasenverschobener Bereich. Hochenergetische Entladungen konnten ihn destabilisieren, und wenn der »Korridor« unsynchronisiert in die normale Raum-Zeit-Phase zurückkehrte, versuchten die festen Wände der an Lukas' Laden grenzenden Gebäude vielleicht, den gleichen Platz einzunehmen wie Esebians Körper.

Mit der schussbereiten Waffe huschte er durch den Korridor und warf kurze Blicke in die Räume rechts und links. Sie enthielten Regale, Vitrinen und manchmal auch Sicherheitszellen mit halb transparenten Wänden.

Plötzlich bewegte sich etwas vor ihm, ein Schatten oder Schemen. Esebian warf sich zur Seite, und etwas fauchte dicht an seinem Kopf vorbei, begleitet von einem scharfen chemischen Geruch, verharrte einige Meter hinter ihm mitten in der Luft und kehrte zurück. Noch im Fallen drückte Esebian ab, und mehrere Nadeln jagten der kleinen Rakete entgegen, die es auf ihn abgesehen hatte. Eine traf das nur zwei oder drei Zentimeter lange Geschoss, und das grelle Licht einer Explosion vertrieb die Dunkelheit aus dem hinteren Teil des Korridors.

Esebian prallte auf den Boden, ignorierte den Schmerz im linken Ellenbogen und betätigte erneut den Auslöser der Vari-Waffe. Wieder fauchten Nadelgeschosse aus dem Lauf und sprangen dorthin, wo sich eben noch der Schatten befunden hatte. An der Rückwand des Korridors blitzte es mehrmals, doch Explosionen blieben aus – das Phasenfeld absorbierte die Energie der Nadeln, und ein kurzes Schimmern wies auf beginnende Instabilität hin.

Mit einem Satz war Esebian wieder auf den Beinen. Er schwankte für einen Moment, als die Knie unter ihm nachzugeben drohten, dann stürmte er los, vorbei an den Türen und zum letzten Raum, dessen offener Zugang jetzt wieder im Dunkeln lag. Als ihn nur noch anderthalb Meter von der Tür trennten, warf er sich nach vorn, hechtete durch den Zugang, suchte dabei in der Finsternis nach einem Ziel, bemerkte eine Silhouette und feuerte. Nadeln zischten und zerstoben mit blau-weißem Flackern an einem Schirmfeld. Dahinter stand einen große, hagere Gestalt, in eine semiorganische Zweite Haut gehüllt, wie sie manchmal von Angehörigen der Ehernen Garde bei gefährlichen Einsätzen getragen wurde. Ihr Tarnmodus schien nicht mehr richtig zu funktionieren: Anstatt sich den Farben und Mustern der Umgebung anzupassen, zeigte sie wirre, langsam wechselnde Fleckenmuster. Das Gesicht verbarg sich hinter einer Maske, und die eine Hand hielt einen offenbar gerade aktivierten Noder.

Der zweite Aufprall auf den Boden war noch heftiger als der erste, und diesmal war der vom Ellenbogen des linken, geschrumpften Arms ausgehende Schmerz so intensiv, dass Esebian nach Luft schnappte und für einen Sekundenbruchteil die Orientierung verlor. Eine Minirakete verfehlte ihn um wenige Zentimeter, bohrte sich in das Wandimitat hinter ihm und explodierte mit einem seltsam dumpfen Krachen im Phasenfeld.

Die Konturen des Raums mit den Vitrinen und Regalfächern verschwammen, und wie dünne Finger aus Licht wirkende Leuchterscheinungen tasteten nach dem Schirmfeld des Fremden. Es platzte mit einem hohl klingenden *Plopp* und den schillernden Farben einer Seifenblase.

Esebian drückte ab, aber von seiner Vari-Waffe kam nur ein leeres Summen, und ihm blieb nicht genug Zeit, eine andere Einstellung zu wählen. Der Mann mit der Maske betätigte den Noder.

Esebian mobilisierte alle seine Kraftreserven, kam erneut auf die Beine und stieß sich von der Wand ab. Mit einem weiten Satz erreichte er den Fremden, als der Noder aktiv wurde und ein Transferitorfeld schuf.

Es erfasste nicht nur den Mann mit der Maske, sondern auch ihn.

32

Wie lange konnte ein ungeschützter Mensch im Vakuum des Alls überleben? Esebian war auf dem besten Weg, es herauszufinden.

Offenbar war der Transferitor auf eine bestimmte Transportmasse programmiert gewesen, und die eingesetzte Transferenergie reichte nicht aus, um den Fremden und seinen unerwarteten Begleiter zum Ziel zu bringen: einem Raumschiff, das aus mehreren Keilelementen bestand. Wie groß es war, und wie weit entfernt, ließ sich kaum abschätzen, denn hier oben weit über Gevedon fehlten Vergleichsmaßstäbe. Wer auch immer der Mann mit der Maske war, es störte ihn kaum, dass der Retransfer im All stattgefunden hatte. Die Zweite Haut erfüllte hier die gleiche Funktion wie ein Druckanzug, und die Maske schützte sein Gesicht; vielleicht konnte er hinter ihr sogar atmen.

Die Luft entwich aus Esebians Lungen, und er spürte, wie er sich aufzublähen begann. Das Blut in seinen Adern begann zu brodeln, und durch die Schicht aus Raureif, die sich auf seinen Augen bildete, sah er, wie der Fremde die Waffe auf ihn richtete. Er zögerte, hakte sie in aller Ruhe an den Gürtel, winkte spöttisch … und verschwand in einem neuerlichen Aufblitzen des Transferfelds.

Wie viele Sekunden waren vergangen? Zwei, drei … Esebian fragte sich, wie lange er noch am Leben bleiben würde. Zehn weitere Sekunden? Ein paar mehr?

Seltsamerweise fühlte er gar keine Kälte, obwohl sie sich anschickte, seine Augäpfel in Eis zu verwandeln. Viel unangenehmer war das Empfinden, dass die Gase in seinem Körper ihn wie einen Ballon aufpumpten.

Noch eine Sekunde verging, dann packte ihn etwas und riss ihn zurück in eine Welt, die um ihn herum zusammenbrach. Von einem Augenblick zum anderen befand er sich wieder im phasenverschobenen Teil des Ladens, und es krachte und donnerte, als Wände verschwanden, die keine echte Substanz gehabt hatten, und die Mauern der Schachtelbauten hinter Lukas' Geschäft an ihre Stelle traten. Für einen Moment sah er aus nächster Nähe den Stabkopf eines Enha-Entalen: Dunkle Augen glänzten im Licht einer Lampe, die sich irgendwo weiter rechts befand, und eine instinktive Abwehrgeste brachte den Schwanzstachel dicht vor Esebians Gesicht. Wieder packte ihn das Kraftfeld, das ihn aus dem All zurückgeholt hatte – ein Rückkopplungseffekt zwischen dem kollabierenden Phasenraum einerseits und dem Transferitor, vermutete Esebian –, und zog ihn durch eine von der Restenergie geschaffene Notfallschneise. Der Phasenraum spuckte ihn an einer Stelle aus, die Lukas, der nichts unberücksichtigt ließ, aus Sicherheitsgründen programmiert hatte: in einem halbdunklen Raum, der nur vom Licht einer schwach glühenden Chemolampe erhellt wurde. Die Wände bestanden aus Felsgestein und wiesen weder Türen noch Fenster aus. Die Luft war schal, trocken und staubig. Jemand hustete.

Esebian lag auf dem Boden, rollte sich herum und sah Leandra, die neben einem Haufen aus bläulichem Metall, weißer Synthomasse und grauem Fleisch hockte. Sie achtete gar nicht auf ihre Umgebung, berührte den aus dem Riss in Lukas'

Rumpf ragenden Symbionten und murmelte: »Er stirbt …« Sie hustete erneut und wischte sich Staub aus dem Gesicht.

Ein dumpfes Knirschen kam von oben, und Esebian hob den Kopf. Dünne Risse hatten sich in der Decke gebildet. Wo auch immer sich dieser Raum befand, er schien erheblichem Druck ausgesetzt zu sein.

Ein Artikulator surrte leise. »Caleb …?«, erklang eine undeutliche Stimme.

»Ich bin hier«, sagte Esebian und kroch näher.

Leandra löste fast widerstrebend die Hand vom Symbionten, und Esebian bemerkte ein kurzes Flackern in ihren Augen, als sie ein wenig zurückwich.

»Fünfhundert Jahre bin ich alt«, kam es aus dem Artikulator. »Und ich habe mit mindestens fünfhundert weiteren gerechnet. Dass mein Leben hier endet, auf diese Weise …«

Schwäche breitete sich in Esebian aus, und er versuchte, sie zu ignorieren. »Hör mir zu, Lukas. Wir sind in deinem Rückzugsraum. Das Phasenfeld ist kollabiert.«

»Kollabiert …«, ächzte Lukas. Leises Zischen kam aus der verbeulten Metallhälfte des Kopfes.

»Wo ist der Ausgang, Lukas?«

»Der … Ausgang?«

»Ich fürchte, auf der Decke lastet ein Gewicht, dem sie nicht lange standhalten kann. Vielleicht ist über uns ein Gebäude der Wabenstadt eingestürzt. Der Ausgang, Lukas. Wie kann man diesen Raum verlassen?«

»Das Depot.« Lukas' Stimme klang etwas deutlicher. »Mein Hauptdepot. Man kann es von hier aus erreichen.«

»Wie?«

»Das Steuergerät …«, sagte Lukas. Er hatte keine Arme

mehr und bewegte den Kopf, wodurch sich ein Fladen von der semiorganischen Gesichtsmembran löste.

Esebian betrachtete den Klumpen aus Metall und synthetischem Material am halb verbrannten Unterleib. Es war nicht mehr viel davon übrig.

»Ganz links«, knarrte es aus Lukas' Artikulator. »Der Schalter … ganz links.«

Esebian berührte die Reste eines Schaltelements und sah sich um. Nichts geschah.

»Das Ding funktioniert nicht«, sagte er. Ein neuerliches Knirschen kam von der Decke, und er beobachtete, wie einer der Risse länger wurde. Staub rieselte herab.

»Ein kleiner Transferitor, auf … meine Biosignatur codiert«, ächzte Lukas. »Es gibt keinen anderen … Ausgang.«

»Und wenn wir das verdammte Ding nicht aktivieren können?«

»Lass es mich versuchen«, sagte Leandra und beugte sich vor. »Manchmal kann ich mit Maschinen … reden. Mit einfachen Dingen.«

Esebian warf ihr einen erstaunten Blick zu und beobachtete, wie sie das Steuergerät berührte, das bei Lukas den Platz der Genitalien einnahm. Sie schloss die Augen, und ihre Fingerkuppen wanderten über verformtes Metall und die Reste von Schaltflächen.

In der Decke knirschte es lauter.

Wir könnten das Steuergerät von Lukas lösen und öffnen, flüsterte Yrthmo. *Wenn ich die Möglichkeit habe, einen Blick hineinzuwerfen …*

Soll ich es ihm aus dem Leib reißen?, dachte Esebian und spürte, dass Caleb dazu bereit gewesen wäre, im Gegensatz zu Evan Ten-Ten und Talanna.

Ein leises Knistern kam aus dem Steuergerät, und nur eine Sekunde später bildete sich in der Mitte des Raums ein summendes Transferitorfeld. Kniend schob Esebian die Hände unter die Reste von Lukas, hob ihn vorsichtig hoch und stand auf. Plötzlicher Schwindel erfasste ihn, und er taumelte mit dem sterbenden Lukas in den Armen. Leandra hielt ihn fest und stützte ihn, als er zum Transferitor wankte.

Der matte Glanz des Kraftfelds nahm sie auf und trug sie fort, und wenige Sekunden später stürzte die Decke ein.

33

Talannas Trauer erfüllte Esebian, als er hilflos zusehen musste, wie Lukas starb. Er hatte ihn sofort nach dem Transfer einer Biomaschine übergeben, der es jedoch an Intelligenz mangelte – die Anlagen des Hauptdepots waren autonom und nicht mit Gevedons Datennetzen verbunden. Angesichts der schweren Verletzungen wäre eine Ganzkörpererneuerung nötig gewesen, und die ließ sich nur von einem Bioingenieur durchführen, der über das notwendige Instrumentarium verfügte.

Lass mich mit ihm reden, Esebian, sagte Talanna, und er zögerte nicht, ihrer Bitte nachzukommen.

»Gibt es hier einen Transferitor, Lukas?«, fragte Talanna mit Esebians Mund.

Lukas lag im Läsionsbad der Biomaschine und versuchte, den Kopf zu heben. »Talanna? Bist du das?«

Esebian beobachtete, wie Talanna seine Hand bewegte und die zerrissene Gesichtsmembran berührte. »Ich bin es, ja.«

»Talanna …« Der Mund verzog sich zu einem schiefen Lächeln. »Es ist schön, dich zu hören.«

»Wenn es hier einen Transferitor gibt, könnten wir dich zu einem medizinischen Zentrum bringen«, drängte Talanna.

»Dazu ist es zu spät.« Mehrere Schläuche, Kabel und dünne Sensorstränge verbanden ihn mit der Biomaschine. Lukas' Stimme kam aus deren Artikulator und nicht mehr aus dem an der Seite des Kopfes. »Die Bioingenieure müssten nicht nur mich zusammenflicken, sondern auch den Symbionten, und das ist noch keinem von ihnen gelungen.«

»Es tut mir leid, Lukas«, sagte Talanna sanft. Esebian, jetzt Beobachter in seinem eigenen Körper, sah aus dem Augenwinkel, dass Leandra alles beobachtete und aufmerksam zuhörte. In ihren Augen lag ein sonderbarer Glanz, der ihm schon zweimal aufgefallen war, beim Sprunggenerator des Enha-Entalen-Transporters, bei seinem inneren Gespräch mit den früheren Identitäten, und im Alkoven, als sie von Ayanne und den Zwillingen erfahren hatte.

»Ich bedauere es noch mehr als du, Talanna, glaub mir. Fünfhundert weitere Jahre habe ich erwartet, und jetzt dies.« Die zerfetzte semiorganische Gesichtsmembran konnte kein Mienenspiel mehr zeigen, aber in der Stimme erklang nicht nur Kummer, sondern auch Zorn. »Der Mistkerl hat Erlauchten-Technik eingesetzt. Fast wäre es mir gelungen, ihn zu überlisten. Aber eben nur fast. Ich bin sicher, dass es ein Erlauchter war. Kein Avatar. Ein Erlauchter in Fleisch und Blut. Ich wünschte, die Incera würden ihn holen! Talanna?«

»Ich bin noch immer hier, Lukas«, sprach Talanna aus Esebians Mund und strich ihm mit der Kuppe des Zeigefingers über die rissige Stirn.

»Es war wirklich schön, dich noch einmal zu hören, mein Schatz, aber jetzt … Ist Caleb da? Kann ich mit ihm reden?«

Lass mich mit ihm sprechen, sagte Caleb sofort.

»Caleb ist da, Lukas«, erwiderte Talanna. »Er hört dich, aber … du kannst nicht mit ihm reden. Sprich mit Esebian.« Sie wich zurück zu den anderen und nahm Calebs Flüche gelassen hin.

»Esebian …« Lukas' Stimme war schwächer. Die von der

Maschine in einem großen Displayfeld über dem Läsionstank angezeigten Biowerte fielen auf ein kritisches Niveau.

»Hier bin ich«, sagte Esebian, wieder vollkommen Herr über sich selbst.

»Die Kleriker sagen, es gäbe ein Leben nach dem Tod, Esebian. Ich werde gleich feststellen, ob das stimmt. Aber vorher …« Lukas' Reste im Läsionsbad erzitterten. Der lange Riss in der Seite des Rumpfs hatte sich geschlossen, und schnell wachsendes neutrales Gewebe verwehrte den Blick auf den ebenfalls sterbenden oder vielleicht schon toten Symbionten. »Der verfluchte Mistkerl, der mich erledigt hat, Esebian … Er hat nach dir gefragt. Er wusste von dir und … El'Kalentar. Aber ich glaube nicht, dass er deshalb zu mir kam.«

Lukas legte eine kurze Pause ein, und Esebian beobachtete, wie sich die Farbe der Flüssigkeit im Tank veränderte. Aus einem blassen Rosa wurde ein helles Blau.

»Er hat nach den Magistern gefragt«, fuhr Lukas fort. »Er wollte wissen, was ich über sie weiß.«

»Was solltest du über die Magister wissen, das einen Erlauchten interessieren könnte?«, fragte Esebian verwundert.

»Etwas geht vor … Caleb«, sagte Lukas. Nicht nur die Flüssigkeit im Tank verfärbte sich; das helle Blau ging auf Lukas' Rumpf über. »Die Magister … Sie sprechen schneller, öfter und länger miteinander. Ihre Kommunikationsaktivität hat *signifikant* zugenommen, wenn du dir die statistischen Analysen ansiehst. Erebos beschäftigt sich schon seit einer ganzen Weile damit und versucht, in den Datenströmen irgendetwas zu entdecken, das uns Aufschluss geben könnte. Und die neuen Aktivitäten der Magister betreffen nicht nur die Kommunikation, Caleb. Es finden Umstrukturierungen statt. Angeblich werden neue Seeder losgeschickt – diese Antwort hat das Direktoriat auf eine seiner Anfragen bekommen. Aber Erebos hat herausgefunden, dass mehr dahintersteckt.«

»Was?«, fragte Esebian, der seine eigene Schwäche immer deutlicher spürte. Für einen absurden Moment stellte er sich vor, wie ihm der sterbende Lukas die Lebensenergie entzog, wie sie aus ihm strömte und in das schwarze Loch des Todes fiel.

Ein warnendes Zirpen kam von der Biomaschine, und dann: »Als ich zum letzten Mal mit ihm gesprochen habe, war er noch immer damit beschäftigt, Informationen zu sammeln. Vielleicht ...« Lukas unterbrach sich, und im Läsionsbad gluckerte es. Gasblasen stiegen auf, platzten an der Oberfläche. Der Geruch von Fäulnis breitete sich aus. »Vielleicht weiß er inzwischen mehr. Vielleicht ...« Lukas drehte ansatzweise den Kopf. »Caleb?«

»Ich bin immer noch hier«, sagte Esebian.

»Vielleicht ist es gar nicht so schlimm, Caleb. Der Tod, meine ich. Wir alle versuchen, vor ihm wegzulaufen, jeder auf seine Weise, aber vielleicht ist er gar nicht so schlimm. Was wäre, wenn die Kleriker Recht haben?« Der Mund im zerfetzten Gesicht öffnete sich, und dem Gluckern gesellte sich ein kurzes Glucksen hinzu, das möglicherweise ein Lachen war.

»Du bekommst alles, Caleb. Ich gebe es Talanna und dir, und dem anderen, wie heißt er ...?«

»Esebian. Was gibst du mir?«

»Mein kleines großes Reich, Caleb. Du bekommst alles, meine Depots, meine Ressourcen, meine Verbindungen. Nimm dir, was ... was du brauchst.« Das Sprechen fiel ihm schwerer, und das kam auch in der Artikulatorstimme zum Ausdruck. »Ich verlange nur eins dafür.«

Esebian sah auf den Sterbenden im Tank und dachte daran, wie er vorher gewesen war, vor dem Betrug des Kunden, der ihn letztendlich um die Unsterblichkeit gebracht hatte. Talannas Trauer übertrug sich auf ihn, und er fragte sanft: »Ein Auftrag?«

»Ja, ein … Auftrag. Wenn du es so sehen willst. Ein gut bezahlter Auftrag. Zahl es ihm heim, Caleb. Schick den verdammten Kerl ins Jenseits, wo ich auf ihn warten werde. Ich …«

Der Haufen aus Fleisch, Metall und Synthomasse im Läsionsbad erzitterte noch heftiger. Weitere Schläuche und Kabel tasteten wie Tentakel aus den Seiten des Tanks und verbanden sich mit Lukas' organischen Bestandteilen, aber Esebian bezweifelte, dass sie etwas ausrichten konnten. Die Anzeigen im Displayfeld befanden sich inzwischen alle weit im kritischen Bereich.

»Heißt es nicht, dass man ein Licht sieht oder dergleichen?« Plötzlich war Lukas' Stimme wieder ganz deutlich. »Ich sehe nur verdammte Dunkelheit, Caleb. Nichts als Schwärze. Der Code … du brauchst den Code …« Zwei oder drei Sekunden war nur das leise Summen der Biomaschine zu hören. »Depot, hörst du mich?«

»Ich höre«, ertönte eine andere Stimme.

»Neue Zugangsberechtigung … uneingeschränkt. Esebian. Erfasse Biosignatur.«

»Identifikation.«

»Ich bin Esebian«, sagte Esebian. Ein mobiler Sensor flog auf ihn zu wie ein Insekt aus Metall, verharrte kurz an seiner Stirn und flog dann wieder fort.

»Biosignatur erfasst.«

»An Depot, Datenscheibe mit allen Codes … vorbereiten.«

»Bestätigung.«

Das Zischen aus dem Artikulator klang wie ein Seufzen. »Alter Freund … und Talanna, mein Schatz … ich hoffe, dass es dir nicht so ergeht wie mir. Ich wollte ebenfalls zu den Hohen Welten, aber der verdammte Betrüger … Wie unfassbar ungerecht, in einem Universum zu sterben, das die Unsterblichkeit kennt. Caleb, ich …«

Lukas' Reste im Läsionsbad erbebten ein letztes Mal und rührten sich dann nicht mehr. Die Indikatoren im Displayfeld sanken auf null.

»Er ist tot«, flüsterte Leandra.

»Jetzt weiß er, ob die Kleriker Recht haben oder nicht«, sagte Esebian leise, wandte sich vom Läsionstank ab und verlor den linken Arm.

34

»Wer war Lukas?«, fragte Leandra. »Und was war er?«

»Ein guter Freund«, sagte Esebian. »Und mehr als das für eins meiner früheren Leben.«

»Sie sind alle in dir, nicht wahr? Ich meine, deine früheren Leben sind wie … richtige Personen?«

»Ich bin zweihundertdreiundfünfzig Jahre alt«, sagte Esebian. »Eine einzelne Person würde unter dem Gewicht dieser Jahre zusammenbrechen.«

»Was ist mit den Unsterblichen, die Tausende von Jahren alt sind?«, fragte Leandra. »Wie werden sie mit dieser … Last fertig.«

»Ich bin fest entschlossen, das herauszufinden, und zwar durch eigene Erfahrung.«

Sie saßen auf einer Felsterrasse, und nur wenige Meter vor ihnen ging es zweitausend Meter in die Tiefe. Auf der anderen Seite der mehrere hundert Meter breiten Schlucht stürzten gewaltige Wassermassen mit einem Tosen hinab, das ohne die energetische Barriere, die sich durch ein leichtes Flimmern verriet und als dünner Vorhang vor der Terrasse hing, sicher ohrenbetäubend laut gewesen wäre. Es wunderte Esebian nicht, dass Lukas sein Hauptdepot ausgerechnet hier eingerichtet hatte, in alten, längst nicht mehr benutzten Bruthöhlen. Die Enha-Entalen mieden die »Schlucht des Donners«, denn vor einigen Jahrtausenden, beim letzten ihrer Drei Großen Konflikte, war hier eine ganze Aggregation einer heimtückischen biologischen Waffe – angeblich eine Hinterlassenschaft der Genetischen Armada – zum Opfer gefallen. Es war ein abgelegener Ort, ohne neugierige Augen.

Leandra rieb sich kurz die Arme. »Eine der Stimmen mag mich nicht.«

Esebian rang sich ein Lächeln ab. »Niemand von uns kann es allen recht machen.«

Versuchsweise bewegte er den neuen linken Arm, mit dem ihn die Biomaschinen des Depots ausgestattet hatten. Er bestand aus Metall und Synthomasse, und die Steuerung erfolgte mithilfe von Sensoren. Es hätte zu lange gedauert, neue Nervenverbindungen wachsen zu lassen, und außerdem plante Esebian ohnehin, sich einer regenerierenden Ganzkörperbehandlung zu unterziehen; sein Zustand ließ ihm keine andere Wahl. Derzeit fühlte er sich gut, besser als noch vor einigen Stunden. Ganze Schwärme von Nanomaschinen waren in seinem Leib unterwegs und installierten die neuen Erweiterungen, die er sich im Depot ausgesucht hatte. Nach und nach dehnten sie die Grenzen seiner Wahrnehmung aus. Er kam sich vor wie jemand, der gerade das Sehvermögen zurückbekommen hatte und in einem riesigen Saal stand, in dem eine Lampe nach der anderen eingeschaltet wurde – die Dunkelheit wich zurück, und je weiter sie zurückwich, desto mehr Einzelheiten seiner Umgebung nahm er wahr.

»Der Wurm …«, sagte Leandra nachdenklich und beobachtete die Wassermassen, die auf der anderen Seite der gewaltigen Schlucht über glatt gewaschene Felsvorsprünge in die Tiefe donnerten. »Er fraß ihn auf und erhielt ihn doch am Leben.« Sie blinzelte und drehte den Kopf. »Hätte man ihn nicht irgendwie … rekonvertieren können?«

»Nein.« Esebian beugte den linken Arm versuchsweise und bewegte die Finger, setzte den Regler an und justierte die motorischen Sensoren, bis er mit der Signalübertragung zufrieden war. Die neuen Erweiterungen versetzten ihn in die Lage, einen Tastsinn zu simulieren, der sich fast normal anfühlte. »Aus dem gleichen Grund gibt es keine Backups. Wer den Weg des Symbionten wählt, muss darauf verzichten.«

»Warum hat sich Lukas den … Wurm einpflanzen lassen?«, fragte Leandra.

Esebian erklärte es ihr. »Ihm blieb keine Wahl. Andernfalls wäre er zu einem Grauen geworden.«

»Nach acht Therapien …«, murmelte Leandra. »Er war der Unsterblichkeit damals noch näher als du heute.«

»Ja.«

»Und wenn du dich nicht der nächsten Therapie unterziehst … Dann könnte es dir so ergehen wie ihm?«

Esebian zögerte kurz. »Ja.«

»Das darf nicht geschehen«, sagte Leandra leise. Und noch leiser fügte sie hinzu: »Dann wäre ich wieder allein.«

»Es wird nicht geschehen.« Esebian ließ den Arm sinken und hörte das leise Summen der kleinen Servomotoren darin. Ein biologischer Arm wäre ihm lieber gewesen, aber dieser erfüllte seinen Zweck, bevor er sich bei einem Bioingenieur einen neuen wachsen lassen konnte. »Ich werde mir holen, was mir zusteht.«

»Der Mann, der Lukas getötet hat … War es der Erlauchte, der dich beauftragte, El'Kalentar zu töten?«

Esebian musterte Leandra mit neu erwachendem Argwohn. Er konnte sich nicht daran erinnern, ihr erzählt zu haben, dass der Auftrag von einem Erlauchten stammte. »Das vermute ich«, sagte er langsam.

»Angenommen, du findest ihn und er verweigert dir die Meriten, so wie jener Kunde sie damals Lukas verweigert hat. Was dann?«

»Er wird sterben«, sagte Esebian mit fester Stimme. »Tirrhel wird sterben, so oder so. Ich habe es Lukas versprochen.«

Leandras Lider zitterten bei diesen Worten. »El'Kalentar ...« Sie schien dem Klang des Namens zu lauschen. »Er trug keinen Wurm in sich. Konnte er nicht rekonvertiert werden? Und legen Unsterbliche keine Back-ups an? Wäre das nicht dumm von ihnen, bei so vielen Erinnerungen?«

Im Saal von Esebians Wahrnehmung gingen weitere Lichter an, und er fühlte sich vollständiger, nicht mehr weitgehend blind und taub. Er hörte Leandras Puls als einen fernen Trommelschlag, den er näher holen konnte, wenn er wollte, um nach Einzelheiten zu lauschen. Das Blut toste in ihren Adern, fast so laut wie die über den Rand der Schlucht stürzenden Fluten. Bei jeder einzelnen Bewegung knisterten Haut und Kleidung, und wenn sie den Kopf drehte, schien Wind in ihrem Haar zu rauschen, wie in den Baumwipfeln eines Waldes. Er sah winzige Schweißperlen auf ihrer Stirn, wie glitzernder Tau auf gelbbraunem Samt, und bei genauerem Hinsehen offenbarten sich ihm selbst die geringfügigsten Bewegungen der Pupillen. Er konnte sogar in Leandra hineinblicken, wenn er wollte, zwei oder drei Zentimeter tief, solange er sich auf noninvasive Sondierungssignale beschränkte, und die Muster des elektrischen Widerstands der Haut betrachten.

»Die Unsterblichkeit ist das Ergebnis eines delikaten Gleichgewichts bei der Zellregeneration«, sagte Esebian langsam. Er hatte sich Leandras Frage schon vor einer ganzen Weile gestellt und darüber nachgedacht. »Sie betrifft *einen* Körper, der mit insgesamt neun Therapien darauf vorbereitet wird und vielleicht nach dem letzten Aufstieg weitere Behandlungen braucht, um den erlangten Status beizubehalten. Ich weiß es nicht genau. Wie die Unsterblichen unsterblich bleiben, wissen nur sie selbst, wie so vieles andere; ich erfahre es, wenn ich einer von ihnen werde. Der Körper, der mit dem letzten Aufstieg den Tod besiegt, lässt sich nicht einfach austauschen. Selbst Teilregenerationen gefährden das zellulare Gleichgewicht. Deshalb hat ein Back-up für einen Unsterblichen kaum Sinn. Es müsste in einen Klon übertragen werden, der jedoch sterblich wäre und dem die Hohen Welten damit verwehrt blieben. Mir ist kein einziger derartiger Transfer bekannt, und ebenso wenig weiß ich von Back-ups.« Esebian zögerte kurz, als eine alte Erinnerung aufstieg, die aus Even Ten-Tens Leben stammte. »Ich kenne nur eine Ausnahme. Vor mehr als zweihundert Jahren soll ein Erlauchter so schwer an etwas erkrankt sein, dass seine Unsterblichkeit in Gefahr geriet und er beschloss, Teil der Intelligenz eines Fernerkunders zu werden. Er brach auf, um Filigrane in anderen Galaxien zu finden, und man hörte nie wieder etwas von ihm.« Esebian zuckte die Schultern. »So heißt es jedenfalls.«

»Aber rein theoretisch könnte ein Back-up von El'Kalentar existieren, irgendwo in … einer Maschine.«

»Rein theoretisch ja. Aber der praktische Nutzen wäre begrenzt.« Esebian zögerte kurz. »Zumindest für ihn«, fügte er nachdenklich hinzu.

Er hörte, wie die ferne Trommel, die Leandras Herz

war, schneller pochte, wie das Blut lauter durch ihre Adern strömte, wie Luft in den Lungen fauchte, als sie tief durchatmete.

»Wenn Erlauchte durch Unfälle ums Leben kommen ...«, sagte sie langsam. »Ich meine, selbst ihnen kann etwas zustoßen. Was passiert dann mit ihnen? Könnte ihr Selbst in Maschinen weiterleben, wie das des Unsterblichen, der sich mit dem Fernerkunder auf den Weg machte? Ist das nicht eine Unsterblichkeit, die uns allen offensteht?«

Genügt es zu denken?, fragte sich Esebian und spürte eine Tiefe in Leandras Worten, die ihn überraschte. Genügt es, in Form von Gedanken zu existieren, die als elektrische Impulse durch Metall oder spezielle Verbundstoffe eilen, viel schneller als durch die Synapsen eines organischen Gehirns? Oder ist es nicht vor allem die Unsterblichkeit des – vertrauten – Fleisches, die wir uns wünschen?

Leandra sah ihn an und schien auf eine Antwort zu warten. Was geschieht hinter der Mauer, mit der die Erlauchten ihre Welten umgeben haben?, dachte Esebian. Unfälle passierten. War das der Grund, warum es viele Erlauchte vermieden, ihre mit überlegener Technik ausgestatteten Domizile auf den Hohen Welten zu verlassen? Aber selbst dort konnte es zu Zwischenfällen kommen, die einen Körper so schwer verletzten, dass er starb. Was geschah dann mit dem jahrtausendealten Geist? *Gab* es irgendwo eine spezielle Maschine, die das Selbst von Erlauchten aufnahm, in dem sie weiterdachten und vielleicht in ihren Erinnerungen weiterlebten? Und wer überwachte diese Maschine, wer hörte das Flüstern und Raunen in ihr? Die Magister?

Esebian hob und senkte den linken Arm. »Ich möchte keine

Maschine sein, sondern ein Mensch. Und ich will als Mensch unsterblich werden.«

Leandra berührte die Prothese kurz und zog die Hand dann wieder zurück. »Du hast gesagt, dass Lukas uns helfen kann, auch wenn er schon tot ist.«

»Sein ganzes Netz steht uns zur Verfügung. Damit habe ich nicht gerechnet. Es wird uns eine große Hilfe sein.«

»Sein *Netz*?« Leandra lächelte, und dieses Lächeln – schief und unschuldig, vielleicht auch ein wenig naiv – verwandelte sie wieder in die junge, unbedarfte Frau, die angeblich zu den Klerikern unterwegs gewesen war, um dort zu lernen, dem Leben die richtigen Fragen zu stellen. »Ich weiß noch immer nicht, wer oder was Lukas war.«

»Er war einer von jenen, denen der Weg zu den Hohen Welten allein aufgrund ihrer Herkunft verwehrt blieb«, sagte Esebian und blickte nachdenklich zum gewaltigen Wasserfall auf der anderen Seite der Schlucht, ohne ihn zu sehen. »Er kam aus den Gemischten Gebieten, wie wir beide.«

Esebian zögerte kurz. »Recht und Ordnung bestimmen das Leben in den Tausend Tiefen des Direktoriats«, fuhr er dann fort, und es waren Worte, die Lukas damals an ihn gerichtet hatte, als sie Freunde geworden waren. »Die Regeln der Magister garantieren allen Bürgern ein weitgehend sorgenfreies Leben mit kostenlosem Zugang zu den wichtigsten Dingen. Wem das nicht genügt, wer mehr will, der kann sich den in Ausschreibungen präsentierten Projekten widmen, für die Weiterentwicklung der Gesellschaft und das Wohlergehen der Allgemeinheit arbeiten und damit sogenannte Meriten erwerben. Und wer genug Meriten hat, kann sich mit ihnen die Unsterblichkeit kaufen, einen Platz auf den Hohen Welten. Es scheint richtig zu sein: Unsterblich wird, wer es sich verdient hat.«

»Aber es ist nicht richtig, oder?«

»Was ist mit all den Menschen in den Gemischten Gebieten, denen der Weg zur Unsterblichkeit verwehrt bleibt? Ganz gleich, wie sehr sie sich um die Gesellschaft verdient machen, irgendwann müssen sie sterben. Wie kann das richtig sein? Angeblich geht es um genetische Reinheit und um den ›Makel‹, der nur in den Gemischten Gebieten existiert. Der Korrektor, der mir damals auf Dannacker den Makel nahm …« Und nicht nur mir, dachte Esebian. »Nur dadurch konnte ich mich Therapien unterziehen. Womit wir bei Lukas wären. Es gab und gibt viele Menschen, die sich an Korrektoren wenden. Neben der hellen Welt der Regeln und der Legalität gibt es noch eine andere, eine Welt der Schatten und des Zwielichts, in der man sich über die Regeln hinwegsetzt. In dieser Welt war Lukas zu Hause. Er lernte früh, sich ihre eigenen Regeln zunutze zu machen, handelte erst mit Informationen und dann auch mit verbotener Technik aller Art. Es lief darauf hinaus, dass er den Leuten, die zu ihm kamen, das beschaffte, was sie auf legalem Wege nicht bekommen konnten.«

»Ein … Profiteur?«, fragte Leandra.

»Es kommt darauf an, aus welchem Blickwinkel man es sieht«, sagte Esebian. »Ja, er profitierte von der Notlage anderer. In der Schattenwelt der Tausend Tiefen wird gestohlen, betrogen und gemordet, und fast immer geht es dabei um Meriten und eine Möglichkeit, Unsterblichkeit zu erlangen. Lukas gab den Dieben, Betrügern und Mördern die Werkzeuge, die sie brauchten, und er sagte ihnen, wo sie am besten Gebrauch davon machen konnten. Einige meiner frühen Aufträge hat er vermittelt.«

Bei diesen Worten huschte eine kurze Veränderung durch Leandras Gesicht, so schnell, dass Esebian nicht sicher war, ob er sie wirklich gesehen hatte.

»Aber Lukas hat nicht nur von der Notlage anderer profitiert, sondern auch oft uneigennützige Hilfe geleistet«, fuhr er fort. »Wie mir, als ich damals zum ersten Mal zu ihm kam. Es steckten zwei Seelen in ihm, die eines Geschäftemachers und die eines Menschen, der Anteil nahm und half, ohne eine Gegenleistung dafür zu erwarten. Im Lauf der Jahrhunderte knüpfte er immer mehr Kontakte in den Tausend Tiefen, in den Gemischten Gebieten ebenso wie auf den offiziellen Welten des Direktoriats. Er hatte auch Verbindungen zu den anderen Nationen in der Milchstraße, insbesondere zu den Enha-Entalen, was ihn schließlich veranlasste, sich hier auf Gevedon niederzulassen.«

»Weit entfernt von den Observanten und Ethikwächtern.«

»Das dürfte einer der Gründe dafür gewesen sein. Jetzt bin ich sein Erbe.« Esebian griff in die Hosentasche und holte eine Datenscheibe hervor. Wie es der Zufall wollte, war sie so gelb wie die Scheibe, die ihm Tirrhel bei seinem Besuch im fliegenden Haus über den Experimentalseen von Angar gegeben hatte. »Die hierauf gespeicherten Codes erlauben mir Zugriff auf alle seine Ressourcen. Damit sind wir gut gerüstet.«

»Gerüstet wofür?«

»Für den Gegenschlag«, sagte Esebian. »Das Weglaufen hat bald ein Ende. Sobald ich mit Erebos gesprochen habe, wird der Spieß umgedreht.«

»Wer ist Erebos?«

»Ein Brainer. Das Gehirn von Aurora.« Esebian winkte ab, als er die neue Frage auf Leandras Lippen sah. »Ich erkläre es dir, wenn wir unterwegs sind.«

»Und wann brechen wir auf?«

»Ich schätze, das Depot braucht noch etwa eine Stunde, um das Schiff vorzubereiten. Waffen habe ich bereits ausgesucht. Diesmal machen wir uns voll ausgerüstet auf den Weg.«

»Eine Stunde …« Leandra stand auf, kam mit fließenden Bewegungen näher, drückte Esebian in den Formsessel zurück und setzte sich auf ihn. »Zeit genug für uns.«

… Dieser ist der wahre Weg,
Kein andrer macht das Auge rein;
In seiner Fährte schreitet hin,
So blendet ihr den Herrscher Tod.

NAVIGATION

35

Akir Tahlon träumte, und in seinem Traum stand er in einem großen Ballsaal. Staub trübte den Glanz vergangener Zeiten. Er bildete eine graue Schicht auf den Tischen und Sesseln am Rand der großen Tanzfläche, deren Boden aus echtem Holz bestand. Als vager Schleier lag er auf den Spiegeln, und an den Fenstern bildete er eine so dicke Schicht, dass man kaum nach draußen schauen konnte. Tahlon wusste, dass ihn außerhalb des Gebäudes nicht die graue Düsternis jener Welt erwartete, in der er unzählige Male Tausende von kleinen weißen Stäben sortiert hatte. Er wollte hinausgehen, doch eine schwarze Gestalt versperrte ihm den Weg.

»Du kannst noch nicht hinaus«, sagte die Gestalt mit einer Stimme, die aus der Finsternis unter der Kapuze kam. »Erst musst du deine Aufgabe erfüllen.«

»Aber ich habe getan, was du wolltest«, erwiderte Tahlon. Er fror und war müde, doch er wusste: Selbst ein dicker Mantel hätte ihn nicht wärmen können. Diese Welt erlaubte ihm keinen Schlaf, weder am Tag noch in der Nacht.

»Dies ist deine neue Aufgabe.« Die schwarze Gestalt deutete zum Kronleuchter, der über der Tanzfläche von der hohen Decke gefallen und auf dem Holzboden zerbrochen war. »Wenn du alles zusammengesetzt hast, bevor der Tag beginnt, darfst du den Saal verlassen.«

Und so machte sich Akir Tahlon, einst Präfekt der Hohen Welten und Erster Hochkommissar des Direktoriats, an die Arbeit. Aus hundert kristallenen Kerzen bestand der Leuchter, und jede einzelne Kerze war beim Aufprall in tausend Splitter zerbrochen; das wusste er, ohne sie zu zählen. Als er damit begann, die einzelnen Teile zusammenzufügen, dachte er: Es sind insgesamt hunderttausend Teile. Wie viele Stunden hat die Nacht? Etwa zehn. Das macht vierhundert Minuten oder sechzehntausend Sekunden. Ich müsste also mehr als sechs Teile pro Sekunde zusammensetzen, um bis morgen früh fertig zu werden.

Es ist nicht zu schaffen, sagte die Vernunft, doch das Gefühl schrie: Versuch es!

Die ganze Nacht schuftete Tahlon, mit flinken Fingern und wachem Auge, und als sich hinter dem grauen Staub an den Fenstern das erste Licht des neuen Tages zeigte, setzte er die letzte kristallene Kerze zusammen. Daraufhin erstrahlte der Kronleuchter in neuer Pracht, stieg langsam auf und kehrte zu seinem Platz an der Decke zurück.

Tahlon sah kurz nach oben, eilte dann zur Tür und öffnete sie.

Warmer Sonnenschein fiel draußen auf die erwachende Stadt vor dem Hügel, auf dessen Kuppe das Gebäude mit dem alten Ballsaal stand. Die Häuser bildeten klare geometrische Formen, und das galt auch für die Verkehrskorridore auf dem Boden und in der Luft. Einige wenige Personen und Fahrzeuge bewegten sich, in Mustern mit mathematischer Präzision. Das Licht der Sonne, das sich in Fenstern und auf Dächern widerspiegelte, schien den gleichen Formeln zu gehorchen, die auch alle Bewegungen bestimmten. Tahlon fühlte: Es war eine Stadt, die sich von den Launen des Zufalls befreit hatte, in der das Unerwartete und Unvorhergesehene niemandem mehr auflauerte. In ihr war alles geordnet, strukturiert und geregelt, und damit stellte sie all das dar, was sich Tahlon jemals gewünscht hatte. Sein Leben voller Wechselfälle stand in einem so krassen Kontrast dazu, dass er schrie, aus Verzagtheit über all die Jahre inmitten des Chaos und voller Sehnsucht nach dem vor ihm liegenden Paradies.

Der Schrei hallte nicht nur über den Hang des Hügels, sondern auch durch den Saal, so laut, dass der Kronleuchter klirrte und immer stärker vibrierte, bis er sich schließlich von der Decke löste und auf die Tanzfläche prallte – alle hundert kristallenen Kerzen zersprangen.

Die Tür fiel zu, und Tahlon konnte sie nicht wieder öffnen. Er lief zu einem der Fenster und strich den Staub beiseite, aber draußen wurde es bereits wieder dunkel, und als er die Hand sinken ließ, bildete sich neuer Staub an der Fensterscheibe.

Erneut arbeitete er die ganze Nacht, setzte stundenlang die vielen Splitter zusammen und gönnte sich keine Pause, weil er wusste, dass er bis zum Morgengrauen fertig sein musste, was eigentlich unmöglich war. Und als es ihm doch gelang, nach zehn Stunden harter Arbeit, als er beim ersten Licht des Tages zur Tür lief, sie öffnete und die herrliche Stadt sah, in der es die Geborgenheit des Vorhersehbaren gab ... Da stach wieder der Schmerz in ihm, der von allen unerfüllten Wünschen und enttäuschten Hoffnungen seines Lebens stammte, und er konnte den Schrei nicht zurückhalten, obgleich er wusste, was er damit anrichtete. Hinter ihm stürzte der Kronleuchter von der Decke, und wieder zerbrachen seine hundert kristallenen Kerzen ...

»Geht es Ihnen nicht gut, Präfekt?«, fragte Ranidi besorgt, als Akir Tahlon das Navigationszentrum der *Concordia* betrat.

»Ich habe ... schlecht geschlafen«, antwortete er und spürte tief in seinem Innern, dass dies nur die halbe Wahrheit war. Es geschah nicht zum ersten Mal, dass er von jener anderen Welt träumte, und er war ganz und gar nicht sicher, ob es sich wirklich nur um einen Traum handelte. Er war tot gewesen, mehrere Stunden lang, bevor ihn eine Rekonversion ins Leben zurückgeholt hatte. Aber hatte sie ihn wirklich *ganz* zurückgeholt? Oder weilte ein Teil seiner Seele noch immer auf der anderen Seite, jenseits des Lebens?

Tahlon schüttelte die düsteren Gedanken ab, als er zu seinem Platz vor den Datenports ging. Eine Enha-Entalen – Delegierte der Prinzipalin des Transporters, dessen Barke *Gramza* Esebian gestohlen hatte – wartete dort auf ihn. Er nahm die Grüße des Kommandanten und seiner drei Offiziere entgegen, nickte ihnen kurz zu. Fast zehn Stunden waren vergangen. So lange hatte die Adaptation noch nie gedauert – normalerweise schlief er nach dem Transit ins Filigrannetz nur zwei, höchstens drei Stunden. Eine weitere Konsequenz der Rekonversion?

»Wie weit sind wir?«, fragte er.

»Die Spur wird deutlicher«, sagte der Kommandant, ein birnenförmiger Kirgu, der auf zwei Stummelbeinen und in ein schillerndes Gewand gekleidet durch den großen Raum wankte. Er verharrte nur selten, war ständig in Bewegung, und mehrere Displayfelder mit den wichtigsten Statusanzeigen folgten ihm. »Wir holen zur Barke des Transporters auf.«

»Haben Sie bereits festgestellt, wohin sie fliegt?«, fragte Tahlon und setzte sich. Ranidi nahm neben ihm Platz, die Kiemen hingen schlaff herab.

»Oder geflogen ist«, ertönte eine dumpfe Stimme. »Die Spur ist zwei Tage alt. Um Ihre Frage zu beantworten, Präfekt: Nein, noch gibt es keine Navigationstelemetrie; das Ziel der *Gramza* bleibt unbekannt.«

Die Stimme kam vom Piloten, der vorn in der Navigationsnische saß. Der wie aufgebläht wirkende haarlose Schädel ruhte in einer Halterung, mit einer halb organischen Nervenverbindung im Nacken. Große, trübe Augen starrten wie blind ins Leere; Mund und Nase waren nur als Andeutungen vorhanden. Einen Geruchssinn kannte der Pilot nicht, und Nahrung nahm er durch die sesselartige Vorrichtung auf, mit der er verwachsen war und die ihn seit mehreren Jahren mit der *Concordia* verband, seit der Indienststellung des Direktoriatsschiffes. Tahlon wusste, dass er einen Vertrag über zehn Jahre abgeschlossen hatte. Hundert Monate, dachte er. Viertausend Tage. Achtzigtausend Stunden … Er versuchte sich vorzustellen, wie es war, so viel Zeit an einem Ort zu verbringen, als Teil des Schiffes, immer zu wachen, nicht zu schlafen … Es erinnerte ihn zu sehr an die endlose Schufterei in der grauen Welt mit den weißen Stäben und dem Kronleuchter im alten Ballsaal.

»Präfekt?«, fragte Ranidi besorgt.

»Bitte zeigen Sie mir den aktuellen Status, Pilot«, sagte Tahlon. Er dämpfte seine Emotionen und schaltete in einen kühlen, rationalen mentalen Modus.

Über der runden Kommandoinsel mit den Formspeicherkonsolenbuckeln, an denen die drei menschlichen Offiziere saßen, entstand ein fast zehn Meter durchmessendes Displayfeld mit einer schematischen Darstellung des Filigrannetzes, durch das die *Concordia* flog. Beziehungsweise kroch. Ihre Geschwindigkeit im Tunnelnetz der Filigrane betrug einige Kilometer pro Sekunde, doch in Bezug auf das normale Raum-Zeit-Kontinuum bewegte sich das Direktoriatsschiff mit millionenfacher Lichtgeschwindigkeit, viel schneller als die schnellsten interstellaren Schiffe und Fernerkunder. Tausende von Linien erschienen in dem großen Displayfeld, mit an ihnen entlanggleitenden blinkenden Punkten. Jede Linie war ein Wurmlochtunnel, geschaffen von einem Weber, und jeder blinkende Punkt ein Schiff oder eine Transportkapsel, das eine Abkürzung durch das Filigrannetz nahm.

Mit bloßem Auge betrachtet hatte das Netz durchaus eine ästhetische Qualität. Die wahre Komplexität erschloss sich Tahlon erst, als er seine Erweiterungen anwies, sich mit den Daten- und Navigationssystemen der *Concordia* zu verbinden. Die einzelnen Linien, im Displayfeld dünn, schwollen zu dicken, schlauchartigen Gebilden an, die nicht glatt und gerade waren, sondern zerfranst und krumm, an manchen Stellen aufgerissen, an anderen halb verknotet, die Außenflächen rau und wie voller Pusteln und Warzen – in vielen von ihnen gab es Öffnungen zum Normalraum, hinter denen Filigranports warteten, aber manche waren »Stürze«, sackgassenartige Auswölbungen, in die Raumschiffe oder Transportkapseln hineinfallen konnten, wenn sie vom Kurs abkamen. Feine Verästelungen gingen wie dünne Zweige vom dicken Ast des Haupttunnels aus und endeten im Nichts. Andere, nur wenig dickere Verzweigungen bildeten zwischen den Hauptsträngen ein Netz innerhalb des Netzes – nur die geschicktesten und erfahrensten Piloten verstanden es, ein Schiff aus den primären in diese sekundären Tunnel zu steuern.

Immer wieder zogen Lichter durch das Filigrannetz, in rhythmischen Schüben wie bei der visuellen Darstellung eines Pulsschlags, und als sich Tahlon auf die entsprechenden Datenströme konzentrierte, wurden aus den einzelnen Lichtsignalen goldene und silberne Sinuswellen mit unterschiedlich hohen Wellenbergen und -tälern. Jede einzelne dieser Wellen war ein Kommunikationsband der Magister. Die meisten Schiffe und Transportkapseln blieben in ihrer unmittelbaren Nähe, denn die Leitsignale der Magister wiesen ihnen den Weg. Nur einige wenige, unter ihnen die *Concordia*, hatten einen Piloten an Bord, der imstande war, ohne die Signale der Magister sicher in den Transittunneln zu navigieren.

Der aktuelle Status zeigte Tahlon den Tunnel, durch den die *Concordia* flog, als lange graue Röhre, eingebettet in sternlose Finsternis. Der Durchmesser dieser Röhre war nicht konstant; manchmal wichen die Innenwände zurück, und bei anderen Gelegenheiten kamen sie dem Schiff gefährlich nahe. Die vorbeirasenden Lichtblitze der Magisterkommunikation rissen mit ihrem kurzen Gleißen Silhouetten aus der Finsternis vor der *Concordia*, die Schatten von Raumschiffen, die irgendwann einmal in diesem besonderen Transittunnel unterwegs gewesen waren. Einige dieser Schatten waren viele Jahrtausende alt und stammten aus einer Zeit, als der betreffende Weber gerade erst damit begonnen hatte, sich in die Struktur von Raum und Zeit zu fressen und ein Filigran zu spinnen. Die Spuren von Reisenden, dachte Tahlon, älter als die ältesten Unsterblichen im Direktoriat, älter sogar als unsere Zivilisation.

Als er die Lichtblitze beobachtete, glaubte er, für einen Sekundenbruchteil eine Veränderung hinter einem von ihnen zu sehen. Aber als er genauer hinsah, erstreckte sich hinter dem Licht der kommunizierenden Magister nur das amorphe Grau der Tunnelwand.

Indikatoren leuchteten in der visuellen Darstellung des Transfertunnels und markierten die recht deutliche Silhouette eines kleinen Schiffes. Tahlons Erweiterungen übermittelten zusätzliche Informationen: Größe, Durchmesser, Zusammensetzung der Außenhülle, Relativgeschwindigkeit und energetische Aktivität.

»Das ist die Transitsignatur der *Gramza*«, sagte der Pilot. »Sie ist langsam.«

»Es ist nur eine Barke«, knarrte die Enha-Entalen Jere Eins Izaquine, eine aus der ersten Brut der Prinzipalin Brelje Genualdi Izaquine hervorgegangene Tochter. Mit knapp einem Meter war sie recht klein und noch zierlicher gebaut als die meisten weiblichen Enha-Entalen. Die Spitzen blau schimmernder Flügel ragten unter dem braunschwarzen Rückenschild empor, und der Stachel am Ende des krummen Schwanzes war gestutzt. Jere Eins neigte den Stabkopf halb nach oben und richtete den Blick ihrer sieben schwarzen Knopfaugen auf das große Display. »Barken sind nicht schnell.«

»Es ist bedauerlich, dass Sie den Start der Barke nicht verhindern konnten«, sagte Tahlon. Der kühle mentale Modus tat gut; er erlaubte es ihm, die Gedanken zu ordnen und in die richtigen Bahnen zu lenken.

»Es gab einen medizinischen Notfall.«

»Physische Instabilität«, sagte Ranidi. »Cambero hat uns darauf hingewiesen.«

»Wie konnten Esebian und seine Begleiterin den Wartestatus der Barke überwinden und in den Transit gehen?« Tahlon stellte diese Frage nicht zum ersten Mal, und er hatte noch immer keine Antwort darauf gefunden.

»Unbekannt«, sagte Jere Eins, und wieder knarrten ihre Worte wie spröde Synthomasse kurz vor dem Brechen.

»Esebian fliegt die *Gramza* nicht selbst.« Ranidi betätigte die virtuelle Kontrolle eines Displayfelds über dem Tisch. »Die Barke folgt den Leitsignalen.«

»Wohin?«

»Unbekannt«, sagte Jere Eins und kam dem Piloten zuvor.

Die *Concordia* erzitterte plötzlich, und der Kirgu-Kommandant unterbrach seine Wanderung um die Kommandoinsel in der Mitte des Nav-Zentrums. »Anomalie«, sagte er und hob dünne Arme zu den Sensorimplantaten in seiner Stirn. »Anomalie.«

Die drei menschlichen Offiziere bedienten virtuelle Kontrollen und stabilisierten die Systeme der *Concordia.* Mit seinen visuellen Erweiterungen sah Tahlon, wie die Adern und dünnen Nährschläuche am Hals des Piloten pulsierten.

»Wir nähern uns einem Sturz«, erklang die dumpfe Stimme des Navigators. »Anomalie ist künstlichen Ursprungs. Leitsignale der Magister werden abgelenkt.«

Tahlon beugte sich vor. »Was hat das zu bedeuten?«

Im großen Displayfeld war zu sehen, wie die grauen, organisch wirkenden Wände des Transittunnels an einer Stelle zurückwichen. Die Schatten und Schemen der anderen Schiffe, Jahrhunderte und Jahrtausende alt, glitten wie Phantome daran vorbei, bis auf eins. Ein Objekt, das etwas deutlichere Konturen hatte als die anderen Transitsignaturen, änderte seinen bisherigen Kurs und verschwand in einer trichterförmigen Öffnung. Datenkolonnen scrollten durch Informationsfenster, zu schnell für gewöhnliche Augen und langsam genug für visuelle Erweiterungen.

»Ein gefälschtes Leitsignal?«, fragte Tahlon.

»Korrekt«, knarrte Jere Eins und hob den Stabkopf. »Die Magisterkommunikation ist gestört.«

»Und es handelt sich nicht um ein natürliches Phänomen?«, fragte Tahlon, obwohl er die Bestätigung eben in den Datenkolonnen gesehen hatte.

»Das stimmt«, bestätigte die dumpfe Stimme des Navigators. Zusätzliche Sensorstränge krochen wie Schlangen aus den Wänden der Pilotennische und verbanden sich mit den Interface-Anschlüssen des großen Kopfes. »Knotenpunkt neunzehn, Flugabschnitt dreiundzwanzig, Signalbrücke vier: energetische Echos von Navigationsfackeln. Geschätzte Anzahl: zehn.«

»Zehn Fackeln wurden dort eingesetzt?« Tahlon starrte ins Displayfeld und begriff, dass er innerhalb der nächsten Sekunden eine Entscheidung treffen musste. Die Relativgeschwindigkeit der *Concordia* war gering, aber der Kurs ließ sich nicht so leicht ändern wie im gewöhnlichen Weltraum; das Trägheitsmoment spielte hier eine wesentlich größere Rolle.

»Alles deutet darauf hin, dass jemand mithilfe der Explosion von mindestens zehn Navigationsfackeln eine kleine Verzweigung des Transittunnels zu einem Sturz geöffnet hat.«

»Und dieser Jemand hat außerdem die Leitsignale der Magister … gefälscht und ein Schiff in den Sturz gelockt?«

»Korrekt«, knarrte Jere Eins erneut. Ihre Fühler vibrierten und verrieten Aufregung.

Navigationsfackeln wurden manchmal von Erkundungsschiffen eingesetzt, die sich in unerforschte Bereiche des Filigrannetzes vorwagten – damit konnten schmale Verbindungsstellen erweitert werden.

»Das Schiff, das im Sturz verschwunden ist …«, sagte Tahlon. »Ich möchte es noch einmal sehen.«

Der Darstellungsbereich des großen Transferfelds über der Kommandoinsel teilte sich. Die rechte Hälfte zeigte weiterhin den grauen Tunnel, und in der linken erschien der Schatten des Schiffes, das von einem falschen Leitsignal in den Sturz gelotst worden war. Es bestand aus einem zentralen Zylinder, der nach den Sensordaten fast zweihundert Meter lang war und aus dem mehrere Dorne ragten, zwischen zwanzig und vierzig Meter lang.

»Das ist kein Schiff«, sagte Ranidi.

»Nein.« Tahlon stand auf. »Es ist kein Schiff, sondern ein Seeder. Jemand hat einen Magister-Seeder in einen Sturz gelockt. Pilot?«

»Ich höre Sie, Präfekt.«

»Können Sie uns in den Sturz bringen und anschließend die Verfolgung der *Gramza* fortsetzen? Oder riskieren wir, die Spur der Barke mit Esebian an Bord zu verlieren?«

»Navigationstelemetrie«, antwortete der Pilot. »Daten über Leitsignale empfangen und Bestätigung durch Kursvergleich.

Die *Gramza* verlässt das Direktoriat und fliegt nach Gevedon im Akery-System.«

»Die Heimatwelt meiner Prinzipalin«, knarrte Jere Eins.

»Wir können dem Seeder in den Sturz folgen und anschließend den Flug nach Gevedon mit höherer Geschwindigkeit fortsetzen.«

Tahlon nickte. »Wenn Sie gestatten, Kommandant ...«

Der Kirgu war die ganze Zeit über reglos geblieben, jetzt setzte er sich wieder in Bewegung und begann mit einer weiteren endlosen Wanderung um die Kommandoinsel. »Selbstverständlich, Präfekt.«

»Bringen Sie uns in den Sturz, Pilot.«

36

Die *Concordia* erbebte mehrmals, als sie sich der grauen Wand des Transittunnels näherte, die immer mehr wie rissige Haut oder Rinde aussah. Die Lichtsignale der Magisterkommunikation – tanzende Sinuswellen in der hohen Auflösung von Tahlons visuellen Erweiterungen – bewegten sich hier nicht in regelmäßigen Bahnen, sondern bildeten gleißende Bögen und Schleifen, in denen sich funkenartige Gebilde von ihnen lösten: Datenpakete, die aus einer instabilen Übertragungsmatrix fielen.

In unmittelbarer Nähe des Sturztrichters klebten schwarze Kugeln wie Kletten an den Wänden, und kleine Lichter gingen von ihnen aus, schwebten zu den Magistersignalen oder verschwanden im Trichter.

Die *Concordia* neigte ihren Bug der dunklen Öffnung entgegen.

»Warum haben die Magister noch keine Drohnen geschickt?«, fragte Akir Tahlon, den Blick auf das große Displayfeld über der Kommandoinsel gerichtet. »Sie müssen die Störung in ihrer Kommunikation doch bemerkt haben.«

»Es wird sicher nicht mehr lange dauern, bis erste Drohnen diesen Ort erreichen«, antwortete der Pilot. Die dumpfe Stimme kam aus einem Artikulator in dem mobilen Gerätesessel. »Die Interruptoren sollen sie vermutlich daran hindern, in den Sturz gezogen zu werden.«

Die von den Erweiterungen empfangenen Daten wiesen

Tahlon darauf hin, dass damit die schwarzen Kugeln an den Wänden gemeint waren.

»Schirmfelder maximale Kapazität«, ordnete der Kommandant an.

»Maximale Kapazität«, bestätigte einer der drei Offiziere.

»Direkte Systemkontrolle durch den Piloten.«

»Direkte Kontrolle.«

Einige der kleinen Lichter, die sich wie träge von den Interruptoren lösten, strebten der *Concordia* entgegen und zerplatzten an ihren Schilden. Fäden aus Licht breiteten sich an den betreffenden Stellen aus wie dünne Risse in Glas, und ein Knistern ging durch das Direktoriatsschiff, als es der Tunnelwand immer näher kam. Tahlon lauschte dem Flüstern der Daten, das von einem energetischen Sog im Trichter des Sturzes berichtete.

»Defensive Systeme volle Bereitschaft.«

»Bereitschaft bestätigt.«

Es blitzte, und die nächste schwarze Kugel brach auseinander. Trümmer bohrten sich in die graue Tunnelwand, die sich verfärbte und einen blutroten Ton gewann.

»Sog erfasst das Schiff.«

»Schirmfelder stabil. Ein Interruptor neutralisiert. Die anderen ignorieren uns und beschränken sich auf die Signalstörung.«

»Wer?«, fragte Tahlon leise. »Wer steckt dahinter?«

»Unbekannt«, knarrte Jere Eins.

Der Trichter nahm die *Concordia* auf, und das Schiff fiel in den Sturz. Für zwei oder drei Sekunden zeigte das Displayfeld über der Kommandoinsel nichts als Finsternis, und die Sensoren des Schiffes lieferten keine Daten. Dann erschienen die porös und brüchig wirkenden Wände einer großen Blase, und darin der Zylinder des Seeders – umgeben von einer Wolke aus Hunderten oder Tausenden silbrig glänzenden Objekten.

»Biomechs«, sagte einer der Offiziere und strich mit den Fingern über virtuelle Kontrollen. »Kategorie neun. Autonom und mit Kampfpotenzial.« Er hob den Kopf. »Erlauchten-Technik.«

»Erlauchte?«, brachte Tahlon verblüfft hervor.

Dutzende von silbernen Objekten lösten sich aus der Wolke und flogen der *Concordia* entgegen. An mehreren Stellen glühte es auf, und nur einen Moment später schüttelte sich das Schiff. Die Schirmfelder flackerten.

»Aggressives Verhalten«, sagte einer der Offiziere.

»Rückzug!«, befahl der Kirgu-Kommandant mit plötzlich donnernder Stimme. »Pilot, bringen Sie uns in den Transittunnel zurück!«

»Warten Sie.« Tahlon trat einen Schritt vor, beobachtete noch immer das Geschehen im großen Displayfeld und empfing Daten. Hinter dem Seeder und der Wolke aus Biomechs hatte sich eine Öffnung in der Sturzblase gebildet, groß genug für den Zylinder und seine Dorne – dahinter leuchteten Sterne. »Können wir feststellen, wohin der Seeder gebracht werden soll?«

»Dazu müssten wir näher an die Öffnung heran, und das ist nicht möglich. Wir werden *angegriffen*, Präfekt.«

»Energetische Aktivität bei den Biomechs«, meldete einer der Offiziere. »Sie bereiten Navigationsfackeln auf den Einsatz vor. Vermutlich wollen sie den Sturz schließen.«

Die *Concordia* erbebte erneut, als mehrere starke Entladungen die Schirme trafen.

»Kommandant?«, fragte der Pilot. »Präfekt?«

»Rückzug!«, donnerte der Kirgu. Er hatte seine Wanderung unterbrochen. »Sofort.«

»Rückzug, ja«, sagte Tahlon. »Aber wir nehmen einen Biomech mit. Fangen Sie einen von ihnen mit einem Gravitationsanker ein.«

»Gehört und bestätigt.«

»Notfall!«, rief der Kirgu, woraufhin das Schiff seinen Bordstatus änderte. Im Nav-Zentrum wurden die Formspeicher aktiv und verwandelten die Sessel in Sicherheitsliegen mit trägheitsneutralen Dämmfeldern. Tahlon kehrte rasch zu seinem Platz zurück.

Ein tiefes Grollen, die Stimme eines erwachenden Giganten, kam aus der *Concordia*, als der Pilot die Triebwerke hochfuhr und Schub gab. Das Trägheitsmoment, im Filigrannetz stärker als im Normalraum, trug das Schiff der Wolke aus Biomechs noch ein Stück näher, bevor die *Concordia* langsam in Richtung des Sturztrichters zurückkehrte. Tahlons Erweiterungen empfingen auch weiterhin die Daten der internen und externen Sensoren des Schiffes, aber den größten Teil leitete er direkt in eins der Speichermodule unter seiner Nackenhaut. Er konzentrierte sich auf einzelne Informationen und beobachtete mit den »Augen« des Schiffes, wie der Pilot einen Gravitationsanker ausrichtete, damit einen Biomech einfing und durch eine Strukturlücke in den Schirmfeldern zog. Das Objekt, zur einen Hälfte Maschine und zur anderen organisches Wesen, setzte sich zur Wehr, als der Gravitationsanker es in den Hangar holte; dabei wurden zwei der drei dort befindlichen Orbitalspringer beschädigt.

»Sicherung des Hangars«, sagte der Kommandant.

»Hangar gesichert.«

»Energetische Priorität für Antrieb und Schirme.«

»Priorität neu bestimmt.«

Über die Datenverbindungen »spürte« Tahlon, wie die anderen Bordsysteme der *Concordia* ihre Aktivitäten herunterfuhren. Zur gleichen Zeit sah er in einem Fenster seiner erweiterten Wahrnehmung, wie die zahlreichen Biomechs den entführten Seeder durch die Öffnung in den Normalraum brachten. Einige der silbernen Geschöpfe blieben beim Riss in der Sturzwand zurück, und ein schimmerndes Licht erschien bei ihnen, dehnte sich aus und wurde immer heller.

»Zündung der ersten Navigationsfackel. Drei weitere unmittelbar vor dem Einsatz.«

Der Kommandant schnaufte. »Pilot, Notbeschleunigung.«

»Notbeschleunigung bestätigt.«

Der im Schiff erwachte Gigant grollte nicht mehr, sondern donnerte und heulte. Heftige Vibrationen erfassten das Schiff, so stark, dass organisches Gewebe ohne den Schutz von trägheitsneutralen Dämmfeldern beschädigt worden wäre. Tahlon, von den Formspeicherpolstern der Sicherheitsliege umschlossen und von einem Kraftfeld geschützt, dachte an den Biomech im Hangar und hoffte, dass genug für eine Untersuchung übrig blieb.

Drei weitere Fackeln zündeten hinter der *Concordia*, schlossen den Riss, durch den der Seeder verschwunden war, und verschlangen mit ihrem Feuer die zurückgebliebenen Biomechs. Ihre energetischen Druckwellen veränderten die Struktur des Sturzes, und vor dem Direktoriatsschiff schrumpfte der Trichter. Tahlon und die anderen Personen im Navigationszentrum waren in Oasen der Ruhe gebettet, während die

Concordia um sie herum immer heftiger erzitterte. Die Schirmfelder gleißten, als das Feuer der Navigationsfackeln herankam und den stählernen Leib des Schiffes zu erreichen versuchte.

Hitze schlug Tahlon entgegen, und das Lodern der Fackeln schien auch das Nav-Zentrum zu erfassen – es wurde so hell, dass alles in einem blendenden Weiß verschwand, in dem es bedrohlich knirschte und knackte.

Und dann herrschte plötzlich Stille.

Tahlons Erweiterungen wurden heruntergefahren. Für einige wenige Sekunden empfing er keine Daten mehr und war auf seine gewöhnlichen Sinne angewiesen. Die Sicherheitsliege richtete ihn langsam auf, und Konturen schälten sich aus dem grellen Weiß. Der Kirgu war schon wieder auf den Beinen, stapfte entschlossen um die Kommandoinsel, streckte dünne Arme aus und betätigte virtuelle Kontrollen. Die Offiziere lagen noch benommen in den Formspeicherpolstern.

»Sturz hinter uns geschlossen«, meldete der Pilot. »Triebwerk einsatzbereit und aktiv. Schiff auf Kurs nach Gevedon. Autoreparatur der Strukturschäden an Bord hat begonnen.«

»Was ist mit dem Biomech?«, fragte Tahlon und deaktivierte das Dämmfeld. Mit einem kurzen Blick vergewisserte er sich, dass Ranidi und Jere Eins alles ebenso gut überstanden hatten wie er.

»Im Hangar isoliert und neutralisiert. Für die Untersuchung bereit.«

Die Liege hatte sich wieder in einen Sessel verwandelt, und Tahlon lehnte sich zurück. Er dachte bereits über mehrere Möglichkeiten nach. »Wann erreichen wir Gevedon?«

»In neun Stunden.«

Tahlon nickte zufrieden. »Pilot?«

»Pilot hört.«

»Sie haben gute Arbeit geleistet. Ich empfehle Sie für zusätzliche Meriten.«

»Danke, Präfekt.«

37

Eine Wunde klaffte in der Wabenstadt, fast hundert Meter tief und geschaffen von der Druckwelle einer Explosion. Spezialisten der Enha-Entalen kletterten zwischen den Trümmern umher, gruben Tunnel, krochen durch dunkle Ecken und suchten nach Spuren. Mobile Scheinwerfer schwebten durch die Reste von Räumen und Korridoren, gelenkt von knappen verbalen Anweisungen oder Gesten.

»Ich danke Ihnen sehr, dass wir uns hier umsehen dürfen, Jere Eins«, sagte Tahlon.

»Sie erweisen mir Ehre, Präfekt«, erwiderte die Enha-Entalen. Sie trug einen Körperpanzer, der aus Dutzenden von kleinen silbernen Platten bestand, die bei jeder Bewegung ihre Konfiguration veränderten und maximalen Schutz gewährleisteten. Vor einer Tunnelöffnung zwischen zwei geborstenen Wänden blieb sie stehen. »Er war hier. Der Mensch, den Sie suchen und der die Barke des Transporters meiner Prinzipalin gestohlen hat.«

»Esebian«, sagte Tahlon.

»So lautet sein Name. Er wurde gesehen. Die Augen der Stadt haben ihn beobachtet.«

»Wenn die Augen der Stadt ihn beobachtet haben, Jere Eins … Die Prinzipalinnen hätten seine Verhaftung anordnen können. Sie wissen, dass das Direktoriat ihn sucht.«

Jere Eins hob den Stabkopf, und ihre sieben schwarzen Knopfaugen reflektierten das Licht eines nahen Scheinwerfers. »Dies ist Gevedon, Präfekt. Der Mensch namens Esebian hat sich hier nichts zuschulden kommen lassen.«

»Er hat eine Ihrer Barken gestohlen.«

»Das war hier nicht bekannt.«

Jere Eins wankte in den Tunnel hinein, und Tahlon musste sich bücken, um den Durchgang zu passieren. Weiter vorn folgte Ranidi den Ermittlern der Enha-Entalen in einen der Räume, die noch vor einigen Stunden Teil einer Wohnzelle gewesen waren. Die Explosion hatte Wände zerschmettert, Rosenquarz und Kalk pulverisiert und Stahlkomposit eingedrückt. Wenn es nur dabei geblieben wäre, hätte es vermutlich mehr Überlebende gegeben, denn die Enha-Entalen waren trotz ihres fragilen Erscheinungsbilds sehr widerstandsfähig. Aber an diesem Ort hatte sich nicht nur die zerstörerische Kraft einer Explosion ausgewirkt. Buchstäblich aus dem Nichts waren andere Räume mit Wänden, Decken und Böden erschienen und hatten versucht, den gleichen Platz einzunehmen wie die betroffenen Wohnzellen. Das Ergebnis bestand aus atomarer Dekomposition und spontaner Materiestreuung. An manchen Stellen lag meterhoch Staub, so fein, dass er sich fast wie eine Flüssigkeit verhielt. An anderen wirkten Objekte und Strukturen wie miteinander verschmolzen. Tahlon bemerkte eine Tür, die schräg durch eine massive Wand ragte, und in der Tür steckte ein toter Enha-Entalen. Zwei Assistenten von Jere Eins – die offenbar einen recht hohen Rang bekleidete und die Leitung der Ermittlungen übernommen hatte – besprühten den Toten mit einer Substanz, die seine weichen Teile innerhalb weniger Sekunden dehydrierte; anschließend zerlegten sie ihn.

Jere Eins senkte Kopf und Fühler in einer Geste des Respekts. »Was nicht zu Staub zerfiel, was geborgen und identifiziert werden kann, soll den Weg der Rückkehr gehen dürfen«, knarrte sie.

Tahlon kannte die wichtigsten Traditionen der Enha-Entalen. Am Abend dieses Tages würde auf einem der dreizehn Tafelberge ein großes Feuer brennen und die Reste der hier ums Leben gekommenen Enha-Entalen aufnehmen, und zwar in einer bestimmten Reihenfolge: zuerst die Beine, dann Arme und Rumpf, anschließend der Kopf und zuletzt die Fühler. »Sie sollen Teil des Lichts sein, das auf die Stadt fällt, in der sie gelebt haben. Und ihre Moleküle sollen mit dem Rauch aufsteigen und sich mit der Luft dieser Welt vereinen. So existieren sie weiter: im Atem der Lebenden, wie ihre Vorfahren und deren Ahnen, wie die ersten Enha-Entalen, die sich auf dieser Welt niederließen und hier starben. Und während die Toten brennen, wird man die Geschichte ihres Lebens erzählen.«

Jere Eins neigte ihm den Kopf zu. »Sie erweisen mir doppelte Ehre, Präfekt. Ich höre Respekt in Ihrer Stimme, und das freut mich umso mehr, da er von einem Menschen kommt, der versucht, den Tod zu besiegen. Was sind Sie? Konsul? Resident?«

»Esebian ist Konsul«, sagte Tahlon. »Ich bin Resident.«

Jere Eins hob eine ihrer vorderen Gliedmaßen. »Der Mann, der hier lebte, der Maschinenmensch, der sich Lukas nannte … Auch er klammerte sich ans Leben. Mithilfe eines Symbionten, der ihn innerlich auffraß.«

Sie erreichten einen Raum, in dem offenbar Vitrinen und transparente Behälter gestanden hatten. Ihre Reste wiesen deutlich darauf hin, welche Gegenstände hier ausgestellt und gelagert gewesen waren. Tahlon justierte den dünnen Individualschild, der ihn schützte und dessen vages Flimmern ihn wie eine zweite Haut umgab, zwängte sich durch die schmale Lücke vor ihnen und betrat den Raum. Mehrere Enha-Entalen, die leichtere Versionen von Jere Eins' Körperpanzer trugen, untersuchten die zertrümmerten Objekte. Ihre knarrenden Stimmen vermischten sich mit dem Summen eines schlangenartigen Sniffers, der wie hungrig umherkroch und nach Biosignaturen suchte. Es war ein autonomer Apparat, einer von Dutzenden, die ihre Daten erst später in den Informationspool übertragen würden, den ein Elaborator verwaltete, der direkt mit den Magistern verbunden war, wie Tahlon festgestellt hatte.

Jere Eins sprach kurz mit den Ermittlern, stakste dann zu Tahlon zurück, hob ein langes Hinterbein und deutete auf das wilde Durcheinander, das von den Vitrinen und ihrem Inhalt übrig geblieben war. »Waffen«, sagte sie. »Ich muss betrübt zur Kenntnis nehmen, dass der Maschinenmensch namens Lukas, den wir alle sehr zu schätzen wussten, mit Waffen und anderen Dingen gehandelt hat.«

»Verbotene Erweiterungen«, sagte Tahlon.

»Illegale Gegenstände, ja.«

»Sie haben nichts davon gewusst.« Die Worte entschlüpften Tahlon, und es gelang ihm gerade noch, sie nicht wie eine ironische Frage klingen zu lassen. Jere Eins Izaquine hatte ihm geholfen, und er brauchte weiterhin ihre Hilfe. So sehr es ihn auch störte, dass sie nicht die Maßnahmen ergriffen hatte, die er für nötig hielt, und dass sie gewisse Dinge aus einer ihm fremden Perspektive sah, seine Vorstellung von Ordnung nicht teilte – damit musste er sich abfinden. Dies war nicht das Direktoriat. Als Präfekt konnte er natürlich offiziell Beschwerde bei den Prinzipalinnen von Gevedon einlegen und an die Vereinbarungen erinnern, die sie mit den Direktoren und Magistern getroffen hatten, aber all das kostete Zeit.

»Natürlich nicht, Präfekt«, erwiderte Jere Eins.

Tahlon machte eine Geste, die nicht nur diesem Raum galt, sondern auch den anderen. »Was halten Sie davon? Was ist hier geschehen?«

»Esebian und Lukas sind mit dem Transferitor entkommen, dessen Emissionsschatten wir geortet haben.«

Tahlon nickte. »Es befand sich noch jemand hier, nicht wahr?«

»Ja, Präfekt. Eine dritte Person, von der wir glauben, dass sie für diese Zerstörungen verantwortlich ist.«

Tahlon wünschte sich einmal mehr direkten Zugang zu den Ermittlungsdaten. Sein Wissen war noch immer viel zu lückenhaft. Jere Eins hatte ihm einen vollständigen Bericht versprochen, sobald der Elaborator mit dem Sammeln und Auswerten von Informationen fertig war, aber dann wussten auch die Magister davon. Er seufzte innerlich und begriff, dass seine Gedanken in eine gefährliche Richtung gingen.

»Und diese dritte Person verschwand mithilfe eines eigenen Transferitors?«

»Ja. Eine mobile Version, kontrolliert von einem ...« Jere Eins zögerte kurz und schien nach dem richtigen Wort zu suchen. »Noder.«

»Haben Ihre Sniffer bereits eine Biosignatur dieser dritten Person gefunden?«

»Sie sind sehr ungeduldig, Präfekt.«

Bin ich das?, fragte sich Tahlon. »Esebian hat einen unserer Unsterblichen getötet. Dafür muss er zur Rechenschaft gezogen werden. Jede Sekunde, die dieser Mann in Freiheit verbringt, ist eine Beleidigung für meinen Gerechtigkeitssinn.«

Jere Eins' Fühler zitterten. »Ich verstehe. Geht es Ihnen nur darum?«

Riskantes Terrain, dachte Tahlon. »Wenn man ermittelt, kann es passieren, dass sich neue, völlig unerwartete Hinweise ergeben.« Er beobachtete die anderen Enha-Entalen, die noch immer damit beschäftigt waren, Spuren zu sichern, und den Sniffer, der sich durch den Schutt wühlte, an einem verbogenen Etwas aus Kompositmaterial verharrte und seine Sensoren darauf richtete. »Man muss ihnen nachgehen, um ein deutlicheres Bild von der Lage zu gewinnen und alles richtig zu beurteilen. Doch oft ist Diskretion nötig.«

Jere Eins richtete die Fühler und den Blick von sieben schwarzen Augen auf ihn. »Ich verstehe Sie, Präfekt. Was wir auf dem Weg hierher gefunden haben, wird *diskret* untersucht, das versichere ich Ihnen. Ohne dass jemand anders davon erfährt.«

Sie sprachen, ohne ihn zu erwähnen, von dem Biomech, den sie im Filigrannetz an Bord genommen hatten. Die Bordmittel der *Concordia* reichten für eine genaue Untersuchung nicht aus, und Tahlon hatte nicht bis zur Rückkehr ins Direktoriat warten wollen. Außerdem konnten solche Analysen dort kaum durchgeführt werden, ohne dass Magister und Erlauchte davon erfuhren.

»Dafür danke ich Ihnen ausdrücklich, Jere Eins Izaquine. Ich stehe tief in Ihrer Schuld.« Und er dachte, geschützt von Erweiterungen, die seine Gedanken vor telepathischen Lauschern verbargen: Solche Hilfe sollte unter Ermittlern, die Verbrechen aufzuklären versuchen, selbstverständlich sein.

Sie sahen sich auch die anderen Räume an und beobachteten, wie weitere Leichen für das Feuer am Abend zerlegt wurden. Auf dem Rückweg sagte Jere Eins: »Ein Kampf hat stattgefunden, zwischen dem Maschinenmenschen Lukas und Ihrem Esebian einerseits und der dritten Person, die noch nicht identifiziert werden konnte. Doch nur ein kleiner Teil der Zerstörungen geht auf den Einsatz von Thermobomben und Waffen zurück. Was die Wohnzellen zertrümmert und insgesamt achtundzwanzig Enha-Entalen getötet hat, war der Kollaps des Phasenfelds.«

Ein Phasenraum mitten in der Stadt, dachte Tahlon und trat an einem Aggregat vorbei, das den Eindruck erweckte, halb geschmolzen und dann wieder erstarrt zu sein; die rußschwarzen Beine eines Enha-Entalen steckten darin. Und du hast nichts davon gewusst? Ein Phasenfeld verrät sich durch bestimmte Emissionen. Wenn man weiß, wonach es Ausschau zu halten gilt …

»Ihre Spezialisten haben die Energiepakete gefunden«, sagte Tahlon, als sie nach draußen traten, einer Gruppe von Enha-Entalen entgegen, die sich zu einem zirpenden Trauergesang eingefunden hatten. »Wir wissen, dass der Transferitor eine sehr begrenzte Reichweite hatte. Der Retransfer muss irgendwo auf dem Planeten stattgefunden haben.«

»Gevedon ist groß, Präfekt«, knarrte Jere Eins, streckte die Stelzenbeine und wankte dorthin, wo sich Lukas' Laden befunden hatte. Tahlon stellte fest, dass Ranidi dort auf ihn wartete. »Und außerdem fand der Hochzeitsflug der dreizehn Prinzipalinnen statt, an dem auch meine teilgenommen hat.« Jeres Fühler rieben knisternd aneinander. »Es gab viele Schiffe, die den Planeten erreichten und ihn verließen.«

»Ich verstehe«, sagte Tahlon. Offenbar hielt Jere Eins eine weitere Suche nach Esebian für sinnlos.

Die Enha-Entalen hob den Stabkopf ins Licht der beiden Sonnen, die eine grün und klein, die andere rot und gewaltig. »Es wird noch eine Weile dauern, bis alle Daten gesammelt und für einen Bericht verarbeitet sind. Natürlich bin ich in der Zwischenzeit bereit, auf alle Ihre Anfragen einzugehen, Präfekt. Darf ich Sie heute Abend zum Feuer des Gedenkens einladen?«

»Sie erweisen mir eine weitere Ehre, Jere Eins Izaquine. Mein Assistent und ich werden zur Stelle sein.«

38

Das grüne und rote Leuchten der beiden untergegangenen Sonnen verblasste am Horizont. Ein Lichtermeer erstreckte sich zu Füßen der dreizehn Tafelberge mit den pastellfarbenen Oktaedern der Prinzipalinnen, und auf einem von ihnen brannte ein Feuer mit fast zehn Meter hohen Flammen. Tausende von Enha-Entalen hatten sich eingefunden, standen auf den Felsen des Tafelbergs oder den breiten, langen Terrassen des Oktaeders, in dem sich eine der dreizehn Prinzipalinnen auf ihre neue Brut vorbereitete. Auch viele Außenwelter waren zugegen, unter ihnen Akir Tahlon und Ranidi. Sie standen abseits der anderen, weit genug vom Feuer entfernt, um im Dunkeln zu bleiben und miteinander zu sprechen, ohne dass jemand sie hörte. Trotzdem hatte Tahlon sich und seinen Assistenten mit einem monodirektionalen Akustikfeld umgeben, das Geräusche einfing und nicht wieder freigab. Auch wenn jemand in der Finsternis der Nacht einen Lauscher auf sie richtete und von Erweiterungen Gebrauch machte: Niemand konnte das Gespräch im Innern des Akustikfelds hören.

»Es ist erstaunlich«, murmelte Tahlon und beobachtete das Feuer, dessen flackernder Schein ein sonderbares Spiel aus Licht und Schatten auf den dahinter emporragenden, mehrere hundert Meter langen Prinzipalinnen-Oktaeder projizierte. »Wir kennen die Enha-Entalen seit Jahrtausenden, aber eigentlich wissen wir nur wenig von ihnen.« Er spürte Ranidis fragenden Blick und fügte hinzu: »Oh, wir kennen ihre Gesellschaftsstruktur. Wir wissen, dass ihr Volk in Aggregationen gegliedert ist, die von Prinzipalinnen regiert werden. Wir kennen ihre wichtigsten Bräuche und Traditionen, ihre starken und ihre schwachen Seiten. Mit anderen Worten: Wir wissen genug über sie, um mit ihnen zu koexistieren und Konflikte zu vermeiden. Aber wir haben keine Ahnung, was in ihren Köpfen vor sich geht.« Tahlon zögerte kurz. »Ich weiß nicht einmal, wie alt sie werden. Ihre normale Lebenserwartung ist größer als die von unbehandelten Menschen, aber wie alt *können* sie werden?« Er versuchte, sich eine Welt vorzustellen, in der es nicht um das Streben nach Unsterblichkeit ging, und seine Fantasie versagte. Das Streben nach den Hohen Welten hatte, sah man von den unbeschwerten frühen Jahren der Kindheit ab, sein ganzes Leben bestimmt. Gab es etwas anderes, das den Platz dieses inneren Motors einnehmen und ebenso stark motivieren konnte?

»Präfekt?«

»Manchmal kann das, was uns vertraut erscheint, so fremdartig werden, dass wir es nicht mehr verstehen«, sagte Tahlon nachdenklich.

»Ich nehme an, Ihre Worte beziehen sich auf die Delegierte der Prinzipalin Brelje Genualdi Izaquine«, vermutete Ranidi.

»Ja. Jere Eins scheint kein echtes Interesse an einer Aufklärung zu haben.« Tahlon lachte leise und humorlos. »Vielleicht hofft sie, dass sich interessante Geschichten daraus ergeben. Das scheint für die Enha-Entalen wichtiger zu sein als alles andere.«

Vorn beim Feuer ertönten knarrende Stimmen, und aus dem Hauptportal des Oktaeders trat die Prinzipalin, die fast vier Meter weit aufragte und ihre smaragdgrünen Flügel ausgebreitet hatte. Der Stachel ihres langen, von blauer Seide umhüllten Schwanzes war vergoldet, und unter ihrem Leib bemerkte Tahlon mehrere noch schlaffe Larvenbeutel. Musik erklang, seltsam schrill und disharmonisch für die Ohren des Präfekten. Die Prinzipalin hob ihre vorderen Gliedmaßen, und daraufhin begannen in bunte Zeremoniengewänder gekleidete Enha-Entalen, die einzelnen Teile der achtundzwanzig Toten dem Feuer zu übergeben, während ein Proklamator von ihrem Leben erzählte.

»Der Bericht des Elaborators«, fügte Tahlon hinzu, »ist ein Witz.«

»Ein Witz, Präfekt?«

»Beziehungsweise ein schlechter Scherz.« Zorn brodelte in Tahlon, und vorsichtshalber rejustierte er seinen mentalen Modus, damit die Emotionen nicht außer Kontrolle gerieten. In der Außenwelt gab es genug Chaos; wenigstens seine Innenwelt sollte geordnet bleiben. »Er enthält kaum mehr als das, was wir selbst gesehen haben. Lukas wurde beim Kampf gegen die dritte Person verletzt, und zwar recht schwer, doch er entkam zusammen mit Esebian. Die Gegenstation des Transferitors muss sich hier irgendwo auf Gevedon befunden haben, aber ich bin ziemlicher sicher, dass Esebian das allgemeine Durcheinander ausgenutzt und den Planeten verlassen hat. Die hiesigen Filigrane werden nicht von uns kontrolliert; er könnte wer weiß wo sein. Wir haben seine Spur verloren.«

»Wir finden Sie wieder, Präfekt. Es ist nur eine Frage der Zeit. Wir wissen, dass Esebians physischer Zustand instabil ist. Früher oder später muss er versuchen, sich einer Therapie zu unterziehen. Wenn nicht, wird er zu einem Grauen.«

Tahlon beobachtete, wie Funken vom Feuer aufstiegen, kleinen Sternen gleich, die sich denen am dunklen Himmel hinzugesellen wollten.

»Für eine Therapie muss er in die Tausend Tiefen zurück, Präfekt«, sagte Ranidi, als Tahlon schwieg. »Und dort halten nicht nur wir nach ihm Ausschau, sondern auch die Magister.«

Die Magister, dachte Akir Tahlon, und aus irgendeinem Grund war ihm nicht wohl bei diesem Gedanken. »Jemand hat es auf ihn abgesehen«, sagte er schließlich. »Erst auf dem Lebensfelsen von Hadadd und jetzt hier. Wenn wir feststellen könnten, wer die dritte Person war …«

»Der Sniffer hat etwas gefunden, Präfekt, doch Jere Eins hat betont, dass die Analysen noch etwas dauern werden.«

»Um ganz ehrlich zu sein, Ranidi: Ich bezweifle, dass wir von Jere Eins noch etwas Nützliches erfahren. Wenn wir etwas tiefer graben würden, fänden wir vielleicht Hinweise darauf, dass es zwischen ihr beziehungsweise zwischen der Prinzipalin Brelje Genualdi Izaquine und Lukas geschäftliche Beziehungen gab. Möglicherweise sind gewisse Kreise auf Gevedon mit dem Netzwerk verflochten.«

Das Netzwerk, von seinen Angehörigen »Aurora« genannt. Eine in den Gemischten Gebieten wurzelnde Organisation, die sich dem Illegalen verschrieben hatte und immer wieder versuchte, auch in den Tausend Tiefen Fuß zu fassen. Dort wachten die Ethikwächter und Observanten im Auftrag von Magistern und Erlauchten darüber, dass die Regeln eingehalten wurden, aber es gab weite Zwielichtzonen, insbesondere im Bereich der Randwelten. Wenn das Netzwerk inzwischen auch in den Einflussgebieten der anderen Nationen der Milchstraße operierte, so war es an der Zeit, energische Gegenmaßnahmen zu ergreifen, fand Tahlon. Die Ordnung durfte nicht noch mehr in Gefahr geraten.

»Glauben Sie, dass das Netzwerk dahintersteckt, Ranidi?«

»Hinter El'Kalentars Ermordung, Präfekt? Nein. Zumindest nicht direkt.« Ranidi blähte kurz seine Kiemen auf. »Aber ich glaube, dass Lukas Esebian geholfen hat. Vielleicht stammt die Ausrüstung, die es ihm erlaubt hat, El'Kalentar zu töten, von hier, Präfekt. Wir haben die Objekte untersucht, die wir in der Villa auf dem Lebensfelsen fanden. Und ich habe mir erlaubt, einige kleine Geräteteile vom Unglücksort zur *Concordia* zu transferieren. Wenn die ambientalen Signaturen übereinstimmen, wissen wir, dass Esebians Mordwerkzeuge von Gevedon stammen, aus dem Arsenal des Symbionténträgers Lukas, mit dem er offenbar befreundet war.«

»Gute Arbeit, Ranidi, wie immer. Ich nehme an, Sie haben veranlasst, dieser Freundschaftsbeziehung auf den Grund zu gehen?«

»Selbstverständlich, Präfekt. Ich bin sicher, dass wir schon sehr bald wesentlich mehr über Esebian wissen werden. Und auch über seine Begleiterin.«

Eine Zeit lang schwiegen sie, blickten zum Feuer und beobachteten, wie sich die Flammen verfärbten, als sie die einzelnen Körperteile der Toten verbrannten. Noch immer ertönten knarrende Stimmen, von Akustikfeldern verstärkt, die sie bis zur Stadt trugen, damit man auch dort die Lebensgeschichten der Verstorbenen hörte. Trotz des mentalen Modus, der seine Gefühle dämpfte, spürte Tahlon erneut Unruhe tief in seinem Innern, und er unternahm einen bewussten Versuch, ihr auf den Grund zu gehen. Sie stand in keinem unmittelbaren Zusammenhang mit Esebian, auch nicht mit den Ereignissen auf Gevedon. Der Flug durch den Transittunnel, die tanzenden Sinuswellen der Magisterkommunikation in der hohen Auflösung seiner Erweiterungen …

»Der Flug durch das Filigrannetz ist aufgezeichnet, nicht wahr?«

»Selbstverständlich, Präfekt.«

»Ich möchte mir die Aufzeichnungen ansehen, wenn wir wieder an Bord sind.«

Vor ihnen, am Rand des vom großen Feuer erhellten Bereichs, bildete sich eine Lücke in den Reihen der Versammelten, und eine kleine Enha-Entalen näherte sich. Tahlons visuelle Erweiterungen identifizierten sie als Jere Eins. Als sie herangekommen war, streckte sie einen dünnen, mehrgelenkigen Arm aus.

»Dies ist für Sie, Präfekt«, sagte sie und meinte eine kleine Datenscheibe.

Tahlon nahm sie entgegen. »Der abschließende Bericht?«, fragte er hoffnungsvoll.

»Ja. Mit den Untersuchungsergebnissen, die ich Ihnen versprochen habe.«

Tahlon steckte die Scheibe ein. »Was ist mit der dritten Person? Was hat der Sniffer herausgefunden?«

»Die dritte Person war einer Ihrer Unsterblichen, Präfekt. Darauf weist die Biosignatur eindeutig hin. Eine Identifizierung war nicht möglich.«

»Natürlich nicht«, erwiderte Tahlon. »Nur auf den Hohen Welten lässt sich feststellen, von wem die Signatur stammt.« Ein Erlauchter, dachte er. Die Datenscheibe in seiner Tasche schien schwerer zu werden und das Gewicht eines wertvollen Schatzes zu bekommen.

»Die Analysen in Hinsicht auf den Biomech dauern an, aber die Datenbank mit den ambientalen Signaturen, die Sie uns zur Verfügung gestellt haben, hat es uns ermöglicht, den Konstruktionsort zu bestimmen.«

Tahlon richtete einen fragenden Blick auf Jere Eins.

»Taschka«, sagte die Enha-Entalen. »Der Biomech stammt von Taschka.«

Tahlon schaltete seinen mentalen Modus auf die niedrigste emotionale Stufe, um ruhig zu bleiben. »Interessant«, kommentierte er.

Jere Eins zögerte und schien mehr von ihm zu erwarten. Als Tahlon schwieg, sagte sie: »Einer Ihrer Unsterblichen ist mitverantwortlich für den Tod von achtundzwanzig Enha-Entalen. Und Biomechs Ihrer Erlauchten haben einen Seeder entführt. Was hat das zu bedeuten, Präfekt?«

»Ich weiß es nicht«, antwortete Tahlon ehrlich. »Aber ich werde versuchen, es herauszufinden.« Er deutete eine Verbeugung an. »Wir brechen sofort auf und kehren ins Direktoriat zurück. Bitte sorgen Sie dafür, dass der Biomech zur *Concordia* gebracht wird.«

»Es finden weitere Untersuchungen statt, Präfekt ...«

»Es handelt sich um Erlauchten-Technik.« Tahlon sprach etwas schärfer. »Ein Schiff des Direktoriats hat den Biomech aufgenommen. Und ich brauche ihn für meine weiteren Ermittlungen.« Etwas sanfter fügte er hinzu: »Wenn ich Sie um diese freundliche Geste bitten dürfte, Jere Eins Izaquine ...«

Die Enha-Entalen neigte kurz den Stabkopf. »Wie Sie wünschen.« Sie wandte sich halb ab und zögerte erneut. »Wie heißt es bei Ihnen? Langes Leben, Präfekt.«

Tahlon saß im Konferenzzimmer mit den transparenten Stahlkompositwänden und sah sich seit einer Stunde die Aufzeichnungen des Fluges der *Concordia* durch das Filigrannetz an, als Ranidi hereinkam.

»Die Enha-Entalen gewähren uns einen Prioritätsflug durch das Akery-Filigran, Präfekt. Der Transit erfolgt in fünfzehn Minuten. Wenn Sie sich für die Adaptation in Ihr Quartier zurückziehen möchten ...«

»Ja«, murmelte Tahlon, den Blick noch immer aufs Displayfeld gerichtet. »Ja.« Er winkte. »Kommen Sie. Sehen Sie sich das an, Ranidi.«

Sein Assistent näherte sich dem Tisch, und Tahlon wies das Displayfeld mit einer Geste an, eine bestimmte Sequenz zu wiederholen. Er kannte inzwischen jede Einzelheit davon: die Wand des schlauchartigen Transittunnels, grau und scheinbar organisch, davor das rhythmische Pulsieren der Lichter, die in hoher Auflösung zu Sinuswellen wurden. Einige Sekunden verstrichen.

»Was meinen Sie, Präfekt?«

Tahlon beugte sich vor und streckte die Hand ins Displayfeld. »Diese Stelle hier, an der Wand. Wir sind zu dem Zeitpunkt noch ein ganzes Stück vom Sturztrichter entfernt, und hier wurden keine Navigationsfackeln eingesetzt. Es gibt auch keine Transitsignaturen, die darauf hindeuten, dass ein Schiff irgendwann einmal etwas an dieser Stelle ausgeschleust hat. Und doch hat sich dort etwas verfärbt und bewegt, direkt hinter einem großen Datenpaket der Magisterkommunikation.«

Eine weitere Geste, und die Szene erschien noch einmal im Displayfeld. Ein Lichtblitz wanderte wie träge durch den Tunnel, und an der grauen Wand hinter ihm erschien ein

Buckel mit sieben beinartigen Erweiterungen, der erst ebenso grau war wie die Tunnelwand und dann rot aufleuchtete, als das Datenpaket der Magister ihn passierte. Der Lichtblitz wanderte weiter, und die Erscheinung dahinter verschwand.

»Vielleicht handelt es sich um eine Reflexion des Datenpakets«, sagte Ranidi.

Tahlon schüttelte den Kopf. »Das Etwas hat wirklich existiert. Ich habe das Schiff beauftragt, in den Datenbanken nachzusehen. Bisher ist ein solches Phänomen nicht bekannt.«

»Vielleicht wissen die Magister mehr darüber.«

»Mag sein.« Tahlon stand auf und deaktivierte das Displayfeld mit einem Wink. Die Unruhe in ihm blieb. »Aber ich möchte noch etwas warten, bevor ich entsprechende Anfragen an sie richte, Ranidi. Vielleicht hole ich das nach, wenn wir auf Taschka sind.«

Ein akustisches Signal erklang und wies auf den bevorstehenden Filigrantransit hin. Tahlon machte sich auf den Weg zu seinem Quartier und fragte sich voller Unbehagen, welcher Traum ihn diesmal erwartete.

Violette Wünsche an einem Tag mit rotem Schnee,
Unter vielen Farben sollen ruhen Kummer und Weh.
Lass Licht die Dunkelheit des Schmerzes durchdringen
Und meiner Seele endlich Frieden bringen.

NEUE HORIZONTE

39

Ziemlich eindrucksvoll, was in Ihrem Körper steckt«, sagte der Bioingenieur, während sich der nackte Esebian im Scanner drehte, von zwei Gravitationsankern gehalten. »Erweiterungen für audiovisuelle, olfaktorische und taktile Wahrnehmung, Kommunikation, psychische und physische Steuerung, Feinmotorik und Metabolismus. Drei Implantate für mentale Modi, Telepathieblockade und Gedankenakzeleration. Bei einigen von ihnen sind die Nervenverbindungen noch instabil und nicht voll belastbar.«

»Sie sind mir erst vor kurzer Zeit implantiert worden«, sagte Esebian. Bei seiner langsamen Rotation bekam er nur einmal Gelegenheit, den Bioingenieur zu sehen: ein mechanischer Zwitter wie Lukas und Donaton Rell auf Angar, die eine Hälfte des Kopfes haarlos und aus Syntho-Komposit, die andere menschlich, mit faltiger Haut, einem weit vorstehenden Wangenknochen und einem großen grauen Auge mit messerscharfem Blick. Malik Enz, geboren auf Bokal am Rand des

Vorhangs, seit vierhundert Jahren Mitglied von Aurora und ein enger Freund von Lukas. Dies war Esebians erste Begegnung mit ihm, aber er hatte von Enz gehört und wusste, dass er sich auf ihn verlassen konnte. Ein Gravkissen trug den beinlosen Bioingenieur durch den wie ein Laboratorium eingerichteten Raum. Unterwegs bewegten sich seine vier langen Arme, betätigten virtuelle Kontrollen und veränderten die Einstellungen der mit dem Scanner verbundenen Sensoren. Leandra stand im Hintergrund, im dunkleren Teil des großen Raums, und beobachtete das Geschehen. Ihren Gesichtsausdruck konnte Esebian nicht erkennen, aber er spürte Sorge. »In Lukas' Hauptdepot auf Gevedon.«

»Die Nervenkontakte wachsen langsamer als gewöhnlich«, sagte Malik Enz. »Ich fürchte, Ihr allgemeiner Zustand ist schuld daran.«

»Wie geht es ihm?«, fragte Leandra.

Der Bioingenieur verschwand wieder aus Esebians Blickfeld, und mit ihm Leandra.

»So weit sind wir noch nicht, junge Dame. Geben Sie der Maschine und mir etwas mehr Zeit.«

»Sie müssen ihm helfen.«

»Ich bemühe mich, junge Dame. Ich bemühe mich.« Das Summen des Gravkissens kam näher. »Ihre neuen Konverterzellen funktionieren einwandfrei und sind bereits gut integriert. Sie nehmen Energie in allen Frequenzbereichen auf, Konsul.«

»Bitte nennen Sie mich nicht Konsul, Malik. Nicht hier.«

Eine weitere Drehung, und der Bioingenieur kehrte in Esebians Blickfeld zurück. Sein Gravkissen schwebte direkt vor der Öffnung des Scanners. »Wie Sie wünschen, Esebian. Obwohl es genau darum geht. Um Ihren Kandidatenstatus.« Er glitt wieder fort, doch seine Stimme blieb nahe, von einem Akustikfeld festgehalten. »Die Konverterzellen sind stark genug, um Sie eine ganze Minute lang mit einem Schirmfeld der ersten Kategorie zu schützen. Womit wir bei Ihrem defensiven und offensiven Potenzial wären, Esebian. Ich weiß nicht, was Sie vorhaben, aber Sie sind für einen kleinen Krieg gerüstet. Die Konsistenzverstärker können Ihre Haut in eine Panzerung verwandeln, widerstandsfähig genug, um den Projektilen leichter kinetischer Waffen zu widerstehen. Ein formidabler Schutz zusammen mit dem Schirmfeld. Mehrere Nanokonglomerate sind bereit für schnelle Zellreparaturen, falls es zu Verletzungen kommen sollte. Und dann Ihre Bewaffnung: drei Miniaturausführungen von Vari-Waffen, zwei in den Schultern und eine in der linken Hüfte. In den Fingernägeln ein Paralysator, zwei Mikro-Intervaller, ein Superblaster, zwei Desintegratoren und ein Dekohärenter, der zwar viel Energie verbraucht, aber recht nützlich sein kann. Die übrigen vier Fingernägel lassen sich bis auf eine Länge von fünfzehn Zentimetern ausfahren und können als Messer oder Dolche verwendet werden. Sie sind besser ausgerüstet als ein Angehöriger der Ehernen Garde. Was *haben* Sie vor, Esebian?«

»Ich habe vor, mit Erebos zu sprechen, sobald wir hier fertig sind«, antwortete Esebian. »Wie lange dauert es noch?«

»Genauso ungeduldig wie die junge Dame«, brummte Malik Enz. »Aber vielleicht sind Sie ungeduldig, weil Sie wissen, dass es Ihnen an Zeit mangelt. Was mir Anlass gibt, auf Ihren Kandidatenstatus zurückzukommen, Esebian.«

Der Bioingenieur strich mit einer Hand über mehrere vor ihm schwebende virtuelle Kontrollen, und Esebians Drehung fand in der Horizontalen ein Ende. Die beiden Gravitationsanker bugsierten ihn aus der Maschine, und wenige Sekunden später stand er, griff nach seiner Kleidung und zog sich an. Leandra verließ ihren Platz im dunklen Teil des Raums und kam näher.

»Dieser Körperbauer, von dem Sie mir erzählt haben, der Chisnall auf Hadadd ...«

»Cambero.« Esebian hatte es eilig, sich anzuziehen, um seinem Spiegelbild zu entkommen, das er in der nur wenige Meter entfernten Glaswand sah. Es zeigte ihm einen *alten*, ausgemergelten Mann, voller Falten und schlaffer Haut, mit einem linken Arm, der wie der eines Maschinenzwitters wirkte.

»Ein Stümper«, ereiferte sich Malik Enz und winkte mit allen vier Armen. »Eine Beleidigung für uns Bioingenieure. Er hat Sie verpfuscht, Esebian.«

Die graue Hose passte sich Esebians Körper an, und er schloss das Hemd, indem er kurz mit der Hand über den Haftstreifen in der Mitte strich. Der integrierte Formspeicher legte die Passformdaten in seinem molekularen Gedächtnis ab. »Wie sieht's aus, Malik?«

Der Bioingenieur schwebte noch etwas näher, musterte ihn mit seinem großen Auge und mehreren visuellen Sensoren. »Schlecht sieht's aus, Esebian. Das von den letzten Therapien geschaffene neue Transkriptasengleichgewicht gerät immer mehr in Gefahr. Wenn Sie nicht schnellstens eine neue Therapie bekommen ...«

Esebian sah auf seine Hände hinab und stellte sich vor, wie sie grau wurden. »Wie schnell? Wie viel Zeit bleibt mir?«

»Ein Monat, höchstens. Die Ganzkörperbehandlung hat Ihnen ein wenig geholfen, aber sie schiebt das Unvermeidliche nur hinaus.«

»Kann die Therapie nicht hier durchgeführt werden?«, warf Leandra ein.

Malik Enz wandte sich ihr kurz zu. »Aurora ist in den letzten Jahrhunderten groß geworden, junge Dame. Wir haben Einfluss gewonnen, nicht nur in den Gemischten Gebieten, sondern auch auf Welten der Tausend Tiefen. Aber wir haben keinen Zugang zu Erlauchten-Technik.« Er holte tief Luft und fügte voller Stolz hinzu: »Ich bin imstande, die ersten beiden Behandlungen durchzuführen, die am Anfang des Weges zur Unsterblichkeit stehen. Ich kann einen Sterblichen zum Provisor und einen Provisor zum Nuntius machen, aber schon ab der dritten Stufe Doyen wird die Therapie so kolossal komplex, dass man nicht nur Erlauchten-Technik braucht, sondern auch das Datenverarbeitungspotenzial eines Magisters. Aurora hat weder das eine noch das andere.«

»Ein Monat«, murmelte Esebian. »Vierzig Tage.«

»Höchstens«, betonte der Bioingenieur. »Wenn Sie bis dahin nicht den nächsten Aufstieg schaffen, sind Sie kein Kandidat mehr, sondern ein Grauer. Sie sollten … Alternativen in Erwägung ziehen und entsprechende Vorbereitungen treffen.

»Nein. Für mich gibt es keine Alternativen.«

Die Tür öffnete sich, und der junge Lazich sah herein. »Erebos erwacht.«

Esebian nickte. »Machen wir uns auf den Weg.«

Vier Personen erwarteten sie draußen auf der großen Plattform aus Synthomasse, die als Landeplatz für Orbital- und Atmosphärenspringer diente und auf der manchmal auch Versammlungen der Enklavenräte von Drossos stattfanden. Am Rand des etwa zweihundert Meter durchmessenden Platzes ragten Gebäude auf, die ebenfalls aus leicht zu produzierender Synthomasse bestanden und so ineinander verschachtelt waren wie die Häuser und Wohnzellen der Wabenstadt auf Gevedon. Die meisten von ihnen waren mit kleinen Gravankern gesichert, obwohl sie über direkte, säureneutrale Verbindungen mit besonders dicken Ästen oder sogar den Stämmen der Titanbäume verfügten, die bis zu siebenhundert Meter weit aufragten und die Säulen des Waldes waren, der bis auf die kalten Polargebiete den ganzen Planeten bedeckte. Drossos: So nannten die primitiven, affenartigen Laii ihre Heimat, ein Name, der sowohl »Welt« als auch »Wald« bedeutete.

Neben dem jungen Lazich, der erneut nur Augen für Leandra hatte, standen zwei Männer in mittleren Jahren und eine ältere Frau vor der Tür des Laboratoriums. In den Gesichtern der beiden Männer zeigte sich eine Besorgnis, die an Ablehnung grenzte, doch die ältere Frau streckte Esebian mit einem Lächeln die Hand entgegen. »Ich bin Jacinta, die Vorsitzende dieser Enklave. Dies sind meine beiden Administratoren Felton und Kaspari. Lazich kennen Sie bereits. Wie ich von ihm hörte, haben Sie nach Uskuch gefragt.«

»Hyun Uskuch«, sagte Esebian und fühlte Caleb in sich flüstern. »Er kam vor siebzig Jahren hierher und gründete die Iwaschta-Enklave. Ein guter Freund von Lukas, und auch von mir.«

»Ja. Sie sind ebenfalls ein guter Freund von Lukas gewesen, habe ich gehört.« Jacinta sah kurz zu Lazich, der aber nicht auf sie achtete und versuchte, Leandra in ein Gespräch zu verwickeln. »Ein so guter Freund, dass er Sie zu seinem Erben machte. Seinen Tod bedauere ich sehr. Er stand uns allen sehr nahe.«

Esebian griff in die Hosentasche, holte eine Datenscheibe

hervor und gab sie der älteren Frau. »Darin sind alle Codes gespeichert, die mich als Lukas' Erben ausweisen.«

Jacinta nahm die Scheibe entgegen, sah nachdenklich darauf hinab und steckte sie dann ein. »Danke, Esebian. Ihnen gehören neunzehn Prozent der hiesigen Niederlassungen. Sie haben damit Anspruch auf einen Sitz im Enklavenrat.«

»Wovon vermutlich nicht alle begeistert sind«, sagte Esebian mit einem kurzen Blick auf Felton und Kaspari.

Der schmächtige und bärtige Felton nickte ernst. »Ich kann es nicht leugnen. Sie werden im Direktoriat als Mörder gesucht. Angeblich haben Sie einen Erlauchten umgebracht. Ihre Präsenz zieht die Aufmerksamkeit der Ethikwächter und Observanten auf uns. Die Situation könnte eskalieren.«

»Die Magister könnten auf den Gedanken kommen, einen Seeder oder Emergenten hierher zu schicken«, fügte der hochgewachsene Kaspari hinzu.

»Ich möchte mit Erebos sprechen«, sagte Esebian. »Alles Weitere sehen wir dann.«

»Wir bringen Sie zu ihm.« Jacinta deutete auf einen silbergrauen Atmosphärenspringer am Rand der Plattform. »Kommen Sie.«

Der Springer war geräumig genug, um zehn Personen Platz zu bieten, und Felton und Kaspari wählten die Sitze ganz hinten. Jacinta setzte sich an die Kontrollen, und Esebian sank neben ihr in den Sessel des Kopiloten. Der junge Lazich und Leandra nahmen direkt hinter ihnen Platz. Ein Gravitationsmotor summte, und der Atmosphärenspringer stieg auf, kippte dann zur Seite ins weltumspannende Grün.

Leandra sah aus dem Fenster. »Ein Wald, der einen ganzen Planeten bedeckt«, staunte sie.

Lazich setzte zu einer Erklärung an, aber Esebian kam ihm zuvor. »Wenn du dabei an eine friedliche, harmonische Welt denkst, so irrst du dich gewaltig. Der Wald von Drossos ist kein grünes Paradies, sondern eine grüne Hölle. Er besteht aus sieben ökologischen Hauptebenen mit jeweils drei Lokalbiotopen. In jedem Abschnitt findet ein erbarmungsloser Kampf ums Überleben statt, geführt von Geschöpfen, die von der Natur großzügig mit Waffen aller Art ausgestattet worden sind. Selbst die meisten Pflanzen sind giftig. Wer sich zu lange ihren Absonderungen aussetzt und zum Beispiel so dumm wäre, in einer Astgabel oder einem Muldenblatt zu schlafen, wird verdaut und assimiliert. Harmlos aussehende Schmetterlinge können mit den Farbmustern ihrer Flügel Menschen hypnotisieren und legen ihre Eier in den Körpern von Mammalia ab. Werden sie nicht rechtzeitig entfernt, fressen sich die Larven schon nach zwei Tagen durch lebendes Fleisch. Nachts sind in der dritten Ebene Schwarmfliegen auf der Suche nach Beute, und wenn sie ein Opfer finden, macht sich der ganze Schwarm darüber her. Lukas hat mir damals von einem Springer erzählt, der unten im Süden abgestürzt ist und kein Notsignal senden konnte. Die drei Männer an Bord überstanden den Absturz unverletzt, aber zwei von ihnen waren schon eine Stunde später tot. Der dritte war vorsichtiger und machte sich in einem Schutzanzug auf den Weg, der ihn zumindest vor den Verdauungssäften der Bäume schützte. Aber als er in der ersten Nacht den Schutzfilm vor Mund und Nase öffnete, um ein wenig Luft zu schnappen, witterte ihn eine Späherfliege. Er versuchte, dem Schwarm zu entkommen, doch nach dreißig Kilometern waren die Batterien seines Gravmotors leer. Oder der Motor wurde von eingedrungenen Schwarmfliegen lahmgelegt – das ging nicht eindeutig aus den automatischen Aufzeichnungen hervor, die man später fand.«

Leandra war blass geworden. »Was geschah mit dem Mann?«

»Die Fliegen fraßen ihn«, sagte Esebian. »Der Schwarm lässt nie ein Opfer entkommen.«

Leandra sah erneut aus dem Fenster, diesmal voller Unbehagen, und deutete auf ein kleines Insekt, das an der Scheibe klebte. »Ist das ...«

»Keine Sorge, mein Kind«, sagte Jacinta. »Lassen Sie sich keine Angst einjagen. An Bord dieses Springers sind wir völlig sicher.«

»Ich bin einmal allein im Wald unterwegs gewesen«, verkündete Lazich.

»Tatsächlich?« Leandra sah ihn groß an.

»Letztes Jahr«, sagte der junge Mann und begann damit, seinen abenteuerlichen Ausflug in allen Einzelheiten zu schildern.

»Das dort draußen sollte uns eine Lehre sein.« Esebian deutete durch den transparenten Bug des Springers. In einer Höhe von einigen Dutzend Metern flogen sie über die Wipfel der Titanbäume hinweg. Gelegentlich schnellten Sporenkapseln mit messerscharfen Kanten zu ihnen empor, prallten aber am kinetischen Schild ab. »Hier überlebt nur, wer stark und schlau ist. So verhält es sich auch in der Schattenwelt der Tausend Tiefen. Es unterscheiden sich nur die Mittel.« Esebian staunte über die Schärfe in seinen Worten, und über den tiefen Zynismus, in dem sie wurzelten. Solche Bemerkungen hätte er von Caleb erwartet, und er spürte Gunders Missbilligung. »Wer seinen Weg mit dem Makel beginnt, braucht Stärke und Schläue, um die Hohen Welten zu erreichen.«

»Ich kenne Sie nicht«, sagte Jacinta nach einer kurzen Pause. »Aber ich habe Lukas gut gekannt. Sehr gut sogar.« Ein Lächeln huschte über ihre Lippen. »Und ich weiß, wie er über gewisse Dinge dachte. Wir haben es auch ihm zu verdanken, dass sich Aurora in eine bestimmte Richtung entwickelt hat. Weniger Schatten und mehr Licht, Esebian. Darum geht es uns. Wir streben danach, die Illegalität zu verlassen. Und wir wünschen uns mehr Gerechtigkeit für jene, die nicht ganz so stark und schlau sind.«

»Idealisten, die sich eine bessere Welt erhoffen.« Esebian lachte humorlos, und wieder wunderte sich ein Teil von ihm darüber, wie kalt und zynisch er klang. Stimmte mit seinem mentalen Modus etwas nicht? »Dies ist die Erfahrung meines Lebens: Der Stärkere gewinnt. Wenn Aurora sich aus der Schattenwelt des Direktoriats wagt und versucht, für einen neuen Idealismus zu werben, für Regeln, die nicht mehr von den Magistern bestimmt werden, so werden Sie und Ihresgleichen feststellen, dass Sie plötzlich einem übermächtigen Gegner gegenüberstehen. Dann werden Magister und Erlauchte Ihre Organisation mit der gleichen Erbarmungslosigkeit zerschlagen, die sie bei den Filigran-Kriegen gezeigt haben. Und ich versichere Ihnen, dass in einem solchen Fall nichts von Aurora übrig bleiben wird. In vier- oder fünfhundert Jahren wird sich niemand mehr an Sie erinnern.«

Einige Sekunden herrschte Stille, abgesehen vom Summen des Gravitationsmotors. Leandra und Lazich schwiegen; Esebian fühlte ihre Blicke im Nacken.

»Er gehört nicht zu uns«, sagte Felton schließlich. »Du hast es selbst gehört, Jacinta.«

Esebian seufzte leise und bereute seine scharfen Worte bereits. »Ich möchte nur mit Erebos sprechen, das ist alles. Auch wenn mich Lukas zu seinem Erben gemacht hat: Ich habe nicht die Absicht, mich in Ihre Angelegenheiten einzumischen.«

»Es ist nicht mehr weit«, sagte die ältere Frau an den Kontrollen. Einige Sekunden später fügte sie hinzu: »Sie sind sehr verbittert.«

»Ein Erlauchter hat mich um all das gebracht, wofür ich über zweihundert Jahre gearbeitet habe.«

»Jemand, der stark und schlau ist. Aber denken Sie daran, Esebian: Die affenartigen Laii sind schwach und nicht so schlau wie wir, und doch überleben sie seit Jahrtausenden in einem Wald, den Sie als grüne Hölle bezeichneten. Nicht immer müssen die Schwachen unterliegen.« Sie deutete nach vorn, zu einer Lücke im Wald, die eine Enklave enthielt. »Wir sind da.«

40

Es war eine kleine Enklave: in der Mitte eine etwa hundert Meter durchmessende Plattform, auf der einige Atmosphärenspringer standen, umgeben von ineinander übergehenden Syntho-Bauten. Ein nuklearer Ofen brannte unter der Siedlung, gehütet von einigen automatischen Kustoden – er lieferte genug Energie für den Ort und die zahlreichen Sicherheitssysteme, die Erebos schützten. Der einzige wesentliche Unterschied zu der größeren Enklave, von der Esebian mit seinen Begleitern kam, bestand aus dicken Faserbündeln, die von einem würfelförmigen Gebäude ausgingen und in den Wald führten.

»Erebos hat damit begonnen, die Biomasse des Waldes für seine Zwecke einzusetzen«, erklärte Jacinta, als sie sich dem Gebäude näherten. »Wie er das anstellt, bleibt sein Geheimnis. Er hat in diesem Zusammenhang einmal die Kapillarsysteme der Titanbäume erwähnt.«

»Erebos ist schon immer sehr einfallsreich gewesen«, sagte Esebian.

»Ich nehme an, Sie kennen ihn.«

»Ich bin schon einmal hier gewesen, vor vielen Jahren.« Als sie die Tür erreichten, sagte Esebian: »Ich möchte allein mit ihm reden.«

»Kommt nicht infrage!«, sagte Felton sofort, und Kaspari richtete einen beschwörenden Blick auf Jacinta.

»Fragen Sie ihn, ob er mich allein empfangen möchte«, fügte Esebian hinzu. »Sagen Sie ihm, Talanna ist zurück und bringt ihm violette Wünsche an einem Tag mit rotem Schnee.«

Jacinta betrat das Gebäude und schloss die Tür hinter sich.

»Esebian …«, begann Leandra.

»Nein«, sagte er. »Ich spreche allein mit ihm. Du kannst dir von Lazich die Enklave zeigen lassen.«

Der junge Mann freute sich über den Vorschlag und führte Leandra fort. Über die Schulter hinweg warf sie Esebian einen enttäuschten Blick zu.

Weit über der Enklave reflektierten von Gravankern gehaltene stationäre Sonden das Licht der Sonne, die mit den Überwachungssystemen aller Enklaven von Drossos und auch mit den übrigen Basen im Ordahl-System verbunden waren. Ohne den Autorisierungscode, mit dem sich Jacinta angemeldet hatte, war niemand in der Lage, sich Erebos auf weniger als hundert Kilometer zu nähern.

Eine Minute verging, und dann trat die ältere Frau wieder nach draußen. »Erebos freut sich auf ein Wiedersehen mit Talanna.«

»Jacinta …«, begann Felton.

Sie brachte ihn mit einem kurzen Wink zum Schweigen. »Erebos hat entschieden. Gehen Sie, Esebian. Sie haben eine halbe Stunde bis zur nächsten Traumphase.«

Esebian trat durch die Sicherheitsschleuse mit ihren Sensoren in einen Flur, in dem es mindestens zehn Grad kühler war als draußen. Er führte zu einem großen, offenen Raum mit einer etwa fünfzehn Meter durchmessenden beckenartigen Mulde. Von der klaren, öligen Flüssigkeit darin ging ein würziger Duft aus, wie eine Mischung aus Thymian und Pfeffer, und darin lag der Brainer namens Erebos: ein ins Riesenhafte gewachsenes Gehirn, von tiefen Einschnitten durchzogen, die es in insgesamt vierzehn Großabschnitte unterteilten, durch Brücken miteinander verbunden. Mehrere Maschinen umgaben das Becken auf drei Seiten, und an der vierten zog sich ein halbhohes Geländer entlang. Ein kleiner Mann mit schmalem Gesicht, großen dunklen Augen und Stummelflügeln nahm Esebian dort in Empfang und reichte ihm eine Kom-Scheibe.

»Ich bin Forcade Clar, der Erste Betreuer«, stellte sich der Hybride mit fiepender Stimme vor. »Erebos hat eine lange Aktivitätsphase hinter sich und ist gerade aus ihr erwacht. Ich habe interessante Gespräche für ihn vorbereitet, damit er auf andere Gedanken kommen und sich erholen kann. Ein Besuch zu diesem Zeitpunkt war nicht vorgesehen.«

»Wir kennen uns«, sagte Esebian, legte die Hände aufs Geländer und sah ins Becken. »Und ich habe ebenfalls ein interessantes Gespräch für ihn.« Als sich Forcade Clar nicht von der Stelle rührte, fügte er hinzu: »Ich möchte es allein mit ihm führen.«

Mit einem verärgert klingenden leisen Schnaufen ging der Betreuer.

Einige Sekunden lang hörte Esebian nur das leise Summen der Maschinen auf den drei anderen Seiten des Beckens, und dann kam eine Art Schnattern aus dem Halbdunkel auf der anderen Seite des Raums. Die visuellen Erweiterungen zeigten Esebian einen abgesperrten Bereich mit drei affenartigen Geschöpfen in einem großen Klettergerüst. Zwei von ihnen schwangen an ihren langen Armen langsam hin und her; das dritte saß ganz oben auf einer kleinen Plattform und beobachtete Esebian aus runden schwarzen Augen.

Er hob die Kom-Scheibe und drückte sie an die Schläfe, wo sie haften blieb und eine Verbindung mit seinen Kommunikationserweiterungen herstellte.

»Ich bin zurück«, sagte Esebian. »Erkennst du mich?«

Die zuvor glatte Oberfläche der Flüssigkeit im Becken kräuselte sich. »Ja«, ertönte eine Stimme aus einem Artikulator an der hohen Decke. »Ja, ich erkenne dich. Obwohl du anders aussiehst und anders … bist. Als Talanna hast du mich besucht, und auch einmal als Caleb. Lukas brachte dich hierher, vor … hundertsechzig Jahren.«

»Lukas ist tot. Ein Erlauchter hat ihn umgebracht.«

»Ich habe davon gehört«, sagte Erebos. »Die Datennetze sind voll davon. Und auch von dir. Aus Talanna ist Esebian geworden, nicht wahr?«

»Ich habe auch einige andere Leben geführt«, erwiderte Esebian und fragte sich kurz, warum ihm dieser Hinweis wichtig erschien. Er stellte fest, dass inzwischen alle drei affenartigen Wesen auf der Plattform über dem Klettergerüst saßen und ihn beobachteten. »Du hast Gesellschaft, wie ich sehe.«

»Es ist der nächste Schritt in meiner Entwicklung«, sagte Erebos, und Esebian glaubte, Stolz in der Artikulatorstimme zu hören. »Ich werde Teil des Weltwaldes. Ich wachse in ihn hinein und dehne mich in ihm aus. Seine gewaltige Biomasse erweitert mich, und die Laii sind meine Arme und Beine, meine Augen und Ohren. Wo sie sind, bin auch ich. Hallo, Esebian.«

Jedes der drei Affenwesen hob den rechten Arm und winkte. Nach kurzem Zögern erwiderte Esebian den Gruß und dachte an die Faserstränge, die, wie er gesehen hatte, von dem Gebäude in den Wald führten.

»Wenn du gelernt hast, den Wald gewissermaßen als zusätzliche Hirnmasse zu nutzen …«

»Er denkt, auf einem sehr niedrigen Niveau, und ich denke mit ihm, in einer Resonanz, die uns beiden nützt. Meine jüngsten Berechnungen zeigen: Wenn die Entwicklung auf diese Weise weitergeht, kann in zehntausend Jahren ein Qualitätssprung stattfinden, der zu einer globalen Kollektivintelligenz führt, an deren Spitze die Laii stehen. Wenn das geschieht, verwandelt sich Drossos in eine Welt des Friedens. Ich bin fest entschlossen, dieses Ziel zu erreichen.«

»Wenn du so lange lebst«, sagte Esebian und fragte sich, ob er jemals in der Lage sein würde, für sich selbst Pläne über einen Zeitraum von zehntausend Jahren zu schmieden.

»Ich habe meine eigene Art von Unsterblichkeit, Esebian. Meine Zellen sterben, aber ich schaffe neue und übertrage das, was die alten empfunden und gedacht haben, in sie. Die ganze Zeit über sterbe ich und werde neu geboren.«

»Wenn du dich im Wald ausdehnst und in Resonanz mit ihm denkst … Welches Potenzial hast du inzwischen erreicht?«

»Ich bin bei sieben Komma eins Prozent eines Seeders angelangt, Esebian«, antwortete Erebos durch den Artikulator, und diesmal war der Stolz unverkennbar. »Das hat kein anderer Brainer vor mir erreicht.« Eine kurze Pause, und dann: »Ich bedauere sehr, was mit Lukas geschehen ist. Jacinta hat mir den Bericht übermittelt, aber wenn du gestattest: Ich würde es gern von dir selbst hören. Was ist passiert?«

Esebian blickte auf das tonnenschwere Gehirn im Becken und schilderte die Ereignisse noch einmal, in allen Einzelheiten. Als er schließlich schwieg, waren fast zehn Minuten der halben Stunde bis zur nächsten Traumphase vergangen, die keinen Schlaf bedeutete, sondern tiefe Versenkung in Datenströme, Planungen, interplanetare und interstellare Kommunikation. Seit Erebos auf Lukas' Initiative hin vor mehr als dreihundert Jahren – noch vor Esebians Geburt als Winford – von Bioingenieuren geschaffen worden war, wuchs er immer mehr in die Rolle eines organischen Magisters hinein. Vielleicht erreichte er dieses Ziel erst in zehntausend Jahren, wenn es auf Drossos zu dem Entwicklungssprung kam, der die grüne Hölle in ein grünes Paradies verwandeln würde, aber Esebian zweifelte nicht daran, dass Aurora auch weiterhin alles daransetzte, ihm dabei zu helfen. *Vielleicht erleben wir es,* hörte er Caleb tief in sich flüstern. *Wenn du dich endlich besinnst und keine Zeit mehr verlierst.*

»Ich trauere um Lukas«, sagte Erebos, und die Oberfläche der klaren Flüssigkeit im Becken kräuselte sich erneut. »Er gab mir den Auftrag, Aurora zu verändern, und daran arbeite ich. Nicht nur ich wachse, Esebian. Auch Aurora wächst. Wir helfen den Menschen der Gemischten Gebiete, und nicht nur ihnen. Gleiche Chancen für alle, auch für die, die den Makel tragen.«

»Das werden Magister und Erlauchte nie zulassen«, sagte Esebian.

»Dann müssen wir sie dazu zwingen. Meine Pläne sehen vor … *sahen* vor …«

Esebian wartete einige Sekunden. »Erebos?«

»Violette Wünsche an einem Tag mit rotem Schnee«, flüsterte es aus dem Artikulator an der Decke, und von der anderen Seite des Raums, vom Klettergerüst, kam ein kurzes, kehliges Schnattern. »Talanna hat damals diese Worte gewählt. Als Erkennungszeichen für uns.«

»Ja.«

»Weißt du noch, was es damit auf sich hat?«

Esebian horchte in sich hinein. »›Violette Wünsche an einem Tag mit rotem Schnee, unter vielen Farben sollen ruhen Kummer und Weh. Lass Licht die Dunkelheit des Schmerzes durchdringen und meiner Seele endlich Frieden bringen.‹« Und dann war er plötzlich da, der Schmerz, wie von einem Messer, das sich mitten in sein Herz bohrte, an einer Stelle, die der kühle mentale Modus nicht mehr schützen konnte. Esebian keuchte, ihm wurden die Knie weich, und seine Hände schlossen sich wie in einem Krampf ums Geländer. Ayanne hatte diese Worte auf Dannacker geschrieben, mit einem Stein ins Eis des Sees geritzt, kurz vor ihrem Tod. Wie hatte er das vergessen können? *Du hast es nicht vergessen,* sagte Talanna in ihm. *Du hast es verdrängt.*

»Die Begriffe ›violette Wünsche‹ und ›roter Schnee‹ stammen aus den ›Balladen neuer Horizonte‹ des Dichters Jai Jalkut Escoe von Lahor«, sagte Erebos, und es klang nachdenklich. »Ich habe mit Talanna darüber gesprochen. Sie hat Lukas geliebt, und ich weiß von ihr, dass der Mann, der sie vorher war, oder einer der Männer, eine Frau namens Ayanne geliebt hat.«

Esebian wagte kaum zu atmen und versuchte, sich wieder unter Kontrolle zu bekommen. Wie konnte der Schmerz nach all der Zeit noch immer so stark sein? *Weil du ihn konserviert hast,* antwortete Talanna, während Caleb nur wortlos schnaubte.

»Kinder«, sagte Erebos. »Ich erinnere mich daran, dass sie von Kindern gesprochen hat. Zwei Kinder, die sterben mussten, weil bei der Operation, die ihren Makel entfernte, etwas schiefging.«

»Hör auf«, ächzte Esebian. »Hör auf damit.«

»Tut mir leid. Es war eine Assoziation. Neue Pläne, Esebian. Darum geht es. Denk an all die Menschen in den Gemischten Gebieten, die den Makel tragen und denen nur deshalb die Unsterblichkeit verwehrt bleibt. Weil Magister und Erlauchte es so wollen. Aurora wird ihnen die Chance geben, ebenfalls einen Platz auf den Hohen Welten zu bekommen. Oder auf neuen Hohen Welten. Darum wird es in Zukunft gehen, Esebian. Es gilt, die Schattenwelt ins Licht zu führen. Talanna hat das erkannt. Die Wechselfälle des Lebens zwangen sie damals, ihre Zukunftspläne zu ändern, wie sie mir anvertraute, und eine größere Situation mit weitaus mehr Variablen zwingt mich, meine Pläne zu revidieren. Eine Assoziation«, wiederholte Erebos. »Ich bedauere, dir Schmerz bereitet zu haben.«

Esebian sah die Chance, das Thema zu wechseln, und er ergriff sie sofort. »Kurz vor seinem Tod sagte Lukas, dass ›etwas vorgeht‹. Er erwähnte neue Aktivitäten der Magister, die nicht nur die Kommunikation betreffen, sondern auch gewisse Umstrukturierungen. Und der Erlauchte, der ihn auf Gevedon angegriffen hat … Er fragte ihn, was er über die Magister wusste. Was bedeutet das alles?« Esebian atmete tief durch und spürte, wie der kontrollierte mentale Modus die innere Kühle zurückbrachte. »Gibt es vielleicht einen Zusammenhang mit El'Kalentar? Kannst du mir dabei helfen, den Erlauchten zu identifizieren, der mich zwang, El'Kalentar zu töten?«

»Vor zweitausendneunhundertneun Jahren verschwand der Erlauchte El'Hantor von Gondal, der zweiten der ursprünglich elf Hohen Welten«, sagte Erebos. »Viele Monate suchte man nach ihm, nicht nur auf den Hohen Welten, sondern auch in den Tausend Tiefen und in den Gemischten Gebieten. Man fand keine Spur von ihm. Fast auf den Tag genau zweihundert Jahre später erschien er auf Kellupkia, einer der Dunklen Welten am Rand des Vorhangs. Er wusste nicht, was geschehen war. Er wusste überhaupt nichts mehr – sein Gedächtnis war leer. Man versuchte, den Inhalt eines Back-ups zu transferieren, das er einige Zeit vor seinem Verschwinden angefertigt hatte, wie in weiser Voraussicht, aber solche Transfers sind bei den Erlauchten ohnehin mit gewissen Schwierigkeiten verbunden, und etwas in El'Hantors Bewusstsein weigerte sich, die Erinnerungsdaten aufzunehmen. Er befindet sich noch heute auf Gondal, im so genannten Schrein, zusammen mit drei anderen Erlauchten, denen es ähnlich erging wie ihm. Was auch immer mit ihrem Bewusstsein geschah, während sie verschwunden waren: Die Gedächtnisleistung von El'Hantor und der anderen beschränkt sich auf ein Jahr; sie vergessen alles, was zuvor geschah. El'Hantors Verschwinden ist der erste Kardinalpunkt, den ich in den Ereignisströmen feststellen konnte. Aber ich bin nicht ganz sicher, ob mit ihm alles begann oder ob der Anfang noch etwas weiter zurückliegt. Vielleicht begann alles vor über fünftausend Jahren, als El'Kalentar noch vor den Filigran-Kriegen zur Alten Erde flog, die damals zu den Sieben Mächten gehörte. El'Kalentar und El'Hantor waren Freunde, und es ist gewiss kein Zufall, dass auch El'Hantor die Alte Erde besuchte.«

Esebian wartete geduldig und spürte noch immer die Blicke der drei Laii auf der anderen Seite des Raums. Einer von ihnen rieb sich die Arme, was ihn an Leandra erinnerte.

»Vor zweitausendsechshundertfünfzig Jahren, etwa ein halbes Jahrhundert nach El'Hantors Rückkehr, geschah etwas, das man damals ›Inkursion‹ nannte: ein Angriff auf die besiedelten Sonnensysteme nahe beim Vorhang – einige der betreffenden Planeten wurden daraufhin zu den heute bekannten Dunklen Welten, unter ihnen Kellupkia. Erstaunlicherweise gibt es in den Datennetzen kaum mehr Hinweise auf diese Inkursion, woraus ich schließe, dass alle diesbezüglichen Daten von den Magistern beseitigt oder an einem Ort gespeichert wurden, der durch die üblichen Datennetze nicht erreicht werden kann. Ich selbst habe davon nur erfahren, weil ich einem obskuren Hinweis in einer lokalen Datenbank auf Kellupkia nachgegangen bin, und teilweise musste ich gelöschte Informationen aus Langzeitspeichern rekonstruieren. Zwei Jahre habe ich dafür gebraucht. Bis auf die Magister – und vielleicht die Erlauchten, da bin ich mir nicht sicher – weiß heute niemand mehr, wer damals durch den Vorhang kam. Reste der Abtrünnigen von der Alten Erde? Versprengte Abteilungen der Genetischen Armada? Jedenfalls leiteten die Magister kurz nach der Inkursion ihre erste Erweiterungsphase ein. Nach einigen Jahren verstärkter Kommunikationsaktivität schickten sie Hunderte von Seedern durch die Filigrane, und aus vielen von ihnen sind inzwischen Emergente und vollwertige Magister geworden.«

»Lukas erwähnte, dass die Magister schneller, öfter und länger miteinander sprechen«, warf Esebian ein. »Offenbar findet erneut eine Phase erhöhter Kommunikationsaktivität statt.«

»Ja. Die vierte in den vergangenen zweieinhalbtausend Jahren«, sagte Erebos.

»Worüber reden die Magister?«

Ein seltsames Geräusch kam aus dem Artikulator. Es klang wie die Parodie eines Lachens: abgehackt, kratzend, rau. »Oh, sie sprechen über viele Dinge, Esebian, die multilaterale Koexistenz von Kopplungskonstanten, Weltflächen in eingeschnürten Dimensionen, Flop-Übergänge, Calabi-Yau-Räume und die fünfte elementare Kraft im Makro- und Mikrokosmos, die Evolution. Sie philosophieren über den Stellenwert, den Gott in allem Existierenden einnähme, wenn es Ihn denn gäbe. Sie debattieren über die Möglichkeit von Leben im Kern von Sonnen und im Herzen von Schwarzen Löchern, und sie spielen miteinander, indem sie eigene Universen entwerfen, mit alternativen Basiskonstanten. Ein Magister namens Tear-Antaligar-al-Madrab-tan-Pascho-al-Bentrem-Kamiya hat einen Kosmos entworfen, in dem Minerale und Metalle die Rolle von Aminosäuren übernehmen und die inhärente Eigenschaft aufweisen, sich zu größeren Strukturen anzuordnen. In Tears Universum sind Magister natürliche Lebensformen und haben damit begonnen, erste organische Lebensformen künstlich zu erschaffen.«

Erebos legte eine kurze Pause ein, und Esebian wartete erneut, in der Hoffnung, Zusammenhänge zu entdecken.

»Magister sprechen auch über die Lichtbrechung von Tautropfen auf Blättern, die in einem bestimmten Winkel geneigt sind«, fuhr der Brainer im Becken vor Esebian fort. »Sie diskutieren die besten Rotübergänge bei der Abenddämmerung auf Claman und die Muster, die das Glitzern auf den Wellen von Aquaria formt, wenn dort die Trisonne ein gleichschenkliges Dreieck am Himmel bildet. Und manchmal sagen sich die Magister einfach nur Guten Tag.« Wieder ein Kratzen im Artikulator. »Für all diese Dinge verwenden sie einige wenige Sekunden, Esebian. Während des weitaus größten Teils ihrer Kommunikation tauschen sie mathematische Symbole aus, und das sind die mit Abstand interessantesten Gespräche.«

Die Flüssigkeit im Becken kräuselte sich stärker, als das Gehirn darin in Bewegung geriet. Wie ein grauer, teilweise in sich zusammengefalteter Wal glitt es fast einen Meter weit zur Seite, und kleine Wellen liefen zum Rand des Beckens. Esebians Hände waren noch immer fest ums Geländer geschlossen, obwohl die Knie nicht mehr weich waren und sich der Schmerz verflüchtigt hatte.

»Sie haben eine ganz neue Art von Mathematik entwickelt«, sagte Erebos. »Ihre Abstraktionsschichten sind mir noch immer größtenteils ein Rätsel, obwohl ich mich seit zweihundertachtzig Jahren damit befasse, seit meiner Ichwerdung. Die Magister verwenden ein … Rechenmuster, das die Wellenfunktion aus der Mikrowelt der Quantenmechanik in die uns vertraute Makrowelt holt.«

Das kurze Zögern wies Esebian darauf hin, dass Erebos einen Begriff verwendete, der nicht ganz den Kern der Sache traf und ihm das Verstehen erleichtern sollte.

»Ich kann dieses Rechenmuster inzwischen in groben Zügen nachvollziehen, aber ich bin noch immer nicht in der Lage, den in der Verwendung der Wellenfunktion zum Ausdruck kommenden Wahrscheinlichkeitsfaktor richtig zu bewerten. Ich weiß nur, dass er eine wichtige Rolle spielt – das geht aus meinen Analysen klar hervor. Außerdem bin ich nicht über die Abstraktionsschicht eins hinaus, während die ältesten Magister inzwischen bei Nummer vierundzwanzig angelangt sind. Ich versuche noch immer, das Fundament des

Gebäudes zu verstehen, während sie dabei sind, den vierundzwanzigsten Stock einzurichten.«

»Aber du hast trotzdem das eine oder andere herausgefunden«, sagte Esebian, als Erebos erneut eine Pause einlegte. Er fragte sich, wie viel ihm von der halben Stunde blieb, die Jacinta erwähnt hatte.

»Mithilfe des Rechenmusters, ja«, bestätigte der Brainer. »Die Magister sprechen in diesem Zusammenhang übrigens von ›Algo-Stochastik‹, vielleicht in Anlehnung an das, was wir einmal ›stochastische Algorithmen‹ genannt haben – bei ihnen wird daraus so etwas wie ›algorithmische Stochastik‹. Um es sehr vereinfacht auszudrücken: Es handelt sich um eine neue Art von Wahrscheinlichkeitsrechnung, deren randomisierte Algorithmen nicht nur Antworten wie ›ja‹, ›nein‹ und ›ich weiß nicht‹ zulassen, sondern *fast* unendlich viele Zwischenstufen. Das *Fast* ist wichtig, Esebian. Es macht den Unterschied aus zwischen reiner Raterei und der Bestimmung von Ereignisketten, aus denen irgendwann vorausberechnete Situationen entstehen.«

»Eine Art ... mathematische Futurologie?«, fragte Esebian.

»*Sehr* simpel gesprochen, ja. Nun, die erste Abstraktionsebene der Algo-Stochastik hat es mir ermöglicht, Kardinalpunkte zu identifizieren. Stell sie dir als die Punkte vor, an denen kleine Steine in einen Teich fallen. Konzentrische Wellen gehen davon aus und verändern die Oberfläche des Sees, und wo mehrere solche Wellen aufeinandertreffen, kommt es zu weiteren Veränderungen, zu neuen kleinen Wellen. In diesem Fall ist der Teich das Direktoriat, und es gibt Kanäle, durch die die Wellen noch weiter wandern können.«

»Die Filigrane.«

»Ja. Es sind bereits viele Steine in den Teich geworfen worden, und es gibt immer mehr Wellen, die sich gegenseitig beeinflussen und ihrerseits neue Wellen erzeugen. Ich habe Lukas darauf hingewiesen. Ich habe ihm gesagt, dass sich der Vorgang beschleunigt und dass Aurora schnell handeln muss. Wir können nicht zehntausend Jahre warten, bis die Biomasse von Drossos zusammen mit mir zu einer Kollektivintelligenz wird, deren Potenzial vielleicht das eines Magisters erreicht. Wir können nicht einmal warten, bis die anderen Brainer herangereift sind, die wir vor fünfzig Jahren gesät haben. Wir müssen sofort handeln, bevor es zu spät wird.«

»Zu spät wofür? Für die Revolution?«

»Talanna hat Lukas und mich verstanden«, sagte Erebos.

Weil sie viel zu sentimental ist, kommentierte Caleb abfällig. *Frag ihn endlich, ob er uns helfen kann, Esebian!*

»Was ist mit den Steinen, die in den Teich des Direktoriats geworfen werden?«, fragte er stattdessen. »Woraus bestehen sie?«

»Zum Beispiel aus der Platzierung von Magistern in der Nähe bestimmter Welten und dem Einfluss, den sie dadurch auf die lokalen Entwicklungen ausüben. Ich vermute, dass auch die Existenz der Gemischten Gebiete dazugehört. Wenn das stimmt, und darauf deutet in den Berechnungen einiges hin, wären sie, um im Bild zu bleiben, der größte in den Teich geworfene Stein. Andere sind kleiner, aber deshalb nicht weniger wichtig. Die Regeln, die das Leben in den Tausend Tiefen und auch auf den Hohen Welten bestimmen. Viele von ihnen sind sinnvoll, denn sie dienen sowohl dem Schutz des individuellen Lebens und seiner freien Entfaltung als auch der Entwicklung der Gesellschaft. Der Schutz der Privatsphäre sorgt dafür, dass die Gesellschaft kein Monolith wird, der Individualität und damit auch Kreativität erstickt – die entsprechenden Regeln messen der einzelnen Person große Bedeutung bei. Das System der Meriten hingegen betont die Kollektivität, das Wohl der Gemeinschaft. Siehst du, wie sich hier Mikro- und Makrokosmos der Magister widerspiegeln, Esebian? Im Lauf der Jahrtausende, insbesondere in der Zeit nach den Sieben Mächten und den Filigran-Kriegen, ist in der menschlichen Gesellschaft eine sorgfältig ausgewogene Balance entstanden, auf der einen Seite das Individuum, auf der anderen die Gemeinschaft. Mit ihren Regeln wachen die Magister über diese Balance, aber seit einiger Zeit erlassen sie neue Regeln, die keinen erkennbaren Sinn ergeben. Auf Lebroke dürfen Orbitalspringer nicht mehr landen, wenn die Sonne genau im Zenit steht. Im Melford-System ist es verboten, Kometen zu fangen, solange sie dem Zentralgestirn nicht näher als eine halbe Lichtstunde gekommen sind. Bei den Kment-Senken und Roten Riffen des Talweder-Sektors dürfen die Triebwerksflammen der Erzschlepper keinen türkisfabenen Ton aufweisen. Das Hauptfiligran im Paruta-System darf nur noch von unterhalb der Ekliptik angeflogen werden.«

Ein Gluckern kam aus dem Becken, und Esebian beobachtete, wie Blasen unter dem Gehirn aufstiegen. Der Thymiangeruch wurde stärker.

»Diese neuen Regeln betreffen auch die Hohen Welten. Auf Gondal ist es seit einundneunzig Tagen verboten, in einer Entfernung von weniger als zehn Kilometern vom Schrein das Wort ›Fouracre‹ laut auszusprechen. Es darf höchstens geflüstert und bei Distanzen geringer als hundert Meter nicht einmal gedacht werden.«

»Was bedeutet das Wort?«, fragte Esebian.

»Ich habe es zunächst für sinnlos gehalten, da die Regel selbst sinnlos erscheint, aber bei meinen Recherchen in den Datenbanken von Kellupkia bin ich auf einen Hinweis gestoßen, der den Begriff mit El'Kalentar in Verbindung bringt.«

»Mit El'Kalentar?«

»Mit ihm, El'Hantor und dem Vorhang. Hörst du, wie all die kleinen Steine in den See fallen, Esebian? Jeder von ihnen, selbst der kleinste, die unsinnigste all der so unsinnig erscheinenden neuen Regeln, verursacht kausale Wellen, und wo sich diese Wellen berühren, entstehen neue kausale Wellen. Nichts bleibt von ihnen unberührt. *Nichts.* Eine dieser Wellen hast du ausgelöst, Esebian.«

»Ich?«

»Indem du El'Kalentar getötet hast. Ich vermute, dass es sich dabei um einen zusätzlichen Kardinalpunkt handelt. Zwei weitere sind inzwischen zweifelsfrei identifiziert. Der erste betrifft die Ausschreibungen der Magister, bei denen es seit etwa hundert Jahren immer öfter um den Finalen Evolutionskollaps geht.«

Esebians Gedanken hatten begonnen, sich erneut mit El'Kalentar zu beschäftigen, und jetzt glitten sie in eine andere Richtung. »Ich selbst habe auf der Grundlage einer solchen Ausschreibung mit Forschungen begonnen, auf Angar«, sagte er. »Was steckt dahinter?«

»Die Rechenmuster der Algo-Stochastik zeigen mir das Wo, aber noch nicht das Warum«, antwortete Erebos.

»Was ist mit dem anderen Kardinalpunkt, den du eindeutig identifiziert hast? Worum geht es bei ihm?«

»Um die Falschen Filigrane. Um die Ausbreitung der Instabilität. Inzwischen sind neun Filigrane betroffen. Es sind sehr große Steine, und sie verursachen besonders starke Wellen.«

»Die Filigrane«, sagte Esebian. »Ich verstehe nicht ganz …«

»Ihre Instabilität ist kein Zufall. Normale Filigrane werden *mit Absicht* in Falsche verwandelt. Die Instabilität wird durch externe Faktoren herbeigeführt.«

»Und dahinter stecken die Magister?«, fragte Esebian verblüfft.

»Ich weiß es nicht. Die Berechnungen und Analysen dauern an.«

»All diese … Steine bewirken etwas«, sagte Esebian nachdenklich. »Und die Magister wissen darüber Bescheid?«

»Davon gehe ich aus. Vermutlich gewinne ich weitere Einblicke, wenn ich höhere Abstraktionsebenen erreiche.«

»Wie lange brauchst du, um die vierundzwanzigste zu erreichen?«

Wieder kam das seltsame Lachen aus dem Artikulator. »Wenn ich ähnlich schnell Fortschritte mache wie bisher … Mindestens zwei Millionen Jahre. Und wahrscheinlich benötige ich dazu noch mehr Biomasse, als Drossos mir geben kann.«

»Wenn die Magister wissen, was die von ihnen verursachten … kausalen Wellen bewirken, so können wir daraus den Schluss ziehen, dass sie auf etwas hinarbeiten, nicht wahr?«, fragte Esebian.

»Die Antwort ist ein definitives Ja. Sie *arbeiten* auf etwas hin, und zwar schon seit Jahrtausenden. Aber um dich vor einem Denkfehler zu schützen, Esebian: Nicht alle von mir identifizierten Kardinalpunkte gehen auf das Einwirken der Magister zurück. Offenbar sind einige Seeder verschwunden, was in den Rechenmustern ebenfalls eine Rolle spielt, und ich glaube kaum, dass die Magister dafür verantwortlich sind. Außerdem weiß ich nicht, wer oder was die Instabilität der Filigrane verursacht.«

Esebians Gedanken kehrten zu etwas zurück, das ihn zuvor beschäftigt hatte. »Können wir davon ausgehen, dass die Kardinalpunkte in jedem Fall auf bewusstes Agieren zurückgehen?«

»Ein uneingeschränktes Ja auch hier«, sagte Erebos. »Kardinalpunkte sind mit Absicht geschaffene Zentren der Veränderung.«

»Wenn die Ermordung von El'Kalentar ein solcher Kardinalpunkt ist, so muss der Auftraggeber davon gewusst haben, oder?«

Erebos antwortete nicht sofort, und Esebian beobachtete, wie eine besonders große Blase aufstieg. Von den Laii auf der anderen Seite kam ein leises, dumpfes Knurren.

»Eine hohe Wahrscheinlichkeit spricht dafür«, sagte der Brainer nach einigen Sekunden.

Esebian atmete tief durch. »Als Erbe von Lukas bitte ich dich um Hilfe, Erebos. Der Mann, der mich zwang, El'Kalentar zu töten … Er versprach mir die Unsterblichkeit, aber stattdessen hat er versucht, mich zu töten. Jener Mann trägt die Verantwortung für Lukas' Tod. Ein Erlauchter namens Tirrhel. Ich muss ihn finden. Um von ihm zu bekommen, was er mir versprochen hat. Und um ihn zu töten. Für Lukas – er gab mir diesen Auftrag, bevor er starb.« *Und für uns,* zischte Caleb. *Der verdammte Kerl hat den Tod verdient.*

»Tirrhel …«, wiederholte Erebos. »Es dürfte sehr schwer sein, ihn zu finden. Ich brauche genauere Angaben über ihn.«

»Du bekommst sie.« Esebians Kommunikationserweiterungen sendeten Erinnerungen durch die Kom-Scheibe an seiner Schläfe.

»Interessant«, kommentierte Erebos die empfangenen Daten. »Ich nehme an, Lukas' Tod steht in Zusammenhang mit dem Auftrag, den Tirrhel dir erteilte, denn wie ich deinen Erinnerungen entnehme, stammte die Ausrüstung von Lukas. Vielleicht ging es ihm darum, Spuren zu beseitigen.«

»Davon gehe ich auch aus«, sagte Esebian, obwohl ein Rest von Zweifel blieb. Warum hatte sich Tirrhel solche Mühe gegeben, Lukas umzubringen? Selbst wenn Lukas am Leben geblieben und bereit gewesen wäre, sein Wissen an die Observanten und Ethikwächter weiterzugeben: Niemand hätte Tirrhel belasten können. Was also steckte wirklich dahinter? *Vielleicht eine Falle,* sagte Caleb, und Esebian staunte erneut darüber, wie klar und deutlich die Stimme war. *Möglicherweise wollte Tirrhel eine Falle für dich vorbereiten. Aber dabei ging etwas schief. Oder du bist zu früh eingetroffen.*

Calebs Kommentar brachte Esebian auf eine Idee. »Eine Falle«, sagte er.

»Wie meinst du das?«, fragte Erebos.

»Anstatt zu versuchen, Tirrhel zu finden, könnten wir ihn vielleicht zu mir locken. Wenn ihm noch immer daran gelegen ist, mich zu beseitigen, und wenn ich mich als Köder anbiete, an einem gut vorbereiteten Ort …«

»Ich verstehe«, sagte Erebos. »Ich denke darüber nach, Esebian. Bei meiner nächsten Wachphase setzen wir dieses Gespräch fort.«

Esebian blickte noch einige Sekunden auf den Brainer hinab, dessen Gedanken jetzt zurückkehrten in die interplanetaren und interstellaren Datenströme. Sein inneres Chrono teilte ihm mit, dass mehr als eine halbe Stunde vergangen war.

»Du willst dich in Gefahr begeben«, erklang eine Stimme hinter ihm.

Esebian drehte sich um und sah Leandra einige Meter entfernt, das silberblonde Haar glatt wie immer. Ärger regte sich in ihm. »Wie lange bist du schon hier? Ich habe gesagt, dass ich allein mit Erebos sprechen wollte.«

»Ich habe dich nicht gestört, oder?« Sie kam näher, mit einem Licht in den großen grünen Augen. »Die anderen sind draußen. Sie wollten hereinkommen und dein Gespräch mit Erebos beenden, weil die halbe Stunde um war, aber ich habe dafür gesorgt, dass sie draußen blieben.« Dicht vor Esebian verharrte sie, und etwas an ihrer Nähe schien ihm den Atem zu nehmen; er wünschte sich plötzlich mehr Distanz. »Du darfst dich nicht in Gefahr begeben. Such stattdessen nach einer Möglichkeit, dein Leben zu verlängern. Wir haben uns endlich gefunden und dürfen nicht riskieren, dass uns etwas voneinander trennt. Ich will nicht wieder allein sein …«

Sie streckte die Hand aus und wollte Esebian an der Wange berühren, als sich am Ende des Flurs hinter ihr das Innenschott der Sicherheitsschleuse öffnete. Die Vorsitzende der Hauptenklave von Drossos kam mit langen, energischen Schritten durch den Korridor und in den Raum des Brainers. Felton und Kaspari folgten ihr ebenso wie der Erste Betreuer Forcade Clar. Der Hybride bewegte nervös die Stummelflügel.

»Eine ganze Stunde«, ereiferte sich der kleine Mann. »Das bringt alle unsere Planungen durcheinander.«

»Etwas hat uns draußen festgehalten«, sagte Jacinta. Sie sah erst Esebian an und dann Leandra. »Wer ist sie? *Was* ist sie?«

Esebian trat an Leandra vorbei, und eine Last auf Schultern und Brust, die ihm eben noch das Atmen erschwert hatte, fiel von ihm ab. »Sie ist meine Gefährtin«, antwortete er und hörte, wie Caleb sagte: *Du weißt, was ich von ihr halte.*

Auf dem Weg nach draußen drückte er Forcade Clar die Kom-Scheibe in die Hand und nahm sich vor, Erebos nach Leandra zu fragen.

Den Unentwegten, Tüchtigen,
Den, wahrlich, zwingt der Tod nicht mehr,
Wie Sturm nicht zwingt die Felsenwand.

IM ZEICHEN DES STURMS

41

Draußen heulte ein Schneesturm in der dunklen, kalten Polarnacht, und im Haus des Unsterblichen herrschte Todesstille. Es war ein seltsamer Kontrast, gleich in mehrfacher Hinsicht, und in Tahlon stellte sich nicht das Gefühl der Geborgenheit ein, das ihn beim letzten Besuch an diesem Ort begleitet hatte. El'Kalentars Domizil war kein Bollwerk mehr gegen das Chaos, keine feste Burg, die Sicherheit vor unkontrollierten Veränderungen versprach, sondern ein Ort, dessen Stille lautlos vom Tod erzählte. Langsam schritt er durch die Flure und Räume der Villa, deren Formspeicher noch immer einen Gebäudekomplex im klassischen Stil der Alten Erde schufen. Ranidi und die technischen Spezialisten von Taschkas Präfektur arbeiteten im Kommunikationszentrum des Domizils, und für einen Moment erwog Tahlon, zu ihnen zurückzukehren. Aber es wäre ihm zu sehr wie eine Flucht vor der stillen Leere erschienen, und deshalb setzte er den Weg fort und lauschte dabei dem leisen Fauchen und Zischen des Sturms. Das Neutralisierungsfeld in El'Kalentars Domizil schränkte die Funktion seiner Erweiterungen stark ein, und deshalb fehlte ihm die Möglichkeit, Gedanken und Gefühle in kontrollierte Bahnen zu lenken. Vielleicht war das der Grund, warum er sich plötzlich in dem offenen Bereich wiederfand, der den Steingarten enthielt. Sein Blick fiel auf die Säulen, Streben, Brücken und Bögen, die er schon einmal gesehen hatte, bestehend aus glatten schwarzen, von weißen Linien durchzogenen Steinen. Ein Stein lag abseits aller anderen, allein auf dem Boden, und er schien zu rufen: *Nimm mich und leg mich an die richtige Stelle.*

Jenseits der transparenten Decke begann das kalte Reich der Polarnacht, und im matten Licht, das jene Finsternis vom offenen Bereich mit dem Steingarten empfing, wirbelten Schneeflocken in einem wilden Tanz. Das Heulen des Sturms war hier leiser, obwohl Tahlon nicht mehr als zwanzig Meter davon trennten. Eine Zeit lang beobachtete er das weiße Wogen in der Umarmung einer Nacht, die noch zwei Monate dauern würde, achtzig Tage, und dann – ihm blieb keine Wahl, etwas schien ihn zu zwingen – senkte er den Blick zum Stein. Ein kleines Objekt, leblos, fehl am Platz auf dem Weg, der durch den Steingarten führte. Wie harmlos es wirkte ... Aber Tahlon wusste, was es anrichten konnte.

Er trat vor – er konnte nicht anders –, bückte sich und nahm den Stein. Drei Zentimeter lang und zwei breit, kleiner als die anderen. War es der gleiche Stein, den er bei der Begegnung mit El'Kalentar in der Hand gehalten hatte, hier an diesem Ort? *Es ist der letzte. Sie haben die Ehre, dieses Kunstwerk zu vollenden.*

Die Stimme war so deutlich, dass Tahlon verblüfft den Kopf drehte und damit rechnete, El'Kalentar zu sehen, gekleidet in eine türkisblaue Kombination und in der Stirn ein eidechsenartiges Wesen aus kupferrotem halb organischem Metall. Aber El'Kalentar war tot, gestorben auf Hadadd, ermordet von Esebian.

Nachdenklich hielt er den Stein in der Hand, betrachtete dabei die Stege und Brücken. *Aber ich weiß nicht, welche Stelle Sie dafür vorgesehen haben, Exzellenz,* hörte er sich selbst, leise wie das gedämpfte Fauchen des Sturms. Und El'Kalentar antwortete: *Oh, suchen Sie sich eine aus.* Und: *So schwer kann es doch nicht sein …*

Plötzlich bereitete ihm das Atmen Mühe. Alles war schwer geworden, in einem Leben, das nicht mehr Ordnung enthielt, sondern immer mehr Chaos. Die Bürde der Verantwortung bekam ein immenses Gewicht, als Tahlon an die Ermordung des Unsterblichen dachte, und an die Veränderungen, die das Direktoriat bedrohten. Selbst der Stein in seiner Hand schien schwerer zu werden, so schwer, dass er ihn nicht länger halten konnte. Aber wohin sollte er ihn legen? Nicht auf den Boden …

Er versuchte, sich daran zu erinnern, wohin El'Kalentar den Stein gelegt hatte, aber sein nicht von den Erweiterungen stimuliertes Gedächtnis präsentierte keine Bilder. Wohin sollte er den Stein legen, ohne das hochkomplexe Gleichgewicht des Steingartens zu stören? Damals hatte er sich für eine niedrige Säule entschieden, davon überzeugt, dass sie genug Stabilität bot. Und genau dieser Eindruck hatte getäuscht.

Tahlon ging durch den Garten und hielt nach einer geeigneten Stelle für den Stein in seiner Hand Ausschau. Schließlich fand er eine: Neben einem kleinen Bogen bildeten sieben Steine einen Haufen, der oben genug Platz für einen achten bot.

Er streckte die Hand mit dem Stein aus …

Das dumpfe Heulen wurde leiser und wich Stille. Der Sturm schien zu warten, wie alles andere.

Tahlon legte den Stein vorsichtig auf den Haufen und spürte die Vibration selbst ohne das volle Funktionspotenzial seiner Erweiterungen: ein Zittern, viel geringer als der Flügelschlag eines Schmetterlings, aber nicht weniger wirkungsvoll. So leicht die Vibration auch sein mochte, sie übertrug sich auf die anderen sieben Steine des Haufens, und von ihnen auf den ganzen Steingarten. Und während sich das Zittern ausdehnte, wurde es stärker, stark genug, um mit bloßem Auge wahrgenommen zu werden. Stege und Brücken erbebten, Türme und Säulen gerieten ins Wanken. Tahlon wich erschrocken zurück und fürchtete, dass alles zusammenbrach, dass die komplexe, perfekt ausbalancierte Ordnung des Steingartens völligem Chaos zum Opfer fiel. Aber das von El'Kalentar geschaffene Kunstwerk verharrte auf dem schmalen Grat dazwischen, an der Stelle, wo die Ordnung der Desorganisation zu weichen drohte. Alles zitterte und bebte, doch nicht ein Stein fiel.

»Präfekt …«

Tahlon drehte den Kopf, erneut erschrocken, und sah Ranidi beim Säulengang stehen.

»El'Farah wird in zwanzig Minuten eintreffen, Präfekt«, sagte Ranidi und hob die Stimme, denn von den Tausenden oder Millionen zitternden Steinen kam ein lautes Rasseln und Knirschen.

Tahlon hob hastig die Hand und bedeutete seinem Assistenten, still zu sein – die von einer Stimme erzeugten Schallwellen hätten vielleicht den Ausschlag geben können. Ein

Kampf fand hier statt, zwischen Ordnung und Chaos, zwischen Unvollkommenheit und Vollendung, ein Kampf, den Tahlon sein ganzes mehr als dreihundert Jahre langes Leben geführt hatte. Kein dummer Zufall durfte anstelle von Planungen und Sorgfalt den Ausschlag geben.

Er wich zurück, einen langsamen Schritt nach dem anderen, und als er sich dem schweigenden Ranidi näherte, wurde das Rasseln und Knirschen leiser. Die Vibrationen hörten auf, und die Steine kamen zur Ruhe. Schließlich herrschte Stille in dem großen offenen Bereich, und der Steingarten verharrte in stabiler Perfektion.

Tahlon lächelte, so glücklich wie selten zuvor in seinem langen Leben.

Dann begriff er, dass dieser Sieg vor allem ihn selbst betraf, während sich in der anderen Welt dort draußen der Triumphzug des Chaos fortsetzte. Wie als Bestätigung erhob der Sturm wieder seine fauchende, heulende Stimme, und mit neuem Eifer tanzten Schneeflocken über dem transparenten Dach.

»Präfekt?« Ranidi sah ihn schweigend an, die Kiemen flach an seinem Hals.

»Hat El'Farah die Kommunikationscodes übermittelt, um die wir sie gebeten haben?«, fragte Tahlon, als er seinen Assistenten erreichte. Sicherheitshalber zog er ihn aus dem Steingarten in den Säulengang, wo sie sprechen konnten, ohne die Balance der Steine zu stören.

»Nein.«

»Hat sie durch ihr Verhalten oder mit ihren Worten zu erkennen gegeben, dass sie dazu bereit ist?«

»Nein, Präfekt. Ich fürchte, dass die versprochene Zusammenarbeit rhetorischer Natur ist.«

Wenn das stimmte – und Tahlon teilte diese Befürchtung –, stand ihm eine sehr unangenehme Auseinandersetzung bevor.

»Haben Sie etwas herausfinden können?«

»Ohne die Codes können wir weder auf die Kom-Netze der Erlauchten zugreifen noch auf El'Kalentars persönliche Datenbanken, Präfekt. Die Ihnen zugestandenen Ermittlungsprioritäten nützen nichts.«

»Was ist mit den Anfragen bei den Magistern?«

»Bisher hat uns noch keine Antwort erreicht. Dafür habe ich das hier.« Ranidi winkte für das Gesteninterface; ein Displayfeld entstand vor ihm und zeigte Esebians Gesicht, das Tahlon inzwischen fast so vertraut war wie sein eigenes – er hatte es oft genug betrachtet. Neben dem Gesicht wanderten Daten durch ein Informationsfenster, langsam genug, damit er die Worte lesen konnte. Leider waren seine Kom-Implantate ebenso blockiert wie die anderen Erweiterungen. »Esebians komplette Biografie. Es gibt nur einige wenige Lücken, die vermutlich keine große Rolle spielen. Er hat nicht nur El'Kalentar getötet. Wir haben es mit einem Serienmörder zu tun, Präfekt.«

»Geboren als Winford Yandow Stelzing auf Hammerfall in den Gemischten Gebieten«, las Tahlon. »Aber er nannte sich immer nur Winford. Geboren in den Gemischten Gebieten. Wie konnte er dann zu einem Kandidaten werden?«

»Er ließ den Makel aus sich entfernen. Auf Dannacker. Mithilfe des Netzwerks. Dort verlor er seine Frau Ayanne und seine beiden Kinder Darrell und Tanya. Ihr Verlust scheint den Ausschlag dafür gegeben zu haben, dass er zum Mörder wurde. Sein erstes Opfer war der Korrektor Mandap Justian – ein Racheakt.«

Tahlon las die anderen Namen. »Ten-Ten, Belken, Orizabal, Gacusan, Gunder, Conelly, Kossen, Caleb, Yrthmo, Matacale, Dorotheri, Kyrill, Bessone, Talanna ... Er ist eine Frau gewesen?«

»Bevor er zum Kandidaten wurde«, erklärte Ranidi. »Anschließend wären solche physiologischen Experimente kontraproduktiv für ihn gewesen. Interessanterweise unterhielt er als Frau namens Talanna eine Beziehung zu Lukas.«

»Und jede dieser Identitäten war ein Mörder?« Tahlon fragte sich, wie es sein mochte, nicht nur einmal das Leben eines Menschen auszulöschen, sondern mehrmals, *viele* Male. Welche Folgen ergaben sich dadurch für das eigene Selbst?

»Ja«, bestätigte Ranidi, und seine Kiemen blähten sich kurz auf. »Die Subpersönlichkeit namens Caleb ist in dieser Hinsicht besonders aktiv gewesen: Sie hat acht Personen ermordet, soweit wir das bisher feststellen konnten.«

»Auftragsmorde«, entnahm Tahlon den übrigen Informationen. »Vom Netzwerk vermittelt. Er bekam dafür Meriten, und mit diesen Meriten ...«

»Bezahlte er seine Aufstiege«, beendete Ranidi den Satz, als Tahlon zögerte. »Bis zum Konsul. Er stand kurz vor der Unsterblichkeit. Inzwischen dürfte für ihn alles weitaus schwerer geworden sein.«

»Auftragsmorde«, wiederholte Tahlon leise, in Gedanken bereits einen Schritt weiter. »Ein weiterer Hinweis darauf, dass die Ermordung Seiner Exzellenz El'Kalentar in einem größeren Zusammenhang gesehen werden muss. Ich nehme an, Sie haben bereits Ermittlungen in Hinsicht auf jede einzelne Identität eingeleitet, nicht wahr?«

»Selbstverständlich, Präfekt. Erste Informationen liegen bereits vor, übermittelt von den Observanten und Ethikwächtern der betreffenden Welten. Und natürlich von den Präfekturen der Verwaltungszentren. Ganz abgesehen davon, dass uns diese Daten dabei helfen könnten, Esebian zu lokalisieren … Vielleicht bietet sich uns die Möglichkeit, einen großen Schlag gegen das Netzwerk zu führen.«

»Gegen das Netzwerk, ja …«, murmelte Tahlon. Ohne Unterstützung des kontrollierten mentalen Modus fiel es ihm schwer, sich zu konzentrieren. Seine Gedanken strebten in unterschiedliche Richtungen, ohne sich um Kohärenz zu scheren. Er wandte sich vom Displayfeld ab und blickte noch einmal zum Steingarten, auf der Suche nach dem Gefühl des Triumphes, das ihn eben noch erfüllt hatte, aber für einen Moment sah er nicht die perfekt ausbalancierte, *komplettierte* Harmonie der vielen Säulen, Türme, Stege und Brücken, sondern die Stadt jenseits des Ballsaals mit dem Kronleuchter, dessen Chaos aus Splittern ihn daran hinderte, das Paradies perfekter Ordnung zu erreichen. Ein Blinzeln verscheuchte die Vision aus dem Adaptationstraum, vertrieb sie aber nicht ganz aus dem Bewusstsein, drängte sie nur an den Rand, und dort wartete sie auf die nächste Gelegenheit, sich wieder in den Fokus seiner Gedanken und Gefühle zu schieben.

Tahlon gab sich einen Ruck. Er war Präfekt der Hohen Welten und Erster Hochkommissar des Direktoriats; von persönlichen Dingen, gleich welcher Art, durfte er sich nicht ablenken lassen. Das große Bild, das er im Auge zu behalten versuchte, setzte sich aus vielen kleinen zusammen, die ebenfalls Aufmerksamkeit erforderten.

»Geben Sie entsprechende Anweisungen an alle betroffenen Observanten und Ethikwächter weiter«, entschied er.

»Wenn sich uns eine Gelegenheit bietet, konkret gegen das Netzwerk vorzugehen, sollten wir sie nutzen.«

»Ja, Präfekt.« Ranidi winkte, und das Displayfeld verschwand.

Tahlon schritt durch den Flur hinter den kannelierten Säulen, und sein Assistent folgte ihm. »Was ist mit unseren Brainern, Ranidi? Haben sie irgendetwas herausgefunden?«

Der Hybride von Easker sah sich um, als fürchtete er unsichtbare Augen und Ohren. Eine nicht ganz unbegründete Sorge – immerhin befanden sie sich im Domizil eines Erlauchten.

»Wie von Ihnen angeordnet, wird ihr ganzes Potenzial für die Überwachung der Kommunikationsaktivität der Magister eingesetzt, Präfekt«, sagte Ranidi. »Die Entschlüsselung ist außerordentlich schwierig. Ich … habe mir erlaubt, in Ihrem Namen eine Anfrage an Jae-al-Escoe-Hoivinio-tan-Mauleon-Caliquire-tan-Nesluzan zu richten.«

»Ja?«

»Ich habe Jae gefragt, ob in letzter Zeit Seeder verlorengegangen sind.«

Tahlon richtete einen neugierigen Blick auf seinen Assistenten. »Und wie lautet die Antwort?«

Die Kiemen des Hybriden erzitterten kurz und verfärbten sich, was aber vielleicht nur an der Veränderung des Lichts lag, als sie den Säulengang verließen und durch einen großen Salon gingen.

»Er hat noch nicht geantwortet«, sagte Ranidi. »Beobachter haben mich darauf hingewiesen, dass Jae begonnen hat, Komponenten aus seinem Verbund herauszulösen. Er scheint zu beabsichtigen, das Hajok-System zu verlassen.« Nach einer kurzen Pause fügte Ranidi hinzu: »Unsere Brainer haben der

Magisterkommunikation entnehmen können, dass in den letzten vierundzwanzig Jahren neun Seeder verschwunden sind. Ich finde es bemerkenswert, dass wir in dieser Hinsicht keine offiziellen Informationen bekommen haben.«

Ein akustisches Signal erklang, und die synthetische Stimme des Kommunikationssystems verkündete: »Ihre Exzellenz El'Farah ist gelandet.«

Dess' Licht und Schatten so getönt,
Dass in der Luft es schwebend schien …

LICHT UND SCHATTEN

42

Der Laio ist tot«, sagte Elverton Garwender, Arzt der Erebos-Enklave. Er war recht alt, was man erst auf den zweiten Blick sah, denn er trug einen Parasitenbart, der nach Zimt roch und ihm eine glatte, faltenfreie Haut garantierte.

»Todesursache?«, fragte Jacinta.

Garwender zuckte mit den Schultern. »Die vom Scanner gewonnenen Daten lassen mehrere Schlüsse zu. Ich vermute multiples organisches Versagen, verursacht von einer Nervenblockade im oberen Teil der Wirbelsäule. Die Organe bekamen keine Steuerungssignale mehr vom Gehirn.«

»Sie steckt dahinter.« Felton richtete einen anklagenden Zeigefinger auf Leandra.

Esebian hatte die Vorgänge während der letzten Minuten schweigend beobachtet und spürte, dass die Situation außer Kontrolle zu geraten drohte. Sie befanden sich in einem der oberen Gebäude der Erebos-Enklave. Felton und Kaspari hatten den zu der Zeit noch lebenden Laio bei Leandra gefunden und ihn sofort zum Arzt gebracht, aber das affenartige Wesen – eins der drei, die Esebian auf der anderen Seite des

Beckenraums mit dem Brainer gesehen hatte – war gestorben, noch bevor sie Garwender erreichten. Leandra stand an der Tür, doch Kaspari versperrte ihr den Weg nach draußen, und Felton nahm eine offen drohende Haltung ein.

Esebian wandte sich von dem toten Geschöpf ab, spürte einen sonderbaren Druck im Kopf und trat neben Leandra. »Das ist Unsinn. Wie soll sie ihn getötet haben?«

Feltons Blick blieb auf Leandra gerichtet. »Ich weiß nicht, *wie* sie es angestellt hat. Aber ich weiß, dass sie es war.«

»Ich nehme an, sie ist eine Mentalistin«, sagte Kaspari kalt. »Sie hat uns daran gehindert, das Gebäude mit dem Brainer zu betreten. Wer weiß, was sie mit *ihm* angestellt hat. Erebos' Wachphasen haben nie länger als eine Stunde gedauert.«

Aus dem Augenwinkel sah Esebian, wie sich Leandras Lippen zu bewegen begannen, ohne dass er etwas hörte. »Nein«, sagte er warnend.

»Nein *was*?«, zischte Felton zornig.

Jacinta ging an ihm vorbei zur Tür. »Bitte gehen Sie. Sie alle, bis auf Esebian.«

»Leandra bleibt hier bei mir«, sagte Esebian, und wieder waren die Worte schneller als seine Gedanken.

»Nein, Ihre Gefährtin steht unter Arrest, in Ihrem hiesigen Quartier. Felton und Kaspari werden sie dorthin begleiten und sicherstellen, dass sie es nicht verlässt.«

Leandra warf Esebian einen fast flehentlichen Blick zu, aber diesmal hielt er Zunge und Lippen unter Kontrolle und schwieg.

»Ihr wird nichts geschehen«, fügte Jacinta hinzu, als ihre beiden Administratoren die junge Frau hinausbegleiteten. Der Arzt folgte ihnen wortlos und schloss die Tür.

Die Vorsitzende der Hauptenklave kehrte zum Tisch zurück und sah dort auf den toten Laio hinab. »Es gab insgesamt fünf von ihnen, und jetzt sind es nur noch vier«, sagte sie langsam. »Vier Laii, die intelligent genug sind, dass Erebos mit und durch sie kommunizieren kann. Sie stellen für ihn eine mobile Verbindung mit dem Weltwald dar.«

»Ich habe die drei Laii bei ihm gesehen.« Esebian näherte sich dem Tisch. Äußerlich wies das Affenwesen keine Verletzungen auf. »Jacinta, ich bin sicher, dass Leandra hiermit nichts zu tun hat«, log er.

Die ältere Frau schwieg einige Sekunden.

»Sie ist Mentalistin, nicht wahr?«, fragte sie schließlich, und als Esebian nicht sofort antwortete: »Es lässt sich leicht feststellen. Ich kann Garwender bitten, einige Tests durchzuführen. Er kommt von Outzen bei den Vier Blauen Sonnen und hat Erfahrungen mit Mentalisten gesammelt.«

»Ja«, sagte Esebian. »Ja, sie ist Mentalistin, aber …«

»Hat sie uns daran gehindert, die Sicherheitsschleuse zu passieren, als die halbe Stunde um war?«

Der Druck in Esebians Kopf existierte noch immer und wurde fast schmerzhaft stark. »Ich weiß es nicht. Vielleicht. Aber sie hat den Laio nicht getötet«, behauptete er.

»Manchmal töten Mentalisten, ohne es zu wollen, und Leandra scheint noch sehr jung zu sein.« Jacinta seufzte tief und schwer. »Auch wenn Sie Lukas' Erbe sind … Ich möchte, dass Sie und Ihre Gefährtin Drossos unverzüglich verlassen. Ich hätte sofort auf Felton und Kaspari hören sollen. Was ich persönlich von Ihnen und Ihrer Situation halte, spielt keine Rolle, aber es lässt sich nicht leugnen, dass Sie zu viel Aufmerksamkeit erregen. Das Direktoriat sucht nach Ihnen, Esebian, mit all den grandiosen Mitteln, die Observanten, Ethikwächtern und vor allem den Magistern zur Verfügung stehen. Sie hätten gar nicht erst hierherkommen sollen. Ihre Präsenz an diesem Ort bringt uns alle in Gefahr.«

»Ich verstehe Ihre Situation«, sagte Esebian langsam und fragte sich, was Leandra mit dem Laio angestellt hatte. Wie hatte das affenartige Wesen das Brainer-Gebäude verlassen? Wie war es zu ihr gekommen? »Bitte versuchen Sie, auch meine zu verstehen. Ich brauche Erebos' Hilfe, und er will sie mir in seiner nächsten Wachphase geben.«

Jacinta sah auf ihr Chrono. »In sieben Stunden.« Sie klang nachdenklich. »Die anderen Enklaven wissen Bescheid, und einige ihrer Vorsitzenden haben sich bereits mit mir in Verbindung gesetzt. Niemand freut sich über ihre Präsenz auf Drossos, Esebian. Nicht einmal Hyun Uskuch von der Iwaschta-Enklave. Aurora befindet sich in einer kritischen Phase, und gerade jetzt können wir keine Aufmerksamkeit der Observanten und Ethikwächter gebrauchen. Von den Magistern ganz zu schweigen.«

»Lukas' Erbe gibt mir das Recht, mich auf Drossos aufzuhalten«, sagte Esebian mit unüberhörbarer Schärfe in der Stimme. »Sie haben selbst gesagt, dass ich neunzehn Prozent der hiesigen Niederlassungen besitze und einen Sitz im Enklavenrat beantragen kann.«

»Sie sind eine Gefahr für uns. Und wenn Sie der Mann wären, für den Lukas Sie offenbar gehalten hat, würden Sie uns auch ohne eine so deutliche Aufforderung verlassen.«

Ich bin die Frau, für die er mich gehalten hat, flüsterte Talanna in Esebian, und für zwei oder drei Sekunden ging ihre ruhige Sanftmut auf ihn über, lange genug, um Calebs Zorn beiseitezuschieben. »Ich entschuldige mich«, sagte Esebian und meinte es ernst. »Für all die Umstände, die Leandra und ich Ihnen bereiten. Ich ... verspreche Ihnen, dass es keine weiteren Zwischenfälle geben wird. Ich muss noch einmal mit Erebos sprechen, und anschließend verlassen wir diesen Planeten. Sieben Stunden, Jacinta. Mehr nicht. Für Lukas.«

Die ältere Frau musterte ihn, nickte langsam und seufzte erneut. »Für Lukas.«

»Was hast du mit dem Laio angestellt?«

Sie standen auf dem Balkon ihres Quartiers, nur durch das Schirmfeld vom nahen Wald getrennt. Es stellte keine akustische Barriere dar. Dutzende von verschiedenen Geräuschen kamen aus der grünen Welt: ein kehliges Grollen aus den dunklen unteren Ebenen, gefolgt von einem kurzen Kreischen; das Rascheln von Blättern und Knacken von Ästen; weiter oben ein Pfiff, der fast wie eine Sirene klang; das seltsam melodische Zwitschern von Schmetterlingsvögeln; Insektoiden, die mit tausend Stimmen zirpten ... Und ein leises Schnattern, das sich fast zwischen den vielen anderen Geräuschen verlor und von mehreren Laii stammte, die auf den Ästen des nächsten Titanbaums saßen und Esebian und Leandra beobachteten. Einer von ihnen hob eine pfotenartige Hand und zeigte auf sie.

»Vielleicht wissen sie, dass du einen von ihnen getötet hast«, sagte Esebian.

»Sie sind kaum mehr als Tiere.« Es war warm, aber Leandra rieb sich die Arme und schien zu frösteln.

»Was hast du mit ihm gemacht?«

»Ich ... wollte mit ihm reden. Er kam zu mir und ...«

Von einem Augenblick zum anderen wurde es Esebian zu viel. Er packte Leandra an den Oberarmen und schüttelte sie. »Er ist nicht einfach zu dir gekommen, verdammt! Du hast ihn gerufen! Und dann? Was geschah dann?«

»Du tust mir weh!«

Esebian ließ sie los, und für einen Moment herrschte Stille, nicht nur im Gebäude und in der Enklave, sondern auch im Wald. Alles schien wie auf eine Antwort zu warten. Als sie nicht kam, wiederholte sich das Grollen in der Tiefe, und Myriaden Insektoiden setzten ihren Gesang fort.

»Wolltest du von ihm erfahren, worüber ich mit Erebos gesprochen habe? Ging es dir darum?« Esebian wusste nicht, wann und wie Leandra im Innern des Gebäudes erschienen war.

»Warum willst du dich bei Erebos nach mir erkundigen?«

Dort stand sie, angeblich nicht älter als sechsundzwanzig Echtjahre, eigentlich viel zu jung, um eine Partnerin für ihn zu sein, zu jung und zu unerfahren, aber gefährlich. Sie waren sich nähergekommen, und Esebian hatte begonnen, sich an sie zu gewöhnen. Oder vielleicht hatte sie ihn dazu *gebracht*, dass er sich an sie gewöhnte. War sie in der Lage, ihn geistig zu beeinflussen? Konnte sie trotz des Mentalblockers in der Großhirnrinde seine Gedanken lesen? Das Misstrauen war nie ganz aus ihm verschwunden, aber es hatte geschlafen, und jetzt erwachte es wieder, zu Calebs großer Genugtuung.

»Was hast du mit dem Laio gemacht?«, fragte er scharf. »Und wie hast du Jacinta und die anderen daran gehindert, das Gebäude mit dem Brainer zu betreten?«

Plötzlich glänzten Tränen in Leandras großen Augen, und ihre Lippen zitterten. Übergangslos verwandelte sich die junge Frau in ein verängstigtes Kind. »Ich wollte ihn nicht töten, wirklich nicht, das musst du mir glauben. Ich meine, ja, ich habe ihn zu mir gerufen, aber nur, weil ich neugierig war. Die Laii haben latente mentalistische Eigenschaften, zumindest einige von ihnen, und ich … Ich wollte wirklich nur mit ihm reden, doch als ich seine Gedanken berührte … Er erschrak. Er erschrak so heftig, dass er starb.«

»Du hast ihn zu Tode erschreckt?« Esebian suchte auch mit seinen Erweiterungen nach Hinweisen: in Leandras Gesicht, in Körpersprache und Gestik, in ihren willkürlichen und unwillkürlichen Reaktionen. Und während er sie noch beobachtete, fragte er sich, ob er seinen Beobachtungen überhaupt trauen konnte. Waren seine Sinne manipuliert? Und wie weit gingen die Manipulationen? Konnte er den sensorischen Daten seiner Erweiterungen trauen oder musste er selbst sie in Zweifel ziehen? Wurden vielleicht sogar die eigenen Gedanken und Gefühle zu von Leandra choreografierten Komparsen auf seiner mentalen Bühne? Esebian starrte die junge Frau an, und für einen Moment fühlte er sich fast wie während der schrecklichen Sekunden über Gevedon: dem Ende nahe, ohne Luft zum Atmen, umarmt von tödlicher Kälte und dem hämischen Spott eines Gegners ausgesetzt, den er nicht verstand.

»Ich habe dir geholfen«, sagte Leandra plötzlich. »Ohne mich hättest du es nicht bis hierher geschafft.«

Das ließ sich nicht leugnen. Aber Esebian fühlte sich trotzdem in seinem Entschluss bestärkt, Erebos nach Leandra zu fragen. Vielleicht konnte der Brainer feststellen, wer sie war.

Er versuchte, nicht daran zu denken, als sich Leandra an ihn klammerte und wie ein Kind schluchzte. Und dann, innerhalb weniger Sekunden, veränderte sie sich erneut und versuchte, ihn vom Balkon zum Bett zu ziehen.

»Nein«, sagte er und löste sich von ihr. »Nein, jetzt nicht. Ich muss nachdenken.« Er ging zur Tür ihres Quartiers. »Du bleibst hier, Leandra. Ich habe Jacinta versprochen, dass du … nichts mehr anstellst. Du bleibst hier und wartest auf mich. Hast du verstanden?«

Leandra stand enttäuscht da, mit zwei Tränenspuren auf den Wangen, und nickte. Esebian verließ das Quartier, schob mithilfe des kontrollierten mentalen Modus alle Gedanken an die Mentalistin beiseite und begann mit einer Wanderung am Rand der Enklave, in unmittelbarer Nähe des Schirmfelds, hinter dem der Dschungel von Drossos darauf wartete, das zurückzuerobern, was Aurora ihm genommen hatte. Er überlegte, wie er Tirrhel eine Falle stellen konnte. Wenn es ihm gelang, den Erlauchten, der ihn zu dem Mord gezwungen hatte, unter seine Kontrolle zu bringen … Vielleicht ließen sich damit seine beiden größten Probleme lösen: Sicherheit vor den Observanten und Ethikwächtern, indem er wieder ein neues Leben begann, im Schutz einer neuen Identität; und endgültiger Sieg über den Tod. Wenn er Tirrhel in seiner Gewalt hatte, würde er ihn zwingen, ihm sowohl das eine als auch das andere zu ermöglichen. Und dann …

Esebian hob den Kopf, als er leises Schnattern hörte, und begegnete dem Blick eines Laio, der sich nicht auf der anderen Seite des Schirmfelds befand, sondern direkt vor ihm hockte, nur einen Meter entfernt.

»Ich warte auf dich«, schnatterte das Geschöpf. »Komm zu mir.«

Esebian machte sich sofort auf den Weg zu Erebos.

43

Es sind noch keine sieben Stunden vergangen«, zischte der Erste Betreuer Forcade Clar, als sich das Innenschott der Sicherheitsschleuse vor Esebian öffnete.

»Dieses eine Gespräch noch«, sagte Esebian. »Anschließend verlasse ich Drossos.«

Der kleine Hybride führte ihn zu einem Instrumentenalkoven, und als er ihm dort eine Kom-Scheibe reichen wollte, ertönte Erebos' Stimme aus dem Artikulator. »Das brauchen wir nicht. Ich schlage eine Immersion vor. Mit deinen Kommunikationserweiterungen dürfte das kein Problem sein.«

Esebian zögerte, aber nicht länger als eine Sekunde. Mit fremdgesteuerter Immersion setzte er sich einer von Erebos geschaffenen Scheinrealität aus, die vielleicht die Kommunikation zwischen ihnen erleichterte, aber seiner Kontrolle entzogen sein würde. Andererseits konnte er die Verbindung jederzeit mit einer Deaktivierung seiner Kom-Erweiterungen unterbrechen. »Einverstanden.«

Er wartete, bis Forcade Clar durch die Sicherheitsschleuse nach draußen gegangen war, trat dann zum großen Becken und schloss die Hände ums Geländer. Seine Erweiterungen stellten eine Verbindung mit dem Kom-System her, an das Erebos angeschlossen war, und …

Er fand sich auf einer Empore wieder, auf einer von Dutzenden, die an der Innenwand eines großen, theaterartigen Saals entlangführten. Die Wandbereiche zwischen den Emporen waren voller Regale, in denen Datenspeicher aller Art ruhten, von kleinen Informationsscheiben über Bibliothekskristalle bis hin zu analogen Büchern. Seltsame Muster aus Licht und Schatten durchzogen den riesigen Raum – die visuellen Erweiterungen teilten Esebian mit, dass sich die Decke genau vierhundertdreiundneunzig Komma vier Meter über dem Boden befand –, und in den hellen Bereichen bemerkte er ein Wogen und Wabern, wie das Flirren heißer Luft. Er selbst stand im Schatten und beobachtete, wie ein heller Streifen über die Empore wanderte, genau auf ihn zu.

Eine Hand berührte ihn an der Schulter und zog ihn zurück, tiefer in den Schatten neben einer Tür, hinter der sich ein weiterer gewaltiger Saal erstreckte. Esebian drehte sich um und wurde mit einem Mann in mittleren Jahren konfrontiert, der einen schiefergrauen taillierten Anzug trug, mit bunten Taschen besetzt, die gar nicht dazu passten. Das Gesicht wirkte fast so abgeklärt wie das eines Erlauchten, trotz der Asymmetrie: Das linke Auge war etwas kleiner als das rechte, die Nase ragte ein wenig zur Seite, und die Lippen lächelten schief.

»Erebos?«, fragte Esebian.

»Hüte dich vor den hellen Bereichen«, sagte der Brainer. »In ihnen gibt es keine Anonymität.«

»Wo sind wir hier?«

»Dies ist ein Teil der interstellaren Datennetze, in denen ich derzeit unterwegs bin«, erklärte Erebos, und das Lächeln auf seinen Lippen wurde noch etwas schiefer. »Was du hier siehst, ist natürlich eine grob vereinfachte Darstellung. Es kann ganz angenehm sein, die Dinge aufs Wesentliche zu reduzieren. Das bewahrt einen davor, abgelenkt zu werden. Ich habe über deinen Vorschlag nachgedacht, Tirrhel eine Falle zu stellen. Komm.«

Esebian folgte dem Brainer durch eine der Türen in einen Saal, der nicht so groß war wie die Haupthalle, aber doch beeindruckende Maße aufwies. Die Decke war hier etwa zweihundert Meter hoch, und Lichter tanzten wie Sterne in ihrem Halbdunkel. Auch hier lagen und standen Datenträger aller Art in Regalen und Gerüsten. Das zuvor beobachtete Wogen und Wabern verdichtete sich in diesem Raum zu einzelnen Personen: Humanoiden ohne Gesichter, die ausschließlich in den hellen Bereichen unterwegs waren und manchmal mit einzelnen Schritten gleich ein Dutzend Meter zurücklegten.

»Wer sind diese Leute?«, fragte Esebian und achtete darauf, dass er im Schatten blieb. Immer wieder tasteten Lichtfinger nach ihm, glücklicherweise so langsam, dass ihm Zeit genug blieb, ihnen auszuweichen.

»Magister«, antwortete Erebos, trat zu einem der Regale und zog ein Buch heraus. »Wir befinden uns hier an einer Stelle, an der es mir vor einigen Jahrzehnten gelungen ist, ihre Datennetze anzuzapfen. Zuerst war dieses Gebäude nicht größer als eine Kathedrale der Kleriker, aber es wächst immer mehr …«

Esebian bemerkte ein Flimmern auf der gegenüberliegenden Seite des Saals, mehr als dreihundert Meter entfernt – der Raum wurde größer. Mehr Platz an den Wänden mit weiteren Regalen entstand.

»Du kannst die Magister … belauschen?«, fragte Esebian, sah sich um und beobachtete die vielen Humanoiden. Hunderte von ihnen befanden sich allein in diesem Saal, standen an den Wänden und berührten Datenträger oder gingen mit ihren sonderbar langen Schritten zu anderen Gerüsten, immer im Licht.

»Ich höre sie und beobachte, wie sie miteinander interagieren, bis zu einem gewissen Grad. Der Inhalt ihrer direkten Gespräche bleibt mir allerdings verborgen …« Erebos neigte den Kopf zur Seite und hob die freie Hand. Esebian lauschte und vernahm ein Zirpen und Klimpern, das trotz seiner akustischen Erweiterungen leise blieb, wie am Rand der Hörweite. Mit etwas Fantasie ließen sich vage Melodien darin erkennen. »Aber manchmal kann ich herausfinden, worüber sie gesprochen *haben.*«

Esebian glaubte zu verstehen. »Die Datenträger?«

»Ja. Die interessantesten von ihnen befinden sich die meiste Zeit über im Licht, und ich muss warten, bis sich eine dunkle Zone der Anonymität dorthin ausdehnt.«

»Was würde geschehen, wenn du … ins Licht trittst?«

Das Lächeln verschwand von Erebos' Lippen. »Die Magister würden mich sofort identifizieren und lokalisieren. Und das wäre das Ende von Aurora.«

Esebian nickte langsam, und sein Blick wanderte erneut durch den Saal. Er versuchte, die Anzahl der Datenträger in den Regalen und Gerüsten zu schätzen, und die visuellen Erweiterungen halfen ihm dabei. Mehr als fünfzig Millionen. Nur einige von ihnen waren analoge Bücher mit einem sehr begrenzten Datenvolumen. Die Datenscheiben und Bibliothekskristalle konnten jeweils den Inhalt aller Bücher in diesem Saal speichern.

»Hast du so etwas wie einen Index?«, fragte Esebian; er konnte sich kaum vorstellen, wie man in diesem Datenkosmos nach einer bestimmten Information suchte. Vermutlich wäre es leichter gewesen, auf einem Wüstenplaneten wie Hajok ein ganz bestimmtes Sandkorn zu finden.

»Nein, und das ist eins meiner Probleme. Ein anderes besteht darin, dass die Magister immer wieder ihre Kommunikationscodes ändern.«

Einer der Humanoiden schritt durch den hellen Bereich vor ihnen, und Esebian stellte fest, dass sein silbrig glänzendes Gesicht leer war.

Erebos reichte ihm das Buch.

»Lahor«, sagte er und fügte hinzu: »Ausgerechnet Lahor. ›Violette Wünsche an einem Tag mit rotem Schnee …‹«

Esebian nahm das Buch entgegen, öffnete es und betrachtete Seiten, die nicht aus Papier bestanden, sondern aus polarisierter Projektionsenergie, wie sie für virtuelle Kontrollen verwendet wurde. Die »Seiten« leerten sich, noch während er sie betrachtete, und wenige Sekunden später enthielt das Buch nicht mehr ein einziges geschriebenes Wort. Esebians Kommunikationserweiterungen hatten seinen gesamten Inhalt aufgenommen und in einem internen Speicher abgelegt.

»Ich habe Lahor natürlich nicht wegen des symbolischen Charakters gewählt«, sagte Erebos und behielt dabei sowohl die wandernden hellen Bereiche als auch die Magister-Humanoiden im Auge. »Es gibt dort mehrere Niederlassungen von Aurora, und unsere Spezialisten unternehmen den ersten ernsthaften Versuch, ein Therapiezentrum einzurichten. Mit ›ernsthaft‹ meine ich …«

»Ja«, unterbrach Esebian den Brainer. »Ich verstehe.« Zu den Daten, die er aufgenommen hatte, gehörten auch Erinnerungssequenzen und visuelle Informationen. »Aurora hat mehrere Bioingenieure aus dem Direktoriat entführt und außerdem ein geeignetes Instrumentarium zusammengestellt.«

»Die Therapien sind bis zur dritten Stufe verifiziert.«

»Ich bin Konsul«, sagte Esebian. »Ich habe die *siebte* Stufe erreicht.«

In Erebos' Gesicht veränderte sich etwas. »Auroras Bemühungen sind eine Hoffnung für die Gemischten Gebiete. Und vielleicht auch für dich, *Konsul.* Möglicherweise *kann* man dir dort helfen. Auf jeden Fall schaffen wir auf diese Weise eine plausible Situation, denn du wirst versuchen, dir Zugang zum dortigen *offiziellen* Therapiezentrum zu verschaffen.«

Esebian rief weitere Daten aus dem Zusatzgedächtnis. »Besteht dadurch nicht Gefahr für Aurora auf Lahor?«

»Nicht wenn du dich genau an den Plan hältst. Ich werde zum vereinbarten Zeitpunkt von hier aus ein Signal in die Datennetze der Magister eingeben, und von dort aus wird die Information, dass du dich auf Lahor befindest, die Erlauchten erreichen. Das ist der Köder, den wir auslegen. Die Aurora-Basen auf Lahor werden dir bei den Vorbereitungen helfen.«

»Bist du sicher? Wenn ich dort auf so viel Hilfsbereitschaft stoße wie hier bei Felton und Kaspari …«

»Ich habe bereits entsprechende Anweisungen erteilt«, sagte Erebos, und sein schiefes Lächeln kehrte zurück. »Meine Anweisungen werden immer ausgeführt.«

Esebian wollte ihm das – nun leere – Buch zurückgeben, aber es löste sich in seinen Händen auf. Er sah ein kurzes Glitzern, wie von feinem Silberstaub, und dann war nichts mehr von dem analogen Datenträger übrig.

»Ich bin dir für deine Hilfe sehr dankbar, Erebos, aber …« Esebian musterte das Immersionsselbst des Brainers. »Ich nehme an, du hilfst mir nicht nur, weil mir Lukas seine Anteile an Aurora vererbt hat. Was erwartest du von mir?«

Einige Sekunden lang war nur das leise zirpende Klimpern zu hören, in dem sich vage Melodien verbargen. Die hellen Bereiche im Bibliothekssaal blieben in Bewegung, und mit ihnen die Magister-Humanoiden. Schatten schrumpften und dehnten sich aus.

»Ich helfe dir, weil wir uns immer gegenseitig helfen«, erwiderte Erebos ernst. »Das ist das Grundprinzip von Aurora.«

»Und?«

»Es gibt eine wichtige Barriere, hinter die ich nicht sehen kann«, sagte Erebos langsam. »Vielleicht bist du in der Lage, für mich eine Lücke darin zu schaffen.«

Esebian hatte bereits darüber nachgedacht und versucht, die Situation aus Auroras und Erebos' Perspektive zu sehen. »Die Hohen Welten?«

»Ja. Selbst auf der ersten Abstraktionsebene weisen gewisse Entwicklungsstränge in jene Richtung. Vielleicht bin ich bald imstande, genauere Berechnungen vorzunehmen, aber für den Fall …«

Esebian war bereit. Eine derartige Möglichkeit hatte er schon während des Flugs nach Drossos in Erwägung gezogen – immerhin zählte Tirrhel zu den Erlauchten –, und die neuen Informationen deuteten ebenfalls in diese Richtung. »Wenn ich die Hohen Welten erreiche, entweder als Unsterblicher oder auf der Suche nach Tirrhel, verschaffe ich dir Zugang zu den dortigen Datennetzen. Aber dazu brauche ich quantenverschränkte Verbindungen, und die sind teuer.«

»Dies alles ist teuer«, sagte Erebos und meinte den Plan. »Ich bin von einem Verkauf deines Anteils ausgegangen und habe dem Enklavenrat bereits Anträge übermittelt. Drei q-verschränkte Verbindungen können dir zur Verfügung gestellt werden, ohne dass unsere interstellare Kommunikation zu sehr eingeschränkt werden muss.«

Esebian ließ sich noch einmal alle Einzelheiten des Plans durch den Kopf gehen. Als Unsterblicher brauchte er Lukas' Anteile nicht mehr; dann standen ihm alle Ressourcen der Erlauchten zur Verfügung.

Doch bis dahin war es noch ein weiter Weg.

»Eine letzte Bitte«, sagte er und beobachtete einen Humanoiden, der sich ihnen bis auf wenige Meter näherte und am Rand eines hellen Streifens stehen blieb. Für einen Moment gewann er den Eindruck, dass sich in der silbernen Leere dort, wo man ein Gesicht erwartete, menschliche Züge formten. Ayannes Augen schienen ihn anzustarren, über eine Kluft von mehr als zweihundert Jahren hinweg, und Esebian erbebte tief in seinem Innern. »Leandra«, sagte er, und für eine verunsichernde und desorientierende Sekunde erinnerte er sich nicht daran, welche Bitte er an Erebos richten wollte.

»Was ist mit ihr?«, fragte der Brainer und sah dem Magister-Humanoiden hinterher, der seinen Weg fortsetzte und zur gegenüberliegenden Wand des Saals eilte.

Dumpfe Donnerschläge mischten sich in das Zirpen und Klimpern, wie der Puls eines fernen Giganten.

»Leandra Covitz, sie stammt angeblich von Melstrom in den Gemischten Gebieten. Kannst du feststellen, woher sie wirklich kommt und wer sie ist?«

Erebos setzte zu einer Antwort an, doch plötzlich ertönte eine andere Stimme und hallte laut durch den Saal.

»Warum fragst du ihn nach mir?«, rief Leandra. »Glaubst du mir nicht?«

Sie stand mitten in einem hellen Bereich, für alle Magister-Humanoiden deutlich sichtbar.

44

Die vielen Gestalten mit den silbernen Nicht-Gesichtern verharrten und drehten sich zu Leandra um, die plötzlich erschrocken wirkte.

»Die Magister haben sie bemerkt«, hauchte Erebos. »Sie verrät uns!«

Erste Humanoiden setzten sich in Bewegung und hielten mit ihren langen Schritten auf Leandra zu, die noch immer in einem großen hellen Bereich stand.

»Hierher!« Esebian winkte. »Komm hierher!«

Aber Leandra rührte sich nicht von der Stelle und blinzelte geblendet. Der Zorn war aus ihrem Gesicht verschwunden und Verwunderung gewichen.

Esebians Gedanken jagten, und er begriff, dass er *sofort* eine Entscheidung treffen musste. Erebos durfte sich nicht dem Licht im Saal aussetzen – die Magister wären in der Lage gewesen, ihn als Aurora-Brainer zu identifizieren und festzustellen, wo er sich befand. Also blieb nur eine andere Möglichkeit …

Er lief los.

Die Erweiterungen funktionierten und halfen ihm. Einen Teil der Konverterzellenenergie verwendete er für die Beinmuskeln, einen anderen für ein Schirmfeld, von dem er hoffte, dass es seine Identität vor den Magistern verschleierte. Seine Wahrnehmungen im hellen Bereich des Saals unterschieden sich nicht von denen im Dunkeln, aber er wusste, dass er für die vielen Magister sichtbar wurde: einige von ihnen näherten sich nicht mehr Leandra, sondern ihm.

Ein gesichtsloser Humanoide erschien plötzlich neben ihm und hob die Hand. Esebian duckte sich und gab ihm einen Stoß, sprintete weiter und erreichte Leandra, die ihn groß anstarrte, den Mund zu einem O geöffnet. Er packte ihren Arm und zog, aber sie blieb an Ort und Stelle stehen, wie mit dem Boden unter ihr verwachsen, die Augen weit aufgerissen.

Ein Blick zurück …

Vom Hellen aus gesehen waren die Schattenzonen fast so dunkel wie eine sternenlose Nacht, aber mit seinem erweiterten Sehvermögen hätte Esebian den Brainer erkennen müssen. Wo sie eben noch beide gestanden hatten, dicht neben der Wand, war alles leer. Nirgends zeigte sich eine Gestalt, die einen grauen Anzug mit bunten Taschen trug.

»Bring uns zurück, Leandra!«, stieß Esebian hervor. Mehrere Humanoiden hatten sie fast erreicht, streckten bereits die Arme aus …

Leandras Lippen bewegten sich lautlos.

Schmerz zerriss Esebians Denken, heiß wie das Feuer in einem nuklearen Ofen, scharf wie ein Messer mit Nanoschneide. Grelles Glitzern brannte über seine Sehnerven, und in den Augäpfeln stieg der Druck – die Flüssigkeit darin drohte zu verdampfen.

Einen Sekundenbruchteil später atmete er kühle Luft, sog sie sich tief in die Lungen, und wo es eben noch vor seinen Augen gelodert hatte, entstand das Gesicht einer älteren Frau mit grauen Augen.

»Sie hatten es mir versprochen, Esebian«, sagte Jacinta, richtete den Betäubungsstab auf ihn und betätigte den Auslöser.

Der Enklavenrat bestand aus neunzehn Personen, und ein Platz an dem großen runden Tisch war leer. Normalerweise saß dort Hyun Uskuch, Gründer der Iwaschta-Enklave – er hatte beschlossen, nicht an dieser Sitzung teilzunehmen, wie die Vorsitzende Jacinta verkündete. Aus persönlichen Gründen. In Esebian bedauerten Talanna und Caleb, ihn nicht wiederzusehen.

»Wir dulden Sie nicht eine Stunde länger auf Drossos«, sagte Jacinta scharf. »Ihr Gepäck befindet sich bereits an Bord des Orbitalspringers, der Sie zu Ihrem Schiff im Orbit bringen wird. Bitte kehren Sie nie hierher zurück.«

Dumpfer Schmerz pochte zwischen Esebians Schläfen, und er fühlte sich noch immer ein wenig taub, körperlich und geistig. Neben ihm saß Leandra, blass und betreten, aber vielleicht war das nur eine Maske. Sie trug ein Neutro-Netz auf dem Kopf, das ihre mentalistischen Fähigkeiten blockieren oder zumindest einschränken sollte. Ihre Hände steckten in einem lehmbraunen Fesselfeld, das mit dem Netz verbunden war. Befreiungsversuche würden einen Betäubungsimpuls auslösen, der sofortige Bewusstlosigkeit bewirkte.

»Halten Sie das nicht für etwas übertrieben?«, fragte Esebian.

»*Übertrieben?*« Jacinta legte beide Hände auf den Tisch und beugte sich vor. »Ganz Aurora hätte entlarvt werden können!«

»Es ist nichts passiert«, sagte Leandra fast trotzig.

»*Sie* sind still!«, zischte Jacinta. »Von Ihnen will ich keinen Ton hören.«

Die anderen Enklavenräte murmelten, und finstere Blicke trafen Esebian und seine Begleiterin.

»Wir haben über Erebos' Ausführungen beraten«, fuhr Jacinta fort. »Wir fühlen uns seiner Vereinbarung mit Ihnen verpflichtet, obwohl einige von uns der Meinung sind, dass Sie …« Die Vorsitzende schluckte die nächsten Worte hinunter und schob ein kleines Stasispaket mit opalblauem Siegel über den Tisch. Die anderen Räte gaben es weiter, bis das Paket schließlich vor Esebian lag. »Es enthält alles, was Sie brauchen.«

»Die quantenverschränkten Kom-Verbindungen?«

»Ja. Dafür übernimmt Aurora Ihre Anteile.« Jacinta stand auf, und die anderen Räte folgten ihrem Beispiel. Die beiden Administratoren Felton und Kaspari traten neben Esebian und Leandra, die sich ebenfalls erhoben. »Das Paket und die Fesseln sind mit einem auf zwei Stunden programmierten Deaktivator ausgestattet. Wenn Sie das Filigran erreichen, können Sie Ihrer Gefährtin das Neutro-Netz abnehmen und das Paket öffnen. Das ist alles, Esebian. Ich wünsche Ihnen trotz allem viel Glück.« Sie ging zur Tür des Versammlungsraums, und dort drehte sie sich noch einmal um. »Falls Sie Aurora erneut gefährden, werden wir Sie eliminieren.« Damit verließ sie den Raum, und die anderen Enklavenräte folgten ihr.

Felton deutete zum zweiten Ausgang auf der anderen Seite. »Kommen Sie.«

Wenige Minuten später saßen sie an Bord eines Orbitalspringers, der mit summendem Gravitationsmotor in den Himmel von Drossos kletterte.

»Es tut mir leid«, sagte Leandra so leise, dass nur Esebian sie hörte. Er schenkte ihr keine Beachtung, sah auf das Paket hinab und dachte an die nächsten Etappen des Plans.

Sie befanden sich längst an Bord der aus Lukas' Arsenal stammenden *Antares*, als die zweistündige Frist verstrichen war und das braune Leuchten an Leandras Händen verschwand –

eine kleine Kapsel, nicht größer als einen Zentimeter, löste sich von ihrem Handgelenk und fiel zu Boden. Sie schien darauf gewartet zu haben, riss sich das Neutro-Netz vom Kopf und warf es in eine Ecke der Pilotenkanzel.

Esebian öffnete das Stasispaket und stellte fest, dass Jacinta gelogen hatte. Abgesehen von einigen Treuhandunterlagen und Permissiven enthielt es nur eine quantenverschränkte Verbindung und nicht die versprochenen drei. Er konnte sich nur ein einziges Mal mit Erebos in Verbindung setzen, und ohne die Informationen des Brainers war der Plan, Tirrhel auf Lahor in eine Falle zu locken, außerordentlich riskant.

Nach weiteren fünfzehn Minuten flogen sie ins Filigran, und während der Adaptation träumte Esebian von Ayanne, deren große grüne Augen zu denen von Leandra wurden.

Wenn sie dir hier viel Zeit verspricht,
Der Weg ist kurz durch diese Zeit,
Und führt zur langen Ewigkeit.

KONFRONTATIONEN

45

Nun, Präfekt?«, fragte El'Farah mit einer wie geölt klingenden Stimme. »Wie weit sind Sie mit Ihren Ermittlungen?«

Die dreitausend Jahre alte Unsterbliche betrat das Brunnenzimmer des Domizils, gekleidet in ein türkisfarbenes, wie Seide glänzendes knisterndes Gewand, besetzt mit blauen Rubinen von Omullan. Das rote und orangefarbene Haar bildete auch diesmal einen Turm auf ihrem Kopf, und an den Schläfen, dicht unter dem Haaransatz, saßen zwei kleine Insektoiden, wie verkleinerte Versionen von Filigranwebern.

»Ich nehme an, Sie haben meinen letzten Bericht erhalten, Exzellenz«, sagte Tahlon, stand auf und bedauerte einmal mehr, dass seine Erweiterungen im Neutralisierungsfeld des Domizils nicht funktionierten. Ohne sie war er darauf angewiesen, in ihrer Körpersprache, Gestik und Mimik nach subtilen Hinweisen Ausschau zu halten, und selbst weitaus jüngere Erlauchte hatten sich so gut unter Kontrolle, dass sie damit nichts verrieten, was sie nicht verraten wollten.

»Bleiben Sie sitzen, Präfekt, bleiben Sie sitzen.« El'Farah verharrte an einem der drei großen Kamine, als wollte sie sich nach dem Flug durch die stürmische Polarnacht an den flackernden Pseudoflammen wärmen. »Ich habe nie verstanden, warum El'Kalentar ausgerechnet diesen Ort für sein Domizil gewählt hat«, sagte sie wie nachdenklich. »Kann es wirklich seine Absicht gewesen sein, eine ganze Ewigkeit in kalter Finsternis zu verbringen?«

Tahlon sank wieder in einen der Sessel, die unweit des großen Brunnens standen, aus dem echtes Gletscherwasser sprudelte, erwärmt und aromatisiert. Kleine mobile Lampen und flexible Düsen gaben dem emporspritzenden Wasser – vor Jahrtausenden als Schnee gefallen und vom Gewicht der Jahrhunderte zu Eis gepresst – immer wieder neue Formen und Farben.

»Hier am Pol ist es nicht immer dunkel«, sagte er. »Und was die Monate der Finsternis betrifft ... Sie laden zum Nachdenken ein, zur Meditation.«

El'Farah drehte sich um und richtete einen erstaunten Blick auf ihn. »Höre ich da Ihren eigenen Wunsch nach kontemplativer Ruhe?«

Tahlon zögerte. »Ich habe noch nicht entschieden, wo ich nach dem letzten Aufstieg mein Domizil einrichten werde. Meine Residenz befindet sich in Agreda bei den Kobaltblauen Seen; vielleicht bleibe ich dort. Oder ich lasse mich auf einer der anderen Hohen Welten nieder, zum Beispiel auf Gondal.«

El'Farah kam näher, und ein Lächeln huschte über ihre Lippen. Als Tahlon sie aus der Nähe sah, stellte er fest, dass es in ihrem Gesicht nur wenige Falten gab, gerade genug, um Reife zu vermitteln. »Für jemanden wie Sie haben wir überall Platz, Präfekt. Sie werden uns herzlich willkommen sein.«

Die Worte bewirkten so etwas wie angenehme Wärme in Tahlon, und er fragte sich, ob dieser Effekt beabsichtigt war. Mit knisterndem Gewand nahm die Unsterbliche im nächsten Sessel Platz, sah sich um und vollführte eine Geste, die dem ganzen Domizil galt. »Ohne ihn ist es hier … leer.«

Interesse erwachte in Tahlon. Er wusste von der Freundschaft zwischen El'Farah und El'Kalentar. Waren sie vielleicht mehr gewesen als nur Freunde? Wie stand es um die Sexualität der Erlauchten? Gab es sie überhaupt? Ihm war kein einziger Fall von Nachkommen bei den Unsterblichen bekannt – in den Tausend Tiefen munkelte man, dass sie gar keine Kinder zeugen konnten.

»Um Ihrer Frage zuvorzukommen, Präfekt … Ja er fehlt mir. Er fehlt uns allen. Mehr als sechstausend Jahre Erfahrung – einfach ausgelöscht, von einem Augenblick zum anderen. Das ist ein enormer Verlust. Aber offenbar machen Sie gute Fortschritte bei der Suche nach dem Mörder. So hieß es jedenfalls in Ihrem Bericht, den ich erhalten und mit großem Interesse zur Kenntnis genommen habe. Mir scheint, es ist nur noch eine Frage der Zeit, bis wir den Mörder seiner gerechten Strafe zuführen und den Fall damit abschließen können. Dann erhalten Sie Ihre fünftausend Meriten und werden einer von uns.« El'Farah lächelte erneut. »Haben Sie schon überlegt, wer Ihr Nachfolger werden soll?«

»Mein Nachfolger?«, fragte Tahlon.

»Wenn Sie einer von uns geworden sind, erweitern sich Ihre Horizonte, mein lieber Akir Tahlon«, sagte El'Farah, und es war das erste Mal, dass sie ihn mit seinem Namen ansprach.

»El'Tahlon könnte Direktor werden und sich fortan mit ganz anderen Aufgaben befassen.«

Tahlon blickte in die Augen der Unsterblichen, und was er dort sah, gefiel ihm nicht: ein kaltes Feuer, nicht wärmer als die Polarnacht, der Glanz von Berechnung. Wollte sie ihn ködern und ablenken? Wovon?

»Noch ist es nicht so weit, Exzellenz«, sagte er vorsichtig und beobachtete, wie sich die beiden kleinen, schwarzen Spinnenwesen an den Schläfen bewegten. »Ich werde über diese Dinge nachdenken, sobald Esebian gefasst ist. In diesem Zusammenhang … Mein Assistent Ranidi hat Sie um El'Kalentars persönliche Kom-Codes gebeten. Wir brauchen sie für den Zugriff auf die hiesigen Datenbanken.«

»Ich habe Ihre Anfrage weitergeleitet, Präfekt. Man wird sich darum kümmern.«

Tahlon zögerte. El'Farah weigerte sich, ihm die Codes zu nennen, und damit war eine Konfrontation unvermeidlich. Ein seltsames Gefühl beschlich ihn, vergleichbar mit dem Moment, in dem der letzte Splitter seine Hand verließ und die letzte kristallene Kerze des Kronleuchters vervollständigte, was bedeutete, dass er die Tür des Ballsaals öffnen und die Stadt sehen konnte. Und wenn er nicht schrie, wenn es ihm diesmal gelang, den Schmerz des Glücks für sich zu behalten, damit der Kronleuchter nicht erneut herabfiel … Dann durfte er die Hügelkuppe verlassen und den Garten Eden der Ordnung betreten. Der Schrei … vermutlich konnten selbst ruhige, leise Worte ausreichen, um den Leuchter herabstürzen und die in mühevoller Arbeit zusammengesetzten Kristallkerzen erneut splittern zu lassen.

»Warum brauchen Sie überhaupt Zugriff auf die hiesigen

Datenbanken?«, fragte El'Farah, als Tahlons Schweigen andauerte. »Er ist das Opfer, nicht der Mörder. Glauben Sie, hier gäbe es einen Hinweis auf Esebians gegenwärtigen Aufenthaltsort?« Ein neuer Unterton erklang in der Stimme der Erlauchten, als sie hinzufügte: »Oder war der Bericht, den Sie mir übermittelt haben, nicht vollständig?«

»Esebian ist ein Serienmörder, ein Auftragskiller«, sagte Tahlon langsam und blickte El'Farah dabei in die Augen. »Über zwei Jahrhunderte hinweg hat er immer wieder getötet und sich auf diese Weise Meriten für seine Aufstiege verdient. Wir gehen davon aus, dass auch El'Kalentars Ermordung ein Auftrag war.«

»Darauf haben Sie in Ihrem Bericht hingewiesen, Präfekt.«

»Aber in diesem Fall hatte der Auftraggeber nicht die Absicht, den vereinbarten Preis zu bezahlen. Er versuchte, Esebian zu eliminieren, zuerst auf Hadadd und dann auf Gevedon, einer Welt der Enha-Entalen. Ein Unbekannter griff dort einen Stützpunkt des Netzwerks an, der von einem mechanischen Zwitter und Symbiontenträger namens Lukas geleitet wurde. Und dieser Lukas hat Esebian bei den Vorbereitungen für den Mord an El'Kalentar geholfen. Als der Angriff erfolgte, kam Esebian hinzu.«

»Er entkam«, sagte El'Farah. Es klang fast gelangweilt. »Ebenso der unbekannte Angreifer. Auch das stand in Ihrem Bericht, Präfekt.«

»Wir haben den Ort des Geschehens genau untersucht und dort die Biosignatur des Angreifers gefunden, Exzellenz. Die Person, die Esebian den Auftrag gab, El'Kalentar zu ermorden, und die anschließend mindestens zweimal versuchte, ihn zu töten …«

»Ja?«

»Die Signatur weist auf einen Erlauchten hin, Exzellenz.«

Einige Sekunden lang saß El'Farah reglos da. Dann stand sie auf, ging langsam zu einem der Kamine, blieb dort stehen und starrte in die züngelnden Pseudoflammen. Tahlon beobachtete sie und glaubte zu hören, wie das Heulen des Schneesturms etwas lauter wurde.

Schließlich drehte sich die Unsterbliche um. »Das ist absurd.«

»Nein, Exzellenz. Das ist es nicht. An der Authentizität der Biosignatur besteht kein Zweifel.« Tahlon atmete tief durch. »Auf dem Weg nach Gevedon haben wir in einem Transittunnel des Filigrannetzes eine Anomalie bemerkt und die Entführung eines Seeders beobachtet. Ein Biomech-Schwarm hatte ihn in einen Sturz gebracht und schuf dort einen nicht lokalisierbaren Ausgangspunkt.« Er schwieg und wartete auf eine Reaktion.

»Sie wissen also nicht, wohin der Seeder gebracht wurde?«, fragte El'Farah.

»Nein. Aber es gelang uns, einen der Biomechs einzufangen und zu untersuchen. Er stammt von Taschka.« Tahlon wartete erneut.

»Das … stand nicht in Ihrem Bericht, Präfekt.«

»Nein, Exzellenz. Es fehlt auch der Hinweis, dass es uns gelang, die Produktionsparaphe zu identifizieren. Jemand hat sie auf molekularer Ebene unkenntlich gemacht, was bei Phasenübergängen während interstellarer Raumflüge geschehen kann. In diesem Fall handelt es sich allerdings nicht um ein natürliches Phänomen, sondern um das Ergebnis von bewusster manipulativer Absicht. Normalerweise hätte die Neutralisierung des molekularen Produktionsstempels genügt, um zu verhindern, dass der Biomech mit den Verwaltungsprivilegien eines bestimmten Erlauchten in Verbindung gebracht werden kann. Aber unseren Spezialisten ist es gelungen, Teile dieses Stempels in tieferen Bereichen zu rekonstruieren und mithilfe von Quantenschatten der Paraphe eine Identifizierung vorzunehmen.«

»Und?«, fragte El'Farah. Sie wirkte noch immer ruhig und gelassen, doch das kalte Glitzern in ihren Augen hatte sich kurz verändert.

»Der betreffende Biomech stammt aus den hiesigen subplanetaren Produktionsanlagen, die von El'Kalentar verwaltet wurden.«

Die drei Jahrtausende alte Erlauchte antwortete nicht. Sie stand noch immer vor dem großen Kamin und wirkte jetzt so unbewegt wie eine Statue. Hinter ihr knisterten die Pseudoflammen, und vor ihr, in der Mitte des Raums, plätscherte das duftende, leuchtende Wasser des Springbrunnens.

»Sie glauben, dass es einen Zusammenhang gibt«, sagte El'Farah schließlich, und es klang nicht wie eine Frage.

»Ja. Die Umstände legen die Vermutung nahe, dass El'Kalentar mit einem Geheimprojekt beschäftigt war, das entführte Seeder betraf ...«

»Höre ich da einen Plural?«

»Wir wissen, dass in den letzten vierundzwanzig Jahren insgesamt neun Seeder verschwunden sind, Exzellenz, und in mindestens einem dieser neun Fälle gibt es eine Verbindung zu El'Kalentar. Der Mörder, beziehungsweise der Auftraggeber des Mörders, hatte vielleicht etwas gegen diese geheimen Aktivitäten des Mannes, der hier wohnte.« Tahlon hob den

Arm zu einer Geste, die dem Domizil galt, in dem sie sich befanden.

»Das sind Spekulationen«, sagte El'Farah.

»Warum sind neun Seeder verschwunden, Exzellenz?«, fragte Tahlon und hörte überrascht, wie sich Schärfe in seine Stimme schlich. »Warum hat ein Erlauchter bei mindestens einer dieser … Entführungen mitgewirkt? Was steckt dahinter? *Warum* ist El'Kalentar ermordet worden?«

El'Farah setzte sich in Bewegung und kam mit langsamen Schritten näher. Ihr Blick blieb die ganze Zeit auf Tahlon gerichtet, der sich davon durchbohrt fühlte.

»Und wer steckt hinter der Instabilität der Filigrane?«, fügte Tahlon hinzu.

Die Erlauchte blieb abrupt stehen. »Was?«

»Die sogenannten Falschen Filigrane … Die Boten des Chaos, die aus einigen von ihnen gekommen sind …«

»Boten des Chaos?«

»Angreifer aus anderen Epochen, Feinde aus der Vergangenheit, und vielleicht auch aus der Zukunft, wer weiß …« Die Erinnerungen ließen Tahlon innerlich erbeben. »Beim Hauptfiligran des Granville-Systems bin ich einem solchen Angriff zum Opfer gefallen. Nach meinem ersten Tod …« Der hoffentlich auch mein einziger bleibt, dachte er. »… brachte man mich in ein medizinisches Zentrum auf Hadadd, und dort konnte Esebian meine Biosignatur kopieren …«

»Das weiß ich alles, Präfekt. Kommen Sie zur Sache.«

»Wir haben eine zweite Anomalie im Transittunnel des Filigrannetzes bemerkt, Exzellenz. Eine Erscheinung, die wie ein …« Tahlon suchte nach einem passenden Wort. »… wie ein *Käfer* in der Tunnelwand aussah. Erste Analysen der gewonnenen Daten haben ergeben, dass von dieser Erscheinung eine destabilisierende Wirkung ausging, die sowohl den Transittunnel selbst als auch die Kommunikation der Magister betraf.« Tahlon atmete tief durch. »Mit anderen Worten … Es steckt Absicht hinter dem Kollaps der Filigrane.«

»*Wessen* Absicht, Präfekt?«

»Ich bin mit der Hoffnung hierhergekommen, eine Antwort auf diese Frage zu finden.«

»Ich kann sie Ihnen nicht geben.«

»Mag sein«, sagte Tahlon in einem Tonfall, der andeutete, dass hinter dem *Mag sein* möglicherweise ein *Vielleicht doch* steckte. »Deshalb brauche ich die Zugangscodes von Ihnen, Exzellenz. Und nicht nur die für dieses Domizil. Ich benötige die Codes für alle Datennetze der Erlauchten.«

El'Farahs Augen wurden etwas größer; die kleinen Insektoiden an ihren Schläfen krochen nach vorn, wie um besser zu sehen. »Ich fürchte, Sie verstehen nicht ganz, worum Sie da bitten … Es gibt keinen Unsterblichen, der *nicht* großen Wert auf seine Privatsphäre legt.«

»Ohne Zugriff auf die Datennetze der Hohen Welten komme ich mit meinen Ermittlungen nicht weiter, Exzellenz.«

»Das bedauere ich sehr, aber wie ich vorhin schon sagte, Präfekt: Wir kümmern uns darum. Ich werde diese Angelegenheit den anderen Direktoren gegenüber zur Sprache bringen.«

»Tut mir leid, Exzellenz. Ich muss darauf bestehen, die Ermittlungen selbst zu leiten. *Alle* Ermittlungen, die mit diesem Fall zu tun haben.«

»Sie müssen darauf *bestehen?*« El'Farah kam noch einen Schritt näher und sah auf Tahlon hinab, der zurückgelehnt in seinem Sessel saß, äußerlich ruhig, aber innerlich voller Anspannung. »Sie sind hier nicht irgendwo in den Tausend Tiefen, Präfekt. Und Sie sprechen nicht mit irgendwem. Dies ist Taschka, siebte der Einundzwanzig Hohen Welten. Und ich bin El'Farah, dreitausend Jahre alt und Direktorin. Es gibt hier *nichts*, worauf Sie bestehen können, solange Sie nicht selbst ein Erlauchter sind.«

Tahlon stand langsam auf und wich trotz der fast unangenehmen Nähe der Unsterblichen nicht zurück. Zum ersten Mal nahm er ihren Geruch war, scharf und gleichzeitig irgendwie schal. Er erinnerte ihn an den Staub, der eine dicke graue Patina an den Fenstern des Ballsaals in seinen Träumen bildete. »Sie selbst haben mich vor den anderen Direktoren zum Chefermittler ernannt, Exzellenz. Und als Präfekt und Erster Hochkommissar des Direktoriats habe ich das Recht ...«

El'Farah sah ihn ungläubig an. »Sie wagen es tatsächlich, mir zu widersprechen?« Es klang nicht zornig, eher verblüfft.

Tahlon versuchte, sich von der Unsterblichen nicht einschüchtern zu lassen. »... habe ich das Recht, alle Ermittlungen durchzuführen, die ich für notwendig halte.«

In El'Farahs Mundwinkeln zuckte es. »Wir könnten Sie absetzen«, sagte sie. »Jederzeit. Ich brauche nur mit einigen der anderen Direktoren Verbindung aufzunehmen. Wir könnten jemand anders zum Ersten Hochkommissar und Präfekten machen.«

»Ich bitte um Verzeihung, Exzellenz, aber das können Sie nicht.« Tahlon sprach mit fester Stimme. »Zumindest nicht, solange die derzeitigen Ermittlungen laufen. Im dritten Abschnitt von Paragraph neunzehn des Traktats heißt es ...«

»Es ist mir gleichgültig, was dort steht«, zischte El'Farah. »Sie werden sich dem Willen der Erlauchten beugen, Präfekt.«

»Sie sind nur *eine* Erlauchte, Exzellenz. Das Traktat gibt mir auch das Recht, vor der Direktorenversammlung zu sprechen und im Falle meiner vorgeschlagenen Absetzung eine Abstimmung aller Erlauchten zu verlangen …«

»Wollen Sie es wirklich darauf ankommen lassen? Alles hat seinen Preis, Tahlon. Sind Sie bereit, den Preis zu zahlen?«

El'Farah drehte sich abrupt um, machte einige Schritte und blieb wieder stehen. Sie kehrte ihm den Rücken zu, als sie sagte: »Den Preis Ihrer Unsterblichkeit?«

Tief in Tahlon krampfte sich etwas zusammen. »Wollen Sie mich erpressen, Exzellenz?«

Ganz langsam drehte sich die Unsterbliche um. »Die Hohen Welten gehören uns, Tahlon. Uns Erlauchten und sonst niemandem. Was hier geschieht, was wir hier entscheiden … Es geht allein uns etwas an, und wir werden auf keinen Fall zulassen, dass sich jemand von außerhalb, ein *Sterblicher*, in unsere Angelegenheiten einmischt. Traktat hin oder her.«

Tahlon hatte das Gefühl, auf einer dünnen Eisschicht zu stehen, die unter ihm nachzugeben drohte. Er glaubte, ein warnendes Knacken und Knirschen zu hören, und weit und breit gab es nichts, das ihm festen Halt geboten hätte.

»Jene Bestimmungen sind viele Jahrtausende alt«, fügte El'Farah hinzu. »Sie haben längst ihre Bedeutung verloren.«

»Es erging nie ein Beschluss der Direktoren, das Traktat außer Kraft zu setzen. Es gilt nach wie vor. Hiermit berufe ich mich darauf und …«

»Sie sind nur einen Aufstieg vom Ziel entfernt, auf das Sie

dreihundert Jahre hingearbeitet haben.« Eine sonderbare Leichtigkeit erklang in El'Farahs Stimme, die sich doch schwer auf Tahlon herabsenkte. Schwer genug, um das dünne Eis unter ihm brechen zu lassen? »Fünftausend Meriten … Aber vielleicht genügen sie nicht. Wir könnten Ihnen einen Platz auf den Hohen Welten verweigern, Tahlon. Auch *das* steht im Traktat. Paragraph neunundsiebzig, Absatz neun. Eine Mehrheitsentscheidung der Erlauchten könnte Ihnen die Unsterblichkeit vorenthalten.«

Ein Kloß bildete sich in Tahlons Hals, und er versuchte, ihn hinunterzuschlucken. Warum hatte er sich in diese Lage gebracht? Etwas in ihm stellte diese Fragen, und die Antwort – oder eine der Antworten – lautete: Weil ich die Regeln präsentiere. Weil das Chaos siegt, wenn ich nachgebe.

»Wie würden die Magister reagieren, wenn sie erfahren, dass Erlauchte neun ihrer Seeder entführt haben?«, fragte er.

In El'Farahs Augen blitzte es, und die beiden kleinen Insektoiden bohrten ihre dünnen Beine in die Schläfen. Die Unsterbliche trat wieder näher, hob die Hand …

»Bevor Sie etwas sagen oder … tun, sollte ich Ihnen das hier zeigen.« Tahlon griff in die Tasche und holte ein kleines Kom-Modul hervor. »Erweiterungen funktionieren hier nicht, zumindest nicht solche, wie sie Sterblichen zur Verfügung stehen, aber das hier ist Erlauchten-Technik, Exzellenz. Unser Gespräch wurde weitergeleitet und aufgezeichnet.« Fast gegen seinen Willen fügte er hinzu: »Warum wollen Sie mich daran hindern, die Wahrheit ans Licht zu bringen?«

»Die Wahrheit?«, wiederholte El'Farah leise. »Glauben Sie an die *Wahrheit?* Und an welche?«

»Ich brauche die Zugangscodes, Exzellenz. Für dieses Domizil und die Datennetze der Hohen Welten.«

Die Unsterbliche wandte sich abrupt ab und ging zur Tür. »Sie bekommen die Codes. Aber dies wird ein Nachspiel haben, Tahlon.« El'Farah warf ihm einen letzten kalten Blick zu. »Sie ahnen nicht, worauf Sie sich eingelassen haben.«

Früchten ähnlich, reif gewordnen,
Fallen und im Falle fürchten
Sich die sterblichen Gebornen
Immer vor dem Todessturze.

FALLEN

46

Die *Antares* hatte sich nicht weiter als zwanzig Lichtsekunden vom primären Filigran entfernt und die Hauptverkehrszone hinter sich gelassen, als die Ortungsfelder in der Pilotenkanzel die ersten Kriegsschiffe erfassten: Schwere Kreuzer der Ehernen Garde mit einem Durchmesser von fast einem Kilometer, die Gefechtstürme nach vorn gerichtet, die Intervaller wie Krallen ausgefahren, die stählernen Leiber in türkisblaue und smaragdgrüne Schirmfelder gehüllt. Esebian winkte für das Gesteninterface und holte das ferne Blitzen beim sekundären Filigran heran. Aus den dortigen goldenen und silbernen Weberfäden war ein dunkles Gebilde gekommen, ein schwarzer Riese, der versuchte, die Verteidiger mit einem Schwarm kinetischer Geschosse zu zertrümmern.

»Selbst hier ein Falsches Filigran?«, murmelte er. Und zu Leandra, die das Geschehen mit erschrockener Faszination beobachtete: »Das Chhor-System ist nur neun Lichtjahre von der ersten Hohen Welt namens Gretsch entfernt.«

»Das Blitzen …«, sagte sie und deutete auf die Lichter.

»Plasmanovä, nehme ich an.« Esebian versuchte, sowohl die Darstellungen der Displayfelder als auch Leandra im Auge zu behalten. Bisher hatte sie durch nichts zu erkennen gegeben, dass sie etwas von seinen geheimen Gedanken und Plänen ahnte. Er vergewisserte sich erneut, dass sein Mentalblocker auf höchster Leistungsstufe arbeitete. Leandra durfte keinen Verdacht schöpfen. »Oder Mikrokollapsare«, fügte er hinzu.

Weitere Kampfschiffe pflügten durchs interplanetare All: Walzen der Meronna, mehrere Pfeilschiffe der Enha-Entalen und eine aus dreizehn Schiffen – ein langer Modulträger, zwei Zerstörer, zwei große Schlachtschiffe und acht Eskorten – bestehende Kampfgruppe des Direktoriats. Das Ortungsfeld zeigte auch eine Phalanx aus Drohnen, die von den drei Magistern im Chhor-System stammten.

»Was ist das?«, fragte Leandra und deutete auf das dunkle Etwas beim sekundären Filigran über den Ringen des Gasriesen Ackah.

»Ich weiß es nicht«, sage Esebian. »Die Warnmeldungen haben darauf hingewiesen: Jenes Filigran ist instabil geworden. Die dortigen Transittunnel geraten durcheinander. Wer weiß, woher das Etwas kommt.«

»Besteht Gefahr?«

»Für uns? Für die bewohnten Welten dieses Systems? Für Lahor, die zukünftige zweiundzwanzigste Hohe Welt? Wohl kaum. Wir befinden uns hier im Herzen des Direktoriats. Erlauchte und Magister werden alles daransetzen, die Sonnensysteme des Kerns zu schützen.« Dennoch, das wiederholte Aufblitzen über den bunten Ringen von Ackah bereitete ihm Unbehagen. Es zeigte ihm, dass es dort draußen noch andere bedrohliche Dinge gab, die ihn nicht direkt betrafen. *Noch nicht,* flüsterte es in ihm, und wieder klang dieses Flüstern seltsam. Esebian hatte es zunächst für eine Folge der Adaptation beim Flug durchs Filigran gehalten, zumal er sich mit einer erheblichen Dosis Adrenalin und anderen Hormonen wachgehalten hatte. Die Stimmen seiner früheren Leben verschmolzen miteinander, und es fiel ihm immer schwerer, zwischen ihnen zu unterscheiden.

»Was ist mit dir?«, fragte Leandra. »Du hast dich irgendwie verändert.«

Um Leandra und auch sich selbst abzulenken, betätigte er die virtuellen Kontrollen und ließ Lahor im Hauptdisplayfeld erscheinen. »Das ist unser Ziel«, sagte er. »Lahor, dritter Planet des Chhor-Systems, noch vor hundert Jahren eine Welt der Dichter, Literaten, Stückeschreiber und Immersionskünstler aller Art. Bis sich die vermeintliche ›Muse des Nordens‹ in den Tälern der Kronenberge und bei den Sieben Schimmernden Wassern als ein Parasit erwies, der ihnen langsam das Gehirn zerfraß. Bist du schon einmal auf Lahor gewesen?«

Leandra schüttelte den Kopf.

»Aber du hast bestimmt von dem Planeten gehört?«, fragte Esebian, Gedanken und Gefühle geschützt vom kontrollierten mentalen Modus.

Leandra schüttelte erneut den Kopf, lächelte und hing plötzlich an seinen Lippen wie ein Kind, das sich eine interessante Geschichte erhoffte. »Erzähl mir davon.«

Wieder betätigte Esebian die Kontrollen, und der Planet, bisher nur eine kleine Scheibe in der Ferne, schwoll an, wurde zu einer Kugel mit opalblauen Meeren und großen Landmassen, eine geformt wie eine Hand, die sich um die halbe Welt schlang und die Farben des Herbstes trug. Im Norden trafen sich die Landmassen der beiden Kontinente Ocas und Mizner und türmten ein bis zu zehn Kilometer hohes Gebirge auf, das über den Äquator hinweg bis in die südpolaren Regionen reichte: das Himmlische Rückgrat. Ein eingeblendetes Indikatorlicht zeigte Leandra, wo sich die nördlichen Kronenberge und die Sieben Schimmernden Wasser befanden. »Die ›Muse‹ hat sich als ein von bestimmten Algen abgesondertes Molekül erwiesen, das von Menschen mit der Atemluft aufgenommen wird. Dieser molekulare Parasit bleibt harmlos, solange er nicht die Blut-Hirn-Schranke durchdringt. Im Gehirn von prädisponierten Personen verbindet er sich mit den Neuronen und verändert gewissermaßen den neurologischen Schaltplan des Gehirns. Es sprach sich schnell unter den Künstlern herum. Lahors Kuss der Muse … Aber der Preis – nach achtzig oder neunzig Jahren, manchmal früher, manchmal später – besteht aus einem zerstörten Bewusstsein, das weder Backups aufnehmen noch Unsterblichkeit erlangen kann, in welcher Form auch immer.«

»Besteht?«, wiederholte Leandra.

»Es befinden sich noch immer Anhänger der Muse bei den Schimmernden Wassern«, sagte Esebian. Seine Hände blieben in Bewegung und erweckten den Anschein, Indikatorlichter zu steuern und Daten abzurufen. Aber sie *verschickten* auch Daten: eine codierte Nachricht für die Aurora-Basen auf Lahor. Er hatte sie nach seinem Adaptationsschlaf und vor Leandras Erwachen aufgezeichnet, und sie enthielt die kleine, nicht mit Erebos abgesprochene Erweiterung des Plans. Esebian versuchte, nicht bewusst daran zu denken, als seine durch virtuelle Kontrollen streichenden Finger die Nachricht dem immensen Kommunikationsverkehr bei Lahor hinzufügten: ein sieben Nanosekunden langes Signal, wie ein Tropfen in einem Ozean. »Und sie lehnen es ab, Atemfilter zu tragen.«

»Aber wenn sie wissen, was der Parasit mit ihren Gehirnen anstellt …«, sagte Leandra verwundert.

»Es kümmert sie nicht. Sie leben im Jetzt. Oder sie gehen ganz in ihrem kreativen Schaffen auf. Solange der Kuss der Muse wirkt, leisten sie Großartiges, und vor allem darauf kommt es ihnen an.«

»Violette Wünsche an einem Tag mit rotem Schnee«, murmelte Leandra. Sie sah ihn dabei nicht an, aber Esebian glaubte zu erkennen, wie sie ihm aus dem Augenwinkel einen kurzen Blick zuwarf. Und dann fügte sie hinzu: »Unter vielen Farben sollen ruhen Kummer und Weh. Lass Licht die Dunkelheit des Schmerzes durchdringen und meiner Seele endlich Frieden bringen.«

Für einen Sekundenbruchteil verharrte Esebians Hand bei den virtuellen Kontrollen, und dann setzte sie ihre Bewegung fort, wies das Navigationssystem an, die *Antares* zu einem der neunhundertzweiundachtzig Orbit-Ports zu bringen, wo Transferitoren es den Reisenden ermöglichten, die Oberfläche des Planeten mit nur einem Schritt zu erreichen, ohne Flug mit Orbitalspringern. Der Energieaufwand war enorm, aber Lahor konnte sich einen solchen Luxus leisten, denn vor sechzig Jahren hatten die Magister erste Kernzapfer installiert, und hinzu kamen mehr als hundert Superfusionsstationen, in denen Sonnenfeuer brannten. Energie im Überfluss – das war eine der Voraussetzungen dafür, zu einer Hohen Welt zu werden. Und seit vielen Jahren waren die Magister damit beschäftigt, eine weitere Voraussetzung zu schaffen. Mithilfe der

Kernzapfer, die fünftausend Kilometer tief in den Planeten reichten, entstanden ausgedehnte subplanetare Produktionsanlagen. In einigen Jahrhunderten würde vom ursprünglichen Planeten Lahor vielleicht nicht mehr übrig sein als etwa zehn Kilometer Kruste und das, was sich darauf befand; darunter wartete dann ein gewaltiger, von Magistergedanken gesteuerter Maschinenmoloch darauf, seine industriellen Muskeln spielen zu lassen und praktisch jeden Produktionswunsch zu erfüllen.

»Und wenn Lahor jenes Stadium erreicht hat, haben wir nicht mehr einundzwanzig Hohe Welten, sondern zweiundzwanzig«, fügte Esebian seinen Erklärungen hinzu und hoffte, dass Leandra nichts bemerkt hatte. Der Mentalblocker schuf eine dicke, hohe Mauer um seine Gedanken, doch mit ihren Worten hatte Leandra bewiesen, dass sie durchaus imstande war, winzige Lücken und Ritzen in dieser Mauer zu entdecken. Er erinnerte sich genau: Nur die ersten Worte der von Talanna mit Erebos vereinbarten Losung – ein Zitat des von der Lahor-Muse geküssten Dichters Jai Jalkut Escoe – hatte er an Felton, Kaspari und Jacinta gerichtet. Der Rest war erst beim Brainer gefallen, wo Leandra sie nicht hatte hören können. Zumindest nicht mit ihren Ohren.

Sprich weiter, flüsterte es in ihm. *Lenk sie ab, bis du einen Orbit-Port erreichst.*

»Aber die Muse ist nicht das einzige besondere Merkmal von Lahor«, fuhr Esebian fort, während das Navigationssystem die *Antares* durch eine den Planeten umhüllende Wolke aus Tausenden von Raumschiffen steuerte. »Lahor ist vor allem für das Labyrinth bekannt. Es könnte sogar der Grund sein, warum der Planet zu einer Hohen Welt werden soll. Vielleicht wollen die Erlauchten alleinige Herren über das Labyrinth sein.«

Leandra richtete einen fragenden Blick auf ihn.

Esebian ließ ein Lächeln auf seinem Gesicht erscheinen – kein großes, kein zu herzliches; nicht übertreiben –, während die Finger der rechten Hand mithilfe der virtuellen Kontrollen vor der Armlehne die Kommunikationsprozessoren der *Antares* programmierten. Sie hatten gerade ein codiertes Signal empfangen, nur drei Nanosekunden lang und Teil des Datenstroms der Leitstationen, die den Raumschiffverkehr über Lahor überwachten und organisierten. Esebians Zeigefinger berührten ein grünes Bereitschaftssymbol, nicht einmal halb so groß wie die Fingerkuppe, und das Signal wurde direkt in seine Kom-Erweiterungen übertragen. Leandra hing noch immer an seinen Lippen; nichts deutete darauf hin, dass sie etwas bemerkt hatte.

Die *Antares* glitt an einem mehr als vierzehn Kilometer langen interstellaren Habitatschiff der Malangatar vorbei, als Esebian sagte:

»Das Labyrinth befindet sich auf Pertea. So heißt die subtropische Landmasse im Süden.« Ein Wink verschob das Indikatorlicht in die südliche Hemisphäre des Planeten, zu einem grünbraunen Bogen unter dem »Daumen« der kontinentalen Hand. »Ein erloschener Vulkan bildet den Zugang. Als man die oberen Abschnitte des Labyrinths vor achthundert Jahren entdeckte, glaubte man zuerst, Hinterlassenschaften der Lahorta gefunden zu haben, aus ihrer legendären Dritten Dynastie.« Die Informationen stammten zum Teil aus dem »Buch«, dessen Inhalt er in der Datennetzbibliothek aufgenommen hatte, durch die er mit Erebos unterwegs gewesen war.

»Lahorta?«, fragte Leandra.

Faszinierend, dachte Esebian. Sie schien alles vergessen zu haben: das instabile sekundäre Filigran, den dort stattfindenden Kampf, die Kriegsschiffe, denen sie unterwegs begegnet waren, von den Ereignissen auf Drossos ganz zu schweigen. *Umso besser,* raunte es in ihm.

»Eine der drei intelligenten Spezies auf Lahor«, antwortete er. »Landbewohner und Mammalia. Die beiden anderen sind maritim und zählen zu den Aquae. Heute leben sie vor allem in den Tälern des Himmlischen Rückgrats, aber vor hunderttausend Jahren waren sie über den ganzen Planeten verbreitet. Die Exosoziologen teilen ihre Blütezeit in sechs Dynastien ein; die dritte soll eine hochtechnische Epoche gewesen sein und etwa tausend Jahre gedauert haben. Hinterlassenschaften aus dieser Dritten Dynastie gibt es nur wenige, aber in den Mythen und Legenden der Lahorta spielt sie eine große Rolle.«

Inzwischen hatten Esebians Kommunikationserweiterungen das Antwortsignal decodiert und verarbeitet. Die Aurora-Basen auf dem Planeten bestätigten, dass sie eine Nachricht von Erebos erhalten hatten und bereit waren. Es folgten Einzelheiten, die sich ein Teil von Esebian ansah, während sein Mund in Bewegung blieb.

»Die Entdecker des Labyrinths glaubten also zunächst, ein großes Relikt aus der Dritten Dynastie gefunden zu haben, vielleicht eine Zapferversion der Lahorta – die Anlage schien mit den früheren Magmakammern des erloschenen Vulkans verbunden zu sein. Mehrere Gruppen brachen mit der Absicht auf, die alte Anlage zu erforschen. Keine von ihnen kehrte zurück.«

»Was geschah mit ihnen?«, fragte Leandra, als Esebian einige Sekunden schwieg, durch die transparente Pilotenkanzel nach draußen sah und die vielen Raumschiffe beobachtete. Die energetischen Signaturen der hohen Orbitalstationen wiesen darauf hin, dass dort Waffensysteme in Bereitschaft waren. Was auch immer aus dem sekundären Filigran gekommen war … Rechnete man damit, dass es den Planeten angreifen würde?

Die *Antares* gesellte sich einer Gruppe von anderen Schiffen hinzu, verringerte die Geschwindigkeit und näherte sich einem Orbital-Port.

»Man fand sie hundert Jahre später«, sagte Esebian. »Auf einer fünftausend Kilometer entfernten Insel. Für die Forscher waren nur wenige Monate vergangen.«

»Ein … Zeitloch?«, spekulierte Leandra.

»Etwas in der Art. Offenbar gibt es in dem Labyrinth zahlreiche Diskontinuitäten: Möbiuszonen, dimensionale Verwerfungen und temporale Anomalien. Besser ausgerüstete Forscher machten sich auf den Weg, in einigen Fällen begleitet von Magisterdrohnen, und schließlich gewann man eine Vorstellung von den Ausmaßen des Labyrinths. Es reicht in eine Tiefe von hundert Kilometern, und die maximale horizontale Ausdehnung beträgt annähernd zwölftausend Kilometer. Die Gesamtlänge der Tunnel und Korridore wird auf etwa zweihunderttausend Kilometer geschätzt. Einige von ihnen führen bis zu den Polen.« Esebian lächelte erneut, als er hinzufügte: »Und das sind die Maße des Labyrinths im Hier und Heute. Es kommt immer wieder zu Raum-Zeit-Verschiebungen, die Zugang zu anderen, in Vergangenheit oder Zukunft befindlichen Teilen des Labyrinths ermöglichen. Bisher ist es nicht einmal den Drohnen der Magister gelungen, das Labyrinth vollständig zu kartographieren. Und selbst sie verirren sich in den Verwerfungszonen. Im Gegensatz zu den Lahorta. Sie scheinen die Einzigen zu sein, die sich im Labyrinth zurechtfinden. Immer wieder gehen sie hinein, und nie verschwindet einer von ihnen, um viele Jahre später irgendwo anders zu erscheinen. Wenn sie zurückkehren, bringen sie manchmal Artefakte mit, Gegenstände aus dem Innern des Labyrinths. Früher gab es viele von ihnen, und man konnte sie mit Meriten kaufen. Aber inzwischen untersagt ein Gesetz den Handel mit ihnen. Und es heißt, dass die Magister viele Artefakte beschlagnahmt haben, um sie zu untersuchen und eine Antwort auf die Frage zu finden, was sich im Zentrum des Labyrinths verbirgt.«

»Was befindet sich dort?«, fragte Leandra sofort.

Das Navigationssystem steuerte die *Antares* zu einem langen Andockdorn des Orbit-Ports. Dreißigtausend Kilometer unter ihnen drehte sich Lahor, von der Hand eines Superkontinents umschlungen.

»Nicht einmal automatischen Sonden ist es gelungen, das Zentrum zu erreichen«, sagte Esebian und überprüfte noch einmal die Kom-Systeme. »Aber sie haben eine interessante Entdeckung gemacht. Die oberen Abschnitte des Labyrinths stammen tatsächlich aus der Dritten Dynastie der Lahorta, doch sie sind nur ein Aufsatz. Die Bereiche darunter, das eigentliche Labyrinth sozusagen, ist viel älter und geht vermutlich auf die Incera zurück. Von den Incera hast du gehört, nicht wahr?« Wer hatte das nicht?, dachte er.

Leandra schauderte, rieb sich die Oberarme und nickte.

»Was den Kern des Labyrinths betrifft …«, fuhr Esebian fort. »In den Legenden der Lahorta ist an einer Stelle von einer ›Weltenpforte‹ die Rede, und an einer anderen von einem ›Sprungbrett in die Zeit‹. Es gibt Theorien, die von der Existenz eines Webernests ausgehen, was vielleicht die Diskontinuitäten im Labyrinth erklärt. Wenn ein solches Nest existiert … Vielleicht glauben die Erlauchten, dass sich von dort aus ein Tunnel dorthin öffnen lässt, wohin die Incera vor Jahrhunderttausenden verschwunden sind. Vielleicht wollen sie Lahor zu einer Hohen Welt machen, um Gefahren vom Direktoriat abzuwenden und den Tunnel für immer zu schließen. Oder sie wollen ihn vielleicht … benutzen.«

»Benutzen?«, wiederholte Leandra leise. Ihre Augen waren groß. »Wozu?«

»Wer weiß?« Esebian schaltete die Systeme der *Antares* auf Bereitschaft und stand auf. »Wir haben den Port erreicht. Der Transferitor wartet auf uns. Und Lahor.«

47

In den Korridoren und Sälen des Orbit-Ports waren Tausende von Passagieren unterwegs. Esebian trug eine leichte Osmosemaske, einen Halbsymbionten, der aus der Biosphäre von Drossos stammte und in den Laboratorien der für Aurora arbeitenden Bioingenieure an Physiognomie und Metabolismus von Menschen angepasst worden war. Nicht erweiterte Augen konnten ihn nicht erkennen, und DNS-Sniffer hätten bis auf wenige Zentimeter an ihn herankommen müssen, um ihn zu identifizieren. Er fühlte sich einigermaßen sicher in der Menge der Reisenden und hinter der mentalen Mauer, die seine Gedanken schützte. Leandra schien keinen Verdacht geschöpft zu haben und noch immer mit der Geschichte beschäftigt zu sein, die er ihr an Bord der *Antares* erzählt hatte. Auf dem Weg zum Transferitor, der sie auf den Planeten bringen sollte, kamen sie durch einen breiten Panoramaflur, der zwei großzügig ausgestattete Wartebereiche miteinander verband. Dort blieb die junge Frau am Aussichtsfenster stehen, durch das man auf Lahor hinabsehen konnte. Informationsbereiche gaben Auskunft über den Planeten, und ein Zoom gestattete es, bestimmte Teile von Lahor heranzuholen.

Leandras Finger strichen immer wieder über die virtuellen Schaltflächen dicht vor dem Fenster. »Wo ist das Labyrinth?«

»Auf der anderen Seite des Planeten«, sagte Esebian, während er mit seinen Kommunikationserweiterungen nach einem bestimmten Signal lauschte. Befand sich der Kontaktmann hier im Port? Oder wartete er auf Lahor? »Wir müssten fast eine Stunde warten, bis es in Sicht gerät, und in vierzig Minuten sind wir längst unten. Komm.«

Ein Fensterausschnitt zeigte eine Pyramidenstadt, und Leandra überflog den Text. »Neun solche Städte gibt es auf Lahor? Nur neun Städte auf einem ganzen Planeten?«

»In jeder von ihr leben zwanzig Millionen Menschen. Früher waren es noch mehr. Ich nehme an, die Bevölkerungszahl wird in den nächsten Jahrzehnten weiter schrumpfen.«

»Warum?«

Esebian griff nach Leandras Arm und zog sie sanft mit sich. »Wenn Lahor zu einer Hohen Welt wird, bleibt der Planet allein den Unsterblichen vorbehalten.«

»All die Menschen, die dort unten wohnen und vielleicht auf Lahor geboren sind ... Müssen sie ihre Heimat verlassen?«

»Nein. Wenn so verfahren wird wie bei den anderen Hohen Welten ...« Esebian sah sich kurz um. Niemand schenkte ihnen Beachtung; nur einige flüchtige Blicke trafen sie. »Alle Bewohner des Planeten bekommen einen Aufstieg geschenkt, wenn Lahor zur Hohen Welt wird – damit steht allen der Weg des Kandidaten offen. Wer sich dagegen entscheidet, kann in den Städten bleiben, aber mit dem Verbot, Nachkommen zu zeugen. In den nächsten hundert oder zweihundert Jahren sterben sie, wie auch jene, die nicht zu Erlauchten werden. Sie sterben oder verlassen Lahor, und dann gehört der Planet allein den Unsterblichen.«

»Und die leeren Städte?«, fragte Leandra. Sie blickte noch immer auf den Planeten hinab, der sich unter ihnen drehte.

»Domizile für die Erlauchten. Oder die Pyramidenstädte werden demontiert und die von ihnen beanspruchten Bereiche den lokalen Biosphären zurückgegeben.« Esebian zuckte die Schultern und zog erneut an Leandras Arm.

Sie wandte sich widerstrebend vom Fenster ab. »Und die Lahorta und die beiden anderen intelligenten Spezies? Was passiert mit ihnen?«

»Vermutlich werden sie unter den Schutz eines Protektorats gestellt. Wie die Xiri auf Hadadd.«

»Sie waren nicht besonders gut geschützt«, sagte Leandra. Es klang kummervoll. »Der Körperbauer Cambero hat mit ihnen experimentiert.«

Esebians Kommunikationserweiterungen hatten die ganze Zeit über in den elektromagnetischen Lärm des Orbit-Ports gelauscht, und jetzt empfingen sie ein Signal, das keine Nachricht übermittelte und nur bedeutete: Es ist jemand da, hier, im Port. Zufriedenheit erfüllte ihn.

Diesmal schien Leandra etwas zu bemerken, denn sie richtete einen fragenden Blick auf ihn.

»Es ist jemand da, der uns abholt«, sagte er unverbindlich.

Der Bogen des Transferitors wölbte sich durch einen hohen, saalartigen Raum und war in zwei Dutzend Einzelportale aufgeteilt, über denen Displayfelder Auskunft über individuelles Transportvolumen und Zielorte gaben. Die Warteschlangen waren nicht besonders lang, und in den Aufenthaltsbereichen gab es viele freie Plätze. Esebian sendete das Signal, das er kurz zuvor empfangen hatte, und sah sich in dem großen Raum nach der Kontaktperson um. Die meisten Anwesenden waren Menschen, in der Mehrzahl Sterbliche. Für Kandidaten war der Bereich ganz rechts reserviert; dort stand ihnen ein Prioritätsportal zu Verfügung. In der Mitte bemerkte Esebian mehrere Kirgu, Meronna und einen Isquri, der gerade seine libellenartigen Flügel faltete und sich anschickte, in den Transferitor zu treten. Ein Kuttenträger befand sich dort unter den Wartenden, und Esebian fragte sich, was einen Klerikalen veranlasste, Lahor zu besuchen, als neben ihm eine Stimme erklang.

»Colton Klinnert?«

So lautete der Name der neuen Identität, in die Esebian mit der Osmosemaske geschlüpft war. »Ja.« Ein junger Mann stand dort, nicht älter als dreißig Scheinjahre, mit hellem, fast weißem Haar, sonnengebräunter Haut, einem auffallend schmalen Gesicht, dünnen Lippen und spitzem Kinn. Er wirkte nicht richtig proportioniert, was darauf hindeutete, dass er gerade erst eine Restrukturierung seines Körpers durchgeführt hatte. Kein Kandidat also. Jemand, der es sich noch erlauben konnte, mit seiner Physis zu experimentieren, bevor Therapien solche Experimente zu gefährlich machten.

»Ich bin Titus Magobb«, sagte der junge Mann und hob die Hand zu einem kurzen Gruß, bevor er auf eins der Transferitorportale deutete. »Wenn ich bitten darf …«

Wieder kam ein Signal, und diesmal bedeutete es: Was auch immer vorbereitet worden war, es sollte beim Transfer geschehen.

Esebian war sich sicher, dass die wenigen Gedankenfragmente, die sich seiner Kontrolle entzogen, hinter der geistigen Mauer des Mentalblockers verborgen blieben. Leandras Blick wanderte kurz zwischen Titus Magobb und ihm hin und her, aber es erschien kein Misstrauen in ihrem Gesicht.

Die Warteschlange vor ihrem Portal schrumpfte schnell, und Esebian beobachtete den jungen Mann aus dem Augenwinkel, suchte nach einem Hinweis darauf, *was* geschehen sollte. Titus trug eine locker sitzende Kombination aus Hose, Hemd und weiter Jacke, und alle drei Kleidungsstücke wiesen zahlreiche Taschen auf. In einigen von ihnen steckten Objekte, deren Zweck ihm ohne eine genaue Sondierung verborgen blieb.

Eine aus vier Personen bestehende Gruppe trat vor ihnen durch die perlmuttartig schimmernde Energiemembran des Portals und verschwand. Ein Wartesymbol leuchtete auf, glühte zwei oder drei Sekunden und verschwand wieder.

Ein Schritt nach vorn, und Esebians Anspannung wuchs, trotz der Kontrolle seines mentalen Modus.

»Ich habe ein Geschenk mitgebracht«, sagte Titus Magobb und holte einen kleinen grauschwarzen Kasten hervor, der aus drei Modulen bestand. Eins erkannte Esebian sofort, denn Caleb hatte einmal damit gearbeitet: eine Transitweiche. Die anderen beiden Komponenten wirkten weniger vertraut, zumindest auf Esebian, doch Yrthmo der Techniker flüsterte aus dem gemeinsamen Raunen der anderen Stimmen: *Eine Möbiusschleife, verbunden mit einer Transitweiche.*

Esebian und Titus wechselten einen Blick.

Leandra drehte den Kopf, und ihre Augen fingen das Glühen der Transfermembran ein. Hinzu kam noch etwas anderes, ein kurzes Funkeln … und Esebian hatte plötzlich das Gefühl, dass etwas über die Innenseite seiner Stirn kratzte und sich von dort aus ins Gehirn bohrte, durch die vom Mentalblocker in seiner Großhirnrinde geschaffene Mauer, seine Gedanken packte und sie von allen Seiten betrachtete.

Enttäuschung und Zorn erschienen im Gesicht der jungen Frau. »Ich habe dir geholfen«, sagte sie anklagend. »Ohne mich hättest du es nicht bis hierher geschafft!«

Ihre Lippen blieben in Bewegung, aber es erklangen keine Worte mehr.

Esebian gab ihr einen Stoß, der sie ins Portal taumeln ließ, und der nächste Schritt brachte Titus und ihn ebenfalls durch die Membran.

Ein leichtes Prickeln, das kurze, desorientierende Empfinden, den Boden unter den Füßen zu verlieren und zu fallen, dann …

Feuer loderte, umgab ein Gesicht mit großen grünen Augen, einer kleinen Nase und glänzenden Lippen, die sich bewegten und zu einem Schrei öffneten, der wie eine Axt in Esebians Schädel schmetterte. Der Schmerz gleißte und brannte vom Kopf bis in die Zehen, raste an seinen Nervenbahnen entlang, verdampfte das Blut in den Adern und verbrannte die Muskeln …

Plötzlich konnte er nicht mehr atmen. Von eisiger Kälte umgeben lag er da, auf einer dunklen harten Fläche, und über ihm, seltsam nah, leuchteten Sterne am schwarzen Himmel. Manche von ihnen bewegten sich: Raumschiffe und Orbit-Ports in niedrigen Umlaufbahnen. Die Osmosemaske bemühte sich, ihn vor dem Unterdruck zu schützen, der ihm die Luft aus den Lungen saugte, und bevor sie sich über den Augen schloss, sah er eine Gestalt, die sich neben ihm aufrichtete, in den Händen einen kleinen grauschwarzen Kasten, die eine Hälfte des Gesichts verbrannt und voller Blasen. Etwas flackerte, Transferenergie schimmerte aus einem Riss in der Luft, ein zweiter Sturz ins Nichts …

Es folgten einige Sekunden – oder vielleicht Stunden? Tage? – der Inkohärenz. Dann … eine Stimme:

»Wir haben sie!«

Es zischte, und etwas stieß Esebian nach vorn. Arme fingen ihn auf und hielten ihn fest, als seine Knie nachgaben. Neben ihm stöhnte jemand, und durch die verkrusteten Maskenschlitze über den Augen sah er Titus Magobb, die rechte Seite seines Gesichts tatsächlich verbrannt. Er hob den grauschwarzen Kasten und schaltete die Transitweiche aus. An dem Modul mit der Möbiusschleife glomm ein winziges Licht.

»Wir sind am Ziel«, sagte er mit erstaunlich fester Stimme und stand da, ohne dass ihn jemand stützte. Die Brandblasen an Schläfe und Wange bildeten sich bereits zurück. »Und wir haben sie.« Er hob das Gerät und meinte die Möbiusschleife.

»Ist sie da drin?«, fragte Esebian und spürte, wie der Halbsymbiont der Osmosemaske tot von ihm abfiel. Der Staub von Nanomaschinen rieselte aus einem Riss in seiner Haut.

»Ja.« Und nach einer kurzen Pause: »Glaube ich jedenfalls.«

Die Arme, die Esebian aufgefangen hatten, wollten ihn zu einer nahen Diagnoseliege führen, aber er stieß sie beiseite, nicht energisch, sondern eher schwach. »Es ist alles in Ordnung mit mir. Ich ...«

Es war nicht alles in Ordnung mit ihm. Trotz der Erweiterungen wurde ihm schwarz vor Augen, und die freundlichen Arme fingen ihn zum zweiten Mal auf.

48

»Wir atmen den Parasiten ein«, sagte Esebian, als sie draußen auf der Veranda saßen und beobachteten, wie Lahors Sonne hinter einem der Sieben Schimmernden Wasser unterging. Von zwei Bergrücken flankiert erstreckte sich der See bis zum Horizont, wo Chhor ein glühendes, flammendes Gemälde malte, in dem Türkis und Lapislazuli dominierten. Erste Sterne erschienen am Himmel, den Esebian schon einmal gesehen hatte, während der kurzen Zwischenstation auf dem Stratosphärenbalkon einer Pyramidenstadt.

»Sie können einen Atemfilter bekommen, wenn Sie möchten«, sagte Titus Magobb, der auf dem anderen Stuhl am kleinen Tisch aus echtem Holz saß. Das Summen kleiner Insektoiden kam aus dem hohen, schilfartigen Gras am See, über dem in der Ferne einige Lichter glühten. Es stammte von der Künstlersiedlung auf einer der kleinen Inseln. Esebian wusste: Selbst mit besonders leistungsfähigen visuellen Erweiterungen konnte man sie von dort aus nicht sehen – ein Tarnfeld gaukelte Beobachtern einen grasbewachsenen Hang vor, wo sich der Eingang der Station befand. »Aber sie könnten den Parasiten wochenlang atmen, ohne etwas befürchten zu müssen. Gefährlich wird es erst, wenn man ihm Monate und länger ausgesetzt ist, wie die Leute dort drüben. Und die anderen hier im Norden.«

Esebian blickte über den See, der sich in Silber zu verwandeln schien. Die Reflexionen der Sterne vermischten sich mit dem Licht, das von der einen Insel kam.

»Was ist beim Transfer passiert?«, fragte er schließlich. »Was ist schiefgegangen?«

»Ihre Begleiterin«, sagte Titus. »Sie muss im letzten Moment Verdacht geschöpft haben und hat sich gewehrt.« Er legte den grauschwarzen Kasten auf den Tisch und schob ihn auf Esebian zu. »Wer ist sie?«

»Das wollte ich Sie gerade fragen. Hat Erebos Ihnen etwas mitgeteilt? Er kündigte Nachforschungen in den Datennetzen an.«

»Wir wissen nur, dass sie Leandra Covitz heißt und eine Mentalistin ist. Jacinta Frazier hat uns vor ihr gewarnt.« Titus zögerte kurz. »Und auch vor Ihnen.«

»Was auf Drossos geschehen ist, tut mir leid«, sagte Esebian. »Ich habe Aurora viel zu verdanken.«

»Wir sind im Bilde«, erwiderte Titus in einem neutralen Tonfall und strich sich kurz über die Gesichtshälfte, die zuvor verletzt gewesen war. Jetzt waren dort keine Brandblasen mehr zu sehen. »Ich bin sicher, dass Erebos Sie bereits darauf hingewiesen hat: Aurora verändert sich, und ich kann nicht behaupten, dass mir gefällt, wer Sie sind.«

Was wir gewesen sind, flüsterte es in Esebian, und er glaubte, die Stimme des Philosophen Gunder zu erkennen. Sie war leiser geworden, wie die anderen, ein Teil des einheitlichen Raunens, fast ohne individuelle Identität. Esebian fragte sich noch immer, was das für ihn bedeutete.

»Aber wir setzen große Hoffnungen in Sie«, fuhr Titus fort, als Esebian schwieg und auf den grauschwarzen Kasten starrte. An der einen Seite glühte noch immer das Indikatorlicht.

»Wenn alles nach Plan läuft, könnten Sie uns ein ganzes Stück weiterhelfen.«

»Wann?«, fragte Esebian.

»Morgen. Die Vorbereitungen sind abgeschlossen. Es wäre uns lieber, wenn wir noch einmal alles überprüfen könnten, aber wir sollten keine Zeit verlieren. Vielleicht haben die Magister eine Anomalie im Transfersystem entdeckt. Die Mentalistin hat unsere Transitweiche manipuliert, und wir können von Glück sagen, dass unser Notfallsystem rechtzeitig reagiert und uns zur Zwischenstation auf dem Stratosphärenbalkon gebracht hat. Den mobilen Transferitor, der sich dort befand, haben wir natürlich abgezogen.« Titus hob kurz die Hand und ließ sie wieder sinken. »Wir hoffen, dass die Magister den Störimpuls auf eine Diskontinuität des Labyrinths zurückführen. So etwas passiert gelegentlich.«

»Sie haben gesagt, Sie *glauben*, dass Leandra da drin ist.« Esebian deutete auf den Kasten. »Und wenn Sie sich irren?«

»Etwas *ist* in der Möbiusschleife«, sagte Titus. »Darauf weist der Indikator hin.«

»Können wir nicht ... nachsehen?«

»Dazu müssten wir die Schleife öffnen, und dann käme heraus, was sich in ihr befindet.«

Einige Sekunden lang versuchte sich Esebian vorzustellen, wie es sein mochte, in dem Kästchen eingesperrt zu sein, als ein von der Transitweiche abgelenkter Transferimpuls, gefangen in einer in sich geschlossenen Mikrodimension, einem eigenen Universum. Wenn Leandra wirklich darin steckte, wenn sie *ganz* in der Schleife gefangen war ... Konnte sie denken und fühlen? War sie sich ihrer Situation bewusst?

»Es ist Erlauchten-Technik, nicht wahr?«, fragte Esebian und strich mit einem Finger über das grauschwarze Material.

»Wie man's nimmt. Die Erlauchten haben die Technik übernommen, von den Incera. Die Möbiusschleifen stammen aus dem Labyrinth unter uns.« Titus deutete nach unten. »Wer weiß, was die Unsterblichen noch alles dort herausholen, sobald sie exklusiven Zugriff haben und ihnen niemand mehr auf die Finger sieht.«

Esebian drehte das Objekt, bis das kleine Indikatorlicht auf ihn zeigte. Dann nahm er das Kästchen und steckte es in eine Tasche seiner Jacke.

Titus hob die Brauen.

»Ich kümmere mich selbst darum«, sagte Esebian. »Erzählen Sie mir, was morgen geschieht.«

»Ganz einfach: Morgen macht Aurora einen Riesenschritt nach vorn, und Sie werden unsterblich.« Titus lachte, wurde aber schnell wieder ernst, als Esebians Gesicht ausdruckslos blieb. »Nun, an Ihrer Stelle würde es mir vielleicht auch an Humor mangeln ... Bevor Sie unsere Hauptbasis morgen früh verlassen, erhalten Sie einen auf Ihre metabolischen Stimulatoren abgestimmten Schwarmsymbionten. Er besteht aus etwa zwanzigtausend Einzellern, die sich in verschiedenen Bereichen Ihres Muskelgewebes niederlassen und es so verändern, dass Sie ein anderes Aussehen bekommen. Sie werden zu Isaac DelMeo, Konsul und Immersionskünstler von Taifun im Hellgrad-System. Sie werden mit einem entsprechenden Identer ausgestattet, und Ihre Biosignatur stimmt natürlich mit der im Therapiezentrum von Bonville gespeicherten überein. Wir aktivieren eine von Erebos angelegte und an Sie angepasste schlafende Datei.« Titus zögerte kurz. »Mehr als zwanzig Jahre Arbeit stecken in diesem kleinen Detail, Esebian. Die Datensysteme des Therapiezentrums sind gut geschützt. Erebos hat geduldig gearbeitet, über viele Jahre hinweg. Er ist im TZ präsent, ›sieht‹ aber nur einen kleinen Teil der Systeme und muss ständig auf der Hut sein.«

»Ich soll die Tür aufstoßen«, sagte Esebian, der sich keine Illusionen machte. Erebos half ihm, aber er sollte auch Erebos helfen, vielleicht noch mehr. »Ich bin der Köder.«

Titus sah ihn an und nickte langsam, ohne dass sich Anteilnahme in dem schmalen Gesicht zeigte. »Sie sind der Köder, ja. Erebos hat bereits eine als Magisterkommunikation codierte Meldung an die Hohen Welten geschickt. Die Erlauchten wissen, dass Sie morgen im TZ von Bonville erscheinen. Ihre neue Identität hat er nicht genannt; wir wollen es den Unsterblichen nicht zu einfach machen.«

»Und Isaac DelMeo hat genug Meriten für einen Aufstieg angesammelt?«, fragte Esebian.

»Vor allem deshalb dauerte es so lange, die Datei anzulegen. Erebos musste Meriten in einer Treuhand sammeln, die Überprüfungen durch die Magister standhält. Das System wird streng überwacht, und bisher ist ihm so etwas nur zweimal gelungen. Eine Datei gehört Isaac DelMeo, und die andere einer Nuntius namens Rebecca Jingst, doch jene zweite Datei lässt sich frühestens in fünf Jahren von einer schlafenden in eine aktive verwandeln.«

Isaac DelMeo, dachte Esebian, und vager Argwohn regte sich in ihm. Jemand, in dessen Rolle er schlüpfen konnte, zweihundertdreiundfünfzig Echtjahre alt und Konsul. Das waren die beiden wichtigsten Punkte; die übrigen Einzelheiten spielten eine untergeordnete Rolle. Aurora verfügte nur über zwei langfristig angelegte Therapiedateien, und eine eignete sich zufälligerweise für ihn? Aber … Erebos hatte die Datei für ihn angepasst, oder? Esebian seufzte innerlich. Ein oder zwei weitere Schritte in diese Richtung, dachte er, und das Misstrauen gewinnt wieder die Oberhand.

Titus verstand sein Schweigen falsch und schien zu befürchten, dass Esebian erwog, Abstand von dem Plan zu nehmen. »Sie sind der Köder«, wiederholte er. »Aber unsere Augen und Ohren sind die ganze Zeit bei ihnen. Wir haben Kontaktleute im TZ, und Erebos ist da. Er kann Ihnen helfen, wenn … etwas schiefgeht.«

»Was sollte schiefgehen?«, fragte Esebian ironisch.

»Ja, was sollte schon schiefgehen?« Titus lächelte, und dadurch wirkte sein Gesicht noch asymmetrischer. »Wenn der Erlauchte, der es auf Sie abgesehen hat, nicht reagiert, werden Sie als Isaac DelMeo einer Therapie unterzogen und steigen zum Residenten auf.«

»Das hoffen Sie.«

»Die Datei ist in Ordnung. Wir haben alles überprüft.«

»Sie geben mir etwas, das Sie über zwanzig Jahre Arbeit gekostet hat«, sagte Esebian, und wieder war das Misstrauen da. »Ich bin ein Köder für die Erlauchten und ein Experiment für Aurora.«

»Wenn niemand auf den Köder reagiert … Dann sehen wir an Ihnen, ob wir auf diese Weise weiterkommen. Wir reprogrammieren Ihre Erweiterungen und zeichnen alles auf. Die Daten könnten uns dabei helfen, Aufschluss über die einzelnen Phasen der Therapie zu gewinnen.

»Sie spekulieren auf den großen Durchbruch«, sagte Esebian, blickte über den See und beobachtete die Lichter auf der fernen Insel. Die Menschen, die dort lebten, sich ganz bewusst dem letztendlich fatalen Parasiten aussetzten und mit der Gewissheit lebten, in *absehbarer* Zeit zu sterben … Welche Perspektive hatten sie für ihre Existenz? Mit welcher inneren Einstellung dachten sie an den nächsten Tag? »Ihr Ziel besteht darin, selbst zu therapieren.«

»Unsterblichkeit für alle«, sagte Titus, und bei diesen Worten bekam seine Stimme eine neue Festigkeit. Dies war etwas, an das er glaubte, das ihn antrieb. »Und nicht durch die Gnade der Magister und Erlauchten. Eine Möglichkeit, unser Schicksal selbst in die Hand zu nehmen.«

»Und wenn der Erlauchte auf den Köder reagiert? Wenn er versucht, mich umzubringen?«

»Wir werden Sie natürlich schützen. Erebos übernimmt die Kontrolle über die Sicherheitssysteme des Therapiezentrums. Der Attentäter wird festgesetzt, und Sie erhalten Gelegenheit, von ihm Antworten auf Ihre Fragen zu bekommen.«

»Und das Chaos wird Sie in die Lage versetzen, den kompletten Inhalt des TZ-Datennetzes zu kopieren.«

»Mit etwas Glück sind unsere Kontaktleute sogar in der Lage, Therapiegeräte zu transferieren«, sagte Titus und stand auf. »Kehren wir zur Basis zurück. Sie sind geschwächt und sollten schlafen. Der morgige Tag bietet Ihnen eine große Chance.«

Esebian erhob sich ebenfalls; die Möbiusschleife wog schwer in seiner Tasche. Das Gewicht der zart gebauten Leandra schien an ihm zu zerren. »Sie benutzen mich«, sagte er, blickte über den See und atmete den Parasiten in der ungefilterten Luft noch einmal tief ein. Er konnte Kreativität und Ideen gebrauchen.

»Wir helfen uns gegenseitig«, erwiderte Titus ohne ein Lächeln und führte Esebian ins Haus zurück, zu dem Transferitor, der dort auf sie wartete.

49

Esebians Muskeln fühlten sich steif an, als er in der Biomaske eines Konsuls namens Isaac DelMeo durch den Park des Therapiezentrums von Bonville schritt, zwischen Himmel und Erde. Die TZ-Terrasse der Pyramidenstadt erstreckte sich in einer Höhe von tausend Metern, war fast fünfhundert Meter breit und über dreißig Kilometer lang – sie umgab das ganze Gebäude, dessen obere Bereiche bis in Lahors Stratosphäre ragten. Eine Brüstung säumte die Terrasse, und dahinter zeigte sich das vage Funkeln eines Sperrfelds, das vor allem als Wetterschirm diente – an diesem Morgen hielt es strömenden Regen fern. Oben klammerten sich dunkle Wolken an die Stadt, krochen tiefer und versuchten, auch die Therapieterrasse zu erreichen, doch das Sperrfeld lenkte sie und ihre Regenlasten ab. Tief unten gruben sich stählerne Ungeheuer in die Kruste des Planeten, jedes von ihnen mehrere Kilometer groß und von Drohnen der Magister gelenkt. Sie schickten sich an, Lahor den Maschinenkern einer Hohen Welt zu verpassen.

»Hier regnet es nur zwei- oder dreimal im Jahr, Konsul«, sagte die Fürsorgerin, die Esebian begleitete. Sie war etwa vierzig Scheinjahre alt und trug die himmelblaue Uniform mit den Kreisen des Ewigkeitssymbols. »Nehmen Sie es als ein gutes Omen für Ihren vorletzten Aufstieg.« Das Lächeln schien auf ihren Lippen zu kleben, als sie die Besonderheiten des Therapiezentrums von Bonville erklärte und darauf hinwies, was ihn erwartete. Esebian kannte die Prozedur, achtete kaum auf die Worte und sah sich um. Der Transferitor war bereits zwischen den Bäumen hinter ihnen verschwunden, und hohe Hecken hinderten ihn daran, die ganze Terrasse zu überblicken. Nur wenige Personen waren unterwegs, und er schien weit und breit der einzige Kandidat zu sein, den eine Behandlung erwartete. Das schürte die Unruhe in ihm, denn je weniger Menschen an diesem Ort unterwegs waren, desto mehr Handlungsspielraum bekam Tirrhel.

Sie näherten sich einem niedrigen Gebäude, weiß wie Esebians Umhang, der ebenfalls das Ewigkeitssymbol trug, Kreise aus Gold und Silber. Die Fürsorgerin – ihren Namen hatte er bereits vergessen – sprach noch immer, aber er hörte nicht hin und erinnerte sich daran, wie oft er in seinem Haus über den Experimentalseen von Angar an diesen Moment gedacht hatte. Der vorletzte Aufstieg. Zum Residenten. Verlängerung des Lebens und nur noch eine Stufe von der Unsterblichkeit entfernt.

Aber es war auch möglich, dass in jenem so unscheinbar wirkenden weißen Gebäude der Tod auf ihn wartete. Er versuchte, nicht daran zu denken, was alles schiefgehen konnte.

Leise Musik erklang, als sie das Gebäude betraten. Mehrere Männer und Frauen erwarteten ihn. Sie alle trugen die himmelblauen Uniformen des TZ-Personals, und wie die Frau, an deren Namen sich Esebian nicht mehr entsann, lächelten sie immerzu. Weder im Eingangsbereich noch in den Zimmern, deren Türen offen standen, hielten sich andere Kandidaten auf. Wo war Tirrhel? Befand er sich bereits in der Nähe? Oder hatte er jemand anders beauftragt, El'Kalentars Mörder zu eliminieren, vielleicht eine der Personen, die Esebian jetzt zu den Voruntersuchungen führten?

»Ganz ruhig, Konsul«, sagte ein junger Mann, als sich Esebian auf einer weichen Diagnoseliege ausstreckte. »Inzwischen sollten Sie eigentlich mit dem Vorgang vertraut sein.« Sein Lächeln wurde noch freundlicher. »Entspannen Sie sich.«

Stattdessen nahm Esebians Anspannung immer mehr zu, denn er wusste, dass gleich ein kritischer Moment kam. Geräte summten um ihn herum, und Mikromaschinen wanderten durch seinen Leib – sie hatten sich selbst aus der Nanosaat des »Begrüßungsgetränks« zusammengebaut, das ihm nach dem Transferitordurchgang gereicht worden war. Wenige Minuten später war es so weit.

»Sie tragen zahlreiche Erweiterungen in sich, Konsul«, sagte der junge Fürsorger. Sein lächelndes Gesicht erschien über Esebian. »Die Regeln der Privatsphäre verbieten uns natürlich ihre Identifikation, aber wir müssen Sie bitten, alle Erweiterungen zu deaktivieren, sofern sie keine lebenswichtigen vitalen Funktionen betreffen. Haben Sie verstanden, Konsul?«

Eine leichte Benommenheit hatte Esebian erfasst, hervorgerufen von den chemischen Komponenten der Nanosaat. Er hatte das Gefühl, an Gewicht zu verlieren, und selbst der grauschwarze Kasten mit der Transitweiche und Möbiusschleife – er trug ihn in einer privatversiegelten Tasche des weißen Kandidatenumhangs, zusammen mit einigen Gegenständen, die ihr volles Funktionspotenzial nur in Verbindung mit seinen aktiven Erweiterungen entfalten konnten – schien leichter zu werden. »Ja, ich habe verstanden«, sagte er. Mit einem gedanklichen Befehl deaktivierte er fast alle Geräte und Instrumente in seinem Innern, unter ihnen natürlich auch die Waffensysteme. Nur zwei Erweiterungen blieben aktiv: ein Aufzeichnungsmodul, das hungrig Daten schluckte, und eine Überwachungskomponente seiner defensiven Systeme. Beide blieben ohne Einfluss auf die Behandlung.

Seine Welt schrumpfte abrupt auf die Grenzen der gewöhnlichen Sinne. Das Summen um ihn herum veränderte sich, und der junge Fürsorger sagte: »Ich danke Ihnen, Konsul. Die Sondierung dauert an. Bitte haben Sie einen Moment Geduld.«

Er spürte die Sondierungssignale nicht, die durch seinen Körper krochen und von den Mikromaschinen und Nanonetzen weitergeleitet wurden. Ebenso wenig merkte er etwas von den Sonden, die sich an seinen Nervensträngen entlanghangelten, auf der Suche nach Verschleißerscheinungen, von denen sie jede Menge finden würden. Esebian fragte sich, was das medizinische Personal von den entsprechenden Anzeigen halten mochte. War es Erebos gelungen, auch diese kleinen Details in der Datei von Isaac DelMeo anzupassen? Er dachte an die interstellare Fahndung nach ihm, an die Crawler, die Magister und Erlauchte zweifellos in die Datennetze geschickt hatten. Lauschten sie auch den Datenströmen des Therapiezentrums von Bonville? Konnten sie die bei ihm festgestellten ausgeprägten zellularen Degenerationserscheinungen mit den Zerfallsymptomen in Verbindung bringen, die bei Esebian zu erwarten waren, dem Mörder des Unsterblichen El'Kalentar? Und was war mit der Struktur seiner DNS? Osmosemaske und Identer hatten seine genetische Signatur getarnt, aber die durch den Körper wandernden Sonden würden den wahren Code seiner Desoxyribonukleotiden entschlüsseln, und der *musste* mit dem des gesuchten Mörders übereinstimmen. Esebian erinnerte sich an den Hinweis, dass Erebos in den Sicherheitssystemen des Therapiezentrums präsent war, aber vermutlich nicht in Echtzeit, sondern nur mit einem autarken Entscheidungskern; soweit er wusste, verfügten solche Behandlungszentren nicht über quantenverschränkte Verbindungen mit anderen Sonnensystemen.

Nach einer Weile erschien erneut das lächelnde Gesicht über Esebian. »Herzlichen Glückwunsch, Konsul DelMeo. Es ist mir eine große Freude, Ihnen mitteilen zu dürfen, dass der Therapie nichts im Wege steht. Sind Sie bereit für den Aufstieg zum Residenten?«

Esebian dachte: Klappt es tatsächlich? Und er erwiderte: »Ja, ich bin bereit.«

»Langes Leben«, sagte das lächelnde Gesicht und verschwand aus Esebians Blickfeld.

Musik erklang, aber keine, die für sein Gehör wahrnehmbar gewesen wäre. Es war ein innerer Gesang, angestimmt von den vier Basen Adenin, Thymin, Guanin und Cytosin, und obwohl Esebian ihn schon siebenmal gehört hatte, staunte er erneut über die Schönheit der genetischen Melodie, als sich Apoptose-Eliminatoren und retrovirale Transkriptasen an die Arbeit machten. Selbst in wenigen Jahrzehnten gerieten Erinnerungen, wenn man sie nicht hegte und pflegte, an den Rand des Bewusstseins und sogar darüber hinaus, sinnierte Esebian. Er hatte noch immer keine Gelegenheit gefunden, die ausgelagerten Gedächtnisinhalte wiederaufzunehmen; zweifellos enthielten sie genaue Informationen über seine Erlebnisse bei den anderen Therapien. Zeit verstrich, während Esebian auf den Schwingungen der inneren Musik flog, über imaginäre Landschaften hinweg, die ihm ein Gefühl tiefen Friedens vermittelten. Er fragte sich – und er war sicher, dass er sich dies auch bei den früheren Therapien gefragt hatte –, ob die Unsterblichen immer auf diese Weise empfanden, ob sie immer erfüllt waren von dieser Ruhe, die aus dem Wissen wuchs, unendlich viel Zeit zu haben, für alles, für jeden noch so kleinen Wunsch, für die winzigste aller kleinen Ideen. Zeit für *alles*, wenn nicht jetzt, dann später, in zehn Jahren, in hundert oder tausend.

Die sanften Melodien des Lebens trugen ihn fort vom Tod, und er dachte: Es funktioniert tatsächlich. Über zwanzig Jahre hatten Erebos und Aurora auf Lahor daran gearbeitet – ein einzigartiges Geschenk, ein wichtiges Stück auf dem Weg zur Unsterblichkeit.

Aber niemand verschenkte etwas so Kostbares, ohne sich einen Vorteil davon zu versprechen …

Esebian glaubte zuerst, dass dieser argwöhnische Gedanke von den Stimmen seiner früheren Leben kam, doch dann stellte er erstaunt fest, dass sie schwiegen – nicht einmal ein wortloses Flüstern kam von ihnen. Caleb?, dachte er. Talanna? Keine Antwort. Er wollte die Namen der anderen nennen, die er einmal gewesen war, vor vielen Jahren, aber sie fielen ihm nicht ein. Wo sie gewesen waren – zusammen mit vielen anderen, sonst immer präsenten Erinnerungen –, erstreckte sich ein Nebel der Benommenheit, durchdrungen von der sanften friedlichen Musik des Lebens. Es war so leicht, sich ihr hinzugeben und die Gedanken einfach treiben zu lassen …

Solche Melodien hatte es nie zuvor gegeben. Die Musik der vier die DNS codierenden Basen … Sie hatte bei den anderen Behandlungen nicht existiert, das wusste Esebian plötzlich mit absoluter Gewissheit. Etwas *suggerierte* ihm entsprechende Vorstellungen, versprach ihm sichere Geborgenheit, stellte ihm eine erfolgreiche Therapie in Aussicht, obwohl in Wirklichkeit *überhaupt keine Therapie* stattfand. Der Gedanke, dass er die Details der lebensverlängernden Behandlung in ein externes Gedächtnis ausgelagert hatte, offenbarte ihm plötzlich seine ganze Absurdität. Wie konnte man etwas vergessen – oder in Speichermodulen ablegen –, das wie in seinem Fall über mehr als zwei Jahrhunderte hinweg das Leben maßgeblich beeinflusst und bestimmt hatte?

Die Falle war zugeschnappt, begriff Esebian, und er steckte mittendrin.

Er brauchte vier oder fünf Sekunden, um zu dieser Erkenntnis zu gelangen – so dicht war der Nebel der Benommenheit geworden. Dann griff er auf die noch aktive Komponente seiner Verteidigungssysteme zu, erklärte einen Notfall und versuchte, alle Erweiterungen zu reaktivieren.

Für einen Moment erweiterten sich seine Sinne, und er hörte die Stimmen mehrerer Personen – sie arbeiteten in einem Nebenzimmer an Geräten, die mit ihm in Verbindung standen. Außerdem vernahm er das Knistern und Zischen von elektromagnetischen Signalen und bemerkte, dass einige von ihnen einem Neuroprozessor galten, der biomechanische Wurzeln durch seine Nackenhaut gebohrt und mit dem Rückenmark verbunden hatte.

Doch die Stimmen der Personen im Nebenzimmer verloren sich schnell in einem diffusen Rauschen, das auch die EM-Signale aufnahm. Die Welt von Esebians Wahrnehmung war nur wenig größer geworden, schrumpfte erneut auf die Grenzen der gewöhnlichen Sinne, und wurde noch kleiner, als sich die Benommenheit ausdehnte. Der Neuroprozessor schickte sich an, sein Bewusstsein zu neutralisieren.

Das durfte nicht geschehen – es hätte völlige Hilflosigkeit bedeutet.

Helft mir!, rief er in den mentalen Dunst. Ich brauche eure Hilfe!

Es blieb still in seinem Innern; nirgends flüsterte oder raunte es.

Das Gesicht des Fürsorgers erschien über ihm, und diesmal lächelte es nicht. »Bemerkenswert«, sagte der Mann. »Er ist noch immer wach.«

»Ich kann nicht länger warten«, erwiderte jemand. »Wir müssen ihn jetzt transferieren.«

Die zweite Stimme klang vertraut. Esebian versuchte, sich daran zu erinnern, wo er sie schon einmal gehört hatte, und gleichzeitig konzentrierte er sich auf die zwölf Konverterzellen in seinen Eingeweiden. Wenn es ihm gelang, ihre Energie in die Kommunikationserweiterungen zu leiten ... Die Stimme hatte einen Transfer erwähnt, und die privatversiegelte Tasche seines Umhangs enthielt noch immer den grauschwarzen Kasten, den er am Abend des vergangenen Tages durch ein Kom-Modul erweitert hatte. Die Frequenzen waren aufeinander abgestimmt; ein Signal genügte, um die Transitweiche aktiv werden zu lassen.

Die friedliche innere Musik erklang noch immer, ein sanfter, verlockender Sirenengesang, der den Nebel durchdrang, Gedanken anlockte und sie in ein Netz der Benommenheit spann.

Esebian blinzelte. Er glaubte, die Augen nur ganz kurz zu schließen, aber als die Lider wieder nach oben kamen, schwebte ein anderes Gesicht über ihm, und er erkannte es sofort.

»Sie ...«, brachte er hervor.

»Ja«, sagte Titus Magobb. »So schwach wie Sie sind, nur Tage oder höchstens Wochen von einem Grauen entfernt ... Sie hätten längst bewusstlos sein müssen.«

Eine Hand erschien in Esebians Blickfeld und tastete nach dem Neuroprozessor.

»Sie verdammter ...«

»Was? Verräter? Sie sind ein Mörder, und Sie haben nicht nur einmal getötet, sondern viele Male. Für Meriten. Um eines Tages unsterblich zu werden. Purer Egoismus, Esebian. Sie haben gemordet und nur an sich gedacht. Mir geht es um Aurora. Wer von uns beiden ist der Verdammte? Der Egoist, oder der Mann, der ans Wohl der vielen denkt?«

Da waren sie, die Konverterzellen. Esebian nahm die in ihnen gespeicherte Energie als angenehme Wärme wahr. Und die Kommunikationserweiterungen ... Der Neuroprozessor, den ihm der TZ-Fürsorger in Titus Magobbs Auftrag an den Nacken gesetzt hatte, hinderte ihn daran, das System kontrolliert zu reaktivieren. Aber wenn es gezielt Energie empfing, würde es zu einer automatischen Reaktivierung kommen, den zuvor erklärten Notfall erkennen und das vorbereitete Signal senden.

Das hoffte Esebian jedenfalls.

Titus Magobb sprach mit den Fürsorgern, und Esebian hörte andere Stimmen – plötzlich schienen sich in diesem Teil des Therapiezentrums viel mehr Personen aufzuhalten, als er zuvor gesehen hatte. Vielleicht handelte es sich um Observanten und Ethikwächter.

Er machte sich daran, die Konverterzellen zu öffnen. Fast sofort verwandelte sich die Wärme in Hitze, die zwar den kühlen Dunst zurücktrieb, aber auch eine Gefahr darstellte. Eine Entladung konnte ihn innerlich verbrennen.

Das schmale, schiefe Gesicht des Verräters erschien erneut über ihm, und Titus hob ein kleines Gerät. Esebian erkannte einen Noder. »Ich bringe Sie jetzt zu jemandem, der großes Interesse an Ihnen hat.«

»Tirrhel …«, ächzte Esebian.

»Damit habe ich meinen Teil der Abmachung erledigt«, wandte sich Titus an jemanden, den Esebian nicht sah.

»Zur Kenntnis genommen«, erklang eine Stimme.

»Oh, bevor ich's vergesse …« Titus Magobb sah wieder auf die Diagnoseliege hinab und ließ die Hand sinken. Bevor der Noder aus Esebians Blickfeld verschwand, bemerkte er das Indikatorlicht am einen Ende. Das Gerät war eingeschaltet, und Sender und Empfänger hatten bereits eine Verbindung hergestellt – es musste nur noch das Transferfeld aktiviert werden. »Sie haben etwas, das ich von Ihnen zurück möchte.«

Mit diesen Worten machte sich Titus daran, die privatversiegelte Tasche des weißen Umhangs zu öffnen.

Esebian begriff, dass ihm nur noch einige wenige Sekunden blieben. Titus Magobb hatte es natürlich auf den grauschwarzen Kasten mit der Transitweiche abgesehen, und wenn er sie nahm, das Kom-Modul entdeckte und entfernte …

Wie groß war die Entfernung zwischen Weiche und Noder? Esebian versuchte, in den grauen Schwaden der Benommenheit die Erinnerungen des technischen Spezialisten Yrthmo zu finden. Der Noder war eingeschaltet – konnte er mit der Transitweiche einen unkontrollierten Transit erzwingen, oder musste das Transferfeld aktiv sein?

Das Siegel der privaten Tasche ließ sich ohne den richtigen Code natürlich nicht öffnen, aber mit einem Fingernagel, der sich in ein Vibromesser verwandelte, schnitt Titus durch den Stoff, nahm das Kästchen …

»Oh, was haben wir denn da?«

Esebians Gedanken rissen die Konverterzellen auf und drückten ihren heißen Inhalt in die Kommunikationserweiterungen. Licht flackerte über die weiße Zimmerdecke, als der Noder ein Transferfeld schuf, und eine Sekunde später verschwand die Decke.

Der heftige Schmerz – wie von einer Axt, die sich in den Schädel bohrte – blieb diesmal aus, was vielleicht an der Benommenheit lag. Das Gefühl der Desorientierung blieb vage, und für einen Moment fragte sich Esebian, ob es ihm wirklich gelungen war, die Transitweiche zu aktivieren, und ob ein Transfer stattgefunden hatte. Dann verschwand die weiche Diagnoseliege unter ihm, und er fiel, umgeben von pechschwarzer Finsternis. Er prallte mit solcher Wucht auf etwas Hartes, dass er nach Luft schnappte, und einen Augenblick später rutschte er, denn der Untergrund war geneigt. Gegenstände trafen ihn im Gesicht, manche weich wie Schwämme, andere hart wie der Boden. Instinktiv versuchte er, sich irgendwo festzuhalten. Seine Hände schlossen sich um einen scharfkantigen Vorsprung, als die Beine plötzlich über Leere baumelten.

Irgendwo in der Dunkelheit fluchte jemand.

»Titus?«, krächzte Esebian. Die Hände waren halb taub, wie auch der Rest des Körpers, und es fiel ihm sehr schwer, sich festzuhalten. Der Zugriff auf seine Erweiterungen blieb ihm verwehrt, und er wagte es nicht, eine Hand vom Vorsprung zu lösen und nach dem Neuroprozessor im Nacken zu greifen.

»Sie verdammter Narr!«, zischte es aus der Finsternis. »Wissen Sie, was Sie getan haben?«

Esebian schwieg und konzentrierte sich darauf, die Hände um den Vorsprung geschlossen zu halten. Die Leere unter seinen Beinen konnte er nicht sehen, aber er spürte instinktiv den gähnenden Abgrund.

Von oben kam vages Licht, ein Hauch von Grau in der Schwärze. »Die Transitweiche hat uns ins Labyrinth gebracht!«, rief Titus Magobb.

Esebian spürte, wie seine Finger am Vorsprung abrutschten, dann stürzte er in die Tiefe.

Die Mauern und Schatten wie Nebelduft -
Es scheint, als hänge alles in Luft.
Vom Turm, der herrschend ragt und droht,
Schaut riesenhaft herab der Tod.

BLITZ UND DONNER

50

»Hier kommen wir nicht weiter«, sagte Ranidi. Seine Kiemen blähten sich kurz auf und veränderten die Farbe. Die Arme blieben in Bewegung und übermittelten dem Gesteninterface Befehle. Immer wieder leuchteten vor und über ihm rote Barrierensymbole.

Tahlon stand ein wenig abseits der Dateninsel, in der sein Assistent saß, umgeben von Displayfeldern und angeschlossen an einen Kommunikator, der ihn direkt mit den Datenbanken von El'Kalentars Domizil verband. Sie befanden sich in einer von insgesamt sieben Kelleretagen, in einem halbdunklen Raum, dessen Formspeicher vor allem Funktionalität geschaffen hatte: schlichte, schmucklose Wände, in der einen Ecke eine Sitzecke, sonderbarerweise mit einem Immersionsanschluss ausgestattet, auf der gegenüberliegenden Seite ein deaktivierter Transferitor und dazwischen die Dateninsel, in deren Sessel Ranidi Platz genommen hatte. Ein dumpfes beständiges Summen lag in der Luft, ungestört vom Heulen des

Schneesturms, der noch immer in der polaren Nacht wütete, Dutzende von Metern über ihnen.

»Hat El'Farah Ihnen nicht die richtigen Codes übermittelt?«, fragte Tahlon und trat näher.

»Die Zugangscodes sind korrekt«, erwiderte Ranidi. »Aber dies ist ein speziell geschützter Bereich der persönlichen Datenbank des Ermordeten. Ich weiß nicht, was nötig ist, um darauf zuzugreifen.«

Tahlon war nahe genug herangekommen, um ein Wort zu lesen, das rot wie Blut im Displayfeld direkt vor Ranidi leuchtete. »Fouracre?«

»Auf diesen Namen sind wir mehrmals gestoßen«, sagte Ranidi und meinte damit sich selbst und die Beauftragten der Präfektur, die in anderen Sektionen des Domizils Datenspuren nachgingen. Es waren insgesamt zwanzig Personen, jede von ihnen bestens mit Kommunikations- und Datentechnik vertraut.

»Könnte El'Farah einen zusätzlichen Schutz installiert haben, als sie uns die Codes übermittelte?«

»Das ist nicht ganz auszuschließen«, sagte Ranidi nach kurzem Überlegen. »Aber ich halte es für unwahrscheinlich. Alles deutet darauf hin, dass El'Kalentar selbst für die zusätzliche Absicherung gesorgt hat.«

»Weil er befürchtete, dass eines Tages Ermittlungen stattfinden, die auch seine persönliche Datenbank betreffen?«

»Erlauchte haben Zeit«, sagte Ranidi. »Sie denken und planen weit voraus. Sehen Sie selbst.«

Tahlon trat durch die Displayfelder auf der linken Seite seines Assistenten. Er winkte ab, als Ranidi aufstehen und den Sessel freigeben wollte, zog einen Stuhl heran und las die Daten, auf die der Hybride zeigte. Sie betrafen zukünftige Projekte. Den »Zeta-Modus«, mit denen Raumschiffe weit entfernte Sonnensysteme fast so schnell erreichen konnten wie durch einen Filigrantransit. Weiterentwicklung und Optimierung der Therapie: Unsterbliche sollten die Möglichkeit erhalten, ihre Körperstruktur nach Belieben zu verändern, ohne befürchten zu müssen, dadurch den Sieg über den Tod infrage zu stellen. Die Schaffung weiterer Hoher Welten, Lahor im Chhor-System als erste von ihnen. Genaue Untersuchungen des dortigen Labyrinths; dieser Eintrag in El'Kalentars persönlicher Agenda trug einen *Wichtig*-Vermerk. Eine Expedition durch den Vorhang zur Alten Erde. Bessere Überwachung der Gemischten Gebiete. Intensivierung der Kontakte zu Kongress, Poseidon und den Klerikalen …

»Irgendwann in ferner Zukunft wollte El'Kalentar ein Bündnis aller wichtigen Mächte in der Milchstraße schaffen, und in diesem Zusammenhang sah er vor, mehr Ressourcen für die Erforschung aller Hinterlassenschaften der Incera einzusetzen«, sagte Ranidi. Knappe Handbewegungen hoben entsprechende Daten hervor.

»Ein Bündnis aller Mächte der Milchstraße?«, murmelte Tahlon. »Fürchtete El'Kalentar eine Rückkehr der Incera?« Er dachte an die instabilen Filigrane und die Angriffe aus einigen von ihnen, und plötzlich wurde ihm kalt.

»Darauf gibt es keine Hinweise, auch nicht in den persönlichen Aufzeichnungen«, antwortete Ranidi. Ein Wink ließ weitere Daten erscheinen. »Ich bin alles durchgegangen, und dabei ist mir aufgefallen: Nicht eins der zukünftigen Projekte erwähnt die Magister. El'Kalentar hat sie an keiner Stelle in seinen Planungen berücksichtigt.« Der Hybride von Easker zögerte kurz. »Vielleicht sollten wir die Magister um Hilfe bitten.«

»Hat sich Jae inzwischen gemeldet?«

»Nein, Präfekt. Was erstaunlich genug ist, wenn man bedenkt, wie lange meine Anfrage inzwischen zurückliegt.«

Das Summen der Kommunikations- und Datensysteme veränderte sich plötzlich, und die Displayfelder erloschen, eins nach dem anderen. Tahlon beugte sich vor, um die virtuellen Kontrollen zu betätigen, aber sie verschwanden ebenfalls. Das Gesteninterface reagierte nicht mehr. Ranidis Kiemen verfärbten sich. »Ein Prioritätscode hat die Datenbanken geschlossen.«

»El'Farah?«, fragte Tahlon leise.

»Davon können wir ausgehen, Präfekt.«

Ein mattes Glühen kam vom plötzlich aktiv werdenden Transferitor, und eine zehn Zentimeter große, goldfarbene Kugel kam durch die Transitmembran – Pseudomaterie. Von einem eigenen Gravitationsfeld gehalten schwebte sie näher und richtete visuelle Sensoren auf die beiden Männer.

»Präfekt Tahlon, die Direktoren fordern Sie hiermit auf, unverzüglich bei ihrer Versammlung in Cartaya zu erscheinen. Wenn Sie sich weigern, dieser Aufforderung nachzukommen, verlieren Sie Ihre Autorität als Präfekt und Erster Hochkommissar des Direktoriats. So ist es beschlossen.«

»Aber …«, begann Tahlon und stand auf.

Die Kurierkugel schwebte bereits zum Transferitor zurück. »Die Verbindung bleibt eine Minute bestehen«, ertönte es von ihr, und dann flog sie durch die Membran.

Tahlon wechselte einen verblüfften Blick mit Ranidi.

»Ihnen bleibt keine Wahl«, sagte sein Assistent. »Ich kümmere mich um alles.«

Akir Tahlon ging mit langen Schritten zum Transferitor. »Versuchen Sie herauszufinden, was es mit Fouracre auf sich hat. Ich kehre so schnell wie möglich zurück.«

»Ja, Präfekt.«

Tahlon holte tief Luft, starrte auf die Transitmembran und fragte sich, ob dies eine Falle war. Dann gab er sich einen Ruck und trat hindurch.

51

Leichte Übelkeit erfasste Tahlon, als er sich in einem großen Raum mit Decke und Wänden aus Glas wiederfand. Ein Neutralisierungsfeld dämpfte auch hier die Funktion seiner Erweiterungen; andernfalls hätte ihn neuronale Stimulation vor dem kurzen Schwindel bewahrt, den der plötzliche Ortswechsel bewirkte. Ein langer, ovaler Tisch stand vor ihm, und daran saßen neunundvierzig Direktoren – es war noch kein Nachfolger für El'Kalentar bestimmt worden. Am oberen Ende des Tisches standen zwei Unsterbliche: El'Farah, Repräsentantin der Innovatoren unter den Erlauchten, und El'Coradi, Wortführer der Traditionalisten. Zwischen diesen beiden Gruppen fanden subtile Machtkämpfe statt, wie Tahlon inzwischen wusste, doch als sie jetzt nebeneinander standen, schien sie etwas zu vereinen – gemeinsamer Groll auf den Präfekten?

»Es freut mich, dass Sie unsere Einladung angenommen haben, Tahlon«, sagte El'Farah und verzichtete erneut auf den Titel.

»Mir blieb kaum etwas anders übrig.«

»Bitte nehmen Sie Platz.«

Eine kleine Plattform schwebte herbei, angetrieben von einem Gravitationsmotor, darauf ein Sessel weiß wie Schnee. Tahlon vertraute sich ihm an, und die Plattform trug ihn langsam um den Tisch herum, vorbei an den Direktoren, die Gelegenheit bekamen, ihn aus der Nähe zu sehen. Tahlon stellte fest, dass sich weniger Avatare unter ihnen befanden als bei der Versammlung auf Hadadd. Das Direktoriat war versammelt, doch etwas schien zu fehlen.

Glitzerndes Licht lenkte Tahlon ab, und er sah nach draußen, während die Plattform den Tisch umrundete. Der Kristallwald von Cartaya erstreckte sich zwischen den silbernen Stahlglastürmen des Administrativen Domizils von Taschka, das wie jetzt als Tagungsort für die Direktoren diente und Residenzen für Erlauchte zur Verfügung stellte, die über kein eigenes Domizil auf Taschka verfügten und nur zu Besuch auf dem Planeten weilten.

Tahlons Blick kehrte zum Tisch zurück, und Ehrfurcht erfasste ihn. Er fragte sich kurz, ob dieses Gefühl von Emotionsstimulatoren geschaffen wurde oder aber eine natürliche Reaktion auf die Präsenz so vieler jahrtausendealter Unsterblicher war.

Die Plattform verharrte einige Meter von El'Farah und El'Coradi entfernt am Tisch. »Warum haben Sie mich hierher zitiert?«, fragte Tahlon und staunte selbst über den scharfen Klang in seiner Stimme.

Mehrere Direktoren flüsterten miteinander, und einer, der nicht weit entfernt saß, brummte: »Unerhört.«

»Wir haben Sie hierher bestellt, weil wir unzufrieden mit Ihnen sind, Tahlon«, sagte El'Farah. Der neben ihr stehende El'Coradi – wie auf Hadadd trug er ein violettes Gewand, und sein langes weißes Haar war zu einem Zopf geflochten – war eigentlich größer als sie, aber mit dem Turm ihres roten und orangefarbenen Haars überragte sie ihn.

»Sie vernachlässigen Ihre Pflichten, Tahlon«, fügte El'Farah streng hinzu.

Für einen Moment hatte Akir Tahlon das Gefühl, ein sorgfältig inszeniertes Bühnenstück zu erleben, mit Schauspielern, die ihre Rollen perfekt einstudiert hatten. Aber dann wurde ihm klar: Er selbst stand mit auf der Bühne und spielte eine Hauptrolle.

Einer der wenigen am Tisch sitzenden Avatare sagte: »Das Direktoriat hat Sie zum Chefermittler ernannt und beauftragt, den Mörder Seiner Exzellenz El'Kalentar zu finden. Aber wie wir erfahren haben, suchen Sie gar nicht mehr nach ihm, sondern beschäftigten sich mit ganz anderen Angelegenheiten.«

»Sie verletzen die Privatsphäre des Ermordeten«, ließ sich ein anderer Direktor vernehmen.

»Sie missbrauchen Ihre Privilegien als Präfekt und Erster Hochkommissar.«

Tahlon sah sich erneut in dem Raum um, und plötzlich begriff er, was fehlte. Es war keine Magisterdrohne zugegen.

»Wissen die Magister von dieser Versammlung?«, fragte er.

Mehrere der Direktoren am Tisch wechselten Blicke.

»Ihre Respektlosigkeit erstaunt mich«, sagte El'Farah in die Stille, und in ihrem Gesicht erschien so etwas wie Sorge. »Vielleicht hat sich bei Ihrer Rekonversion ein Fehler eingeschlichen. Möglicherweise wurde das Trauma Ihres Todes nicht vollständig beseitigt. Leiden Sie vielleicht an Alpträumen, Präfekt?«

Tahlon glaubte, das Klirren eines Kronleuchters zu hören, der sich in einem staubigen Saal von der Decke löste und krachend auf dem Boden zerbarst.

»Wenn der Präfekt krank ist, muss er durch jemanden ersetzt werden …«, ertönte es am Tisch.

»Ein Fehler bei der Rekonversion ... Geistige Instabilität ...«

»Er braucht Hilfe ...«

»Wir sollten ihn von seinen Aufgaben entbinden und der Obhut unserer besten Psychonauten übergeben ...«

Das Klirren und Krachen verschwand in einem weißen mentalen Rauschen, das Ruhe brachte. Tahlon begriff, dass in diesem Raum ein anderer Leuchter mit hundert kristallenen Kerzen zu Boden gefallen war, und auch hier bestand seine Aufgabe darin, die Splitter zusammenzufügen.

»Es geht mir gut«, sagte er und erkannte die Worte, kaum waren sie ausgesprochen, als Lüge. Es ging ihm nicht gut, schon seit einer ganzen Weile nicht mehr. Der Schatten des Todes verfolgte und lockte ihn. »Wenn ich respektlos gewesen sein sollte, so entschuldige ich mich dafür. Aber ich weise in aller Entschiedenheit den Vorwurf zurück, meine Pflichten zu vernachlässigen. Ich ...«

»Haben Sie in den letzten Tagen Ihre Bemühungen darauf konzentriert, den Mörder Esebian zu lokalisieren und in Gewahrsam zu nehmen, damit er seiner gerechten Strafe zugeführt werden kann?«

»Ich ...«

»Ja oder nein?«

»Nein, ich ...«

»Haben Sie sich Zugang zu den Datenbanken des ermordeten El'Kalentar verschafft, obwohl ich Sie nachdrücklich auf die geschützte Privatsphäre eines Erlauchten hingewiesen habe?«, fragte El'Farah kühl. Die Temperatur in dem großen Raum schien um einige Grad zu sinken.

»Ja, aber ...

»Sie missbrauchen Ihre Privilegien als Präfekt, um Ihre persönliche Neugier zu befriedigen«, sagte El'Coradi, und seine Stimme klang noch eisiger als die El'Farahs.

»Ich …«

»Das Direktoriat fordert Sie ausdrücklich auf, sich auf Ihre eigentliche Aufgabe zu besinnen. Sie …«

Zorn fegte die Ehrfurcht vor den Unsterblichen weg. »Bekomme ich Gelegenheit, mich zu rechtfertigen?«, entfuhr es Tahlon. »Oder haben Sie Ihr Urteil bereits gefällt? Ist das vielleicht der Grund, warum keine Magisterdrohnen zugegen sind?«

Wieder wechselten einige Erlauchte stumme Blicke.

»Sprechen Sie«, sagte der achtzig oder neunzig Scheinjahre alte El'Coradi. Es klang noch immer sehr unterkühlt und fast wie eine Warnung.

Draußen zogen dunkle Wolken heran, und das Glitzern des Kristallwalds von Cartaya verschwand in ihren Schatten. In den Stahlglastürmen des Administrativen Domizils gingen einige Lichter an.

»Wir warten«, sagte El'Coradi ungeduldig.

Akir Tahlon, seit vielen Jahrzehnten in den Diensten der Einundzwanzig Hohen Welten und ihrer Unsterblichen, hielt an seinem Zorn fest, um kein Unterlegenheitsgefühl aufkommen zu lassen. Er fühlte die Blicke aller Direktoren auf sich ruhen, als er sagte: »Es geht um mehr als den Tod Seiner Exzellenz El'Kalentar. Seine Ermordung ist Teil einer weitaus größeren Intrige, und deshalb bin ich hierher nach Taschka gekommen: um herauszufinden, *warum* El'Kalentar sterben musste. Wir kennen den Mörder, nicht aber den Grund für seine Tat.«

»Könnte Ihnen der Mörder nicht sagen, warum er El'Kalentar umgebracht hat?«, fragte jemand.

»Ich bezweifle, dass er die Hintergründe kennt«, sagte Tahlon. »Er hat einen Auftrag erhalten, und diesen Auftrag führte er durch, als jemand, der in der Illegalität des Netzwerks namens Aurora Karriere gemacht hat.«

»Das ist ein weiterer Punkt«, warf El'Farah ein. »Sie hätten Ihre Informationen längst für einen entscheidenden Schlag gegen das Netzwerk nutzen können. Von dieser Möglichkeit haben Sie keinen Gebrauch gemacht. Eine weitere Vernachlässigung Ihrer Pflicht.«

Draußen erstrahlten noch mehr Lichter in den Glasstahltürmen. Im Versammlungssaal verdichteten sich die Schatten – und ergriffen für Sekundenbruchteile die Flucht, als Blitze aus den dunklen Wolken zuckten. Donner drang gedämpft durch die breiten, hohen Fenster.

»Das Netzwerk spielt in diesem Zusammenhang eine untergeordnete Rolle«, sagte Tahlon klar und deutlich. Der Zorn in ihm löste sich auf, und Ruhe nahm seinen Platz ein, als er seinem inneren Wesen gerecht wurde und wieder Synchronizität herrschte zwischen dem, was er war und was er sich wünschte, und seinem Handeln. Verbrechen mussten aufgeklärt und bestraft werden, wer auch immer sie beging. Nur dadurch ließ sich Ordnung in das Chaos einer Welt bringen, die immer wieder versuchte, sich der Kontrolle durch Regeln zu entziehen. »Alles deutet darauf hin, dass Esebian von einem Erlauchten beauftragt wurde, Seine Exzellenz El'Kalentar umzubringen. Vielleicht stammt der Auftrag sogar von einem Mitglied dieses ehrenwerten Gremiums.«

Stimmen murmelten, überrascht und auch protestierend.

»Der betreffende Erlauchte hat anschließend versucht, Esebian zu eliminieren, was ihm allerdings nicht gelang. Vielleicht wollte er ihn töten, um einen Mitwisser zum Schweigen zu bringen oder um die einzige Spur zu beseitigen, die zu ihm führt. Diesen Punkt werde ich klären, sobald ich Esebian verhaftet habe.«

»Hört, hört«, erklang es weiter hinten am Tisch.

»Es freut mich, dass Sie tatsächlich die Absicht haben, etwas gegen Esebian zu unternehmen«, sagte El'Farah. »Er …«

»Ich bin noch nicht fertig, Exzellenz.« Tahlon ignorierte das verblüffte und teilweise auch entrüstete Flüstern am Tisch. »Auf dem Weg nach Gevedon habe ich in einem Transittunnel beobachtet, wie ein Schwarm aus Biomechs einen Seeder der Magister entführte«, sagte er.

Plötzlich war es völlig still im Saal. Draußen flackerte ein weiterer Blitz aus den dunklen Wolken über Cartaya, fast sofort gefolgt vom Grollen des Donners.

»Es gelang uns, einen der Biomechs einzufangen und genau zu untersuchen«, fuhr Talon fort. »Er stammt von diesem Planeten, von Taschka. Aus den hiesigen, von El'Kalentar verwalteten Produktionsanlagen.«

Er beobachtete, wie die Direktoren, insbesondere El'Farah und El'Coradi, auf seine Worte reagierten, aber ihre Gesichter blieben unbewegt, ebenso wie die der meisten anderen. Nur hier und dort zeigte sich Überraschung, doch Tahlon wusste nicht, ob sie dieser Enthüllung galt oder vielmehr dem Umstand, dass er, der Präfekt, davon erfahren hatte.

»Das ist noch nicht alles«, fuhr er fort, und in der Stille klangen seine Worte besonders laut. »In dem Transittunnel stießen wir auf eine Anomalie, auf etwas, das wie ein *Käfer* in der

Tunnelwand aussah. Davon ging eine destabilisierende Wirkung aus, die sowohl den Transittunnel selbst als auch die Kommunikation der Magister betraf.« Erneut wanderte sein Blick am Tisch entlang. »Das bedeutet: Der Kollaps der Filigrane, der nicht nur die Infrastruktur des Direktoriats bedroht, sondern uns auch Angriffe eines Gegners beschert hat, von dem manche meinen, es könnten Vorboten der Incera sein ... Hinter diesem Kollaps steckt *Absicht.*«

Tahlon wartete zwei oder drei Sekunden, aber die Stille dauerte an. Selbst El'Farah schwieg. Er fragte sich, was ihr und den anderen Direktoren durch den Kopf ging.

»In El'Kalentars Datenbanken haben wir zahlreiche Pläne gefunden, die die Zukunft des Direktoriats betreffen. Alle diese Pläne haben zwei Punkte gemeinsam. Erstens: Sie beziehen sich auf Szenarien, in denen die Magister keine Rolle mehr spielen. Und zweitens: Sie scheinen mit einem geheimen Projekt in Verbindung zu stehen, das den Namen ›Fouracre‹ trägt. Kann mir jemand von Ihnen sagen, was es damit auf sich hat?«

Ein besonders naher und heller Blitz verscheuchte die Schatten aus dem Raum und verwandelte die Gesichter der Unsterblichen in Fratzen. El'Farah und El'Coradi wechselten einen Blick.

»Haben Sie ... Ihre Informationen an die Magister weitergegeben?«, fragte El'Coradi mit kühler Ruhe.

Für einen Moment glaubte Tahlon in der Frage eine unterschwellige Drohung zu vernehmen.

Als er darüber nachdachte, kam er sich plötzlich so dumm und naiv vor wie damals vor mehr als zweieinhalb Jahrhunderten, als er noch nicht zum Kandidaten geworden war. So unglaublich und empörend die Ermordung eines Unsterblichen, noch dazu des Direktoriatsvorsitzenden, auch gewesen sein mochte – neben der Entführung von insgesamt neun Seedern und der absichtlichen Destabilisierung der Filigrane verblasste sie fast zu Bedeutungslosigkeit. Wenn dies alles irgendwie zusammengehörte – und Tahlon glaubte nicht an voneinander unabhängige Zufälle in dieser Größenordnung –, wenn »Fouracre« die Verbindung darstellte ... Wie viel war dann das Leben eines Sterblichen wert, der auf ein Projekt von solcher Tragweite gestoßen war, auf ein Projekt, das *geheim* bleiben musste? El'Farahs Worte fielen ihm ein: *Sie ahnen nicht, worauf Sie sich eingelassen haben.* Das Gespräch mit ihr hatte er aufgezeichnet, um sich abzusichern und in der Lage zu sein, seine Entscheidungen vor dem Direktoriat zu rechtfertigen. Aber er hatte bisher nicht daran gedacht, dass vielleicht alle Direktoren in diese Sache verwickelt waren. Was, wenn sie hier und jetzt beschlossen, ihn als lästigen Störfaktor zu beseitigen?

Tahlon saß noch immer im Sessel auf der schwebenden Plattform, aber er hatte plötzlich das Gefühl zu fallen. Dass er nicht auf seine Erweiterungen zurückgreifen konnte, machte alles noch schlimmer, denn ohne sie war er nicht imstande, seine unwillkürlichen Reaktionen zu kontrollieren. Zweifellos wussten die Unsterblichen – Personen mit einer Jahrtausende umfassenden Lebenserfahrung – die gar nicht so subtile Mimik und Körpersprache zu deuten, und ihre Botschaft lautete: Er war zutiefst erschrocken. Würden es diese Männer und Frauen wagen, sich über alle Gesetze von Moral und Ethik – von den Regeln der Magister ganz zu schweigen – hinwegzusetzen und das Leben ihres Präfekten auszulöschen?

Wie auch immer die Antwort auf diese Frage lautete, Tahlon bekam sie nicht sofort. Die Tür öffnete sich, und ein Sterblicher betrat den Versammlungssaal, ohne von den Erlauchten gerufen worden zu sein. Allein das war erstaunlich genug.

Tahlon atmete erleichtert auf, als er seinen Assistenten erkannte.

»Ich bitte um Verzeihung«, sagte Ranidi und eilte am Tisch entlang zur schwebenden Plattform mit dem Sessel. Die Blicke der Unsterblichen folgten ihm. »Ich bringe eine dringende Nachricht für den Präfekten.«

Wieder flackerte ein Blitz aus den dunklen Wolken über Cartaya, und sein Licht verwandelte das Innere des großen Raums für einen Sekundenbruchteil in ein schwarzweißes Tableau, das alle Unsterblichen wie Greise erscheinen ließ.

Die Plattform sank dem Boden entgegen; Ranidi kam die kurze Treppe herauf und reichte Tahlon eine kleine Datenkarte. Der Präfekt nahm sie entgegen und stellte erstaunt fest, dass sie nicht nur eine Nachricht für ihn enthielt, sondern auch eine quantenverschränkte Verbindung, die keinen fernen Ort betraf, sondern Agreda, die größte Stadt auf Taschka, und genauer: das dortige Magisterzentrum. Als Tahlon von den Anzeigen aufsah, begegnete er Ranidis Blick, und darin lag eine weitere Botschaft. *Falls Sie hier in Schwierigkeiten geraten.*

»Danke«, sagte er, mit etwas mehr Nachdruck als sonst. Ranidi, der immer an alles dachte, hatte auch dies berücksichtigt: dass der Präfekt vielleicht in eine Situation geriet, die Hilfe von höchster Stelle erforderte, von den Magistern. Und quantenverschränkte Verbindungen ließen sich nicht abschirmen, nicht einmal mit der hier präsenten Erlauchten-Technik.

»Wenn Sie die dringende Nachricht übergeben haben, so verlassen Sie bitte den Raum«, sagte El'Coradi eisig. »Dies ist eine Tagung des Direktoriats.«

Ranidi nickte dem Präfekten kurz zu, ging zur Tür und verließ den Versammlungssaal.

»Nun?«, fragte El'Farah. »Sie haben die Fragen des Vorsitzenden noch nicht beantwortet, Tahlon.«

Akir Tahlon starrte auf den Text, den ihm die Karte zeigte, und aktivierte dann die q-verschränkte Verbindung. Vor den beiden Unsterblichen entstand ein Displayfeld.

»Was hat das zu bedeuten?«, fragte El'Coradi scharf.

Tahlon räusperte sich. »Ich berufe mich hiermit auf Paragraph vier, Absatz eins des Traktats und ...«

»Notstand im Direktoriat?«, fragte El'Farah. »So ein Unsinn! Wir ...«

»... und halte es für erforderlich, die Magister an dieser Sitzung zu beteiligen. Zu diesem Zweck habe ich gerade eine Verbindung mit dem Magisterzentrum in Agreda hergestellt und alle bisherigen Ermittlungsergebnisse übermittelt. Die Ermordung Seiner Exzellenz El'Kalentar steht offenbar in Zusammenhang mit einem Geheimprojekt, das das Machtgleichgewicht und die Sicherheit des Direktoriats bedroht. Oder sollte ich besser sagen: El'Kalentars *angebliche* Ermordung?«

»Was soll das heißen?«, fragte einer der anderen Direktoren.

Tahlon hob die Datenkarte. »Meinen Mitarbeitern ist es gelungen, die Biosignatur zu identifizieren, die wir auf Gevedon gefunden haben. Sie betrifft die Person, die das Netzwerkmitglied Lukas und auch Esebian angegriffen hat. Die Signatur ist mit der El'Kalentars identisch.«

»Das ist doch absurd!«, ertönte es am Tisch.

»In diesem Zusammenhang erscheinen mir viele Dinge absurd«, sagte Tahlon. »Was sie aber nicht daran hindert, Teil der Realität eines geheimen Projekts zu sein, das …«

Das Indikatorlicht verschwand von der Karte, und gleichzeitig veränderten sich die Anzeigen des Displayfelds vor El'Farah und El'Coradi.

Die quantenverschränkte Verbindung mit Agreda bestand nicht mehr. Sie war vom Magisterzentrum unterbrochen worden.

El'Farah lächelte humorlos. »Mir scheint, die Magister sind nicht geneigt, sich Ihren Unsinn anzuhören.«

Tahlon starrte auf die Datenkarte und fühlte sich wie jemand, dessen Rettungsleine gerissen war. Die Quantenverschränkung zwischen den beiden Kommunikationspolen war aufgehoben; ein neuer Kontakt ließ sich nicht herstellen. Warum lassen mich die Magister im Stich?, dachte Akir Tahlon. Es war tatsächlich ein Kronleuchter von der Decke dieses Raums gefallen, noch größer als der im staubigen Saal, doch die auf dem Boden liegenden Splitter stammten nicht von den zerbrochenen kristallenen Kerzen. Es waren vielmehr die Fragmente seines dreihundert Jahre langen Lebens, so viele, dass er sie nicht in einer Nacht zusammensetzen konnte. Die Unterbrechung der q-verschränkten Verbindung nahm ihm die letzte Gewissheit, zerstörte die letzte Barriere vor dem Chaos der Willkür und des Unvorhersehbaren – es schien die Magister nicht zu kümmern, dass sich die Direktoren über ihre Regeln hinwegsetzten.

Tahlon hatte den Blick gesenkt, und als er ihn wieder hob, sah er die Erlauchten am ovalen Tisch miteinander sprechen.

Ihre Lippen bewegten sich, es funkelte in jahrtausendealten Augen, und manchmal veränderten sich auch die maskenhaft starren Gesichter. Doch er *hörte* nur das Grollen des Unwetters und sah das Flackern der Blitze über Cartaya. Ein Dämmfeld hielt die Stimmen der Unsterblichen von ihm fern, und er fragte sich, ob sie gerade seinen Tod beschlossen. Aber damit, dachte er dann, würden die Direktoren vermutlich zu weit gehen. Was auch immer die Magister dazu veranlasst hatte, seinen Versuch zu vereiteln, sie zu Zeugen dieser Versammlung zu machen – sie wussten jetzt Bescheid, und die Ermordung des Präfekten und Ersten Hochkommissars hätten sie sicher nicht einfach hingenommen.

Er merkte plötzlich, dass sich seine Hände fast krampfhaft fest um die Armlehnen des Sessels auf der schwebenden Plattform geschlossen hatten. Zu fürchten, von den Erlauchten – von den Exzellenzen des Direktoriats! – ermordet zu werden, war absolut grotesk. Einige wenige Sekunden lang gab er sich der wilden Hoffnung hin, dass er vielleicht schlief, an Bord der *Concordia* während einer Adaptation, oder dass er eine Nachbehandlung der Rekonversion erlebte, was dem Geist Gelegenheit gab, auf die Wanderschaft zu gehen. Aber dann erklang plötzlich El'Coradis Stimme.

»El'Kalentar ist tot«, sagte er. »Wir alle haben gesehen, wie er starb, wie er von *Ihnen* ermordet wurde.«

»Nein, ich …«, krächzte Tahlon.

»Wir wissen, dass eine Kopie von Ihnen die Tat beging«, fuhr der Unsterbliche mit dem grauweißen Zopf fort. »Und dass Esebians Bewusstsein in der Kopie steckte.«

»Wir haben gesehen, wie El'Kalentar starb«, ertönte es am Tisch.

»Wir haben den Zellbrand beobachtet, dem er zum Opfer fiel.«

»Es kann nicht der geringste Zweifel daran bestehen, dass der frühere Vorsitzende dieses ehrenwerten Gremiums nach einem über sechstausend Jahre langen Leben starb«, sagte El'Farah. Ihre Betonung war seltsam, und zuerst dachte Tahlon, dass es vielleicht an dem akustischen Dämmfeld lag. Aber nicht nur ihre Stimme hatte sich verändert – es herrschte eine andere Atmosphäre im Saal. Er versuchte noch, die Veränderung zu deuten, als El'Coradi fortfuhr:

»Sie haben uns über viele Jahrzehnte hinweg gute Dienste geleistet, Präfekt, und deshalb geben wir Ihnen eine letzte Chance, Ihre Fehler wiedergutzumachen und sich auf Ihre wahren Aufgaben zu besinnen. Sie werden sich von diesem Ort aus auf den Weg nach Lahor machen.«

»Lahor?«, wiederholte Tahlon verwirrt.

»Lahor im Chhor-System, nur vierundneunzig Lichtjahre von hier entfernt. Wie wir aus sicherer Quelle erfahren haben, befindet sich Esebian dort. Finden Sie El'Kalentars Mörder. Das ist Ihre Aufgabe. Dafür sind Sie zum Chefermittler ernannt worden.«

Und El'Farah sagte: »So ist es beschlossen.«

Was ist mit Fouracre?, wollte Tahlon fragen, aber sein Mund blieb geschlossen. Was ist mit den neun entführten Seedern der Magister und der Instabilität der Filigrane? Was geht hier vor?

Aber die Fragen blieben ihm im Hals stecken, zusammen mit einem Kloß so dick, dass ihm das Atmen schwerfiel.

»So ist es beschlossen«, wiederholten die Direktoren. Nacheinander aktivierten sie persönliche Noder und verschwanden, die Avatare unter ihnen zuerst. Schließlich blieben nur noch El'Farah und El'Coradi übrig. Eigentlich waren sie Rivalen, aber hier, in diesem Raum, wirkten sie wie Verbündete bei einer Sache, von der Tahlon bis auf einen Namen kaum etwas wusste.

»Was ist Fouracre?«, brachte er schließlich hervor, als El'Farah die Plattform landen ließ.

Sie trat auf ihn zu, während El'Coradi am Tisch stehen blieb. »Fügen Sie sich, Tahlon«, sagte sie leise. »Hören Sie auf, sich in Dinge einzumischen, die Sie nichts angehen. Finden Sie den Mörder eines Unsterblichen. Das ist Ihre Aufgabe. Fünftausend Meriten, Tahlon. Der Lohn ist die Unsterblichkeit. Versuchen Sie *nicht*, uns herauszufordern. Sie würden es bitter bereuen, glauben Sie mir.«

Sie winkte, und neben ihr erschien die Transitmembran eines Transferitors. »Eine direkte Verbindung zur *Concordia*, Präfekt. Machen Sie sich sofort auf den Weg nach Lahor.«

Fouracre, dachte Tahlon, aber es blieb bei dem Gedanken. Mit einem letzten Blick in die kalten, dreitausend Jahre alten Augen der Unsterblichen trat er durch die Membran.

Es brennt in mir,
Ein Feuer heiß,
Was bleibt dann hier,
Außer Asche? Vielleicht ein Schrei,
Von dem niemand weiß.

VERSCHLUNGENE PFADE

52

Dies ist nicht mehr als ein Moment, aber er genügt, um die Flamme des Lebens brennen zu lassen. Über dem langen Tisch leuchtet sie, mit blauem Kern und gelber Aura, ruhig wie der Strom der Zeit, der außerhalb dieses Raums von der Vergangenheit zur Zukunft fließt. Ihr Licht fällt nur auf die Personen, die an diesem Ende des Tisches sitzen, berührt kaum die anderen weiter hinten, die immer mehr zu Schatten und Schemen werden und sich zusammen mit dem Rest des Tisches in der Dunkelheit verlieren.

Esebians taube Finger rutschten im Labyrinth von Lahor an dem Vorsprung ab, und er wusste, dass ihn nur noch zwei oder drei Sekunden von einem tödlichen Aufprall in der Tiefe trennten.

Gleichzeitig steht er hier an diesem Ort, der sich in einem Moment erstreckt, hier in diesem Raum, den niemand von ihnen verlassen kann: Stahlblenden bedecken Fenster und Türen, und es gibt nicht einen unter ihnen, der das Werkzeug hat, sie zu entfernen. Caleb sitzt dort, mit düs-

terem, grimmigem Gesicht, die Hände auf dem Tisch zu Fäusten geballt, und in seinen Augen brennt ein anderes Feuer, als er sagt: »Es ist deine Schuld, Esebian. Ich möchte, dass du das weißt. Denk daran, wenn du in den Tod stürzt und uns alle mitnimmst. Es ist deine Schuld. Du und deine Dummheit, ihr habt uns die Unsterblichkeit genommen.«

Esebian schluckt und will sprechen, aber er bringt keinen Ton hervor.

»Vielleicht«, sagen Gunder und Dorotheri, und ihre Lippen bewegen sich synchron, »war es uns so bestimmt.«

»Philosophischer Unsinn«, knurrt Caleb. »Er hätte mich die Kontrolle übernehmen lassen sollen. Dann wäre es nicht so weit gekommen.«

Die anderen sprechen ebenfalls, und ihre Stimmen werden zu dem unverständlichen Flüstern, das Esebian oft in sich gehört hat. Und während sie sprechen und leise streiten, verändern sie sich. Gunder und Dorotheri, die sich immer sehr ähnelten, verschmelzen miteinander, ebenso andere Subidentitäten mit geringen Unterschieden. Als die Personen seines Lebens, deren Gedanken und Gefühle sich in ähnlichen Bahnen bewegen, eins geworden sind, rücken die anderen vom dunklen Ende des Tisches nach. Ein Knistern liegt in der Luft, und die Lebensflamme brennt etwas heller, als sich die Verschmelzung bei jenen fortsetzt, zwischen denen es größere Unterschiede gibt. Der misstrauische Kyrill, der eben noch neben Caleb saß, verschwindet in ihm, gefolgt vom Techniker Yrthmo. Evan Ten-Ten beugt sich zu Talanna, und sie nimmt ihn auf. Kossen und Belken, Orizabal, Gacusan, Conelly, Dhosane, Forbisch, Biewald, Dotras und die anderen, deren Namen er fast vergessen hat, weil sie nur zwei oder drei Jahre seines Lebens beansprucht haben, oder noch weniger – sie erscheinen kurz, als wollten sie Esebian ein letztes Mal grüßen und sich von ihm verabschieden. Schließlich sitzen nur noch der wütende Caleb da, nach wie vor mit geballten Fäusten, und Talanna, die damals, wie sich Esebian erinnert, ein Experiment gewesen ist: eine letzte grundlegende biostrukturelle Veränderung, bevor die nächsten Etappen des Weges zur Unsterblichkeit so etwas unmöglich machten. Er erinnert sich daran, als Talanna damals mit dem Gedanken gespielt hatte, ein Kind zu bekommen und direkt, am eigenen Leib, zu erfahren, was es bedeutet, Mutter zu sein. Eine Mutter wie Ayanne.

»Es ist so weit«, sagt Talanna und steht auf. Sie trägt ein lapislazuliblaues Gewand, und bei ihren Bewegungen knistert es wie vorher bei den Verschmelzungen der anderen Personen. »Früher oder später musste es dazu kommen.«

»Wozu?«, bringt Esebian hervor.

Sie tritt auf ihn zu, so nahe, dass sie mit dem Zeigefinger seinen Mund berühren kann. Der Kontakt vermittelt einen Eindruck von Wehmut.

»Reife, Esebian.«

Am Tisch schnaubt Caleb: »Reife im Moment des Todes? Wer kann damit etwas anfangen?«

»Die Zeit ist relativ«, sagt Talanna, und ihr Blick bleibt dabei auf Esebian gerichtet. »Ihre Dauer hängt von der subjektiven Wahrnehmung ab. Reife, Esebian«, wiederholt sie. »Du siehst uns nicht mehr als von dir getrennt und bist endlich bereit, uns als Teil von dir zu akzeptieren. Als Esebian bist du vor uns weggelaufen. Du wolltest kein Mörder mehr sein.«

»Was?«, krächzt Esebian und beobachtet die Lebensflamme über dem Tisch. Sie beginnt zu flackern, und das hat etwas zu bedeuten.

»Nur wir sind übrig, Caleb und ich, die beiden Aspekte deines Lebens, die den größten Kontrast aufweisen. Und wenn wir beide ebenfalls verschwinden … Dann bist du zum ersten Mal ganz du selbst.«

»Was soll dies alles?«, fragt Esebian hilflos. »Ich verstehe nicht …«

Aber dann versteht er doch, zumindest einen Teil, ein winziges Bruchstück von dem, was hier nach fünfundzwanzig Jahrzehnten Leben an Erkenntnis auf ihn wartet, und während die Flamme des Lebens stärker flackert und Schatten über die Wände huschen lässt, macht er einige taumelnde Schritte nach vorn. »Hilf mir!«

Caleb starrt ihn an. »Jetzt willst du meine Hilfe?«

Der Moment, bis zum Zerreißen in der Zeit gedehnt, geht zu Ende. »Ich brauche deine Hilfe. Es ist noch nicht vorbei …«

Die Flamme – sie flackert ein letztes Mal und erlischt. Aber trotz der Stahlblenden vor Fenstern und Türen wird es nicht völlig dunkel. Ein Licht bleibt, und es stammt von einer Lampe.

Das Licht blendete, als Esebian die Lider hob; er wollte sich mit der linken Hand die Augen abschirmen. Dann fiel ihm ein, dass der linke Arm eine Prothese war, und die generelle Schwäche machte ihn so schwer, dass er sich nicht bewegen ließ. Die Konverterzellen, erinnerte er sich. Entladen.

»Er kommt zu sich, Vater«, erklang die Stimme einer Frau.

Das Licht glitt zur Seite, und Esebian öffnete die Augen. Er lag am Rand einer Höhle mit langen, terrassenartigen Vorsprüngen an geriffelten Wänden. Oben in der Decke zeigte sich eine dunkle Öffnung, und plötzlich erinnerte er sich an abrutschende Finger und einen Sturz in die Tiefe.

»Ich bin … gefallen.«

»Sie haben Glück gehabt«, sagte die Frau. »Sie sind auf Oskar gelandet. Ihr Begleiter war nicht so gut dran.«

»Oskar?«, brachte Esebian hervor und versuchte, sich aufzusetzen. Zwei Männerhände halfen ihm dabei, und vor ihm erschien ein bärtiges, faltiges Gesicht im Lampenschein.

»Unser Biomorph«, sagte der Mann. »Er hat Ihren Sturz abgefangen.« Er deutete zur Mitte der Höhle, zu einer Art Lager. Rucksäcke lagen dort, neben zwei geöffneten Frachtbehältern, die Ausrüstungsmaterial und Proviant enthielten. Davor bedeckte eine braune Masse wie ein dicker Teppich den Boden. Esebian beobachtete, wie sich vorn mehrere Augenstiele bildeten und auf ihn richteten.

»Als Sie auf ihn gefallen sind, ist er so erschrocken, dass er sich zusammengezogen hat«, ertönte wieder die Frauenstimme. »Dadurch war der Aufprall Ihres Begleiters nicht so weich. Er brach sich einige Knochen, die Oskar bereits geheilt hat. Allerdings …«

»Vielleicht ist er beim Sturz in eine lokale Anomalie geraten«, sagte der Bärtige respektvoll. »Das würde den Schock erklären. Aber seien Sie unbesorgt, Konsul – wenn wir den nächsten Konnektor erreichen, schicken wir Sie und Ihren Begleiter nach oben. Ich bin sicher, das Therapiezentrum, aus dem Sie kommen, kann den angerichteten Schaden beheben.«

Esebian sah an sich herab. Er trug noch immer den dünnen Therapieumhang und darunter die Biomaske, die ihm das Aussehen eines gewissen Isaac DelMeo gab. An einigen Stellen wirkte sie blasig und verschrumpelt.

»Wie sind Sie überhaupt hierhergekommen?«, fragte die junge Frau neugierig. Sie hielt die Lampe so, dass ihr Licht ihn nicht blendete, und er sah ihr Gesicht: oval, darin ein kleiner Mund, eine recht lange Nase und zwei zu große Augen, darüber eine fleckige Stirn und struppiges Haar. Keine Schönheit, aber der Glanz in den Augen verriet wache Intelligenz.

Esebian versuchte noch immer zu verstehen, was passiert war. »Wo ist … mein Begleiter?« Er drehte den Kopf, als die Frau zur Seite deutete.

Titus Magobb lag zwei Meter entfernt auf einer niedrigen Formspeicherliege und starrte zur Öffnung in der Decke.

»Er spricht nicht«, sagte die Frau. »Katatonie. Wenn er

wirklich Kontakt mit einer Anomalie hatte, kann auch *er* von Glück sagen.« Etwas leiser fügte sie hinzu: »Vielleicht hat er die Schreie gehört.«

»Schreie?«, wiederholte Esebian.

Der Bärtige zuckte die Schultern. »Einige Labyrinthforscher haben von sonderbaren Schreien berichtet, die sie in der Nähe der Konnektoren hörten. Schreie in ihren Köpfen. Vielleicht mentale Projektionen des Labyrinths. Möglicherweise Teil eines Abwehrsystems der Incera.«

»Sind Sie … Forscher?«, fragte Esebian.

»Oh, bitte entschuldigen Sie, Konsul. Wir haben uns noch gar nicht vorgestellt. Das ist meine Tochter Evergreen, und ich bin Thadeus Hilroy, Xeno-Technologe von Callipto beim Vorhang. Wir sind seit vier Jahren hier und haben es uns zur Aufgabe gesetzt, den Großen Synchronisator im Zentrum des Labyrinths als Erste zu entdecken, mit Oskars Spürnase.«

»Der Biomorph ist nicht nur unsere Krankenschwester für Notfälle, er verfügt auch über eine spezielle Bioprogrammierung«, fügte Evergreen hinzu. »Er erkennt Muster in den energetischen Strukturen des Labyrinths. Mit seiner Hilfe haben wir die toten Zonen identifiziert, die von Synchronisierungsversuchen verschont bleiben. Wir können also an sicheren Orten warten, bis wieder alles ruhig wird. Und Sie sind …«

»Green!«, zischte der Bärtige.

Esebian verstand. Man fragte einen hohen Kandidaten nicht nach dem Namen. Es erklärte auch den Respekt in der Stimme des Mannes. Dies waren gewöhnliche Sterbliche, noch immer auf der Suche nach einer Möglichkeit, sich genug Meriten für Aufstieg und Kandidatenstatus zu verdienen.

»Konsul Isaac DelMeo«, sagte er. »Der Mann dort …« Die

Idee war plötzlich da, und er nutzte den Moment. »Er ist ein gefährlicher Verbrecher. Mit einer Transitweiche hat er mich aus dem Therapiezentrum von Bonville entführt, vermutlich mit der Absicht, Meriten zu erpressen. Warum wir ausgerechnet hier gelandet sind, weiß ich nicht. Vielleicht warteten hier irgendwo Komplizen auf ihn; vielleicht wurde der Transferfokus von einer der hiesigen Anomalien abgelenkt.«

»Ein … Verbrecher?«, fragte die junge Evergreen – so jung wie Leandra, dachte Esebian –, und ihre Reaktion bestätigte seine Vermutung, dass Vater und Tochter nicht zu Aurora gehörten. Dies waren normale Meritensucher, die sich auf ein gefährliches Abenteuer eingelassen hatten, um Verdienste zu erwerben.

»Unerhört«, murmelte Thadeus. »Unerhört.«

»Er hat mir zwei Gegenstände gestohlen«, fügte Esebian hinzu. »Ein grauschwarzes Kästchen, ein Artefakt aus diesem Labyrinth, und ein Kombiwerkzeug für …«

»Was haben Sie da am Nacken?«, fragte Evergreen neugierig, als Esebian den Kopf drehte und zu Titus Magobb sah.

»Green …«, mahnte ihr Vater.

Aus einem Reflex heraus hob Esebian die linke Hand, achtete aber darauf, das kleine Gerät an seinem Nacken nicht zu berühren. »Das ist ein Neuroprozessor, mit dem ich … meine Erweiterungen steuern kann. Der Verbrecher hat mir auch das Kombiwerkwerkzeug abgenommen, das den Prozessor programmiert.«

»Green«, schnaufte Thadeus, »geh und hol dem Konsul, was ihm gehört.«

»Ja, Vater.« Die junge Frau mit dem struppigen Haar wandte sich ab und eilte zur Formspeicherliege.

»Wenn wir diese tote Zone verlassen, setze ich mich mit den anderen in Verbindung und berichte ihnen davon. Dann können wir dafür sorgen, dass überall nach den Komplizen des Verbrechers Ausschau gehalten wird.«

Esebian beugte sich ein wenig vor; die Kraft kehrte viel zu langsam zurück. Er musste unbedingt seine Erweiterungen aktivieren, und dafür brauchte er das Kombiwerkzeug. »Die anderen?«, fragte er und versuchte, sich seine plötzliche Unruhe nicht anmerken zu lassen. Sie betraf nicht nur Aurora, sondern vor allem den Erlauchten, dem er hatte übergeben werden sollen. Welche Ressourcen standen Tirrhel hier auf Lahor für die Suche nach ihm zur Verfügung? Gab es für ihn Mittel und Wege, ihn auch im Labyrinth ausfindig zu machen?

»Wir gehören zu einer Magistergruppe, Konsul«, erklärte der Bärtige. »Evergreen und ich hätten uns die teure Ausrüstung nicht leisten können. Und wahrscheinlich hätten wir beide allein auch gar nicht die Genehmigung erhalten, das Labyrinth zu erforschen. Wir suchen im Auftrag der Magister nach dem Großen Synchronisator und …«

Thadeus unterbrach sich, als ein schrilles Zirpen vom Biomorph kam, der sich aufgerichtet hatte. Fast im gleichen Augenblick trat eine Gestalt aus einer mehrere Meter entfernten dunklen Tunnelöffnung: ein Grauer, wie Thadeus und seine Tochter in einen Overall mit zahlreichen Taschen und Werkzeugschlaufen gekleidet. Das bleiche, faltige Gesicht blieb seltsam ausdruckslos, als der Graue sagte: »Der Aktivitätsbereich dehnt sich hierher aus.«

»Alarm!«, rief der Biomorph mit quiekender Stimme. »Gefahr ich wittere! Veränderungen unterwegs hierher!«

Vater und Tochter stoben durch die Höhle, und der Graue

war kaum langsamer. Esebian beobachtete, wie sie Ausrüstungsmaterial einsammelten und es zusammen mit den Rucksäcken an Bord von zwei Variform-Schwebern verstauten, die der Expeditionsgruppe vermutlich von den Magistern zur Verfügung gestellt worden waren, denn der Erwerb solcher Fahrzeuge hätte viele Meriten gekostet. Auch die molekulare Kompression, mit der die beiden Frachtbehälter ihr Volumen verkleinerten, deutete auf den Einsatz von Magistertechnik hin. Während die beiden Menschen und der Graue rege Aktivität entfalteten, knackte und knirschte es in den Wänden. Dünne Risse wurden länger, und glatte Flächen bekamen dünne Ritzen. Sie verloren ihre Homogenität und erweckten plötzlich den Eindruck, aus Tausenden von einzelnen Teilen zu bestehen, die sich zuvor wie ein dreidimensionales Puzzle zusammengefügt hatten und nun auseinanderstrebten, um eine neue Struktur zu bilden – es sah auf gespenstische Weise nach einem Lebendigwerden der Höhle aus. Während sich die zahllosen Komponenten gegeneinander verschoben und dabei manchmal miteinander verschmolzen, dehnten sich Ritzen zu breiten Spalten aus, die Blicke in andere Höhlen und dunkle Tunnel gewährten. Aus einigen von ihnen kam ein vages, geisterhaftes Leuchten, von dem Esebian wusste, dass es temporale Anomalien ankündigte.

Er atmete tief durch, stemmte sich hoch und wankte zu der Liege, auf der noch immer Titus Magobb ruhte und zur Decke starrte, in der sich die Öffnung schloss, durch die sie beide gefallen waren. Als er ihn erreichte, stand Evergreen plötzlich auf der anderen Seite und schob die Arme unter den Reglosen. »Können Sie mir helfen?«

»Wo sind die Gegenstände, die er mir gestohlen hat?«

»Ich habe sie in meinem Schweber liegen lassen«, sagte die junge Frau. »Können Sie mir helfen, ihn an Bord zu bringen?« Sie meinte ganz offensichtlich den Mann auf der Liege.

Esebian fasste mit an, und gemeinsam trugen sie Titus Magobb, den Verräter, zu einem der beiden Schweber, während das Knistern und Knacken um sie herum lauter wurde. Im Laderaum hinter der kleinen Pilotenkanzel herrschte ein Durcheinander aus Kisten, Taschen und ungeordnetem Ausrüstungsmaterial. Esebian musste feststellen, dass einige wenige Blicke nicht genügten, um darin die beiden Objekte zu finden, die er benötigte. Evergreen betätigte einen lokalen Formspeicher, und eine Art Liegesessel wuchs aus der Wand. Sie legten Magobb hinein, und Gurte schlangen sich um ihn.

»Wir müssen los, Green!«, rief Thadeus, und Esebian glaubte das Summen eines Gravitationsmotors zu hören.

»Aber die anderen Sachen! Unsere Aufzeichnungen …«

»Lass sie liegen!«

Doch Evergreen wollte sie nicht liegen lassen. Sie sprang nach draußen und lief zu den Gegenständen, die in der Mitte der Höhle zurückgeblieben waren, unter einer mobilen Lampe. Esebian spähte durch die Luke des Schwebers, um sich zu vergewissern, dass die junge Frau fort war und er mit einer Suche im Laderaum beginnen konnte. Er sah direkt in die Augen eines heranstapfendes Ungetüms, das mehrere Waffen auf ihn richtete und schoss.

53

Instinktiv kniff Esebian die Augen zu und rechnete damit, von einer tödlichen Entladung getroffen zu werden, doch er nahm nur ein die Lider durchdringendes Flackern wahr, und nach zwei oder drei Sekunden wagte er, die Augen wieder zu öffnen. Das Ungetüm – eine graue Silhouette in farbloser Düsternis, mit einem breiten Rumpf auf grotesk dünnen, nach vorn sich abwinkelnden Beinen, der Hals kurz, darauf ein Kopf, der sich vorn verjüngte, die Augen starr und groß, in den dürren Händen mehrere klobige Gegenstände, die Feuer und Projektile spuckten – stapfte lautlos am Schweber vorbei. Offenbar verfolgte es jemanden: einen Humanoiden, gekleidet in einen silbernen Tarnanzug, der ständig seine Muster veränderte und versuchte, sich einer Umgebung anzupassen, die in den grauen Schwaden von Zeitwellen und temporalen Verzerrungen verborgen blieb. Ein Blitz traf den Fliehenden, der Tarnanzug gleißte, und die eine Hälfte des Humanoiden verwandelte sich in schwarze Asche. Die andere kippte, fiel und … verschwand, ebenso wie der Verfolger.

Esebian starrte und fragte sich, ob er gerade einen Incera gesehen hatte – und wer von den beiden Geschöpfen der Incera gewesen war.

»Es sind Zeitschatten!«, rief Evergreen und kehrte zurück, die Arme voller Speichermodule. »Eine größere Anomalie ist hierher unterwegs.« Sie warf die Module an Esebian und Magobb vorbei in den Laderaum, hastete dann zu den Kontrollen und aktivierte das Triebwerk. Bevor sich die Luke schloss, sah Esebian, wie der andere Schweber aufstieg und in einer dunklen Tunnelöffnung verschwand. Er kletterte nach vorn und zwängte sich in den Sitz neben der jungen Frau.

Ihre Finger flogen über die Kontrollen, und der Schweber raste los, so dicht an der Wand entlang, dass ein Vorsprung über den Rumpf kratzte. Dann waren sie ebenfalls im Tunnel, und Evergreen aktivierte alle zur Verfügung stehenden Navigationshilfen, als sie dem ersten Schweber mit hoher Geschwindigkeit folgten. Das Licht von Scheinwerfern strich über die Tunnelwände, die sich ebenso veränderten wie die der Höhle.

»Hörst du mich, Green?«, ertönte es aus einem Lautsprecher.

»Klar und deutlich.«

»Oskar ist völlig aus dem Häuschen. Vielleicht wittert er etwas. Dies könnte unsere Chance sein.«

»Bisher sind die toten Zonen von den Veränderungen und Anomalien verschont geblieben«, sagte Evergreen, den Blick auf die Displayfelder gerichtet. Die Anzeigen wiesen darauf hin, dass der Autopilot die Hauptarbeit der Navigation leistete. Nicht von Erweiterungen optimierte menschliche Reflexe wären kaum in der Lage gewesen, den Schweber durch die plötzlichen scharfen Kurven zu steuern, ohne dass es zu einer Kollision kam. »Ist dies eine Fehlfunktion?«

»Oskar scheint anderer Ansicht zu sein«, antwortete ihr Vater aus dem Kom-Lautsprecher. »So aufgeregt habe ich ihn noch nie erlebt. Green, die derzeitigen Veränderungen könnten auf eine neue Initialisierung des Großen Synchronisators zurückgehen, und vielleicht hat Oskar seine energetische Fährte gewittert.«

Der Tunnel knickte erneut ab, diesmal direkt nach unten, und wurde so schmal, dass zu beiden Seiten der Schweber nur wenige Zentimeter Platz blieben.

»Hast du versucht, unsere Position durchzugeben, Vater?« Evergreens Stimme klang ein wenig gepresst. »Dies könnte schnell zu einem Notfall werden.«

»Sei nicht immer so pessimistisch, Tochter. Vielleicht haben wir diesmal Glück; vielleicht zeigt uns Oskar den Weg zum Großen Synchronisator.«

Ein Stöhnen kam von hinten, laut genug, um das Summen des Gravitationsmotors zu übertönen. »Ich sehe nach ihm«, sagte Esebian, und Evergreen nickte kurz, ohne von den Kontrollen aufzuschauen.

Titus Magobb hatte die Augen weit aufgerissen und drehte den Kopf von einer Seite zur anderen. Seine Lippen bewegten sich; offenbar versuchte er zu sprechen. Esebian warf einen kurzen Blick nach vorn – die junge Frau war ganz auf die Navigation des Schwebers konzentriert.

Der Kopf verharrte, und aus zornig funkelnden Augen sah Magobb zu ihm auf. »Sie verdammter …«, begann er. Esebian drückte ihm die Hand auf den Mund und war dankbar für die Gurte, die Magobbs Arme an den Sessel fesselten und ihn daran hinderten, sich zur Wehr zu setzen. Noch immer geschwächt und ohne seine Erweiterungen hätte er einen Kampf gegen ihn kaum bestehen können.

»Wie geht es ihm?«, rief Evergreen von vorn.

Es war erstaunlich, fand Esebian. Trotz des gefährlichen Flugs und einer Situation, die jederzeit zu einer Katastrophe führen konnte, fand sie Zeit, sich Gedanken um den Zustand eines Mannes zu machen, den sie für einen Verbrecher halten musste.

»Es geht ihm den Umständen entsprechend«, antwortete Esebian, was durchaus der Wahrheit entsprach. Magobb zappelte und versuchte, sich zu befreien, aber er bekam keine Luft, und seine Kräfte schwanden schnell. Esebian sah in die weit aufgerissenen Augen und erkannte dort nicht nur Zorn, sondern auch Furcht. Wo bist du, wenn man dich braucht, Caleb?, dachte er und erinnerte sich daran, ihn um Hilfe gebeten zu haben. Aber in seinem Innern blieb alles still; er war auf sich allein gestellt.

Und er wollte nicht noch einmal töten. Diesen Schwur hatte er vor zwanzig Jahren geleistet, als er zum Wissenschaftler Esebian geworden war, um sich auf legale Weise Meriten zu verdienen: Nie wieder sollte jemand durch seine Hand sterben. Er wollte den Tod besiegen, in mehr als nur einer Hinsicht. Und jetzt sah er, wie das Leben aus einem Mann wich, der zum Verräter geworden war.

Als Titus Magobb die Augen verdrehte, nahm Esebian die Hand von Mund und Nase und versetzte ihm einen kurzen Schlag an den Hals. Mit einem weiteren raschen Blick nach vorn vergewisserte er sich, dass Evergreen noch immer auf die Navigation des Schwebers konzentriert war und gelegentlich ein Wort mit ihrem Vater wechselte. Dann schob er sich an einem Frachtmodul vorbei in den Ladebereich und begann im Durcheinander mit der Suche nach dem Kombiwerkzeug und dem grauschwarzen Kästchen.

Er konnte sein Glück kaum fassen, als er das Werkzeug schon nach wenigen Sekunden fand. Der Zylinder lag neben einer offenen Provianttasche, und Esebian hob ihn auf, tastete mit Daumen und Zeigefinger über Sensorpunkte und hoffte, die Kontrolle über seine Erweiterungen zurückzuerlangen.

Stattdessen explodierte Schmerz.

Tausend stumpfe, schartige Klingen gingen vom Neuroprozessor in seinem Nacken aus, kratzten über empfindliche Nervenenden, schabten über Knochen und Knorpel, schnitten durch weiches Gewebe, bohrten sich in Gelenke und schredderten die Gedärme. Jeder vorsichtige Atemzug und jede noch so kleine Bewegung hüllten Esebian in Agonie. Anstatt der erhofften Ausdehnung seiner Sinne verengte sich die Wahrnehmung auf sonnenheiße Qualen, die alles in ihm zu verbrennen schienen. Er versuchte, nicht zu schreien, doch schließlich hörte er ein Heulen und begriff, dass es von ihm stammte.

»Um Himmels willen, was ist da hinten los?«, rief Evergreen von vorn.

Esebian nahm seine ganze Kraft zusammen, löste die Finger von den Sensorpunkten des Kombiwerkzeugs und wartete, bis der Schmerz so weit nachgelassen hatte, dass er wieder einen klaren Gedanken fassen konnte. »Ich … bin gestürzt. Es ist … nichts weiter.«

Unter anderen Umständen hätte Evergreen, so jung sie auch sein mochte, bestimmt die Lüge in seiner Stimme gehört, aber sie war doppelt abgelenkt: von der Steuerung des Schwebers und den Worten ihres Vaters.

»Oskar schlägt Alarm – Garbert kümmert sich gerade um ihn; er ist noch immer ganz aus dem Häuschen. Aber die Sensoren bestätigen es, Green: Instabilität voraus. Ich nehme den signalmarkierten Seitentunnel. Geh auf synchrone Navigation. Hast du verstanden, Green? Synchrone Navigation. Versuch nicht, schlauer zu sein als der Autopilot.«

»Synchrone Navigation«, bestätigte Evergreen.

Einige Sekunden verstrichen, während Esebian hinter dem Frachtmodul an der Wand lehnte, den Blick auf Titus Magobb gerichtet, der schlaff und reglos in den Gurten seines Formspeichersessels hing. Er hielt noch immer den kleinen Zylinder des Kombiwerkzeugs in der Hand, achtete aber darauf, dass die Finger den Sensorpunkten nicht zu nahe kamen. Als der Schmerz fast ganz abgeklungen war, machte er einen Schritt nach vorn, doch das Bein gab unter ihm nach, und er fiel der Länge nach hin. Im letzten Augenblick fing er den Aufprall mit den Händen ab und kniff dabei wie zuvor bei der Begegnung mit den Zeitschatten die Augen zusammen. Als er sie wieder öffnete, sah er das grauschwarze Kästchen mit Möbiusschleife, Transitweiche und dem von ihm selbst hinzugefügten Kom-Modul. Er streckte die Hand danach aus, doch der kleine Kasten rutschte fort, als sich der Schweber plötzlich zur Seite neigte.

»Was stellen Sie da hinten an, Konsul?«, rief Evergreen. »Kommen Sie her. Es könnte noch ungemütlicher werden. Im Laderaum kann ich Sie nicht mit einem separaten Gravitationsfeld schützen.«

»Bin … unterwegs«, ächzte Esebian. Er stemmte sich hoch, langte nach dem Kästchen, steckte es in eine Tasche des Therapieumhangs und stand auf. Als er nach vorn wankte, am immer noch reglosen Titus Magobb vorbei, schien der Schweber mit der rechten Seite gegen ein Hindernis zu stoßen. Stahlkomposit protestierte mit lautem Quietschen, Evergreen fluchte, und Esebian wurde von der Erschütterung auf die andere Seite des schmalen Durchgangs geworfen. Er stieß gegen die Wand, so heftig, dass ihn neuer Schmerz durchflutete und er zu spüren glaubte, wie sich etwas von ihm löste. Es war nicht nur ein Gefühl: Als er den Blick senkte, sah er auf dem Boden einen von der Biomaske abgefallenen Hautfladen.

Eine halbe Minute später schloss der Kopilotensessel zwei Sicherheitsgurte um Esebian – er achtete darauf, die Hände frei zu behalten.

Evergreen warf einen kurzen Blick zur Seite. »Sie sehen schrecklich aus, Konsul.«

Esebian nickte nur und deutete nach vorn ins zentrale Displayfeld. »Wo sind wir?«

»Das lässt sich derzeit unmöglich sagen«, erwiderte Evergreen, und ihre Finger stachen in virtuelle Kontrollen. »Wir müssen einige Minuten an Ort und Stelle bleiben, um unsere Position bestimmen zu können. Aber ich schätze, wir befinden uns jetzt in einer Tiefe von fast fünf Kilometern, und vermutlich haben wir den Omega-Abschnitt erreichte.«

»Es wird kälter, Green«, ertönte die Stimme ihres Vaters aus dem Kom-Lautsprecher. In einem kleineren Displayfeld auf der linken Seite erschien kurz das Gesicht des Bärtigen und verschwand dann wieder hinter einem Vorhang aus Interferenzen. »Trotz der Tiefe. Es wird immer kälter.«

»Das Labyrinth nimmt Ambientalenergie auf«, sagte Evergreen. »Und das bedeutet …«

»Es bedeutet, dies ist keine gewöhnliche Aktivitätsphase. Sonst wäre die tote Zone sicher verschont geblieben.« Die Aufregung in Thadeus' Stimme war unüberhörbar. »Es ist ein labyrinthweiter Synchronisierungsversuch, an dem der Große Synchronisator beteiligt sein muss. Wir sind auf dem richtigen Weg, Tochter. Wir … Meine Güte!«

Evergreen beugte sich vor, und das zentrale Displayfeld registrierte Bewegung und Blick, vergrößerte daraufhin einen

Teil des Darstellungsbereichs. Einige hundert Meter vor ihnen endete der Tunnel in einer Höhle, die Thadeus bereits erreicht hatte – sein Schweber war zur Seite geschwenkt, um Platz zu schaffen. Wenige Sekunden später befanden sie sich ebenfalls in der Kaverne, und Evergreen machte große Augen, als sie die Geschwindigkeit ihres Schwebers mitten in der Höhle auf Relativnull reduzierte und das Licht der Scheinwerfer über die Wände streichen ließ. Die akustischen Sensoren übertrugen ein Knirschen und Rumpeln, und Esebian beobachtete, wie die horizontalen und vertikalen Riffelungen von den Wänden verschwanden, wie sie erst glatt wurden und dann halb transparent. Fächer entstanden, unterschiedlich groß, erfüllt von einem dichten Grau, das wie eingefangener Nebel wogte und wallte. Einige von ihnen schoben sich aus den Wänden und sahen aus wie … Sarkophage? Sie enthielten Geschöpfe, einige von ihnen mumifiziert, manche halb zu Staub zerfallen; andere schienen gerade erst hineingeklettert zu sein. Die ersten drei der Sieben Großen Spezies waren in diesem Panoptikum der besonderen Art nicht vertreten, wohl aber Insektomorphe, Aquae aller Art – viele Behälter waren mit Wasser beziehungsweise Flüssigkeit gefüllt, und darin schwammen wie in Zeitlosigkeit erstarrte Geschöpfe von maritimer Vielfalt –, Reptilien und Avianen sowie zahlreiche Mammalia. Hinzu kamen Geschöpfe, die Esebian keiner bekannten Kategorie zuordnen konnte. In einigen Fällen wusste er nicht einmal, ob es Geschöpfe waren oder abstrakte Kunstwerke oder vielleicht unvollständige biomechanische Installationen.

»Weißt du, wo wir sind, Green?«, klang erneut Thadeus' Stimme aus dem Kom-System. »*Weißt du, wo wir sind?*«

Evergreen starrte noch immer ins Displayfeld, während sich der Schweber langsam drehte und das Licht seiner Scheinwerfer über die Höhlenwände wanderte. »Sind dies … Lotsen?« Und dann beantwortete sie sich ihre Frage selbst und rief. »Es sind *Lotsen*, Vater!« Ihre Worte überschlugen sich fast. »Wir sind in einem Lotsenraum. Der Große Synchronisator versucht, die Lotsen zu wecken, die damals in die Hibernation gegangen sind. Die Straßen durch Raum und Zeit sollen geöffnet werden, und die Dienste der Lotsen sind erforderlich. Aber sie … sie sind tot, und das weiß der Synchronisator nicht, und wir … Vater, die Legenden von Mirhor, erinnerst du dich?« Sie plapperte und plapperte, während sie auf die Sarkophage starrte, die aus den Wänden kamen, und schließlich bemerkte sie Esebians Blick. »Die Geschichtenerzähler der Prinzipalin von Mirhor haben uns davon berichtet, vor sechs Jahren. Es ist eine alte Legende der Enha-Entalen, und darin heißt es, dass damals, als die Incera von der Großen Magellan'schen Wolke zur Milchstraße kamen, Angehörige verschiedener Völker in ihre Dienste traten – vielleicht nicht ganz freiwillig –, um interstellaren und intergalaktischen Schiffen den Weg zu weisen. Mit den Filigranen hat dies nichts zu tun. Die Lotsen steuerten und warteten offenbar ein Transportsystem, das noch viel weiter reichte als die Transittunnel, die wir heute kennen. In anderen Legenden der Enha-Entalen – und übrigens auch in den Überlieferungen der Isquri und Malangatar – wird von einem Rückzugsort erzählt, von dem die Incera zurückgerufen werden können, ›wenn die Zeit reif ist‹. Die Enha-Entalen nennen diesen Ort ›Brejalda-en-al-Izarka‹, was so viel heißt wie …

»Hinter den Mauern der Schöpfung«, sagte Esebian. Aber

Evergreen hörte ihn gar nicht. Sie richtete ihren Wortschwall an ihn, doch eigentlich sprach sie mit sich selbst, während sie auf einer Woge wilder Hoffnungen ritt. Und es war nicht etwa die Erkenntnis, dass sie sich Esebian auf diese Weise nicht begreiflich machen konnte, die sie abrupt innehalten ließ, sondern vielmehr Thadeus' Schweigen.

»Vater?«, fragte sie übers Kom-System.

Nur das Knirschen und Grollen der Veränderungen im Labyrinth antwortete ihr. Und dann sah sie ihn plötzlich im Displayfeld: Er war mit seinem Schweber gelandet und ausgestiegen, stand zusammen mit Garbert und Oskar vor einem der an Sarkophage erinnernden Behälter, während sich hinter ihnen der Boden öffnete. Etwas Graues kam daraus hervor, wie dichter Dunst, der langsam über den Boden kroch.

Evergreens Hände flogen durch die virtuellen Kontrollen, und der Schweber fiel wie ein Stein. Dicht über dem Höhlenboden fing sie ihn mit einem Gravitationskissen ab, riss den Gurt zur Seite, sprang agil wie eine Katze aus dem Pilotensessel und lief zur aufschwingenden Luke. Esebian löste ebenfalls die Gurte, wankte durch den kurzen Gang und stellte fest, dass sich Titus Magobb bewegte, als er die Luke erreichte. Das brachte, tief in ihm, ein wenig Erleichterung, denn es bedeutete, dass er ihn nicht getötet hatte.

Draußen fiel das Licht der Schweberscheinwerfer auf verschiedene Teile der Wand, doch der größte Teil des Raums blieb dunkel, und aus dieser Finsternis kam ein immer lauteres Knirschen. Esebian kletterte durch die Luke, blieb draußen stehen und beobachtete, wie sich ein langer Riss im Boden bildete.

»Vater!«, rief Evergreen und hatte Thadeus fast erreicht, als sie plötzlich stehen blieb. Der bärtige Mann, der Graue namens Garbert und der Biomorph Oskar rührten sich nicht – alle drei starrten auf den transparenten Sarkophag, in dem ein Insektomorph mit mehrgelenkigen Armen und Beinen ruhte, und niemand von ihnen bewegte sich. Noch immer kam grauer Dunst aus dem Boden, und Esebian sah, dass ein dünner, rankenartiger Ausläufer die Gruppe erreicht hatte.

Aus dem Augenwinkel bemerkte Esebian ein kurzes Aufblitzen, drehte den Kopf und glaubte, in der Düsternis hinter den Schwebern eine Erkundungskapsel zu erkennen. Fast im gleichen Moment erschien Titus Magobb in der Luke von Evergreens Schweber und rief: »Ich habe alles gehört! Glaubt ihm kein Wort. *Er* ist der Verbrecher!«

Die junge Frau wirbelte herum, aber es waren nicht etwa Magobbs Worte, die sie aufgeschreckt hatten – sie wollte vor der Zeitanomalie fliehen, von der ihr Vater und seine beiden Begleiter erfasst worden waren. Ihr Wirkungsbereich zeigte sich als vages Flirren in der Luft, und sie dehnte sich aus. Esebian beobachtete, wie Magobb wieder im Innern des Schwebers verschwand, und wenige Sekunden später summte der Gravitationsmotor.

Er lief los, zum Schweber, der die einzige Möglichkeit darstellte, der temporalen Anomalie zu entkommen, und als ihn nur noch zwei oder drei Meter von ihm trennten, stieg der Schweber auf. Esebian sprang, die Hände nach dem Rand der Luke ausgestreckt, aber sie erreichten ihn nicht, und er fiel, prallte schwer auf den Boden. Licht strich über ihn hinweg, der helle Finger eines Scheinwerfers, als der Variform-Schweber schmaler wurde, beschleunigte und durch die schrumpfende Öffnung des Zugangstunnels flog.

Esebian hob den Kopf und sah Ungeheuer durch den Lotsenraum stapfen, zwischen ihnen Humanoiden in silbernen Schutzanzügen. Blitze zuckten aus Waffen, und Mäuler wurden aufgerissen, zu schmerzerfüllten und wütenden Schreien, aber Esebian hörte nur das immer lauter werdende Knirschen und Knacken der Restrukturierungen des Labyrinths. Er stemmte sich hoch, kam auf die Beine und taumelte fort von der Wand mit den Sarkophagen, die vor Jahrtausenden zum Grab von Lotsen geworden waren, die gehofft hatten, darin die Zukunft zu erreichen.

Als Esebian zur anderen Seite der Höhle stapfte, durch eine Luft, die sich immer mehr in zähen Brei zu verwandeln schien, sah er in einem schnellen Flackern Szenen fremder Welten und von Schlachten, die vor Äonen unter fernen Sonnen geschlagen worden waren oder vielleicht erst in Jahrmillionen stattfinden würden. Gewaltige Maschinen verdunkelten den Himmel und zermalmten ganze Städte unter sich. Humanoide Gestalten traten wie aus dem Nichts, als sie ihre Tarnanzüge deaktivierten, gingen an Bord von krallenförmigen Raumschiffen oder stapften durch die Ruinen zerstörter Städte. Feuer fiel von dunklen Himmeln, verbrannte blühende Welten, und Esebian wankte mitten durch Chaos und Tod, von beiden unberührt. Ein Turm stürzte wie in Zeitlupe auf ihn herab, aber er trat durch Trümmer und Staub, auf der Suche nach einer Möglichkeit, den Raum mit der Anomalie zu verlassen. Das Flackern der schnell wachsenden Zeitschatten wurde schließlich so verwirrend, dass er die Augen schloss und mit ausgestreckten Armen ging, in der Hoffnung, nicht direkt in einen Bereich außer Rand und Band geratener Zeit zu laufen. Die Beine wurden tonnenschwer, das Vorankommen immer mühsamer, und seine rechte Hand fand den Weg in die Tasche des Therapieumhangs, holte wie selbstgesteuert das Kombiwerkzeug hervor. Der erste Versuch, den Neuroprozessor zu deaktivieren, hatte ihm schier unerträglichen Schmerz beschert, aber er begriff, dass er einen zweiten wagen musste, denn ohne seine Erweiterungen hatte er kaum Aussichten, dies zu überleben.

Er hob die Lider, um auf die Kontrollen des kleinen Zylinders zu schauen. Statt dessen fiel sein Blick auf die tote Evergreen.

Sie lag vor ihm auf dem Boden, die Augen groß und grün wie Jade – für einen Moment glaubte er, in Leandras Augen zu sehen, und er blinzelte. Ein blutiger Striemen reichte in Evergreens Gesicht von Stirn bis Kinn. Sie schien einige Jahre älter zu sein, aber Esebian war nicht sicher, denn das Flackern dauerte an, und es fiel ihm schwer, Einzelheiten zu erkennen. Als er über die Schulter zurückblickte, sah er das Flirren der Zeitanomalie direkt hinter sich, wie einen Vorhang aus heißer Luft, und jenseits davon, durch das Wabern verzerrt, den zweiten Schweber, halb von einer breiten Spalte im Boden verschlungen. Eine Gestalt zeichnete sich daneben ab, und zunächst dachte er, dass es sich vielleicht um Thadeus oder Garbert handelte, aber der Fremde war größer, hob den Arm und winkte …

Esebian fiel.

Bevor ihn das Flirren der Anomalie erreichte und in eine andere Zeit entführen konnte, schluckte ihn ein Restrukturierungsloch im Boden, und er stürzte in die Tiefe.

Etwas packte ihn in der dunklen Leere, hielt ihn fest und bewahrte ihn vor einem tödlichen Aufprall. Irgendwoher kam

Licht, und Esebian sah die Erkundungskapsel, die er im Lotsenraum bemerkt hatte: eine silberne Kugel mit mehreren Sensorstielen und ausgestattet mit einem Gravitationsmotor.

Esebian fühlte, wie er sank, und wenige Sekunden später hatte er wieder Boden unter den Füßen. Um ihn herum, Dutzende von Metern entfernt, wölbten sich Wände, die aus zahllosen Kugeln unterschiedlicher Größe bestanden, viele von ihnen grauweiß und halb transparent. Die meisten schienen leer zu sein, aber in manchen zeichneten sich Silhouetten ab, und gelegentlich bewegte sich eine von ihnen: ein kurzes Zucken, mehr nicht. Als sich Esebian langsam um die eigene Achse drehte, entdeckte er weit oben, beim Scheitelpunkt des Gewölbes, eine Kugel mit deutlicher zu erkennendem Inhalt. Ein dunkles Geschöpf ruhte darin, fast so schwarz wie die Tunnel des Labyrinths, mit langen, gekrümmten Beinen und einem ovalen, segmentierten Leib. Ein spinnenartiges Wesen, das seinen Blick zu spüren schien, denn plötzlich bewegte es die Beine, als wollte es aus der Kokonkugel ausbrechen. Das wirkte vertraut auf Esebian, und aus gutem Grund. Er hatte diese Kreaturen oft gesehen: im Weltraum, einen Kilometer und mehr durchmessend, grauschwarz – die Weber der Filigrane.

Der Boden bestand aus Myriaden von winzigen Mosaiksteinen, und jeder einzelne von ihnen glitzerte im Licht, das vom höchsten Punkt des Gewölbes herabströmte. Karmesinrot, türkisgrün und kobaltblau bildeten sie ineinander verschlungene Muster, von denen manche an Möbiusbänder erinnerten. In ihrer Mitte gab es einen Pfad, der erst in weiten und dann immer enger werdenden Kreisen durch den Raum führte und in seinem Zentrum vor einem kleinen Pavillon endete.

Esebian bewegte sich und stellte fest, dass er dem Verlauf der Spirale folgen musste. Seine Versuche, nach rechts und links von ihr abzuweichen und andere Teile des Bodens zu betreten, blieben erfolglos und waren ohnehin halbherzig – er wusste instinktiv, dass sein Ziel der Pavillon war. Während er dem Verlauf der Spirale folgte, die dunkel durch ein Meer aus Farben reichte, reiften Erkenntnisse in ihm heran, wie durch ein Neuro-Implantat aufgenommene fremde Erinnerungen. Er wusste plötzlich, wo er sich befand: im Zentrum des Labyrinths von Lahor, nach dem man seit vielen Jahren gesucht hatte, im Großen Synchronisator, dem Mittelpunkt eines gewaltigen Apparats, der sich aus so vielen Einzelteilen zusammensetzte wie das Mosaik des Bodens. Vor dem inneren Auge sah Esebian eine kolossale Maschine, bestehend aus Milliarden von Komponenten, die ihrerseits, einer fraktalen Struktur gehorchend, aus Milliarden von Subkomponenten bestanden. Manche Teile dieser Maschine waren noch aktiv, aber die meisten ruhten und warteten seit Jahrhunderttausenden auf Signale, die sie wieder in Bewegung setzen und ihre Bewegungen aufeinander abstimmen würden. Und der Zweck dieser Maschine …

Esebian erkannte, dass nur ein Schritt genügte, um von einer Welt zu nächsten zu gelangen, und ein paar Schritte mehr, um die nächste Galaxis zu erreichen. Während er weiter über das dunkle Band der Schleife ging, das ihn zum Pavillon in der Mitte des Raums brachte, hob er die Hände vors Gesicht und sah das Funkeln zwischen ihnen, wie von brennendem Staub, und er *erinnerte* sich daran, wie daraus neue Sonnen und Planeten wachsen konnten, wenn man diese Saat der Schöpfung an den richtigen Stellen ausbrachte und ihr Zeit genug gab. Wenn der Große Synchronisator seine Signale sendete, wenn alle Konnektoren zum Leben erwachten und Zeit und Raum zu Variablen wurden, die sich fast nach Belieben verändern ließen, um neue Strukturen zu schaffen, so wie das Labyrinth selbst immer wieder neue Strukturen schuf, auf der Suche nach der einen richtigen für die Synchronisation ... Dann konnte die Wirklichkeit – vom Kleinsten bis zum Größten, von der Mikro- bis zur Makrowelt – jede beliebige Form gewinnen.

Esebian erinnerte sich an mehr: an den Bau dieser Schöpfungsmaschine, und an das Verschwinden der Incera, bevor sie ihr Werk in Betrieb nehmen konnten. Er sah, wie ihre letzten Schiffe, die einst aus der Großen Magellan'schen Wolke in die Milchstraße gekommen waren, durch die Filigrane ihrer Weber verschwanden. In der Ferne hörte er ihre Stimmen, die ihm etwas zuriefen, und als er glaubte, nur etwas aufmerksamer horchen zu müssen, um einzelne Worte zu verstehen, wurden aus den Stimmen Schreie. Die Erinnerungen und das gefühlte Wissen um die Zusammenhänge, eben noch so klar und deutlich, zerfaserten wie die Bilder eines Traums, und er fand sich vor dem Pavillon wieder. Jemand stand darin, kaum mehr als ein Schemen, vom Licht nicht erreicht. Das änderte sich, als die Gestalt vortrat.

»Tirrhel«, ächzte Esebian und schwankte, als die Schwäche zurückkehrte.

»Glauben Sie?« Der Mann lächelte, und das Gesicht mit der dicken Nase, den schmalen Lippen und den auffallend großen Augen veränderte sich. Die dunklen Augen blieben groß, aber die Nase wurde schmaler und die Lippen etwas voller. Pechschwarzes schulterlanges Haar rahmte dieses Gesicht ein, in dessen Stirn sich etwas bewegte, das wie eine kleine Eidechse aussah und aus kupferrotem halb organischem Metall bestand.

Esebian sah den Mann vor sich, den er auf Hadadd ermordet hatte.

54

Sie schulden mir … Leben«, stieß Esebian hervor. »Unsterblichkeit.«

»Für was, mein lieber Esebian?«, fragte der Erlauchte und sprach im gleichen Tonfall wie auf Angar. »Vielleicht für einen Mord, der nie geschehen ist?« Er breitete die Arme aus und lächelte. Von der roten Eidechse in seiner Stirn kam ein leises Zischen. »Hier bin ich und lebe.«

»Ich habe Sie … sterben sehen. Auf Hadadd.«

»Was wir beobachten und was wirklich geschieht, muss nicht unbedingt identisch sein. Das sollte selbst ein einfacher Sterblicher wie Sie begriffen haben.« Ein kleiner Stift in El'Kalentars Hand zielte auf Esebian. »Es freut mich übrigens, dass Sie doch hierher zu mir gefunden haben. Über hundert Erkundungskapseln habe ich auf der Suche nach Ihnen durchs Labyrinth geschickt, und eine hat Sie genau im richtigen Augenblick gefunden, wie mir scheint.«

»Sie waren im Lotsenraum«, sagte Esebian und verfluchte seine Schwäche. »Sie hätten Evergreen und ihren Vater retten können.«

»Sie vergessen den grauen Assistenten und den Biomorph«, erwiderte El'Kalentar. »Oder halten Sie Garbert und Oskar nicht für rettenswert?«

»Sie sind noch am Leben?«

»Oh, vielleicht sind sie das. Irgendwo und irgendwann. Wer weiß, wohin die Zeitanomalie sie gebracht hat? Nicht alles, was Sie gesehen haben, ist oder wird geschehen. Die junge Frau, die vor Ihnen auf dem Boden lag … Eine Möglichkeit, mehr nicht.« Ein flüchtiges Lächeln huschte über El'Kalentars Lippen. »Wenn Sie sich fragen, ob auch ich nur eine Möglichkeit bin, muss ich Sie allerdings enttäuschen.«

Esebian starrte den Erlauchten im Pavillon an und fühlte sich wie gefangen im geistigen Treibsand zwischen Wirklichkeit und Vision. Bilder überlappten sich: Tirrhel im Haus über den Experimentalseen von Angar, wie er von Esebians früheren Leben als Mörder sprach; El'Kalentar, der ihn für seinen Assistenten hielt und ihm die Hand reichte; El'Kalentar, vom Zellbrand zerfressen. »Aber wie …«, krächzte er.

»Pseudomaterie und eine von besonders begabten Bioingenieuren geschaffene Kopie meiner Identitätsstruktur«, sagte El'Kalentar. »Mehr als ein gewöhnlicher Klon, weniger als ich. Die Vorbereitungen waren kompliziert und aufwendig, in jeder Hinsicht. Aber ich schätze, es hat sich gelohnt. Selbst die Magister sind darauf hereingefallen.«

Es fiel Esebian noch immer schwer, zwischen dem aktuellen Geschehen – einschließlich seiner Erinnerungen – und visionären Ausblicken auf andere Ereignisstränge zu unterscheiden. Die Erschöpfung war wie Säure, die seine Gedanken zerfraß. Schwindel erfasste ihn, und er taumelte.

»Oh, wie ich sehe, geht es Ihnen nicht besonders gut, mein lieber Esebian«, sagte El'Kalentar. »Bitte seien Sie so freundlich, mir noch eine Frage zu beantworten, bevor Sie sterben: Was haben Sie bei der Anomalie gespürt? Und was hat Ihnen der Synchronisator gezeigt?«

Esebian blinzelte. »Was?«

»Sie hätten ein Incera-Fachmann werden können«, fuhr

El'Kalentar fort, und seine Stimme klang nachdenklich. »Die Gleichungen haben es mir gezeigt.«

»Gleichungen?«

»Viele Menschen sprechen vom ›Schicksal‹, obwohl kaum mehr jemand daran glaubt, abgesehen vielleicht von den Klerikalen. Die wenigstens wissen: Es gibt tatsächlich so etwas wie Schicksal, beziehungsweise verschiedene Schicksale, bestimmt von Wahrscheinlichkeit. Sie hätten das Leben eines Incera-Experten geführt, wenn meine lenkende Hand nicht gewesen wäre. Offenbar verfügen Sie über ein natürliches Talent.«

»Ihre … lenkende Hand?« Esebian starrte den Unsterblichen groß an.

»Wie auf Mway, auf der die Incera eine Zitadelle bauten. Erinnern Sie sich? Oh, *natürlich* erinnern Sie sich. Sie waren damals Evan Ten-Ten, beziehungsweis Wyron Wironer von Akal, und haben eine Archäologin namens Sheela getötet, im Auftrag eines Neiders, wie Sie wahrscheinlich vermuteten. In Wirklichkeit kam der Auftrag von mir.«

»Von … Ihnen?«

»Wie auch die meisten anderen, die das Netzwerk Ihnen damals vermittelt hat. Es galt, Ihre Schritte in die richtige Richtung zu lenken. Aber bitte sagen Sie mir: Was hat Ihnen der Synchronisator gezeigt?«

»Die Aufträge kamen … von Ihnen?«, fragte Esebian fassungslos.

»Spielt das jetzt noch eine Rolle? Alle wichtigen Entscheidungen in Ihrem Leben wurden von mir getroffen, mein lieber Esebian. O nein, sie waren kein Werkzeug für mich, auch keine Marionette – es so zu nennen, würde bedeuten, die Dinge aus der falschen Perspektive zu sehen. Es ging vielmehr um die Anpassung von Entwicklungsmustern. Zu schade, dass Sie nie Gelegenheit bekommen werden, den Steingarten in meinem Domizil auf Taschka zu sehen. Die in ihm zum Ausdruck kommenden Metaphern wären vielleicht aufschlussreich für Sie, wenn Sie genug Zeit hätten, sie wirklich zu verstehen. Sie haben Ayanne kennengelernt, weil ich es so wollte. Es entsprach meinem Wunsch, dass Sie nach Dannacker flogen und dort einem gewissen Mandap Justian begegneten. Der Tod der Zwillinge und Ihrer Frau, die Ermordung des Korrektors Justian … Es war der Anfang des Weges, der hier endet, im Großen Synchronisator, mit dem Ihr Schicksal enger verknüpft ist, als Sie gewusst haben.«

Der Gesang des Messers … Esebian hörte ihn wie ein Flüstern aus der Vergangenheit, eine Stimme, die ihn über zwei Jahrhunderte begleitet hatte.

»Aber …«, begann er.

El'Kalentar winkte ab. »Halten wir uns nicht mit den Einzelheiten auf. Wichtig ist, dass kongruente Muster entstanden sind. Verstehen Sie das? Nein, natürlich nicht. In Ihrem derzeitigen Zustand können Sie es nicht verstehen, und ich bezweifle, dass Sie selbst unter den günstigsten Umständen dazu in der Lage wären. Es ist kompliziert, selbst für jemanden wie mich, der mehr als sechstausend Jahre Zeit hatte, sich damit zu beschäftigen.« Er seufzte leise, und die rote Eidechse in seiner Stirn streckte sich. »Bevor wir es zu Ende bringen … Was haben Sie in der Anomalie gesehen? Und was hat Ihnen der Synchronisator gezeigt, als Sie hier eintrafen? Heraus damit, Esebian. Erweisen Sie mir einen letzten Dienst, bevor Sie sterben. Was hat der Incera-Spezialist gesehen, der all die Jahre in Ihnen schlummerte?«

Esebian fragte sich, ob er den Verstand verloren hatte, oder ob die Welt um ihn herum in einen Strudel des Wahnsinns gerissen worden war. »Wovon reden Sie da, verdammt?«

El'Kalentar musterte ihn einige Sekunden, und Esebian fühlte sich auch vom Blick der kupferroten Eidechse in seiner Stirn durchbohrt. Sein Blickfeld verengte sich, der Kopf wurde leicht – Bewusstlosigkeit drohte.

»Schade«, sagte El'Kalentar, und es klang nach echtem Bedauern. »Ich hatte gehofft, Sie wüssten vielleicht etwas, das uns dabei helfen könnte, die beiden Großen Synchronisatoren in Betrieb zu nehmen. Nun, wir sind ohnehin nicht weit davon entfernt.« Er hob den Stift. »Sie sind ein Mörder. Sie haben den Tod verdient.«

Ich bin ein Mörder, weil Sie mich dazu gemacht haben, dachte Esebian, aber es war ein Gedanke am Rande, ein peripherer Faden des wirren Knäuels, in das sich sein Geist verwandelt hatte. Er brauchte nur zu warten, ein oder zwei Sekunden, und dann war es für immer vorbei: die Anstrengungen, genug Meriten zu verdienen für den nächsten Aufstieg; der jahrzehnte- und jahrhundertelange Wettstreit zwischen Leben und Tod; die Auseinandersetzungen mit den anderen Leben nach der Entscheidung, Esebian zu werden und nicht mehr zu töten; all die Ängste und Hoffnungen, die ihn nicht zur Ruhe kommen ließen … Ein oder zwei Sekunden, und er *hatte* Ruhe, für immer und ewig. Aber es wäre die Ruhe des Nichts gewesen, ohne Gedanken und Gefühle.

Esebian merkte plötzlich, dass er noch immer das Kombiwerkzeug in der rechten Hand hielt, und nur ein Zentimeter trennte den Daumen von den Kontrollen des Neuroprozessors. Der Stift in El'Kalentars Hand, zweifellos eine Waffe, zeigte auf ihn, und von der Eidechse in der Stirn des Unsterblichen kam ein leises Zischen.

Alles war besser als sicherer Tod. Esebian senkte den Daumen auf die Sensorpunkte des kleinen Zylinders.

Zwei Dinge geschahen fast gleichzeitig.

Ein Druck, der die ganze Zeit über auf seinem Bewusstsein gelastet hatte, verschwand ohne Übergang, und plötzlich waren sie wieder da, die Verbindungen zu seinen Erweiterungen.

Einen Moment später übernahm Caleb die Kontrolle.

Die Subpersönlichkeit dehnte sich in Esebians Körper aus wie eine Hand, die in einen Handschuh glitt. Endlich, dachte Caleb, der lange auf diese Gelegenheit gewartet hatte, in letzter Zeit mit wachsender Ungeduld. Er nutzte einen Teil der Residualenergie der Konverterzellen, um ein Schirmfeld aufzubauen, das den Strahl aus der Stiftwaffe des Erlauchten reflektierte wie ein Spiegel. Die Entladung wurde zu El'Kalentar zurückgeworfen, der überrascht taumelte; doch das Blitzen verschwand in einem fahlen Flirren vor ihm. Caleb nahm sich nicht die Zeit für eine Analyse des energetischen Schilds, mit dem sich der Unsterbliche schützte. Er aktivierte alle Erweiterungen, setzte den übrigen Teil der Restenergie für volle psychische und physische Akzeleration ein, trat einen Schritt zur Seite und entging dadurch dem zweiten Strahl aus dem Stift. Er verzichtete auf den Einsatz der Konsistenzverstärker, die seine Haut in einen Panzer verwandeln konnten, denn sie verbrauchten zu viel Energie. Stattdessen feuerte er mit den Vari-Waffen in den Schultern und der linken Hüfte und fügte eine Salve aus den Mikro-Intervallern und Desintegratoren in den Fingernägeln hinzu.

Im Gewölbe des Großen Synchronisators brach die Hölle los. Ein Teil des Pavillons splitterte, und dabei schien noch mehr Energie freigesetzt zu werden als von den Waffen. Weiß glühende Trümmerstücke, jedes von ihnen nur wenige Zentimeter groß, jagten heulend durch den Raum und schlugen in einige der Kugeln, aus denen die Wände bestanden. Eine halb verbrannte Weberlarve rutschte aus einer, fiel auf den Boden und zerplatzte mit einem Geräusch, das nach dem Heulen einer Sirene klang. Funken tanzten aus den anderen Kugeln, kleine Irrlichter, die über bestimmten geometrischen Mustern im Boden verharrten und sich zu geisterhaften Umrissen ausdehnten. Caleb achtete nicht auf sie. Er ließ sich von nichts ablenken, blieb ganz auf seinen Gegner und das eigene Überleben konzentriert. Das fahle Wabern, das den Unsterblichen umgab, nahm die tödliche Energie auf, und das brachte Caleb auf eine Idee. Die Stiftwaffe richtete sich erneut auf ihn, und er wartete einen Sekundenbruchteil länger, als die Vorsicht gebot, ließ sich in dem Augenblick fallen, als ihm ein weiterer Strahlblitz entgegenflackerte. Noch im Fallen rejustierte er die Konverterzellen mit einem gedanklichen Befehl und deaktivierte bestimmte Nervenbrücken, damit der Schmerz nicht zu stark wurde und ihm die Orientierung raubte.

Zwanzig Zentimeter trennten ihn noch vom Boden, als der Strahl seinen linken Arm traf und ihn verbrannte. Metall, Komposit und Syntho-Haut zerfielen zu Asche, aber die blockierten Nervenenden leiteten nur ein kurzes Stechen weiter. Die Konverterzellen waren bereit, registrierten eine plötzliche energetische Flut und öffneten sich ihr.

Caleb prallte auf den Boden, und ein beobachtender Teil von ihm stellte fest, dass die Mosaikelemente auf die tanzenden Funken reagierten und sich veränderten – sie wechselten die Farbe, und dadurch entstanden neue Muster. Der andere, größere Teil von Caleb leitete die gerade von den Konverterzellen aufgenommene Energie in den Dekohärenter der rechten Hand. Eine rote Lanze bohrte sich ins Schutzfeld des Unsterblichen, das gleißte und mit einem Klirren wie von Glas in schimmernde Fragmente zerbrach.

El'Kalentar taumelte, wölbte die Brauen, hob die freie Hand wie zu einem spöttischen Gruß – und verschwand.

Der Dekohärenter hatte fast die ganze Energie verbraucht, und es blieb nicht genug Zeit für die Konverterzellen, das energetische Chaos im Gewölbe für eine Neuaufladung zu nutzen. Caleb sprang auf, riss einen störenden Fetzen der Biomaske beiseite, mit der Esebian als Isaac DelMeo im Therapiezentrum von Bonville eingetroffen war, machte einen langen Schritt und sprang in den Pavillon.

Das Transitfeld, in dem El'Kalentar verschwunden war, hatte bereits zu kollabieren begonnen, aber es wies noch genug strukturelle Stabilität auf. Der Sog des gerade erfolgten Transfers erfasste Caleb und riss ihn mit.

Er fiel durch Dunkelheit und landete, ohne dass es zu einem Aufprall kam. Mattes Licht teilte die vom Wogen einer temporalen Verzerrung durchzogene Finsternis. Caleb begriff, dass er in einen Zeitschacht blickte, von dem ihn nur ein Meter trennte. Ein Gesicht erschien vor dem grauen Abgrund der Zeit, so dicht über seinem, dass ihm der Atem über die Wange strich.

»Glauben Sie im Ernst, auch nur die geringste Chance gegen mich zu haben?«, fragte El'Kalentar lächelnd und stieß mit dem Stift zu, dessen Formspeicher ihn in einen Dolch verwandelte.

Caleb nutzte den Konsistenzverstärker und panzerte die Körperstelle, auf die das Messer zielte, und gleichzeitig feuerte er mit den beiden Mikro-Intervallern in den Fingern der rechten Hand – die nicht mehr das Kombiwerkzeug hielt, wie er am Rande feststellte.

Die rote Eidechse in der Stirn des Unsterblichen richtete sich auf, und El'Kalentar verschwand erneut. Caleb war mit einem Satz auf den Beinen und sprang in den Transfersog. Wieder stürzte er durch Dunkelheit und erinnerte sich: Auf diese Weise war er vor gut hundertfünfzig Jahren auf Magrabia vor El'Laurin geflohen. Er wusste, wie schwer es sein konnte, einen Transitschatten abzuschütteln, aber El'Laurin war damals gut ausgerüstet gewesen, während er darauf hoffen musste, dass El'Kalentar einen exklusiven Transferkanal verwendete. Wenn es zu Kontakten mit anderen Transferitorsignalen auf Lahor kam, gab es für ihn keine Möglichkeit, El'Kalentars Transitecho aus all den anderen Echos herauszufiltern und ihm zu folgen.

Der verdammte Kerl spielt mit mir, dachte Caleb zornig.

Das Licht starker Scheinwerfer tastete wie die weißen Finger eines Riesen durch die Dunkelheit, und der Boden erzitterte unter dem Gewicht schwerer Maschinen. Ein Dröhnen und Stampfen kam aus der Nähe, aber trotzdem hörte Caleb eine Stimme.

»Haben Sie vergessen, wie schwach Sie sind, Esebian?«, fragte El'Kalentar spöttisch.

Gewaltige Aggregate der Magister gruben sich in den Leib des Planeten. Sie fraßen alle verwertbaren Rohstoffe und bauten aus ihnen Maschinen für den industriellen Kern der zweiundzwanzigsten Hohen Welt. In der Ferne ragte eine Pyramidenstadt auf, ein von Myriaden Lichtern durchsetzter dunkler Schatten in der Nacht.

El'Kalentar, nur zwei Meter entfernt, warf etwas, und diesmal konnte Caleb nicht rechtzeitig ausweichen. Das kleine Objekt, silbrig und nicht größer als eine Fingerkuppe, bohrte sich wie ein mit hoher Geschwindigkeit abgefeuertes Projektil durch den Therapieumhang und die Haut darunter, doch bevor es explodieren und Eingeweide zerreißen konnte, fielen Nano-Konglomerate darüber her und machten es unschädlich.

Der Unsterbliche winkte, machte einen Schritt und fiel. Caleb folgte ihm – die Beine fühlten sich deutlich schwerer an – und sprang in eine Grube, aus der tief unten die Dorne von Kernzapfern ragten. El'Kalentar verschwand im kurzen Aufleuchten eines Transitfelds, und wieder erreichte der fallende Caleb es gerade noch rechtzeitig, um mitgerissen zu werden.

Etwas berührte ihn hinter den Augen und kitzelte.

Vier oder fünf Transfers folgten so schnell hintereinander, dass Caleb sie kaum auseinanderhalten konnte, obwohl er die visuellen Erweiterungen einsetzte. Seine Kommunikationsimplantate empfingen seltsame Signale, mit denen sie nichts anfangen konnten, und vor den Augen wechselten hell und dunkel so schnell, dass ein wirres Flackern daraus wurde. Dann lag er plötzlich auf einem weichen rostbraunen Teppich, umgeben von Wänden mit Dutzenden von Displayfeldern, die ebenso viele Orte des Planeten Lahor und einen Orbital-Port zeigten. Ein leises Summen lag in der Luft, wie von einem fernen Insektenschwarm. Caleb wollte aufstehen und musste feststellen, dass ihm der Körper nicht mehr gehorchte.

»Genug der Spielereien«, sagte El'Kalentar und trat in sein

Blickfeld. Vom Boden aus gesehen wirkte er größer, und die rote Eidechse schien halb aus der Stirn gekrochen zu sein. Das spöttische Lächeln war aus dem Gesicht des Unsterblichen verschwunden.

Ein Neutralisierungsfeld, dachte Caleb. Erlauchten-Technik. Vielleicht befand er sich in einer Residenz.

El'Kalentar drehte eine kleine Datenscheibe aus goldener Pseudomaterie zwischen seinen Fingern und steckte sie ein. »Ich habe Ihre Erinnerungen aufgezeichnet, Esebian. Was auch immer Ihnen der Synchronisator gezeigt hat, ich werde davon erfahren. Was Sie betrifft …« In der rechten Hand des Unsterblichen erschien wieder die Stiftwaffe.

»Ich bin nicht Esebian, sondern Caleb«, zischte Caleb. Die Schwäche war wieder da, denn noch immer fehlte die Verbindung zu seinen Erweiterungen. Zorn durchströmte ihn, aber es war ein hilfloser Zorn, der ihm keine neue Kraft verlieh. Die Erkenntnis, dem Ende ohnmächtig ausgeliefert zu sein, als ein zu völliger Passivität verurteilter Beobachter des eigenen Sterbens, war so bitter, dass er an dieser Bitterkeit fast erstickt wäre. »Haben Sie gehört? *Caleb!*«

Der Unsterbliche maß ihn mit einem kalten Blick. »Wer schert sich um den Namen eines toten Mörders?«

Schwach und reglos lag Caleb da, zornig auf El'Kalentar und die Ungerechtigkeit des Universums, enttäuscht davon, so kurz nach der Rückkehr zur Dominanz im gemeinsamen Körper die letzte aller Niederlagen hinnehmen zu müssen. Er suchte noch immer verzweifelt nach einem Ausweg und musste doch begreifen, dass es keinen gab. Er hatte seinen Zweck für El'Kalentar erfüllt, welchen auch immer, und jetzt kam der Tod.

Caleb bemerkte das Prickeln erst, als der Transit schon begann, und seine Gedanken klammerten sich an diesem Rettungsanker fest: Ein Transferfeld erfasste ihn, und es stammte nicht von El'Kalentar.

Der Unsterbliche bemerkte es im gleichen Augenblick, und wenn er überrascht war, so zeigte sich in seinem Gesicht nichts davon. Er betätigte den Auslöser der Stiftwaffe, und ein Funkenbündel sprang Caleb entgegen, brannte sich ihm heiß in die Brust, noch bevor das Transferfeld ihn ganz aufgelöst hatte.

Der Schmerz war ein Schock, und für einige Sekunden gab es nichts anderes, nur diesen Schmerz, noch viel stärker als die vom Neuroprozessor ausgelösten Qualen. Dann erschien ein Gesicht über ihm, ein anderes Gesicht, schmal, mit hoher Stirn, das Haar dicht und graubraun. Ein Mann, der etwa fünfzig Scheinjahre alt war und am Kragen seiner Jacke neben dem Hoheitssymbol des Direktoriats, das ihn als Präfekten auswies, das Kandidatenabzeichen eines Residenten trug.

»Ich sterbe«, stöhnte Caleb und spuckte Blut.

»Das lasse ich nicht zu«, sagte der Präfekt. »Ich brauche Sie, Esebian.«

Was kenn ich euch? Was sah ich euch? Warum
Ist mein unsterblich Sein so außer sich
Und nimmt all diese neuen Schrecken wahr?

GEBROCHENE SYMMETRIEN

55

Dies ist ein weiterer Moment für die Flamme des Lebens in dem Raum, dessen Türen und Fenster hinter Stahlblenden verborgen bleiben. Sie brennt ruhiger als beim letzten Mal, bewegt sich kaum, und diesmal ist sie fast ganz gelb. Ihr Licht reicht nicht weit, und es fällt schwer, in den Schatten die beiden am Tisch sitzenden Personen zu erkennen. Während Esebian sie noch beobachtet, löst sich eine weitere Silhouette auf, und Talanna ist nicht mehr da.

»Hast du dich jemals gefragt, was dort draußen ist?« Caleb deutet auf die Stahlblenden. »Hinter den Fenstern und Türen.«

»Dazu hatte ich noch keine Gelegenheit«, erwidert Esebian und bleibt vor dem Kopfende des Tisches stehen. Es ist sein Platz, weiß er, aber er setzt sich nicht. Er steht lieber, vertraut seinen Beinen, die hier, an diesem Ort, nicht schwach sind und es nie sein werden. Frieden erfüllt ihn, eine ruhige Gelassenheit, wie er sie sich immer gewünscht hat. Mit einem kontrollierten mentalen Modus hat dies nichts zu tun, denn alles bleibt in Reichweite: jeder Gedanke, jedes Gefühl. Hier fehlt nichts; hier wird nichts gefiltert und ausgeklammert. Im Gegenteil: Er hat das Gefühl, zum ersten Mal in seinem Leben komplett zu sein. Und er kennt den Grund dafür.

Caleb kennt ihn ebenfalls.

»Keine Gelegenheit?«, wiederholt er. »Dies ist unser Leben, Esebian. Wir haben unser ganzes Leben in diesem Raum verbracht, in der uns vertrauten Welt.«

»Eine Metapher«, sagt Esebian.

»Ja.« Caleb tritt näher zur Flamme auf dem Tisch, und in ihrem Licht sieht Esebian, dass Caleb alt geworden ist. Und er wirkt unendlich traurig. »Eine Metapher. Aber sie nützt mir nichts, denn mein Leben geht hier zu Ende.« Er schüttelt den Kopf. »Ich habe mich für viel stärker gehalten. Ich habe gedacht: Wer ist dieser Esebian schon? Nicht mehr als ein zwanzig Jahre alter naiver, pazifistischer Wissenschaftler, der glaubt, auf den ›rechten Weg‹ zurückkehren zu können. Wenn es überhaupt einen solchen Weg gibt. Aber ich habe mich geirrt. Du bist der Starke.«

»Vielleicht gibt es keinen rechten Weg. Aber es gibt zweifellos Wege, die richtiger sind als andere. Für die eigene Unsterblichkeit zu töten … Das kann nicht richtig sein.«

Caleb hebt die Arme und lässt sie wieder sinken. »Du hast dem verdammten Erlauchten gehört. Er hat uns manipuliert. Wir hatten keine Wahl.«

»O nein, Caleb.« Esebian erkennt Calebs Worte als einen Rechtfertigungsversuch, als das Bestreben, Verantwortung abzulehnen und weniger Schuld zu fühlen. Die Gedanken und Emotionen hinter den Worten sind so klar, als wären es seine eigenen, und das sind sie auch. Denn Caleb ist ein Teil von ihm, ein Teil seines Lebens. Bestimmte Dinge hat er immer ihm überlassen, seinem Denken und Empfinden. So wie Caleb jetzt Schuld von sich weist, hat er selbst Schuld von sich gewiesen. Es ist alles so klar, so leicht zu verstehen. Wenigstens dies. »Man hat immer eine Wahl.«

»Im Labyrinth hattest du keine«, sagt Caleb mit leisem Spott.

Esebian lächelt kurz und spürt, dass der Moment zu Ende geht. »Du hast mich gerettet. Ohne dich hätte ich es nicht geschafft.« Er streckt die Hand aus. »Komm.«

Caleb sieht noch einmal zu den Stahlblenden. »Ich würde wirklich gern wissen, was sich dort draußen befindet.«

»Du wirst es erfahren. Wenn ich die Blenden abnehme. Wenn dies alles vorbei ist.«

»Für mich ist es jetzt vorbei.«

»Nein, das ist es nicht, Caleb. Du wirst immer ein Teil von mir sein. Wie auch die anderen. Alle zusammen sind … wir. Ich.«

»Du.« Caleb seufzt schwer. »Ich hoffe, du hast Recht. Und ich hoffe, dass du Gelegenheit erhältst, die verdammten Blenden abzunehmen, damit ich einen Blick nach draußen werfen kann. Streng dich an, Esebian!«

»Du kannst mir weiterhin helfen. Mit deiner Kraft. Mit deiner Entschlossenheit.«

Caleb tritt näher und bleibt dicht vor Esebian stehen. Eine Träne löst sich aus dem rechten Auge und rinnt über eine Wange, die an Farbe und Substanz verliert. »Du ahnst nicht, wie sehr ich mir die Unsterblichkeit gewünscht habe. All die Wunder des Universums, und so wenig Zeit, sie zu bestaunen …«

»Du wirst Zeit bekommen«, sagt Esebian. »Wir alle. Jahrtausende. Die Ewigkeit.« Er ergreift Calebs Hand, und sie löst sich in der seinen auf. Die Gestalt vor ihm wird zu einem Schemen, wie zuvor die anderen. Die Flamme des Lebens flackert einmal, und dann ist Caleb verschwunden, seine Stimme für immer verhallt.

Aber er ist nicht tot. Esebian fühlt ihn in sich, in seinen Erinnerungen und Erfahrungen, als ein Kapitel seines Lebens. Er sieht sich noch einmal in dem stillen Raum um und blickt in die Schatten, aus denen keine Stimmen mehr flüstern, weil alle Stimmen zusammen zu seiner geworden sind. Schließlich wendet er sich vom Tisch ab, geht zu einer der Stahlblenden und streicht mit den Fingern über sie.

»Ich habe es dir versprochen«, sagt er leise und versucht gar nicht, die Blende zu lösen, denn noch ist es nicht so weit. »Und ich verspreche es auch euch anderen. Ich führe euch in das Leben, das draußen auf uns wartet. Aber erst müssen wir dies hinter uns bringen.«

Er kehrt zum Tisch zurück, und einige Sekunden lang – Teil eines Moments – blickt er in die gelbe, ruhig brennende Flamme. Dann beugt er sich vor und bläst sie aus.

Der Mann war wortlos hereingekommen, und wortlos saß er da, seit inzwischen ein oder zwei Minuten, sah ihn einfach nur an. Gut fünfzig Scheinjahre war er alt: das Gesicht schmal, die Stirn hoch, das Haar dicht und graubraun. Er trug eine dunkelblaue Hose mit mehreren Taschen und silbernem Besatz an den Knien, darüber eine etwas hellere Jacke mit dem Hoheitssymbol des Direktoriats am linken Kragen und dem Kandidatenabzeichen des Residenten am rechten. Es war der Mann, den Esebian nach dem rettenden Transfer gesehen hatte, aber inzwischen bezweifelte er, dass es sich wirklich um eine Rettung handelte – er schien eher vom Regen in die Traufe geraten zu sein. Während ihn der Mann stumm musterte, vermutlich mit der Absicht, ihn zu verunsichern, versuchte Esebian seinerseits, einen Eindruck von ihm zu gewinnen. An seiner Intelligenz bestand kein Zweifel; sie zeigte sich deutlich im wachen Blick, dem nichts zu entgehen schien. Der Gesichtsausdruck war neutral, aber Esebian fühlte eine kühle Distanziertheit, die Ablehnung verbergen sollte. Dahinter gab es noch etwas anderes, das eine vage Erinnerung in ihm wachrief. Er wusste dies zunächst nicht zu deuten, doch schließlich fiel es ihm ein: die Trauer, die Caleb – ausgerechnet ihn! – veranlasst hatte, eine Träne zu vergießen. Wer auch immer dieser Mann war: Tief in seinem Innern und so gut verdrängt, dass er vielleicht selbst nichts davon ahnte, gab es Trauer.

»Wissen Sie, wer ich bin?«, fragte der Resident.

»Sie sind mein Retter«, sagte Esebian. »Wenn Sie nicht gewesen wären, hätte El'Kalentar mich umgebracht.«

»Sie glauben, dass es El'Kalentar war?«

»Ganz sicher. Was Sie betrifft ... Ich muss gestehen, dass ich Sie nicht kenne.«

Der Mann im Sessel auf der anderen Seite des kleinen Tisches lehnte sich zurück. »Akir Tahlon, Präfekt der Hohen Welten und Erster Hochkommissar des Direktoriats. Ich habe die Fahndung nach Ihnen geleitet. Und jetzt sind Sie hier, an Bord meines Schiffes.«

Esebian wusste, dass er ein Gefangener war. Es gab in diesem Raum keine Schirm- und Fesselfelder, und seine Gliedmaßen steckten auch nicht in Schellen irgendeiner Art. Das Gefängnis – der Kerker, aus dem es kein Entkommen für ihn gab – war sein eigener Körper. Er ruhte in einem Stützgerüst, wie es oft für Patienten verwendet wurde, die Rückenmark- oder Hirnstammoperationen hinter sich hatten und auf eine Regeneration der betroffenen Nervenzellen warteten. Ein transparenter, lebendiger Osmosefilm – vergleichbar mit dem Schwarmsymbionten, der ihm das Aussehen eines gewissen Isaac DelMeo gegeben hatte – umhüllte seinen grauen, ausgemergelten Leib, dessen Wunden sich gerade erst geschlossen hatten. Die offensiven und defensiven Systeme funktionierten nicht mehr. Esebian spürte nicht einmal ihre

Präsenz – vielleicht waren sie ganz aus ihm entfernt worden, ebenso wie die Konverterzellen, die offenbar ebenfalls fehlten. Die übrigen Erweiterungen existierten zwar noch, aber ihre Funktion war eingeschränkt – entweder waren sie beschädigt, oder ein Neutralisierungsfeld hinderte sie daran, ihr volles Potenzial zu entfalten. Wenn sich Esebian ganz auf seinen Tastsinn konzentrierte, spürte er im Rücken etwas Weiches und Gummiartiges: synthetische Biomasse, die durch Hunderte von Kapillarwurzeln diffundierte und den Nanomaschinen in ihm als biologisches Baumaterial für Gewebereparaturen und die Neukonstruktion von Organen diente.

»Ich habe El'Kalentar nicht ermordet«, sagte Esebian. »Es gibt also keinen Grund für Sie, mich festzuhalten.«

»Ich bitte Sie.« Die dünnen Lippen des Präfekten formten ein humorloses Lächeln. »Ich weiß, wer Sie sind. Ich kenne alle, oder fast alle, Ihrer Identitäten. Sie haben zahlreiche Morde begangen, um sich damit einen Weg zur Unsterblichkeit zu erkaufen.«

Esebian hätte seine Gedanken gern beschleunigt, aber er konnte nicht mehr in verschiedene mentale Modi umschalten. »Sie haben gesagt, dass Sie mich brauchen.«

»Ich möchte … verstehen«, sagte Akir Tahlon langsam. Er stützte die Ellenbogen auf die Armlehnen und drückte die Fingerspitzen aneinander. »Was steckt hinter dem Mord, der gar keiner war? Wer gab Ihnen den Auftrag? Welche Rolle spielt das Netzwerk in diesem Zusammenhang?«

Aurora, dachte Esebian und entsann sich an den Kommunikationschip mit der q-verschränkten Verbindung. Auf Lahor hatte er den Chip nicht verwendet, weil es nur diese eine

Möglichkeit für ihn gab, noch einmal mit Erebos Kontakt aufzunehmen.

»Was soll mit mir geschehen?«, fragte er. »Was haben Sie mit mir vor, Präfekt?« Er deutete durchs Zimmer. »Dies ist weder ein medizinisches Zentrum noch ein Penitenzinstitut. Ich weiß nicht, wie lange ich schon hier bin, aber bestimmt hätten Sie bereits Gelegenheit gehabt, mich der Justiz des Direktoriats zu übergeben. Dass ich mich noch an Bord Ihres Schiffes befinde, wie Sie sagen, hat zweifellos einen bestimmten Grund.«

Der Mann im Sessel auf der anderen Seite des kleinen Tisches atmete tief durch. »Erzählen Sie mir, was im Labyrinth geschah. Schildern Sie mir Ihre Begegnung mit El'Kalentar.«

Esebian musterte den Präfekten einige Sekunden lang und sah dabei die Trauer tief in seinen Augen etwas deutlicher. Vielleicht bot sich dort ein Ansatzpunkt.

Er berichtete von seinen Erlebnissen im Labyrinth, ohne Titus Magobb und Aurora zu erwähnen. Er beschrieb die Restrukturierungen und temporalen Anomalien und wies darauf hin, dass El'Kalentar an den »wichtigsten Konnektorstellen« insgesamt vierundzwanzig Transferpole installiert hatte. »Er wusste, dass ich mich im Labyrinth befand, und Sie haben es ebenfalls gewusst, Präfekt. Woher?« Erebos, dachte er. Sein in die Datennetze eingeschleuster Hinweis hat nicht nur El'Kalentar erreicht, sondern auch die Präfektur des Direktoriats.

Akir Tahlon stand auf, und dabei bemerkte Esebian, dass eine Tasche an seiner dunkelblauen Hose gut gefüllt zu sein schien. Er trat zur Wand, und das Gesteninterface des Zimmers ließ graues Stahlkomposit transparent werden. Lahor erschien, mit der kontinentalen Hand, die den halben Planeten umfasste. Das Schiff des Präfekten befand sich offenbar in einem recht hohen Orbit, denn zahlreiche Lichter weiter unten verrieten die Präsenz von anderen Raumschiffen und mehreren Orbital-Ports.

»Seit einer Woche sind wir hier«, sagte der Präfekt langsam und fast wie zu sich selbst. »Zehn Tage habe ich auf Ihre Vernehmungsfähigkeit gewartet.« Er drehte sich um. »Ich hätte auch einen mentalen Crawler einsetzen können, um Ihren Gedächtnisinhalt auszulesen.«

»Ohne meine Einwilligung?«

Tahlon wölbte die Brauen. »Wollen Sie sich etwa auf Ihre Privatsphäre berufen? Mörder haben keine Privatsphäre.«

Esebian schnaufte leise. »Warum sind alle so sehr an meinem Gedächtnis interessiert? El'Kalentar lenkte mich mit mehreren Transfers ab, um meine Erinnerungen aufzuzeichnen.« Der Mentalblocker in seiner Großhirnrinde fiel ihm ein, und er griff vorsichtig darauf zu. Er existierte noch, reagierte aber nicht, als er eine Statusanfrage an ihn richtete. »Und jetzt Sie.«

»Was wollte El'Kalentar von Ihnen wissen?«

Esebian zögerte und dachte an das Gefühl des Schrittes, der über eine lichtjahrweite Kluft führte. »Ihm ging es um meine Erlebnisse im Labyrinth«, sagte er ausweichend.

»Warum hat er danach gefragt?«

Esebian wollte den rechten Arm heben – vom linken war nur ein Stumpf übrig –, aber das Stützgerüst hinderte ihn daran. »Keine Ahnung.«

»Wenn Sie nicht bereit sind, mir Auskunft zu geben, entscheide ich vielleicht doch noch, einen Crawler in Ihr Hirn zu schicken.«

Esebians Gedanken waren noch immer träge, aber nicht so träge, dass er die Verletzung der Regeln übersah.

»El'Kalentar ist nicht tot«, sagte er klar und deutlich, als wollte er sich mit diesen Worten selbst Gewissheit verschaffen. »Ich habe ihn nicht ermordet. Sie haben mich eben als Mörder bezeichnet, und was auch immer Sie mir zur Last legen wollen: Ich bestreite es, Präfekt. Worte allein genügen nicht. Sie müssen *beweisen*, dass ich einen oder mehrere Morde begangen habe, und Sie müssen diese Beweise einem Magistergericht vorlegen. Alles andere ist leeres Gerede. Schlimmer noch: Schon Ihre Drohungen sind ein Verstoß gegen die Regeln, über deren Einhaltung Sie als Erster Hochkommissar und Präfekt wachen sollten.«

Akir Tahlons Gesicht blieb ausdruckslos, als er langsam näher trat, dicht vor dem Stützgerüst stehen blieb und einen kalten Blick auf Esebian richtete. »Wissen Sie, was ich von Leuten wie Ihnen halte?« Er beugte sich ein wenig vor. »Sie sind *Abschaum*, Esebian. Sie sind menschlicher Dreck, der Bodensatz unserer Gesellschaft. Für Leute wie Sie gibt es keine Regeln. Sie stellen Ihre eigenen Wünsche über alles andere und gehen im wahrsten Sinne des Wortes über Leichen, um Ihre Vorstellungen zu verwirklichen. Moral ist Ihnen fremd, und Ihre Ethik ist grenzenloser Egoismus. Während sich andere Menschen bemühen, die Prinzipien einer solidarischen Gesellschaft zu verwirklichen, in der Verdienste um die Gemeinschaft Motor der allgemeinen Entwicklung und des individuellen Aufstiegs sind, macht sich Gesindel wie Sie daran, all das zu untergraben, was wir aufbauen. Dreck wie Sie, Esebian, ist der Klotz am Bein der modernen Menschheit, ein Klotz, der sie langsamer vorankommen lässt. Und jemand wie Sie pocht darauf, dass für ihn die Regeln eingehalten werden? Jemand, der immer wieder getötet hat, um sich mit fremden Meriten Leben zu kaufen?«

Was ist mit den Gemischten Gebieten?, wollte Esebian fragen. Was ist mit dem Makel, der vielen Menschen den Weg zur Unsterblichkeit versperrt? Aber er schwieg, denn er spürte plötzlich, dass die Trauer in Tahlons Augen auch eine Gefahr für ihn bedeutete. Der Präfekt war über irgendetwas zutiefst enttäuscht, so sehr, dass er sich vielleicht dazu hinreißen ließ, gegen die eigenen Prinzipien zu verstoßen. Wenn er provoziert wurde. Wenn er keinen anderen Ausweg sah.

Aber vielleicht war genau das der Ansatzpunkt, den Esebian brauchte.

»Was wollen Sie von mir?«, fragte er. »Wenn ich Abschaum für Sie bin ... Warum haben Sie eine Woche auf dieses Gespräch mit mir gewartet?« Als Tahlon nicht sofort antwortete und ihn nur anstarrte, fügte Esebian hinzu: »Weil es um mehr geht, nicht wahr? Nicht nur um mich und El'Kalentar. Und es hat etwas mit den Magistern zu tun, nicht wahr? Mit ihrer Algo-Stochastik. Mit Steinen, die in einen Teich geworfen werden und Wellen verursachen, die sich überschneiden.«

Dünne Falten bildeten sich in Tahlons Stirn. »Wovon reden Sie da?«

»Hören Sie, Präfekt ...« Esebian holte tief Luft. »Ich wollte Tirrhel auf Lahor in eine Falle locken, um mehr zu erfahren. Ich tappe selbst im Dunkeln, wie Sie. Es gibt nur eine Möglichkeit, Licht in diese Sache zu bringen: Wir müssen

El'Kalentar finden und ihn zwingen, unsere Fragen zu beantworten.«

Tahlon sah ihm noch etwas länger in die Augen, wandte sich dann ab und ging einige Schritte in Richtung Tür. Bevor er sie erreichte, drehte er sich noch einmal um. »Sie verkennen die Situation, Esebian. Es gibt kein ›Wir‹ und ›Uns‹. Ich bin beauftragt, Sie nach Taschka zu bringen, der siebten Hohen Welt, und dort werden die Direktoren über Sie zu Gericht sitzen.«

»Die Direktoren? Es *geht* also um mehr. Was wird hier gespielt, Präfekt? Die Direktoren warten auf Sie, und trotzdem haben Sie sich eine Woche Zeit genommen? Welche Rolle spielen *Sie* in dieser Angelegenheit?«

Tahlon sah ihn an, kehrte zum Tisch zurück, öffnete die ausgebeulte Tasche und holte einige Gegenstände hervor. »Diese Dinge gehören Ihnen, nehme ich an. Obwohl der Identer auf den Namen Isaac DelMeo programmiert ist.«

Esebians Blick folgte einem Gegenstand nach dem anderen und versuchte, sich nichts anmerken zu lassen, als Tahlon auch das grauschwarze Kästchen mit Transitweiche und Möbiusschleife sowie den Kommunikationschip, den er von Erebos erhalten hatte, auf den Tisch legte.

»Wer hat Ihnen auf Lahor geholfen?«, fragte der Präfekt.

»Sie wissen es, nicht wahr?«

Von Tahlon kam ein Geräusch, das fast nach einem Seufzen klang. »Es gibt mindestens eine Basis des Netzwerks auf dem Planeten, und wir würden sie finden, wenn wir aufmerksam genug nach ihr suchen. Wir brauchen nur Ihren Weg zu verfolgen. Isaac DelMeo hat Spuren hinterlassen.«

Tief in Esebian erstarrte etwas. Er dachte an die Vorwürfe,

die Felton und Kaspari auf Drossos gegen ihn erhoben hatten, hörte in seiner Erinnerung auch Jacintas bittere Worte und sah vor dem inneren Auge das Becken, in dem Erebos ruhte, im wahrsten Sinne des Wortes das Gehirn von Aurora.

»Helfen Sie mir«, sagte Akir Tahlon. Er schien mit sich selbst zu ringen und fuhr dann fort: »Geben Sie mir die Informationen, die ich brauche. Dann verzichte ich darauf, Maßnahmen gegen das Netzwerk auf Lahor einzuleiten.«

Esebian glaubte, seinen Ohren nicht trauen zu können – der Präfekt bot ihm einen Handel an? Sein Verhalten steckte voller Widersprüche. Hatte er *deshalb* eine Woche in einem hohen Orbit über Lahor gewartet? In der Hoffnung, wichtige Hinweise zu bekommen, bevor … Bevor ihm die Direktoren die Kontrolle über seinen Häftling entzogen? Und Hinweise *worauf?* »Vorhin haben Sie ziemlich deutlich gemacht, wie wenig Sie von mir halten. Und Sie haben ein ›Wir‹ und ›Uns‹ ausgeschlossen.«

»Sie bleiben ein Mörder, und ich bin der Präfekt«, sagte Tahlon betont kühl. Er deutete auf den grauschwarzen Kasten. »Die Möbiusschleife ist aktiv. Was enthält sie?«

Esebian versuchte, seine Gedanken unter Kontrolle zu halten, aber plötzlich herrschte Chaos in ihm. Während er noch versuchte, einen Sinn in dem seltsamen Gebaren des Präfekten zu erkennen – und eine Möglichkeit für ihn, davon zu profitieren –, kehrte plötzlich Leandra in sein Bewusstsein zurück. Mehrere Möglichkeiten schossen ihm durch den Kopf, eine gefährlicher als die andere.

»Der Flug wird einige Tage dauern«, sagte Tahlon. »Nutzen Sie die Zeit und denken Sie über Ihre Situation nach. Das Gericht der Direktoren wird Sie verurteilen, so viel steht fest.«

Wieder ein kurzes Zögern – und die nächsten Worten klangen irgendwie mühsam, als müssten sie einen Widerstand überwinden, bevor sie Zunge und Lippen erreichten. »Wenn es dazu kommt.« Er begann damit, die Objekte wieder einzustecken.

»Sie gehören mir«, sagte Esebian.

Tahlon richtete einen erstaunten Blick auf ihn. »Sie glauben doch nicht im Ernst, dass ich Ihnen ein modifiziertes Artefakt der Incera überlasse, ein Gerät, das eine Transitweiche und eine aktive Möbiusschleife enthält?« Er ließ den grauschwarzen Kasten in seiner Tasche verschwinden. »Was den Rest betrifft …« Mit der Kuppe des Zeigefingers gab er dem Identer einen kleinen Stoß und ließ ihn über den Tisch rutschen. »Behalten Sie ihn von mir aus. Nehmen Sie ihn als Erinnerung daran, dass Isaac DelMeo nicht mehr existiert. Und auch Esebian könnte bald nicht mehr existieren.«

Sein Zeigefinger berührte den Kommunikationschip, verharrte kurz bei ihm und wich zurück. »Wenn Sie glauben, damit das Netzwerk auf Lahor kontaktieren und Hilfe anfordern zu können, muss ich Sie enttäuschen. Die Kommunikationssysteme dieses Schiffes sind sicher; es wird weder interne noch externe Verbindungen für Sie geben.« Tahlon ging zur Tür. »Überlegen Sie gut«, fügte er hinzu und verließ das Zimmer.

Er weiß nichts davon, dachte Esebian und wagte es noch immer nicht, den Blick auf den Chip zu richten. Er weiß nichts von der Quantenverschränkung.

Und vielleicht wusste er auch nicht, dass Esebians Kommunikationserweiterungen noch immer funktionierten. Er brauchte die Kom-Systeme des Schiffes gar nicht.

Esebian stellte fest, dass er den Atem angehalten hatte. Langsam ließ er ihn entweichen, wartete einige Minuten und beobachtete, wie sich Lahor tief unter dem Schiff des Präfekten drehte. Dann steuerte er das Stützgerüst zum Tisch, nahm den Chip und machte sich daran, eine Verbindung mit Erebos herzustellen.

56

Warum sollte der Präfekt ihm einen funktionierenden K-Chip überlassen? Diese Frage beschäftigte Esebian, als er seine Kommunikationserweiterungen aktivierte und dem Chip den Sicherheitscode übermittelte, den er von Erebos erhalten hatte. Eine Geste der Großzügigkeit? Hoffte er vielleicht, dem Gefangenen ein Gefühl von Hilflosigkeit zu vermitteln, weil er mit dem Chip – angeblich – nichts anfangen konnte? Oder war es ein Zeichen des guten Willens, vielleicht sogar ein verschleiertes Angebot? Was auch immer die Motive des Präfekten sein mochten – er irrte sich, wenn er glaubte, dass der Kommunikationschip für Esebian nutzlos war. Ein Bestätigungssignal kam als Antwort auf den Code und beschrieb die Synchronisierungssequenz für die gut getarnte Quantenverschränkung. Der energetische Aufwand war so gering, dass die kleine seminukleare Batterie des Chips völlig genügte.

Ob die Kom-Systeme des Schiffes sicher waren oder nicht, spielte für Esebian überhaupt keine Rolle, denn er brauchte sie nicht.

Er stellte die q-verschränkte Verbindung her und schickte einen Frage über viele Lichtjahre hinweg. »Hörst du mich, Erebos?«

Stille, mit einem leicht bitteren Geschmack. Esebian überprüfte die anderen noch funktionierenden Erweiterungen und versuchte, den Geschmackssinn zu neutralisieren. Synästhesie lenkte jetzt nur ab.

»Ja, ich höre dich«, ertönte schließlich die Antwort, wie eine leise Stimme aus den dunklen Tiefen einer Höhle. »Esebian …?«

»Ich brauche dringend Hilfe, Erebos.«

»Was … ist geschehen?«, fragte der Brainer. Seine Worte kamen mit leichten Verzögerungen und klangen träge.

»Der Trick, die Falle auf Lahor … Es ist alles schiefgegangen.« Esebian berichtete rasch von den Ereignissen auf dem Planeten. Er saß stumm im Stützgerüst, den Blick auf die Wand gerichtet, die sich in ein Fenster verwandelt hatte; aber seine Lippen bewegten sich nicht, er kommunizierte mental mit Erebos.

»Titus Magobb?«, flüsterte es aus lichtjahreweiter Ferne. »Er hat dich … verraten? Meinen Anweisungen wurde zuwidergehandelt. Ich werde ihn zur Rechenschaft ziehen und …«

»Spar dir die Mühe. Magobb ist tot. Ich bin Gefangener des Präfekten, und er hat mir eine Art Handel angeboten. Er will darauf verzichten, Maßnahmen gegen Aurora einzuleiten, wenn ich seine Fragen beantworte. Aber ich kann seine Fragen nicht beantworten, weil ich nichts weiß. Auch El'Kalentar wollte Informationen von mir!«

»Dass El'Kalentar gar nicht ermordet wurde … Es fügt den Gleichungen eine neue Variable hinzu. Ich muss die Berechnungen wiederholen, die Situation … neu bewerten …«

»Ich brauche *Hilfe,* Erebos! Der Präfekt will mich zu den Direktoren bringen, und dort soll ein Prozess gegen mich stattfinden.« Während Esebian diese Worte sprach, beobachtete er, wie der helle Fleck eines Orbital-Ports auf der Nachtseite hinter der Krümmung des Planeten verschwand. Dutzende und Hunderte von anderen Lichtern – Raumschiffe und Raumstationen – glitten wie eingefangene Sterne durch die unterschiedlichen orbitalen Schalen über Lahor. »Wenn es zu einem solchen Prozess kommt, wird man mich verurteilen. Mir bleiben nur wenige Tage.«

Ein Knistern und Knacken kam durch die Verbindung, obwohl solche Störungen eigentlich ausgeschlossen sein sollten. Esebian verzog das Gesicht, blieb aber stumm.

»Ich weiß nicht, ob ich dir … helfen kann. Ich … ich stelle Interferenzen fest, Esebian. Das ist seltsam.«

»Wir brechen bald nach Taschka auf.« Esebians Blick galt noch immer Lahor, und er sah ein kurzes Flackern in einer Unwetterzone über dem Zeigefinger der kontinentalen Hand. »Unternimm etwas, Erebos!« Dies war seine letzte Chance; daran gab es keinen Zweifel. Wenn ihm Erebos und Aurora nicht helfen konnten, würde es zum Prozess kommen, und beim Urteil durfte er keine Milde erwarten: bestenfalls Erinnerungslöschung und Restrukturierung seiner Persönlichkeit; schlimmstenfalls, und das hielt er für wahrscheinlicher, physische und psychische Elimination. Aus. Ende. Für immer.

Erneut knackte es.

»Die Quantenverschränkung … muss im Labyrinth … beeinträchtigt worden sein«, sagte Erebos in der Ferne. »Die Interferenzen nehmen zu. Bevor der Kontakt abbricht … Ich habe Nachforschungen in Bezug auf Leandra angestellt.«

Leandra, dachte Esebian. »Was ist mit ihr? Was hast du herausgefunden?«

»Sie ist vor drei Echtjahren aus dem Hochsicherheitstrakt von Echaura ausgebrochen.« Erebos' Stimme wurde leiser. »Echaura ist der dritte Planet des Klaich-Systems, bei der Kleinen Leere im zentralen Sektor der Gemischten Gebiete. Dort gibt es ein mentalistisches Institut, das der Sanität des Direktoriats angeschlossen ist. Besonders schwere Fälle werden dort behandelt.«

»Besonders schwere Fälle von was?«, fragte Esebian.

»Von geistiger Deformation bei Mentalisten. Leandra ist eins von sehr wenigen Multitalenten. Teleportation, empathische Telepathie, Suggestion, laterale Präkognition. Sie kann Einfluss auf Strukturen und Wechselwirkungen im molekularen und atomaren Bereich nehmen. In einem Fall soll sie eine nukleare Kettenreaktion ausgelöst haben. Die Spezialisten auf Echaura attestieren ihr ein nahezu unbegrenztes psionisches Spektrum, das noch größtenteils brachliegt – dadurch wird sie zu einer unkalkulierbaren Gefahr. Ein ›dynamischer Egozentrismus‹ veranlasst sie, Personen in ihrer Umgebung zu beeinflussen und sie dazu zu bringen, auf ihre Bedürfnisse einzugehen. Ständig ist sie instinktiv bestrebt, alles ihren Interessen unterzuordnen. Diese Ichbezogenheit hat mentalvampiristische Züge …«

»Was?«, fragte Esebian. Für einen kaum messbaren Moment hatte er das Gefühl, von sich selbst getrennt zu sein und dieses verwirrte *Was?* als unbeteiligter Dritter zu hören. Die Quantenverschränkung schien tatsächlich beschädigt zu sein.

»Leandra ist passive Empathin und selbst fast völlig emotionslos, wie es in den Bewertungen des Instituts heißt«, erklärte Erebos. »Mit ihren mentalistischen Fähigkeiten stimuliert sie in anderen Personen Gefühle, die sie dann in sich aufnimmt. Gewalt scheint dabei eine wichtige Rolle zu spielen. Was noch wichtiger ist: Es sind Fälle bekannt, in denen diese Art von geistigem Vampirismus zu einer emotionalen

Abhängigkeit des Opfers führte. Leandra ist äußerst gefährlich und ...« Die nächsten Worte verloren sich in einem lauten Rauschen.

»Erebos?«, Esebian hätte fast laut gesprochen. »Erebos?«, riefen seine Gedanken in den quantenverschränkten Äther.

»Die Verbindung wird instabil«, kam die Stimme des Brainers. »Fouracre ...«

Esebians Blick ging noch immer durch die transparente Wand, und er beobachtete, wie sich das Flackern in der Unwetterzone wiederholte. Ein Licht fiel ihm auf, heller als die anderen. Es kroch über die Nachtseite des Planeten.

»Was ist damit?«

»Die Datenbanken von Kellupkia sind seit zwei Tagen blockiert, aber wer auch immer die dortigen Informationen verbergen wollte, er übersah eine teilweise erhaltene Kopie in den Archiven von Airth. ›Fouracre‹ ist ein Geheimprojekt der Erlauchten und steht in direktem Zusammenhang mit El'Kalentar und El'Hantor. Ich kann dir nicht sagen, was es damit auf sich hat, aber eine Spur, der ich gefolgt bin, führt zum Schrein auf Gondal ...«

Der Lichtpunkt erreichte die Krümmung des Planeten und verschwand dahinter, und plötzlich begriff Esebian, was ihm so sonderbar erschienen war: Das Licht stammte von dem Orbital-Port, dessen Verschwinden hinter dem Planeten er schon vor einigen Minuten beobachtet hatte.

Das Bild vor seinen Augen verschwamm kurz, und dann verschwand nicht nur der Orbital-Port, sondern der ganze Planet. Eine andere Welt nahm seinen Platz ein: weiß an den Polen, weiß auch dort, wo Wolkensysteme über grünbraune Kontinente zogen.

»Taschka«, sagte jemand. »Wir sind fast da.«

Esebian drehte den Kopf. »Tahlon«, ächzte er und bemerkte ein kleines Gerät in der Hand des Präfekten.

»Der Neuroprozessor, mit dem Sie auf Lahor ausgestattet wurden, hat sich als nützlich erwiesen«, sagte Akir Tahlon. Er trat näher und zog den Kommunikationschip aus Esebians schlaffer Hand. »Den brauchen Sie nicht mehr.«

Esebian wollte aus einem Reflex heraus die Hand zum Nacken heben, aber er konnte sie nicht mehr bewegen. Gelähmt saß er da, gefangen in einem Körper, der ihn immer mehr im Stich ließ, und ebenso gefangen in einer aussichtslosen Situation. Tahlon hatte ihn getäuscht, ihm mit neuronaler Stimulation eine falsche Realität vorgespielt, um die Informationen zu bekommen, die er von ihm haben wollte. Und er war darauf hereingefallen! Er hatte die vermeintlich günstige Gelegenheit genutzt und eine Verbindung mit Erebos hergestellt, hatte damit ihn und Aurora verraten. Tahlon hatte es sich bestimmt nicht nehmen lassen, die Signale zu verfolgen; er wusste jetzt, wo sich das Gehirn des Netzwerks befand.

»Sie haben es versprochen«, brachte Esebian hervor. »Sie haben versprochen, nichts gegen Aurora zu unternehmen, wenn ich Ihre Fragen beantworte.«

Tahlon ging zur Tür. »Ich werde bald Antworten auf alle meine Fragen bekommen. Bei Ihrem Prozess. Ich werde die Direktoren zwingen, Auskunft zu geben, über die Hintergründe der angeblichen Ermordung von El'Kalentar, über Fouracre und alles andere. Ich werde dafür sorgen, dass die Magister bei dem Verfahren präsent sind – die Erlauchten werden nichts verheimlichen können. Was Sie betrifft … Einem Mörder gegenüber fühle ich mich nicht an irgendwelche Versprechen gebunden. Es sind bereits Schiffe nach Drossos unterwegs; das Netzwerk wird endlich zerschlagen.«

Tahlon wirkte zufrieden, aber Esebian sah noch immer die Trauer tief in seinen Augen.

»Sie machen einen Fehler, Präfekt«, sagte er langsam. »El'Kalentar glaubt, dass ich etwas weiß, und das dürfte der Grund sein, warum er immer wieder versucht hat, mich aus dem Verkehr zu ziehen. Er wird die erste Gelegenheit nutzen, mich zu töten.«

Tahlon öffnete die Tür.

»Die Erlauchten betreiben ein Geheimprojekt und wollen sich nicht in die Karten schauen lassen«, fügte Esebian rasch hinzu. »Halten Sie sich für unentbehrlich? Sie glauben wohl, die Direktoren würden es nicht wagen, etwas gegen Sie zu unternehmen.«

Akir Tahlon richtete einen durchdringenden Blick auf ihn. »Ich bin Präfekt der Hohen Welten und Erster Hochkommissar des Direktoriats. Ich bin dem Gesetz verpflichtet, und das Gesetz ist wichtiger als alles andere. Ich werde für die Einhaltung der Regeln sorgen.«

Damit ging er.

Esebian starrte einige Sekunden auf die geschlossene Tür und murmelte: »Sie sind ein Narr, Präfekt.«

57

Esebian sah aus dem Fenster des Orbitalspringers und beobachtete, wie sie aus der Umlaufbahn fielen, den Subtropen des Planeten entgegen. Sie würden in einer Stadt landen, die sich an den Ufern von insgesamt neun kobaltblau schimmernden Seen erstreckte. Es war keine große Stadt – in ihr lebten höchstens hunderttausend Menschen, und davon waren kaum mehr als einige wenige Dutzend Erlauchte. Bei den übrigen Bewohnern handelte es sich entweder um Residente, die auf Dauer in Agreda wohnten, oder um Kandidaten niedrigerer Stufen, die eine zeitlich befristete Aufenthaltserlaubnis für Taschka hatten.

Esebian hatte sich schon vor Langem ausführlich über Taschka, die siebte der Einundzwanzig Hohen Welten, die Heimat der Unsterblichen, informiert. Er hatte gehofft, eines Tages hierherzukommen, als Aufgestiegener, als jemand, der den Tod endgültig besiegt hatte und vor dem ein viele Jahrtausende langes Leben lag. Stattdessen kam er als Gefangener, in einem Körper, der immer mehr verfiel und ihn innerhalb weniger Tage oder Wochen umbringen würde. El'Kalentar kann sich die Mühe sparen, mich zu töten, dachte er bitter und beobachtete, wie die Hauptstadt des Planeten größer wurde. Das Licht der frühen Morgensonne löste letzte Dunstschwaden über den Seen auf und ließ die niedrigen Gebäude an ihren Ufern in allen Regenbogenfarben schimmern, als der Orbitalspringer, von vier Flugwagen mit Hoheitszeichen des Direktoriats eskortiert, auf dem Dach eines ockerfarbenen, quadratischen Bauwerks landete. Die Worte, die Akir Tahlon mit seinen Mitarbeitern wechselte – insbesondere mit einem kleinen, fragil wirkenden Hybriden, dessen am Hals zusammengefaltete Kiemen gelegentlich die Farbe wechselten und sich aufblähten –, deuteten auf Spannungen oder vielleicht sogar einen massiven Konflikt zwischen ihm und den Erlauchten hin.

»Liefern Sie mich ihnen nicht aus«, sagte Esebian, als die Luke aufschwang und Tahlon die Hand nach den Kontrollen des Stützgerüsts ausstreckte. »Lassen Sie uns gemeinsam versuchen, die Hintergründe dieser Sache aufzuklären. Sie haben mein Gespräch mit Erebos gehört. Auf Gondal, beim Schrein, könnten wir vielleicht herausfinden, was es mit Fouracre auf sich hat.«

»Erebos' interstellare Verbindungen sind inzwischen blockiert«, sagte der Präfekt kühl und lenkte Esebians Stützgerüst durch die Luke nach draußen. Mehrere Uniformierte warteten dort, während die vier Flugwagen mit summenden Gravitationsmotoren über dem Gebäude kreisten. »In wenigen Tagen werden sich alle Angehörigen des Netzwerks auf Drossos in unserem Gewahrsam befinden.« Er wechselte einige leise Worte mit dem Hybriden, der in den Orbitalspringer zurückkehrte; hinter ihm schloss sich die Luke. »Außerdem habe ich gar nicht vor, Sie ›auszuliefern‹. Ich werde Sie zu Ihrem Prozess begleiten und daran teilnehmen.«

»Tahlon …« Esebian wollte die rechte Hand heben, aber sie bewegte sich nur einige Zentimeter nach oben. »Sie machen einen Fehler«, wiederholte er.

Aber Tahlon achtete nicht mehr auf ihn und lenkte das

Stützgerüst zu einer Tür, wo weitere Uniformierte warteten. Sicherheitsmaßnahmen? Auf einer Hohen Welt? Die Uniformierten schienen nicht bewaffnet zu sein, aber das bedeutete nicht viel – selbst sehr leistungsfähige Waffensysteme ließen sich gut verstecken und tarnen.

Im Innern des Gebäudes – der Präfektur – war es kühler als draußen, und das matte Glühen von Leuchtflächen in Decke und Wänden ersetzte den hellen Sonnenschein. Erstaunlicherweise gab es keine Fenster. Vermutlich hatte eine Reprogrammierung der hiesigen Formspeicher die Fenster verschwinden lassen. Damit man ihn von draußen nicht sah? Um seine Lokalisierung zu erschweren? Wen oder was fürchtete Tahlon?

Am Ende des Korridors wartete ein aktivierter Transferitor und brachte sie in einen anderen Teil des Gebäudes, in einen großen Raum mit Panoramawänden, die offenbar verschiedene Orte auf Taschka zeigten: Agreda, die Kobaltblauen Seen, Wälder und Gebirgszüge, Außenansichten von Domizilen der Erlauchten.

Esebian drehte den Kopf und stellte fest, dass nur noch Tahlon hinter ihm stand.

»Keine Zelle, sondern ein Apartment«, sagte der Präfekt. »Alles sehr bequem.« Er ging zur Tür. »Ich erwarte nicht, dass Sie sich hier länger als einige Tage aufhalten werden. Mehr Zeit dürfte für die Vorbereitung des Prozesses nicht nötig sein.«

»Tahlon …«

Der Präfekt erreichte die Tür und öffnete sie, wich dann aber sofort einen Schritt zurück. Zwei Gestalten standen vor ihm: eine Frau mit leuchtend rotem und orangefarbenem

Haar, das einen Turm auf ihrem Kopf bildete, und ein älter wirkender Mann, in eine Aura kühler Distanziertheit gehüllt. Selbst ohne die Insignien an den Kragen ihrer Hemdjacken hätte Esebian sie als Erlauchte erkannt. Etwas umgab sie, unsichtbar und ohne Substanz, aber dennoch sehr real, ein Hauch von Ewigkeit. Beide bewegten sich mit der selbstsicheren Gelassenheit von Menschen, die auf einen Erfahrungsschatz zurückgreifen konnten, den sie im Lauf von Jahrhunderten und Jahrtausenden angesammelt hatten.

»Abgeschirmte Zimmer?« Die Frau trat an Tahlon vorbei und sah sich im Salon um. »Mit einer speziellen Transferitorverbindung? Sie wollten den Mörder doch nicht vor uns verstecken, oder?«

Tahlon erholte sich von seiner Überraschung, kehrte in den Raum zurück und blieb zwischen Esebian und den beiden Unsterblichen stehen. »Ich habe ihn hergebracht, wie Sie sehen, Exzellenzen«, sagte er. »Außerdem werden derzeit wichtige Angehörige des Netzwerks festgenommen.«

»Ein doppelter Erfolg«, sagte die Frau. Ihre Worte klangen nach Lob, aber Esebian hörte noch etwas anderes darin, das ihm nicht gefiel, und gewisse Hinweise in der Körpersprache des Präfekten wiesen ihn darauf hin, dass Tahlons Anspannung wuchs. »Sie können mit sich zufrieden sein.«

»Ich brauche einige Tage für die Vorbereitung des Prozesses«, sagte Tahlon. »Er wird uns Gelegenheit geben, diese Angelegenheit restlos aufzuklären. Übrigens ist Seine Exzellenz El'Kalentar tatsächlich nicht tot. Er hat auf Lahor versucht, diesen Mann umzubringen.« Er deutete kurz auf Esebian. »Deshalb bringe ich ihn hier unter, an diesem sicheren Ort.«

Die beiden Unsterblichen wechselten einen Blick, und Unbehagen erfasste Esebian. Eine Auseinandersetzung fand statt, und noch beschränkte sie sich nur auf Worte.

»Haben Sie El'Kalentar gesehen?«, fragte die Erlauchte.

»Nein, ich ...«

»Ein Irrtum«, unterbrach ihn der ältere Unsterbliche. »Oder die Lüge eines Mörders. Wir alle haben gesehen, wie El'Kalentar gestorben ist. Wie *er* ihn umgebracht hat.«

»Sie haben gute Arbeit geleistet, Präfekt«, sagte die Frau. Sie lächelte, näherte sich Tahlon und hielt plötzlich einen Datenstift in der Hand. »Das ist für Sie.«

Akir Tahlon sah stumm darauf hinab.

»Der Stift enthält Ihr aktualisiertes Treuhandkonto, Präfekt. Die neunundvierzig Direktoren danken Ihnen für Ihre ausgezeichneten Dienste und haben Ihnen die für den letzten Aufstieg notwendigen fünftausend Meriten überwiesen. Ich gratuliere Ihnen und freue mich darauf, Sie schon sehr bald als Erlauchten begrüßen zu dürfen.« Sie lächelte erneut, und wie zuvor betraf das Lächeln nur ihre Lippen. Die Augen blickten kalt. »Nach all der harten Arbeit, deren krönenden Abschluss wir hier erleben, sollten Sie jetzt Gelegenheit erhalten, sich ganz auf Ihr neues, *ewiges* Leben zu konzentrieren. Bereiten Sie sich auf die letzte Therapie vor. Mit anderen Dingen brauchen Sie sich nicht mehr zu belasten. Darum kümmern wir uns. Noch heute werden die Direktoren entscheiden, wer Ihre Nachfolge als Erster Hochkommissar und Präfekt antritt, obwohl ich gestehen muss: Es wird nicht leicht sein, einen würdigen Nachfolger zu finden. Was den Gefangenen betrifft ...«, fügte die Unsterbliche wie beiläufig hinzu. »Wir nehmen ihn mit, und ich versichere Ihnen, dass wir ihn an einem Ort unterbringen werden, der noch mehr Sicherheit bietet als dieser. Machen Sie sich um den Mörder und seinen Prozess keine Sorgen. Freuen Sie sich auf Ihr ewiges Leben. Sie haben es geschafft!«

Tahlon starrte auf den Datenstift, streckte aber nicht die Hand danach aus.

»Die Erlauchten wollen mich verschwinden lassen, Tahlon!«, stieß Esebian plötzlich hervor. »Vielleicht haben sie sogar vor, mich El'Kalentar zu übergeben.«

»Unsinn«, sagte der ältere Unsterbliche, der noch immer bei der Tür stand. »Überlassen Sie alles uns, Präfekt. Genießen Sie den Beginn Ihrer Unsterblichkeit.«

»Wenn Sie mich ihnen überlassen, sehen Sie mich nie wieder, Tahlon!«, rief Esebian.

»Er ist ein Mörder«, sagte die Frau mit dem Haarturm. »Wir sorgen dafür, dass er seine gerechte Strafe erhält, Präfekt. Dies betrifft Sie nicht mehr. Sie sind praktisch schon einer von uns, und nach den Bestimmungen des Traktats bleibt das Amt des Ersten Hochkommissars und Präfekten einem Sterblichen vorbehalten.«

»Nein«, sagte Akir Tahlon so leise, dass Esebian es kaum hörte. Und dann, lauter: »Nein. Noch bin ich sterblich. Und noch ist dieser Fall nicht erledigt. Der Gefangene bleibt hier. Ich berufe mich auf die Notstandsbestimmung des Traktats, auf Paragraph vier, Absatz eins, der mir nicht nur Ermittlungen auf den Hohen Welten gestattet, sondern mir auch Prozesssouveränität dem Direktoriat gegenüber gewährt. Ich selbst werde das Verfahren gegen diesen Mann vorbereiten, und bis dahin bleibt er in meinem Gewahrsam.«

Die Unsterbliche wich einen Schritt zurück und ließ die

Hand mit dem Datenstift sinken. »Sind Sie verrückt geworden, Tahlon? Wollen Sie Ihr ewiges Leben einfach wegwerfen?«

»Sie haben meine Entscheidung gehört, Exzellenz. Und jetzt muss ich Sie bitten zu gehen. Sie hören von mir, wenn ich den Prozesstermin festlege.«

Die Frau sah ihn einige Sekunden lang eisig an, hob dann den Datenstift, hielt ihn mit beiden Händen ... und zerbrach ihn. Das klappernde Geräusch, mit dem die Bruchstücke zu Boden fielen, klang für Esebian fast wie das Knattern einer Projektilwaffe. »El'Coradi ...«

»Ja«, sagte der Unsterbliche bei der Tür. »So sehr ich das auch bedauere, aber uns bleibt keine Wahl.« Er holte einen Gegenstand hervor, den Esebian als Noder erkannte, und im nächsten Moment flimmerte direkt vor ihm die Transitmembran eines mobilen Transferitors. Gestalten traten hindurch, gekleidet in die dunklen Uniformen der Ehernen Garde. Die ersten zwei wichen nach rechts und links, richteten ihre Waffen auf Tahlon und Esebian. Die nächsten beiden durchsuchten die Taschen des Präfekten und nahmen ihm alle Instrumente ab, die er bei sich führte, näherten sich dann dem Stützgerüst.

Sie hatten Esebian noch nicht ganz erreicht, als eine Stimme aus dem Nichts ertönte.

»Präfekt? Die Indikatoren zeigen Ihre Präsenz im Verwahrungsbereich, aber die direkte Kommunikationsverbindung funktioniert nicht.« Esebian erkannte die Stimme. Sie gehörte dem Hybriden namens Ranidi. »Es gibt Neuigkeiten, und sie betreffen Gondal. Die Erlauchten sind dabei, den Schrein zu schließen.«

»Fouracre!«, entfuhr es Esebian. »Wir sollen nicht erfahren, was es damit auf sich hat!«

Die Frau mit dem Haarturm stand plötzlich neben den beiden Uniformierten, die das Stützgerüst erreicht hatten. »Was wissen Sie über Fouracre?«, zischte sie.

»Präfekt?«, ertönte Ranidis Stimme. »Hören Sie mich?«

Esebian beobachtete, wie der ältere Unsterbliche winkte, und plötzlich wurde es dunkel, bis auf das graue Glühen der Transitmembran. Die vier Uniformierten, die beiden Erlauchten und auch Tahlon, sie alle wurden für Esebian zu Phantomen in der Düsternis. »Dieser Teil der Präfektur ist energetisch isoliert«, sagte El'Farahs Begleiter.

»Was können *Sie* mir über Fouracre sagen, Exzellenz?« Der Präfekt trat näher. »Gibt es einen Zusammenhang mit den verschwundenen Seedern und der Instabilität der Filigrane?«

»Ich habe Sie gewarnt, Tahlon.« El'Farah winkte den beiden ersten Wächtern, und mit einigen langen Schritten waren sie beim Präfekten und hielten ihn fest.

Irgendwo über ihnen heulte eine Sirene, dumpf und fern.

»Sie setzen sich über die Regeln hinweg«, sagte Tahlon, und Esebian glaubte, Fassungslosigkeit in seiner Stimme zu hören. »Sie verstoßen gegen die jahrtausendealten Prinzipien unserer Justiz. Wenn die Magister davon erfahren …«

»Sie werden nichts davon erfahren, Tahlon«, sagte El'Farah. »Und was die Regeln betrifft, *Präfekt* … Wir schaffen unsere eigenen.« Sie winkte erneut, und die beiden vor Esebian stehenden Uniformierten schoben das Stützgerüst in Richtung der Transitmembran.

Esebian wusste: Wenn ihn die beiden Männer in den dunklen Uniformen durch den Transferitor brachten, hatte er nicht mehr die geringste Chance, da war er sicher. Tahlon verabscheute ihn, hielt ihn für menschlichen Dreck, aber er glaubte an die Regeln, und diese Regeln verlangten, dass er, Esebian, verurteilt werden musste, bevor *irgendetwas* mit ihm geschehen durfte. In dieser Hinsicht mochte er naiv sein, und ein Narr, wenn er sich auf einen direkten Konflikt mit den Erlauchten einließ, aber er verkörperte auch den einzig möglichen Ausweg, wenn es überhaupt noch einen gab.

Die Transitmembran war schnell erreicht. »Tahlon!«, rief Esebian und versuchte instinktiv, sich mit dem rechten Arm irgendwo festzuhalten. »Lassen Sie mich nicht im Stich!«

»Bei uns sind Sie gut aufgehoben«, sagte die Frau mit dem Haarturm, sah die beiden Wächter an und deutete zur Membran.

Der vordere Teil des Stützgerüsts verschwand im Grau. Esebian zog die Beine an, aber die vielen Kapillarwurzeln, die ihn mit der kissenartigen synthetischen Biomasse unter ihm verbanden, schränkten seine Bewegungsfreiheit ein.

Plötzlich kam ein Pfeifen aus dem Nichts, wie zuvor Ranidis Stimme, so schrill, dass sich die vier Uniformierten die Helme mit den externen Kom-Empfängern vom Kopf rissen. Selbst die beiden Erlauchten verzogen das Gesicht. Etwas kam durch den Transferitor, so groß und massiv, dass es die Transitmembran erweiterte und das Stützgerüst mit Esebian zurückdrängte: eine Drohne, die nicht aus Kugeln oder zylindrischen Elementen bestand, sondern aus silbergrau glänzenden Messern, Klingen und Schneiden, von denen einige surrend rotierten und andere wie Stacheln und Dorne nach außen ragten.

Die vier Wächter wichen zurück. Einer von ihnen hob seine Waffe und schoss, doch der blutrote Strahl richtete keinen Schaden bei der Drohne an – er verschwand dicht vor ihr, von einem unsichtbaren Absorberfeld neutralisiert.

Esebians Stützgerüst wurde noch weiter nach hinten gedrückt, als die Drohne den Transferitor vollständig passierte – ein kleiner Berg aus spitzem und scharfem Metall. Hinter ihr flackerte die Transitmembran einmal und verschwand.

Für einige beklemmende Sekunden kehrte die Dunkelheit zurück, und dann ging im Salon des Verwahrungsbereichs wieder das Licht ein. El'Farah und der ältere Unsterbliche waren verschwunden, vermutlich mithilfe individueller Transferitoren. Die vier Uniformierten lagen reglos auf dem Boden – über jedem von ihnen schwebte ein stahlgraues Messer, drehte sich und kehrte zur Drohne zurück. Stichwunden oder dergleichen konnte Esebian nicht erkennen. Er vermutete, dass die Wächter nur betäubt waren – Magisterdrohnen töteten keine Menschen.

Die Tür sprang auf, und der kleine Hybride mit den Kiemen am Hals eilte herein, gefolgt von mehreren bewaffneten Sicherheitsbeamten.

»Präfekt?«

»Es ist alles in Ordnung«, sagte Tahlon. »Glaube ich.« Er deutete auf die vier Uniformierten. »Lassen Sie diese Männer fortbringen und vernehmen, sobald sie wieder zu sich gekommen sind. Wir brauchen ihre Aussagen für ein Verfahren gegen …« Er holte tief Luft. »… die Exzellenzen El'Farah und El'Coradi.«

»Ich bedauere die ungewöhnliche Art meines Erscheinens«, sagte die Drohne und stieg einen Meter auf.

»Ich weiß es sehr zu schätzen«, seufzte Tahlon. »Sie sind …«

»Ich bin Gesandter des Magisters Jae-al-Escoe-Hoivinio-tan-Mauleon-Caliquire-tan-Nesluzan«, summte die Drohne. »Ich bin beauftragt, die stochastischen Gleichungen zu korrigieren und Sie nach Gondal zu begleiten, zum Schrein.«

… Vom Mächtigen gegönnt,
Schreckfeuer, angesteckt auf hohen Türmen,
Die Fantasie des Träumers zu bestürmen,
Wo des Gesetzes Fackel dunkel brennt.

GRAUE HORIZONTE

58

Das Filigran hing wie eine zarte Blume im All, klein und fragil, aber es blähte sich plötzlich auf, als die *Concordia* dem warmen Gasriesen Lybecker entgegenfiel, dessen vierundzwanzigster und größter Mond Gondal hieß. Etwas in seinem Innern, noch verborgen hinter der dunklen Öffnung des Transittunnels, verlangte Platz und drückte die bunten Fäden mit mächtigen Schultern beiseite. Die Zoombereiche der Panoramafenster im großen Konferenzraum zeigten den Weber: wie er seine langen, mehrgelenkigen Beine krümmte und streckte, wie er am dicksten Faden entlangkletterte, fort von dem Ungetüm, das sich nach einem lichtjahreweiten Transit hindurchdrängte. Der fast vier Kilometer große Filigranport wurde zu einem Zwerg, zu einem Winzling im Vergleich mit dem Riesen, der nun aus dem Transitnetz kam. Ein Oval machte den Anfang, schwarz wie das All, zwei Kilometer dick und fast zehn lang, mit einem Kranz aus Hunderten von Dornen und Stacheln, einige von ihnen mehrere Dutzend Kilometer lang. Sie waren büschelweise zusammengefasst und nach hinten geneigt, und unmittelbar nach dem Transit streckten sie sich, vorbei am Port und den dort wartenden Schiffen. Kleine Lichter tanzten wie Funken über die Dorne, von denen Tahlon wusste, dass sie zahllose Quantenkerne enthielten, und sprangen zu den nächsten Komponenten des Magisters: Zylinder, Oktaeder und Objekte, die wie gestauchte Drei- und Sechsecke aussahen. Tahlon beobachtete, wie Spindeln mit größerer Geschwindigkeit aus dem Transittunnel flogen, die Hauptmasse des Magisters überholten und damit begannen, Verbindungen zwischen den Komponenten wiederherzustellen. Weitere Stacheln und Dorne richteten sich auf, und aus einigen Dutzend tanzenden Lichtern wurden Hunderte, Tausende.

»Er hat seine Konfiguration verändert«, stellte Akir Tahlon fest, während sich die *Concordia* dem Gasriesen näherte, dessen Ringsystem das Licht der hundertachtzig Millionen Kilometer entfernten Sonne reflektierte.

»Ist das Ihr Jae, von dem Sie mir erzählt haben?«, fragte Esebian. Er ruhte in seinem Stützgerüst, noch immer mit einer synthetischen Biomasse verbunden. Die Augen lagen tief in den Höhlen, und das eingefallene Gesicht war fast so grau wie das eines lebenden Toten. Genau dazu wurde er, zu einem Grauen. Höchstens ein oder zwei Wochen blieben ihm noch. Tahlon brachte kein Mitleid für ihn auf, aber er hätte es bedauert, einen Prozess gegen jemanden zu führen, der im düsteren Niemandsland zwischen Leben und Tod wandelte.

»Es ist nicht mein Jae«, erwiderte Tahlon. »Und er heißt Jae-al-Escoe-Hoivinio-tan-Mauleon-Caliquire-tan-Nesluzan.«

»Die Kommunikationsstrukturen im System verändern sich«, meldete Ranidi. Er saß am anderen Ende des Tisches, umgeben von Displayfeldern und virtuellen Schaltflächen. »Der Magister übernimmt die Kontrolle.«

»Das dürfte den Erlauchten gar nicht gefallen«, murmelte Tahlon.

Einige Sekunden lang war nur das Flüstern der Bordsysteme des Direktoriatsschiffes zu hören, und ein leises Summen, das von der Drohne kam, die einige Meter links von Tahlon schwebte, bei der Tür zum Lift. Dann sagte Ranidi: »Gondal setzt sich mit uns in Verbindung, Präfekt.«

»Kontakt herstellen.«

Ein Displayfeld bildete sich vor dem Tisch, reichte fast bis zur Decke, und darin stand wie in Fleisch und Blut ein Erlauchter. Er trug ein sandfarbenes, blau abgesetztes Gewand mit hohem, am Hals geschlossenem Kragen. Das kurze Haar war stahlgrau und dicht, die Augen unter der glatten Stirn groß und klar. Der Mann war etwa fünfunddreißig Scheinjahre alt, aber Tahlon wusste, dass sein Leben inzwischen ins dritte Jahrtausend ging. Er kannte diesen Unsterblichen: El'Jarod, einer der Direktoren.

»Warum hat der Magister die Kommunikationskontrolle übernommen?«, fragte El'Jarod ohne Gruß. »Warum verletzt er die Souveränität dieses Systems? Hat er vergessen, dass die Hohen Welten einen Sonderstatus genießen?«

Tahlon stand auf. »Ich grüße Sie, Exzellenz«, sagte er förmlich. »Ich berufe mich auf die Notstandsbestimmung des Traktats, auf Paragraph vier Absatz eins, der mir Ermittlungen auf allen Hohen Welten gestattet, auch auf Gondal. Ich …«

»Notstand?«, unterbrach ihn El'Jarod. »Sind Sie noch ganz bei Trost?«

»Darüber hinaus mache ich hiermit von den Sondervollmachten Gebrauch, die mir die Notstandsbestimmung gewährt, und weise Sie an, alle wie auch immer beschaffenen Aktivitäten beim Schrein unverzüglich einzustellen. Wir werden dort vor Ort ermitteln.«

Der Erlauchte beugte sich ein wenig vor. »Haben Sie den Verstand verloren, Tahlon? *Sie* erteilen *mir* Anweisungen?«

»Er erteilt Sie in meinem Namen«, erklang eine andere Stimme. Tahlon dachte zuerst, dass sie von der Drohne kam, aber Ranidi wies ihn mit einer knappen Geste darauf hin, dass der Magister einen zusätzlichen Kommunikationskanal geöffnet hatte. »Ich bin Jae-al-Escoe-Hoivinio-tan-Mauleon-Caliquire-tan-Nesluzan, Erster im Kern des Direktoriats, der Eine, der Gondals Maschinenkern gesät hat. Allein das gäbe mir das Recht hierher zu kommen, auch ohne ausdrückliche Einladung der Direktoren. Aber ich habe noch etwas anderes gesät, und dieses Andere ist verloren. Keine Variablen in den Gleichungen der oberen Abstraktionen haben es mir genommen, sondern bewusstes, gezieltes Eingreifen.« Die Stimme des Magisters wurde noch etwas lauter. »Mein Seeder, von dem ich mich bei Hajok trennte, wurde entführt. Präfekt Tahlon hat die Entführung selbst beobachtet, während eines Transits durch das Filigrannetz. Unbestreitbare Fakten zeigen, dass mindestens ein Erlauchter damit zu tun hat, ein Direktor wie Sie.«

»Wer?«, fragte El'Jarod verblüfft. Tahlon beobachtete ihn und fragte sich, ob die Verblüffung gespielt oder echt war.

»El'Kalentar.«

»Aber … El'Kalentar ist tot. Er wurde ermordet.«

»Er lebt. Er hat meinen Seeder entführt und ist in ein Projekt namens Fouracre involviert. Die Spur führt zum Schrein. Sie werden alle Aktivitäten beim Schrein umgehend einstellen.«

»Ich …« El'Jarod verschwand aus dem Displayfeld.

Tahlon sah seinen Assistenten an. »Ranidi?«

»Es kommen keine Signale vom Planeten mehr, Präfekt. Die Verbindung ist unterbrochen.«

»Wie verhalten sich die Wachschiffe der Garde?«, fragte Tahlon. Er drehte den Kopf, sah von den Panoramafenstern mit den Zoombereichen zu den Displayfeldern, beobachtete erst Lybecker und sein System aus vierundzwanzig Monden und siebzehn breiten Ringen und dann den Magister, der inzwischen seine volle Integrität zurückgewonnen hatte und beim Filigran blieb, während sich die *Concordia* weiter Gondal näherte.

»Es befinden sich insgesamt einundneunzig Schiffe der Ehernen Garde im System, und zwei Drittel davon haben den Status voller Einsatzbereitschaft. Sie bleiben an ihren aktuellen Positionen über Lybecker, beim Filigran und in der Nähe der beiden Außenstationen an der Peripherie des Systems.« Nach kurzem Zögern fügte Ranidi hinzu: »Ich kann mir nicht vorstellen, dass sie einen Angriff riskieren, Präfekt.«

Bis vor Kurzem hätte sich Tahlon das ebenfalls nicht vorstellen können. Aber viele Dinge, die er über Jahrzehnte hinweg für selbstverständlich gehalten hatte, waren inzwischen ins Wanken geraten. »Ich schließe keine Möglichkeit mehr aus«, sagte er und stellte erstaunt fest, wie bitter er klang.

»Jae-al-Escoe-Hoivinio-tan-Mauleon-Caliquire-tan-Nesluzan, Erster im Kern, wird keinen Angriff zulassen«, summte die Drohne, und einige ihrer Messer klickten. »Der Zeitpunkt ist gekommen, Aufklärung zu verlangen.«

Tahlon sah zum Gesandten des Magisters, und dabei strich sein Blick übers Stützgerüst hinweg. Esebian lag reglos darin, die Augen geschlossen. Zwei Schritte brachten ihn an seine Seite.

Die Lider des Mörders zitterten und kamen nach oben. Schmale Lippen deuteten ein Lächeln an. »Haben Sie mich für tot gehalten, Präfekt? Noch ist es nicht so weit. Aber es dauert nicht mehr lange.« Esebian zögerte kurz und fügte leiser hinzu: »Sie hat Ihnen ewiges Leben geboten, Präfekt. Und Sie haben *abgelehnt*. Um einen Erlauchten zu zitieren: Sind Sie noch ganz bei Trost?«

Er hatte das Bild noch klar vor Augen, wie El'Farah den Datenstift in beiden Händen hielt, darin die fünftausend Meriten für den letzten Aufstieg, der Schlüssel zur Unsterblichkeit, und wie sie ihn dann zerbrach. Ein Blinzeln vertrieb das Bild. »Das ist der Unterschied zwischen uns, Esebian«, erwiderte er ebenso leise. »Im Gegensatz zu Ihnen glaube ich an gewisse moralische Prinzipien und bleibe ihnen und mir treu.«

»Sind Sie bereit, einen solchen Preis dafür zu bezahlen?« Tahlon wollte antworten, die Trennlinie zwischen sich und diesem Verbrecher noch deutlicher ziehen, aber Esebian kam ihm zuvor. »Nein, ich meine nicht die verlorene Unsterblichkeit. Ich meine die *Reue*, die Sie später plagen wird, über die so leichtfertig verspielte Chance. Was auch immer geschieht, was auch immer uns auf Gondal erwartet, dies wird Sie nie loslassen. Für den Rest Ihres Lebens werden Sie sich fragen, ob es richtig war, die Ewigkeit zurückzuweisen.«

»Machen Sie sich keine Sorgen um mich«, sagte Tahlon.

»Oh, ich mache mir Sorgen um uns alle.« Esebian nickte in Richtung der Drohne. »Wir steuern auf einen Konflikt zwischen Erlauchten und Magistern zu, was einmalig ist in der Geschichte des Direktoriats. Welche Folgen könnten sich daraus für die Hohen Welten und Tausend Tiefen ergeben?« Esebian drehte den Kopf. »Magister Jae …«

»Ich höre für ihn«, summte die Drohne.

»Was ist mit Ihrer algorithmischen Stochastik? Haben wir einen Kardinalpunkt erreicht? Oder ist etwas aus den Fugen geraten?« Esebian wartete keine Antwort ab. Vielleicht, dachte Tahlon, hatten ihn diese Fragen beschäftigt, als seine Augen geschlossen gewesen waren. »Aber wenn etwas aus den Fugen geraten ist … Bedeutet es nicht, dass Ihre Berechnungen ungenau waren? Was ist mit der Wellenfunktion und den Wahrscheinlichkeitsfaktoren? Ich habe mit jemandem geredet, der noch nicht die vierundzwanzigste Abstraktionsschicht wie Sie erreicht hat, aber er wusste, wovon er sprach. Angeblich sind Sie in der Lage, mit Ihren Berechnungen die Zukunft vorauszusehen. Aber wenn das stimmt, wieso mussten Sie dann eingreifen, um die Gleichungen zu korrigieren, wie Sie sagten?«

»Wovon reden Sie da?«, fragte Tahlon und glaubte sich bestätigt: Der Mörder wusste tatsächlich mehr, als er zugegeben hatte.

»El'Kalentar hätte sterben müssen«, summte die Drohne.

»Was?«, fragten Tahlon und Esebian gleichzeitig. Selbst der einige Meter entfernt sitzende Ranidi wandte kurz den Blick von seinen Displayfeldern ab.

»Die Symmetrie ist gebrochen«, sagte die Drohne. Ihre Klingen rotierten etwas langsamer. »Neue Möglichkeiten entstehen, Seitenpfade des Hauptwegs. Korrekturen müssen vorgenommen werden.«

»Wie meinen Sie das?«, fragte Tahlon. »Ich bitte um eine Erklärung, Jae.«

»Für Erklärungen«, sagte die Drohne, »ist es zu früh.«

»Präfekt …«, ertönte Ranidis Stimme.

El'Jarod war zurückgekehrt, stand erneut dreidimensional in einem hohen Displayfeld. Hinter ihm nahm Lybecker die gesamte Fläche des Fensters ein, und die *Concordia* näherte sich der Ringebene. Bei einem der dort wie Perlen an einer Kette schwebenden Monde handelte es sich um Gondal.

»Ich bitte um Verzeihung, Magister, Präfekt«, sagte der Erlauchte. »Eine Störung in den Kommunikationssystemen, verursacht von den elektromagnetischen Auswirkungen eines Megasturms in der Atmosphäre des Gasriesen. Präfekt, alle derzeitigen Aktivitäten beim Schrein sind eingestellt, und wir haben die ganze Anlage für den Besucherverkehr geschlossen. Magister, ich bedauere die Entführung Ihres Seeders zutiefst und hoffe, dass sie so schnell wie möglich aufgeklärt wird. Meine Beauftragten erwarten Sie beim Transferitor des Orbital-Ports, für den Sie natürlich Priorität haben.«

»Nein«, sagte Tahlon sofort. Er wollte kein Risiko eingehen. »Wir fliegen mit der *Concordia* direkt zum Schrein.«

»Aber …« El'Jarod zögerte kurz. »Selbstverständlich, wie Sie wünschen. Ich werde Sie persönlich in Empfang nehmen.« Er hob den Arm zu einer Geste, mit der er die Verbindung unterbrechen wollte.

»Haben Sie Kontakt mit El'Farah und El'Coradi, Exzellenz?«, fragte Tahlon schnell.

El'Jarod zögerte erneut. »Sie befinden sich nicht auf Gondal, wenn Sie das meinen.«

»Nein, das meine ich nicht, Exzellenz. Wissen Sie, wo sie sich aufhalten?«

»Nein.«

»Bitte teilen Sie den anderen Direktoren mit, dass die Präfektur der Hohen Welten für die beiden Exzellenzen El'Farah und El'Coradi eine Arrestverfügung angeordnet hat. Sie haben gegen das Traktat und die Regeln der Magister verstoßen.«

»Ich bestätige das«, erklang Jaes Stimme. Sie kam sowohl von der Drohne als auch durch den Kommunikationskanal.

»Zwei Direktoren?« Es war fast ein Stöhnen. »Sie wollen … zwei Direktoren verhaften?«

»Ich bin der Präfekt der Hohen Welten und Erster Hochkommissar des Direktoriats«, sagte Tahlon. »Ich wache über das Gesetz.« Er nickte, und Ranidi schloss den Kanal.

Einige Sekunden herrschte Stille. Hinter den Monden flackerte es in Lybeckers Gasmeeren, in denen das rote Auge eines Sturms rotierte, hundertmal so groß wie Gondal.

»Es sind nur Worte, Präfekt«, flüsterte Esebian. »Nichts als Worte.«

59

Die *Concordia* schwebte einige hundert Meter über ihnen am Himmel von Gondal, wie eine grünblaue Orchidee im doppelten Licht von Lybecker und der Sonne Masako, die im Vergleich mit dem Gasriesen zwergenhaft wirkte und dicht über dem Horizont glühte, eingebettet in den Dunst des Abends. Tahlon schaute nach oben, als die Gravitationsmotoren der Drohne Ranidi, zehn bewaffnete Sicherheitsbeauftragte aus der Crew des Schiffes, Esebian in seinem Stützgerüst und ihn selbst zum Schrein hinabsinken ließen. Nach der Begegnung mit den Biomechs, die Jaes Seeder in einem Sturz des Filigrannetzes entführt hatten, war die *Concordia* instand gesetzt worden und hatte ihr volles Funktionspotenzial zurückerhalten, aber Tahlon bemerkte einige dunkle Stellen an der Außenhülle, wie Flecken, die die besondere Ästhetik des Schiffes beeinträchtigten. Die Symmetrie der Schönheit, dachte er, ebenso gebrochen wie eine andere Symmetrie. Das zarte Gleichgewicht der Makellosigkeit war gestört, und Tahlon wusste: Wie genau man die Formspeicher in den Außenstrukturen auch kalibrierte, wie sehr Ingenieure, Techniker und Gestaltungsspezialisten auch an dem Schiff arbeiteten – die Perfektion seiner ursprünglichen Schönheit ließ sich nicht wiederherstellen.

Tahlon überprüfte seine Erweiterungen, die in den Neutralisierungsfeldern der Hohen Welt auf ihre Basisfunktionen beschränkt blieben, und versuchte, alle emotionalen Komponenten aus dem gegenwärtigen mentalen Modus zu entfernen. Es gelang ihm nicht, und als er einen letzten Blick auf die *Concordia* richtete, glaubte er, irgendwo in der Ferne, im Ballsaal seines Alptraums, das Krachen eines herabstürzenden Kronleuchters zu hören.

Er senkte den Kopf.

Unter ihm, auf einem breiten Hochplateau, breitete sich das aus, was man den »Schrein« nannte: eine etwa dreißig Quadratkilometer große Ansammlung von kalkweisen Gebäuden, deren Formspeicher ihnen das Erscheinungsbild von Kuppeln, Pagoden, Domen, Münstern, Kathedralen und Basiliken gaben. Zwischen diesen in eine Aura des Sakralen gehüllten Bauten ragten Türme auf, manche dünn und spitz, andere dick und stumpf. Bogenförmige Brücken überspannten sieben Flüsse, deren Wasser sich in einem zentralen See sammelte und von dort aus über mehrere Felsstufen zu einem breiten Katarakt strömte. Inmitten weißer Gischtwolken stürzte es dort Hunderte von Metern in die Tiefe. Unten gab es einen zweiten See, größer und seichter als der erste; der ableitende Fluss kroch wie eine silberne Schlange durch die Stadt am Fuß des Berges und mündete nach etwa fünfzehn Kilometern ins Meer. Vögel segelten über der Stadt, doch unter ihnen regte sich nichts: Still und stumm lagen Häuser und Straßen im roten Glühen der untergehenden Sonne. Akir Tahlon wusste, dass dort seit mehr als zweitausend Jahren niemand wohnte, und auch zuvor hatten sich in der Stadt nur wenige Personen aufgehalten, nie mehr als zwanzig oder dreißig: vor allem Techniker und Gestalter, die darauf achteten, dass alle Installationen einwandfrei funktionierten. Die Stadt, das Hochplateau und die Regionen dahinter waren das Domizil von

El'Hantor, der einst die Alte Erde besucht hatte. Angeblich enthielt die Programmierung seiner Formspeicher Nachbildungen von Gebäuden und Landschaften jener Welt, aber Tahlon wusste kaum etwas von den landschaftlichen Besonderheiten der legendären Erde. Der Berg mit dem Hochplateau blieb für ihn ein Berg wie jeder andere, die Stadt nur eine leere Stadt. Die hinter dem braunroten Massiv gelegene Flusslandschaft mit ihren manchmal recht steilen Uferhängen und den Burgen sagte ihm ebenfalls nichts: geogestalterische Spielereien eines Unsterblichen, mehr nicht. Für viel interessanter hielt er die Frage, was El'Hantor damals sonst noch auf der Erde gesehen hatte, wie auch El'Kalentar, und was er über Fouracre wusste.

Die zehn Sicherheitsbeauftragten der *Concordia* landeten zuerst, direkt vor dem Eingang des Schreins, einem Portal aus weißem Marmor. Daneben stand ein Pavillon mit einem Transferitor, und Akir fragte sich kurz, warum er sich nicht innerhalb des Schreins befand. Dann bemerkte er ein kurzes Schimmern über den weißen Gebäuden – ein Schirmfeld umgab den Schrein, gespeist von der Energie aus Gondals Maschinenkern.

Als das von Jaes Drohne erzeugte Gravitationsfeld auch Tahlon, Ranidi und Esebian absetzte, kam Bewegung in mehrere Personen, die neben dem Pavillon gewartet hatten. Unter ihnen befand sich auch El'Jarod, der noch immer das sandfarbene, blau abgesetzte Gewand mit dem hohen Kragen trug. Doch das junge, fast völlig faltenlose Gesicht zeigte nicht mehr die für einen Erlauchten typische Abgeklärtheit, sondern deutliche Sorge.

»Es tut mir sehr leid«, sagte El'Jarod. »Aber als Ihre Anweisung kam, dass alle Aktivitäten beim Schrein unverzüglich eingestellt werden sollten …«

Tahlon blickte durchs Tor zu den weißen Gebäuden. »Ja?«

»Ich bin der offizielle Hüter des Schreins«, sagte El'Jarod, und Würde kehrte in sein Gesicht zurück. »Aber sie haben nicht auf mich gehört und brachten sie fort.«

Tahlon starrte ihn an. »Wer hat nicht auf Sie gehört und wen fortgebracht?«, fragte er, während neben ihm das Summen der Drohne etwas lauter wurde.

El'Jarod wechselte einen Blick mit seinen Begleitern, bei denen es sich um Sterbliche handelte. An ihrer Kleidung erkannte Tahlon die Kandidatensymbole von Residenten.

»El'Farah und El'Coradi«, sagte El'Jarod. »Sie brachten die Erlauchten fort.«

»Der Schrein ist … leer?« Tahlon glaubte am letzten Wort zu ersticken.

»Nur El'Hantor ist noch da, aber er …«

Tahlon hatte sich bereits umgedreht. »Jae, bitte bringen Sie uns zum Zentrum des Schreins. Wir dürfen keine Zeit verlieren.«

Die Drohne, deren Klingen wieder schneller rotierten, stieg sofort auf, und mit ihr die Sicherheitsbeauftragten, Ranidi und auch Esebian in seinem Stützgerüst. Sie schwebten dem Tor entgegen.

»Das Schirmfeld im Zugang deaktivieren!«, rief Tahlon El'Jarod zu und staunte selbst darüber, wie er mit einem Erlauchten sprach.

Ein kurzes Flackern, ein leichtes Prickeln, verursacht von der Nähe der anderen Schirmfelder, und dann lag das Portal hinter ihnen.

Die Stille des Schreins empfing sie.

Aber sie dauerte nicht lange an – das Donnern einer Explosion zerfetzte sie.

Etwas packte Akir Tahlon und riss ihn aus dem von der Drohne erzeugten Gravitationsfeld. Um ihn herum krachte es so laut, dass seine Erweiterungen die sensorischen Nerven blockierten und ihm eine falsche Stille schenkten, erfüllt vom Rauschen des Bluts und dem trommelartigen Hämmern des eigenen Herzschlags. Er stieß gegen etwas, scheinbar leicht, was sicher eine Täuschung war, denn die sensorische Blockade betraf auch den Tastsinn, und dann wurde es dunkel vor seinen Augen. Er war ziemlich sicher, dass er noch atmete – ein Teil des Rauschens schien von seiner Atemluft zu stammen –, aber vor seinen Augen blieb es finster, und das beunruhigte ihn. War er so schwer verletzt, dass seine Erweiterungen beschlossen hatten, ihm einen schmerzfreien Tod zu gönnen? Hatten seine Kommunikationserweiterungen in dem schmalen Frequenzband, das auf Gondal für Sterbliche wie ihn offen blieb, bereits ein Notsignal gesendet und ein Rekonversionsteam angefordert?

Dann wich die Dunkelheit zurück, verscheucht von Licht, das wie gelbe Messer durch eine dichte Staubwolke schnitt, und diesen Messern gesellten sich andere Klingen hinzu – die Magisterdrohne schwebte über ihm. Tahlon bemerkte, dass an der einen Seite mehrere lange Schneiden abgebrochen waren; bei anderen zeigten sich Schmelzspuren.

»Ich konnte nicht alle schützen«, ertönte eine summende Stimme. »Das bedauere ich sehr.«

Tahlon richtete sich vorsichtig auf, griff dabei auf die Restfunktionen seiner Erweiterungen zu und stellte fest, dass er sich nichts gebrochen hatte. Seine Verletzungen beschränkten sich auf einige Hautabschürfungen und blaue Flecken vom Aufprall.

Die Staubwolke setzte sich allmählich, und sein Blick strich über Trümmer und fand einen seltsam unversehrten Kopf mit blau angelaufenen Kiemen am blutigen Halsstumpf. Der Körper – beziehungsweise das, was von ihm übrig war – lag zwischen den Trümmern verstreut.

»Ranidi …«, brachte Tahlon hervor.

In der Ferne erklangen Sirenen, und ihr Geheul kam näher.

»Ich habe Hilfe angefordert«, sagte die schwebende Drohne. »Aber ich fürchte, Rekonversionen sind nicht möglich.«

Nein, dachte Tahlon, als er die Knochensplitter und Fleischfetzen sah. Dies waren keine Verletzungen, sondern *Zerstörung*. Für Ranidi gab es keine Möglichkeit, ins Leben zurückzukehren.

Dann begriff er, dass die Drohne nicht nur seinen Assistenten meinte, sondern auch alle anderen, die sich außerhalb ihres Schutzfeldes befunden hatten. Zwischen den zerschmetterten weißen Gebäuden gab es dunkelrote Flecken und Spritzer, auch vor den Resten der pulverisierten Mauer. Nur zwei Schemen wankten durch die Rauch- und Staubschwaden, zwei Sicherheitsbeauftragte von der *Concordia*, die sich bestürzt umsahen. Zwischen zwei großen Trümmerstücken stand schief und wie eingezwängt das Stützgerüst, und der Mann darin hustete. Der Mörder hatte überlebt. Dass die Drohne ihn mit ihrem Schirmfeld geschützt hatte, während die anderen sterben mussten, erschien Tahlon als empörende Ungerechtigkeit. Dann fiel ihm ein, dass die Magisterdrohne vermutlich gar keine Wahl gehabt hatte, denn die Reichweite ihres Schirmfelds war begrenzt.

Tahlon drehte sich um. »Was ist mit El'Jarod und seinen Begleitern?«

Jaes Drohne stieg etwas weiter auf. Es war ihr Licht gewesen, dass die dichte Staubwolke durchdrungen hatte, und jetzt tastete es dorthin, wo der Transferitorpavillon gestanden hatte. »Die Druckwelle hat ihn getötet, und bei Unsterblichen ist keine Rekonversion möglich. Ein mehr als zweitausend Jahre langes Leben wurde endgültig ausgelöscht.«

Mehrere Atmosphärenspringer landeten, und Nothelfer sprangen heraus.

»Was ist mit den anderen?«, fragte Tahlon.

»Einige von ihnen können vielleicht rekonvertiert werden.«

Die beiden überlebenden Sicherheitsbeauftragten kamen näher, und Tahlon sah den Schock in ihren Gesichtern. Sie verdankten es nur einem Zufall – ihrer Nähe zur Drohne während der Explosion –, dass sie noch am Leben waren. Tahlon hob den Blick, erfasste das ganze Ausmaß der Zerstörung und gelangte zu dem Schluss, dass es nicht nur eine Explosion gewesen war. Die ganze Anlage des Schreins war betroffen; es stand kein einziges Gebäude mehr.

»Wo befindet sich El'Hantor?«, stieß er hervor.

»Sein letzter bekannter Aufenthaltsort ist das Zentrum des Schreins, die Memoria.«

»Bitte bringen Sie uns dorthin, Jae«, sagte Tahlon. »So schnell wie möglich.«

60

Aus einer Höhe von einigen Dutzend Metern waren deutlich die tiefen Explosionskrater zu sehen, die Zentren der Vernichtung, und Tahlon erkannte sofort: Was auch immer die Ursache der Detonation gewesen war – sie hatte den ganzen Schrein zerstören sollen.

»Raten Sie mal, wer dahintersteckt, Präfekt«, krächzte Esebian.

Tahlon brauchte nicht zu raten. »El'Farah und El'Coradi.«

»Wahrscheinlich in Zusammenarbeit mit El'Kalentar. Was es auch immer mit Fouracre auf sich hat: Wir sollen nichts davon erfahren.«

Während sie im Gravitationsfeld der Drohne über die Trümmer des Schreins hinwegschwebten – grauer Staub lag wie ein Leichentuch auf den geborstenen Gebäuden –, wurde es schnell dunkler. Die Drohne schickte einige mobile Lampen voraus und leuchtete mit Scheinwerfern. Finger aus Licht strichen über die Reste stolzer Gebäude.

»Meine Sensoren registrieren energetische Aktivität«, summte die Drohne, als sie sich dem Zentrum des Trümmerfelds näherten.

»Worum handelt es sich?«, fragte Tahlon.

»Die energetische Signatur ähnelt der eines aktiven Transferitors. Aber es gibt Besonderheiten in der Energiestruktur, die ich noch nicht identifizieren kann.«

In der Mitte des Schreinareals hatte eine Kuppel mit Facettenwänden aus Glas, Kristall und transparentem Komposit gestanden. Eine der Explosionen hatte in der Nähe stattgefunden und den größten Teil der Kuppel einfach weggefegt. Was von den Wänden noch stand, war in der Hitze halb geschmolzen und dann wieder erstarrt. Ohne den Schutz druckfester Mauern oder eines Schirmfelds konnte hier nichts überlebt haben.

Sie landeten in einem halbwegs freien Bereich vor den Resten der Kuppel. Die beiden Sicherheitsbeauftragten hielten ihre Waffen bereit und suchten durch ihre Zoomvisiere die Umgebung ab. Nirgends regte sich etwas. Wind strich über die Ruinen des Schreins, wirbelte hier und dort Staub auf.

»Hier gibt es keine Überlebenden«, sagte Esebian.

»Falsch«, widersprach die Drohne. Sie stieg wieder auf und glitt in einer Höhe von knapp zwei Metern nach vorn. »Ich orte eine Biosignatur, tief unter den Resten dieses Gebäudes. Nicht weit vom Ursprung der energetischen Emissionen entfernt. Ich versuche, den Eingang freizulegen.« Das Summen der Magisterdrohne wurde lauter, als ihre Gravitationsmotoren zusätzliche Schwerkraftfelder schufen. Trümmer gerieten knirschend und rumpelnd in Bewegung, kippten und rutschten. Eine Schneise entstand.

Ein kleiner, tropfenförmiger Atmosphärenspringer näherte sich und landete einige Meter weiter hinten. Jemand stieg aus und stapfte in der Dunkelheit als anonyme Silhouette heran, die erst Individualität gewann, als sie das Licht der Drohne erreichte: eine Frau in der Uniform des Sicherheitsdienstes von Gondal. Eine Kandidatin der vierten Stufe, Legat. Ohne ein Residenzrecht auf Gondal.

Die Frau – jung, etwa dreißig Scheinjahre, das Haar kurz und blond – blieb vor Tahlon stehen und salutierte. Ihr Blick ging kurz zu seinen Begleitern, kehrte dann zu ihm zurück. »Ich bin Jenise Mahin, in den Diensten der Erlauchten von Gondal. Brauchen Sie Hilfe, Präfekt?«

»Ich nehme an, Sie kümmern sich bereits um alles.« Tahlon deutete zum Rand des Schreinareals.

»Ja, Präfekt.«

»Überlebende?«

»Nein, Präfekt. Unter den Toten befindet sich auch Seine Exzellenz El'Jarod.«

Tahlon nickte. »Vielleicht gibt es einen Überlebenden, unter den Trümmern dieses Gebäudes. Ich mache Sie hiermit zur Präfekturbeauftragten, Jenise. Sichern Sie alle Spuren. Ich fürchte, dass Erlauchte hinter diesem Anschlag stecken: El'Farah und El'Coradi. Vielleicht auch El'Kalentar.«

»Erlauchte?«, kam es erstaunt von der Legatin. Und dann: »El'Kalentar? Aber wurde er nicht ...«

»Nein, er wurde nicht auf Hadadd ermordet. Er lebt und ist in etwas verstrickt, das ...« Tahlon holte tief Luft. »Ich weiß noch nicht, worin *genau* er verwickelt ist, aber ich werde es herausfinden. Sichern Sie die Spuren, Jenise«, wiederholte er. »Und richten Sie einen Kommunikationsraum für mich ein. Wenn wir hier fertig sind, möchte ich zu den Erlauchten aller Hohen Welten sprechen. Befinden sich Direktoren auf Gondal?«

»Seine Exzellenz El'Jarod war der einzige, soweit ich weiß.«

Wie viele von ihnen sind an dieser Fouracre-Sache beteiligt?, dachte er. El'Jarod hatte wohl nichts davon gewusst, sonst hätte die Explosion ihn nicht das Leben gekostet. Tahlon überlegte, ob es Direktoren und andere Erlauchte gab, die bereit waren, ihm zu helfen.

»Teilen Sie dem Direktoriat mit, was hier geschehen ist, Jenise. Und unterrichten Sie die Direktoren davon, dass ich hiermit den Notstand gemäß den Bestimmungen des Traktats erkläre. Die Präfekturen auf den Hohen Welten und in den Tausend Tiefen sollen sich bereithalten, Anweisungen von mir zu empfangen.«

»Ja, Präfekt.« Die Legatin salutierte erneut und kehrte zu ihrem Atmosphärengleiter zurück.

Unterdessen hatte die Magisterdrohne den Weg zu einer Treppe freigelegt, die unter eine dicke Bodenplatte führte. Esebian hatte sein Stützgerüst bis zur ersten Stufe gesteuert, und die beiden Sicherheitsbeauftragten standen rechts und links von ihm, ihre Waffen bereit.

»Was befindet sich dort unten?«, fragte Tahlon.

»Das Herz des Schreins«, summte die Drohne. »Die Memoria, in der El'Hantor die letzten zweieinhalbtausend Jahre verbracht hat, fast ohne Unterbrechung. Und mit ihm die drei anderen, die damals ebenfalls verschwanden und auf der Dunklen Welt Kellupkia wiedergefunden wurden.«

Tahlon sah zur Drohne hoch, deren Klingen jetzt nicht mehr rotierten. »Sie sind viel älter, Jae. Wissen Sie, was damals geschah?«

Die Drohne summte. Tahlon wartete vergeblich auf eine Antwort und blickte die Treppe hinunter, in die Dunkelheit unter der Steinplatte, die das Treppenhaus davor bewahrt hatte, verschüttet zu werden.

»Ich hoffe, dass El'Hantor meine Fragen beantworten kann«, sagte er und deutete nach unten. »Gehen wir.«

Das Licht der Drohne glitt über Stufen und teilweise eingestürzte Wände aus Syntho-Komposit. Darin integrierte Installationen reagierten weder auf Gesten noch auf Berührungen der Schaltflächen – die Systeme der unterirdischen Schreinanlagen hatten ihre Intelligenz verloren, denn die Hauptenergieversorgung funktionierte nicht mehr, und ihre Verbindungen untereinander waren unterbrochen. Der Schrein war tot, aber tief in ihm gab es noch Leben, behauptete die Drohne.

»Hier halten sich die Schäden in Grenzen«, sagte Esebian, als sie das Ende der Treppe erreichten. Vor ihnen erstreckte sich ein Korridor, in dem hier und dort Elemente der Notbeleuchtung glühten. »Warum haben die Erlauchten nicht daran gedacht, auch hier einige Bomben zu platzieren?«

Die Drohne flog bereits durch den Korridor, und die beiden Sicherheitsbeauftragten folgten ihr, die Waffen noch immer schussbereit.

»Vielleicht blieb ihnen nicht genug Zeit«, erwiderte Tahlon, und etwas in ihm ärgerte sich, dass er diesem Mann, dem Mörder, Antwort gab. »Sie mussten möglichst schnell handeln, um uns zuvorzukommen.«

Alle Türen, auf die sie trafen, blieben zunächst vor ihnen geschlossen, aber die Drohne beseitigte die Hindernisse. Sie leitete einen Teil ihrer eigenen Energie in die Kontrollsysteme der Wände oder machte Gebrauch von lokalen Gravitationsfeldern. Als einmal weder das eine noch das andere etwas nützte, lösten sich mehrere Klingen von ihr, bohrten sich in eine durch starke Erschütterungen verzogene Kompositwand und schnitten eine Öffnung, groß genug für sie alle.

»Zweieinhalbtausend Jahre an einem Ort zu verbringen …«, murmelte Esebian, als sie in einen Saal mit zahlreichen Informationsnischen gelangten, die Besuchern Zugriff auf lokale Datenbanken erlaubt hatten – jetzt gab es dort weder Displayfelder noch virtuelle Kontrollen, mit denen sich Daten aus dem lokalen Archiv abrufen ließen. Auf der gegenüberliegenden Seite führte ein breiter Durchgang in einen anderen Raum, aus dem mattes Licht kam. »Noch dazu an einem wie diesem … Ich fürchte, unter solchen Umständen wird die Unsterblichkeit zur Last. Was hat El'Hantor verbrochen, dass man ihn hier zu einem Gefangenen machte?«

»Was man später ›Schrein‹ nannte, war zunächst nur ein Behandlungs- und Forschungszentrum«, summte die Drohne. Sie verharrte über einigen Blöcken, neben denen ein Teil der Decke herabgestürzt war. Tahlon erkannte sie als inaktive Formspeicher und fragte sich, welche Struktur diese Räume und Korridore gehabt hatten. Er war nie zuvor hier gewesen und kannte den Schrein nur aus Berichten. »El'Hantor hat damals den Verstand verloren, ebenso wie die drei anderen Erlauchten. Man versuchte, ihnen zu helfen, aber die vier Unsterblichen fanden nie in die Wirklichkeit zurück. Im Lauf der Jahrhunderte wurde aus dem Forschungszentrum ein Ort der Mahnung und des Gedenkens, der oft von Residenten und Erlauchten anderer Hoher Welten besucht wird. Die Frage, was El'Hantor und später den anderen drei auf der Alten Erde hinter dem Vorhang zustieß, blieb unbeantwortet. Mit den früher angelegten Back-ups konnte El'Hantors Bewusstsein nichts mehr anfangen, aber heute sind sie hier Teil einer Datenbank, denen wir die Struktur einer Immersion gaben. Darin verbringt El'Hantor den größten Teil seiner Zeit: als Reisender in den Welten seiner Erinnerungen.«

»Wir?«, fragte Tahlon.

»Wir Magister haben den Erlauchten bei der Erweiterung des Behandlungszentrums zum Schrein geholfen.« Die Drohne flog weiter, dem Durchgang auf der anderen Seite des Saals entgegen. Die beiden Sicherheitsbeauftragten eilten um die von der Decke herabgefallenen Trümmer herum und folgten ihr. »Deshalb weiß ich auch, dass diesen Anlagen etwas hinzugefügt wurde, das nicht von uns stammt.«

Tahlon dachte über diese Worte der Drohne nach, als er zusammen mit Esebian den Saal durchquerte.

Der Raum, aus dem das matte Licht kam, verfügte offenbar über eine separate Energieversorgung, die zumindest zum Teil noch funktionierte. Projizierte Szenen von verschiedenen Welten wanderten langsam über die gewölbten Wände: Wüsten mit welligen Dünen, weite Wälder in unterschiedlichsten Grüntönen, Bergketten mit Kronen aus Schnee – alles wirkte beruhigend. In der Mitte des runden Raums, in einer etwa vier Meter tiefen Mulde, befand sich eine lehmbraune Ruheliege, umgeben von sieben safrangelben Speicherblöcken. Dass die Anschlüsse zwischen den Blöcken und der Liege deutlich zu sehen waren, wies auch hier auf inaktive Formspeicher hin.

Der Mann auf der Liege rührte sich nicht, aber er atmete, das sah Tahlon selbst aus dieser Entfernung – seine Brust hob und senkte sich langsam. Die Augen blieben geschlossen, obwohl er eigentlich das Summen der näher kommenden Drohne hätte hören müssen. Er trug eine weite ockerfarbene Hose, in der dünne Beine steckten, darüber ein Hemd mit mehreren asymmetrisch angeordneten Taschen. Das Gesicht war schmal, mit eingefallenen Wangen und spitzen Jochbeinen, und zwei lange Falten durchzogen die Stirn.

»Ich nehme an, die Speicherblöcke enthalten die Erinnerungs-Back-ups«, sagte Esebian. Er sprach leise, aber seine Stimme reichte weit durch den großen Raum. Der Mann auf der Liege rührte sich noch immer nicht.

Tahlon achtete nicht auf ihn und trat zur Drohne, die am Rand der Mulde schwebte, neben einer Treppe. »Was ist hinzugefügt worden, Jae?«, fragte er und sprach leise, als wollte er den Ruhenden nicht stören.

Die Klingen der Magisterdrohne rotierten wieder, und Tahlon begriff, dass einige von ihnen Sensoren waren. »Hinter diesem Raum sind Veränderungen vorgenommen worden. Die üblichen Strukturen, an die ich mich erinnere, existieren nicht mehr. Es könnte an den inaktiven Formspeichern liegen, aber das halte ich für unwahrscheinlich. Die energetischen Emissionen, die ich oben geortet habe, kommen von dort.«

»Wer ist da?«, hauchte eine geisterhafte Stimme.

Tahlon sah zu dem Mann auf der Liege. Seine Lider waren noch immer geschlossen, aber die Augen darunter bewegten sich wie im REM-Schlaf.

»Ich bin Akir Tahlon, Präfekt der Hohen Welten und Erster Hochkommissar des Direktoriats«, sagte Tahlon, als er die Treppe hinunterstieg, obgleich er vermutete, dass El'Hantor mit diesen Worten kaum etwas anfangen konnte. Dicht vor der Liege blieb er stehen und sah auf den kranken Unsterblichen hinab. »Was ist hier geschehen?«

El'Hantors Lider kamen wie in Zeitlupe nach oben, und die Augen darunter waren trüb. Ihr Blick galt einer Welt, die Tahlon verborgen blieb.

»Ich warte«, sagte er leise. »Ich warte darauf, dass sie auch mich fortbringen.«

»Wo sind El'Farah und El'Coradi?«, fragte Tahlon. »Wohin sind die drei anderen Erlauchten gebracht worden?«

El'Hantor schien ihn gar nicht zu hören. »Ich habe sie gesehen«, flüsterte er. »Auf der Alten Erde. Die Versprengten. Die Vermissten. Die Reisenden, die auf der Suche nach dem Synchronisator waren. Und nach den Schlüsseln dafür. Ich habe gehört, wie sie schrien, als sie starben, und ihre Schreie … nahmen mir die Gedanken. Sie zerrissen mich …« Er hob zitternde Hände, ballte sie zu Fäusten und drückte sie an die Schläfen.

»Was wissen Sie über den Synchronisator?«, fragte Esebian und steuerte sein Stützgerüst näher.

Tahlon warf ihm einen kurzen Blick zu. »Mischen Sie sich nicht ein!«, zischte er verärgert und wandte sich wieder dem Unsterblichen zu. »Wer nahm Ihnen Ihre Gedanken? Wen haben Sie auf der Alten Erde gesehen?«

»El'Kalentar hat versprochen, mir zu helfen.« El'Hantor neigte den Kopf ein wenig zur Seite und lauschte dem Klang der eigenen Stimme. »Hat er euch geschickt? Aber … was macht die Drohne hier?« Er setzte sich auf und starrte Tahlon an. »Drohnen haben hier nichts zu suchen. Sie könnten …« Die plötzliche Sorge verschwand wieder aus seinem Gesicht, und die Lippen formten ein glückseliges Lächeln. Der Blick ging erneut in die Ferne. »Ich bin durch leere Städte gewandert und habe der Stille gelauscht. Auf endlosen Ebenen habe ich mit dem Wind gesprochen und bin mit den Wolken gesegelt. Ich habe das Licht der Sonne getrunken und mit den Schatten der Nacht getanzt. Ich habe die vielen Gräber auf der Alten Erde gesehen, und die Reste der Genetischen Armada.« El'Hantor schauderte. »El'Kalentar hat versprochen, mir zu helfen. Er hat versprochen, mir meine Seele zurückzugeben, die mir auf der Alten Erde gestohlen wurde. Was ist ein Unsterblicher ohne Seele? So leer wie die Schatten, die damals meinen Tanz begleiteten …«

»Was ist mit dem Synchronisator?«, drängte Esebian und brachte sein Stützgerüst noch etwas näher an die Liege heran. »Fragen Sie ihn nach dem Synchronisator!«

Stattdessen fragte Tahlon: »Was wissen Sie über Fouracre?«

»El'Kalentar und die anderen … Sind sie dort? Kehrt er zurück? Er hat es versprochen, aber …« El'Hantor blinzelte und sah zur Drohne hoch, beugte sich dann zu Tahlon vor. »Aber er kommt bestimmt nicht, solange sie hier ist. Schick sie weg. *Schick sie weg!«* Die letzten Worte schrie er.

Tahlon ergriff den Unsterblichen vorsichtig an den schmalen, knochigen Schultern und drückte ihn behutsam auf die Liege zurück. Aus dem Augenwinkel sah er, wie Jaes Drohne an der Mulde vorbeischwebte. »Beruhigen Sie sich. El'Kalentar wird bald hier sein, um Ihnen zu helfen. Was ist Fouracre? Erinnern Sie sich?«

»Sie wissen nicht, was Fouracre ist?« El'Hantor kicherte. »Obwohl Sie darauf stehen? Oder darunter …«

»Was?«

El'Hantor kicherte erneut, wie ein Kind, das sich darüber freute, mehr zu wissen als die Erwachsenen. »Das Zentrum des Schreins ist 16 181 Quadratmeter groß. Das Wort ›Fouracre‹ stammt aus einer Sprache der Alten Erde und bezieht sich auf die Größe dieser Fläche.«

Tahlon starrte auf den geisteskranken Unsterblichen hinab und versuchte zu verarbeiten, was er gerade gehört hatte. Seine erste Reaktion bestand aus Verwirrung, die nächste aus

Enttäuschung. »Das ist alles? Fouracre ist nur der Name des Schreinzentrums?«

»Erebos hat sinnlos erscheinende neue Regeln der Magister erwähnt«, sagte Esebian leise, als wollte er vermeiden, dass die Drohne seine Worte hörte. Sie schwebte langsam an den Wänden des runden Zimmers entlang, wie auf der Suche nach etwas. »Ich habe Ihnen davon erzählt, erinnern Sie sich? Seit etwa zwei Monaten ist es hier auf Gondal verboten, in weniger als zehn Kilometer Entfernung vom Schrein das Wort ›Fouracre‹ laut auszusprechen. Es darf höchstens geflüstert und bei Distanzen geringer als hundert Meter nicht einmal gedacht werden. Eine von vielen neuen Regeln, die absurd erscheinen, aber in der Algo-Stochastik der Magister vielleicht eine wichtige Rolle spielen. Doch wenn sich der Name Fouracre nur auf den mittleren Bereich des Schreins bezieht …«

»Wie dumm, wie dumm«, flüsterte El'Hantor und verzog das Gesicht. »Aber El'Kalentar ist nicht dumm. Er nicht. Er hat genug Denkkraft angesammelt, um zu planen und alles vorzubereiten. An einem fernen Ort, der ebenfalls Fouracre heißt. Weil er mit diesem Ort verbunden und nur einen Schritt von ihm getrennt ist. Er …« Erneut ballte er die Fäuste und schlug sie gegen die Schläfen. »Ich höre sie, hier drin. Sie geben keine Ruhe! Sie schreien, und ich schreie ebenfalls!«

Und dann schrie er, so laut und voller Qual, dass Tahlon unwillkürlich einen Schritt zurückwich. El'Hantor verdrehte die Augen, krümmte sich zusammen und bebte am ganzen Leib. Nach einigen langen Sekunden brach sein Schrei ab, und er verlor das Bewusstsein.

Für einen Moment herrschte Stille, und Tahlon versuchte, einen klaren Gedanken zu fassen.

»Ich habe etwas gefunden«, hörte er dann die summende Stimme der Drohne.

Tahlon blickte noch einmal auf El'Hantor hinab, einen Unsterblichen, der seit mehr als zweitausend Jahren seine verlorene Seele suchte, eilte dann die Treppe hoch und zog Esebians Stützgerüst hinter sich her. Die Drohne schwebte vor einem Teil der Wand, der gerade eine in Blau und Silber gehaltene Seenlandschaft zeigte. »An dieser Stelle ist vor kurzer Zeit ein mobiler Transferitor benutzt worden«, sagte sie. »Und zwar für einen Kurzstreckentransfer; deshalb ist die Residualenergie so schwach, dass ich sie fast nicht bemerkt hätte.« Zwei klingenartige Sensoren kehrten zur Drohne zurück. »Hinter dieser Wand befindet sich ein Hohlraum, und ich nehme an, dass der Retransfer dort stattfand – in dem Bereich, den man später dem Schrein hinzugefügt hat. Die energetischen Emissionen kommen von dort.«

»Gibt es einen anderen Zugang?«, fragte Tahlon.

»Nein, aber ich kann einen schaffen«, summte die Drohne. »Ich rate Ihnen, sicherheitshalber in Deckung zu gehen. Ein Teil der Emissionen stammt von Waffensystemen in Bereitschaft.«

Tahlon trat – Esebian im Schlepptau – zur einen Seite, die beiden Sicherheitsbeauftragten zur anderen. Die Seenlandschaft auf der Wand vor der Drohne wich einem Gebirgsmassiv mit steilen Hängen und weißen Wolkenfetzen an den Gipfeln, als sich vorn in der Drohne ein Segment öffnete und das fahle Licht eines Desintegrators über die Wand strich.

Staub rieselte zu Boden. Ein Teil des Gebirges verschwand, als sich die Wand dahinter auflöste, und für eine Sekunde schienen die Wolkenfetzen allein zu schweben, befreit von den schroffen Gipfeln. Dann brach erneut die Hölle los.

61

Energieblitze schlugen der Drohne entgegen, und ihre gleißende Helligkeit vertrieb die Schatten aus dem Raum. Einige von ihnen wurden vom flackernden Schirmfeld abgelenkt, fauchten und kreischten wie zornig durch den Raum, kochten über Boden und Decke, bohrten sich zischend in inaktive Formspeicher. Mindestens zwei der hochenergetischen Entladungen durchschlugen das Schutzfeld der Drohne, warfen sie fast zehn Meter zurück und schmolzen ihre vorderen Klingen. Tahlon sah ein stählernes Ungeheuer, das sich durch die Öffnung in der Wand duckte, mit rot glühenden visuellen Sensoren die Drohne anvisierte und erneut feuerte. Eine zweite Kreatur aus Metall und Komposit – kleiner als die erste, aber wie sie ausgestattet mit mehreren Beinen und Waffenarmen – folgte der ersten und richtete ihre Strahlprojektoren auf die beiden Sicherheitsbeauftragten.

Destruktive Energie loderte, noch heller als vorher, und Tahlon kniff die Augen zusammen, um nicht geblendet zu werden. Er duckte sich an der Wand, machte sich so klein wie möglich und hörte, wie Esebian fluchte. Etwas strich heiß über ihn hinweg, und aus Esebians Flüchen wurde ein erschrockenes Keuchen, das sich unmittelbar darauf im Donnern einer Explosion verlor.

Als es schließlich still geworden war, wartete Tahlon noch einige zusätzliche Sekunden, bis er die Augen öffnete und den Kopf hob. Hinter ihm hustete Esebian – er lebte also noch. Im

Gegensatz zu den beiden Sicherheitsbeauftragten auf der anderen Seite der vom Desintegrator geschaffenen Öffnung. Dem einen waren beide Beine abgerissen worden, und Blut strömte aus den Stümpfen; der andere lag auf der Seite, mit einem faustgroßen Loch mitten in der Brust. Tot, zweifellos. Aber die Verletzungen hatten nicht das Ausmaß erreicht, dass keine Rekonversion möglich wäre.

Die Drohne schwebte heran, und einige ihrer Messersensoren untersuchten kurz die Reste der beiden Kampfmaschinen, die hinter der Wand gewartet hatten. Ein stählerner Waffenarm zuckte, und ein Strahlblitz von der Drohne machte der Bewegung sofort ein Ende.

»Die beiden Männer dort …«, begann Tahlon.

»Ich habe Jenise Mahin bereits eine Nachricht übermittelt. Eine medizinische Einsatzgruppe ist hierher unterwegs.« Eine kurze Pause. »Es sind nicht zwei Menschen gestorben, sondern drei, und einer von ihnen lässt sich nicht rekonvertieren.«

Tahlon eilte zum Rand der Mulde und musste dabei zerfetzten Komponenten der beiden Kampfmaschinen ausweichen. Mehrere handgroße Metallsplitter steckten in El'Hantors Leib, der neben der Ruheliege auf dem Boden lag, in einer langsam größer werdenden Blutlache. Ein Stahlbein der größeren Maschine war von der Wucht der Explosion in die Mulde geschleudert worden und hatte den Kopf des Erlauchten zertrümmert. Selbst wenn bei den Unsterblichen eine Rekonversion möglich gewesen wäre, für El'Hantor kam jede Hilfe zu spät.

Tahlon drehte sich um. »Wo ist Esebian?«

Er lief sofort los, vorbei an der Magisterdrohne, die zumindest an der Vorderseite stark beschädigt war – aber sie flog noch und sprach, schien also einsatzfähig zu sein. Die Vorstellung, dass der Mörder noch einmal entkommen könnte, war fast unerträglich, und die Entschlossenheit, ihn zu finden, drängte alles andere beiseite. Aus dem Augenwinkel sah er die beiden toten Sicherheitsbeauftragten, die vielleicht nicht lange tot bleiben mussten, während er über ein noch immer rauchendes Kompositteil der größeren Kampfmaschine hinwegsprang und die Öffnung erreichte, die der Desintegrator der Drohne in der Wand geschaffen hatte. Ein Gang mit grauschwarzen Wänden erstreckte sich dahinter, und Düsternis kroch heran, als Tahlon den Weg fortsetzte und den von der Notbeleuchtung erhellten Bereich hinter sich zurückließ. Knirschende und knackende Geräusche kamen aus der Dunkelheit zu beiden Seiten, und etwas schien sich dort zu bewegen, verborgen in der Finsternis. Tahlon lief weiter, eine Treppe mit seltsam schiefen, ineinander verkanteten Stufen hinunter. Mit langen Schritten, aber nicht mehr ganz so schnell wie vorher, näherte er sich einem hohen Torbogen, hinter dem es nicht völlig dunkel war. Konnte Esebian in der kurzen Zeit so weit gekommen sein? Zweifel nagten plötzlich an ihm, und er fragte sich, ob er den richtigen Weg eingeschlagen hatte. Der von der Drohne erwähnte mobile Transferitor fiel ihm ein. Wenn der Mörder ihn gefunden und aktiviert hatte …

Tahlon trat durch den Torbogen und blieb abrupt stehen, als er das Spinnenwesen sah. Der Weber hing ganz oben in der großen Höhle an den von ihm gesponnenen Filigranfäden, die ein silbernes und goldenes Netz bildeten. Ob er noch lebte, ließ sich kaum feststellen, denn Dunkelheit verhüllte den größten Teil von ihm, und was zu sehen war, bewegte sich nicht.

»Sie haben sich Zeit gelassen«, erklang eine Stimme. »Ich warte seit einer halben Stunde auf Sie.«

Tahlon drehte den Kopf. Auf der anderen Seite der Grotte stand Esebians Stützgerüst vor etwas, das wie eine Transitmembran aussah: ein silbergraues Rechteck, zehn Meter breit und sechs hoch, darin etwas, das aussah wie eine vertikale Wasserwand, berührt von einem sanften Wind, der kleine Wellen schuf.

Tahlon näherte sich Esebian. »Ein Filigran? Unter der Oberfläche eines Planeten?« Und dann fragte er: »Was meinen Sie mit einer *halben Stunde?* Es ist nicht einmal eine Minute vergangen.«

Esebian, das Gesicht greisenhaft und fast so farblos wie das eines Grauen, nickte langsam. »Ich verstehe.«

Tahlon erreichte das Stützgerüst und fühlte Kälte, die von der nahen Transitmembran ausging. »Ich verstehe es nicht. Hätten Sie die Güte, es mir zu erklären?«

»Sehen Sie sich um. Sehen Sie sich die *Wände* an.«

Tahlon sah sich um. Inzwischen hatten sich seine Augen an die Düsternis gewöhnt, und er stellte fest, dass die Wände aus einzelnen Segmenten bestanden, die sich ganz langsam verschoben. Er beobachtete, wie ganz in der Nähe ein kleiner Block über einen höheren kroch und dann verharrte. Größe und Form, die grauschwarzen Seitenflächen … Tahlon griff in eine Tasche seiner schmutzigen Jacke und holte das Kästchen hervor, das er bei Esebian gefunden hatte. Ein Artefakt aus dem Labyrinth von Lahor, eine Möbiusschleife – nicht leer –, der vom Netzwerk eine Transitweiche hinzugefügt worden war.

»Sie haben sie mitgenommen?«, fragte Esebian erstaunt,

und sein Blick glitt zum Indikator, der darauf hinwies, das sich etwas in der Schleife befand.

Tahlon steckte das Kästchen wieder ein. »Dies hier … stammt aus dem Labyrinth von Lahor?«

»Oder von einer anderen Welt mit Hinterlassenschaften der Incera«, sagte Esebian und starrte zwei oder drei Sekunden lang auf die Jackentasche. »Für mich ist eine halbe Stunde vergangen, für Sie nur eine Minute – es gibt hier also temporale Anomalien, wie im Labyrinth. Und wie dort verändern sich die Strukturen, auf der Suche nach Synchronisation.« Er winkte mit dem rechten Arm, aber es war eine langsame, mühevolle Geste. »Die Erlauchten haben Incera-Technik hierher gebracht und installiert. Und sie haben einen modifizierten Transferitor mit dem Filigran eines Webers verbunden. Das meinte El'Hantor mit dem fernen Ort, der doch nur einen Schritt entfernt ist. Das wahre Fouracre befindet sich dort.« Er deutete auf die Membran.

Tahlon trat an dem Stützgerüst vorbei und fühlte, wie es immer kälter wurde, als er sich der Transitmembran näherte. Wie Wasser ragte sie vor ihm auf, nicht zu Eis erstarrt, sondern von einem trägen Wogen durchzogen. Wenige Zentimeter hohe Wellen wanderten langsam über die vertikale Transitmembran, und hinter ihrem matten Glanz zeichnete sich undeutlich eine Landschaft ab; zwei Sonnen hingen niedrig über einem schartigen Horizont. Tahlon machte noch einen Schritt und versuchte, Einzelheiten zu erkennen.

»Wenn ich Sie loswerden wollte, würde ich jetzt schweigen«, sagte Esebian. »Hüten Sie sich davor, die Membran zu berühren.«

Tahlon wich zurück. »Warum?«

»Nehmen Sie etwas und werfen Sie es in die Membran«, sagte der Mörder im Stützgerüst.

Tahlon griff in eine Tasche, fand einen Datenstift, nahm die Kappe ab und warf sie. Als das kleine Objekt die Membran berührte, blitzte es plötzlich, und die Kappe des Datenstifts verglühte, ohne auf die andere Seite zu gelangen.

»Vielleicht habe ich Ihnen das Leben gerettet«, sagte Esebian. Es klang spöttisch, und auch ein wenig bitter.

Tahlon drehte sich um, als er ein Summen hörte. Die beschädigte Magisterdrohne näherte sich und richtete ihre Klingensensoren auf die Membran. »Interessant«, summte sie. »Ein veränderter Transferitor, verbunden mit einem Filigran.« Sie schwebte der Membran entgegen.

»Vorsicht«, sagte Tahlon.

»Ich weiß. Ich habe alles beobachtet. Dies könnte … aufschlussreich sein. Ich werde untersuchen und Daten sammeln.«

Tahlon sah zum Weber hob, der weit oben im Netz hing, groß und doch winzig im Vergleich mit den Webern, die ihre Netze im All spannen. Seine langen Beine bewegten sich nicht. »Ist er tot?«

»Sie haben ihn hier eingesperrt und sich ein Filigran von ihm weben lassen«, krächzte Esebian. »Vielleicht haben sie irgendwo eine Larve gefunden – möglicherweise im Labyrinth auf Lahor – und sie hierher gebracht. Er kann nicht viel mehr sein als ein Kind. Hier gibt es Mauern, eine planetare Kruste, darüber eine dichte Atmosphäre. Es sind lebensfeindliche Bedingungen für Geschöpfe, die an die unendliche Weite des Alls gewöhnt sind. Sie haben ihn hierher gebracht und wussten, dass er gerade lange genug leben würde, um das Filigran zu weben. Und dann ist er gestorben.«

Akir Tahlon seufzte leise. Die Anspannung fiel von ihm ab, aber etwas anderes nahm ihren Platz ein, ein Schatten, der sich ihm schwer auf die Seele legte. Für einen Moment wünschte er sich weit weg, vielleicht sogar in den staubigen Saal mit dem Kronleuchter. Dann trat er zu Esebian und griff nach den Kontrollen des Stützgerüsts. »Kümmern wir uns um die Toten, damit sie nicht lange tot bleiben.«

»Was ist mit den Lebenden?«, erwiderte Esebian, und diesmal war die Bitterkeit in seiner Stimme unüberhörbar. »Sehen Sie mich an! Ich sterbe bald, wenn mir niemand hilft. Wenn *Sie* mir nicht helfen.«

Tahlon blickte auf ihn hinab. »Glauben Sie im Ernst, etwas anderes als den Tod verdient zu haben?«, zischte er.

Sie waren erst einige Schritte weit gekommen, und hinter ihnen wurde das Summen der Drohne plötzlich lauter.

»Etwas ist geschehen«, sagte sie. »Jae kann nicht mehr durch das Masako-Filigran mit den anderen Magistern kommunizieren.«

Nur wenige Lichter funkelten gelb und weiß in der Stadt, die sich vor dem Hochplateau mit dem Schrein erstreckte; die meisten Häuser lagen im Dunkeln, leer und still, tot wie der Mann, dessen Domizil dies einst gewesen war. Am Horizont ragte ein Teil von Lybeckers Nachtseite auf, wie ein dunkler Moloch, der dabei war, die Sterne zu verschlingen. Mehrere Monde des Gasriesen wanderten über den Himmel, und ein künstlicher hatte sich ihnen hinzugesellt, nicht rund oder sichelförmig wie die anderen, sondern eine Masse aus mehr als hundert Kilometer langen Stacheln: Jae-al-Escoe-Hoivinio-tan-Mauleon-Caliquire-tan-Nesluzan hatte sich in eine niedrige Umlaufbahn über Gondal gebracht. Tahlon schaute aus dem Fenster des Kommunikationszentrums, das El'Jarod's Nachfolger El'Madi für ihn eingerichtet hatte, und fragte sich, was die Erlauchten von der Präsenz des Magisters am Himmel ihrer Welt hielten. Nicht viel, wie die bisher beobachteten Reaktionen zeigten.

Er drehte sich um. »Und es besteht nicht der geringste Zweifel?«, fragte er, obgleich er die Antwort kannte.

»Nein«, bestätigte die Drohne. Sie schwebte in der Mitte des Raums, dem die Formspeicher die Struktur eines Salons gegeben hatten. Das Stützgerüst stand neben dem Fenster, und der Mann darin, grau und wie geschrumpft, schien zu schlafen. Die Ärzte hatten sich auch um Esebian gekümmert, aber abgesehen davon, dass er frische, saubere Kleidung trug, hatte sich sein Erscheinungsbild nicht verändert. Er starb, doch sein naher Tod weckte kein Mitgefühl in Tahlon, ganz im Gegenteil. So etwas wie Genugtuung regte sich in ihm bei der Vorstellung, dass dieser Serienmörder seinen Opfern bald ins Jenseits folgen würde.

»Die Transitmembran unter dem Schrein kann nur von Unsterblichen passiert werden«, summte die Drohne, und ihre Worte fassten eine Untersuchung zusammen, die fast vier Stunden gedauert hatte. »Ich nehme an, durch die Passage eines Erlauchten öffnet sich für kurze Zeit ein Transitfenster.«

»Haben Sie das Sonnensystem identifiziert, Jae?«

»Ja«, antwortete der Magister durch die Drohne. »Die beiden dicht über dem Horizont stehenden Sonnen und ihre Spektralsignaturen boten einen entscheidenden Hinweis. Es handelt sich um das Dizadar-System bei der Kleinen Leere unweit des Poseidon. Die Entfernung beträgt fast sechzehntausend Lichtjahre. Der Eintrag im Allgemeinen Systemverzeichnis trägt übrigens die Registriernummer eins sechs eins acht eins.«

»Ein sechzehntausend Lichtjahre entferntes Ziel, das durch einen Transferitor erreichbar ist?«

»Durch einen Transferitor, der mit einem Filigran in Verbindung steht, Präfekt. Es ist eine interessante neue Technik. Ich habe einige Sensoren zurückgelassen, mit der Aufgabe, weitere Daten zu sammeln.«

Tahlon betrachtete die dunklen, geschmolzenen und teilweise zerfetzten Stellen an der Vorderseite der Drohne. Offenbar bemerkte sie seinen Blick, denn sie sagte: »Nur einige meiner peripheren Funktionen sind eingeschränkt, das ist alles.«

Tahlon nickte und begann mit einer unruhigen Wanderung. Das Warten machte ihm zu schaffen – er hatte das Gefühl, dass sich mit jeder verstreichenden Sekunde noch mehr Unheil zusammenbraute. »Was ist mit den Filigranen?«

»Ich kann noch immer keine anderen Magister erreichen«, summte Jae. »Die Kommunikation ist gestört, und ich hoffe, dass nur dieses Filigran betroffen ist.«

»Was ist mit quantenverschränkten Verbindungen? Auf Gondal stehen sicher welche zur Verfügung.«

Die Drohne summte. »Die Nutzung von q-verschränkten Verbindungen für die Magisterkommunikation ließe sich mit Menschen vergleichen, die sich mithilfe von Rauchzeichen unterhalten. Wir benötigen wesentlich mehr Bandbreite.«

»Ich verstehe«, sagte Tahlon. »Bitte versuchen Sie trotzdem, die anderen Magister auf diese Weise von den hiesigen Geschehnissen zu unterrichten.«

»Wie Sie wünschen, Präfekt.«

»Was ist die Ursache der Kommunikationsstörung?«, fragte Tahlon und blieb neben Esebian stehen. Der Mann hob die Lider und sah aus trüben Augen zu ihm hoch.

»Das bleibt noch Spekulationen überlassen, aber …«

»Ich weiß.« Tahlon nickte erneut. »Die Anomalie, die wir beim Filigrantransit nach Gevedon beobachtet haben. Vermutlich steckt dahinter auch die Gruppe um El'Kalentar.« Er erwiderte Esebians Blick, fragte aber nicht, wie es ihm ging. »Flüge durch das Masako-Filigran sind noch möglich?«

»Ja, aber es kommt immer öfter zu Phasen der Instabilität«, sagte Jae. »Ich habe aus Sicherheitsgründen alle Filigrantransite untersagt.«

»Wir sind isoliert.«

»Ja.«

»Ein interstellarer Flug über sechzehntausend Lichtjahre würde viel zu lange dauern. Bleibt nur der Zugang unter dem Schrein.«

Bevor die Magisterdrohne antworten konnte, öffnete sich die Tür, und El'Madi erschien. »Die Erlauchten sind bereit, Sie anzuhören«, sagte er würdevoll.

Tahlon trat an ihm vorbei in einen größeren Raum, dessen Formspeicher keine Fenster geschaffen hatte. Ein Displayfeld wölbte sich auf der einen Seite, reichte vom Boden bis zur Decke und war etwa ein Dutzend Meter breit. Davor standen ein Pult und ein Sessel. Tahlon nahm Platz und ließ den Blick über die Gesichter streichen, die ihn aus insgesamt zweihundertdrei Darstellungsfenstern ansahen.

»Sind das alle?«, fragte er El'Madi, der neben dem Sessel stehen blieb und die Hände auf den Rücken legte.

»Dies sind alle Erlauchten, die ihr Domizil auf Gondal haben«, erwiderte er.

Etwas mehr als zweihundert Personen, und sie haben einen ganzen Planeten für sich allein, dachte Tahlon. Sie hätten hierherkommen können. Nicht unbedingt persönlich. Aber jeder von ihnen hätte einen Avatar schicken können. Doch ein Sterblicher wie er, selbst wenn er Präfekt war, verdiente nicht einmal diese kleine Mühe. Vielleicht, so überlegte er, wollten die Erlauchten auf diese Weise auch ihren Unmut darüber zum Ausdruck bringen, dass der Magister an Gondals Himmel praktisch das ganze Masako-System kontrollierte, von der systeminternen Kommunikation bis hin zur interplanetaren Infrastruktur.

Und es kam noch etwas hinzu.

»Eine *Legatin* hat in Ihrem Namen den Notstand ausgerufen«, zischte ein Unsterblicher empört. »Was *erlauben* Sie sich, Präfekt?«

»Warum hat der Magister den Filigranport gesperrt?«, fragte ein anderer.

Weitere Stimmen erklangen, schwollen an wie das Tosen eines aufziehenden Sturms. Tahlon hob beide Hände.

»Das Traktat ermächtigt mich, den Notstand zu erklären, und der Magister Jae-al-Escoe-Hoivinio-tan-Mauleon-Caliquire-tan-Nesluzan unterstützt diese Entscheidung.« Er sah an El'Madi vorbei zur Drohne, die in den Raum geschwebt war. Neben ihr lag Esebian in seinem Stützgerüst, die Augen halb geschlossen. »Lassen Sie mich sofort zur Sache kommen, Exzellenzen. Meine Ermittlungen in Bezug auf den Mord an Seiner Exzellenz El'Kalentar, der gar nicht ermordet wurde, hat mich auf die Spur einer Verschwörung von Erlauchten gebracht …« Wieder kam es zu einem lauten Stimmengewirr, und Tahlon wartete ungeduldig, bis Ruhe einkehrte. Wie viele von diesen Erlauchten sind an Fouracre beteiligt?, fragte er sich. Wie weit geht die Verschwörung? Und welchem Zweck diente sie? Was hofften El'Kalentar und die anderen zu erreichen? Mit knappen Worten schilderte er das Ergebnis seiner bisherigen Ermittlungen und wies darauf hin, dass El'Kalentar gar nicht tot war und die eigene Ermordung inszeniert hatte, um seine Pläne in Hinsicht auf das geheime Projekt Fouracre voranzubringen. Er berichtete von den Ereignissen während des Fluges nach Gevedon, von der Entführung des Seeders durch Biomechs aus El'Kalentars Produktion. Ausdrücklich betonte er, dass die Instabilität der Filigrane und die damit zusammenhängenden Probleme auf die Verschwörung der Erlauchten-Gruppe um El'Kalentar, El'Farah und El'Coradi zurückging.

»Das ist doch Unsinn!«, ereiferte sich einer der Unsterblichen und beugte sich vor. Tahlon erkannte ihn als El'Ruben, einen Direktor. »El'Farah gehört zu den Innovatoren, und El'Coradi ist ein Traditionalist; zwischen ihm und El'Kalentar hat es häufig Differenzen gegeben. Welche gemeinsamen Ziele könnten sie haben?«

Stille folgte diesen Worten. Tahlon hatte sich die gleiche Frage gestellt und darüber nachgedacht. Eigentlich gab es nur eine Antwort.

»Fouracre hat etwas mit den Incera zu tun«, sagte er und wiederholte, was er von Esebian über das Labyrinth auf Lahor gehört hatte. »El'Kalentar und die anderen haben die Anlagen unter dem Schrein mit Incera-Artefakten erweitert – ich habe Ihnen allen vor zwei Stunden einen ersten Bericht übermittelt. Die Verschwörer suchen nach dem Großen Synchronisator, wie auch die Magister«, fügte er mit einem kurzen Seitenblick auf die Drohne hinzu. »Was sich damit bewirken lässt, weiß ich nicht, aber vielleicht ist das alles für El'Kalentar und seine Gruppe nur Mittel zum Zweck. Ich glaube, ihr Plan richtet sich in erster Linie gegen die Magister. Das ist es, was sie eint, und es würde mich nicht wundern, wenn einige oder sogar viele von ihnen eingeweiht sind.«

Empörte Stimmen hallten durch den Kommunikationsraum. Diesmal wartete Tahlon nicht, verstärkte sein Akustikfeld und rief: »Beweisen Sie mir das Gegenteil! Beweisen Sie mir, dass Sie ebenso an einer Aufklärung dieser Verschwörung interessiert sind wie ich.«

»Wir müssen überhaupt nichts beweisen«, sagte eine Unsterbliche kalt.

»Wir sind die Erlauchten, die Herren der Hohen Welten«, donnerte eine andere Stimme. »Was bilden Sie sich ein, *Sterblicher?*«

»Wir verlangen, dass der Magister das Masako-System verlässt!«, rief jemand. »Er hat hier nichts zu suchen!«

»Ich bin Jae-al-Escoe-Hoivinio-tan-Mauleon-Caliquire-tan-Nesluzan und viel älter als die ältesten von Ihnen. Ich werde so lange hierbleiben, bis ich herausgefunden habe, was mit meinem Seeder geschehen ist und wo er sich befindet. Wir Magister werden es nicht dulden, wenn Erlauchte gegen die Regeln verstoßen.«

»Vielleicht haben Sie den Ernst der Lage noch nicht ganz begriffen«, sagte Tahlon, und sein Blick strich über die Darstellungsfenster. »Was auch immer El'Kalentar und seine Gruppe angestellt haben, die Filigrane geraten außer Kontrolle. Die Anomalien häufen sich. Ein unbekannter Gegner greift uns an, und wir wissen nicht, woher er kommt, und aus welcher Zeit. Vielleicht droht sogar eine Rückkehr der Incera. Dies könnte der Anfang vom Ende des Direktoriats sein, der Tausend Tiefen *und* der Hohen Welten.«

»Was wollen Sie?«, fragte El'Ruben.

Tahlon holte tief Luft. »Ich möchte, dass mich einer von Ihnen zur Transitmembran unter dem Schrein begleitet. Nur ein Unsterblicher …«

»… kann die Membran passieren. Ja, ich habe Ihren Bericht gelesen. Ehrlich gesagt, Präfekt: Ich halte Ihre Ausführungen zum größten Teil für Mutmaßungen und Spekulationen, gelinde gesagt. Sie glauben, die Ordnung wäre bedroht? Sie selbst sind es doch, der alles auf den Kopf stellt! Sie kommen hierher nach Gondal und maßen sich an, uns die Kontrolle über unsere Welt zu entreißen! Durch Ihre Schuld kam El'Hantor ums Leben …«

»Es ist nicht meine Schuld!«, widersprach Tahlon. »Ich …«

»Und Sie nehmen es sich heraus, einen Unsterblichen zu unterbrechen, noch dazu auf einer Hohen Welt! Sie sind unverschämt geworden, Präfekt!«

El'Rubens Darstellungsfenster verschwand aus dem Displayfeld, und das war nur der Anfang. Andere Erlauchte unterbrachen ebenfalls die Kommunikationsverbindung, und die bis dahin dicht gedrängte virtuelle Versammlung lichtete sich immer mehr. Den Abschluss bildete die Frau mit der kalten Herablassung in ihrer Stimme. Ihre Lippen deuteten ein spöttisches Lächeln an, und dann schloss sich auch ihr Kom-Fenster.

Leer wölbte sich das Displayfeld vor Tahlon.

»Es tut mir leid«, sagte El'Madi, wandte sich ab und verließ den Raum.

Erst nach einigen Sekunden merkte Tahlon, dass er mit geballten Fäusten dastand. Er starrte verwundert auf sie hinab, streckte langsam die Finger und betrachtete die Hände, als gehörten sie jemand anders. Es verblüffte ihn, dass so viel Zorn in ihm steckte. Er hätte gern mit Ranidi gesprochen, ihn um Rat gefragt. Die Präsenz seines kompetenten Assistenten war über die Jahre hinweg zu einer Selbstverständlichkeit geworden, und sein Tod hinterließ eine sonderbare Leere.

»Mit Raumschiffen können wir das Dizadar-System nicht erreichen«, sagte er leise. »Wir brauchen einen Unsterblichen, um die Transitmembran zu öffnen.« Er sah zur Tür, aber El'Madi war fort.

Die lädierte Magisterdrohne schwebte näher. »Die Erlauchten, beziehungsweise eine Gruppe von ihnen, haben die Regeln missachtet und Sie bei Ihren Ermittlungen behindert, Präfekt. Trotz aller widrigen Umstände sind Sie immer bemüht gewesen, die Regeln zu respektieren und auf der Grundlage des Gesetzes zu handeln. Damit haben Sie ein gutes Beispiel gegeben und zweifellos Verdienste an der Gesellschaft erworben. Hiermit überweise ich Ihrer Treuhand zehntausend Meriten. Das sind mehr als genug für Ihren letzten Aufstieg, Präfekt. Ich gratuliere Ihnen zu Ihrem erworbenen Recht auf Unsterblichkeit. Therapietechnik steht hier auf Gondal zur Verfügung, und ich gewähre Ihnen Priorität. Die Behandlung kann sofort beginnen.«

Er will ins Dizadar-System, so schnell wie möglich, dachte Tahlon. Um herauszufinden, was El'Kalentar und die anderen gegen die Magister im Schilde führen.

Und dann dachte er: *Unsterblichkeit* …

Er glaubte zu fallen, in die weiche Wärme, mit der die Erfüllung seines größten Wunsches auf ihn wartete. Vor dem inneren Auge sah er noch einmal, wie El'Farah den Datenstift mit den fünftausend Meriten zerbrach, hörte das Klappern auf dem Boden, fast so laut wie das Bersten der kristallenen Kerzen des großen Kronleuchters. Doch hier genügte ein einfaches Ja, um den Tod zu besiegen. Er brauchte nur danach zu greifen. Priorität bedeutete, dass er in wenigen Stunden unsterblich sein konnte.

Aber …

»Nein«, sagte Tahlon, und nie war es ihm schwerer gefallen, ein Wort auszusprechen. »Nein, das geht nicht.«

»Sind Sie übergeschnappt?«, krächzte Esebian. »Ein Magister bietet Ihnen Unsterblichkeit, und Sie sagen *Nein?*«

»Paragraph einundachtzig des Traktats«, sagte Tahlon, und seine Stimme war plötzlich heiser. »Absatz eins. Dort heißt es, dass der Präfekt und Erste Hochkommissar ein Sterblicher sein muss. Dadurch soll seine Unabhängigkeit gegenüber Magistern und Erlauchten gewährleistet sein. Nach dem Aufstieg wäre ich kein Präfekt mehr. Ich wäre ein Erlauchter, ohne die Befugnisse, die mir mein Amt gibt.«

»Das sind doch Haarspaltereien!«, stieß Esebian hervor.

»Nein.« Tahlon wiederholte dieses Wort, und jetzt fiel es ihm leichter. »Nein, so sind die *Regeln.*«

»Sie bleiben sich treu«, summte die Drohne.

»Das bin ich mir schuldig, Jae.«

»Es gibt noch eine andere Möglichkeit, Präfekt«, sagte die Drohne. »Esebian hat uns geholfen. Wir haben wichtige Informationen von ihm erhalten, unter anderem über das Labyrinth auf Lahor. Und wenn er sich jetzt bereit erklärt, Sie dabei zu unterstützen, der Verschwörung auf den Grund zu gehen …«

Tahlon starrte die Drohne groß an. »Das kann doch nicht Ihr Ernst sein, Jae!«

»Wir brauchen einen Unsterblichen.«

»Er ist ein Mörder!«

»Mein Seeder wurde entführt«, erwiderte die Drohne. »Und das Gleichgewicht, das den Tausend Tiefen und Einundzwanzig Hohen Welten für Jahrtausende Frieden und Fortschritt gebracht hat, ist bedroht. Wer uns dabei hilft, diese Gefahr zu beseitigen, erwirbt besondere Verdienste. Ich erinnere Sie an den Paragraphen siebenundachtzig des Traktats.«

Stille folgte, und Tahlons Gedanken rotierten.

»Was ist damit?«, krächzte Esebian. »Was ist mit dem Paragraphen siebenundachtzig?«

»Er ermöglicht dem Präfekten, Kandidaten für außergewöhnliche Leistungen ein Aufstiegsrecht zuzusprechen.«

Esebians Augen wurden groß.

Wieder herrschte einige Sekunden lang Stille, und dann sagte die Drohne: »Es wäre kein Verstoß gegen die Regeln, Präfekt. Das stelle ich hiermit fest.«

»Er ist Konsul, nicht Resident.« Tahlon hatte das Gefühl, die Worte durch zusammengebissene Zähne pressen zu müssen. »Und Sie sehen ja, in welchem Zustand er sich befindet.«

»Wir Magister haben die Therapien und die dafür notwendige Technik entwickelt«, sagte die Drohne. »Ich kenne Mittel und Wege. Wenn Esebian bereit ist, uns zu helfen …«

Tahlon schnaufte. »Natürlich ist er das. Er …«

»Ich helfe Ihnen, wenn Sie Aurora in Ruhe lassen«, brachte Esebian hervor.

Tahlon musterte den Mann im Stützgerüst. Dass der Mörder es auch noch wagte, Forderungen zu stellen …

»Wir sind abgeschnitten«, erwiderte er, die Stimme noch immer rau. »Sie haben es gehört. Die Kommunikation ist gestört.«

»Nicht die mit quantenverschränkten Verbindungen. Für Magister mag die Bandbreite lächerlich gering sein, aber für eine Dringlichkeitsorder des Präfekten dürfte sie genügen.«

Sekunden verstrichen, und Tahlon dachte daran, wozu El'Kalentar und die anderen Erlauchten diese Sekunden nutzten. »Mir bleibt keine Wahl«, sagte er schließlich.

»Diesmal bleibt uns allen keine Wahl«, summte die Drohne.

Was heißt die Zukunft, die uns Gräber decken?
Die Ewigkeit, mit der du eitel prangst?
Ehrwürdig nur, weil schlaue Hüllen sie verstecken,
Der Riesenschatten unsrer eignen Schrecken …

DIE LETZTE GRENZE

62

Noch immer hing der kleine Weber, nicht mehr als ein Kind, tot in seinem Netz. Esebian sah zu ihm hoch und dachte an das Wesen, das die letzte Grenze überschritten hatte, ohne Gelegenheit zu erhalten, jemals richtig zu leben. Mitgefühl regte sich in ihm, distanziert, mehr Gedanke als Emotion, und er fragte sich, ob Unsterbliche auf diese Weise empfanden, mit einer ruhigen Unerschütterlichkeit, die wie ein inneres Bollwerk war. Er senkte den Blick zu seinen Händen, die nicht mehr grau und kraftlos waren, und er drehte sie langsam, wie um sich davon zu überzeugen, dass sie tatsächlich ihm gehörten. Rege Aktivität herrschte um ihn herum, aber auch wenn sie ihn betraf: Sie blieb ohne Wirkung auf den inneren Frieden, der ihn ganz erfüllte. Alles in ihm war an seinem Platz. Die früheren Leben, Caleb, Talanna, Dorotheri und all die anderen, sie hatten schon vorher den Platz eingenommen, der ihnen gebührte, als einzelne Kapitel oder Abschnitte in dem großen Buch seines Lebens, das ihn in der

Reife zu Esebian gemacht hatte, der sie alle in sich vereinte. *Du wirst sie sehen, all die Wunder des Universums,* dachte er und erinnerte sich an die von Caleb vergossene Träne. *Wir haben es geschafft. Der Tod ist besiegt.*

Aber das stimmte nicht ganz. Der Tod blieb auf der Lauer, und vielleicht wartete er auf der anderen Seite der Transitmembran. Auch die Existenz von Unsterblichen konnte ausgelöscht werden – mit Gewalt. El'Hantor *war* gestorben.

»Wie fühlt man sich als Erlauchter?«, erklang eine Stimme an seiner Seite.

Esebian drehte den Kopf. Akir Tahlon trug einen schwarzen Kampfanzug, wie die Grauen der Ehernen Garde, die weiter hinten Aufstellung bezogen, bei den sieben zusätzlichen Drohnen, die der Magister Jae geschickt hatte. Hinzu kam ein ganzer Schwarm von großen und kleinen Kriegsmaschinen: Waffen, mit Gravitationsmotoren und Handlungsautonomie ausgestattet; Kundschafter und Späher, ihre silbernen Nadeln so winzig, dass sie selbst mit visuellen Erweiterungen kaum zu sehen waren; Partikelwolken aus Nano-Saboteuren, dazu bereit, ihre Datenpakete in fremde Kommunikations- und Informationssysteme einzuschleusen. Allein die hundert Grauen und ihre Ausrüstung waren eine Streitmacht, mit der man einen kleinen Krieg gewinnen konnte, und die sieben Drohnen fügten ihr Potenzial und die Autorität eines Magisters hinzu. Was auch immer sich auf der anderen Seite der Transitmembran befand: Sie konnten damit fertig werden.

Das glaubte der Präfekt. Aber hinter den festen Mauern seines inneren Bollwerks konnte Esebian komplexe Überlegungen anstellen, ungestört von allen äußeren Einflüssen, und sie zeigten ihm, wie viel schiefgehen konnte. Welche bittere Ironie des Schicksals wäre es gewesen, unmittelbar nach Erlangen des ewigen Lebens zu sterben!

»Wie auch immer Sie sich fühlen, *Esebian* …«, fuhr Tahlon fort, ohne eine Antwort abzuwarten. Er betonte den alten Namen, ohne den Erlauchten-Zusatz. »Kommen Sie nicht auf dumme Gedanken. Sie werden sich genau an meine Anweisungen halten.«

»Ein Unsterblicher, der einem Sterblichen gehorcht?«, fragte Esebian und wölbte eine Braue.

»Sparen Sie sich die Ironie.« Tahlon deutete nach vorn, vorbei an den Gardisten, die ihre Ausrüstung überprüften. »Sie werden die Membran für uns öffnen und sich dann in Jaes Obhut begeben. Wenn dies alles vorbei ist, wird ein Verfahren gegen Sie stattfinden.«

»Sie können mir die Unsterblichkeit nicht mehr nehmen«, sagte Esebian.

»Sie sind ein Mörder, trotz allem«, erwiderte Tahlon. »Sie verdienen es, verurteilt zu werden. Falls Sie sich nicht an unsere Vereinbarung halten, falls Sie so dumm sein sollten, eine Flucht zu versuchen, wohin auch immer … Das Implantat in Ihrer Großhirnrinde, direkt neben dem alten Mentalblocker, wird Sie lahmlegen, wenn es nicht mehr meine Signale empfängt.« Der Präfekt klopfte auf seinen Instrumentengürtel.

»Und wenn Sie sterben?«, fragte Esebian. »Oder wenn der Sender beschädigt wird?«

»Sie sollten besser hoffen, dass ich am Leben bleibe«, sagte Tahlon und ging nach vorn zu den Grauen, um mit ihrem Kommandeur zu sprechen.

Esebian blieb stehen und ruhte noch immer in sich selbst, obwohl er wusste, dass er ein Gefangener dieser besonderen Situation war.

»Das Implantat wird Sie nicht töten«, summte die Drohne an seiner Seite.

»Ich bin nicht beunruhigt«, sagte Esebian, und das stimmte. Er war in der Lage, die Situation so sachlich und nüchtern zu beurteilen, als hätte sein Bewusstsein in einen besonders kühlen mentalen Modus geschaltet, aber diesmal fehlten die Gefühle nicht. Sie blieben präsent, ohne ihn zu stören.

»Es sind die Hormone.«

Esebian drehte den Kopf und betrachtete die Drohne. Nach ihrer Rekonfiguration waren die meisten Klingen und Messer verschwunden; gewölbte Segmente hatten sich vorn wie schützende Schilde um die beschädigten Stellen geschoben. Als langgestrecktes, silbergraues Oval schwebte sie neben ihm, mit einigen nach vorn gerichteten Stachelbüscheln.

»Sie haben eine extensive Behandlung hinter sich, El'Esebian«, summte die Drohne. »Es ging Ihnen sehr schlecht, und die beiden Therapien für den doppelten Aufstieg mussten in einem Abstand von nur wenigen Stunden aufeinander erfolgen. Das alles hat Sie physisch und psychisch sehr belastet. Unter normalen Umständen müssten Sie einige Wochen ruhen.«

»Aber die Umstände sind nicht normal.«

»Ich muss meinen Seeder finden«, sagte die Drohne, und Esebian wusste, dass diesmal der Magister direkt zu ihm sprach. »Und es steht noch mehr auf dem Spiel. Wie viel … Das müssen wir herausfinden. Sie öffnen die Tür.«

Esebian betrachtete erneut seine Hände und betastete dann

den neuen linken Arm, der sich nicht fremd anfühlte, sondern genauso vertraut wie der rechte.

»Ich *bin* unsterblich«, sagte er.

»Das sind Sie, Exzellenz. Aber Sie fühlen sich besser und kräftiger, als es Ihrem realen Zustand entspricht. Die Energie der neuen Konverterzellen hält Sie auf den Beinen. Außerdem habe ich auf einer Hormonbehandlung bestanden, damit Ihr geistiges Gleichgewicht gewährleistet ist.«

Exzellenz, dachte Esebian und sah, dass Tahlon von der Transitmembran zurückkehrte. »Gegen seinen Willen, nehme ich an.«

»Ja. Für seine Zwecke hätte die Unsterblichkeit Ihres Körpers genügt.«

»Und für Ihre?«, fragte Esebian.

»Sie *haben* Verdienste erworben«, sagte der Magister. »Mehr als Sie ahnen.« Mit einem etwas leiseren Summen fügte die Drohne hinzu: »Von den meisten wissen Sie nichts.«

Die Gedanken waren klar, und Esebian erinnerte sich an die Gespräche mit Erebos. »Hat das etwas mit Ihrer Algo-Stochastik zu tun?«

»Nach vorn mit Ihnen, Esebian«, sagte Tahlon, bevor der Magister antworten konnte.

»Bitte bleiben Sie wie abgesprochen bei ihm, Jae.« Tahlon begleitete Esebian an den wartenden Gardisten vorbei zur Transitmembran, und die Drohne folgte ihnen. Wie eine Wasserwand ragte die Membran vor ihnen auf, fast im gleichen Silbergrau wie die Magisterdrohne. Sanfte Wellen, nur wenige Zentimeter hoch, zogen von rechts nach links, und hinter ihnen zeichnete sich vage eine dunkle Landschaft ab, in der sich keine Einzelheiten erkennen ließen. Die beiden Sonnen, die Esebian gesehen hatte, blieben hinter dem Horizont verborgen.

»Wir vermuten, dass sich das Ziel auf dem vierten Planeten des Dizadar-Systems befindet«, sagte Tahlon und aktivierte den Formspeicher am Kragen seiner Uniform. Sofort wuchs aus dem Nackenbereich ein Helm über seinen Kopf, ebenso dunkel wie die Uniform. »Die Atmosphäre ist dort sehr dünn und die Schwerkraft etwas geringer«, fuhr der Präfekt fort. Seine Stimme klang ein wenig dumpfer. »In der Region, in der unser Retransfer vermutlich stattfinden wird, sinken die Temperaturen nachts auf bis zu minus siebzig Grad, und tagsüber können sie bis auf plus fünfzig steigen. Diese Schutzanzüge verfügen über eine Autonomie von mehreren Tagen; das sollte genügen.«

Esebian berührte den Kragen seines eigenen Anzugs, und sofort bildete sich eine schützende Hülle um seinen Kopf. Statusanzeigen erschienen an der Innenseite des Helmvisiers. Er deutete auf die Vari-Waffe an Tahlons Instrumentengürtel. »Ich nehme an, darauf muss ich verzichten, oder?«

Der Präfekt überhörte die Frage, sah sich noch einmal um und sagte: »Also los, Esebian. Öffnen Sie die Membran für uns.«

»Und wenn sie sich nur für mich öffnet?«

»Machen Sie sich keine falschen Hoffnungen«, sagte Tahlon. »Unsere Noder werden dafür sorgen, dass das energetische Portal offen bleibt, wenn es sich erst einmal geöffnet hat.«

Noch immer von Ruhe erfüllt und mit einer schlagkräftigen Streitmacht im Rücken trat Esebian vor und näherte sich der Membran. Als ihn nur noch eine Armeslänge von ihr trennte, zögerte er kurz und sah in dem langsamen, trägen

Wogen sein verzerrtes Spiegelbild – das Gesicht blieb hinter dem dunklen Visier verborgen.

»Worauf warten Sie?«, fragte Tahlon ungeduldig. Er stand anderthalb Meter hinter Esebian, den Variator in der rechten Hand. Auch die hundert Gardisten hielten ihre Waffen bereit, und von den insgesamt acht Drohnen kam ein Summen wie von einem Insektenschwarm.

Esebian streckte die Hand aus und berührte die Membran. Das silbergraue »Wasser« kräuselte sich, und das sensorische Interface vermittelte ein leichtes Prickeln. Er atmete tief durch und trat vor, machte einen Schritt, der ihn über eine sechzehntausend Lichtjahre weite Kluft trug …

Ein Schrei zerriss Esebians ruhige Gedanken und zerfetzte seine trägen Gefühle, schrillte durch Synapsen und Neuronen: ein wortloses, vielstimmiges Kreischen, das aus der Ferne kam und nicht nur einen Ursprung hatte, sondern viele. Es stammte von Dutzenden namenlosen Welten in der großen Sterneninsel, die viele Menschen noch immer Milchstraße nannten, und auch von Sonnensystemen in der Großen Magellan'schen Wolke. Es schien in der Leere zwischen den Galaxien widerzuhallen. Die Dunkle Materie im großen Nichts vibrierte, und das Quantenrauschen an der Basis allen Existierenden zischte. In dieser einen Sekunde, in diesem Schritt über Lichtjahrtausende hinweg, erfüllte das Heulen nicht nur Esebians Kopf und Bewusstsein, sondern das ganze Universum, von den Mikrostrukturen bis hin zu den größten Elementen. Es zerschmetterte die Ruhe des Mannes, der gerade zu einem Unsterblichen geworden war, und zeigte ihm, was Wahnsinn bedeutete: ein Sturm im Innern, der nie aufhörte, nie Ruhe gab, der jeden noch so kleinen, vorsichtigen Gedanken zerfetzte.

Ein Schritt, ein Stolpern, und als Esebian fiel und von Dunkelheit umgeben über staubigen Boden kullerte, begriff er instinktiv, was mit El'Hantor und den anderen Erlauchten geschehen war. Sie hatten den Schrei, das infernalische Kreischen, ebenfalls gehört, aber nicht nur einmal, sondern viele Male, und schließlich hatte es ihnen den Verstand geraubt. War es der Schrei des Weberkinds, das letzte verzweifelte Heulen, das es in die von ihm gesponnenen Filigranverbindungen geleitet hatte, wo es Tausende von Echos warf? Oder, fragte sich Esebian, war es der Schrei der Incera, die El'Kalentar auf der Alten Erde getötet hatte, um sich in den Besitz von … was zu bringen, um … was zu erreichen?

Andere Schreie erklangen, nicht zu vergleichen mit dem ersten, der ein Gefühl der Taubheit in Esebian hinterlassen hatte. Sie stammten aus den Kehlen von Menschen, berichteten von individuellem Schmerz, von Tod. Esebian konnte die Rollbewegung noch immer nicht stoppen, sah vor seinem Visier mal den staubigen Boden und mal einen dunklen Himmel. Etwas, das er für einen Felsen hielt, erschien rechts von ihm, und er klammerte sich daran fest. Weiter oben am langgestreckten Hang flackerte die Transitmembran, als stünde sie in Flammen, umgeben von etwas, das vielleicht einmal ein großes Gebäude gewesen war – es sah aus wie von mehreren Schlägen eines riesigen Hammers getroffen. Brennende Gestalten kamen aus der Membran, durch feurige Nabelschnüre mit ihr verbunden. Es waren nicht viele, nur sechs oder sieben, und sie versuchten, sich gegenseitig zu helfen, aber was sie verbrannte, war kein normales Feuer, das sich mit rekonfigurierten Schirmfeldern bekämpfen ließ. Die Schreie der Sterbenden ertönten aus Esebians Helmkommunikator, und er beobachtete, wie die Grauen, die lebenden Toten der Ehernen Garde, zu Asche zerfielen.

»Tahlon?«, fragte Esebian, und seine Stimme krächzte wieder. »Hören Sie mich?«

Ihm antworteten nur die Schreie der Sterbenden.

Esebian zog sich an dem Felsen hoch und beobachtete, wie der letzte Gardist zusammenbrach, wie der Schutzanzug von ihm abblätterte und der graue Körper darin zu grauer Asche zerfiel. Glühende Finger zogen sich in die Transitmembran zurück, und sie flackerte ein letztes Mal, fiel dann in sich zusammen. Einige Sekunden lang leuchtete ein kleines Licht dicht über dem Boden und blinkte mehrmals, wie das Blinzeln eines Auges, und dann verschwand es ebenfalls.

Wind fauchte aus der Dunkelheit, wirbelte Staub auf, und für einen Moment glaubte Esebian, die Umrisse einer Gestalt zu sehen, nur einige Meter von der Stelle entfernt, wo sich die Transitmembran befunden hatte. Er zögerte nicht, ließ den Felsen los und machte einen Schritt, nicht über Tausende von Lichtjahren hinweg, sondern in Richtung des Überlebenden. Aber er kam nur diesen einen Schritt weit.

Die Atmosphäre des Planeten war dünn, hatte Tahlon gesagt, und die Sensoren des Schutzanzugs bestätigten dies. Aber auch dünnes Gas konnte erhebliche kinetische Kraft entfalten, wenn es sich mit hoher Geschwindigkeit bewegte, und außerdem war Esebian nicht auf den plötzlichen Windstoß vorbereitet.

Eine Bö riss ihn von den Beinen, und er streckte die Hände aus, um den erwarteten Aufprall abzufangen, der jedoch ausblieb. Der Wind packte ihn und warf ihn zur Seite, und plötzlich war der Boden unter ihm verschwunden. Von einem anderen Heulen begleitet stürzte er in die Tiefe, vorbei an einer vertikalen Felswand, und die Gravanker seines Schutzanzugs, mit denen sich der Sturz abfangen ließ, funktionierten nicht.

63

Das Heulen, begriff Esebian nach einigen Sekunden, stammte nicht nur vom Wind, weitergeleitet von den akustischen Sensoren, sondern kam auch aus seinem Mund. Angst sprang ihn an wie ein wildes Tier, das ihm seine Krallen in die Seele schlug. Seit einem Tag war er unsterblich, und vor ihm erstreckten sich Welten ohne Horizonte, nicht von Zeit begrenzt, und jetzt sollte er sterben, zerschmettert am Boden dieses Abgrunds?

Mit einem Rest von klarem Verstand versuchte er erneut, die Gravanker zu aktivieren, aber auch diesmal entstand kein Kraftfeld, das ihn in der leeren Luft festhielt oder wenigstens langsamer fallen ließ. Reiner Instinkt veranlasste ihn, seinen Erweiterungen gedankliche Befehle zu schicken, doch sie reagierten nicht, keine von ihnen – Tahlon hatte sie während der beiden Therapien deaktivieren und einige sogar ganz aus ihm entfernen lassen. Als er nach zehn Sekunden noch lebte und den größten Teil der Panik aus sich herausgeschrien hatte, zog das Tier die Krallen aus dem Kern seines Selbst. Die Angst hörte nicht auf, aber sie wich ein wenig zurück, weit genug, um klare Gedanken zu ermöglichen. Esebian erinnerte sich an Tahlons Hinweis darauf, dass die Schwerkraft auf diesem Planeten niedriger war, was bedeutete: Er fiel nicht ganz so schnell, aber vermutlich immer noch schnell genug für einen tödlichen Aufprall. Rasch kontrollierte er die Systeme des Schutzanzugs und suchte nach einer Möglichkeit, den Fall abzubremsen. Mit beiden Händen griff er nach den Kontrollen am Instrumentengürtel, doch dadurch geriet er ins Trudeln. Sofort breitete er die Arme wieder aus und nutzte den Luftwiderstand, um sich in eine einigermaßen stabile Lage zu bringen.

Und dann schälte sich die Landschaft tief unten plötzlich aus der Nacht.

Es war nicht das Licht der Sterne, das den Schleier der Finsternis zerriss, sondern die visuellen Sensoren des Schutzanzugs: Sie verarbeiteten infrarote und elektromagnetische Emissionen zu einem Bild an der Innenseite des Helmvisiers, schufen die Illusion visueller Wahrnehmung. Eine riesige Stadt breitete sich vor dem gewaltigen Massiv aus, bestehend aus Gebäuden, die nicht höher als zwei oder drei Stockwerke waren. Dicht beieinander standen sie, als drängten sie sich zusammen, bildeten einen urbanen Teppich, in dem die schmalen Straßen und Wege aus dieser Höhe wie lose Fäden wirkten. Und in der Mitte dieser Stadt, umgeben von einer hohen Mauer schwarz wie die Nacht, erhob sich eine gewaltige Festung mit Hunderten von Metern hohen Türmen, viel größer noch als die Zitadelle von Mway. Im Zentrum der Bastion, die vermutlich ebenfalls von den Incera stammte, ragten die zylindrischen Elemente und Denksegmente eines Seeders auf.

Wolkenfetzen strichen an Esebian vorbei, und dann sah er das Gelände, in dem sein Aufprall stattfinden würde: eine Geröllhalde mit Felsbrocken, rund und kantig, in allen Größen: ein natürlicher Fleischwolf, der bestimmt nicht mehr als blutige Fetzen von ihm übrig ließ.

»Tahlon!«, rief Esebian in den Helmkommunikator. Noch achthundert Meter. »Hören Sie mich?«

Es drang nur Knistern aus dem Lautsprecher.

Fünfhundert Meter. Vierhundert. Die visuellen Sensoren zeigten jetzt Einzelheiten der Aufschlagstelle. Ein Gebäude befand sich in der Nähe, flach und mit schiefem Dach – er würde es nur um wenige Meter verfehlen. Esebian fragte sich, ob dort jemand wohnte, und was dieser Jemand hören und kurze Zeit später sehen würde, wenn er sein Haus verließ.

Das Tier kehrte zurück, zeigte ihm die Krallen und fauchte spöttisch. Und Esebian schrie erneut, denn dies waren die letzten Sekunden seines unsterblichen Lebens.

Ein Schatten erschien neben ihm, oval und mit einer lädierten Vorderseite, und Esebian streckte die Hände danach aus, noch bevor er begriffen hatte, dass es sich um die erste Magisterdrohne handelte. Ein Summen durchdrang das wie zornig und enttäuscht klingende Zischen der Luft, und an der Innenseite des Helmvisiers erschienen Anzeigen, mit denen Esebian nichts anfangen konnte. Der Boden sprang ihm entgegen, mit scharfkantigen Felsen. Und dann *riss* ihn etwas aus dem Sturz, so abrupt, dass der teilweise neue Körper mit heftigem Schmerz protestierte, und Esebian schwanden die Sinne. Als er kurze Zeit später wieder zu sich kam, lag er nicht weit vom Gebäude mit dem schiefen Dach entfernt zwischen den Felsen und blickte in die Mündung einer Waffe. Darüber starrten ihn zwei Augen hinter einem Helmvisier an.

»Wie haben Sie das gemacht?«, kam Tahlons Stimme aus dem Helmlautsprecher, und gleichzeitig hörte er sie, dumpfer, über die akustischen Sensoren. »Lässt es sich rückgängig machen?«

»Was?«, brachte Esebian hervor. Nur etwa zwanzig Zentimeter trennten den Lauf des Variators von seinem Helm.

»Wie haben Sie es angestellt, die Transitmembran sofort hinter sich zu schließen? Jaes Drohne und ich kamen einigermaßen unbeschadet durch, aber die Grauen unmittelbar hinter uns hat es erwischt, und die anderen bekamen gar keine Gelegenheit zu einem Transfer.«

Ein großer Schatten näherte sich und ragte neben Tahlon auf. »Präfekt …«, summte die Drohne.

Esebian stand langsam auf. Sein Körper schmerzte noch immer, aber er schien sich nichts gebrochen zu haben. Er fragte sich, ob er noch immer zahlreiche Nanomaschinen in sich trug, die organische und strukturelle Schäden reparieren konnten. »Sie haben es ernst gemeint, nicht wahr? In der Immersion. Als sie mich dazu brachten, alles zu erzählen. Sie sprachen davon, wie sehr Sie mich verabscheuten. Und es war Ihr Ernst.«

»Wie haben Sie es angestellt, verdammt?«, stieß Tahlon hervor. Die Hand mit der Waffe zitterte ein wenig. »Und wie können wir zurückkehren? Haben Sie eine Möglichkeit, die Transitmembran zu kontrollieren?«

»Ich kann überhaupt nichts kontrollieren. Es muss einen Sicherheitsmechanismus in der Membran gegeben haben.«

»Vielleicht stecken Sie ja mit El'Kalentar und den anderen unter einer Decke.«

»Sind Sie übergeschnappt, Tahlon? Hat Ihnen der Schrei beim Transfer den Verstand geraubt?«

Tahlon zögerte. »Der Schrei? Welcher Schrei?«

»Präfekt …« Die Drohne stieg auf, und Esebian fühlte sich hochgehoben. Ein Gravitationsfeld erfasste ihn und auch Tahlon. »Lassen Sie uns keine Zeit verlieren. Wir müssen zum Seeder in der Zitadelle.«

Tahlon steckte die Waffe mit einem Ruck in den Gürtel. »Ich behalte Sie im Auge, Esebian.«

Sie flogen los.

Ein Mond ging auf und brachte genug Licht, um pechschwarze Finsternis in ein diffuses Halbdunkel zu verwandeln, das zwar keine Farben zeigte, aber der Stadt Details gab. Die kantigen Gebäude bestanden nicht aus Stein, sondern aus einem Material mit der Dichte von Synthomasse und der Härte und Widerstandsfähigkeit von Komposit. Fenster und Türen standen wie einladend offen, doch es befand sich niemand im Innern der Häuser. Es war eine leere, tote Stadt, die sich über viele Kilometer vom steil aufragenden Massiv bis hin zum dunklen Herz in ihrer Mitte erstreckte, der Zitadelle, hinter deren Mauern Esebian beim Sturz den Seeder gesehen hatte. In einer Höhe von etwa zehn Metern flogen sie, und mit einer Geschwindigkeit, die nicht über fünfzig oder sechzig Stundenkilometer hinausging. Esebian fragte sich, ob die Drohne deshalb so langsam flog, weil sie möglichst viele Daten sammeln wollte, bevor sie die Bastion erreichten, oder ob sie stärker beschädigt war, als ihr Äußeres vermuten ließ. Wenn Letzteres zutraf, stand es um ihre Situation noch schlechter, als Esebian bisher befürchtet hatte. Das volle Potenzial einer Magisterdrohne gab ihnen gewisse Überlebenschancen – vielleicht fanden sie eine Möglichkeit, die Transitmembran zu reaktivieren und nach Gondal zurückzukehren. Allein konnten sie kaum hoffen, auf dieser unwirtlichen Welt zu überleben, sobald die Energievorräte der Schutzanzüge zur Neige gingen und die Recycler ihre Arbeit einstellten.

»Weber«, sagte Tahlon nach einer Weile. »Kleine Weber.«

Esebian hatte die Fäden zwischen den Gebäuden schon eher bemerkt, war aber so tief in Gedanken versunken gewesen, dass er ihnen erst jetzt volle Aufmerksamkeit schenkte. Ihnen fehlten die prächtigen Farben der Filigrane im All: Silbrig, grau und in einem schmutzigen Braun hingen sie erst einzeln zwischen den Gebäuden, dort, wo sie sich am nächsten standen. Aber je mehr sie sich der Zitadelle näherten, desto größer wurde die Anzahl der Fäden, und erste von ihnen reichten auch über die ebenfalls leeren Straßen und Wege hinweg. Sie wuchsen zu Netzen zusammen, auf denen sich mancherorts eine dünne Schicht aus glitzerndem Raureif gebildet hatte – die ins Helmvisier eingeblendete Thermoanzeige wies Esebian darauf hin, dass die Temperatur bei minus zweiundfünfzig Grad lag. Die ersten Weber waren nur etwas größer als eine Männerhand, die Beine spindeldürr und fast einen Meter lang. Sie hingen an den Verankerungsfäden, meistens in Ecken unter Dächern und Hauswänden, fast immer von einem silbergrauen Kokon umgeben, der zum Teil aus Eis zu bestehen schien. Sie bewegten sich nicht, und Esebian konnte nicht feststellen, ob sie noch lebten – die Sensoren seines Schutzanzugs gaben keine Auskunft darüber.

Als sie sich der hohen Mauer der Zitadelle bis auf etwa einen Kilometer genähert hatten, wurden die Weber größer, hingen mitten in den Netzen und bewegten sich langsam. Ihre Netze waren komplexer und manchmal so sehr miteinander verwoben, dass sie den Blick auf die leeren Straßen darunter verwehrten. In der Mitte dieser Filigrane bemerkte Esebian kleine dunkle Punkte, und er fragte sich, ob es die Öffnungen winziger Wurmlöcher waren. Was mochte mit dem Planeten geschehen, wenn sie größer wurden?

Als hätte die Drohne seine Gedanken erraten, summte sie: »Ich registriere zunehmende Instabilität in der Raum-Zeit-Struktur. Und ich stelle energetische Emissionen fest. Einige von ihnen kommen von meinem Seeder.«

»Können Sie Kontakt mit ihm aufnehmen, Jae?«, fragte Tahlon.

»Ich habe es versucht, aber er antwortet nicht. Das ist … beunruhigend.«

Esebian sah zur immensen, dunkel vor ihnen aufragenden Zitadelle, und Unbehagen erfasste ihn. »Vielleicht sollten wir besser auf den Berg zurückkehren und dort nach einer Möglichkeit suchen, die Transitmembran zu reaktivieren. Die Drohne ist beschädigt, und wir sind allein. Selbst wenn wir El'Kalentar und die anderen finden: Was könnten wir gegen sie ausrichten?«

»Es ist kein Berg«, summte die Drohne.

Esebian wandte den Kopf zur Seite, und die Systeme des Schutzanzugs reagierten, drehten ihn im Gravitationsfeld der Drohne. Der Berg lag jetzt mehr als zehn Kilometer hinter ihnen und ragte als dunkle Masse vor dem Hintergrund des schwarzen Himmels auf. Grafische Daten erschienen in Esebians Helmvisier, von der Drohne übermittelt, hoben Kanten deutlicher hervor, zeichneten vage Linien nach und offenbarten dort Muster, wo das nicht von visuellen Erweiterungen unterstützte menschliche Auge nur gleichförmige Felswände sah.

Das Bergmassiv war ein Würfel mit einer Kantenlänge von zweieinhalb Kilometern, und er bestand nicht aus Felsgestein, sondern aus einer Mischung von Metallen und synthetischen Materialien, weder Komposit noch Syntho. Entweder reichten die Sondierungssignale der Drohne nicht tief, oder sie hatte entschieden, nur einen Teil ihrer Daten preiszugeben. Unter den Außenflächen zeigten die grafischen Darstellungen Gespinste, die Esebian an die Netze der kleinen Weber erinnerten; der Rest dahinter, die Hauptmasse, blieb Spekulationen überlassen.

»Es ist ein Saatschiff der Incera«, sagte die Drohne. »Nur ein Teil davon ragt aus dem Boden. Dieses Schiff scheint noch größer zu sein als jenes Exemplar, das wir in der Großen Magellan'schen Wolke gefunden haben.«

»Wen meinen Sie mit ›wir‹?«, fragte Tahlon, bevor Esebian Gelegenheit dazu bekam.

»Wir Magister«, antwortete die Drohne und setzte, inzwischen noch langsamer geworden, den Flug zur Zitadelle fort. Ein größerer Weber unter ihnen hob zwei seiner langen Beine und streckte sie ihnen entgegen, als wollte er sie einfangen.

»Ein Saatschiff«, wiederholte Esebian leise. »Was hat es an Bord?«

»Weber«, summte die Drohne. »Millionen von Webern für die Saat in Sonnensystemen, die noch nicht Teil des Filigrannetzes sind. Das Schiff ist nicht tot wie die Stadt. Einige der energetischen Emissionen kommen von dort, die anderen aus der Zitadelle.«

Eine Minute verstrich, ohne dass jemand etwas sagte, und als die Drohne vor der Zitadellenmauer landete, fragte Esebian: »Warum fliegen wir nicht über die Mauer hinweg?«

»Weil sich ein Schirmfeld über der Zitadelle spannt«, antwortete die Drohne. »Mich allein würde es kaum behindern, aber Sie beide könnten trotz der Schutzanzüge bei dem Versuch verletzt werden, das Kraftfeld zu durchdringen.«

Esebian ging an der Mauer entlang, die aus dem gleichen

Material bestand wie das Labyrinth auf Lahor. Er rechnete fast damit, ein Knacken und Knirschen zu hören und zu beobachten, wie strukturelle Veränderungen stattfanden. Aber es blieb alles still, bis auf die leise Stimme des Winds und das Summen der Drohne, die an ihm vorbei zum Portal schwebte. Es ragte mindestens ein Dutzend Meter weit empor und bestand aus zwei Flügeln – die Fuge zwischen ihnen war kaum breiter als ein Haarriss. Die Drohne verharrte davor, etwa einen Meter über dem Boden, und schickte einen Sondierungsstrahl über das schwarze Material des Portals. Tahlon stand direkt neben ihr, die rechte Hand am Griff des Variators.

»Ich sehe keine Möglichkeit, das Portal zu öffnen«, sagte die Drohne schließlich. »Und vermutlich wäre es nicht klug, Gewalt anzuwenden. Dadurch könnten defensive Systeme aktiviert werden.«

Ein Grollen kam aus der Ferne, und als Esebian sich umdrehte, sah er kleine Lichter über die vertikale Wand des vermeintlichen Bergmassivs tanzen.

»Die energetische Aktivität nimmt zu«, stellte die Drohne fest.

Esebian sah noch einmal am Portal hoch, hinter dem die Türme der Zitadelle aufragten. Dann trat er an der Drohne vorbei und streckte die Hand aus.

»Was haben Sie vor?«, fragte Tahlon misstrauisch.

»Nur ein Unsterblicher konnte die Transitmembran passieren«, summte die Drohne. »Vielleicht kann nur ein Unsterblicher das Portal öffnen.«

Esebian legte die Hand auf das schwarze Material, und die taktilen Sensoren im Handschuh vermittelten ihm ein sanftes Prickeln.

Der Haarriss zwischen den beiden Flügeln wurde breiter. Mit einem Geräusch, das wie ein dumpfes Ächzen klang, schwang das Portal nach innen und gab den Weg in die Zitadelle frei.

Trotzdem rührte sich Esebian nicht von der Stelle, denn vor ihm, kaum zehn Meter entfernt, stand El'Kalentar, flankiert von El'Farah und El'Coradi. Und hinter den drei Erlauchten hielten mindestens fünfzig abtrünnige Graue der Ehernen Garde ihre Waffen bereit.

El'Kalentar trat einen Schritt vor. Vielleicht stand er hinter einem Atmosphärenschirm, denn wie die anderen trug er keinen Schutzanzug, nur einen leichten Thermomantel. In seiner Stirn bewegte sich das kupferrote Eidechsenwesen.

»Da steht mein Mörder«, sagte er. Auch er hielt eine Waffe in der Hand, etwas klobiger als Tahlons Variator.

Esebians Mund bewegte sich wie von allein. »Ich habe einige Fragen an Sie …«

Weiter kam er nicht, denn Tahlon stand plötzlich neben ihm und sagte: »Exzellenzen, ich berufe mich hiermit auf die Sonderrechte, die mir das Traktat im Fall des Notstands gewährt, und verhafte Sie wegen der Entführung von mehreren Magister-Seedern und Verschwörung gegen das Direktoriat.«

El'Kalentar richtete einen sonderbaren Blick auf ihn und schien sich zu fragen, ob er gerade richtig gehört hatte. Rechts neben ihm verzog El'Farah andeutungsweise das Gesicht. »Sie sind tatsächlich verrückt geworden, Tahlon. Wir *sind* das Direktoriat.«

Aus dem Augenwinkel sah Esebian, wie der Mann neben ihm den Variator zog.

El'Kalentar schoss.

Ein grüner Funke sprang aus dem Lauf seiner Waffe, traf Tahlon an der Seite und warf ihn zu Boden, bevor er Gelegenheit bekam, den Auslöser seines Variators zu betätigen. Selbst wenn ihm das gelungen wäre – Esebian bezweifelte, dass es ihm etwas genützt hätte. El'Kalentars Waffe neigte sich ein wenig zur Seite, zielte nicht auf Esebian, sondern auf die Drohne, die ihm von ihrem Gravitationsmotor beschleunigt entgegensprang. Wieder fauchte ein grüner Blitz, aber diesmal zerstob er an einem energetischen Schild dicht vor der Drohne, und Esebian duckte sich, um nicht von einem reflektierten Energiestrahl getroffen zu werden. Er sah, wie die Grauen mit ihren Waffen anlegten, und er beobachtete noch etwas anderes: Etwas löste sich von den zylindrischen Elementen des Seeders weiter hinten, ein kleines, silbrig schimmerndes Projektil, das heranraste, in die Drohne schlug und sie zu Boden warf. Rauch kam aus mehreren Rissen in ihrem metallenen Rücken.

Die Drohne blieb am Boden liegen, und ihr Summen verklang.

El'Kalentar richtete seine Waffe auf Esebian. »Es tut mir leid für Sie. Gerade erst unsterblich geworden, und nun erwartet Sie Ihr Tod.«

Er hob die Waffe.

64

Halt, warten Sie!«, stieß Esebian hervor und streckte die Hände aus, als könnte er allein damit den tödlichen Strahl abwehren. »Ich verlange Antworten auf meine Fragen. Wenigstens das sind Sie mir schuldig.«

El'Kalentar zögerte, und die rote Eidechse in seiner Stirn streckte sich. Ein leises Knistern kam von der Drohne, wie von abkühlendem Metall. Esebian schaute nicht zur Seite; sein Blick blieb auf die Waffe in der Hand des mehr als sechs Jahrtausende alten Erlauchten gerichtet.

»Wir töten keine Unsterblichen«, sagte El'Coradi. »Er hat uns geholfen, und jetzt gehört er zu uns.«

El'Farah nickte langsam und nachdenklich. »Das stimmt. Ich kümmere mich um ihn.«

El'Kalentar wechselte einen Blick mit ihr und hakte die Waffe an den Gürtel. Dann drehte er sich um, gab dem Kommandeur der Grauen einige knappe Anweisungen und schritt fort, ohne sich noch einmal umzudrehen. El'Coradi ging ebenfalls in Richtung des silbernen und goldenen Walds aus Zylindern und Denksegmenten, die weiter hinten zwischen den Zitadellentürmen glänzten.

»Wie haben Sie ihn dazu gebracht?«, fragte Esebian. Er war noch immer damit beschäftigt, die jüngsten Ereignisse zu verarbeiten. »Wie haben Sie den Seeder dazu gebracht, auf eine Drohne des Magisters zu schießen, dem er seine Existenz verdankt?«

»Er weiß nicht, von wem die Drohne stammt«, sagte El'Farah ruhig und kam langsam näher. »Wir haben ihn mit Bewusstseinsschranken ausgestattet, ebenso wie die elf anderen. Es sind arglose Genies, in unseren Diensten. Sie tun, was *wir* wollen, und werden nie irgendwelche Regeln bestimmen.«

»Elf andere?«, wiederholte Esebian. »Insgesamt zwölf? Ich weiß von neun ...«

»Ich schätze, wir brauchen noch zwei oder drei weitere, dann haben wir genug.« El'Farah blieb dicht vor Esebian stehen und fing seinen Blick ein. Eine seltsame Kraft ging von ihren Augen aus und erreichte Esebian durch das Helmvisier.

»Genug wofür?«, fragte er und glaubte, ein fernes Flüstern zu hören.

»Um die Kontrolle zu übernehmen«, sagte El'Farah. »Um endlich Freiheit zu erlangen.« Sie wölbte eine Braue. »Sie spüren es, nicht wahr?«

»Was?« Esebians Verwirrung was. »Was soll ich spüren?«

»Die Sphäre, die wir alle miteinander teilen. Den Kosmos, der nur uns Unsterblichen zur Verfügung steht.«

Mehrere Gardisten hatten sich mit mobilen Gravitationsmotoren genähert und machten sich daran, die Drohne abzutransportieren. Einige weitere wandten sich dem reglos auf dem Boden liegenden Tahlon zu.

»Ich habe ein Implantat im Kopf«, stieß Esebian hervor, als er sich plötzlich erinnerte. »Es ist mit ihm verbunden. Wenn er stirbt, wird es aktiv.«

Die Frau mit dem roten und orangefarbenen Haarturm winkte den Gardisten zu. »Wir kümmern uns um alles, El'Esebian. Bei uns sind Sie gut aufgehoben. Sie werden sehen, staunen und schließlich verstehen. Kommen Sie, ich begleite

Sie bei Ihren ersten Schritten in die Ewigkeit.« Ihre Hand schloss sich sanft um seinen Arm, und sie führte ihn fort von der Drohne und dem verletzten Tahlon.

Esebian saß auf einer Behandlungsliege und fragte sich, ob er ein Gefangener war oder ihn die Erlauchten wirklich für einen der ihren hielten. Was um ihn herum geschah, hatte oft etwas Traumartiges und Unwirkliches. Die Gardisten, denen er begegnet war, brachten ihm großen, fast unterwürfigen Respekt entgegen, und keiner der Unsterblichen behandelte ihn mit der Herablassung, die er während seines Lebens als Sterblicher über viele Jahrzehnte hinweg erlebt hatte. Besonders erstaunlich fand er, dass ihn niemand von ihnen auf sein früheres Leben ansprach. Er war ein Mörder; daran ließ sich nichts ändern. Er hatte getötet, um Meriten für die Aufstiege zu verdienen, war mehr als zwei Jahrhunderte lang Teil einer Schattenwelt jenseits des Gesetzes gewesen. Vor zwanzig Jahren hatte er einen Schlussstrich gezogen und war als Esebian in das Universum der von den Magistern bestimmten Regeln zurückgekehrt. Er hatte an Reife gewonnen und projizierte die früheren Abschnitte seines Lebens nicht mehr als eigenständige Personen, sondern als Teile der eigenen, vielschichtigen Existenz, ob sie ihm gefielen oder nicht. Aber so sehr er auch bedauerte, was er getan hatte, so sehr er bereute, damals dem Gesang des Messers erlegen zu sein, durch den er zu einem vielfachen Mörder geworden war: Es änderte nichts daran, dass ein ganzer Berg aus Schuld auf ihm lastete. Für die Unsterblichen hingegen schien all das keine Rolle zu spielen. Sie behandelten ihn wie jemanden, dessen Leben mit dem letzten Aufstieg zum Erlauchten begonnen hatte. Und vielleicht stimmte das auch, dachte Esebian, als er das Hemd überstreifte und den Haftsaum schloss. Vielleicht begann jetzt das *richtige* Leben, unendlich lang. Wie seltsam, sich das vorzustellen, wenn man über viele Jahre hinweg immer wieder an den Tod gedacht hatte. Ein Leben ohne Ende …

»Hier haben wir es, Exzellenz«, sagte der Arzt, und Esebian begriff erst nach ein oder zwei Sekunden, dass er gemeint war. Er hob den Kopf und sah den Mann an, der auf ihn zutrat: etwa sechzig Scheinjahre alt, das Haar schütter, das Gesicht breit und fleischig. Er hob ein kleines, transparentes Gefäß, das klare Flüssigkeit enthielt, und darin schwamm ein dunkles Objekt mit einem Durchmesser von nicht einmal einem halben Zentimeter. »Das Implantat, das Ihnen der Präfekt bei der letzten Therapie einsetzen ließ.«

»Was hätte es mit mir gemacht?«

»Es hätte einen physiomentalen Schock bewirkt, Exzellenz«, erwiderte der Arzt. »Sie wären handlungsunfähig geworden.«

»Auf Dauer?«

Der Arzt sah ihn an, und in seinen Augen erkannte Esebian Respekt und sogar Ehrfurcht. Dieser Mann gehörte nicht zu den Unsterblichen; das Symbol an seinem Kragen wies ihn als einen Kandidaten der dritten Stufe aus, einen Doyen. »Nein, nicht auf Dauer, Exzellenz. Ihr neuer Körper verfügt über ausgeprägte Selbstheilungskräfte. Nach einigen Wochen oder spätestens Monaten hätten Sie sich erholt.«

Esebian musterte den Mann. »Was machen Sie hier?«

»Exzellenz?«

»Ich meine, was machen Sie hier auf diesem Planeten bei … El'Kalentar und den anderen?«

»Meriten«, sagte der Doyen, und hinter Respekt und Ehrfurcht in seinen Augen sah Esebian Hoffnung und Sehnsucht. Er kannte dieses Empfinden. Es hatte ihn selbst über mehr als zwei Jahrhunderte begleitet. »Für meine Dienste an diesem Ort bekomme ich mehr Meriten, als ich im Direktoriat verdienen könnte.«

Es ist nicht der Gesang des Messers, den dieser Mann gehört hat, dachte Esebian, stand auf und stopfte sich das Hemd in die Hose. Aber auch er hat den Weg der Regeln verlassen. »Wie geht es Tahlon? Wo ist er?«

»Wir haben ihn in der Regeneration untergebracht, aber sein Zustand ist kritisch. Auch deshalb, weil er erst vor kurzer Zeit rekonvertiert wurde.«

»Gibt es noch einen anderen Grund?«

»Ja, Exzellenz. Er scheint nicht mehr leben zu wollen.«

»Wo ist er?«, wiederholte Esebian.

Der Arzt zögerte und sah auf das aus Esebians Großhirnrinde stammende Implantat hinab. »Ihre Exzellenz El'Farah hat ausdrücklich darauf hingewiesen …«

»Wo ist Tahlon?«, fragte Esebian scharf. »Ich möchte zu ihm.«

Der Doyen seufzte leise und erklärte ihm den Weg.

Esebian eilte durch eine medizinische Abteilung, die keine Krankenstation im üblichen Sinne war – obwohl Erlauchte durchaus krank werden konnten –, sondern vor allem der Forschung diente. Bei einem kurzen Rundgang hatte El'Farah ihm zu verstehen gegeben, dass hier Brainer weiterentwickelt werden sollten, als organische Steuerelemente für die entführten Seeder. Außerdem wurden an diesem Ort Graue behandelt, damit das Bewusstsein der lebenden Toten nicht in Lethargie und Apathie versank.

Unterwegs begegnete er einigen anderen Ärzten – ausnahmslos Sterbliche, die ihn sehr respektvoll grüßten – und auch mehreren Gardisten, die offenbar gerade eine Behandlung hinter sich hatten. Niemand hielt ihn auf; niemand hinderte ihn daran, den Regenerationsraum zu betreten, in dem Akir Tahlon lag.

Esebian erinnerte sich daran, ihn schon einmal auf ähnliche Weise gesehen zu haben, im medizinischen Zentrum Lapinta auf Hadadd, nach der Rekonversion. Auch diesmal lag Tahlon in einem tankartigen Behälter, der nackte Leib umgeben von milchigem Nährplasma und angeschlossen an Überwachungsgeräte. Die Augen waren geschlossen, doch unter den Lidern zeigte sich Bewegung. Esebian blickte auf den Mann hinab und fragte sich, wovon jemand träumte, der nicht mehr leben wollte.

Dann fiel ihm plötzlich etwas ein. Er sah sich um, bemerkte mehrere Fächer in der gegenüberliegenden Wand, öffnete sie und suchte nach der Kleidung, die Tahlon getragen hatte, und nach den Gegenständen aus ihren Taschen. Im letzten und größten Fach, das offenbar Gegenstände enthielt, die recycelt oder beseitigt werden sollten, entdeckte Esebian die Kleidung, die Tahlon unter dem Schutzanzug getragen hatte. Hemd und Hose waren im Bereich der Hüfte verbrannt, und das galt auch für die dortigen Taschen mit den Privatsiegeln – es war kaum mehr etwas von ihnen übrig. Esebian befürchtete schon, dass der Gegenstand, dem seine Suche galt, zerstört worden war, doch dann bemerkte er ein grauschwarzes Objekt, ein unscheinbares Kästchen, das neben einigen anderen Dingen aus Tahlons Besitz ruhte. Konnte es sein, dass niemand bemerkte hatte, worum es sich handelte? Hatten die Ärzte einfach nicht darauf geachtet, weil sie zu sehr darauf konzentriert gewesen waren, den Präfekten am Leben zu erhalten?

Esebian nahm das Kästchen und drehte es langsam. Noch immer glühte der kleine Indikator und wies darauf hin, dass sich etwas in der Möbiusschleife befand. Warum hatte Tahlon dieses Objekt überhaupt bei sich geführt? Wusste er, dass sich Leandra in der Schleife befand? Esebian überlegte, konnte sich aber nicht daran erinnern, ob er während der Immersion oder später dem Präfekten davon erzählt hatte. Vielleicht war es für Tahlon ein Zeichen des Triumphes gewesen, über den Mann, der die Unsterblichkeit bekommen hatte, obwohl er ein Mörder war – gewissermaßen ein Symbol seines moralischen Sieges.

»Was haben Sie da?«, ertönte eine Stimme.

Esebian zuckte nicht zusammen, aber seine Finger schlossen sich kurz fester um das Kästchen. Er drehte den Kopf und sah El'Farah. Lautlos hatte sie die Tür geöffnet und stand dort, nicht unbedingt argwöhnisch, aber wachsam. »Der Arzt hat mir Bescheid gegeben«, fügte sie hinzu.

»Es ist ein persönlicher Gegenstand. Tahlon hat in mir weggenommen.«

Die Erlauchte kam näher und betrachtete das Kästchen. »Ein Artefakt der Incera? Und mit einem Zusatz ausgestattet, wie ich sehe.«

»Ja.« Esebian steckte das Kästchen ein, und El'Farah machte keine Anstalten, ihn daran zu hindern.

»Wir werden bald damit beginnen, alle bekannten Artefakte der Incera einzusammeln und hierher zu bringen. Aber noch ist es nicht so weit. Erst müssen wir eine Woge durch die Filigrane schicken.«

Eine Woge, dachte Esebian, und vor seinem inneren Auge tauchte das Bild eines Teichs auf, in den Steine fielen, die Wellen darin erzeugten.

»Sie gehören nicht hierher, El'Esebian«, sagte El'Farah stattdessen. »Dies ist ein Ort der Sterblichen und des Todes. Kommen Sie.«

Als sie die medizinische Abteilung verließen, sagte El'Farah: »Haben Sie Ihre Fragen vergessen, El'Esebian? Sie wollten Antworten von El'Kalentar, aber vielleicht nehmen Sie mit mir vorlieb.«

»Der Schrei«, sagte Esebian und fragte sich, warum er ausgerechnet damit begann. Seit dem letzten Aufstieg hatten ihn die eigenen Gedanken mehrmals überrascht. Unter der Oberfläche seines Bewusstseins schien es ständig zu brodeln, und manchmal stieg etwas auf, das Ergebnis komplexer unterbewusster Verarbeitungsprozesse war. »Beim Schritt durch die Transitmembran habe ich einen schrecklichen Schrei gehört. Oder viele Schreie.«

El'Farah nickte, während sie durch einen Korridor tief unter der Zitadelle gingen. Das Geräusch ihrer Schritte hallte von dunklen Wänden wider. Einige Graue wichen vor ihnen beiseite und verneigten sich, als sie vorbeikamen. »Es sind die Schreie der Incera, die vor einigen Jahrhunderttausenden bei der Katastrophe starben, die sie fast völlig ausgerottet hat. Soweit wir wissen, haben nur wenige überlebt und sind geflohen. Ihre Nachkommen vergaßen vielleicht das Erbe ihrer Vorfahren.« Die Unsterbliche deutete auf die Wände und meinte mit ihrer Geste die Zitadelle. »Einige von ihnen kamen zur Erde, als sich El'Kalentar dort befand. Sie brachten ihn auf die Idee. Besser gesagt: Sie füllten einige letzte Lücken in einem Plan, der damals Gestalt annahm. Wie dem auch sei, El'Esebian ... Seien Sie froh, dass Sie die Schreie nur einmal gehört haben. El'Hantor und die anderen drei hörten sie viele Jahrzehnte lang, als sie ziellos durch das leere Netz der Incera unterwegs waren.«

»Das hat sie um den Verstand gebracht, nicht wahr?«, fragte Esebian, als sie eine Art Hangar erreichten. Mehrere mit Gravitationsmotoren ausgestattete Kugeln ruhten auf Schwerkraftkissen, und El'Farah hielt auf eine von ihnen zu. Zwei Techniker hatten sie bereits vorbereitet, verbeugten sich und öffneten die Luke. Die Erlauchte nickte und schickte sie mit einem Wink fort.

»Ja«, sagte sie. »El'Hantor und die anderen erschienen schließlich auf Kellupkia, ohne ihr Gedächtnis. Aber ich nehme an, das wissen Sie bereits. Sie fanden einen Weg zurück in das von uns genutzte Filigrannetz, das nur Teil eines viel größeren Netzes ist. Wir sind noch immer dabei, wichtige Querverbindungen zu schaffen, und manchmal lässt dabei die Synchronisation zu wünschen übrig, wie bei der zu schnell und zu hastig versiegelten Transitmembran. Aber die Synchronisation ist ohnehin ein Problem, wie Ihnen ebenfalls bekannt sein dürfte. Immerhin waren Sie im Labyrinth auf Lahor.«

So faszinierend die Incera und ihre Hinterlassenschaften auch waren – Esebian erhoffte sich vor allem Aufschluss über die Dinge, die ihn betrafen. »Warum der Mord?«, fragte er, als sie einstiegen. Er wusste noch immer nicht, wohin die Reise ging und was El'Farah ihm zeigen wollte. »Warum der *fingierte* Mord? Warum bekam ich den Auftrag, El'Kalentar zu töten?«

In der Mitte der Kugel nahmen sie vor virtuellen Kontrollen Platz, und das Stahlkomposit vor ihnen wurde transparent, verwandelte sich in ein breites Fenster. El'Farah betätigte die Kontrollen, und die Kugel setzte sich in Bewegung. Sie schwebte durch den Hangar, erreichte eine Öffnung im Boden und fiel.

»Sind Sie jemals in El'Kalentars Domizil gewesen?«, fragte die Unsterbliche. »Haben Sie dort seinen Steingarten gesehen?« Als Esebian den Kopf schüttelte, fuhr sie fort: »Die Magister haben etwas, das sie Algo-Stochastik nennen. Eine Art mathematisch präzise Vorausberechnung künftiger Ereignisse. Es sind überaus komplexe Rechenmuster, die die Wellenfunktion aus der Quantenmechanik auf die Makrowelt übertragen.«

»Ich weiß davon«, sagte Esebian.

El'Farah warf ihm einen kurzen Blick zu, konzentrierte sich dann wieder auf die Steuerung der Kugel. »Kompliziertheit und damit auch Präzision der Abstraktionsschichten bei dieser speziellen Art von Wahrscheinlichkeitsrechnung nehmen exponentiell zu, und die Magister sind inzwischen bei der vierundzwanzigsten Stufe angelangt. Unsere besten Brainer schaffen es nur bis zur ersten, und das gilt auch für Erebos, den Sie sicher kennen.«

Offenbar zeigte sich etwas in Esebians Gesicht, denn El'Farah lächelte. »Oh, wir wissen von ihm, ja. Und natürlich auch vom Netzwerk, von ›Aurora‹, wie es sich nennt. Bei einigen Gelegenheiten haben wir anonyme Hilfe geleistet. Um die Magister abzulenken. Nun, als wir die ersten Seeder entführten und ihr Potenzial zu nutzen begannen, konnten wir höhere Abstraktionsschichten erreichen und deutlicher in die Zukunft sehen. El'Kalentar erkannte eine Möglichkeit, die Ereignisse zu beschleunigen: durch seinen Tod. Die Algo-

Stochastik geht weit über gewöhnliche Kausalität hinaus, El'Esebian. Ein Schmetterling, der auf der einen Seite eines Planeten mit den Flügeln schlägt, kann damit auf der anderen einen Wirbelsturm auslösen – ein oft bemühtes Beispiel. In seinem Steingarten hätte El'Kalentar Sie vielleicht gebeten, den Säulen und Bögen einen letzten Stein hinzuzufügen.«

Esebian dachte an andere Steine, die ins Wasser eines Teichs fielen.

»Seine Berechnungen zeigten, dass er sterben musste, um bestimmte Ereignisketten auszulösen«, sagte El'Farah, während sie die Kugel in die Tiefe steuerte, durch einen runden Schacht, der mal das Licht von Leuchtelementen an den Wänden empfing und mal im Dunkeln lag. Rechts und links zweigten horizontale Tunnel ab, einige schmal und finster, wie kleine Risse, andere groß und hell erleuchtet. In manchen dieser hellen Bereiche sah Esebian Maschinen und Menschen. »Er musste ermordet werden, unter bestimmten Umständen.«

El'Farah seufzte und warf Esebian erneut einen Blick zu. Für einen Moment spürte er einen sonderbaren Druck hinter der Stirn.

»Er hat gesagt, er hätte mich benutzt«, murmelte Esebian benommen. »Angeblich nahm er entscheidenden Einfluss auf mein … früheres Leben.«

»Er brauchte einen geeigneten Mörder«, erklärte El'Farah. »Er musste die richtigen Umstände schaffen. Sie waren einer von sieben Kandidaten, soweit ich weiß. Er wählte Sie, weil Sie am besten zu den Variablen in seinen Formeln passten.«

Er hat mich nicht ausgewählt, weil ich der Beste war, dachte Esebian und fragte sich gleich darauf, warum das irgendeine Rolle für ihn spielen sollte.

»Die Sache hatte nur einen Haken«, sagte El'Farah und erlaubte sich ein weiteres dünnes Lächeln. »El'Kalentar wollte zwar ermordet werden, aber auch sein ewiges Leben behalten. Deshalb der falsche El'Kalentar aus Pseudomaterie. Inzwischen wissen Sie selbst, was man mit richtig strukturierter und genetisch angepasster Pseudomaterie machen kann.«

Esebian blickte auf den linken Arm, in dem sein eigenes Gewebe beschleunigt wuchs, sich dabei von Pseudomaterie ernährte und sie ersetzte.

»Er inszenierte seinen Tod und ließ es eine Zeit lang selbst für uns so aussehen, als sei er tatsächlich gestorben«, fuhr El'Farah fort. »Aber die Zukunft lässt sich nicht betrügen, El'Esebian. Er hätte *wirklich* sterben müssen, damit die Ereignisse *genau* den gewünschten Verlauf nahmen. Mit anderen Worten: Er fügte den letzten Stein hinzu, aber sein Steingarten geriet aus dem Gleichgewicht und brach zusammen.«

Sie lenkte die Kugel in einen Seitentunnel, und nach einigen Dutzend Metern erreichten sie etwas, das nach einem Maschinensaal aussah. Wie eine gewaltige Höhle öffnete er sich vor ihnen, mit einem Durchmesser von vielen Kilometern, und das Licht künstlicher Sonnen holte Teile von ihm aus der Dunkelheit. Auf der linken Seite sah Esebian die Denksegmente von zwei Seedern direkt neben einem kolossalen Aggregatblock, der aus Millionen von grauschwarzen Einzelteilen bestand, die sich unentwegt verschoben. Rechts ragten halb transparente Spindeln empor, und ihre oberen Bereiche verloren sich in der Finsternis. Funken sprangen und tanzten durch nabelschnurartige Verbindungen zwischen ihnen. El'Farah ließ die Kugel auf ihrem Gravitationskissen zum Aggregatblock treiben, dessen Ausmaße die eines Gebirges übertrafen. »Die Konnektoren«, sagte El'Farah voller Stolz. »Verbunden mit dem Großen Synchronisator im Zentrum des Labyrinths von Lahor, und mit einem anderen in der Großen Magellan'schen Wolke, nicht weit von dem Sonnensystem entfernt, in dem die Kundschafter der Magister das erste Saatschiff der Incera entdeckten. Es fehlt nicht mehr viel. Wenn wir die anderen Seeder haben und alle Artefakte integriert sind, können wir mit der Synchronisation beginnen und das ganze System in Betrieb nehmen. Dann befindet sich alles unter unserer Kontrolle, auch die Filigrane. Vielleicht entdecken wir sogar einen Zugang zur Schöpfungsmaschine der Incera. Sie haben sie gesehen, oder gefühlt, beim Großen Synchronisator im Labyrinth von Lahor.«

»Aber es ging Ihnen nicht darum, oder?«, fragte Esebian. »Als El'Kalentar damals begann, mein Leben zu manipulieren, lenkte er es weg von dem Incera-Spezialisten, zu dem ich vielleicht geworden wäre.«

»Ja, das stimmt. Sie erfüllten einen anderen Zweck für ihn. Sie waren …«

»Nur ein Stein, den er in den Teich der Kausalität geworfen hat«, sagte Esebian und spürte, wie sich fast so etwas wie verletzter Stolz in ihm regte. »In welche Richtung wollte El'Kalentar die Ereignisse mit seiner Ermordung lenken? Was wollte er bezwecken?«

El'Farah steuerte die Kugel langsam an der Flanke der Konnektoren entlang. »Schon damals suchte er nach einer Möglichkeit, uns Freiheit zu geben, und jetzt ist es so weit.«

»Die Magister«, sagte Esebian, und es klang fast wie ein Ächzen. Er begann zu verstehen.

El'Farah warf ihm einen Blick zu, und wieder nahm der

Druck, den Esebian im Innern seines Schädels spürte, kurz zu. »Ja, natürlich«, sagte sie. »Freiheit von den Magistern und ihren Regeln. Seit Jahrtausenden sind sie es, die letztendlich die Geschicke des Direktoriats bestimmen.«

»Aber die Direktoren …«, wandte Esebian schwach ein.

»Ihre Befugnisse bewegen sich im Rahmen der Regeln, und die Regeln werden allein von den Magistern bestimmt. Maschinen, El'Esebian!« El'Farah sprach jetzt mit mehr Nachdruck, während sie an einem gewaltigen Maschinenkomplex vorbeiflogen, den die Incera vor vielen Jahrtausenden erbaut hatten. »Maschinen regieren uns, seit der Mensch die Unsterblichkeit errungen hat. Sie wachen sogar über unser ewiges Leben, denn die Technik der Therapien stammt von ihnen. Wie auch die Maschinenkerne der Hohen Welten. Es wird Zeit, dass wir unser Schicksal wieder selbst in die Hand nehmen.«

Esebian dachte daran, wie oft er voller Hass an die Magister gedacht hatte, die den makelbehafteten Bewohnern der Gemischten Gebiete die Unsterblichkeit vorenthielten. Ihre Herrschaft war … eisern, kompromisslos, ohne Anteilnahme. Aber auch unparteiisch und objektiv, musste er eingestehen, auf eine kalte, gleichgültig erscheinende Weise. Wer ihre Regeln nicht achtete – auch die unter ihnen, die absurd erscheinen mochten –, bekam keine Meriten, und ohne Meriten gab es keinen Weg zur Unsterblichkeit.

»Eine … Revolution?«, brachte er hervor.

»Wir haben die Seeder«, sagte El'Farah. »Und unsere Brainer. Damit können wir die ökonomischen Infrastrukturen des Direktoriats kontrollieren. Wir haben die Weisheit gelebter Jahrtausende. Und wir haben dies.« Die Unsterbliche deutete zum Maschinenberg, der selbst im Licht der künstlichen Sonnen dunkel blieb. »Morgen brechen wir mit dem Saatschiff auf. Es wird Zeit für die Woge.«

Esebian erinnerte sich daran, dass El'Farah in diesem Zusammenhang die Filigrane erwähnt hatte, und wieder stieg etwas aus den trüben Tiefen seines Unterbewusstseins auf. »Die Destabilisierung der Filigrane …«

»Aberrationen«, sagte die Erlauchte. »Wir haben nach einer Möglichkeit gesucht, die Kommunikation der Magister zu behindern oder ganz zu blockieren, doch die ersten Weberlarven, die wir in die Filigrane schickten, gerieten schnell außer Kontrolle. Sie neutralisierten nicht nur bestimmte Signale der Magister, sondern veränderten auch die Struktur der Transittunnel. Die entführten Seeder haben uns auch dabei geholfen. Die Larven im Saatschiff sind modifiziert und werden das tun, was wir von ihnen erwarten.«

»Und was ist das?«, fragte Esebian, obwohl er es bereits wusste. Es war keine Erkenntnis, sondern mehr ein instinktives Erahnen von Zusammenhängen.

»Es sind genug, um sie durch alle Filigrane zu schicken«, sagte El'Farah. Ihre langen Finger strichen durch die virtuellen Kontrollen, und die Kugel änderte den Kurs. Die Konnektoren mit ihren Millionen sich bewegenden Einzelkomponenten blieben hinter ihnen zurück. »Sie werden nicht nur die Kommunikation der Magister blockieren, sondern auch die Transittunnel der Filigrane. Die neuesten Berechnungen zeigen, dass wir schneller handeln müssen als zunächst geplant.« Sie lächelte wieder und legte ihre Hand kurz auf Esebians Arm. »Morgen endet die Regentschaft der Maschinen.«

Esebian starrte auf die Stelle seines neuen linken Arms, wo

eben für eine Sekunde El'Farahs Hand geruht hatte. Ein seltsames Brennen ging davon aus.

»Es ist die Sphäre«, sagte die Erlauchte. »Seien Sie unbesorgt, El'Esebian. Sie werden sich daran gewöhnen.«

»Die Sphäre ...«

»Ihre Benommenheit, das Gefühl nicht ganz bei sich zu sein ... Es sind Symptome des Hineinwachsens in die Sphäre. Sie werden immer mehr Teil der Welt der Unsterblichen, El'Esebian. Die Sphäre enthält unsere Erfahrungen, unser gelebtes Leben, und sie bietet Ausblicke auf das, was vor uns liegt. Es ist ein angenehmer Ort, Sie werden sehen. Ich bringe Sie jetzt zurück«, fügte sie hinzu, als die Kugel den horizontalen Tunnel erreichte. »Ruhen Sie sich aus. Morgen brechen wir auf und schicken die Woge durch die Filigrane.«

Und so darf die trübe Seele
Hier nur im Vorübergehen
Durch getrübte Gläser sehen.

DER ABGRUND

65

Esebian fand keine Ruhe. Angetrieben von rastlosen Gedanken, die vielleicht nicht alle von ihm selbst stammten, wanderte er tief unter der Zitadelle durch Gänge und Korridore und achtete kaum auf die Personen, denen er unterwegs begegnete. Er dachte über sein Leben nach, das alte wie das neue. Nach zweihundertdreiundfünfzig Jahren hatte er sein Ziel erreicht, die Unsterblichkeit. Sein größter Wunsch war in Erfüllung gegangen, und doch tief in seinem Innern fühlte er eine Leere, deren Existenz ihm erst jetzt, nach Erreichen des Ziels, richtig bewusst wurde. Die Suche nach Antworten führte ihn zurück zur Behandlungsstation, in der Akir Tahlon noch immer in seinem Rekonvaleszenztank lag. Als er dort ins blasse, hohlwangige Gesicht des Präfekten sah, öffnete Tahlon die Augen.

»Sie«, ächzte er, und das leise Summen der Überwachungsgeräte veränderte sich. »Dass ich ausgerechnet Sie sehen muss, wenn ich sterbe … Es ist die letzte bittere Ironie meines Lebens.«

Esebian suchte nach Worten. »Es tut mir leid.«

»Was tut Ihnen leid?« Tahlons Stimme klang jetzt überraschend klar. »Dass ich sterbe?«

»Ich meine …« Esebian wandte sich halb ab. »Ich hole den Arzt.«

»Nein, warten Sie!«, stieß Tahlon hervor, und vielleicht hätte er eine Hand gehoben, wenn er dazu imstande gewesen wäre. Aber die Arme lagen unter der gewölbten Haube des Tanks, nicht mehr in milchiger Flüssigkeit, sondern in einem halb durchsichtigen Gel. »Der Arzt … ich habe ihm mehrmals gesagt, dass er mich in Ruhe lassen soll. Ich …« Tahlon ächzte leise, und der letzte Rest von Farbe wich aus seinem Gesicht. »Aber der verdammte Kerl tut alles, um … um mich am Leben zu erhalten.« Ein fiebriger Blick richtete sich auf Esebian. »Mein ganzes Leben habe ich mich für die Regeln eingesetzt, für die Ordnung der Magister, für das Gesetz, und hier … liege ich, sterblich und sterbend, während Sie, ein Mörder, vor mir stehen, genesen und unsterblich. Wenn es so etwas wie Gerechtigkeit gäbe …« Er hustete, und die ganze Gelmasse erbebte. »Aber hier existiert keine. Denn es gibt nur so viel Gerechtigkeit, wie wir selbst schaffen. Schalten Sie … die Geräte aus, Esebian. Sie sind ein Mörder, es sollte Ihnen leichtfallen. Was macht es schon, wenn Sie noch ein Leben auslöschen, das ohnehin zu Ende geht? Lassen Sie mich sterben, verdammt! Und keine Rekonversion. Ich will nicht zurückkehren ins Leben …«

Esebian wandte sich von Tahlon ab und sah kurz zu den Geräten, an die der Präfekt angeschlossen war, ging dann zur Tür. Seine Schritte waren schwer, als lastete etwas auf ihm.

Als er die Tür öffnete, veränderte sich erneut das Summen

der Überwachungsgeräte. Er drehte sich um und sah, dass die Indikatoren in den Displayfeldern sich den Nullmarken näherten. Er konnte Tahlon im Tank nicht sehen, und dafür war er dankbar, denn so blieb ihm ein Blick auf den Tod erspart.

Esebian setzte seine unruhige Wanderung fort, ohne Antworten auf die Fragen zu finden, die er noch nicht einmal richtig formulieren konnte. Mehrmals sah er vor dem inneren Auge dunkle Ungetüme, die aus instabilen, in Zeit und Raum fluktuierenden Transittunneln kamen: Angreifer aus anderen Epochen oder vielleicht fernen Galaxien. Er hatte sie selbst gesehen, beim Flug nach Lahor, und er fragte sich, was geschehen würde, wenn nicht nur einige wenige Filigrane betroffen waren, sondern das ganze Netz.

Schließlich erreichte er einen Raum mit Maschinenteilen, Geräten und Ausrüstungsmaterial, und auf der einen Seite standen die Reste der Drohne.

Langsam ging er um sie herum, betrachtete die aufgeplatzten, geborstenen Stellen des ovalen Körpers aus Metall und Komposit und fragte sich, was der Tod für Magister und ihre Drohnen bedeutete. Als er vorn stehen blieb, traf ihn plötzlich ein Licht im rechten Auge. Er blinzelte überrascht und sah zu den Leuchtelementen an der Decke, aber das Licht, das ihn kurz geblendet hatte, stammte nicht von ihnen. Verwundert neigte er den Kopf, trat dann einige Schritte zur Seite und beobachtete die Drohne aufmerksam.

In einem Riss blitzte es, und das Licht kehrte zurück, traf erneut sein rechtes Auge. Kohärenter Laser, dachte er. Das Licht blinkte in rascher Folge, und er hörte eine Stimme. *Verstehen Sie mich?*

»Jae?«, fragte Esebian verwundert.

Ich bin nur noch ein winzig kleiner Teil von ihm, blinkte es. *Noch weniger, als eine einzige Zelle Teil Ihres Körpers ist. Und ich bin verletzt. Schwer beschädigt.*

»Aber …«

Sie brauchen nicht zu sprechen, übermittelten die Laserimpulse. *Es ist besser, wenn Sie still bleiben. Niemand soll erfahren, dass wir beide miteinander reden können. Ich stimuliere Ihre ruhenden Kommunikationserweiterungen.* Eine kurze Pause. *El'Esebian … Sie müssen es verhindern.*

»Was …«, begann er und unterbrach sich. Was muss ich verhindern?, dachte er.

Den Start des Saatschiffs. Es ist mir gelungen, einen einfachen Crawler in die hiesigen Datensysteme zu schicken. Er wurde wenige Sekunden später entdeckt, konnte mir vor seiner Elimination aber noch Bericht erstatten. Ich weiß, was geschieht. Das Blitzen hörte auf, und diesmal dauerte die Pause mehrere Sekunden. Esebian wagte es nicht, seine Position zu verändern, denn vielleicht konnten ihn die Lasersignale nur hier erreichen, an dieser Stelle. *Die Magister haben gewusst, was geschehen würde. Deshalb bin ich hier. Halten Sie das Saatschiff auf, El'Esebian. Es darf die von El'Kalentar und den anderen Erlauchten der Fouracre-Gruppe veränderten Weberlarven nicht ins Filigrannetz bringen. Die Folgen wären katastrophal.*

Für wen?, fragte Esebian in Gedanken. Für die Magister nehme ich an. Die Benommenheit kehrte zurück, und dahinter, verborgen in mentalen Nebelschwaden an den Grenzen seines Bewusstseins, raunten Stimmen. Es waren freundliche Stimmen, die ihn willkommen hießen, und die von ihnen ausgehende Verlockung wurde größer. *Genieße deine Unsterblich-*

keit, komm zu uns und lass alles hinter dir zurück, flüsterte es an den Wurzeln seines Selbst.

Wir stehen am Scheideweg, teilte ihm die Drohne mit. Ihre Worte waren schwer wie die Last, die Esebian auf seinen Schultern spürte, und in der Stille des großen Ausrüstungsraums schienen sie zusätzliches Gewicht zu gewinnen. *Schon vor Jahrtausenden wussten wir, dass dieser Moment kommen würde, und vor einigen Jahrhunderten zeigten sich Einzelheiten. Hier teilt sich der Weg. Einer führt zu Frieden und Weiterentwicklung, der andere in die Katastrophe eines Kriegs gegen die Incera. Sie werden die Genetische Armada zurückbringen, die wir damals besiegt haben. Wenn die Larven ins Filigrannetz gelangen, werden die Transittunnel instabil. Sie haben gesehen, was dann geschieht. Stellen Sie sich vor, wenn Angreifer aus anderen Epochen durch Filigrane kommen. Es wäre das Ende der Hohen Welten und der Tausend Tiefen. Und vermutlich auch der anderen interstellaren Nationen der Milchstraße. Die Incera würden zurückkehren, und die Eherne Garde müsste tausendmal so stark sein wie jetzt, um sie zurückzuschlagen. Wenn die Larven nicht ins Filigrannetz gelangen … Dann bleiben einige wenige Sonnensysteme betroffen, und dort wird sich die Situation bald wieder stabilisieren. Die Magister haben bereits damit begonnen, die Transitfluktuationen einzudämmen.*

Sie wussten, was geschieht, dachte Esebian. *Alle* wussten, was geschieht, nur ich nicht. Die Situation erschien ihm plötzlich vollkommen absurd. Hier stand er, nicht mehr Esebian, sondern El'Esebian, unsterblich, und sowohl El'Farah als auch die Drohne versuchten ihm klarzumachen, dass er die ganze Zeit über nichts anderes gewesen war als eine Marionette, ein Werkzeug. Ein Teil von ihm hätte sich gern einer solchen Vorstellung hingegeben, denn sie verringerte die Schuld des Mörders, doch wie sollte ein Werkzeug mit vorherbestimmtem

Zweck plötzlich die Freiheit haben, eine Entscheidung von der beschriebenen Tragweite zu treffen?

»Ich weiß von der Wellenfunktion Ihrer algorithmischen Stochastik«, sagte er, während die Benommenheit von ihm abfiel und seine Gedanken durcheinanderwirbelten wie welkes Laub in einem plötzlichen Herbstwind. »Angeblich sind Sie dazu imstande, die Zukunft vorauszusehen, und wie ich hörte, hat sich El'Kalentar schon vor einigen tausend Jahren ein Beispiel an Ihnen genommen. Aber wenn Sie alles so genau erkennen können ... Wo bleibt dann die individuelle Entscheidungsfreiheit? Und wenn geschehen wird, was Ihre Berechnungen zeigen: Warum versuchen Sie dann, mich von der Notwendigkeit einer Entscheidung zu überzeugen.«

Er merkte erst, dass er laut gesprochen hatte, als die Drohne blinkte: *Bitte seien Sie leise, El'Esebian. Man hält mich für inaktiv, und ich möchte, dass es dabei bleibt. Ändert sich etwas an der Handlungsfreiheit von Individuen im Hier und Heute, wenn es Möglichkeiten gibt, die Konsequenzen dieser Handlungen, so vielfältig sie auch sind, genau vorauszusehen? Und sie zu verändern oder in neue Richtungen zu lenken, indem man an bestimmten Stellen, sogenannten Kardinalpunkten, Einfluss auf das aktuelle Geschehen nimmt?*

Sie ändern die Zukunft, erwiderte Esebian. Aber was geschieht, wenn von mehreren Seiten aus versucht wird, die Zukunft zu ändern?

Die Magister denken schnell, blinkte die Drohne. *Und sie denken gemeinsam. Nach menschlichen Maßstäben ist das von ihnen in jeder einzelnen Sekunde ausgetauschte Datenvolumen enorm. Trotzdem dauert es manchmal Jahre oder gar Jahrzehnte, um einer einzelnen Variablen in den Formeln der zukünftigen Entwicklung einen Wert zuzuweisen. El'Kalentar hat Sie direkt manipuliert und Ihnen dadurch tat-*

sächlich Freiheit genommen, aber selbst in den von ihm geschaffenen Situationen blieb Ihnen eine Wahl. Es gibt immer ein Ja oder Nein, und solche Entscheidungen sind letztendlich individueller Natur. So gravierend das auch auf einer persönlichen Ebene für Sie gewesen sein mag, für unsere Berechnungen änderte sich dadurch kaum etwas. Diese Berechnungen sahen jemanden wie El'Kalentar vor, ein Individuum, das seine historische Funktion erfüllte. Wenn Sie ihn wirklich ermordet hätten, wenn er tatsächlich gestorben wäre … Das hätte erhebliche Folgen für die zukünftigen Entwicklungen gehabt. Auch er sah sich einem Ja oder Nein gegenüber, und er entschied sich gegen den Tod und für seine Unsterblichkeit. Was uns hierherbringt, zu diesem Moment.

Sie sehen die Zukunft genauer als El'Kalentar und die anderen Erlauchten, dachte Esebian.

So kann man es ausdrücken, ja. Wir haben eine wesentlich höhere Abstraktionsschicht erreicht.

Esebian erinnerte sich an Erebos' Worte: *Ich versuche noch immer, das Fundament des Gebäudes zu verstehen, während sie dabei sind, den vierundzwanzigsten Stock einzurichten.*

Und Sie können nicht voraussehen, wie ich mich entscheide?, fragte Esebian und dachte an Wellen in einem Teich, die sich gegenseitig beeinflussten, mal das Ufer erreichten und ein anderes Mal vorher verschwanden.

Ich weiß, wie Sie sich entscheiden werden, antwortete die Drohne.

Esebian lachte humorlos; es war ein seltsames Geräusch in der Stille. Aber Sie wollen es mir nicht sagen, dachte er. Und ganz gleich, wie ich mich entscheide: Anschließend können Sie immer behaupten, es gewusst zu haben.

Ich weiß es jetzt. Alle Ereignismuster führen zu diesem Punkt.

Sagen Sie es mir.

Sie werden sich entscheiden, den Flug des Saatschiffs zu verhindern.

Ganz abgesehen davon, dass ich gar nicht weiß, wie ich ihn verhindern soll … Glauben Sie nicht, dass Sie mit diesen Worten Protest in mir wecken? Ich könnte mich aus reinem Trotz Ihnen gegenüber für ein Nein entscheiden.

Das könnten Sie, blinkte die Drohne. *Aber Sie werden es nicht tun.*

Wenn ich den Flug des Saatschiffes verhindere, wie auch immer …, formulierte Esebian in Gedanken. Ich würde Ihnen helfen. Den Magistern. Sie würden Ihre Macht erhalten. Ich brauche nur *nichts* zu tun, um dafür zu sorgen, dass die Menschen wieder Herr ihres eigenen Schicksals werden.

Das ist wahr. Aber bedenken Sie die Konsequenzen. Nie gab es eine längere Zeit des Friedens und des Wohlstands als unter der Herrschaft der Magister. Wollen Sie das aufs Spiel setzen?

Plötzlicher Zorn kochte in Esebian hoch, und er musste sich beherrschen, die nächsten Worte nicht hinauszuschreien. Was ist mit den Gemischten Gebieten?, fragte er. Was ist mit dem Makel? Wenn Sie über alles im Bilde sind, so dürften Sie auch von Ayanne und den Zwillingen wissen.

Den Magistern ist klar, warum Sie damals nach Dannacker kamen, teilte ihm die Drohne mit. *Wir wissen, was Sie zum Mörder machte.*

Und Sie haben nicht versucht, es zu verhindern?, fragte Esebian fassungslos. Sie haben zugelassen, dass all die Morde geschahen?

Wissen bedeutet nicht Recht, entgegnete die Drohne. *Wer entscheidet, wann ein Eingreifen zulässig ist und wann nicht? Wer darf das moralische Recht in Anspruch nehmen, solche Entscheidungen zu treffen?*

Aber Sie verlangen eine solche Entscheidung von mir!, dachte Esebian aufgebracht.

Nein, erwiderte die Drohne. *Wir erwarten von Ihnen, dass Sie zwischen Krieg und Frieden wählen und der Menschheit die Möglichkeit geben, sich in die richtige Richtung zu entwickeln.*

Und *Sie* wissen natürlich, was für die Menschen am besten ist, nicht wahr? Sie sprechen von der Fragwürdigkeit moralischer Anmaßung, und gleichzeitig schwingen Sie sich zum moralischen Hüter der Menschheit auf. Merken Sie denn gar nicht, wie Sie sich in Widersprüche verwickeln?

Wo Sie Widersprüche sehen, werden die Dinge nur komplex.

Sagen Sie das den Menschen in den Gemischten Gebieten! Sagen Sie das all jenen, die den Makel in sich tragen und deshalb nie unsterblich werden können. Es sind die Regeln der Magister, die ihnen den Weg zu den Hohen Welten versperren, ganz gleich, wie viele Verdienste an der Gesellschaft sie erwerben. Esebian zögerte kurz. Es sind die Regeln der Magister, die mich zum Mörder werden ließen, fügte er hinzu und hätte selbst gern an diese Worte geglaubt.

Machen Sie es sich nicht zu leicht, El'Esebian. Es gibt immer *Eigenverantwortung, wie die Umstände auch beschaffen sein mögen. Ich habe bereits darauf hingewiesen. Was den Makel betrifft* ... Die Drohne blinkte schneller. *Auch hier gibt es einen größeren Zusammenhang, mit dem Sie sich selbst beschäftigt haben, zwanzig Jahre lang. Auf Angar, bei Ihren Beschleunigten Ökologischen Experimenten.*

Esebian versuchte zu verstehen. Der Finale Evolutionskollaps? Er erinnerte sich daran, dass Erebos in diesem Zusammenhang von einem Kardinalpunkt gesprochen hatte, ohne die Frage nach dem Warum beantworten zu können. Was hat der FEK mit dem Makel zu tun?

Die Bewohner der Gemischten Gebiete sind der Rettungsanker der Menschheit, antwortete die Drohne. *Ohne sie gäbe es für die Gat-*

tung Homo sapiens kaum eine Zukunft. Der Weg der Erlauchten ist eine Sackgasse.

»Was?«, hauchte Esebian.

Sie sind unfruchtbar. Sie können krank werden und dahinsiechen, wenn auch ohne zu sterben. Rein theoretisch könnten sie Jahrmillionen oder gar Jahrmilliarden alt werden, aber es gibt Anzeichen dafür, dass das menschliche Bewusstsein mit seiner gegenwärtigen mentalen Struktur nicht in der Lage ist, den besonderen Belastungen eines so langen Lebens standzuhalten. Die Magister befürchten, dass der fast sechseinhalbtausend Jahre alte El'Kalentar bereits eine latente Form des Wahnsinns entwickelt hat, und anderen könnte es ebenso ergehen. Aber was in evolutionärer Hinsicht fatal ist: Die Erlauchten sind genetisch ehern; bei ihnen gibt es keine Veränderung, keine Anpassung an Neues.

Was kann es auch nach der Unsterblichkeit geben?, fragte Esebian.

Das ist das Problem, blinkte die Drohne. *Die Erlauchten, wie sie jetzt existieren – starr, fix, ohne Weiterentwicklung –, wären das Ende, der Finale Evolutionskollaps. Ich muss es Ihnen nicht erklären, El'Esebian. Sie haben sich zwanzig Jahre lang auf Angar damit beschäftigt. Sie wissen: Wenn es bei einer Spezies in einer veränderlichen Umwelt keine Weiterentwicklung gibt, kollabiert sie. Es ist nur eine Frage der Zeit.*

Esebian dachte an Donaton Rell und ihr letztes Gespräch. Tausend Jahre schienen vergangen zu sein, aber er erinnerte sich genau daran, an die Lyonen im neunten See, die das Stadium absoluter Dominanz erreicht hatten, woraufhin die Degeneration begann. Darum war es bei den Forschungen in Zusammenhang mit dem Finalen Evolutionskollaps gegangen: den drohenden Sturz in den evolutionären Abgrund, die Degeneration, zu verhindern.

Die Gemischten Gebiete sind ein genetischer Schmelztiegel, fuhr die Drohne fort. *Ihre Bewohner garantieren die Weiterentwicklung der Menschheit und beugen somit dem Finalen Evolutionskollaps vor.*

Und das sagt eine Maschine, dachte Esebian. Haben Sie eine Vorstellung davon, wie viel Leid Ihre Regeln den Menschen bescheren, die in den Gemischten Gebieten mit dem Makel geboren werden?

Alles hat seinen Platz im großen Ganzen, erwiderte die Drohne. *Oder wie es einmal bei den Menschen hieß: Alles hat seinen Preis. Der evolutionäre Abgrund wartet. Sie haben ihn mehrmals gesehen. Wollen Sie die Menschheit hinabstürzen lassen?*

Esebian fühlte sich plötzlich hilflos, hin- und hergerissen zwischen zwei Sichtweisen, ohne zu wissen, welche die richtige war. Warum ich?, dachte er. Warum ausgerechnet ich?

Dies ist der Ort, blinkte die Drohne. *Dies ist die Zeit. Und Sie sind hier. Es hätte auch jemand anders treffen können, unter anderen Umständen. Und vielleicht hätte er oder sie die gleichen Fragen gestellt. Doch das ändert nichts an Ihrer Verantwortung, El'Esebian. Sie* … Das Blinken hörte plötzlich auf.

»Was machen Sie hier?«, ertönte eine Stimme hinter Esebian, und er erkannte sie sofort. Noch bevor er sich umdrehte, wusste er, wer dort in der Tür stand: El'Kalentar.

Der Unsterbliche mit dem roten Eidechsenimplantat in der Stirn hielt eine Waffe in der Hand, hob sie und schoss.

66

Es blieb Esebian keine Zeit zu einer Reaktion. Ein Projektil raste an ihm vorbei, schlug mit einem dumpfen Knall in die Drohne und explodierte in ihrem Innern. Der ovale, metallene Leib des Magistergesandten erbebte, und knisternde Entladungen tanzten kurz über die Hülle. Dann lag die Drohne still da.

»Ich wusste, dass man Ihnen nicht trauen kann, *Esebian*«, zischte der Unsterbliche und kam näher.

»Warten Sie! Ich …«

»Was wollen Sie? Antworten haben Sie bekommen, von El'Farah. Sie glaubt noch immer, dass wir Erlauchten eine große Familie sein sollen. Aber Sie gehören nicht zu uns. Jemand wie Sie hätte nicht zu einem Unsterblichen werden dürfen. Diesen Fehler werde ich korrigieren.«

»Jemand wie ich? Sie waren es doch, der mich zu dem gemacht hat, der ich bin!«

»Sie passen nicht mehr in die Gleichungen.« El'Kalentar kam noch etwas näher, und der Lauf seiner Waffe zeigte auf Esebians Brust. Das kupferrote Eidechsenwesen in seiner Stirn hob den Kopf und zischte leise. »Sie haben Ihren Zweck erfüllt.«

»Und Sie?«, fragte Esebian, während er nach einem Ausweg suchte. »Sie hätten sterben sollen, nicht wahr? Die Berechnungen verlangten Ihren Tod, aber Sie wollten sich nicht selbst opfern.«

Das Gesicht des Unsterblichen blieb unbewegt. »El'Farah

hat Ihnen also auch das erzählt. Nun, es spielt ohnehin keine Rolle.«

»Mit Ihren Gleichungen kann nicht viel los sein, wenn Sie nicht wussten, was mir der Große Synchronisator im Labyrinth von Lahor gezeigt hat. Ohne einen Gedächtnisscan hätten Sie es nie erfahren.« Esebians Zunge und Lippen bewegten sich wie von allein. Sein Blick huschte kurz zur Drohne, aber von ihr konnte er keine Hilfe erwarten. El'Kalentar brauchte nur den Zeigefinger ein wenig zu krümmen, dann war seine Unsterblichkeit zu Ende. »Wie können Ihre Berechnungen genau sein, wenn Sie von ihnen nicht einmal auf etwas so Großartiges wie die Schöpfungsmaschine der Incera hingewiesen worden sind? Sie haben einen Fehler gemacht, El'Kalentar. Er besteht darin, dass Sie noch leben. Sie wollten den Tod überlisten, ein zweites Mal, aber in Wirklichkeit haben Sie sich damit selbst überlistet und Ihre Berechnungen zunichte gemacht. Ihre sorgfältigen Vorbereitungen über Jahrtausende hinweg, die Manipulation meines Lebens … Alles umsonst, weil Sie nicht bereit waren, sich zu opfern. Das Bild von der Zukunft, das Ihnen Ihre Berechnungen gezeigt haben … Es existiert nicht mehr. Die Wellen des Steins, den Sie ins Wasser geworfen haben, führen plötzlich in eine andere Richtung, und wer weiß, wo sie das Ufer erreichen? Von jetzt an ist alles möglich.«

Plötzlich fiel ihm etwas ein.

»Der Incera-Spezialist, zu dem ich vielleicht geworden wäre, wenn Sie mein Leben nicht ruiniert hätten, hat Sie auf die Spur eines weiteren Geheimnisses jenes alten Volkes gebracht, vielleicht sogar ihres größten. Aber ich habe noch eine Incera-Überraschung für Sie, ein Artefakt, das Sie interessieren dürfte.« Esebian griff in die Tasche seiner Hose und holte das grauschwarze Kästchen hervor.

»Was ist das?«, fragte El'Kalentar.

»Es stammt aus dem Labyrinth von Lahor. Vielleicht ist es Teil des Großen Synchronisators oder gar der Schöpfungsmaschine. Vielleicht war es ›Schicksal‹, dass ich es jetzt hier in den Händen halte.« Esebian drehte das kleine Objekt und strich mit den Fingern über die Sensormulden neben dem Indikator.

Für einen Moment zeigte sich Interesse im Gesicht des Unsterblichen, doch es verschwand sofort wieder. »Und wenn schon.« Sein Zeigefinger bewegte sich am Auslöser der Waffe.

Esebian öffnete die Möbiusschleife, doch es kam nichts heraus. Stattdessen zog ihn etwas hinein.

Eine Frau hockt in der Ecke, die Hände im zerzausten Haar, und wimmert leise. Sie ist kaum mehr als ein Schatten, unerreicht vom Licht der Flamme des Lebens, die über dem langen Tisch leuchtet, mit blauem Kern und gelber Aura. Esebian kennt diesen Ort, aber bisher hat er ihn für eine Metapher gehalten, für ein Bild seines Unterbewusstseins. Er geht am Tisch entlang, langsam, obwohl er weiß, dass an einem anderen Ort die Zeit drängt. Dort haben sie gesessen: Gunder, Dorotheri, Kyrill, Evan Ten-Ten, Talanna und Caleb, der eine Träne vergoss, bevor er verschwand. Sie alle ruhen nun in ihm, Teile eines langen Lebens, das noch viel länger dauern, bis in die Ewigkeit reichen soll. Dicht bei der Flamme bleibt Esebian stehen und sieht, wie sie in der von ihm bewegten Luft flackert. Es erstaunt ihn, dass sie erneut brennt, denn er erinnert sich: Beim letzten Verlassen dieses Ortes hat er sie ausgepustet. Vielleicht, denkt er, brennt sie gar nicht mehr für ihn, sondern für jemand anders. Er streckt die Hand aus und hält den Zeigefinger hinein, aber das Licht des Lebens verbrennt ihn nicht. Es wärmt nur.

»Leandra …«, sagt er und nähert sich der Frau in der Ecke. Sie erstarrt, ihr Schluchzen hört auf, und sie dreht den Kopf.

»Du«, flüstert sie. »Du!«, schreit sie, kommt mit einem Satz auf die Beine und springt auf ihn zu, die Hände ausgestreckt, die Finger wie Krallen. In ihren großen grünen Augen blitzt es, und dies ist ein Feuer, das Esebian verbrennen kann. »Du hast mich hier eingesperrt!«

Er weiß: Dies ist nur ein Moment, ein gestohlener Augenblick, während die Ereignisse – wären sie ein lebender Organismus – den Atem anhalten und warten. Aber er weiß auch, dass ihre Geduld begrenzt ist. Dies ist ein Moment der Wahrheit, nicht der Lüge. Wahrheit muss ihm das Leben retten.

Deshalb lässt er Leandra herankommen. Er wehrt sich nicht. Seine Gedanken bleiben offen und zeigen, dass es seine Absicht gewesen war, sie einzusperren, nicht an diesem Ort, aber in der Möbiusschleife.

Ihre Finger sind tatsächlich Krallen, sie reißen ihm das Hemd auf und hinterlassen blutige Striemen auf der Brust. Leandras Kreischen und Heulen vibriert in seinen Knochen, ihr Zorn brennt durch sein Bewusstsein, viel heißer als die Flamme des Lebens auf dem Tisch. Esebian lässt alles mit sich geschehen. Der Versuch, Widerstand zu leisten, wäre ohnehin sinnlos, denn gegen die mentalistischen Fähigkeiten kann er nichts ausrichten.

»Ich bin gekommen, um dich zurückzuholen«, sagt er so ruhig wie möglich, während Leandras Fäuste auf seine Brust trommeln. »Wir bleiben zusammen, für immer. Du wirst nie wieder allein sein, Leandra. Hörst du? Nie wieder. Aber vorher musst du mir helfen.«

Sie schreit noch immer, schrill wie eine Sirene, und er legt die Arme um sie, trotz der Schmerzen in Körper und Geist. Er umarmt die junge Frau mit dem zerzausten blonden Haar, den großen grünen Augen und Lippen, auf denen jetzt keine Mikrokristalle glänzen. Vorsichtig drückt er sie an sich, die Schläge hören auf, und aus dem Heulen wird wieder ein Schluchzen, wie es ihn in diesem Raum mit dem langen Tisch empfangen hat. So viel Schmerz, denkt er und meint damit nicht den eigenen. So viel Verzweiflung. Er erinnert sich an Ayanne in dem Moment, als sie ihre toten Kinder sah, und später, als sie allein zu dem kleinen zugefrorenen See ging, um dort zu sterben, beim Schloss aus Schnee, von Darrell und Tanya für eine imaginäre Eiskönigin errichtet. Als Leandra schließlich still wird und ihn ansieht, scheint sie kein blondes Haar mehr zu haben, sondern dunkles, wie damals Ayanne. Esebian weiß, dass es die Gedanken der Mentalistin sind, die ihm dies vorgaukeln, aber es spielt keine Rolle. Er schlingt die Arme noch etwas fester um Leandra, um sie zu wärmen, damit sie am Ufer des Sees nicht erfriert.

»Wir bleiben zusammen?«, fragt Leandra leise und wischt sich Tränen aus den Augen, die ebenfalls dunkel geworden sind. »Für immer?«

»Ja, für immer«, sagt Esebian und denkt daran, dass er damit eine lange Zeit meint. Leandra ist jung, er selbst unsterblich. Alles hat seinen Preis, hatte die Drohne gesagt. Vielleicht ist dies der Preis seines Lebens und Teil der Buße, mit der er die Last der Schuld verringern kann.

»Warum hast du es getan?«, fragt sie, den Blick noch immer auf ihn gerichtet. »Warum hast du mich hier eingesperrt?«

Esebian bleibt bei der Wahrheit. Der Raum ist groß, aber er bietet nicht genug Platz für Lügen. »Weil ich mich vor dir gefürchtet habe.«

Der Glanz in ihren Augen verändert sich. »Du weißt alles über mich. Du weißt von Echaura.«

»Ja.«

Leandras Lippen bewegen sich, langsam, wie zögernd, und formen ein Lächeln. »Du brauchst keine Angst vor mir zu haben«, sagt sie, und Esebian begreift, dass sie Recht hat. Warum hat er sich überhaupt Sorgen gemacht? »Und ich helfe dir natürlich. Ich habe dir immer geholfen, wenn ich konnte, erinnerst du dich?«

Ja, er erinnert sich. Eine Weile stehen sie da, nah und warm, und dann dreht Leandra den Kopf. »Die Stahlblenden an den Fenstern … Ich habe versucht, sie zu lösen.«

»Wir könnten sie jetzt bewegen«, erwidert Esebian und folgt ihrem Blick. Er ist sich ganz sicher: Die Blenden sitzen nicht mehr unverrückbar fest wie bei seinem letzten Aufenthalt an diesem Ort. Er wäre in der Lage, sie mühelos beiseitezuschieben und hinauszusehen, in die Welt seines neuen Lebens. Denn das liegt hinter den Fenstern: sein unsterbliches Leben. »Doch vorher müssen wir zurück.«

Esebian sieht noch einmal zur Flamme des Lebens, die flackert, obwohl niemand die Luft in ihrer Nähe bewegt hat. Ein Projektil in der anderen Welt genügt, um ihr Licht zu löschen.

Er schließt die Augen. Dies ist sein Ort. Er kennt den Weg …

Esebian öffnete sie in einem zweiten Moment des Verharrens, eingequetscht zwischen den Sekunden. Dort stand El'Kalentar, sechstausendvierhundert Jahre alt, mit einer Waffe in der Hand, an deren Mündung das Licht des Todes glühte – er hatte gerade den Auslöser betätigt, und die Spitze des Projektils zeigte sich im erstarrten Gleißen. Er blickte in die Augen des Unsterblichen, sah dort eine andere Art von Abgrund und glaubte, El'Kalentars Stimme zu hören: *Jeder Mord, den Sie begangen haben, war wie der Flügelschlag eines Schmetterlings. Es entstanden Lücken an den richtigen Stellen in der Ereignisstruktur.*

Das Licht an der Mündung wurde heller, und das Projektil kroch ganz aus dem Lauf. Es schnitt durch die Luft, erzeugte dabei eine kleine Bugwelle aus verdrängten Gasmolekülen.

Esebian hielt noch immer das grauschwarze Kästchen in der Hand und ließ es nicht einfach fallen, als er den Oberkörper nach links neigte, dann auch das linke Bein bewegte und zur Seite trat, viel schneller als das langsame Projektil. Die Hand schob das Artefakt von Lahor zurück in die Tasche, und dann war der Schritt vollendet, der ihn aus der Schusslinie brachte – die beiden Zeitströme vereinten sich wieder. Esebian hörte das Echo des Schusses, und noch im Fallen sah er aus dem Augenwinkel Verblüffung in El'Kalentars Augen. Der Erlauchte schwang die Waffe herum, kam aber nicht dazu, erneut damit zu zielen, denn plötzlich verwandelte sich sein Gesicht in eine schmerzverzerrte Grimasse. Er ließ den Variator fallen, hob beide Hände, presste sie an den Kopf und öffnete den Mund zu einem Schrei, der seine Kehle jedoch nur als dumpfes Röcheln verließ.

Leandra rauschte mit wehendem Haar – es war jetzt wieder blond – an Esebian vorbei, blieb neben dem zu Boden gesunkenen El'Kalentar stehen und starrte auf ihn hinab. »Er war böse«, sagte sie. »Ich habe es deutlich gespürt. Er war böse. Er wollte dich töten.«

Esebian war inzwischen wieder aufgestanden, trat näher, bückte sich und nahm die Waffe. Er überprüfte sie kurz, betrachtete dann den reglosen Erlauchten. Mit weit aufgerissenen Augen und offenem Mund lag er da, das Gesicht noch immer eine Grimasse. Das kupferrote Eidechsenwesen in seiner Stirn verfärbte sich; es war jetzt ebenso leblos wie die Stirn, in der es steckte.

»Was hast du mit ihm gemacht?«, fragte Esebian leise.

»Ich …« Ein oder zwei Sekunden stand Leandra wie erschrocken da, den Mund fast ebenso weit offen wie El'Kalentar. »Ich wollte ihn nicht töten. Ich wollte nur … Er sollte nicht noch einmal auf dich schießen.«

Esebian warf einen kurzen Blick zur Tür. Niemand eilte durch den Korridor dahinter; sie waren noch immer allein.

»Ich habe es Lukas versprochen«, sagte er mehr zu sich selbst und sah noch einmal auf den Toten hinab. »Ich habe es ihm versprochen, als er starb.« Und er hat mich dafür bezahlt, dachte Esebian. Der Tod seines Mörders für das Erbe. Aber es war ein anderer Esebian gewesen, der den Auftrag entgegengenommen hatte, noch unvollständig, noch ohne das letzte Stadium der Reife.

Eine weitere Erkenntnis stieg aus dem Brodeln unter der Oberfläche des Bewusstseins. Die Bürde der Schuld, die er mit sich trug, wohin er auch ging … Es gab nur eine Möglichkeit, sich von ihr zu befreien. Innerlich hatte er einen Schlussstrich gezogen und beschlossen, kein Mörder mehr zu sein, aber ein solcher Entschluss allein reichte nicht. Sein früheres Leben als Sterblicher erforderte einen Akt der Sühne, wenn ihm auf dem neuen Weg als Unsterblicher nicht die Schatten der Vergangenheit folgen sollten. Er musste aufhören, allein an sich selbst zu denken; er musste sich selbst beweisen, dass er ein anderer geworden war. Der Marionettenspieler lag tot da, doch er hielt noch immer die Fäden in den Händen.

»Ich werde sie zerreißen«, murmelte er.

»Was?« Leandra rieb sich die Arme, als sei ihr kalt. Es war eine vertraute Geste, und plötzlich bedeutete sie viel mehr, denn sie erinnerte Esebian an eine andere Frau, die die Kälte gesucht hatte, und das Ende in ihr. Ein Schritt trug ihn zu Leandra, und erneut schlang er die Arme um sie, diesmal echte, warme, aus Fleisch und Blut.

»Sie hatte Recht«, sagte er leise. »Die Drohne hatte Recht.« Er wich ein wenig zurück und sah in Leandras fragend blickende Augen. Es lauerte kein Ungeheuer in ihnen, nur Einsamkeit, und ein Schmerz, mit dem sie El'Kalentar getötet hatte. »Ich brauche noch einmal deine Hilfe. Du hast gesagt, dass El'Kalentar böse war.«

»Ich habe es gespürt, ganz deutlich ...«

»Wir müssen seine Pläne vereiteln«, sagte Esebian, und jedes einzelne Wort bestärkte ihn in seiner Entscheidung. »Wir müssen den Flug des Saatschiffs verhindern.« Er schnappte nach Luft, plötzlich atemlos vom Adrenalin, das durch seinen Körper jagte.

Aus der Ferne kam das Geräusch von Schritten. Vielleicht Gardisten. Gab es Überwachungseinrichtungen an diesem Ort? Wussten die anderen Erlauchten, dass einer der ihren tot war?

»Des Saatschiffs ...?«

Esebian fasste Leandra an den schmalen Schultern. »Schau in meine Erinnerungen. Etwas, das wie ein Berg aussieht, mit vertikalen Wänden und den Resten eines Gebäudes. Kannst du uns dorthin bringen?«

Mehrere Angehörige der Ehernen Garde erschienen im Korridor, und hinter ihnen sah Esebian den roten und orangefarbenen Haarturm El'Farahs.

»Siehst du den Berg?«, fragte Esebian mit drängender Stimme. »Siehst du die ...«

Etwas zog ihm den Boden unter den Füßen weg, und fast im gleichen Augenblick erschien eine Felslandschaft um ihn herum.

»... Ruinen?« Esebian wankte. Es war wieder – oder noch immer – Nacht. Eisige Luft strich ihm durchs Gesicht, so dünn, dass er sofort in Atemnot geriet. Wind pfiff über Felsen, die gar keine Felsen waren, sondern eine Kruste auf dem oberen Teil des Saatschiffs. Einige Sekunden lang fühlte er die Kälte wie Messer aus Eis, die in seinen Körper schnitten, und dann hielt etwas den Wind fern. Leandra stand neben ihm und rieb sich die Arme, wozu sie diesmal auch allen Grund hatte.

»Ich kann uns vor dem Wind schützen«, sagte sie. »Aber die dünne Luft …«

Wie lange würden sie unter diesen Bedingungen überleben, bei Temperaturen, die weit unter dem Gefrierpunkt lagen, und in einer so dünnen Atmosphäre? Nicht mehr als einige Minuten, schätzte Esebian.

»Leandra!«, stieß er hervor. »Was sich unter uns befindet, ist kein Berg, sondern ein Raumschiff, das sich auf den Start vorbereitet. Es darf diesen Planeten nicht verlassen, verstehst du?«

Sie nickte, die Arme um sich selbst geschlungen.

Esebian dachte an das Gespräch mit Erebos zurück, an seine Informationen über die Mentalistin. »Du hast einmal eine nukleare Kettenreaktion ausgelöst, nicht wahr?« Er atmete immer schneller. »Kannst du das hier wiederholen? Keine Explosion«, fügte er rasch hinzu. »Ein langsamer Nuklearbrand. In der Zitadelle soll niemand sterben.«

»Ich weiß nicht …«

»Versuch es! Ich mache mich daran, die Transitmembran zu reaktivieren.« Esebian wartete keine Antwort ab und stapfte den langgestreckten Hang hoch, in Richtung des Gebäudes, das aussah, als sei es von einem riesigen Hammer zertrümmert worden. Brandspuren auf dem Boden und graue Asche im Windschatten von Felsen erinnerten an die Gardisten, die brennend durch die Membran gekommen waren und hier den endgültigen Tod gefunden hatten. Nach einigen Minuten erreichte er den Rand der von Leandra geschaffenen Abschirmung und bekam wieder den Wind zu spüren, dessen Kälte ihm die Kraft aus dem Leib saugte. Sauerstoffmangel führte dazu, dass sich sein Blickfeld bereits verengte; es blieb nicht viel Zeit.

Das Gebäude, nach den umgestürzten Säulen zu urteilen einst mindestens fünfzehn Meter hoch, hatte aus einem marmorartigen Material bestanden, das in der Düsternis keine Farben erkennen ließ. Esebian versuchte sich daran zu erinnern, an welcher Stelle der Retransfer stattgefunden hatte, doch die Bilder blieben vage hinter einem Vorhang aus erinnertem Schmerz, verursacht von den Schreien der Incera. Nirgends glänzte das Silbergrau der Membran, die sechzehntausend Lichtjahre auf einen Schritt reduzierte, und Esebian konnte keine Kontrollmechanismen erkennen.

Der Boden unter ihm, das alte Saatschiff, erbebte plötzlich so heftig, dass er das Gleichgewicht verlor und fiel. Als er wieder auf die Beine kam, wankte Leandra aus der Dunkelheit heran. Ihr Gesicht war fast so weiß wie der Raureif, der sich an ihren Brauen und am Kinn gebildet hatte.

»Es tut mir leid«, stieß sie hervor, und der Wind riss ihr den kondensierenden Atem von den Lippen. »Ich wollte, dass es langsam geschieht …«

»Was?«

Das Beben wiederholte sich, und es folgten weitere Erschütterungen. Esebian hörte ein Grollen, das schnell zu einem Donnern anschwoll, und plötzlich wurde ihm klar, dass unter ihnen eine *schnelle* Kettenreaktion begonnen hatte – eine nukleare Explosion stand bevor.

Vor dem Gebirge, das ein Raumschiff war, im Zentrum der leeren, toten Stadt, schimmerten Lichter bei der Zitadelle der Incera, und eine Kuppel aus amethystblauer Energie legte sich über die Gebäude der alten Bastion. El'Farah und die anderen Unsterblichen hatten ganz offensichtlich erkannt, dass ein atomarer Feuersturm drohte.

Esebian zog die taumelnde Leandra zu sich und deutete in die Runde. »Kannst du hier irgendwo Kontrollen entdecken?«, rief er im Heulen des Winds.

Er wankte mit der Mentalistin an seiner Seite zwischen den Trümmern des Gebäudes umher, während die Erschütterungen so heftig wurden, dass sie sich kaum mehr auf den Beinen halten konnten. Esebian prallte gegen einen Felsen, und dabei spürte er einen Gegenstand in der Hosentasche. Eine Sekunde später hielt er ihn in der Hand und fragte sich, was mit ihnen geschehen würde, wenn sie sich während der nuklearen Explosion in der Möbiusschleife befanden. Aber selbst wenn sie irgendwie in der Raum-Zeit-Schleife überlebten, trotz der Zerstörung des Artefakts von Lahor … Wer sollte sie aus jenem Miniaturuniversum herausholen, wenn es kein Gerät mehr gab, das die Möbiusschleife öffnen konnte?

Plötzlich kam ihm ein anderer Gedanke. Die Transitweiche! Irgendwo zwischen den Trümmern des alten Gebäudes musste sich ein spezieller Transferitor verbergen, verbunden mit dem Filigran, das der tote Weber auf Gondal gesponnen hatte. Vermutlich wartete er auf ein Aktivierungssignal.

Einige hundert Meter entfernt brach die felsige Landschaft auf, und Flammenzungen leckten durch die Nacht.

Esebian aktivierte die Transitweiche.

Zwei oder drei Sekunden geschah gar nichts. Dann bildete

sich nur wenige Meter entfernt eine silbergraue Wand wie aus senkrechtem Wasser, durchzogen von langsamen Wellen. Hinter ihr zeichneten sich die Silhouetten menschlicher Gestalten ab, und noch etwas Größeres – Drohnen?

Das Saatschiff der Incera, das seit Jahrtausenden in der Kruste des Planeten steckte, platzte auseinander, verzehrt von atomarer Glut. Aus den einzelnen Flammen wurde eine Feuerwalze, die sich über die Felsenlandschaft schob und alles verbrannte.

Esebian packte Leandra, zerrte sie mit sich und sprang durch die Membran, als das Feuer herankam.

Incera-Schreie zerrissen seine Gedanken und trugen ihn fort, aber nicht nach Gondal.

67

Das Nichts zwischen den Galaxien ist noch leerer als das zwischen den Sternen, aber diese Station zwischen der Milchstraße und der Großen Magellan'schen Wolke schwebt in der Nähe der Wasserstoffbrücke, die beide Galaxien wie eine Nabelschnur miteinander verbindet. Fast hunderttausend Lichtjahre trennen sie vom großen Feuerrad und ungefähr sechzigtausend von der kleineren Sterneninsel. Ein aufmerksamer Beobachter in der Nähe hätte selbst mit empfindlichen Sensoren nichts entdeckt außer dem dünnen Wasserstoffgas – einige Dutzend Atome pro Kubikmeter – und den Strahlungssignaturen der beiden Galaxien, ihren Gesängen, die sie seit Jahrmilliarden ins Universum schicken. Denn die Station ist getarnt: In gefalteter Raum-Zeit geschützt vor Entdeckung durch den alten Feind, dreht sie sich langsam um die eigene Achse, einem Bewegungsimpuls folgend, den sie vor vierhundertachtzigtausend Jahren erhalten hat. Seit vierhundertachtzig Jahrtausenden wartet sie, nicht auf den Feind, sondern auf ein Signal, auf das Zeichen dafür, dass das Warten ein Ende hat. Als es schließlich eintrifft, ist vom Leben an Bord nur noch ein kleiner Rest übrig.

Als der Schläfer erwachte, streckte er seine vier Beine im Kokon und hoffte, dass er diesmal Gelegenheit bekam, sich einen Namen zu verdienen. Es war sein achtes Erwachen, wenn er sich recht entsann – noch zogen einige mentale Dunstschwaden der Benommenheit durch die Gedankensphäre –, und der Weckmechanismus hatte ihm bereits mitgeteilt, dass ihn diesmal keine Routineaufgaben erwarteten. Er war neugierig und konnte das Ende des Weckvorgangs kaum abwarten. Schließlich öffnete er die Augen, alle sechs, und sah den Sekundanten, der sich aus einem Wandsegment der Ruhekammer gebildet hatte.

»Ich grüße Sie«, sagte das mechanische Geschöpf. »Wie fühlen Sie sich?«

»Welche Aufgabe erwartet mich?«, fragte der Namenlose aufgeregt.

»Wie fühlen Sie sich?«, wiederholte der Sekundant, obwohl er es doch wissen musste: Die Daten flüsterten durch die Kammer, nicht nur für die Rezeptoren des Sekundanten bestimmt, sondern vor allem für die Mutter im Herzen der Station. Der Namenlose freute sich bereits darauf, zu ihr zurückzukehren, und ein Teil von ihm fragte sich, wie viele Brutgeschwister er inzwischen bekommen hatte. Daraus ergab sich eine andere, wichtigere Frage.

»Wie viel Zeit ist vergangen?« Er drehte zwei der sechs Augen, schaute sich um und lauschte gleichzeitig mit den Ohrfäden. Die Station … erschien ihm seltsam. Sie war still und …

»Wie fühlen Sie sich?«, fragte der Sekundant erneut.

»Gut«, sagte der Namenlose schnell. Vielleicht, dachte er, gehörte dies zu einer neuen Überprüfung.

Der Sekundant hob eine seiner mechanischen Hände, und Daten leuchteten und flüsterten in dem Informationsfenster darüber. »Ihre Identitätsdaten entsprechen nicht der Norm. Es gibt …« Der Sekundant zögerte, und das war ungewöhnlich genug. »… Abweichungen. Ich muss Überprüfungen vornehmen. Bitte verzeihen Sie, Initiat.«

Dem Namenlosen, gerade erwacht, schwanden die Sinne.

Als er sich erneut der eigenen Existenz bewusst wurde, fühlte er sich besser als vorher – die Gedanken klarer, Nährstoffe in den beiden Mägen –, und die Schwere des Schlafs war von ihm gewichen.

»Ihre physiologischen Werte entsprechen dem Standard«, erklang eine vertraute Stimme. »Aber die psychischen Abweichungen existieren nach wie vor.«

»Abweichungen?«, wiederholte der Namenlose. Er fuhr seine sechs Augen ganz aus und neigte sie in verschiedene Richtungen, um sich zu betrachten: die vier Beine, jetzt ganz ausgestreckt und darauf wartend, sein Gewicht zu tragen; die drei Komponenten des zentralen Leibs, unter der Kleidung des Initiaten von einem immer noch weichen Hornpanzer umgeben; das auf den Halsgelenken aufgerichtete Oval des Kopfes, an dem noch die Sensoren des Schläfers klebten … Nirgends zeigten sich Veränderungen, und doch fühlte sich dieser vertraute Körper für einen sonderbaren, verwirrenden Moment völlig fremd an.

»Ihre mentalen Werte liegen außerhalb der Toleranzen«, zirpte der Sekundant. »Vielleicht müssen wir …«

»Nein«, sagte der Namenlose schnell und stand auf. Die Gelenke der vier Beine knackten, als er sie mit seinem Gewicht belastete, und für einen absurden Moment hatte er das Gefühl, dass vier Beine zu viel waren und ein Gelenk pro Bein völlig genügte. »Lass mich den Kommunikationsraum aufsuchen, um von meiner Aufgabe zu erfahren.« Er stapfte zur Tür. »Ich möchte mit den anderen reden. Ich möchte erfahren, was geschehen ist, während ich geschlafen habe. Ich möchte …« Es gab viele Dinge, die er sich wünschte, aber es hatte keinen Sinn, sie alle beim Namen zu nennen, noch dazu einem Sekundanten gegenüber, der sein geistiges Gleichgewicht in Gefahr sah. »Wie lange habe ich geschlafen?«, fragte er und eilte durch den Korridor, der zum Kommunikationszentrum der Station führte. Der Flur wurde nicht hell wie nach seinem letzten Erwachen – nur wenige Leuchtpunkte in der Decke glommen –, und die Temperatur lag nur knapp über der Toleranzgrenze. »Warum ist es so dunkel und kalt?«

Der Sekundant folgte ihm. »Die Station stirbt. Das Warten hat zu lange gedauert. Und jetzt …«

Der Namenlose blieb im Zugang einer weiteren Ruhekammer stehen, und seine sechs Augen neigten sich nach vorn, ließen ihre Blicke über die Kokons wandern. Sie waren geschlossen und mit den Wänden verbunden, aber ihr Inhalt lebte nicht mehr. Nicht ein Indikator glühte – dies war der Schlaf, aus dem es kein Erwachen gab.

Er wollte noch einmal fragen, wie lange er geruht hatte und was geschehen war, aber stattdessen lief er los, obwohl ihn sein Körper darauf hinwies, dass die Kraftreserven erneuert werden mussten. Das Klacken seiner Schritte hallte wie ein Trommelschlag durch die Station, und abgesehen davon schien es nur ein anderes Geräusch zu geben: das rasende Pochen seiner beiden Herzen, eins für jede halb autarke Körperhälfte. In den Ruhekammern hörte er nur die Stille des ewigen Schlafs und betrachtete in den Kokons reglose Geschwister, die nie erwachen, nie mit ihm sprechen würden. Er heulte voller Kummer, und gleichzeitig fragte er sich, was er an diesem Ort machte, den er nicht kannte, in einem Körper, der völlig *falsch* war. In einem Bogengang blieb er stehen und blickte auf seine Hände hinab, die keine Hände waren, sondern Greifklauen. Er drehte sie langsam, betrachtete sie von allen Seiten, ohne dass sie ihm vertrauter erschienen.

»Was ist mit mir?«, fragte er leise. Und etwas lauter: »Was ist mit der Station? *Was ist geschehen?*«

»Der letzte Schwarm brach vor fünfundneunzigtausend Jahren durch den einen übrig gebliebenen Tunnel auf«, antwortete der Sekundant, der ihm gefolgt war. Er sah wie ein kleiner Weber aus, dachte der Namenlose, und dann fragte er sich, was ein »Weber« war. »Außer uns ist niemand mehr da. Hier gibt es nur noch uns beide, Sie und mich.«

Der Namenlose begann zu verstehen – die Gedächtnisknospen an seinem Hals hatten Daten vom Weckmechanismus empfangen und leiteten sie ins Kontextzerebellum, wo Verbindungen geknüpft und Zusammenhänge analysiert wurden. »Ich bin der Letzte. Warum ausgerechnet ich?«

»Die Mutter hat so entschieden – vielleicht hat sie geahnt, dass Sie fast hunderttausend Jahre schlafen würden. Als sie mit ihrem Schwarm aufbrach, legte sie die Reihenfolge fest. Sie waren jünger und stärker als alle anderen.«

Seltsam, dachte der Namenlose, betrat den großen Kommunikationsraum und sah zum Brutgerüst, in dem einst die Mutter gelegen hatte. Er fühlte sich nicht stark, sondern schwach, trotz der Nahrung in seinen Mägen. Etwas stimmte nicht mit ihm.

»Etwas stimmt nicht mit Ihnen«, sagte der Sekundant und richtete seine Sensoren auf ihn. »Ihr Bewusstsein …«

War es die Waffe des alten Feindes? Hatte sie ihn selbst hier erreicht, im Versteck zwischen den Galaxien?

»Es liegt vermutlich am langen Schlaf«, sagte der Namenlose und stapfte langsam durch den Kommunikationsraum, obwohl etwas in ihm danach drängte, erneut loszulaufen und zu fliehen vor … sich selbst? »Und an der Verantwortung, die jetzt auf mir liegt«, fügte er hinzu, als er vom Kontextzerebellum weitere verarbeitete Informationen erhielt. Das Signal war eingetroffen!

Er blieb stehen. »Das Signal …«

»Ja«, bestätigte der Sekundant. »In der letzten Phase unserer Bereitschaft. Nach fast einer halben Million Jahren. Das Signal ist endlich eingetroffen. Die Station selbst ist nicht mehr mobil, aber eins der Schiffe verfügt noch über einen intakten Energiekern. Die Mutter wies mich an, es für Sie in Bereitschaft zu halten.«

Der namenlose Initiat warf dem mechanischen Geschöpf einen kurzen Blick zu, als er begriff: Es war nicht einfach ein Sekundant, der da zu ihm sprach, sondern eine letzte Personifizierung der Station. Ihre Schwäche war nicht mit seiner zu vergleichen: Sie siechte dahin; er hörte die letzten Worte eines fünfhundert Jahrtausende langen Lebens. Eines Lebens, in dem es immer um diesen Moment gegangen war, den Empfang des Signals.

Er blickte noch einmal durchs Kommunikationszentrum – die wenigen noch aktiven, sich langsam drehenden Informationsfenster bestätigten das Eintreffen des Signals: Die beiden Großen Synchronisatoren waren aktiv geworden, jeweils einer in jeder der beiden Galaxien.

Dann wandte er sich ab und stapfte erneut mit langen Schritten durch die sterbende Station. »Das Schiff startklar machen«, wies er den Sekundanten an. »Ich breche sofort auf.«

»Erst müssen Sie wieder zu Kräften kommen und Ihr inneres Gleichgewicht stabilisieren.«

»Dies ist das Ende der Ruhe«, sagte der Namenlose. »Dies ist die Zeit des Handelns. Das Signal beweist: Der alte Feind existiert noch. Die Arsenale müssen reaktiviert und Soldaten gebrütet werden.« Im Eingang des Hangars verharrte er kurz, reckte den Kopf der Decke entgegen und atmete die kalte Luft der sterbenden Station tief ein. »Die Kriegermütter warten auf meine Nachricht. Seit fünfhunderttausend Jahren hatte niemand von uns eine so wichtige Mission.«

»Das stimmt«, erwiderte der Sekundant. »Dies ist die Botschaft der Schwarmmutter für Sie.« Das Zirpen veränderte sich, als das mechanische Wesen intonierte: »›Mein Kind, wenn du dies hörst, schickst du dich an, dir deinen Namen zu verdienen. Und es wird ein Name sein, der in den Granit der Geschichte unseres Volkes gemeiselt wird.‹«

Vor dem Schiff verharrte er erneut. »Hat sie dir auch den Namen genannt, Station?«, fragte er förmlich.

»Das hat sie, Initiat. Wenn Sie Ihre Mission zu einem erfolgreichen Abschluss bringen, sollen Sie Jaz-Alram-Alkar heißen.«

Der Namenlose atmete so tief durch, dass seine doppelte Brust anschwoll und ihre Hornplatten knackten. »›Der Letzte der Starken‹«, murmelte er. »Ja, ich will stark sein«, versprach er sich und der Station. »Ich *muss* es sein«, fügte er hinzu, und das war in mehr als nur einer Hinsicht wahr, denn die Unruhe in ihm legte sich nicht. Eine zweite Stimme schien in ihm zu flüstern, und manchmal zogen fremde, unverständliche Gedanken durch sein Haupthirn.

Wieder zeigten die Sensoren des Sekundanten auf ihn. »Ihre psychischen Werte liegen noch immer außerhalb der Norm. Ich halte Untersuchungen für erforderlich, bevor Sie aufbrechen.«

Der Namenlose stapfte bereits die Rampe hoch. »Das Signal ist eingetroffen, und ich bin der Letzte. Ich mache mich auf den Weg.«

Als sich die Luke des Schiffes hinter ihm schloss, sackte der Namenlose halb in sich zusammen, heimgesucht von einer Schwäche, für die er keine Erklärung fand.

Die Station, wusste er, hätte ihn zurückhalten können, doch das durfte nicht geschehen, denn dies war seine Chance, sich einen Namen zu verdienen.

Auf dem Weg in den Kommunikationsraum des kleinen Schiffes stolperte er und fiel, weil es ihm plötzlich nicht mehr gelang, die Bewegungen seiner vier Beine zu koordinieren. Die Station sah davon glücklicherweise nichts, und er stand schnell wieder auf.

Der Sekundant hatte Recht, etwas stimmte tatsächlich nicht mit ihm, und er beschloss, sich vor dem Start zu läutern, wie es die Krieger taten, bevor sie in den Kampf zogen. Es war angemessen für jemanden, der den Namen »Der Letzte der Starken« tragen sollte.

Als er den Kommunikationsraum erreichte, leuchteten dort bereits Informationsfenster und wiesen ihn darauf hin, dass alle Systeme des kleinen Schiffes funktionierten und auf seine Befehle warteten. Das Außenschott war geöffnet, und einhunderttausend Lichtjahre entfernt leuchteten die Sterne der großen Galaxie. Irgendwo dort schliefen die Kriegermütter, und *er* sollte sie wecken.

Bevor er die Greifklauen nach den Kontrollen ausstreckte, verankerte er sich an der Stützsäule, schloss die Augen, konzentrierte sich und holte tief Luft zu einem reinigenden Schrei, der selbst in den entlegensten Winkeln des Schiffes widerhallte und über Vibrationen in der Außenhülle auch die Station erreichte.

Eine Last fiel von ihm ab, und mit klaren, starken Gedanken machte sich der Namenlose auf den langen Weg zu den Kriegermüttern.

68

Der Schrei verhallte und wich einem Flüstern, das viel näher war. *Für immer*, raunte es, und dann prallte Esebian auf harten, stabilen Boden, unter dem kein atomares Feuer brannte. Schnaufend und keuchend blieb er liegen, atmete dichtere Luft und versuchte sich daran zu erinnern, wer er war. Die Kälte einer fernen Welt hatte sich ihm so tief in Fleisch und Knochen gefressen, dass seine Zähne klapperten, als er auf die Beine zu kommen versuchte, und für einen Moment schien es falsch zu sein, nur zwei Beine zu haben. Er hob den Kopf, sah gepanzerte Gestalten, Graue und auch einige mechanische Zwitter der loyalen Ehernen Garde, und hinter ihnen mehrere Drohnen. Gleichzeitig sah er die Kokons von Ruhekammern, viele von ihnen leer, in anderen gestorbene Schläfer. Und er beobachtete, wie die Station in einem Informationsfenster schrumpfte, als sich das Schiff von ihr entfernte.

Leandra lag neben ihm auf dem Boden, ihre Augen geschlossen, das Grün in ihnen verborgen. Etwas verband ihn mit ihr – er spürte es jetzt deutlicher als jemals zuvor –, und dieses Etwas nahm ihm das Gefühl, völlig allein zu sein.

Eine der Magisterdrohnen schwebte auf ihn zu, während die Gardisten ihre Waffen bereithielten.

Esebian konnte sich kaum auf den Beinen halten. »Dies alles ist nicht mehr nötig«, sagte er müde und deutete auf die Angehörigen der Ehernen Garde. »Die Revolution findet nicht statt. Aber dafür könnten wir es bald mit den Incera zu tun bekommen.«

Und dann wurde es schwarz vor seinen Augen.

Der Park war zwanzig Quadratkilometer groß, aber es lag Esebian nichts daran, die Arrangements aus Blumen zu erkunden, die angeblich von hundert verschiedenen Welten stammten. Er saß auf einer schlichten Formspeicherbank außerhalb des Therapiezentrums und genoss den warmen Sonnenschein. Im Westen ragten die siebzehn Ringe des warmen Gasriesen Lybecker über die Baumwipfel, von weißen Wolkenfetzen teilweise verschleiert. Fast direkt im Zenit leuchtete ein neuer Mond, nicht rund, sondern wie eine Ansammlung langer, glänzender Stachel: der Magister Jae-al-Escoe-Hoivinio-tan-Mauleon-Caliquire-tan-Nesluzan.

Esebian nahm die Ruhe des Parks in sich auf und ließ seine Gedanken treiben, bis er nach einer Weile ein Summen hörte. Er hob den Kopf und sah eine Drohne, die sich vom Himmel herabsenkte.

»Ich grüße Sie, El'Esebian«, sagte der Gesandte des Magisters und verharrte vor der Sitzbank. Der Sonnenschein schuf glitzernde Reflexe auf dem silbernen Oval.

»Gruß auch Ihnen, Jae. Gibt es Neuigkeiten?«

»Was Sie betrifft?«, summte die Drohne. »Oder in Hinsicht auf die Incera?«

»Sowohl als auch.«

»Das neue Direktoriat hat einstimmig beschlossen, Sie als voll berechtigten Erlauchten zu akzeptieren.«

Esebian sah kurz zum Eingang des Therapiezentrums und drehte das Gesicht dann wieder in die Sonne. »Ich nehme an, Sie und die Magister haben den Direktoren … gut zugeredet.«

»Das ist richtig«, summte die Drohne. »Aber die Gründe spielen keine Rolle, El'Esebian. Sie gehören zur Gemeinschaft der Erlauchten. Wie geht es Ihnen, wenn ich fragen darf?«

Esebian holte tief Luft und ließ den Atem langsam entweichen, erinnerte sich dabei vage an knackende Hornplatten. Wie lange würde es dauern, bis diese Eindrücke endgültig aus ihm wichen? »Es geht mir gut, Jae. Die letzte Behandlung hat mich stabilisiert.«

»Freut mich, das zu hören. Sie haben große Verdienste erworben. Sie verdienen die Unsterblichkeit.«

»Obwohl ich ein Mörder bin?«

Die Drohne antwortete nicht sofort, und Esebian richtete einen neugierigen Blick auf sie. »Sie waren ein Mörder, El'Esebian«, erwiderte der Gesandte des Magisters schließlich. »Inzwischen sind Sie eine andere Person. Was nichts daran ändert, dass Sie Schuld auf sich geladen haben. Damit müssen Sie leben. Bis in alle Ewigkeit.«

Bis in alle Ewigkeit, dachte Esebian. »Und Sie?«, fragte er dann, obwohl er wusste, dass ein anderes Thema auf sie wartete. »Was ist mit Ihrer Schuld? Haben nicht auch Sie Leben ausgelöscht?«

»Ich nehme an, damit meinen Sie den Makel und die Menschen der Gemischten Gebiete.« Die Drohne hing völlig reglos da, und ihre Stimme kam aus dem Nichts, ließ sich keiner bestimmten Stelle des silbernen Ovals zuordnen. »Mein anderer Gesandter hat es Ihnen erklärt, bevor er … starb.«

»Der Finale Evolutionskollaps«, sagte Esebian und dachte an Angar.

»Ja.«

»Wie soll es weitergehen? Wollen Sie die Menschen auch in Zukunft mit Ihren Regeln beglücken und den Bewohnern der Gemischten Gebiete die Unsterblichkeit vorenthalten?« Es klang etwas schärfer als beabsichtigt.

»Der Kontext ist komplex«, antwortete die Drohne nach einer neuerlichen Pause. »Gewisse Dinge sind notwendig, jetzt mehr denn je.«

Esebian seufzte leise. »Womit wir bei den Incera wären. Haben Sie meine Erinnerungen inzwischen überprüft?«

»Wir gehen davon aus, dass sie authentisch sind«, sagte die Drohne. »Ihr Selbst wurde tatsächlich für kurze Zeit in einen Incera übertragen.«

»In Realzeit? Was ich gesehen habe ... Die Raumstation zwischen den Galaxien, das Erwachen als Namenloser, der Beginn der langen Reise zu den Kriegermüttern der Incera – geschah es in der Gegenwart? Nicht irgendwann in der Vergangenheit?«

»Sie haben die Milchstraße gesehen. Wir sind noch damit beschäftigt, die entsprechenden Erinnerungsbilder auszuwerten, die wir bei der Sondierung gewannen. Die Position bestimmter Sterne könnte uns Auskunft über den genauen Zeitpunkt geben. Aber wir nehmen an, dass der Namenlose tatsächlich jetzt unterwegs ist.«

»Die Erlauchten um El'Kalentar haben mit der Aktivierung der Synchronisatoren ein schlafendes Ungeheuer geweckt«, sagte Esebian.

»Wir werden uns vorbereiten«, summte die Drohne. »Alle Incera-Artefakte unterliegen nun der Kontrolle der Magister. Wir werden versuchen, mehr herauszufinden.«

Aus dem Augenwinkel sah Esebian Bewegung im Eingang des nahen Therapiezentrums. Begleitet von zwei Fürsorgern trat eine junge Frau nach draußen und blinzelte im Sonnenschein. Glattes silberblondes Haar fiel auf ihre schmalen Schultern, und sie lächelte, als sie Esebian auf der Bank bemerkte. Sie näherte sich, erst mit vorsichtigen Schritten, als traute sie ihren Beinen oder dem Boden nicht, dann schneller.

»Danke«, sagte Esebian.

»Gern geschehen, El'Esebian«, summte die Drohne. Und sie fügte hinzu: »Regeln sind nicht ehern. Ausnahmen sind möglich.« Damit schwebte sie fort.

Esebian stand auf und streckte Leandra die Hand entgegen. »Wie fühlst du dich?«

Sie lächelte noch immer. »Irgendwie … anders.«

»Du bist jetzt Provisor. Es ist der erste Schritt zur Ewigkeit. Ich habe es dir versprochen. Für immer.«

»Ja, für immer.« Sie ergriff seine Hand.

»Ich dachte, wir verbringen die ersten Jahre hier auf Gondal«, sagte Esebian. »Der Magister hat ein Domizil für uns eingerichtet. Möchtest du es sehen?«

»Unser Zuhause? Ja!«

»Dann komm. Hinter dem Therapiezentrum steht ein Springer für uns bereit.«

Hand in Hand gingen sie über den Kiesweg, der zur anderen Seite des Gebäudes führte.

Esebian erwachte mitten in der Nacht und glaubte, von einem Schrei in der Ferne geweckt worden zu sein. Einige Sekunden lag er da und wagte kaum zu atmen, doch durch die offene Verandatür kam nur das sanfte Rauschen kleiner Wellen. Die neben ihm liegende Leandra schlief tief und fest, das Haar wie ein goldener Schleier auf dem Kissen ausgebreitet. Das Licht von zwei Monden fiel durchs Fenster und gab ihr etwas Engelhaftes.

Nach einigen weiteren Sekunden stand Esebian auf, trat nackt wie er war auf die Veranda und ging über den Steg, der fünfzig Meter weit in den See ragte. Im Mondschein glänzte das Wasser wie Silber, und als er den Kopf hob, sah er nicht einen Magister am sternenbesetzten Himmel, sondern drei, direkt neben den Ringen von Lybecker. Die beiden anderen, vor einigen Tagen durch das wieder stabile Filigran eingetroffen, wirkten größer als Jae, weil sie sich in tieferen Umlaufbahnen befanden. Leuchtende Punkte lösten sich von ihnen, wie Funken oder Sternschnuppen: Orbitalspringer und Drohnen. Esebian wusste, dass die Gesandten der Magister und loyale Truppenteile der Garde die Transitmembran unter dem zerstörten Schrein benutzten, um das Dizadar-System zu erreichen und die dortigen Niederlassungen der Erlauchten unter Kontrolle zu bringen.

Esebian senkte den Kopf und spürte, wie ihm kühler Wind über die Haut strich, als sein Blick den Wellen folgte und er sich fragte, ob er sie wirklich sah. Stand er hier, auf diesem Steg, in seinem Domizil auf der Hohen Welt Gondal? Oder …

Oder was?, dachte er und spürte erneut Unbehagen. Er wusste nicht mehr genau, wann er zu zweifeln begonnen hatte. Wenn man überhaupt von »Zweifel« sprechen konnte – das Wort erschien ihm zu stark. Vielleicht in dem Augenblick, als sie vor einigen Wochen beim Therapiezentrum in den Atmosphärenspringer gestiegen waren, der sie hierher gebracht hatte. Er hatte geglaubt, etwas Seltsames in Leandras grünen

Augen – fast so grün wie Jade – gesehen zu haben. Aber vielleicht lag es nur daran, dass sie jetzt selbst auf dem Weg zur Unsterblichkeit war.

Und doch … Er erinnerte sich an die seltsamen Gefühle, die ihn manchmal erfasst hatten, wenn sie sich nahegekommen waren. Die Mentalistin Leandra, aus dem Hochsicherheitstrakt von Echaura geflohen, ein Multitalent mit einer Ichbezogenheit, die »mentalvampiristische Züge« gewinnen konnte. Wie stark hatte sie ihn verändert und … manipuliert?

Die Frage, die er kaum zu denken wagte, lautete: Hält sie mich in einer Scheinrealität gefangen?

War dies alles – Gondal, der See, das Domizil, seine Unsterblichkeit – eine Illusion? Gaukelte ihm Leandra eine falsche Wirklichkeit vor, vielleicht seit ihrer Begegnung im Filigranport des Haredion-Systems? Hatte sie sich während des Transitschlafs in sein Bewusstsein geschlichen? Oder konnte er es einfach noch nicht fassen, unsterblich zu sein und alles überstanden zu haben?

»Esebian?«

Er drehte sich um, und dort stand sie, nackt wie er, schön und verlockend. Der Wind spielte mit ihrem Haar. Es war kühl, aber sie rieb sich nicht die Arme. »Was machst du da?«

»Nichts«, sagte er und fügte hinzu: »Ich genieße mein Leben.«

Leandra streckte die Hand aus. »Lass es uns zusammen genießen.«

Hier liegt einer,
Dessen Namen man mit Wasser schrieb.

EPILOG

Noch immer lag der Staub vergangener Zeiten in dem großen Ballsaal, auf den Tischen und Sesseln am Rand der Tanzfläche, als graue Patina über Spiegeln und Fensterscheiben. Nichts schien sich an diesem Ort des sinnlosen Schuftens verändert zu haben, und doch spürte Akir Tahlon tief in seinem Innern, dass diesmal alles anders war. Der Kronleuchter hing an der hohen Decke und fiel nicht, als er mit langsamen Schritten durch den Saal ging. Alles blieb still. Es brachen keine kristallenen Kerzen hinter ihm, und diesmal erschien auch keine schwarze Gestalt, die ihm den Weg zur Tür versperrte. Vor ihr blieb er stehen, und seine Aufregung wuchs. Deutlich fühlte er, wie sein Herz schneller schlug, und das erschien ihm seltsam, denn er wusste, dass er tot war.

Die Tür öffnete sich mit einem leisen Knarren – kein anderes Geräusch störte die Stille. Tahlon sah sich kurz um, ein letztes Mal. Der Kronleuchter hing noch immer an der Decke, seine kristallenen Kerzen ebenso staubig wie Fenster und Spiegel. Er würde nicht fallen, die Kerzen blieben heil.

Draußen strich wie beim ersten Mal warmer Sonnenschein über die Stadt vor dem Hügel, auf dessen Kuppe das Gebäude mit dem alten Ballsaal stand. Tahlon lächelte, als er beobachtete, wie sich erste Personen und Fahrzeuge bewegten, in Mustern, die sich durch die gleiche mathematische Präzision auszeichneten wie die geometrischen Formen, zu denen die Häuser angeordnet waren. Der sich auf Fenstern und Dächern widerspiegelnde Sonnenschein gehorchte den gleichen Regeln, die alle Bewegungen bestimmten. Wieder steckte ein Schrei in Tahlons Kehle, als er diese Stadt sah, in der Ordnung und Übersicht regierten, in der es keinen Platz für Unerwartetes und Unvorhergesehenes gab, in der sich alles immer am richtigen Platz befand. Doch diesmal war es kein Schrei der Verzagtheit, weil ihm das Paradies vorenthalten blieb, weil er zurückmusste in die Welt des Chaos. Es waren vielmehr Jubel und schieres Glück, die nach einem Schrei verlangten, und als er durch die Stadt hallte, blieben die Gestalten in den Straßen stehen und winkten ihm zu. Er zögerte kurz und horchte, doch es kam nicht das Klirren eines herabfallenden Kristallleuchters aus dem Ballsaal.

Akir Tahlon, ehemals Präfekt der Hohen Welten und Erster Hochkommissar des Direktoriats, setzte sich in Bewegung und schritt über den Pfad, der am Hügelhang hinab zur Stadt führte. Hinter ihm schloss sich die Tür des Gebäudes mit dem alten Ballsaal.

Für immer.

Eva Lejonsommar

Sie zu lieben

Roman

Aus dem Schwedischen von Regine Elsässer

Band 13733

Anna und Marie leben seit fünf Jahren zusammen. Marie arbeitet in einem Reisebüro, Anna ist Lehrerin. Die erste Verliebtheit ist vorbei, es gibt Probleme in der Beziehung. Marie fühlt sich von der starken, mütterlichen Anna abhängig und unterdrückt. Anna verletzt Marie immer wieder, obwohl sie es doch eigentlich gut meint. Da bekommt Marie das Angebot, für einen Monat nach Griechenland zu fahren, um dort ein Projekt zu realisieren. Sie nimmt den Job an, sehr zum Kummer von Anna, die glaubt, Marie wolle sie verlassen. Nach einer Aussprache beschließen die beiden, in dieser Zeit keinen Kontakt zu haben, um über die Beziehung in Ruhe nachdenken zu können. Beide Frauen kommen mit der Trennung schlecht zurecht, doch beiden wird auch klar, daß sie einiges ändern müssen, um ihre Beziehung zu retten.

Fischer Taschenbuch Verlag

fi 1529 / 5

Sue Miller

Das Ende des Sommers

Roman

Aus dem Amerikanischen von Heinrike Scharwey

Band 12738

War es nicht das Richtige, den langjährigen Geliebten Jack zu heiraten, nachdem seine Frau gestorben war? Als Lottie Gardner, selbständige und selbstbewußte freie Journalistin, das alte Haus ihrer Mutter für den Verkauf herrichten muß, nimmt sie nur zu gern die Gelegenheit wahr, für ein paar Wochen aus dem problematischen Ehealltag zu fliehen. An den Ort ihrer Kindheit zurückgekehrt, wird sie nicht nur mit ihrem jetzigen Leben, sondern auch mit ihrer Vergangenheit konfrontiert. Mit wachsender Einsicht registriert sie, wie sehr ihre Herkunft ihre Gefühle und ihr ganzes Leben bestimmt: die alkoholabhängige Mutter, der Vater, der wegen Unterschlagung im Gefängnis saß, das Gefühl, am falschen Ende der Straße zu wohnen... Erst ein tödlicher Unfall, der Besuch von Jack aus Chicago, Szenen, Tränen und Konfrontationen lassen Lottie endlich begreifen, daß sie ihr ganzes Leben lang immer nur auf der Flucht war, vor sich selbst, vor ihrer Vergangenheit und davor, wirkliche Bindungen einzugehen. Die Einsicht trifft sie wie ein Schock.

Fischer Taschenbuch Verlag

fi 184 / 7